中译经典文库·世界文学名著

❧ 全译本 ❧

德伯维尔家的苔丝

一个纯洁女人的真实写照

［英］哈代◎著　孙致礼　唐慧心◎译

中国出版集团

中译出版社

图书在版编目（CIP）数据

德伯维尔家的苔丝：一个纯洁女人的真实写照 /
（英）哈代著；孙致礼，唐慧心译 . -- 修订本 . -- 北京：
中译出版社，2017.4
（中译经典文库世界文学名著全译本）
ISBN 978-7-5001-5210-1

Ⅰ.①德… Ⅱ.①哈…②孙…③唐… Ⅲ.①长篇小
说—英国—近代 Ⅳ.① I561.44

中国版本图书馆 CIP 数据核字 (2017) 第 082704 号

出版发行 / 中译出版社
地　　址 / 北京市西城区车公庄大街甲 4 号物华大厦六层
电　　话 / （010）68359827　68359303　68359101　68357328（编辑部）
邮　　编 / 100044
传　　真 / （010）68357870
电子邮箱 / book@ctph.com.cn
网　　址 / http://www.ctph.com.cn

总 策 划 / 张高里　李佳奇
策划编辑 / 于建军　汪　洋
责任编辑 / 温晓芳
封面设计 / 奇文堂

排　　版 / 北京晴晨时代文化发展有限公司
印　　刷 / 北京飞达印刷有限责任公司
经　　销 / 新华书店

规　　格 / 880 毫米 ×1230 毫米　1/32
印　　张 / 13.5
字　　数 / 378 千字
版　　次 / 2017 年 5 月第一版
印　　次 / 2017 年 5 月第一次

ISBN 978-7-5001-5210-1　　　　　定价：29.80 元

出版前言

　　一部文学史是人类从童真走向成熟的发展史，是一个个文学大师用如椽巨笔记载的人类的心灵史，也是承载人类良知与情感反思的思想史。阅读这些传世的文学名著就是在阅读最鲜活生动的历史，就是在与大师们做跨越时空的思想交流与情感交流，它会使一代代的读者获得心灵的滋养与巨大的审美满足。

　　中译出版社有限公司以中外语言学习和中外文化交流为自己的出版宗旨，三十多年来，翻译出版了大量外国文学名著、社会科学著作和人物传记等，与国内翻译名家有着深厚的渊源。近年来，在市场化大潮的裹挟下，翻译质量急剧下降，出版物质量也令人忧虑。出版一套质量上乘、造福读者的高品位文学名著便成为中译出版社有限公司义不容辞的历史责任与光荣使命。我们的这一想法得到了国内翻译界的一致赞同与积极响应。这便是"中译经典文库·世界文学名著"丛书出版的缘起。在广泛讨论的基础上，我们成立了以中国翻译协会副会长、著名翻译家尹承东先生为主编，著名翻译家王逢振、尹承东、李玉民、杨武能、张建华、张经浩、陈众议、罗新璋、施康强、郭建中为编委的"中译经典文库·世界文学名著"编委会，他们本着对读者负责、对历史负责的态度，认真遴选篇目，选择国内最权威的译本，向读者奉献上一道精神盛宴。

　　"中译经典文库·世界文学名著"将是一个开放的系统，我们将一如既往地将世界上最优秀的文学名著、国内最权威的译本纳入这一系列，不断地将优秀的精神食粮奉献给广大读者。

　　"满纸荒唐言，一把辛酸泪，都云作者痴，谁解其中味"，这是曹雪芹在《红楼梦》第一回中的喟叹。中外大师们不必疑虑，捧读他们著作的读者，便是他们的千古知音，他们的作品将伴随人类文明的足迹，直至永恒。

译序

在英国文学史上，托马斯·哈代 (1840—1928) 是一位跨世纪的文学巨匠。从一八六七年至一八九六年，他专门从事小说创作，先后发表了十四部长篇小说、四部短篇小说集，为十九世纪后期英国小说的发展做出了卓越的贡献；从一八九七年至一九二八年，他又转而致力于诗歌创作，先后发表了八部诗集、一部史诗剧，对二十世纪英国诗歌的发展起到了开拓性的作用。

哈代把他的小说分为三类："性格与环境小说"，"浪漫与幻想小说"，"计谋小说"。他的重要小说全部归在第一类。其中，一八九一年出版的《德伯维尔家的苔丝》，一直被视为他的主要代表作。

《苔丝》是一部悲剧作品。小说女主角苔丝是一个美丽善良的农家姑娘。由于家境贫寒，她不得不听从母亲劝说，跑到地主庄园去做工，被地主少爷亚历克奸污，怀着身孕回到家乡。孩子夭折后，她又到一家牛奶场当挤奶工，在那里遇上了牧师的儿子安琪·克莱尔，两人产生了爱情。新婚之夜，苔丝出于一片忠诚，向克莱尔坦白了自己失身的遭遇，不想却为丈夫所不容。克莱尔立即丢下妻子，独自去了巴西。苔丝被遗弃后，又跑到一家农场做苦工。恰在这时，亚历克又突然出现，一再跑来纠缠苔丝。后来，在父亲去世，母亲患病，弟妹失学，一家人沦落街头，而克莱尔又杳无音讯的情况下，苔丝只好"舍身救家"，答应与亚历克同居。谁知克莱尔经过一场磨难，终于回心转意，从巴西回来寻找苔丝。苔丝悔恨交加，怒不可遏地刺死了亚历克。她在逃亡中与丈夫度过了几天幸福生活，最后被捕，并被判处死刑。

苔丝的悲剧，说到底是一场社会悲剧。据考查，苔丝的祖先原是显赫一时的德伯维尔爵士世家，但是没等传到她父亲这一代，那名门世家早就没落了。如今，苔丝的父亲已经沦落为一个普通的个体农民，只靠做点小买卖，很难维持一家九口人的生活。因此，苔丝还是个少女的时候，就挑起了家庭生活的重担。为了谋生，她不得不到处飘荡，这里做零活，那里打短工，受尽剥削和欺凌。尤其是在弗林库姆阿什农场，狠心的雇主让她和男工做同样繁重的活计，一个人承担往机器上传送麦捆的工作，这简直是和机器竞赛。她给累得精疲力尽，甚至晕倒在地上，也得不到怜悯。与此同时，她父亲在贫病交加中死去，住了几代人的房子由于租期已到，狠心的地主硬逼着她们一家搬出去，流落在外乡街头，其状惨不忍睹。作者围绕苔丝及其一家人的悲惨遭遇，真实地描绘了十九世纪后期资本主义侵入英国农村以后，个体农民走向贫困和破产的悲惨图画。

苔丝身为一个贫家女子，不仅受到残酷的阶级剥削和阶级压迫，而且还遭到纨绔子弟的恣意踩躏和旧道德观念的无情摧残。

亚历克·德伯维尔是个新兴资产阶级的代表人物。他轻薄好色，厚颜无耻，先是利用苔丝的年幼无知，以卑鄙的手段诱奸了她，给她造成了终生的遗恨。后来他又趁苔丝一家走投无路的时候，打着关心他们疾苦的幌子，硬说克莱尔再也不会回来了，从而迫使苔丝痛苦地投入他的怀抱，又一次毁了她的终生幸福。显然，苔丝与德伯维尔之间的矛盾，是被压迫者与压迫者之间的矛盾。最后，这个地主恶少死在苔丝的刀下，完全是罪有应得。

苔丝的丈夫安琪·克莱尔，则是一个比较复杂的人物。他出身于牧师家庭，但却违背父亲的旨意，不肯去当牧师，而甘愿"为人类增光"。他厌恶城市生活，跑到乡下学习农业技术，与劳动人民打成一片。表面看来，他和蔼可亲，温文尔雅，实际上他并没有彻底摆脱资产阶级的传统观念和世俗偏见，考虑问题纯属从个人私利出发。他到乡下学习农业技术，只是为了将来能当个大农场主。他所以三番五次地向苔丝求婚，只是看中了她的美貌，看中了她的勤劳，指望她能做一个好管家，给他带来"方便"和"幸福"。显然，他与苔丝的结合，并不是建立在真正爱情的基础上，而是建筑在利己主义的计较上。因此，苔丝向他坦白的时候，尽管他自己也有过不清白的历史，他却死抱着旧的传统观念不放，从资产阶级庸人的立场出发，视苔丝为不洁的女人，残酷地遗弃了她。

综观全书，哈代是把克莱尔当作正面人物来处理的。诚然，克莱尔后来是醒悟了，给苔丝带来了几天幸福生活，说明他与德伯维尔有着本质上的区别，但是就苔丝的悲剧而言，他的罪责并不轻于德伯维尔。如果说德伯维尔是从肉体上残害了苔丝，那么克莱尔则是从精神上摧毁了苔丝，使她陷入绝望，最后走向毁灭。

作者给小说加了一个副标题——"一个纯洁的女人"，还引用莎士比亚的一句话，作为本书的题词："可怜你这受了伤害的名字！我的胸口是张床，供你养息。"这些话鲜明地表达了作者同情主人公的人道主义立场，也是对资产阶级道德的一个大胆挑战。

苔丝是小说刻意塑造的一个动人形象，作者赋予她以劳动人民的一切优秀品质。她不仅姿色出众，而且心地善良，为人诚恳，勤劳俭朴，热爱生活。她虽然出身贫寒，家庭生活没给她带来什么欢乐，但她却无比热爱自己的家，对之怀有强烈的责任感，为了维护家庭利益，不惜牺牲自己的一切。小说刚开始不久，她和弟弟夜间驾车去赶集时，老马被邮车撞死，她感到万分内疚。当母亲异想天开，想打发她去和冒牌贵族攀亲时，她起初拒不肯去，觉得有失自尊，但是一想到老马死在她手里，她又觉得她有责任帮助父母摆脱困境，便硬着头皮去德伯维尔家做工，结果造成了第一次失身。后来，德伯维尔再次遇见她时，发现她一家人流落街头，既无安身之所，又无活计可做，便抓住她强烈的家庭责任感，甜言蜜语地劝说她，扬言苔丝只要"相信"他，他就保证让她们全家过得"舒舒服服"的。在这紧急关头，苔丝等丈夫又等不来，为了给家人赢得一条活路，只好忍辱负重，委身于自己的仇人。苔丝性格上的另一个主要特征，就是性情刚强，富于反抗精神。这突出表现在她与德伯维尔的关系上。德伯维尔是个依仗财势、胡作非为的恶棍，苔丝从一开始就讨厌他，对他存有戒心。德伯维尔玷污了她之后，她不听对方的花言巧语，愤然离去。后来，再次见到他时，发现他居然摇身一变，当上了牧师，觉得这是对宗教的极大讽刺，便用尖刻的语言，无情地揭露了他的丑恶嘴脸。为了阻止他再来纠缠，她还用手套打了他。最后，她意识到德伯维尔第二次毁了她之后，心里终于燃起了复仇的烈火，便不顾一切地拿起刀子，刺死了这个不共戴天的仇敌。

苔丝的高尚品质和反抗精神是应该受到赞赏的，但是又必须看到，苔丝毕竟出生在一个没落贵族世家的农民家庭里，残存于农民身上的某些旧道德观念和宿命论观点，势必对她的思想意识产生这样那样的影响。这在她对克莱尔的关系上表现得尤为明显。本来，她的失身是无辜的，但她又觉得自己是有罪的，因而像个俯首帖耳的奴隶似的，甘愿接受克莱尔的惩罚。克莱尔遗弃了她，她也毫无怨言，而把一切都归罪于自己，处处为克莱尔辩护。有时，她认不清自己苦难的根源，而将之归咎于命运作祟，觉得反抗也是枉然，最终杀死仇敌之后，也不想方设法逃跑，只是等着束手就擒。

苔丝从她在妇女游行会上出场，到她在监狱刑场上丧生，前后不过五六年时间，但就在这五六年中，她却受尽了社会种种有形无形的邪恶势力的迫害和摧残，最后变成可怜的牺牲品。她的遭遇可谓是惊心动魄，感人情怀。

《苔丝》在艺术技巧方面，也有不少独到之处。作者巧妙地运用偶然事件、景物描写和象征手法，使作品产生一种强烈的感染力，从而深化了小说的主题，增强了小说的悲剧色彩。

首先，在情节发展中，哈代以高超的技巧，制造了一系列偶然性的巧合事件，使矛盾一步步地激化，逐渐趋向顶点。在小说第四章，由于父亲喝醉酒起不了身，苔丝代他驾车去赶集，途中打起盹来，碰巧迎面驶来一辆邮车，撞死了老马，致使全家生活面临危机，因而导致了苔丝认亲失节的终生遗恨。在第三十三章，就在结婚的前一天，苔丝把失身的事写成信，从克莱尔的门底下塞了进去，谁知信给塞到了地毯底下，克莱尔没有看见，致使新婚之夜再坦白时，他觉得自己受了欺骗，便冷酷无情地遗弃了苔丝。在第四十四章，苔丝由于生活窘迫，跑去求见公婆，但是想见的人没见到，却在归途中"冤家路窄"，遇见德伯维尔在布道，引起了他第二次占有苔丝的野心。这些事件看起来偶然，但都是以必然性为基础的。苔丝家的老马即便不死，苔丝的父亲也难以维持一家人的生活；而克莱尔所以遗弃苔丝，关键也不在于他没看见那封信，因为在他的心目中，苔丝只是一个"没有体面"的"乡下女人"。诸如此类的偶然事件，尽管并不决定主人公的命运，但却激起了读者对主人公命运的关切，使故事更加引人入胜。

其次，作者在景物描写上也独具匠心。他善于将景物描写与性格刻画交织在一起，通过景物描写来展示人物性格，甚至强化人物性格。在小说第四十一章，苔丝为了躲避农夫的纠缠，跑进一片树林里，夜里听见一只只野生动物从树上掉下来。第二天早晨一看，树底下躺着好几只野鸡，有的已经死去，有的还在痛苦地抽搐。她眼看着那些"可怜的小宝贝"遭受那么大的罪，就觉得自己并不是天底下最痛苦的生命，因为她"没给打得血肉模糊，也没给搞得血流不止"，她"还有两只手来挣饭吃，挣衣穿"。于是，她决定不再自哀自怜，而是顽强地活下去。接着，她来到弗林库姆阿什，只见这是一个破破烂烂的村庄，坐落在一个小山坳里，四周都是些"不毛之地"。"那硬邦邦的土质表明，这里要干的活，是最艰苦的粗活了。"面对这样一个穷地方，苔丝丝毫没有动摇，她已经尝够了东飘西泊找活计的苦头，决计在这里干下去。这段景物描写，既真实地描绘了弗林库姆阿什的艰苦环境，又充分表现了苔丝的坚强意志和吃苦耐劳精神。

另外，作者还使用了大量寓意深刻的意象，渲染气氛，发人联想。如小说第十九章，苔丝在园子里倾听克莱尔弹琴，虽然弹得并不高明，她却听得"着了迷"，激动地流出了热泪。但就在她穿过繁茂的杂草时，"裙子上沾上了沫蝉的泡沫，脚底下踩碎了蜗牛壳，两手染上了蓟汁和鼻涕虫的黏液，裸露的胳膊也抹上了黏糊糊的树霉……"这番

　　情景与苔丝的如醉如痴形成了鲜明的对照，作者似乎在向读者暗示：这对青年的恋爱注定要酿成一场悲剧。再如第三十四章，苔丝开始向克莱尔坦白身世时，作者对景物作了这样的描写：炉灰像是一片"酷热的荒野"，置身在那红色的火光中，让人觉得像末日审判时那样"阴森可怕"，苔丝脖子上的钻石像癞蛤蟆的眼睛那样"不怀好意"。这又是一个不祥之兆，预示苔丝坦白之后，迎来的将是一场灾难。

　　《苔丝》发表至今已有一百多年。小说刚发表后，一度曾遭到资产阶级卫道士的猛烈攻击。但是，攻击并未能掩盖它的光辉。哈代到了晚年，他的作品已受到英国公众最高的推崇。如今，《苔丝》作为一部震撼人心的悲剧杰作，已成为世界文学宝库中一颗绚丽的明珠。

第一版说明

　　下面这个故事的主要部分——经过少许改动——曾在《图画周报》上发表过；还有几章，本来更是特别为成年读者写的，也曾以章节选登的形式，在《双周评论》和《国民观察家》上发表过。这些刊物的编辑和主办人让我能按两年前的原稿那样，把这部小说的躯干和肢体联在一起，全部印行，在此一并表示感谢。

　　我只想补充一点：作者抱着完全诚挚的目的推出这部小说，试图以艺术的形式来表现一连串真实的事情；至于书中的观点和情感，只不过说出了大家现在的想法和感受，如果哪位过于高雅的读者忍受不了这些东西，我就要请他记住圣杰罗姆的那句老话：如果为了真理而开罪于人，那么，宁可开罪于人，也强似埋没真理。

托马斯·哈代

一八九一年十一月

第五版及以后各版序言

　　在这部小说中，女主角在其主要活动展开之前，就经历了一起事件，人们通常认为，她因此而失去了做女主角的资格，或者至少认为，她实际上断送了自己的前程和希望。所以，如果读者大众欢迎这部书，并且赞同我的观点，认为对于一件人所共知的悲惨事情，就其阴暗面而言，除了人们说过的话以外，还可以在小说里再多叙说几句，那就与公认的习俗背道而驰了。但是，《苔丝》在英美读者中引起了共鸣，这似乎证明，按照人们心照不宣的意见创作小说，而不必使之恪守人们仅仅挂在口头上的社会习俗，倒也并非一无可取，即使拿现在这种不均衡的局部成绩做例子，也可以这样说。对于读者的共鸣，我禁不住要表示感激。在这个世界上，人们经常渴望友谊而不可得，不被别人故意误解就算受到恩惠，但遗憾的是，我却永远不能面见这些有赏识力的男女读者，同他们握握手。

我说的这些读者，包括那些宽宏大量地欢迎这部小说的绝大多数评论家。从他们的言语中可以看出，他们也和其他读者一样，凭借自己富有想象力的直觉，极大地弥补了我叙述方面的缺陷。

然而，尽管这本书的本意既不想教训别人，也不想攻击别人，而只想在描述部分力求具有代表性，在思考部分则多写印象，少写信念，但是仍然有人反对这部书的内容和表现手法。

那些比较严厉的反对者，除了别的事项以外，还对什么是适合于艺术的题材，俨然持有不同意见，并且表明他们对本书副标题中那个形容词的意义①，无法做出别的联想，只能将它与文明礼法中产生出来的人为的派生意思联系在一起。他们无视这个词在自然界的意思，以及它所应有的美学特征，至于他们从基督精神最美好的意义上，对该词所做的精神解释，那就更不用说了。还有一些人所以持有异议，从根本上讲，只是因为他们断言，这部小说体现的只是十九世纪末期盛行的人生观，而不是更早、更淳朴年代的人生观——我只希望这种断言能有充分的依据。让我再说一遍：小说只写印象，并非说理。这件事就讲到这里为止吧，因为我想起了席勒致歌德信里的一段话，正好是对这帮人的评判："他们这种人，只在艺术里寻找他们自己的思想，而且珍惜那些高于生活的东西。因此，这种争论的原因，就在于基本原理的问题，要与他们取得谅解，是绝对不可能的。"还有一段："无论什么人，我一旦发现他在评判诗歌作品时，认为还有比内在的必然和真实更重要的东西，那我就算是跟他断绝关系了。"

我曾在第一版的说明里提到，可能会有哪位高雅的人，忍受不了书中这样或那样的东西。这种人果然出现在上述的反对者之中。其中

---

① 作者把苔丝称为"一个纯洁的女人"，遭到不少评论家的非难。

有一位，由于我没有做出"唯一能证明那个灵魂得救"的批判性努力，便无法将此书读完三遍，并为此感到内心不安。还有一位，很不赞成我把诸如魔鬼的干草叉、公寓的切肉刀和蒙着得来的阳伞之类的粗俗物品，写进一部体面的小说里。另有一位先生，充任了半个钟头的基督徒，以便对我给不朽众神所加的不敬字眼①，更充分地表示痛惜之情。不过，也正是这种天生的高雅，迫使他用令人感激不尽的怜悯之辞，来表示他对作者的原谅："他的确是尽力而为了。"我可以奉告这位大批判家，无缘无故地责怪神明（无论是一神，还是众神），并非像他想象的那样，是我与生俱来的罪恶。的确，这种罪恶也许有它的地方根源，然而，如果莎士比亚是一个历史权威的话（他或许并不是），那我就可以指出，早在七王国时代②，这种罪恶就已经传进威塞克斯了。在《李尔王》（也可以说是在威塞克斯国王伊那的故事）中，格罗斯特曾经说过：

天神对待我们，就像顽童对待苍蝇；
他们为了戏弄而把我们杀害③。

《苔丝》其余的两三位攻击者，都是些抱有先入之见的人，大多数作家和读者都很乐意忘记他们。他们自命为文坛的拳师，有时为了应付场面，装出一副十分虔诚的样子，要做现代"惩治异端的铁锤"，还发誓要煞尽别人的风景，总在寻找时机，不让别人把暂时的部分成功，转变成日后的全面成功。他们歪曲一目了然的原意，并且假借运用伟大的历史方法的名义，进行人身攻击。不过，他们也许有自己要推行的目标，要维护的特权，要保持的传统习俗。但是，一个讲故事的人，

---

① 在全书最后一段，作者写道：众神的主宰"结束了对苔丝的戏弄"。
② 七王国：从公元五世纪起，到九世纪止，盎格鲁和撒克逊人将英国分割成七个王国，其中包括威塞克斯王国。
③ 引自莎士比亚《李尔王》第四幕第一场。

仅仅记录世上的事物给他的印象，全然没有别的用心，因而可能忽视了这些东西，而且可能纯属出于疏忽，在毫无罣张之意的情况下，与这些东西发生了冲突。也许梦幻时刻所产生的倏忽即逝的意念，如果普遍地付诸行动，便会让这样的攻击者在地位、利益、家庭、仆人、牛、驴、邻居或邻居的太太等方面[1]，遭到不少麻烦。因此，他勇敢地躲在出版商的百叶窗后面，高声叫喊："不要脸！"这个世界实在太拥挤了，无论怎样变化位置，即使最有理由地向前挪动一步，都会触痛别人脚跟上的冻疮。这种变化往往始于情感，而这种情感有时则始于一部小说。

一八九二年七月

前面那些话是这部小说问世后不久写成的，当时，社会上对本书各方面进行的公开和私下的激烈的批评，让人心里还记忆犹新。既然话已经说出来了，不管它有没有价值，也只好保留在这里了。不过，若是放在现在，恐怕就不会写出这些东西了。尽管从本书初版到现在，时间还很短暂，但是惹我做出上述答复的那些批评家们，有的已经"沉入缄默"，这仿佛要提醒我们，无论是他们的话还是我的话，都是丝毫无关紧要的。

有些读者对书中的风景和史前的古迹，尤其是对英国的古建筑，颇感兴趣，为了答复他们有关这些方面的询问，不妨利用这次出版加以声明：我这本书和其他小说里的背景，都是根据实际进行描写的。许多风景和古迹，采用的就是它们现在的真实名称，例如布莱克穆尔(或布莱克摩)谷、汉布尔登山、布尔巴罗、内特尔科姆图特、多格伯里山、海斯托伊、巴布当山、魔鬼厨房、手中十字、朗阿什路、本维尔路、巨人山、克里默克罗克路、斯通亨奇，都是如此。至于弗鲁姆(或弗罗姆)河和斯图河，人们当然都很熟悉这些名字。在策划故事的时候，我想

---

① 比较《圣经·旧约·出埃及记》第二十章第十七节："你不可贪你邻居的房子，你不可贪你邻居的太太，也不可贪他的男仆人，贪他的女仆人，贪他的牛，他的驴，或者一切属于你邻居的东西。"

那些能勾画出威塞克斯轮廓的大城市和大地方——比如巴思、普利茅斯、斯塔特、波特兰比尔、南安普敦等等——应该不折不扣地使用真名。这个办法并没有大费周章，但是不管其价值如何，反正那些名字还是原样保留了。

至于那些以假名或古名相称的地方——这在写书的时候，似乎有充分的理由——明眼人一见之于书，便可断定能清清楚楚地认出真实地点，例如，"沙斯顿"就是沙夫茨伯里，"斯图堡"就是斯特明斯特牛顿，"卡斯特桥"就是多切斯特，"梅尔切斯特"就是索尔兹伯里，"大平原"就是索尔兹伯里平原，"蔡斯伯勒"就是克兰伯恩，"狩猎林"就是克兰伯恩狩猎林，"埃明斯特"就是贝明斯特，"金斯比尔"就是比尔里吉斯，"青山"就是伍德伯里山，"井桥"就是伍尔桥，"斯丹福特路"就是哈特福特或哈普特路，"纳特尔伯里"就是黑泽尔伯里，"布利迪港"就是布里德波特，"乔克牛顿"就是梅登牛顿，"弗林库姆阿什"就是内特尔科姆图特附近的一家农场，"谢顿阿巴斯"就是舍伯恩，"米德尔顿寺"就是米尔顿寺，"阿伯茨瑟内尔"就是瑟恩阿伯斯，"埃弗谢德"就是埃弗肖特，"托恩伯勒"就是汤顿，"桑德伯恩"就是伯恩茅斯，"温顿塞斯特"就是温切斯特，等等。我绝不会反驳这些人，我想他们的说法至少可以表明，他们是出于一片真心和好心，对书中的背景发生了兴趣。

一八九五年一月

这部小说的这一版里，增添了以前各版都没放进去的几页。我把那些分散的章节，像一八九一年序言里说的那样，收集在一起的时候，把这几页疏漏了，虽然原稿里含有这几页。这几页出现在第十章。

关于本书的副标题，前面已经提到过，现在可以补充一句：这个副标题是我在最后时刻，看过最后一次校样之后加上去的，作为一个胸怀坦荡的人对女主角的品格所做的评判——原想谁也不会对这样的评判提出异议，怎知这几个字引起的争论，比书中任何内容引起的争论都多。一字不写，岂不是更佳。不过，那个副标题还留在书上。

　　本书于一八九一年十一月，分三卷首次全部印行。

托马斯·哈代

一九一二年三月

可怜你这受了伤害的名字！
我的胸口是张床，供你养息。

——威廉·莎士比亚 [1]

---

① 引自莎士比亚《维洛那二绅士》第一幕第二场。

目　录

第一部　纯真少女…………………………………… 001

第二部　失身之后…………………………………… 073

第三部　振作精神…………………………………… 100

第四部　苦果难吞…………………………………… 153

第五部　女人吃亏…………………………………… 230

第六部　回头浪子…………………………………… 311

第七部　功成愿满…………………………………… 379

目 录

第一部　纯真少女

第一章

　　五月后半月，有一天傍晚，一位中年男子正从沙斯顿，朝着马洛特村，往家走去。那马洛特村，就坐落在与沙斯顿毗邻的布莱克穆尔谷，也叫布莱克摩谷。这男子走起路来，两条腿蹒蹒跚跚，步履有些偏斜，身子不是直线向前，而总是有点歪向左边。他偶尔下劲地点点头，仿佛是对什么意见表示首肯，尽管他并不在考虑什么特别的事。他胳膊上挎着一只空鸡蛋篮子，帽子的绒毛乱蓬蓬的，帽檐上摘帽时大拇指触摸的地方，还给磨掉了一块。过了不久，他遇见一个上了年纪的牧师，骑着一匹灰色骟马，信口哼着小调，朝他迎面走来。

　　"晚安。"挎篮子的男子说。

　　"晚安，约翰爵士。"牧师说。

　　步行的男子走了一两步，便停住了脚，转过身来。

　　"哦，先生，对不起。上回赶集那天，咱俩差不多也是这个时候，在这条路上碰见的，俺说了一声'晚安'，你也像刚才一样，回应说：'晚安，约翰爵士。'"

　　"我是这么说的。"牧师说。

　　"在那以前还有过一回——大约一个月以前。"

　　"也许有过。"

　　"俺杰克·德贝菲尔只是个平民，一个小贩，你干吗一次又一次地叫俺'约翰爵士'？"

　　牧师拍马走近了一两步。

　　"这只是我一时心血来潮，"他说。接着，迟疑了一下，又说，"那是因为，不久以前，我为编写新郡志而考查各家家谱时，发现了一件事。我是斯丹福特路的特林厄姆牧师，考古学家。难道你真不知道，德贝菲尔，你是德伯维尔爵士世家的直系后代吗？德伯维尔家的始祖是佩根·德伯维尔爵士，据《巴托寺文卷》记载，那位赫赫有名的爵士，是随同征服者威廉一世从诺曼底来到英国的。"

"俺以前从没听说过呀，先生！"

"唔——这可是真事。……你把下巴仰一下，让我仔细瞧瞧你的面部轮廓。不错，正是德伯维尔家的鼻子和下巴——不过，有点不那么威武了。当年，在诺曼底协助埃斯特雷玛维拉勋爵征服格拉摩根郡的，有十二位武士，你的祖宗便是其中的一个。你们家的支族，在英国这一带到处都有庄园。在斯蒂芬王朝，他们的名字都出现在《卷筒卷宗》[①]上。在约翰王朝，你有一位祖宗阔得不得了，把一座庄园捐给了僧侣骑士团。爱德华二世执政时，你的祖宗布顿恩被召到威斯敏斯特，出席了那里的大议会。在奥利弗·克伦威尔时代，你们家有点衰落，但不是很严重。查理二世在位时，你们家因为忠于君主，被封为'御橡'爵士。哦，你们家有过好多代约翰爵士了。假使爵士也像从男爵那样，可以世袭的话，那你现在就是约翰爵士了。其实，在古时候，爵士封号就是父子相传的。"

"真有这事！"

"总而言之，"牧师果断地拿鞭子拍了拍自己的腿，断定说，"在英国，简直找不出第二个这样的家族！"

"他妈的，真找不出呀，"德贝菲尔说道，"可是你看俺，一年一年地东跑西颠，到处碰壁，好像俺只不过是教区里最低下的人。……特林厄姆牧师，关于俺这消息，大伙都知道多久啦？"

牧师解释说，据他所知，这事早已被世人遗忘，很难说有什么人知道。他自己的考查，是从那年春上的一天开始的。当时，他在考查

---

① 英国财政部的年度纪录，亦称财政部大档，始于英王亨利二世，终于一八三四年。

德伯维尔家族的盛衰荣辱，恰巧看见他的马车上写着德贝菲尔这个姓氏，便追根究底，查寻了他父亲和他祖父的情况，直至把事情搞得确凿无疑。"起先，我并不想把这样一条毫无价值的消息告诉你，搅得你心神不安，"他说，"不过，人有时候太容易冲动，难免失去理智。我还以为你对这事早就有所了解了呢。"

"的确，俺有一两次听人说，俺家没搬到布莱克穆尔以前，倒过过好日子。可俺当时就没理会那话，只当是说俺们家从前养过两匹马，眼下只养得起一匹。俺家里有一把古银匙，还有一方古图章。不过，老天爷，银匙和图章算得了什么？……真想不到，俺和高贵的德伯维尔家一直是一家骨肉。据说俺老爷爷有些秘密事儿，不肯说出自己的来历。……牧师，俺想斗胆地问一句，俺家族的人如今都在哪儿起炉灶？俺是说，俺们德伯维尔家族都住在哪儿？"

"你们家族哪儿也没有人了。你们作为一郡的世家，已经绝嗣了。"

"真倒霉。"

"是啊——就是那些胡编瞎扯的家谱上所说的男系绝嗣无后——其实就是衰败——没落了。"

"那俺们家人埋在哪儿？"

"埋在青山下的金斯比尔。一排又一排地躺在墓穴里，波倍克大理石雕成的华盖下面，还有他们的雕像呢。"

"俺们家的庄园在哪儿？"

"你们没有庄园了。"

"哦？连田地也没有了吗？"

"没有，尽管我才说过，你们家以前支系繁茂，拥有大量领地。从前在本郡，你们家的邸宅，金斯比尔有一处，谢尔顿有一处，米尔庞德有一处，拉尔斯丹特有一处，韦尔布里奇有一处。"

"俺们家还会兴旺起来吗？"

"呵——这我可说不准！"

"那俺对这事该咋办呢，先生？"德贝菲尔顿了顿，问道。

"哦——没有办法，没有办法，除了用'英雄豪杰何竟灭亡①'的思想训诫自己之外，别无办法。这件事，只有当地的历史学家和系谱学家会有点兴趣，没有其他意义。在本郡的一些村舍里，也有好几家人，以前差不多和你们家一样荣耀。再见。"

"不过，特林厄姆牧师，你告诉了俺这消息，你还是回来跟俺去喝它一夸脱啤酒吧。醇沥酒店有上好的散装啤酒——虽说比起罗利弗酒店来，当然还差一点。"

"不，谢谢——今晚不行啦，德贝菲尔。你已经喝得够多了。"说罢，牧师便骑着马继续赶路，心里在嘀咕：他把这不着边际的传闻说出去，是否有失谨慎。

牧师去了以后，德贝菲尔恍如迷梦般地走了几步，接着在路边的草坡上坐了下来，把篮子放在面前。过了一会儿，远处出现了一个小伙子，也朝着德贝菲尔刚才所走的方向走来。德贝菲尔一看见他，就举起手来，小伙子便加快脚步，走上前来。

"小子——拎起这个篮子！俺要你给俺跑趟腿。"

那个瘦长的小伙子皱了皱眉头。"约翰·德贝菲尔，你算老几？倒支使起俺来了，还叫俺'小子'？咱俩谁不认得谁呀！"

"你真认得，真认得俺呀！这可是桩秘密——这可是桩秘密啊！现在听俺吩咐，俺叫你去送个信，快去送吧。……好吧，弗雷德，俺还是把秘密告诉你：俺出身于贵族人家——这是俺今儿后晌刚知道的。"德贝菲尔宣布这一消息时，本来是坐着的，却把身子往后一仰，舒展地躺倒在草坡上的雏菊丛中。

小伙子站在德贝菲尔面前，把他从头到脚打量了一番。

"约翰·德伯维尔爵士——这就是俺，"躺在地上的人接着说道，"就是说，要是爵士跟从男爵一样的话——本来就是一样嘛。俺的家族都上了史书了。小伙子，你知不知道青山下的金斯比尔那地方？"

---

① 语出《圣经·旧约·撒母耳记下》第一章。

"知道。俺去那儿赶过青山会。"

"唔，在那个城的教堂下面，安葬着——"

"那算什么城——俺是说那地方算不上个城。至少俺去那儿的时候，还算不上个城——那是个不起眼的、可怜巴巴的小地方——"

"别去管那是个啥地方，小子——那不是俺们要谈的问题。在那个教区的教堂下面，安葬着俺的祖宗们——有好几百位呢——穿着铠甲，戴着珠宝，装在好几吨重的铅制大棺材里。在南威塞克斯郡，谁家的祖坟也没有俺家的来得气派，来得高贵。"

"哦？"

"现在，拎起这个篮子，跑到马洛特，路过醇沥酒店时，叫他们赶紧给俺派辆马车来，把俺接回家。往车厢里摆一点酒，装在小瓶里，记在俺账上。办完这桩事以后，你再把篮子拎到俺家，告诉俺老婆别再洗衣服了，因为她用不着洗了，叫她等俺回家，俺有消息告诉她。"

见小伙子狐疑不决地站在那里，德贝菲尔便把手伸进口袋，从他那一向少得可怜的先令中，掏出一个来。"这是你的辛苦费，小伙子。"

这一来，小伙子对势态的估计，可就起了变化。"是，约翰爵士。谢谢您老。还有什么事要俺为您效劳吗，约翰爵士？"

"告诉俺家里人，说俺晚饭想吃——嗯，要是能弄到羊杂碎，就吃炒杂碎；要是弄不到羊杂碎，就吃黑香肠；要是连黑香肠也弄不到，吃油炸猪小肠也行。"

"是，约翰爵士。"

小伙子拎起篮子，刚一动身，就听见从村子那里传来铜管乐队的乐曲声。"这是干啥的？"德贝菲尔问道，"不是来欢迎俺的吧？"

"这是妇女在开游行会呀，约翰爵士。喏，你闺女还是妇女会的会员呢。"

"没错——俺光顾着想大事儿，却把这事儿忘个精光！好啦，你还是去马洛特吧，给俺要好马车，俺兴许能坐着车兜一圈，检阅一下游行会。"

小伙子走了,在夕阳的辉映下,德贝菲尔躺在野草和雏菊丛中等候。过了许久,那条路上再没走过一个人影。在这青山环抱之中,那隐隐约约的管乐声,是所能听到的唯一的人类的声音。

第二章

前面说过的那个美丽的布莱克摩谷,也叫布莱克穆尔谷,是个群山环抱、清幽僻静的地区,虽说距离伦敦只不过四个钟头的路程,可大多数地方还不曾被游客或风景画家涉足过。马洛特村就坐落在这山谷东部的起伏地带。

要领略这山谷的景致,最好从四周的山顶上向下俯瞰——也许夏季的干旱时节还要除外。遇到坏天气,一个人没有向导,独自游逛到峡谷深处,就容易对那狭窄曲折、泥泞难走的路径,感到不满。

这块地方土壤肥沃,又有群山遮掩,田野从不枯黄,泉水从不干涸,南面邻接着一道险峻的白垩山岭,山岭中矗立着汉布尔登山、布尔巴罗、内特尔科姆图特、多格伯里、海斯托伊、巴布当等冈峦。从海边来的游客,往北吃力地走过二十英里石灰质丘陵地和庄稼地之后,突然来到一道峻岭的边缘,只见一片原野像地图一样平铺在脚下,和先前走过的地方截然不同,不由得又惊又喜。在他身后,重山莽莽,阳光灿烂地照射在广阔的田野上,使整个景物毫无遮掩地呈现在眼前,一条条小路白晃晃的,一排排树篱低矮地盘结着,大气清澈无色。在这峡谷间,世界仿佛是按小巧玲珑的尺度建造起来的。这里的田野只是一些微缩的围场,从这高处望去,那一道道树篱犹如用深绿色的线织成的网,铺在浅绿色的草地上。山下的空气懒洋洋的,给染成了一片蔚蓝,就连艺术家称作中景的地方也沾染了这种色彩,而远处的天际则呈现出顶深的佛青色。可耕地数量不多,面积有限。除了个别几处之外,整个景象就是一片辽阔繁茂的草地和树林,大山抱着小山,深谷套着浅谷。

这就是布莱克穆尔谷。

这块地方不仅地形富有情趣，而且历史也饶有风味。据传说，亨利三世在位的时候，曾追捕到一只美丽的白鹿，把它放掉后，却让一个名叫托马斯·德拉林德的人杀死了，因此受到国王的重罚。由于这个奇异的传说，这山谷从前就叫作白鹿林。那时代，直至不久以前，这地方到处都是茂密的树林。即使现在，山坡上还残存着古老的橡树丛和杂乱无章的乔木带，许多牧场上还矗立着一棵棵庇荫的空心大树，这都可以看出当年那般风貌的痕迹。

如今那莽莽的树林已经消失了，但是其间的一些古风却遗留了下来。不过，有许多古风是以变换了的形式延续下来的。比如，从我们所说的那天下午，就可以看出五期节舞会的旧风，只不过换了形式，变成了联欢会，或者按当地的说法，叫作游行会。

对于马洛特的青年村民来说，这是一桩有趣的活动，尽管参与者并没领悟到其真正的趣味。它的独特之处，并不在于保存了一年一度的列队游行跳舞这一风俗，而在于参加者全是妇女。在男人的社团里，这样的庆祝活动虽说在日趋消亡，但却并不那样罕见。不过，不知是由于女性的羞涩天性，还是由于男性亲属的讥诮态度，那些保留下来的妇女会(如果还有其他妇女会的话)，完全失去了原有的荣耀和壮观。只有马洛特的游行会流传下来，纪念本地的谷物女神节。这妇女会已经游行了几百年了，如果不能算是互济会，却可算是一种表示还愿的妇女会。现在，妇女会仍然举行游行活动。

参加游行会的人全都穿着白色长服——这种色彩明快的服装，是旧历时代的遗风。当时，欢天喜地和五月时节成了同义词——那时候，人们还没有深思远虑的习惯，没有把人类的情感降低到单调乏味的程度。那天，妇女们最先出现的时候，是排成双行队列，在教区里游行。当太阳照耀在她们身上，让绿色树篱和爬满藤蔓的房屋正壁一衬托，理想和现实便发生了一点小小的抵触，因为虽说所有妇女都穿着白色长服，但却没有哪两件白得一样。有的接近纯白色，有的有点白里泛蓝，而有些年长的妇女穿的长服，可能在箱子里叠放了好多年，有些近乎惨白，而且有些近乎乔治王时代的款式。

除了身穿白色连衣裙这一特征之外，每个女人都在右手拿着一根剥了皮的柳树条，左手拿着一束白花。这剥柳树条和选择花束，可是每个人都很经心的事。

游行队伍里，有几位中年甚至上了年纪的妇女，一个个饱经沧桑，历尽磨难，落得一头银丝，满脸皱纹，夹在这喜气洋洋的队伍中，显得有些不伦不类，至少是令人心酸。照理说来，这些饱经风霜、历尽忧患的人，个个到了快要说"岁月毫无欢乐可言"[1]的时候。因此，比起她们的年轻伙伴来，她们也许具有更多的材料，供我们搜集和叙说。不过，这里且不叙说那些年长的人，还是讲讲那些在紧身衣下生命搏动得更急剧、更有朝气的人们吧。

的确，在游行队伍中，年轻姑娘占了大多数，她们那一头头的浓发，在阳光的辉映下，呈现出各种色调的金色、黑色和棕色。她们有的长着漂亮的眼睛，有的生着俏丽的鼻子，有的有着妩媚的嘴巴，婀娜的身段；但是，这样样都美的，虽然不能说一个没有，却也是寥寥无几。显然，硬要在大庭广众之下抛头露面，她们一个个不知道嘴唇应该做出怎样的形态，脑袋应该摆出怎样的姿势，脸上怎样才能消除忸怩的神情，这些都表明，她们是地地道道的乡下姑娘，不习惯受众人注视。

她们大家，不仅个个身上都给太阳晒得暖烘烘的，而且人人心里都有一个小太阳，温暖着各自的心灵。那是一种迷梦，一种痴情，一种癖好，至少是一种渺茫的希望，这种希望虽然可能正在化为泡影，但却依然活在人们心中，因为一切希望都是如此。因此，她们大家全都喜气洋洋，好些人还兴高采烈。

她们走过醇沥酒店，正要离开大路，从一道栅门进入草场，只听一个妇人说道：

---

[1] 引自《圣经·旧约·传道书》第十二章第一节。

"天哪！你瞧，苔丝·德贝菲尔，那不是你爹坐着马车回家来了嘛！"

听到这声叫喊，队列中有一个年轻姑娘扭过头来。她是个标致俊俏的姑娘——也许不比有些姑娘更漂亮——不过她那两片灵动红艳的嘴唇，那一双天真烂漫的大眼睛，给她的姿色平添了几分慑人的魅力。她头发上扎着一根红绸带，在这白色的队伍中，能够显耀这种引人注目的装饰的，还只有她一个人。且说她扭过头来，看见德贝菲尔坐着醇沥酒店的马车，一路驶来，赶车的是一个头发鬈曲、体格健壮的姑娘，两只衣袖卷到胳膊肘上面。这是醇沥酒店那位开心的伙计，因为是打杂的，有时也做喂马赶车的差事。德贝菲尔仰着身子，惬意地闭着眼睛，一只手在头上挥来挥去，嘴里用慢悠悠的宣叙调唱道：

"俺—家—在—金—斯—比—尔—有———大—片—祖—坟—俺—那—些—封—为—爵—士—的—祖—宗—都—葬—在—那—儿—的—铅—棺—里！"

参加妇女会的人，全都吃吃笑了起来，只有那个名叫苔丝的姑娘例外——她见父亲在当众出丑，脸上似乎慢慢生起一阵火辣辣的感觉。

"他只不过是累了，"她连忙说道，"就搭个车回家，因为我们家的马今天要休息。"

"你好天真呀，苔丝，"她的同伴说，"他这是赶完了集灌饱了黄汤吧。哈哈！"

"听着，你们要是笑话他，我就一步也不跟你们走了！"苔丝大声嚷道，面颊上的红晕传遍整个脸，传到脖子根。转眼间，她的眼圈湿了，目光垂到地下。大家一见真把她惹恼了，便不再吭声了，队伍又秩序井然了。苔丝出于自尊，不愿再回头去看父亲在搞什么名堂，如果他真有什么名堂的话。于是，她随着大伙走到围篱里的草地上，准备在里面跳舞。到了草场上，她已经恢复了平静，用柳条轻轻拍打身边的人，照常有说有笑。

苔丝·德贝菲尔处在这个年纪，只是一个纯情少女，还没受过人情世故的熏染。她虽然上过村里的小学，但是嘴里还多少带些土话。在这个地区的方言中，比较典型的音调，就是 ur 这个音节带来的近似发音，念得像人类语言中的任何音节一样圆润。苔丝那两片微微噘起的红嘴唇，天生就会发这一音节，不过每说一个字，还没等口形完全固定下来，下唇就要把上唇中部往上一顶，双唇随即就闭住了。

她的外貌还隐约保留着童年的特征。她今天游行起来，尽管看上去身姿矫健，楚楚动人，俨然像个成年女子，但有时候，你能从她的面颊上看到她十二岁时的模样，从她的眼睛里看到她九岁时的光彩，就连她五岁时的神态，也不时地从她唇边嘴角上掠过。

然而，这一点很少有人察觉，也更少有人去关注。只有极少数人，大半还是素不相识的人，偶尔打她身边走过时，会久久地注视她，一时间被她的青春风韵所倾倒，心想不知道以后能否再遇见她。不过，几乎在每个人看来，她只不过是一个标致如画的乡下姑娘而已。

德贝菲尔坐在女车夫赶着的凯旋马车里，已经走得没影了，也听不见声音了。游行队伍走进指定的场地，开始跳舞了。因为队伍里没有男子，姑娘们起先只好互相对舞，但是到了快收工的时候，村里的男人同其他闲杂人、过路人一起，聚集在舞场周围，似乎想要找个舞伴跳一跳。

在这些旁观者当中，有三个身份较高的年轻人，肩上挎着小背包，手里拿着粗手杖。他们长得都很相像，年龄也一个一个地紧挨着，这几乎可以表明，他们可能是亲兄弟，事实上他们还真是亲兄弟。老大扎着白色领带，穿着圆领马甲，戴着薄边帽子，一身标准副牧师的打扮；老二是一个正规的大学生；而那位最小的老三，仅凭外貌还不大能看出来他的身份。在他的眼神和服饰中，有一种无拘无束的神气，表明他还没有找到理想职业的门径。我们只能猜测说，他是一个漫无目标的学生，什么事情都想尝试一下。

这三兄弟对萍水相逢的人说，他们是为圣灵降临节度假，来布莱克穆尔谷做徒步旅行的，路线从东北面的沙斯顿镇起，往西南方向走。

　　他们靠在大路旁边的栅门上,问起妇女穿着白裙跳舞是怎么回事。显而易见,老大和老二是一刻也不想多待的,但是老三看见一群姑娘没有男伴,自己跳起舞来,似乎觉得很好玩,也就不急于赶路了。他解下背包,连手杖一起放在树篱上,打开了栅门。

　　"你要干什么,安琪?"老大问道。

　　"我想去跟她们跳一阵。咱们干吗不都去呢——只跳一会——不会耽搁很久的。"

　　"不行,不行,真是胡闹!"大哥说道,"公然和一群乡下小妞跳舞——让人家看见怎么得了!走吧,要不然,天黑以前我们就赶不到斯图堡啦。赶不到斯图堡,就没有地方投宿。再说,我既然不辞辛劳地把《斥不可知论》带来了,咱们就得在临睡前再看一章。"

　　"那好吧——我五分钟后就赶上你和卡思伯特。你们不用等我。我保证能追上你们,费利克斯。"

　　两个哥哥无奈离开了弟弟,继续赶路,同时拿走了他的背包,好让他轻装追赶。于是,老三走进了草场。

　　"真是太可惜了,"当跳舞刚一暂停下来,他就向离他最近的两三个姑娘献殷勤说,"你们的舞伴都哪去了,亲爱的?"

　　"他们还没有下工呢,"一个最愣头愣脑的姑娘答道,"他们过一会就来了。趁他们还没来,你先当个舞伴好吗,先生?"

　　"当然好。不过,这么多姑娘,就我一个舞伴有什么用!"

　　"总比一个没有好哇。跟同性的人面对面跳舞,压根儿不能搂搂抱抱,真没意思!好啦,你就挑选吧。"

　　"得了——别这么没羞没臊啦!"一个比较腼腆的姑娘说道。

　　那个青年受到邀请之后,拿眼把姑娘们扫视了一番,试图挑选一下,不过这群姑娘他以前从没见过面,也实在不大好挑选。他选定的,差不多就是头一个来到他跟前的人,而那个跟他说话的姑娘,尽管在期待,却没有被挑中。苔丝·德贝菲尔也没有碰巧入选。古老的家世,祖宗的尸骨,卓著不朽的业绩,德伯维尔家的相貌,这些还没有给苔丝在人生的战斗中帮上什么忙，甚至在一群普普通通的村姑中间也没占个上风，连一个舞伴都吸引不过来。没有维多利亚时代的金钱做后盾，诺曼的血统又算得了什么。

那个独占鳌头的姑娘，不管叫什么名字，反正没有流传下来。不过，那天晚上，她头一个享受到和男性舞伴跳舞的艳福，因此大家都很羡慕她。然而，榜样的力量是无穷的，村里的小伙子们，本来谁也没有匆忙走进栅门，现在一看有个不速之客闯进来了，一个个都赶忙走进舞场。不一会工夫，许多舞伴渐渐发生了变化，掺进了土里土气的小伙子，最后，就连最不起眼的女人，也不用充当男舞伴了。

教堂的钟敲响了，那个学生突然说，他得走了——他刚才忘乎所以了——他得去追他的同伴。他退出舞场的时候，目光落到了苔丝·德贝菲尔身上。说实话，小伙子刚才没选她做舞伴，她那双大眼睛里还隐隐约约流露出一丝责怪的神情。小伙子也觉得遗憾，因为她刚才畏缩不前，他没能注意到她。他就怀着这种心情，离开了草场。

由于耽搁得太久，他拔腿沿着小路向西飞奔而去，转眼跑过了山坳，登上了又一道山坡。他还没有追上两个哥哥，却停下来喘口气，同时回头望望。他看得见，姑娘们的白色身影在青草地上旋来转去，就像他在她们中间时一样。她们似乎已经把他忘得一干二净。

她们全都把他忘了，也许只有一位没忘。那个白色身影离开众人，独自站在树篱旁边。从她的位置来看，他知道这就是他没和她跳舞的那个漂亮姑娘。虽然事情很小，他却本能地感觉到，她因为受到他的冷落，而心里感到难过。他后悔自己没有请她跳舞；他后悔自己没有问问她的名字。她是那样温文尔雅，那样脉脉含情，穿着一身薄薄的白裙，显得那样轻盈娇美，他觉得他刚才干了一件蠢事。

然而，事情已经无可挽回了，他便转过身来，闷头急速赶路，不再去想这件事了。

第三章

至于苔丝·德贝菲尔，她却并没如此轻易地忘记这件事。有好一阵，她都无心再去跳舞，尽管她有的是舞伴。不过，唉！那些人说起话来，可不像那个陌生青年那么动听。直至霞光完全吞没了陌生青年在山上远去的身影，她才摆脱了一时的惆怅，答应了一个想同她跳舞的人。

她和伙伴们一直逗留到黄昏，跳起舞来也真有几分兴致。不过，她还是个情窦未开的少女，纯粹是为了跳舞而跳舞。她见过有些姑娘被人追求到手之后，尝尽了"温柔的折磨，苦辣的甜蜜，愉快的痛苦，惬意的忧伤"；这时候，她丝毫想象不到，她自己遇到这种情况，会是什么样子。小伙子们争着吵着想跟她跳舞的时候，她只是觉得很好玩——没有别的；他们争吵得太凶了，她还要骂他们几句。

她本来还可以待得再晚些，可她想起了父亲刚才的古怪模样、古怪举止，不禁有些焦急，心想也不知道他怎么样了，便离开了跳舞的人群，转身朝村头走去，她家的小屋就坐落在那里。

她离家还有好几十码的时候，听到了一种有节奏的声音，跟刚才舞场上的声音截然不同。她熟悉这声音——非常熟悉。这是从屋里传来的一连串有规律的咯噔声，是摇篮在石头地上猛烈摇晃发出的；一个女人的声音和着摇篮的摆动，像演奏强劲有力的快步舞曲一样，唱起了她最喜爱的《花牛曲》：

我看见她躺在那边的绿树林里；
　　来吧，亲爱的！让我告诉你她在哪里！

摇篮声和歌声，有时会同时中断一下，取而代之的是一阵扯着嗓门的叫喊。

"上帝保佑你那钻石般的眼睛！保佑你那光溜溜的脸蛋！"

　　祈祷完之后，摇篮声和歌声又重新开始，《花牛曲》又唱了下去。苔丝打开门，站在门里的擦脚垫上往里审视的时候，屋里正是这幅光景。

　　屋里尽管有歌声，但是苔丝却感受到一种说不出的凄凉。从刚才旷野里的欢乐景象——洁白的连衣裙，一束束鲜花，一根根柳条，草地上的翩翩起舞，对陌生青年的一阵柔情——来到这一支蜡烛、一片昏黄的惨淡景象中，真是天上人间了！除了这种格格不入的对照之外，她还因为自己光顾得在外面游玩，没能早点回家帮助妈妈做家务，而感到寒心和内疚。

　　和她离家时一样，妈妈身边围着一群孩子，俯身立在一个洗衣盆旁边，盆里的衣服本该礼拜一就洗完的，现在却像往常一样，又给拖到了周末。苔丝身上穿的这件白色连衣裙，也是妈妈昨天才从那个盆里捞出来，亲手拧干熨平的，可刚才却在湿漉漉的草地上，让她漫不经心地把裙子下摆蹭绿了。——一想到这里，她就感到悔恨，像受到蜂刺蝎蜇一般。

　　像往常一样，德贝菲尔夫人一只脚站在盆边，另一只脚忙于前面所说的事，摇晃她那顶小的孩子。那只摇篮，在那石板地上干了这么多年的苦役，承受了这么多孩子的重负，如今连曲座都快磨平了。因此，篮身每摇晃一次，都要剧烈地抖动一下，把婴儿像织布梭子似的，从这一边抛到另一边，而德贝菲尔夫人尽管在肥皂水里泡了一整天，但是让自己的歌声一激发，身上反倒来了劲，拼命地用脚晃动摇篮。

　　摇篮咯噔咯噔地响着，蜡烛火苗越着越长，开始上下跳动，德贝菲尔夫人胳膊肘上滴着肥皂水，《花牛曲》也很快唱到了末尾，与此同时，她拿眼睛瞅着女儿。即使现在，琼·德贝菲尔虽然让一大群孩子拖累着，但是仍然酷爱唱歌。凡是从外界流传到布莱克穆尔谷的歌曲，苔丝的妈妈只要一个星期，就能把调子学会。

　　从这女人的面容上，还能隐隐约约地看出她年轻时的光彩，甚至风韵。由此看来，苔丝那足可自豪的美貌，主要是她母亲传给她的，因此和爵士世家没有多大干系。

"妈,俺来替你摇摇篮吧,"女儿低声细语地说道,"要不俺就脱掉俺这件顶好的连衣裙,帮你拧衣服吧?俺还当是你早就洗完了呢。"

妈妈并不怨恨苔丝出门这么久,把家务活留给她一个人去干。说真的,琼很少为这件事责骂女儿,觉得没有苔丝帮忙,也没有什么大不了的,反正她不想干活的时候,自有解脱的办法,把活计往后推一推就是了。可是今天晚上,她心里比往常还要高兴。做妈妈的脸上有一种恍恍惚惚、心驰神往、扬扬得意的神情,真叫女儿无法理解。

"哦,你回来了,好极啦,"妈妈一唱完歌,便说道,"俺正想去把你爹找回来。不过,不光是这个,俺还要告诉你刚冒出来的一桩事。宝贝,你听了准要抖起来了!"(德贝菲尔夫人一向说惯了土话,她女儿跟着一个伦敦毕业的女教师读书,通过了国立学校的六年级考试,所以会说两种话:在家里或多或少说土话,在外面或跟有身份的人说话时,则讲普通话。)

"是俺不在家的时候冒出来的吗?"

"可不是!"

"今儿后晌,俺爹坐在马车里活现世,是不是跟这桩事有关系?他干吗呀?臊得俺恨不得钻到地里去!"

"那就是热闹中的一桩嘛!有人查出来,咱们家是全郡顶了不起的名门世家——从奥利弗·格哩咕噜[1]时代老早以前——直到佩根·土耳其[2]的时候——有墓碑,有墓穴,有盔饰,有盾徽,还有好些东西,天晓得叫什么。在圣查理时代[3],咱们家给封过御橡爵士,咱们家的真姓是德伯维尔。……你听了这话,不觉得胸脯往外鼓吗?你爹就因为这,才坐着马车回家的,倒不像人们瞎猜的那样,说他喝晕乎了。"

"俺听了很高兴。……妈,这事能给咱们带来什么好处吗?"

"哦,有好处。人家都认为这桩事好处大着哩。不用说,这事一

---

[1] 应为奥利弗·克伦威尔。
[2] 德贝菲尔夫人又把人名说错了。
[3] 应为查理二世。

传出去，就会有好多跟咱们一样高贵的人，坐着马车来看望咱们。你爹是从沙斯顿回家的时候，在路上听说这桩事的，他把来龙去脉全说给俺听啦。"

"俺爹这会儿上哪儿去啦？"苔丝突然问道。

母亲做了个漠不相关的回答："他今儿上沙斯顿看大夫。看样子，压根儿不是痨病。大夫说，他心脏外头长了脂肪。你看，就像这样。"琼·德贝菲尔一面说，一面用湿漉漉的拇指和食指比画出一个C字形状，并拿另一只手的食指指着，"'眼下，'大夫对你爹说，'你心脏这里全被脂肪包住了，这里也全给包住了，这块地方还没被包住，'他说，'一旦这里包住了，那么，'"——德贝菲尔夫人把两个手指合成一个完整的圆圈——"'德贝菲尔先生，你就该上西天了，'他说，'你也许能活十年，也许再过十个月，或者十天，就完蛋了。'"

苔丝骇然失色。父亲虽然一下变成了贵人，但是也可能很快就一命归天！"可爹到底上哪儿去啦？"她又问道。

母亲摆出一副不许没大没小的神气。"你别气鼓鼓地嚷嚷！你那可怜的爹听了牧师的那番话，一下给捧上了天，心里就像猴跳马跑的——半个钟头以前，他跑到罗利弗酒店去了。他也确实想提提劲，好明儿起早赶集，不管咱家祖上怎么样，总得把那些蜂窝送到集上去。路太远，夜里一过十二点，就得上路。"

"提提劲！"苔丝气冲冲地说道，泪水涌上了眼眶，"哦，天啊！跑到酒店里去提劲！妈，你就由着他啦！"

她的指责和气愤，好像充满了整个屋子，致使屋里的家具、蜡烛、正在玩耍的孩子，以及母亲的面庞，都显出受惊的神色。

"没有的事，"母亲恼悻悻地说道，"俺没有由着他。俺在等你回来看家，俺好去找他。"

"俺去吧。"

"别啦，苔丝。你知道，你去不中用。"

苔丝没再劝说。她知道母亲不让她去的用意。德贝菲尔夫人的上衣和帽子，早已诡秘地搭在她身边的椅子上，准备用于这趟早就盘算好的外出。这位主妇为之哀叹的，倒不是非要出门不可，而是这次出门的原因。

"把这本《算命大全》拿到外面的小屋里。"琼接着说道，一面急急忙忙地擦手，穿衣服。

《算命大全》是一本很厚的旧书，就放在她身旁的桌子上，因为常常塞在口袋里，早已破烂不堪了，书边都磨到印字的地方。苔丝拿起书，母亲也起身出门了。

跑到酒馆去找那好吃懒做的丈夫，这是德贝菲尔夫人在拖儿带女的脏乱生活中，仅剩的乐趣之一。在罗利弗酒店找到他，挨着他坐上一两个钟头，在这期间，把为孩子操心受累的事置于脑后，这怎能不使她感到快活。这时候，生活就会蒙上一种光环，一片晚霞。一切烦恼之类的现实，全都变成虚无缥缈、不可思议的东西，成为仅供人静思默想的精神现象，而不再是犹如千钧重负、令人心力交瘁的具体之物。那些小家伙不在眼前的时候，不但不令人讨厌，反倒是些乖觉可爱的宝贝了。日常生活中极其平常的小事，显现出幽默欢乐的色彩。她挨着自己的丈夫，坐在他当年向她求爱时的同一地点，倒真有一点旧日的感觉，全然无视他性格上的缺陷，只把他当作理想的情人。

家里只剩下苔丝和弟弟妹妹们。她先把《算命大全》拿到外面的小屋，塞在屋顶的茅草里。母亲对这本沾满污垢的书，怀有一种既崇拜又畏惧的奇怪心理，从来不敢把它整夜放在屋里，每次查阅完了之后，都要放回小屋里。这母女两人，一个满脑袋的迷信、民间传说、土话和口传歌曲，全是些快要绝迹的破烂，另一个则是在大大改进的《新教育法典》之下，受过正规的国民教育，掌握了种种普及知识，因此，照一般的估计，她们之间存在着二百年的代沟。她们俩在一起的时候，就如同詹姆斯一世时代和维多利亚时代共处在一起。

苔丝顺着庭园小路往回走时，心里在思忖：母亲在这个日子里查看《算命大全》，不知要算什么命。她猜想，这事一定和最近发现老祖宗有关系，但她却没料到，事情恰恰关系到她自己。不过，她也不再去想这件事了，只顾得往白天晒干了的衣服上喷水，当时陪着她的，只有她九岁的弟弟亚伯拉罕，十二岁的妹妹伊丽莎·露易萨，大家都管她叫"丽莎·露"，几个更小的弟弟妹妹都已打发上床了。苔丝和大妹妹之间，本来还有两个孩子，都在出生后不久就死了，因此她们俩相差四岁还多，这样一来，她单独和弟弟们在一起的时候，就摆出一副代理母亲的姿态。亚伯拉罕下面，是两个女孩，一个叫希望，一个叫贤淑，随后是一个三岁男孩，再往后是一个刚满周岁的娃娃。

所有这些小家伙，都是德贝菲尔家航船上的乘客——他们的快乐、需求、健康甚至生存，全靠德贝菲尔家的两个大人来定夺。如果德贝菲尔家的两个当家人存心要把船驶进危难、灾祸、饥饿、疾病、耻辱、死亡之中，那这六个关在舱里的小囚徒，也只得跟着他们一同驶去——这六个无依无靠的可怜虫，从来没有人问过，他们是否愿意生活在任何条件下，更没有人问过，他们是否愿意生活在德贝菲尔家这样缺衣少食的艰苦环境中。如今人们都认为，有位诗人不仅诗歌清新飘逸，而且哲理深邃可信，可有些人却想知道，这位诗人凭什么说起"大自然的神圣规划"。①

天已经很晚了，父亲和母亲都没回来。苔丝往门外望去，脑海中把马洛特过了一遍。村里的人都准备入睡，家家都在灭烛熄灯：她仿佛看得见那熄烛器，那伸出的手。

母亲出去找人，就意味又多了一个要找回的人。苔丝这才意识到，一个身体不好的人，夜里一点钟以前还打算出远门，那就不该在这深更半夜的时候，还待在酒馆里庆贺自己出身名门世家。"亚伯拉罕，"她对小弟弟说，"你戴上帽子——你不害怕吧？——跑到罗利弗酒店，看看爹妈怎么啦。"

小家伙忽地从座位上跳起来，一把打开门，顿时消失在夜色之中。

---

① 诗人指威廉·华兹华斯。"大自然的神圣规划"引自《早春书怀》一诗。

然而，又过了半个钟头，那男女老少没有一个回来的。亚伯拉罕也像父母亲一样，走进酒店如同给粘住了，再也脱不了身啦。"俺得亲自去才行。"苔丝说。

这时，丽莎·露上了床，苔丝把弟妹们全锁在家里，然后起身走上那条小路，或者说街道。街上黑咕隆咚，曲曲弯弯，哪里适合有急事的人赶路。这条街修建的时候，还不是寸土寸金的年代，当时标示时间的只是一根针的时钟。

第四章

马洛特是一座形体狭长、住家零散的村庄，村这头的独门生意罗利弗酒店，仅仅获得一张只准外卖不许堂饮的执照。因此，既然不许在店内喝酒，店家能够公开招待顾客的地方，就严格地限制在一块大约六英寸宽、两码长的小木板上。木板用铁丝拴在庭园的栅栏外面，做成搁板的样子。外来的酒徒就站在路边喝酒，把杯子放在搁板上，酒渣洒在满是尘土的地上，好像波利尼西亚群岛一样，他们真想在店里找一个安歇落座的地方。

外来的顾客是这样想的，当地的主顾也有同样的愿望，而且，有志者事竟成。

楼上有一间大卧室，卧室的窗户，用老板娘罗利弗太太最近废弃的羊毛大围巾遮得严严实实，这天晚上，有十来个人聚在这里寻欢作乐，他们全是马洛特这一头的老住户，也是这家小店的常客。在这个住家零落的村庄的那一头，那家醇沥酒店倒有允许堂饮的执照，但是由于离得较远，住在这一头的村民实在无法光顾。不仅如此，更严重的问题是酒的质量，使得大家普遍认为，宁可挤在房顶的角落里喝他罗利弗家的酒，也不待在宽敞的屋子里喝那醇沥店的酒。

屋里放着一张破旧的四柱床，给聚在床铺三面的好几个人提供了座位，还有两人高踞在五斗橱上，另有一人坐在橡木雕花的小柜子上；还有两人坐在盥洗台上；另有一个坐在板凳上。就这样，每个人总算舒舒服服地坐下了。这时候，他们已经到了心旷神怡的阶段，一个个魂灵超脱了形骸，在屋里热切地表现各自的个性。在这过程中，屋子本身和屋里的家具，显得越来越富丽，越来越堂皇，窗户上挂的围巾，就像绣花挂毯一样华贵，五斗橱上的铜拉手就像是金门环，雕花的床柱有点像是所罗门庙宇的宏伟石柱。

德贝菲尔夫人离开苔丝之后，急匆匆地赶到这里，伸手打开前门，穿过楼下黑乎乎的房间，然后麻利地拉开楼梯门的门闩，好像非常熟悉这门闩上的机关。她登上弯弯曲曲的楼梯时，脚步放慢了一些，等她的脸出现在楼梯顶上的亮光里，聚集在屋里的人全把目光转向了她。

"这是俺的几个朋友，是俺花钱请来过游行节的，"老板娘一听见脚步声，便两眼盯着楼梯口，嘴里跟着嚷嚷道，就像儿童背诵《教理问答》一样流利，"哟——是你呀，德贝菲尔太太——天哪——你真把俺吓坏啦！——俺还当是官府派来的把头呢。"

聚在屋内的其他人，都用瞥一眼、点一下头，对德贝菲尔夫人表示欢迎，然后这位夫人就转身走到丈夫坐的地方。德贝菲尔先生正在发痴地低声哼吟："不管你这儿那儿的人家，俺家比谁家都不差！俺家在青山下的金斯比尔有个好大的陵墓，在威塞克斯，谁家的祖宗能比得上俺们家的！"

"俺有话跟你说，俺对这事儿想起了一招——一步高招！"他妻子心里乐滋滋的，低声对他说道，"喂，约翰，你瞅不见俺吗？"她用胳膊肘推了推丈夫，丈夫瞅向她时，如同瞅着一块透明的窗玻璃，嘴里还在不停地哼吟。

"嘘！别这么大声哼唧啦，先生，"老板娘说道，"免得官府里有人路过，把俺的执照吊销了。"

"俺猜想，他给你们讲过俺家的事儿啦？"德贝菲尔夫人问道。

"是的——讲了一点儿。你看从这里面能捞到什么油水吗？"

"哦，这可是桩秘密，"琼·德贝菲尔卖乖地说道，"不过，就是坐不上马车，能跟坐马车的攀个亲戚也不赖呀。"接着，她把跟众人说话的嗓门往下一压，又轻声对丈夫说道："你告诉了俺那桩事儿以后，俺老是在琢磨：特兰岭附近有个高贵的阔太太，住在狩猎林边上，就姓德伯维尔。"

"啊——你说什么？"约翰爵士问。

做妻子的把话又重复了一遍。"那位太太准是咱们的本家，"她说，"俺那一招，就是打发苔丝去认亲。"

"你这一提，倒还真有个德伯维尔太太呢，"德贝菲尔说，"特林厄姆牧师没想到这上头。……不过，她没法跟咱们比——准是咱们家的一支末房，不知是诺曼王朝后面哪一辈传下来的。"

这夫妇俩光顾得谈论这个问题，谁也没注意小亚伯拉罕溜进了屋里，正在等待机会叫他们回家。

"她可有钱啦，准会看上咱家闺女，"德贝菲尔夫人接着说，"这可是件大好事儿。俺不明白，一个家族的两房人家咋就不能来往。"

"对呀，咱们都去认亲吧！"亚伯拉罕从床沿底下兴高采烈地说，"等苔丝住到她家里，咱们都去看她，还能坐上她的马车，穿上黑礼服！"

"你是怎么跑来的，孩子？你胡说什么呀！快走开，到楼梯上去玩，等着和爹妈一块走！……嗯，苔丝是该去见见咱们这个本家。她准能讨这位太太的喜欢——苔丝准能，没准儿还能嫁给一个高贵的绅士。反正，俺看准啦。"

"咋看准的？"

"俺拿《算命大全》给她算了算命，上面就是这么说的呀！……你没看见她今儿有多漂亮，细皮嫩肉，真像个公爵夫人。"

"那闺女说她去不去呢？"

"俺还没问她。她还不知道有这么个阔太太做本家呢。不过，这么一来，她准能找到一个好婆家，她不会不乐意去的。"

"苔丝脾气可怪哩。"

"不过，她根底里还是听话的。把她交给俺吧。"

虽说这是一番体己话，但是周围的人还能领悟话里的意思，知道德贝菲尔夫妇眼下所商量的，是寻常人家所没有的重大事情，知道他们那漂亮的大闺女苔丝有了锦绣前程。

"俺今儿个瞧见苔丝和大伙儿在教区游行时，就对自个儿说：苔丝真是个怪有趣的漂亮妞儿，"一个上了年纪的酒鬼低声说道，"不过，琼·德贝菲尔可得当心，千万不要泡出青芽来。"这是当地的一句俗语，含有特殊的意思①，别人没有搭话。

大伙话头多起来了，霎时间，楼底下又传来了脚步声，正穿过楼下房间。

"这是俺的几个朋友，是俺花钱请来过游行节的。"老板娘急忙又搬出了她准备应付不速之客的那套话，后来却认出，进来的是苔丝。

在这酒气弥漫的屋里，坐着几个脸上嵌着皱纹的中年人，倒还没有什么不合适的，但是苔丝带着那细嫩面孔进来，即使在她母亲看来，也显得太不协调，太令人心酸。所以，还没等苔丝那黑眼珠里闪现出责备的目光，她父母亲便站起身来，急匆匆地喝干杯里的酒，跟着女儿走下楼，罗利弗太太告诫他们脚步要轻。

"亲爱的，劳驾行个好，千万别出声。要不然，俺就会丢掉执照，被官府传了去，谁知道还会怎么样！……晚安！"

他们一道朝家走去，苔丝挽着父亲的一只胳膊，德贝菲尔夫人挽着另一只。说真的，德贝菲尔喝的很少——还不及天天贪杯的酒鬼礼拜天下午上教堂前所喝酒量的四分之一，而那些酒鬼在教堂里还照样能转向圣坛，屈膝下跪，一点也不踉踉跄跄。不过约翰爵士身体虚弱，仅仅犯下这么一点小小的罪过，就像大山压顶似的架不住了。到了外面让凉风一吹，他就东倒西歪起来，弄得三人时而像是要去伦敦，时而像是要去巴西——这本是一家人夜间同归常有的事，难免产生一种

---

① 这句俗语含有怀孕的意思。

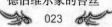

滑稽的效果。不过，像大多数滑稽事情一样，实际上也并不怎么滑稽。这母女俩尽管让德贝菲尔拖得没有办法，一次又一次地走错路返回来，但却表现得很顽强，竭力不让德贝菲尔、亚伯拉罕和她们自己觉得走了冤枉路。就这样，他们一步一步地走近自己的家门。就在快到家时，那位当家的忽然唱起了先前的老调，仿佛是看见自己眼前的住宅太寒碜，想为自己壮壮胆似的：

"俺家在金斯比尔有一块坟地！"

"得了——别这么犯傻啦，杰基，"他妻子说道，"老早的名门世家，也不光是你们一家呀。你瞧安克特尔家、霍西家，还有特林厄姆家——跟你们家差不离，也都败落了——不过你们家比他们家都阔，这倒不假。谢天谢地，俺娘家从没当过大户人家，如今也没有那种丢脸的事！"

"你别把话说得这么绝。瞧你那份德行，俺敢说，你比咱们谁都给祖宗丢脸，你们家以前也不含糊，有人做过国王和王后。"

这时候，苔丝心里想的并不是她家的祖宗，而是一个比这重要得多的问题，因此，她岔开话题，说道："俺爹明儿个怕是不能起早带着蜂窝去赶集了。"

"俺吗？俺过个把钟头就没事儿啦。"德贝菲尔说。

直到十一点，这家人才全都上了床。如果要在礼拜六赶集之前，就把蜂窝送到卡斯特桥的零售商手里，顶迟也得在明天深夜两点钟动身，因为到那里有二三十英里，路不好走，马车又是走的顶慢的。一点半钟的时候，德贝菲尔夫人走进苔丝和弟弟妹妹睡觉的大屋子。

"你那可怜的爹去不了啦。"她对大女儿说。女儿的那双大眼睛，早在母亲推门的时候就睁开了。

苔丝从床上坐起来，迷迷糊糊地听了这话，先是愣了一阵。

"可是总得有人去呀，"她答道，"现在卖蜂窝，本来就够晚的了。今年蜜蜂分窝眼看就过去了。要是拖到下礼拜赶集的时候，就没有人要了，咱们就得个个儿兜着了。"

在这节骨眼上，德贝菲尔夫人看来是没辙了。"也许哪个后生会去吧？从昨儿个非要跟你跳舞的后生里，找一个么。"她马上提议说。

"哦，不行——俺说啥也不能这么干！"苔丝出于自尊，断然说道，"让人家知道了底细——这种事能臊死人！俺想，只要亚伯拉罕能跟俺做伴，俺就能去。"

母亲终于同意了这个办法。小亚伯拉罕在屋子的角落里睡得正酣，硬是给叫醒了，神志还在梦乡里徘徊，就给逼着穿上了衣服。与此同时，苔丝也匆匆穿好衣服。这姐弟俩点上灯笼，走到马棚。那辆小破马车早已装好了，姑娘把老马"王子"牵了出来，它比那辆破车好不了多少。

这可怜的畜生莫名其妙地望望夜色，瞧瞧灯笼，再瞅瞅那姐弟俩的身影，仿佛无法相信，在这一切有生之物都该隐身休息的时候，它却被拉出来去卖苦力。姐弟俩往灯笼里放了一些蜡烛头，把灯笼挂在货车的外侧，然后就赶着马启程。起初上坡的时候，他们跟在马旁边步行，免得那力气单薄的牲口负担过重。为了尽量开心，他们借助灯笼，一面吃着黄油面包，一面聊天，假装天亮了似的，其实离天亮还早着呢。亚伯拉罕本来一直处于恍惚状态，现在清醒多了，便谈起一个个黑暗物体映衬在夜空里的奇形怪状，说这棵树像是一只凶猛的老虎，纵身跳出洞穴，那棵树像是一个巨人的脑袋。

他们经过斯图堡小镇时，镇上的人都在厚厚的褐色茅草屋顶下昏然沉睡；再往前去，就走到了更高的地方。在他们左边，比这个地方更高的，就是布尔巴罗山，也叫比尔巴罗山，差不多是南威塞克斯的最高点，耸立在空中，四周有土壕环绕。从这里往前，漫长的道路有一段相当平坦。姐弟俩上了车，坐在车前面，亚伯拉罕陷入沉思。

"苔丝！"沉默了一阵之后，他以有话要说的口吻说道。

"唉，亚伯拉罕。"

"咱们成了体面人家了，你不觉得高兴吗？"

"不是特别高兴。"

"可是你要嫁给一个体面人了，你觉得高兴吗？"

"什么？"苔丝抬起脸，问道。

"咱们的高贵亲戚会帮你嫁给一个上等人的。"

"我？咱们的高贵亲戚？咱们没有这样的亲戚。你脑袋里怎么转起这样的念头来啦？"

"俺去找爹的时候，听见他们在罗利弗酒店楼上说的。咱们家在特兰岭有一个阔太太，妈说你要是去跟那太太认个亲，她就会帮你嫁给个上等人。"

做姐姐的顿时静下来，陷入了沉思。亚伯拉罕还在不停地讲着，与其说是讲给别人听，不如说是只图自己讲着痛快，因此姐姐心不在焉也无所谓。他背靠着蜂箱，仰着脸望着星星，星星那凄冷的光芒，正在一片片幽暗的苍穹中闪烁搏动，一副泰然自若的神态，毫不理睬下界的这两个弱小生命。亚伯拉罕问姐姐，这些闪闪发亮的星星离他们有多远，上帝是不是住在星星的那边。不过，他毕竟是个孩子，话题不时地要扯到他觉得比创造宇宙的奇迹更重要的事情上。若是苔丝果真嫁给一个上等人，一下子阔起来了，她能不能有钱买一架好大的望远镜，看起星星来就像内特尔科姆图特山一样近。

这似乎是他们全家人都为之沉醉的一个话题，眼下重新提起，苔丝感到实在不耐烦。

"不要瞎扯这事儿啦！"她大声嚷道。

"苔丝，你是说每一个星星都是一个世界吗？"

"是的。"

"都像咱们的世界吗？"

"我说不上来，不过我想是这样。有时候，它们就像咱家那棵尖头苹果树上的苹果。它们大多数都完好无损——只有几个是有毛病的。"

"咱们住在哪一类上面——是完好无损的，还是有毛病的？"

"有毛病的。"

"真倒霉，天地之间有那么多完好无损的世界，咱们偏偏投错了地方！"

"是的。"

"果真是这样吗，苔丝？"亚伯拉罕把这稀罕话重新考虑了一番，感触万端地转身对姐姐说，"咱们要是投生在一个完好无损的世界上，那会是个什么样子呢？"

"那样的话，咱爹就不会老这样咳嗽，老这样到处奔波，也不会喝得醉醺醺的，都赶不成这趟集了。咱妈也不用老洗衣服，总是洗不完。"

"你也就是个天生的阔太太，不用非得嫁个阔男人，才能当上阔太太，对吧？"

"唉，亚比，别——别再提这事儿啦！"

亚伯拉罕独自沉思了一会，就瞌睡起来了。苔丝不大擅长驾马，不过她又心想，她眼下可以把赶车的事包揽下来，让亚伯拉罕想睡就睡去吧。她在蜂箱前给他弄了一个窝，让他不至于掉下去，然后就接过缰绳，赶着车子像先前一样，慢慢地向前颠簸。

王子光拉车就够它受的了，压根儿没有精力搞什么多余的动作，因而驾驶起来也不用费神。苔丝没有同伴来分心了，便背靠着蜂箱，陷入了沉思，而且比先前想得更出神。从她肩旁悄声掠过的树木和树篱，变成了超越现实之外的幻景，就是偶尔吹来一阵风，也变成了一个硕大而凄楚的灵魂的叹息，这一灵魂像宇宙一样恢宏，像历史一样悠久。

这时候，她仔细琢磨起自己生平中的前尘往事，仿佛看出父亲自命不凡有多么虚荣，仿佛看见母亲想象中有个上等人等着向自己求婚，看见这个人对她做鬼脸，嘲笑她家境贫寒，嘲笑她那些化为枯骨的爵士祖宗。一切事情都变得越来越荒诞，她也不知道时间是怎么过去的。忽然，车子猛地一颠，把她从座位上震了一下，她才从睡梦中惊醒。原来，她也睡着了。

车子比她睡着以前，又往前走了好远，现在已经停住了。从前面传来一声沉闷的呻吟，跟她有生以来所听到的任何声音都不一样，接着传来一声"喂——唉！"的呼喊。

她车上挂的灯笼已经灭了，但却有另一盏灯笼照在她的脸上——这盏灯笼要比她的亮得多。一件可怕的事情发生了。马具和一个挡在路上的物体搅在了一起。

苔丝在惊骇之中跳下车，发现了那可怕的事实。原来，那呻吟声是从他父亲那可怜的老马王子嘴里发出来的。一辆早班邮车，两个轮子悄寂无声，像往常一样，箭一般地沿着小路飞奔，一下撞上了她那慢慢腾腾、又没亮灯的马车。邮车那尖尖的车辕，如同利剑似的，刺进了不幸的王子的胸部，鲜血源源不断地从伤口往外直喷，落到地上还嘶嘶有声。

苔丝绝望地扑上前去，伸手去堵那伤口，结果从脸到裙裾，都给溅上了殷红的血点。于是，她束手无策地站在一旁瞧着。王子也尽力一动不动地硬挺着，直到陡然栽倒在地，瘫成一堆。

这时，赶邮车的已经来到苔丝跟前，动手去拖身上还热乎乎的王子，给它解下套具。但是，王子已经断气了。一看眼下无能为力，赶邮车的就回到自己的马那里，那匹马倒安然无恙。

"你不该走这一边，"他说，"我得去送邮包，因此你最好待在这里守着车子。我会尽快打发人来帮你的。天快亮了，没什么好怕的。"

他跳上马车，急驰而去，苔丝站在路上等候。天色发白了，鸟儿也在树篱上抖抖身子醒过来，啾啾地叫着。路面完全显出了本来面目，一片灰白，苔丝也显出了自己的面目，比路面更加苍白。她面前的那一大摊血已经凝结，呈现出一片彩虹色；太阳一升起来，就把它映照得异彩缤纷。王子静静地躺在一旁，躯体已经发僵，眼睛半睁半闭，胸部的伤口看来并不算大，不像是能把它赖以生存的东西，全部喷洒出来。

"这是我闯的祸——都怪我！"姑娘盯着这副惨状，大声喊道，"我没有什么好说的——压根儿没有。这下子，爹妈还指靠什么过活呀？亚比，亚比！"她使劲摇晃亚伯拉罕，这孩子在出事的时候，一直睡得死死的，"咱们的车走不了啦——王子给撞死啦！"

当亚伯拉罕明白了一切的时候，他那幼稚的脸蛋上，一下子增添了五十年的皱纹。

"唉，我昨天还又跳又笑呢！"苔丝又自言自语地说，"想想看，我有多傻呀！"

"这是因为咱们投生在一个有毛病的星球上，不在一个完好无损的星球上，对吧，苔丝？"亚伯拉罕泪汪汪地嘟囔道。

他们默默地等待着，好像等得没完没了。最后，终于听到了声音，瞧见一个物体越来越近，证明赶邮车的说话还算数。一个农家伙计牵着一匹健壮的矮脚马，从斯图堡附近赶来。矮脚马取代王子，套到装有蜂箱的车上，朝卡斯特桥拉去。

当天傍晚，那辆空车又回到了出事地点。王子从早晨起，一直躺在路旁的沟里，但是路中间的那一摊血，尽管让来往车辆又碾又蹭，却依然看得出来。这时，他们把王子的尸体抬到它原先拉的车子上，只见它四脚朝天，蹄掌闪烁在夕照之中，顺着原先那八九英里的来路，返回马洛特。

苔丝已经先回去了。她实在不知道该怎样向父母亲透露这件事。但是，从他们脸上的神情可以看出，他们已经知道了这场灾祸，这就免得她去再费口舌了。然而这并没减轻她的自责，她还在一个劲地责怪自己太疏忽大意。

不过，这家人一向都是马马虎虎过日子，遇到这场灾祸，反倒没有奋发图强的人家看来那样可怕，尽管在他们这样的人家，这真算得上倾家荡产，而在那另一种人家，这只算是一桩麻烦。德贝菲尔夫妇不像一心指望女儿享福的父母那样，并没有气得脸红脖子粗，冲着女儿大发肝火。谁也没有像苔丝自己那样责怪她。

德贝菲尔发现，那收购死马卖肉制皮的人，因为嫌王子又老又瘦，只肯出几个先令，来买它的尸体，这时他毅然打定了主意。

"不成，"他果决地说道，"俺不卖它这把老骨头啦。俺德伯维尔家当年当爵士的时候，绝不把战马卖给人家做猫食。让他们收起他们的臭钱吧！王子好生给俺干了一辈子活，俺如今也不忍心和它分离。"

第二天，他在庭园里给王子挖坟坑，好几个月以来，他为养家糊口种庄稼，也没有这样卖劲过。等坟坑挖好了，他们夫妇俩用绳子把马拦腰拴住，顺着小路拖向坟坑，孩子们跟在后面，像送殡的队列。亚伯拉罕和丽莎·露抽抽噎噎地哭着，希望和贤淑则悲痛欲绝地号啕大哭，震得墙壁都发出了回响。等把王子扔进去的时候，大家都围到墓穴四周。一家人就靠它挣饭吃，如今却给夺走了，往后可怎么办呀？

"它上天堂了吗？"亚伯拉罕啜泣着问道。

这时，德贝菲尔动手往坑里填土，孩子们又大哭起来，大家个个都哭了，只有苔丝例外。她脸色苍白，却没有流泪，仿佛认定自己是那杀生害命的凶手。

第五章

这做小买卖，本来主要依靠马，如今马一死，买卖也就泡汤了。往后，纵使成不了穷光蛋，也要过得很艰难。照当地人的说法，德贝菲尔是个熊包软蛋。他有时干活倒也挺卖劲，可他肯卖劲的时候，跟需要卖劲的时候很难巧合。即使两者真的巧合了，他也没有打工人那种终日劳累的习惯，难以异乎寻常地坚持下去。

这时候，苔丝觉得是自己害得父母陷入困境，她在暗自盘算，怎样才能帮助他们摆脱这困境。就在这当儿，母亲说出了她的打算。"苔丝，咱们不能光倒霉，得找点吉利的事儿，"她说，"如今发现咱们家的高贵血统，可真是时候啊。你得去找找咱们的本家亲故。狩猎林边上住着个很有钱的德伯维尔太太，一准是咱们的本家，你知道吗？你得去跟她认个亲，求她在咱家倒霉的时候帮帮忙。"

"这事儿俺可不想干，"苔丝说，"要是真有这样一位太太，她能对咱们客气些，那就算很不错了——可别指望她会帮什么忙。"

"好孩子，你可以讨她喜欢，让她干什么都行。再说，也许这里头还有你想不到的好事儿。俺听说的事儿保准没错，乖，听话。"

苔丝总觉得自己闯了祸，心里非常难过，因而对母亲的意愿，比往常更为顺从些。但她不明白，这件事在她看来未必会有什么好处，可母亲一琢磨起来，怎么会这么得意。母亲或许打听过了，发现这位德伯维尔太太有着无与伦比的美德和善心。不过，苔丝自尊心太强，要她以穷亲戚的身份去求人，她觉得太不是滋味。

"俺宁愿去找点活儿做。"她喃喃地说。

"德贝菲尔，这事儿你说了算，"妻子转向坐在后面的丈夫，说道。"你要是说她非去不可，她就会去。"

"一个认都不认得的本家，俺不想让自己的孩子去沾人家的光，"德贝菲尔嘟囔说，"俺是这个家族里顶高贵的一房，是这一房之长，俺总不能丢了这个身份。"

苔丝觉得，父亲不让她去的理由，比她自己不肯去的理由，更让人心酸。"好吧，妈，既然马死在俺手里，"她悲伤地说道，"俺就得做点补救。去看看那位太太，俺倒不在乎，不过要不要求她帮忙，你可得让俺看着办。别老想着让她给俺找婆家——那太可笑了。"

"说得妙，苔丝！"父亲故作正经地说。

"谁说俺有这样的想法？"琼问道。

"俺猜想你心里有这个意思，妈。不过，俺去就是了。"

第二天，苔丝一早就起了床，走到那个名叫沙斯顿的小山镇，从那里搭上一辆大篷车。这大篷车一个礼拜有两班，从沙斯顿往东跑向蔡斯伯勒，途中打特兰岭附近经过，那位朦胧而神秘的德伯维尔太太就住在那个教区。

在这个难忘的早晨，苔丝·德贝菲尔要打布莱克穆尔谷东北部的丘陵地带走过，她就是在这个地方出生，也是在这个地方长大的。在她看来，布莱克穆尔谷就是整个世界，谷里的居民就是整个人类。在她对什么都感到新奇的童年时代，她曾经从马洛特的栅门和篱边台阶那里，眺望过那一大片山谷，当时产生的那种神秘感，如今并没减退多少。她从她卧室的窗口，天天都能看见那些塔楼、村庄和隐隐约约的白色宅第，尤其能看见沙斯顿镇巍然盘踞在山巅上，一扇扇窗户在夕阳的映照下，像灯笼似的闪烁着。她以前从没到过这个地方，就是这山谷和山谷附近一带，经她仔细察看而熟悉的地方，也只有很少的一块。远在谷外的地方，她到过的就更少了。她熟悉四周山峦的每一个轮廓，就像熟悉亲友的脸膛一样。不过，对于山外的景致，她只能根据在村立小学学到的知识来判断了。她是一两年前离开学校的，当时还是班上的尖子呢。

早在那时候，一些和她同龄的女孩子都很喜欢她，村里人总是看见她和另外两个女孩——差不多都是一样的年纪——肩并肩地从学校走回家。苔丝总是走在中间——穿着一件颜色褪得不成样子的毛布上衣，外面罩着一条缀有小方格的粉红色花布围裙——两条腿又细又长，绷着紧紧的长筒袜子，因为时常跪在路上和土坡上寻找珍奇的植物和矿物，膝盖那里给磨出了一个个梯子式的小窟窿，她那时还是土黄色的头发，像S形锅钩似的悬吊着。外侧的两个女孩拿手搂着苔丝的腰，苔丝将手搭在两个女孩的肩上。

苔丝渐渐长大，开始懂事以后，眼见母亲在无力抚育和供养孩子的情况下，却稀里糊涂地给她生了那么多小弟弟小妹妹，她觉得自己真成了马尔萨斯的信徒了。就智力而言，她母亲完全是个嘻嘻哈哈的小孩子。琼·德贝菲尔有一大串听天由命的孩子，她自己也仅仅是其中的一个，而且还算不上老大。

不过，苔丝对小弟弟小妹妹还是很疼爱，很体贴的。为了尽力帮助他们，她一放学，就跑到附近的农场帮助人家晒干草、收庄稼，再不就做些自己喜爱的活，给人家挤牛奶、搅黄油，这还是她父亲以前养牛的时候，她跟着学会的，因为手指灵巧，干这种活特别熟练。

家庭负担似乎一天重似一天地落到她那年轻的肩膀上，因此，苔丝理所当然要代表德贝菲尔一家，跑到德伯维尔府上认亲。应当承认，这一回，德贝菲尔家可是端出了家里最能露脸的人。

苔丝在特兰岭十字碑那里下了车，迈步爬上一座小山，朝着那个

叫狩猎林的地方走去，因为人家告诉她，就在那狩猎林边上，能找到
德伯维尔太太的宅第坡居。这不是一幢普通意义上的庄宅，没有田地，
没有牧场，也没有牢骚满腹的佃户，让庄园主不择手段地榨取血汗，
以便供养自己一家人。这不是普通的庄宅，远远不是，它是纯粹为了
享乐而建造的别墅，除了为居住目的所占的地盘，以及一小块由主人
掌管、由管家照料，种着玩赏的场地以外，再也没有任何给人添麻烦
的田地了。

　　最先映入眼帘的是那座红砖门房，直到屋檐，都爬满了厚密的常
青藤。苔丝起先以为这就是庄宅本身，后来战战兢兢地穿过边门，往
前走到车道拐弯的地方，那幢正房才展现在她眼前。房子是不久前盖
起来的，说实在的，几乎是崭新的，也是涂着门房上与常青藤形成鲜
明对比的那种深红色。这房子，让四周柔和的色调一映衬，宛如一丛
天竺葵花。往房角后面远远望去，就是狩猎林那柔和的天蓝色的景致。
这是一片真正古老的林苑，无疑是英国远古时代遗留下来的几处林苑
之一，古代巫师采集的槲寄生枝，仍然能在这里的老橡树上采到，并
非人工栽植的大紫杉树，仍然像从前采来做弓的时候，长得那样巍峨。
不过，这片古老的林苑，虽然能从坡居那里望见，却不在庄园的范围
之内。

　　在这座幽静舒适的庄园里，一切都显得光彩夺目，欣欣向荣，有
条不紊。一大片玻璃温房，顺着山坡一直延伸到山脚下的矮树林里。
每样东西看上去都像钱一样——像是造币厂新铸出来的硬币一样。那
一排马房被奥地利松和常青橡树半遮半掩着，里面装配着种种最新的
器具，简直像小教堂一样壮丽。在一片广阔的草地上，搭着一顶花里
胡哨的帐篷，帐篷门就对着苔丝。

　　天真淳朴的苔丝·德贝菲尔站在沙石路边上，半带惊恐地凝视着。
她心里还没意识到自己到底在哪里，两脚就不由自主地走到这个地方。
现在，一切都和她预期的相反。"我还以为是个老门户呢，谁知却是
个新门户！"她天真地说道。她感到后悔，不该那么爽快地接受母亲

的"认亲"计划，而应该设法在离家较近的地方找人帮帮忙。

　　拥有这宗房产的德伯维尔家——或者他们起先自称的斯托克·德伯维尔家——在英国这个守旧的地方，不是一个寻常可以找到的人家。特林厄姆牧师说，我们那位步履蹒跚的约翰·德贝菲尔，就是古老的德伯维尔家族在本郡或附近一带唯一的正宗的嫡系子孙，这话倒是不假。他还应该再加一句，斯托克·德伯维尔家就像他自己一样，并不是德伯维尔家族的后裔，这一点他是很清楚的。不过，应当承认，这样一个有财有势的新兴门户，安上一个衰微湮没了的古老姓氏，倒是一桩相得益彰的事情。

　　不久前去世的西蒙·斯托克老先生，原是北方一个老老实实的商人（有人说他是放债的），发财之后，就决定移居到英国南部远离他原先做买卖的地方，当个乡绅。这样一来，他觉得有必要换个姓氏从头开始，这个姓氏既不要让人家一下就看出他是过去的那个精明商人，也不要像原先那个单调刻板的姓氏那么平庸。他在大英博物馆里花了一个钟头工夫，把他想要移居的那个地方的各个家族的文献，包括灭绝的、半灭绝的、埋没的、破落的，全都仔仔细细查阅了一番，觉得德伯维尔这个姓氏，写起来念起来都还不错。于是，他就把德伯维尔加在他的本姓上，永远成为他自己和他后代的姓氏。不过他这个人做这种事，并不好高骛远，在新的基础上编造家谱时，总是合情合理地通婚联姻，从不随意高攀，就是给族人加封头衔，也能适可而止，从不过分。

　　这种瞒天过海的情况，可怜的苔丝和她父母自然无从知晓，搞得他们非常难堪。的确，他们没想到会有这种假名借姓的事情。他们觉得，一个人长着一副漂亮面孔，也许是命运的赐赠，但是一个人的姓氏，却是生来就有的。

　　苔丝仍然站在那里，就像一个游泳的人，本想一头扎进水里，却又有些犹豫不决，她不知道应该前进还是后退。恰在这时，有一个身影从帐篷的三角门里走了出来。这是一个身材高大的青年，嘴里叼着烟。

他面色有些黑，两片嘴唇虽然又红又光滑，样子却不好看，嘴上留着两撇黑色的八字胡，修得整整齐齐，两端的胡尖卷曲着。其实他的年龄只不过二十三四岁。尽管他的轮廓中带有一些粗野的习气，但是在他那绅士般的脸上，在他那双滴溜溜的眼睛里，却含有一种奇特的力量。

"哦，我的美人，我能为你做点什么？"他一边说，一边走上前来。后来发现对方张皇失措地站在那里，便说，"别介意，我是德伯维尔先生。你是来找我的，还是来找我母亲的？"

这幢房屋和庭园已经出乎苔丝的意料了，而眼前出现的这位同姓的德伯维尔家的人，则更让她感到吃惊。她原想会遇见一个年迈端庄的老人，德伯维尔家族崇高品格的化身，昔日的阅历在他脸上刻下道道皱纹，如同象形文字一样，表现了德伯维尔家族以及英国数百年的历史。不过，苔丝既然已经无法退却，只好鼓起勇气，应付眼前的局面，回答说："我是来找你母亲的，先生。"

"你恐怕见不到她——她是个病人，"那个冒牌人家的现任代表答道。他是不久前去世的那位乡绅的独生子亚历克先生，"你找我不行吗？你找她有什么事？"

"不为什么事——只是——我也说不上为什么！"

"是来玩的吗？"

"哦，不是。……先生，我要是说出来，就好像——"苔丝现在强烈地感受到，她跑到这里实在荒唐可笑，因此，尽管她有些惧怕对方，觉得在这里一点也不自在，但她那红润的嘴唇还是不由得一咧，露出微笑的样子，逗得那位皮肤黝黑的亚历克心动神摇。"这件事太荒唐可笑了，"苔丝结结巴巴地说，"我恐怕不好讲给你听。"

"没关系——我就爱听可笑的事。再说说看，亲爱的。"德伯维尔和蔼地说道。

"是我母亲叫我来的，"苔丝接着说，"说真的，我也有心想来。不过，我没想到会是这样，我来告诉你们，我们跟你们是本家。"

"嗬——是穷亲戚喽？"

"是的。"

"姓斯托克吗？"

"不，德伯维尔。"

"对，对，我是说德伯维尔。"

"我们家的姓叫岔音了，变成了德贝菲尔。不过，我们有些证据，证明我们是德伯维尔家的人。考古学家是这样认为的——而且——而且我们还有一方古印，上面刻着一张盾牌，盾牌上面刻着一只扬起前爪的狮子，狮子上头还有一座城堡。我们还有一把很古的银匙，匙底是圆的，像一把小勺子，上面也刻着那样一座城堡。不过，银匙都磨得不成样子了，我母亲就用它搅豌豆汤。"

"不错，我的盔饰就是一座银白色的城堡，"德伯维尔和颜悦色地说道，"我的纹章也是一只扬起前爪的狮子。"

"所以我母亲说，我们应该跟你们认识一下——因为我们最近出了事，把马的命给送了，而我们又是家族中顶老的一支。"

"毫无疑问，你母亲是一片好意。拿我来说，我并不觉得她的举动有什么不好。"亚历克一面说，一面盯着苔丝，盯得她脸上微微涨起了一层红晕，"这么说，漂亮的姑娘，你是以本家的身份，好意来看望我们的？"

"我想是的。"苔丝结结巴巴地说道，神色又有些局促不安了。

"唔——这没有什么坏处。你们住在什么地方？你们家是干什么的？"

苔丝向他简单地讲了讲实情，并且回答了他提出的另一些问题，告诉他说，她打算乘坐她来时坐的那辆大篷车回去。

"大篷车回来经过特兰岭十字碑，还要等好长时间。漂亮的妹子，咱们在庭园里转一转，消磨一下时间，好不好？"

苔丝本想尽量缩短走访的时间，可是经不住小伙子竭力恳求，便答应陪他走一走。亚历克领着她参观了草场、花圃、暖房，然后又把她领到果园和温室，在那里问她爱不爱吃草莓。

"爱吃，"苔丝说，"那要等熟了的时候。"

"这里的草莓已经熟了，"德伯维尔说罢，就弯腰动手给她采摘上色草莓，并送到她手里。过了不久，他采到一只特好的"英国王后"种草莓，立起身来，抓着梗儿，就往苔丝嘴里送。

"不，不！"苔丝急忙说道，一面伸手挡在他的手和她的嘴唇之间，"我喜欢自己拿着吃。"

"胡说！"亚历克硬要往她嘴里塞。她有点凄恻地张开了嘴，把草莓吃进去了。

他们就这样漫无目的地游逛了一会。凡是德伯维尔塞给她的东西，苔丝都半乐意、半勉强地吃下了。等她再也吃不下了，他就往她的小篮子里装满了草莓。随即，两人又来到玫瑰花前，德伯维尔采了一些鲜花，戴在苔丝胸前。苔丝像在梦中似的任他摆布，等胸前插不下了，德伯维尔又往她帽子上插了一两枝花骨朵，还慷慨大方地往她篮子里装了好些花。后来，他看了看表，说："你要是想坐开往沙斯顿的大篷车，那你还是先吃点东西再走，时间来得及。来吧，我看看能给你弄点什么吃的。"

斯托克·德伯维尔把她领回草场，带进帐篷，叫她在那里等着。他去了不久就回来了，手里提着一篮子便餐淡食，亲手摆在苔丝面前。显然，这位先生不想让仆人来打扰这场愉快的私下会晤。

"我可以抽烟吗？"他问。

"哦，当然可以，先生。"

德伯维尔透过弥漫于帐篷里的缕缕青烟，望着苔丝那优美而又不自觉的咀嚼动作，而苔丝·德贝菲尔只是天真无邪地垂头看着胸前的玫瑰花，却万万没有料到，在那片尼古丁的青烟后面，潜藏着她人生舞台上的"悲剧祸根"，就要在她锦瑟年华的光谱上涂上一道血红的光泽。她身上有一种特征，当时对她非常不利。正是这一特征，才引得亚历克·德伯维尔目不转睛地盯着她。原来她相貌妖媚，发育丰满，使她看上去比实际上更像一个成年妇人。她从母亲那里继承了这种特征，但却没有这种特征所表示的特性。这个情况有时使她感觉不安，后来她的伙伴们告诉她，这是一种时光能医治好的毛病。

她很快就吃好了饭。"我现在要回去啦，先生。"她说着站起身来。

"你叫什么名字？"德伯维尔陪着她顺着车道，走到看不见正房的时候，问道。

"苔丝·德贝菲尔，住在马洛特。"

"你说你家里的马死了？"

"死——死在我手里！"她回答说。她眼里噙着泪水，向他讲述了王子丧命的详情，"正因为这件事，我真不知道该怎么办，才对得起父亲！"

"我要想一想，看我能不能帮点忙。我母亲一定会给你找个差事的。不过，苔丝，别再胡扯什么'德伯维尔'了。你知道，就'德贝菲尔'好啦——完全是另一个姓。"

"我并不想要个更好的姓，先生。"苔丝带着几分自尊说道。

他们走到车道拐弯处，夹在高高的杜鹃和松柏之间，还看不见前面的门房，就在这时候，有一瞬间——只有一瞬间，德伯维尔把脸朝苔丝凑去，好像要——可是，不行，他又改变了主意，让她走了。

就这样，事情开始了。假如苔丝早就看出了这次会见的意义，那她也许要问：她那天为什么会注定让一个不如意的人看见，并对她垂涎欲滴，而没遇见另外一个人，一个在各方面都如意、都称心的人——也就是说，大致是人世间所能找见的那种如意和称心。在她认识的人里面，有一个也许大致够得上这种资格，但是在那个人的心目中，她只不过是昙花一现，没有留下什么印象。

事情往往计划得合情合理，实施起来却违情悖理，你召唤的人很少招之即来，爱恋的人很少在爱恋的时刻出现。当两个人一见面就能导致欢乐的时候，老天难得对那可怜的人说一声"瞧！"当一个人呼叫"在哪儿？"的时候，老天也难得回答一声"在这儿！"直至捉迷藏的把戏把人折磨得烦恼不堪，精疲力竭。我们也许很想知道，当人类进化到巅峰状态的时候，随着直觉变得更加敏锐，社会这部机器变得更加协调一致，而不像如今这样随意折腾我们，到那时候，这些不和谐的现象是否能够得到矫正。不过，这种尽善尽美是不能预言的，甚至也不能设想为可能。我们只知道，眼下这个情况，就像千百万别的情况一样，那完美整体的两部分，在这完美的时刻，并没碰到一起，那迷失的一半在大地上独自游荡，浑浑噩噩地等待着，直至事过境迁。这种糊里糊涂的蹉跎，导致了焦虑、失望、惊恐、灾难以及非常离奇的命运。

德伯维尔回到帐篷，叉开腿坐在椅子上琢磨，脸上闪现出得意的神气。接着，他突然放声大笑起来。

"啊——真没有想到啊！事情有多滑稽！哈——哈——哈！多么丰润诱人的小妞！"

第六章

苔丝下了山，来到特兰岭十字碑，恍恍惚惚地等着乘坐蔡斯伯勒返回沙斯顿的大篷车。她上车的时候，有的乘客问她话，她虽说作了回答，但却不知道人家究竟问了些什么。等车子又开动了，她光顾着想心事，对身外的事物全都视若无睹。

同车的旅客里，有一位说得比前几位更为直截了当："嘿——你简直成了个大花球啦！刚到六月，就开出这么棒的玫瑰！"

这时她才意识到，她那副模样让众人觉得惊奇：她胸前插着玫瑰，帽子上缀着玫瑰，篮子里装满了玫瑰和草莓。她脸上一红，慌乱地解释说，这些花都是别人送给她的。趁乘客们不留神的时候，她偷偷地把帽子上最显眼的花取下来，放到篮子里，用手绢盖起来。随后，她又陷入了沉思，就在低头朝下看的时候，冷不防让胸前的玫瑰花刺扎着了下巴。像布莱克穆尔谷的所有村民一样，苔丝脑袋里充满了幻想和迷信兆头。她觉得，自己叫玫瑰刺了，这是个不祥之兆，是她那天觉察的头一个不祥之兆。

大篷车只开到沙斯顿为止，从那个山镇下到山谷，再回到马洛特，还要走好几英里路。她母亲早就跟她说过，她要是觉得太累，当天赶不回来，那就待在沙斯顿过夜，住在她们认识的一个村妇家里。苔丝就照这样办了，第二天下午才下山回家。

她一跨进家门，就从母亲那扬扬得意的神气中察觉到，她没回来的时候，家里发生了什么事情。

"俺说嘛，俺心里有数嘛！俺告诉过你事情会很顺当，这不是应验了嘛！"

"是俺出门以后吗？到底是什么事儿呀？"苔丝十分厌倦地说。

母亲带着狡黠的赞许神气，把女儿上上下下打量了一番，然后逗趣地说道："你到底讨他们喜欢啦！"

"你怎么知道，妈？"

"俺收到一封信。"

苔丝这时想起，是有足够的时间把信送到这里。

"他们说——德伯维尔太太说——她想叫你去照料一个供她解闷的小养鸡场。不过，这只不过是她使的巧妙办法，想把你弄到那里，又不让你指望太高。她要认你做本家——她就是这个意思。"

"可俺没见到她呀。"

"俺想你还是见着什么人了吧？"

"见到她儿子了。"

"他认你做本家了吗？"

"嗯——他叫俺妹子。"

"啊——俺早就知道嘛！……杰基——他叫她妹子呀！"琼对丈夫大声嚷道，"嗯，不用说，他一准跟他娘说了，他娘才要你去的。"

"不过，俺恐怕俺养鸡不在行。"苔丝犹豫不决地说。

"那俺就不知道谁在行了。你生来就干这事儿，一直是干这事儿长大的。生来就干事儿的人，总比半道学着干的人在行些。再说，给你点活干，不过是摆个样子，免得让你觉得沾她的光。"

"俺反正觉得不该去，"苔丝满怀心事地说，"这信是谁写的？让俺看看好吗？"

"德伯维尔太太写的。拿去看吧。"

信是以第三人称写的，简单地通知德贝菲尔夫人，说那位太太需要她女儿给她管理鸡场，还说她要是能去，就给她准备一间舒适的屋子，要是主人家觉得中意，工钱是不会少给的。

"哦——就这些呀！"苔丝说。

"你不能指望她一下就搂住你，又亲又吻吧。"

苔丝往窗外望去。

"俺还是跟你和爹待在家里好。"她说。

"为什么？"

"俺还是别告诉你为什么吧，妈。说真的，俺也不大明白为什么。"

一个礼拜后的一天，苔丝想在附近一带找点轻便活做做，傍晚一无所获地回来了。她打算趁着夏天挣够钱，好给家里再买一匹马。她刚跨进门槛，就有一个孩子又蹦又跳地从屋里跑来，嚷嚷说："那个阔人来过咱家啦！"

她母亲连忙解释，浑身都绽出了笑意。她说德伯维尔太太的儿子偶然骑马朝马洛特方向走来，顺便来看看他们。最后，他以他母亲的名义问一声，苔丝到底能不能去照料老太太的养鸡场，因为现在管鸡场的那个伙计太不称职。"德伯维尔先生说，要是你真像你的外表那样，那你一定是个好姑娘。他知道你是个宝贝疙瘩。说实话，他还真关心你呢。"

苔丝本来把自己看得很低，现在听说一个陌生人把她看得这么高，一时间仿佛真的高兴起来了。"他能这么想，真是一片好意，"苔丝喃喃地说，"要是俺拿得准住在那里怎么样，那俺啥时候都可以去。"

"他是个好俊的男人哪。"

"俺可不这么看。"苔丝冷冷地说。

"不管怎么样，反正你的机会来了。俺敢肯定，他手上戴着一只好漂亮的钻石戒指！"

"是的，"小亚伯拉罕从窗口的凳子那里，兴高采烈地说道，"俺也瞅见了！他抬手捋胡子的时候，那钻石还一闪一闪的。……妈，咱们的阔本家干吗老是抬手捋胡子呀？"

"听这孩子怎么说的！"德贝菲尔夫人插嘴赞赏说。

"也许是想显显他的钻石戒指吧，"约翰爵士坐在椅子上，迷迷糊糊地咕哝道。

"俺得仔细想一想。"苔丝说着，走出屋去。

"瞧，她一下子就把咱们家族的末房后生迷住了，"女主人接着对丈夫说道，"她要是不乘胜追击，那才是傻瓜哪。"

"俺不大愿意让自己的孩子跑到别人家去，"小贩说道，"俺是长房，别人应该来找俺。"

"不过，你可得让她去，杰基，"他那可怜的傻妻子劝道，"人家叫她给迷住了——这你也看得出来。他管她叫妹子呀。他八成想娶她，让她当阔太太。那样一来，她就和她的祖宗一样了。"

约翰·德贝菲尔虽说身虚体弱，虚荣心却很强，因此他觉得这话很入耳。"嗯——也许德伯维尔先生这后生就是这个意思，"他表示赞同地说，"确实，他可能认真算计好了，想和老长支结亲，来改良自家的血统。……苔丝这小滑头！她只去看了他们一趟，还当真能有这样的结果！"

这时候，苔丝正在庭园的醋栗丛中和王子的坟前，心事重重地走来走去。等她一回来，母亲便趁热打铁。"哎，你到底打算怎么办？"她问道。

"俺要是见到德伯维尔太太就好了。"苔丝说。

"俺想你还是把事儿定下来吧。这样一来，你很快就会见到她了。"

她父亲坐在椅子上咳嗽。

"俺真不知道该怎么说才好！"姑娘焦灼不安地答道，"这事儿由你看着办吧。老马死在俺手里，俺想俺得想法给你再弄一匹来。不过——不过——俺真不希望德伯维尔先生待在那里！"

自从马死了以后，那些孩子们以为有个阔本家，常拿阔本家会娶苔丝做媳妇来安慰自己，眼下听说苔丝不愿意去，便都哭起来了，责骂她不该不去。

"苔丝不肯去——去——去当阔——阔太太啦！——她说她不——不去啦！"他们张着大嘴哭喊着，"咱们家不会有漂亮的新马了，也不会有好多金币去集上买礼物了！苔丝也不会——不会有好衣裳穿了，漂亮不起来啦！"

母亲也以同样的腔调跟着掺和。她还有个法子，不管做什么事，总是无限期地拖延，使家里的活计显得格外繁重，这也为她的争辩增添了分量。只有父亲保持中立态度。

"俺去就是了。"苔丝终于说道。

女儿这一答应，母亲脑海里不禁浮现出女儿嫁给阔人家的美景。

"这就对了！像你这么俊俏的闺女，这可是个好机会呀！"

苔丝悻然笑了笑。

"俺希望这是个挣钱的机会。这不是什么别的机会。你最好别在外面说那种傻话。"

德贝菲尔夫人没有答应女儿。她听了客人说的那些话之后，实在不大敢担保说她不会得意忘形，大肆炫耀。

事情就这样谈妥了。姑娘写了一封信，说是需要她哪天去，她就一准按时动身。她如期收到回信，说德伯维尔太太为她的决定感到高兴，后天派一辆有弹簧轮子的大车，到山谷顶上连人带行李一起接去，到时候她得做好准备。德伯维尔太太的笔迹太男性化了。

"一辆大车？"琼·德贝菲尔半信半疑地咕哝道，"来接本家，该用马车才是呀！"

苔丝终于打定主意了，不再那样坐立不安，神不守舍了，做起事来增添了几分自信，觉得可以做点不太繁重的活，好给父亲再买一匹马。她本想在学校里当个教师，可是命运似乎另有安排。就心智而言，苔丝比母亲来得老练些，因此，德贝菲尔夫人在她婚事上所抱的期望，她一时一刻也没认真考虑过。这位愣头愣脑的女人，差不多从女儿出生的那一年起，就在为她物色如意郎君了。

第七章

在约定离家的那天早晨，天还没亮，苔丝就醒过来了。那正是黎明前的黑暗时刻，树林里依然静悄悄的，只有一只先觉的鸟儿，唱起清脆的歌声，仿佛确信至少它知道一天的确切时间，而其他鸟儿则保持沉默，仿佛同样确信它弄错了时间。苔丝待在楼上收拾行装，一直忙到吃早饭，然后便穿着平日的普通衣服走下楼，却把过节穿的衣服仔仔细细地叠放在箱子里。

母亲又劝解开了。"走亲戚的，谁不打扮得漂亮一点？"

"可俺是去干活的！"苔丝说。

"是呀，没错，"德贝菲尔夫人说，随即又改成说悄悄话的口气，"起先也许会装装样子，让你干点活儿。……不过，俺觉得，你最好还是打扮得漂漂亮亮的。"她又添了一句。

"好吧，俺想你最有心眼啦，"苔丝安安静静、服服帖帖地答道。为了让母亲高兴，姑娘摆出一副完全听她摆布的样子，心平气和地说道，"妈，你想怎么办就怎么办吧。"

见女儿这么听话，德贝菲尔夫人满心欢喜。她先端来一大盆水，把苔丝的头发彻彻底底地洗了一遍，等到擦干梳光以后，看上去比平时多了一倍。她挑了一根比往常宽的粉红色丝带，把头发扎了起来。接着，她又拿出苔丝在游行会上穿过的那件白色连衣裙，给她穿在身上。

蓬松的头发，加上轻飘宽松的衣服，使她那正在发育的身躯显得越发丰腴，让人辨不出她的真实年龄，误以为她是个成年女子，其实她还不过是个少女。

"糟糕，俺袜子后跟上有个窟窿！"苔丝说。

"袜子上有窟窿怕什么——窟窿也不会说话！俺做姑娘的时候，只要头上戴一顶漂亮帽子，谁会管你脚后跟怎么样。"

看着女儿这副模样，母亲感到非常得意，特地向后退了退，就像画家退离画架一样，上上下下地审视着自己的杰作。"你自个儿瞧瞧吧！"她大声嚷道，"比那天漂亮多啦。"

因为镜子太小，一次只能照出苔丝身体的一小部分，德贝菲尔夫人便在窗外挂了一件黑斗篷，这样一来，窗玻璃就变成了一面大镜子，这是乡下人梳妆打扮时常用的办法。事完之后，德贝菲尔夫人下楼去找丈夫，丈夫正坐在楼下房里。

"俺跟你说吧，德贝菲尔，"她欢天喜地地说道，"他见了苔丝不动心才怪呢。不过，你不管怎么着，可别跟苔丝多提他喜欢她的事儿，也别多提她来了机会之类的话。这丫头可真古怪，你要是说多了，她反而会厌烦他，甚至马上就不去了。……要是事情顺顺当当的，俺说什么也要报答报答斯丹福特路的那个牧师,感谢他告诉咱们那些话——真是个大好人哪！"

不过，梳妆打扮的那阵高兴劲过去了，姑娘动身的时刻越来越近了，琼·德贝菲尔反倒有点放心不下，因此便说要送女儿一程——送到山谷通往外部世界的上坡道上，第一个上陡坡的地方。到了坡顶上，苔丝会遇见斯托克·德伯维尔家派来接她的大车，她的行李箱已被一个伙计用小推车先送到山顶等候去了。

那帮弟弟妹妹看见母亲戴上帽子，也都吵嚷着要跟她去。"姐姐要去嫁给咱们的阔本家了，要去穿好衣裳了，俺非要去送送姐姐不可！"

"听着，"苔丝脸上一红，急忙转身说道，"俺不想再听到这种话！妈，你怎么往他们脑袋里灌输这种念头？"

"好乖乖，姐姐是去给阔本家干活的，好挣钱再买一匹马。"德贝菲尔夫人劝和说。

"再见，爹。"苔丝说道，喉咙像被什么东西卡住了似的。

"再见，孩子，"约翰爵士一边说，一边把垂到胸前的脑袋抬了起来。原来，为了庆祝这件事，他早上又多喝了一点，坐在那里打起盹来，"好啊，俺希望俺那位年轻的朋友会喜欢这样一位与他同宗的漂亮姑娘。……苔丝，你告诉他，就说俺家如今衰落了，不像从前那么荣耀了，俺想把封号卖给他——是的，卖给他——还不跟他要大价钱。"

"低于一千镑可不卖！"德贝菲尔夫人嚷道。

"告诉他——说俺要一千镑。……嗯，俺再仔细一想，少一点也行。俺是个可怜巴巴的窝囊废，这个封号加到他头上，比戴在俺头上光彩多了。告诉他，他出一百镑就卖给他。……不过，俺也不想斤斤计较——告诉他，他出五十镑就行——二十镑！是的，二十镑——这是最低价。他娘的，家族封号就是家族封号，少一个子儿俺也不卖！"

苔丝眼里噙满了泪水，嗓子完全哽住了，无法表达心里的滋味。她急忙转身，走了出去。

于是，母女们一起走着，苔丝两边各有一个孩子，拉着她的手，走几步就要凝神地朝她看一看，仿佛看一个就要去做大事的人，母亲带着最小的孩子走在后面。这伙人构成了一幅奇特的图画：前面走着纯真美丽的少女，两侧是天真烂漫的稚童，后面跟着头脑简单的虚荣母亲。她们一直走到上坡的地方，按照预先的安排，特兰岭派车到山顶来接苔丝，省得让马吃力地爬那最后一道山坡。第一层群山后面，远远望去是一道山脊，沙斯顿高悬在山崖上的房屋，打破了山脊的轮廓。通往斜坡顶端那高高的山路上，除了先打发走的那个伙计，一个人影也看不见。那伙计正坐在车把上，车上装着苔丝的全部财物。

"在这儿等一会儿吧，大车一准就会来的，"德贝菲尔夫人说，"是的——就在那边，俺看见了！"

大车是来了——突然出现在最近一片高地的前面，停在推小车的伙计的身旁。于是，母亲和几个孩子就决定不再往前送了，苔丝跟她们匆匆道别之后，转身朝山上走去。

她们看见她的白色身影渐渐走近带弹簧轮子的大车，她的行李箱早就放到车上了。但是，就在她快走到大车跟前的时候，又有一辆马车从山顶的树丛里飞奔而来，拐过那截弯道，超过了行李车，停在苔丝身旁，苔丝抬头一望，仿佛大吃一惊。

母亲这才意识到，这后一辆车不像前一辆那么简陋，而是一辆崭新的、双轮轻便马车，漆刷得油光锃亮，装饰得富丽堂皇。赶车的是一个二十三四岁的青年，嘴里叼着雪茄烟，头上戴着时髦的小帽，身上穿着浅褐色的夹克，浅褐色的马裤，脖子上围着白领巾，竖着立领，手上戴着棕色赶车手套——总而言之，他就是一两个礼拜以前，骑着马来看望琼，探问苔丝消息的那个漂亮青年。

德贝菲尔夫人像孩子似的拍起手来。接着，她低下头去，随即又抬头凝望。难道她会琢磨错了这里面的含义？

"那就是要娶姐姐当太太的阔本家吧？"最小的孩子问道。

这时可以看到，苔丝穿着细纱衣服的形体一动不动，迟疑不决地站在马车旁边，车主正在跟她讲话。她表面上迟疑不决，实际上还不只是迟疑不决，而是满腹疑虑。她宁愿乘坐那辆简陋的大车。那个年轻人跳下车，好像在催她快上车。苔丝把脸转向山下，瞅了瞅那一小簇亲人。仿佛有什么东西激励她下定了决心，也许想起是她害死了王子。她忽然跳上车，那年轻人也跳上车，坐在她旁边，当即扬鞭启程。转眼间，他们就追过了慢腾腾的行李车，消失在山脊后面。

苔丝刚一消失，那件事像演戏一样刚一结束，小孩子们的眼里便涌满了泪水。最小的孩子说道："俺真不愿意叫可怜巴巴的苔丝去当阔太太！"说着，把嘴一咧，哇地哭了起来。这个新观点倒挺有感染性，又一个孩子跟着哭了，另一个孩子也哭了，三个孩子都号啕大哭。

琼·德贝菲尔转身回家的时候，也是热泪盈眶。但是，她回到村里的时候，便无可奈何地盼着老天保佑。不过，晚上躺在床上，她叹起气来，丈夫问她怎么回事。

"唉——俺也说不准，"她说，"俺心里在想，也许苔丝不去还好些。"

"你干吗事先没想到呢？"

"喏——这是闺女的一次机会呀。……要是再有这样的事儿，俺一定先打听小伙子是不是真的好心肠，是不是真的像本家那样喜欢她，俺才能放她走。"

"是呀，也许你早该那样做了。"约翰爵士一面打呼噜，一面说。

琼·德贝菲尔总能设法找到点安慰。"唔，她是个地道的大家闺秀，她只要把王牌打出去，就管保能降得住他。他就是早不娶她，往后也要娶她。谁都看得出来，他对她都爱得入魔了。"

"苔丝有什么王牌呀？你是指她那德伯维尔家的血统吗？"

"不，傻瓜。她的脸蛋——跟俺年轻时一样的脸蛋。"

第八章

亚历克·德伯维尔踏上车坐在苔丝身旁，赶着马疾驰在第一座山的山脊上，一路上不停地恭维苔丝，把那辆装箱子的大车甩得老远。车子越爬越高，四面八方展现出辽阔的景致：后面是生养她的那个青山翠谷，前面是一片灰色原野，若不是上次匆匆去过一趟特兰岭，她还一点也不熟悉这片原野呢。就这样，车子驶到一道斜坡的边沿，一条笔直的下坡路一直通到山下，差不多有一英里长。

本来，苔丝·德贝菲尔天生很有胆量，但是自从上次老马出事之后，她一坐车就特别胆怯，车子稍微有点不稳，她就胆战心惊。眼下见赶车人有点玩命，心里不禁惊慌起来。

"先生，我想你下坡还是赶慢点吧？"她装作不在乎的神气说道。

德伯维尔扭过头来望着她，用大白门牙的尖尖叼着雪茄烟，让两片嘴唇慢慢露出微笑。

"怎么——苔丝，"他又抽了一两口烟，回答说，"提出这样的要求，这哪里像个大胆活泼的姑娘呀？我呀，下坡总是驾着马全速飞奔。没有什么比这更刺激的了。"

"不过，也许你现在用不着这样吧？"

"嗨，"德伯维尔摇摇头，说，"这件事得考虑两方面的因素，并不完全由我做主。你还得考虑到蒂布，它的脾气可怪呢。"

"你说谁呀？"

"哦，这匹马呀。我觉得，它刚才气呼呼地扭头瞅了瞅我。难道你没察觉？"

"你别来吓唬我啦，先生。"苔丝厉声说道。

"我可不想吓唬你。要是天下有哪个活人能驾驭这匹马，那就是我——我并不想说有哪个活人能驾驭它——不过，要是真有哪个活人有这个本领的话，那个人就是我。"

"你怎么养了这样一匹马？"

"嗨——你问得好极啦！我想这就是缘分吧。……蒂布搞死过一个人，我刚把它买到手不久，它也差一点把我搞死。后来，说实话，我也差一点把它搞死。不过，它还是爱使性子，特别爱使性子。坐在它后面，有时候都难保生命安全。"

马车开始下坡了。显然，那匹马不知是出于自己的意愿，还是出于赶车人的意愿（更可能是后者），倒很懂得就是要它玩命，因此也不用后面加以鞭策，便拔腿飞奔起来。

马车一个劲地向下奔驰，车轮像陀螺似的嗡嗡直响，车身左右摇晃，车轴与行进路线形成了一个微微的斜角，马身在前面一起一落地直蹿。有时，车轮颠离了地面，似乎有好几码都不着地；有时，石子让马蹄得直打旋，飞过了树篱，马蹄踩上火石迸出的火星，真比日光还灿烂。随着车子向前飞奔，笔直的山路看上去变得开阔起来，两边的路埂向两旁分开，就像一根木棍劈成两半，在肩膀两边飞驰而过。

风透过苔丝的白纱裙，直钻她的皮肉，刚洗过的头发飘拂在身后。

她决计不能露出害怕的样子，不过还是一把抓住了德伯维尔捉缰绳的手臂。

"别抓我的手臂！你再抓住，我们俩都要摔下去！搂住我的腰！"

苔丝抱住了他的腰，就这样马车驶到了坡底。"谢天谢地，尽管你瞎胡闹，还是平安无事了！"她脸上火辣辣的，说道。

"苔丝——去你的！你这是发脾气了！"德伯维尔说。

"我说的是实话。"

"哼，你用不着来这一套，刚一觉得脱离了危险，就毫不领情地撒开手。"

苔丝并没考虑她刚才怎么啦，也没管他是男是女，是根棍子还是块石头，便不由自主地抱住了他。她一恢复镇静，便坐在那里不再答话了，就这样马车又来到另一个坡顶。"瞧，又来啦。"德伯维尔说。

"别，别，"苔丝说，"请你通点情理吧。"

"不过，一个人发现自己来到本郡最高点的时候，他总得要下去呀。"德伯维尔反驳道。

他把缰绳一松，马车又飞奔起来。颠簸之中，德伯维尔扭过头来，嬉皮笑脸地对苔丝说："来，我的美人，再像刚才那样，搂住我的腰。"

"我不！"苔丝斩钉截铁地说，一面竭力挺住，不去碰他。

"苔丝，你要是让我亲一下你那两片樱桃嘴唇，或是亲一下你那张热乎乎的脸，我就停车——我以名誉担保，一定停车！"

苔丝一听这话，感到万分震惊，又往座位后面缩了缩，于是，德伯维尔重新催马，把苔丝摇晃得更厉害了。

"别的不行吗？"苔丝终于绝望地嚷道，一双眼睛瞪得像野兽的一般大，直愣愣地盯着他。母亲把她打扮得这么漂亮，分明是害了她了。

"别的不行，亲爱的苔丝。"德伯维尔回答道。

"唉，我真不明白——好吧，随你便吧！"苔丝可怜巴巴地喘着粗气说。

德伯维尔收紧马缰，马车慢下来了，他刚要完成那渴求的一吻，不想苔丝隐约感到有些羞怯，急忙躲闪开了。德伯维尔两手都抓住缰绳，没有余力阻挡她躲闪。

"好呀，他妈的——我要把咱们俩都摔死！"她那位任性的伙伴一时心头火起，大声骂道，"你这个小妖精，你敢说了话不算数，是不是？"

"好吧，"苔丝说，"既然你硬要坚持，我就不躲闪了！不过，我——还以为你是我的本家，会好好待我，保护我呢！"

"本家个屁！来吧！"

"不过，我不愿意让任何人吻我，先生！"苔丝央求道，一颗大泪珠从脸上滚下来，她的嘴角在颤动，竭力想忍住哭，"我早知如此，就不会来了！"

德伯维尔毫不通融，苔丝一动不动地坐着，德伯维尔老练地亲了她一下。他刚亲完，苔丝就羞得满脸通红，急忙掏出手帕，擦着脸上被他嘴唇亲过的那块地方。德伯维尔本来心里一团炽热，一见这一情景，不由得又冒起火来，因为苔丝那完全是下意识的举动。

"你这个乡下小妞，未免太娇气了吧！"年轻人说道。

苔丝没有理会这句话。说真的，她还不大明白这句话的意思，她只是本能地擦了一下脸，全然没有想到这是对对方的轻慢。她这一擦，其实等于擦除了那记亲吻，如果这种事真能做得到的话。她隐约觉得他有些恼怒，便目不转睛地望着前方，这时马一路小跑，渐渐走近了梅尔伯里当和温格林。转眼间，她惊恐地发现，马车还要下一个山坡。

"我要让你为此感到后悔！"德伯维尔依然带着余恨未消的口吻，又开口说道，一边又扬起了马鞭，"除非你心甘情愿地让我再亲一下，不再拿手帕擦。"

苔丝叹了一口气。"好吧，先生！"她说，"哎呀——让我捡起帽子！"

她说话的当儿，帽子让风吹到了路上，因为他们现在是在高地上行驶，速度绝不算慢。德伯维尔停住马车，说要替她捡帽子，可苔丝却从另一边下了车。

她走回去捡起了帽子。"我敢说，你不戴帽子更漂亮，如果这有可能的话，"德伯维尔说道，一面回头往车后面打量她，"来——上车吧！……怎么啦？"

苔丝戴上了帽子，系好了帽带，但是却不往前来。"不，先生，"苔丝说道，一面把嘴一咧，眼里显出看你拿我怎么办的得意神气，"我心里有数，不会再上车了！"

"什么——你不上来坐在我旁边啦？"

"不啦，我宁肯走路。"

"到特兰岭还有五六英里呢。"

"就是几十英里，我也不在乎。再说，后面还有人车呢。"

"你这个狡猾的贱货！你告诉我——你是不是故意让帽子吹掉的？我敢发誓，一定是的！"

苔丝从策略考虑没有吱声，这就证实他猜着了。

于是，德伯维尔对她又是诅咒，又是辱骂，就因为她耍了这个诡计，便把他能想到的所有恶名，全都栽到了她身上。他还突然勒转马头，想把车子朝她压过去，把她夹在马车和树篱之间。不过，他若是真这么干下去，就免不了要伤害她。

"你这么满嘴脏话，应该感到害臊！"苔丝这时已经爬到了树篱上，从篱顶激奋地嚷道，"我一点也不喜欢你！我讨厌你，憎恨你！我要回到我妈妈那儿，就要回去。"

一见苔丝发脾气了，德伯维尔反倒消了气，于是便纵情大笑起来。"哟——这一来我就更喜欢你了，"他说，"来，咱们讲和吧。我再也不强拗着亲你啦。我撒谎就不是人！"

他再怎么花言巧语，苔丝就是不肯上车。不过，她并不反对他赶着车走在她旁边。他们就这样慢慢地朝特兰岭村走去。德伯维尔眼见着自己因为行为不检，逼得苔丝徒步往前走，不时显露出一种极度懊丧的样子。本来，苔丝这时倒可以相信他了，但他眼下却失去了这种信任，所以她还是坚持步行，满腹心思地往前走着，仿佛在琢磨是否应该回家去。然而，她当初已经打定了主意，如果没有重要的理由，现在再改变主意，这似乎太游移不定了，甚至太孩子气了。她怎么可以感情用事，取回箱子，回到父母面前，打乱重整家业的全盘计划呢？

少顷间，坡居的烟囱便出现在眼前，接着，在右边一个僻静的角落里，见到了作为苔丝目的地的养鸡场和小屋。

第九章

分派给苔丝的差事，是负责鸡的管理、饲养、看护、医疗，做鸡的朋友。鸡舍设在一幢旧草房里，草房外面原来是一座庭园，现在却成了一片被踩平铺上沙子的场地。草房上爬满了常青藤，烟囱让这寄生植物缠得粗粗的，样子像是一座残破的高塔。楼下的屋子全都用作鸡舍，那些公鸡母鸡派头十足地走来走去，仿佛这所房子就是它们盖的，而不是当年那些副本土地持有者[①] 盖的，那些人如今东西横卧[②] 在教堂的墓地里，早已化成尘埃。那些已故房主的子孙们觉得，这所房子曾经花过他们祖宗许多钱，德伯维尔家没来此大兴土木之前，他们祖祖辈辈就住在这里，对房子一直怀有深厚的感情；可是，斯托克·德伯维尔太太依法把房子弄到手以后，竟然随随便便地把它改成了养鸡场，这简直是对他们家族的侮辱。他们说："在爷爷那时候，这所房子给正经人住还蛮好的。"

这些屋子里，从前有许多吃奶的孩子哇哇啼哭，现在却回响着小鸡啄食的嗒嗒声了。从前放着椅子，坐着安闲自得的庄稼人的地方，现在全让装在笼子里的呆头呆脑的母鸡占据了。壁炉角上，曾经火光熊熊的壁炉炉床里，现在摆满了倒置的蜂窝，给母鸡用作下蛋的地方。

① 在旧日英国，庄园主向别人出租房地产时，要给租赁人一份庄园租赁登录册，故有"副本土地持有者"之称。
② 教堂建筑多为东西向，故死人埋葬，也东西横卧。

房子外面的场地，从前让一代一代的住户用铁锹收拾得整整齐齐，现在却让公鸡用爪子刨得一塌糊涂。

草房所在的庭园，四周有一道围墙，只有一扇门可以进出。

苔丝出身于一个以贩卖家禽为业的家庭，所以第二天早晨，她就按照自己的老练想法，把养鸡场重新布置了一番，做了不少变动和改进，刚忙了个把钟头，围墙的门打开了，一个戴着白帽子、系着白围裙的女仆走进来。她是从宅第来的。

"德伯维尔太太又要那些鸡啦，"她说。但她察觉苔丝不大明白她的意思，于是又解释说，"太太是个老妇人，还是个瞎子。"

"瞎子！"苔丝说。

她听了这话，心里的疑虑还没来得及理出个头绪，女仆便叫她抱起两只最好看的汉堡鸡，她自己也抱起两只，领着她朝邻近的宅第走去。宅第尽管装饰华贵，气势宏伟，但是就看房前这一边，只见空中飘着羽毛，草地上摆着鸡笼，到处都有迹象表明，住在这宅第里的人倒很喜欢那哑巴动物。

在楼下的一间起居室里，宅第的主人兼主妇正背着亮光，坐在一把扶手椅里。她是一个白发苍苍的女人，年纪不过六十，甚至还不到六十，戴着一顶大帽子。她就像一个视力渐渐衰退的人，虽经竭力挽救，还是无可奈何地放弃了努力，因而面孔还算比较灵动，而不像瞎了多年或是生来就瞎的人那样表情呆滞。苔丝一只手抱着一只鸡，走到这位太太跟前。

"啊，你就是来给我养鸡的姑娘吗？"德伯维尔太太听出了生人的脚步声，问道，"我希望你好好照料它们。我的管家告诉我，说你是个非常合适的人。好吧，鸡在哪儿？啊，这是斯特拉特！可它今天一点也不活泼，是吧？我想是叫生人摆弄怕了。菲纳也是这样——是的，它们都有点受惊了——是不是呀，宝贝？不过，它们很快就会跟你熟起来的。"

老太太说话的时候，苔丝和另一个女仆就按着手势，把鸡一只一只地放在她的膝上，她就从头到尾地摸着每一只鸡，审查它们的嘴巴、冠子、翅膀、爪子，以及公鸡的翎毛。她只要用手一摸，就能立刻辨出摸的是哪一只，并能发现是否有哪根鸡毛折了，或者拖脏了。她摸摸嗉囊，就能知道它们吃了些什么，是吃多了，还是吃少了，她心里有什么看法，脸上总能活灵活现地表示出来。

两个姑娘按照要求，把带来的鸡送回鸡场。她们不断地重复这一程序，直至把老太太宠爱的公鸡和母鸡，全都送给她摸过——汉堡鸡、矮脚鸡、交趾鸡、勃拉默鸡、杜金鸡，以及其他一些当时盛行的品种鸡——一只只鸡放到她膝上，她几乎个个都认不错。

这使苔丝想起坚信礼来，德伯维尔太太是主教，公鸡母鸡是受礼的少男少女，她和女仆就是把孩子们带来受礼的牧师和副牧师。仪式结束时，德伯维尔太太皱皱眉，蹙蹙脸，弄得满面皱巴巴的，突然向苔丝问道："你会吹口哨吗？"

"吹口哨，太太？"

"是的，吹小调。"

苔丝像大多数乡下姑娘一样，确实会吹口哨，只不过在体面人面前，不愿意承认有这个本领就是了。但是这一次，她毫不在乎地承认了这一事实。

"那你每天都得练一练。我雇过个伙计，口哨吹得可好啦，可惜他走了。我要你对我的红腹灰雀吹口哨，我因为看不见它们的样子，就想听听它们的声音。我们就用这种方法教它们学小调。伊丽莎白，告诉她鸟笼挂在什么地方。你明天就得开始，不然，它们鸣叫起来就要退步啦。这几天都没有人管它们了。"

"太太，今儿早上德伯维尔先生给它们打过口哨。"伊丽莎白说。

"他！呸！"老太太厌恶地蹙起脸皮，没再搭话。

这位想象中的本家就这样结束了对苔丝的接待，鸡也都送回鸡场去了。苔丝对德伯维尔太太的态度，倒并不怎么感到惊奇，因为自从看到那座宏伟的宅第之后，她就没有别的企望了。但是，她万万没有想到，所谓本家的事，老太太压根儿没有听说过。她猜想，这位瞎老太太和她儿子之间，感情可能不太好。但是，这一点她也猜错了。天下当母亲的，出于无奈，对儿子又恨又爱，又嫌又疼的，德伯维尔太太可不是头一个。

尽管头一天的开端并不愉快，但是，既然已经把她安顿在那里了，第二天早晨又是阳光明媚，苔丝倒喜欢上她的新职务了，觉得既自由又新鲜。同时她还很想检验一下自己从事那件意外差事的本领，看看她能否保住这一职务。她一回到四面环壁的庭园里，就在鸡笼上坐了下来，一本正经地撅起嘴唇，练习她那荒疏已久的吹口哨。她发现，她以前的本事已经退化了，只能从唇间挤出噗噗的气来，压根儿吹不出清晰的曲调。

她吹了又吹，全是徒劳，心里不禁在纳闷：本来天生就会的玩意儿，怎么会变得如此生疏。恰在这时，她察觉像爬满草房一样覆盖着围墙的常青藤中，有什么东西动了一下。她朝那边一望，只见一个身影从墙头跳到地上。原来是亚历克·德伯维尔。自从昨天他把她送到园丁小屋的门口，让她安顿下来，她还一直没再见过他。

"苔丝堂妹，"他嚷道，称呼中略有点嘲弄的意味，"我敢以名誉担保，像你这样的美人，真是人间少有，画里也难寻。我从墙那边看了你好半天了——你就像墓碑上刻着的不耐烦的化身①，撅起那漂亮的红嘴唇，噗噗地吹口哨，又偷偷地骂一阵，永远也吹不出个调子来。唉，你吹不出曲调来，可把你气坏了！"

"我也许是很气，可是没有骂。"

"啊——我知道你为什么要练口哨了——都怪那些红腹灰雀！我母亲要你给它们上音乐课。她有多自私呀！好像照料那些该死的公鸡和母鸡，还不够一个女孩子忙活的。我要是你的话，就断然拒绝她。"

"可她特别关照我这样做，要我明天早晨准备好。"

---

① 参见莎士比亚《第十二夜》第二幕第四场："(她)像是墓碑上刻着的'忍耐'的化身，默坐着向悲哀微笑。"

"是吗？那么——我来给你上一两课吧。"

"哦，不，不用你上。"苔丝说道，一面往门口退却。

"胡说，我不会跟你动手动脚的。瞧——我站在铁丝网的这一边，你就站在那一边，因此你会觉得十分保险的。现在你听着。你把嘴唇噘得太厉害了。瞧，这样就成了。"

他一面讲解，一面做示范，吹了一句《去，把你的嘴唇挪开》。但是，苔丝并不明白歌词的用意①。

"你来试试。"德伯维尔说。

苔丝极力装作不苟言笑的样子，把脸绷得像雕塑一般严肃。但是，德伯维尔非要让她吹，后来，为了把他打发走，苔丝就照他说的能吹出清晰曲调的方法，噘起了嘴唇，接着又苦涩地笑了笑，随即又因为这一笑，心里觉得懊恼，不禁脸红起来。

德伯维尔鼓励她说："再试一试！"

这一回苔丝还真够认真的，认真到了极点。她试了试——终于出乎意料地发出了一个真正圆润的声音。一时成功的喜悦使她忘乎所以，两眼睁得大大的，不由自主地冲他嫣然一笑。

"这就对了！我教你开了个头，你以后会干得很漂亮的。瞧——我说过不走近你，尽管世人从没受过这种诱惑，我还是遵守诺言——苔丝，你觉得我母亲是个怪老太婆吧？"

"我还不太了解她，先生。"

"你会发现她很怪的。她就是怪，居然要你学着对她的红腹灰雀吹口哨。我现在很不讨她喜欢，不过你要是好好照料她的家禽，就一定会讨她的欢心。再见。你要是遇到困难，需要人帮忙，不要去找管家，就来找我好啦。"

苔丝·德贝菲尔就是在这样一个家庭管理体制中，谋求到了一个职位。她头一天的经历，大体上代表了以后许多天的经历。亚历克·德

① 《去，把你的嘴唇挪开》，系英国歌曲，歌词第一段也见于莎士比亚《一报还一报》第四幕第一场。苔丝没有听过这支曲子，因而不知道亚历克在向她调情。

伯维尔一见到她，便跟她说些逗趣的话，旁边没人的时候，还开玩笑地叫她堂妹，就这样处心积虑地使她和自己熟起来了，见了他不像先前那么羞怯了，但却没能让她产生一种新的更温柔的羞涩感。不过，由于她不得已寄于他母亲的篱下，而他母亲又相对不管用，她实际上是寄于他的篱下，因而她只得听从他的摆布，仅仅凭着伙伴关系，她是不会这么随顺的。

苔丝很快就发现，等她恢复了以前的本领，再到德伯维尔太太房里给红腹灰雀吹口哨，并不是什么为难的事，因为她从爱唱歌的母亲那里学会不少曲调，拿来教给这些歌鸟，倒是合适极了。每天早晨，站在鸟笼旁边吹口哨，要比在庭园里练习惬意多了。由于那个年轻人不在跟前，她无拘无束地噘起嘴巴，将嘴唇贴近笼边，对着那些留神细听的鸟儿，婉转自如地吹起了口哨。

德伯维尔太太睡在一张四柱大床上，床上挂着厚厚的花缎帐子，红腹灰雀也养在这间屋里，它们在一定的时间里，可以自由自在地飞来飞去，在家具和套垫上留下一个一个的小白点。有一次，苔丝正站在窗前那一溜鸟笼旁边，照常教鸟儿唱歌，仿佛听见床后发出一阵窸窸窣窣的声音。老太太并不在屋里，苔丝转身望去，觉得帐沿下面好像露出一双靴子的足尖。于是，她的口哨就吹得不成调了。如果真有人在偷听，他一定听得出来，苔丝疑心有人藏在屋里。自那以后，苔丝每天早晨都要掀开帐子检查一番，但从没发现里面有人。显而易见，亚历克·德伯维尔打消了那怪念头，不想再以打埋伏的方式吓唬她了。

第十章

每一个村庄都有自己的特性，自己的习俗，往往还有自己的道德准则。在特兰岭及其附近一带，有些年轻妇女显然十分轻佻，这或许表明，住在该地区坡居里的上等人，也是这个样子。这地方还有一个由来更久的不良风气，那就是酗酒。周围农庄上的主要话题，是攒钱没有用处。那些身穿劳动服、脑子会盘算的农民们，倚着锄或犁仔细算计起来，证明人到老年靠领取教区救济金，比从工资里积攒一辈子还要宽裕。

这些想得开的人们有个主要乐趣，就是每逢礼拜六晚上下了工，就跑到二三英里以外的破落集镇蔡斯伯勒。在那里，垄断了过去独家小酒店的酒商们，把一种奇怪的混合物当作啤酒卖给他们，他们总是待到半夜一两点钟再回去，然后睡上一个礼拜天，消除那种东西给他们带来的不良效果。

起初有好一阵，苔丝并没有参加这一个礼拜一次的出游。但是，经不住那些比她大不了多少的已婚妇女的一再怂恿——因为庄稼人二十一岁挣的钱和四十岁挣的钱一样多，所以这里盛行早婚——她最后还是答应去了。她头一次去游玩，就尝到了意想不到的乐趣，过了一个礼拜单调的养鸡生活之后，看见别人那样兴高采烈的，她自然也就大受感染。她去了一次又一次。她绰约多姿，富有情趣，又处在转瞬即逝的含苞待放的年华，于是她一出现在蔡斯伯勒街头，一些游手好闲的人便偷偷地对她瞟来瞟去。因此，她尽管有时也独自到镇上去，但是天黑时总要寻找伙伴，以便结伴回家，也好有个照应。

这个情况持续了一两个月的时候，又遇上九月间的一个礼拜六，恰好赶会和赶集的日子碰到了一起。为此，来自特兰岭的游客便跑到酒店里，寻求这双重欢乐。苔丝由于忙着干活，很晚才动身，所以她的伙伴早在她前头赶到镇上了。这是九月间一个天朗气清的傍晚，太阳正要下山，黄灿灿的阳光和蓝幽幽的暮霭一缕一缕地相互交织，大气不需要任何固体的协助，本身就构成了一种景观，只有数不清的飞虫在空中飞舞。苔丝悠然走在这朦胧的暮色之中。

她来到镇上才发现，赶集和赶会碰到了一起。这时，天已经眼看要黑了。她要买的东西有限，很快就买好了。接着，她就按照惯例，去寻找特兰岭的村民。

起先，她一个也没找到，后来听人说，他们大多数都到一个经营干草和泥炭的贩子家里，去参加什么私人小舞会了。这家贩子跟他们庄上有生意来往，住在镇上一个偏僻的角落。苔丝往那里去的时候，突然发现德伯维尔先生站在街角上。

"怎么——我的美人——这么晚了你还没走呀？"他说。

苔丝告诉他说，她只是在等着搭伴回家。

"待会儿再见。"苔丝走进小巷的时候，德伯维尔从背后冲着她说道。

苔丝快走到干草贩子的家时，听见从后面房里传出小提琴演奏的里尔舞曲，但却听不见跳舞的声音——这是这一带少有的情况，因为在这里，通常都是舞步声淹没了乐曲声。前门敞开着，她能透过屋子一直看到后面夜色苍茫的庭园。她敲了敲门，没有人出来应答，她就穿过屋子，顺着庭园的小道，朝发出音乐声的外屋走去。

这座外屋没有窗户，是用来放东西的，从敞开的门里冒出一股黄灿灿的雾气，一直飘到外面的黑暗之中。苔丝起先以为这是灯光照耀的烟气，走到近处才发现，原来是一团灰尘，叫屋子里的烛光照得发亮。这片烛光还把大门的轮廓，投射到庭园的茫茫夜色中。

苔丝走到近前，往里一瞧，看见一些模模糊糊的身影，按照舞步旋来旋去，他们的脚步所以不出声，那是因为地上有一层厚厚的尘土，都是堆放泥炭等物品所留下的粉末状渣子，一踩下去就能埋住脚面。这些尘土让他们旋转的脚步一搅动，就引起了弥漫全场的乌烟瘴气。这一片四处飘浮、散着霉味的煤灰草末，与跳舞者的汗味和热气掺和在一起，构成了一种人类和植物的合成粉末；就在这迷雾之中，声音低弱的小提琴有气无力地演奏着，与跳舞者兴头十足的舞蹈，形成了鲜明的对照。他们一面跳一面咳嗽，一面咳嗽一面笑。那些急速旋动的舞伴，除了处在最亮处的以外，简直让人辨别不清——在这模糊不清的光景中，他们犹如一帮萨堤罗斯搂着一群仙女①——一大群潘神追逐着一大群西琳克丝②；罗提斯想避开普里阿普斯③，但总是避不开。

偶尔，有的舞伴跑到门口透透气。这时，尘雾不再遮掩面目了，那半人半神的仙侣化成了隔壁邻居的平常人物。仅仅在两三个钟头之内，特兰岭竟能如此疯狂地变形改观！

人群中有几位西勒诺斯④坐在墙边的长凳和草堆上。他们中有一位认出了苔丝。

"那些闺女们觉得在'鸢尾花酒店'跳舞不体面，"他解释说，"她们不愿意让大伙看出谁是她们的意中人。再说，有时她们的筋骨刚刚活动开，店家就关门了。于是咱们就上这儿来，让人把酒送来喝。"

"可你们到底什么时候才有人回家呀？"苔丝有些焦急地问道。

"就走——快走了。这差不多是最后一曲舞了。"

苔丝等着。里尔舞跳完了，有些人想要动身回家。但是有些人还不想走，于是又跳起了另一曲舞。苔丝心想，等这曲舞完了，总该散场了。但是，这一曲刚完，另一曲又开始了。苔丝变得心神不定，坐立不安了。不过，既然等了这么久，那就只得再等一等。因为赶会的缘故，路上闲杂人比较多，有的人可能心怀不良，她虽说并不担心估计得到的危险，但却害怕不可得知的意外。她若是在马洛特附近，就不会这样害怕。

"别着急嘛，俺亲爱的好人！"一个满脸是汗的年轻人一面咳嗽，一面劝道。他把草帽扣在脑袋后面，帽檐围在后脑勺上，看上去像是圣像头上的光轮，"你着什么急呀？明儿是礼拜天，谢天谢地，咱们

---

① 萨堤罗斯，希腊神话中的森林之神，是一个半人半山羊怪物，性好欢娱，耽于淫欲。
② 潘神，希腊神话中的山林、畜牧神，常带领山林女神舞蹈嬉戏。西琳克丝为山林女神，一天，为保护贞操免受玷污，而变成了芦苇。
③ 罗提斯是海神波塞冬之女，普里阿普斯是男性生殖力之神和阳具之神。罗提斯被普里阿普斯追逐时，逃至水滨，化为荷花。
④ 西勒诺斯，希腊神话中酒神狄俄尼索斯的养父和师傅，也是森林诸神的领袖。

可以趁做礼拜的时候，好好睡它一觉。来吧，跟俺跳一曲好不好？"

　　苔丝并不厌恶跳舞，但她不想在这里跳。这时，大伙跳得更热烈了，小提琴手站在光亮的尘柱后面，时而把琴马拉错了边，时而把弓背当成了弓弦，因而不停地变换音调。不过这也无关紧要，那些气喘吁吁的身影还照旧向前旋舞。

　　谁要是想和原先的舞伴跳到底，就可以始终不换舞伴。所以要换舞伴，就是说两个人之中，有一个还没找到称心的舞伴，而到了这个时候，每一对都已非常般配了。就是这种时候，便开始出现狂喜和梦幻，而在这狂喜和梦幻之中，感情就成为宇宙的物质，而物质则仅仅是外来的东西，或许会在你想往哪里旋转的时候，阻止你不让你旋转。

　　忽然"扑通"一声，一对舞伴跌倒在地上，搅成了一团。接着，另一对舞伴停不住脚，绊倒在他们身上。满屋弥漫的尘埃里，又在几个跌倒人的周围，浮起一团更厚的尘土，只见内中有好多胳膊和腿缠在一起，乱伸乱蹬。

　　"你这个家伙，回到家里再跟你算账！"从人堆里冒出一个女人的声音——这说话的，就是那个由于笨拙而闯祸的男人的倒霉舞伴，还碰巧是他的新婚妻子——在特兰岭，夫妻之间只要还有感情，一同跳舞也是司空见惯的事。说实在的，夫妻到了后半生，一起跳舞也是常有的事，这样一来，彼此有心的独身男女可以免得让人拆开，落得个形单影只的下场。

　　恰在这时，从苔丝身后，庭园的幽暗之处，传来一声哈哈大笑，与室内的吃吃笑声交织在一起。苔丝回头一看，瞧见了一支雪茄烟的红火头：亚历克·德伯维尔独自一人站在那里。德伯维尔向她招了招手，她很不情愿地走了过去。

　　"嗨，我的美人，你在这儿干什么？"

　　苔丝干了一天活，又走了好多路，弄得疲惫不堪，便向他吐露了自己的苦衷——说她从刚才遇见他以后，就一直等着搭伴回家，因为她在夜间不大熟悉回去的路。"不过，他们好像总是没完没了的，我真不想再等下去了。"

"当然不要等了。今天，我这儿只有一匹马。不过，到'鸢尾花酒店'去，我雇一辆轻便马车，把你送回家。"

苔丝听了这话，虽然感到高兴，但却始终没有消除早先对他的怀疑。那些庄稼人尽管拖拖拉拉，她还是愿意和他们一起回家。因此她回答说，谢谢他的一番好意，但是不想麻烦他。"我说过要等他们，他们会指望我等的。"

"那好吧，独立自主小姐。请便吧。……那我就不急了。……天哪，他们闹成什么样子啦！"

他并没有走到亮光处，不过有些人还是发现了他，于是便稍微停了一下，心想时间过得真快。等他又点起一支雪茄烟，刚一走开，特兰岭人便离开了其他农庄上的人，重新聚到了一起，准备一道回家。他们收拾好包裹和篮子，半个钟头之后，当时钟敲十一点一刻的时候，他们三五成群地登上了回家的山路。

回家的路程有三英里远，本是一条干燥发白的大路，今晚叫月光一照射，显得更白了。

苔丝夹在人群中，时而和这个走在一起，时而和那个走在一起，她很快发现，那些喝酒过多的男人，叫清凉的夜风一吹，走起路来摇摇晃晃，东扭西歪。有几个比较放纵的女人，也是飘飘忽忽，脚步不稳。这几个女人中，一个是黑面泼妇卡尔·达奇，外号叫黑桃皇后，直到最近还是德伯维尔的爱宠；另一个是她妹妹南茜，外号叫方块皇后；还有一个就是刚才跌倒在地的那个结过婚的年轻妇女。她们当时的模样，在没受蛊惑的平常人看来不管有多么平庸、多么笨拙，在她们自己看来，却完全不同。她们走在大路上，觉得好像被什么东西托住，在高空翱翔，头脑中怀着别出心裁的深奥念头，仿佛自己和周围的大自然形成了一个有机体，各部分都和谐而欢乐地交融渗透。她们像天上的月亮和星辰一样崇高，月亮和星辰也像她们一样炽热。

但是，苔丝在父亲身边的时候，早已有过这种痛苦的经历，因而一看到她们那副样子，她在月下行走刚开始感到的乐趣，也就顿时消逝了。然而，由于刚才说过的原因，她仍然紧跟着这帮人。

起先在宽敞的大道上，他们是零零散散地往前走；可是眼下要穿过田边上的一道栅门，走在最前面的人开门时遇到了困难，于是大家都聚拢起来了。

这位领头的人，就是黑桃皇后卡尔。她带着一只柳条篮子，里面装着给她母亲买的杂货，给她自己买的布匹，以及买来供一个礼拜用的东西。篮子又大又沉，为了携带方便，卡尔把它顶在头上。她双手叉着腰往前走的时候，篮子就在头上摇摇晃晃，岌岌欲坠。

"哎哟，卡尔·达奇，是啥东西顺着你的背往下爬呀？"人群中有一个人突然说道。

大家都瞧着卡尔。她的衣服是薄印花布做的，只见她脑袋后面有一条绳子般的东西，一直垂到腰下面，像是一根中国人的辫子。

"是她的头发披下来了。"另一个人说道。

不，那不是她的头发，而是她头上的篮子里流出来一道黑乎乎的东西，在清冷幽静的月光下看着亮晶晶的，像是一条满身黏液的蛇。

"是糖浆。"一个目光敏锐的妇女说道。

还真是糖浆。原来，卡尔那可怜的老祖母就爱吃甜食。她自己的蜂窝里出的蜂蜜多得是，但她一心就想吃糖浆，所以卡尔就想出其不意地款待她一番。这时，这位黑姑娘急忙放下篮子，发现盛糖浆的罐子已经在篮子里打碎了。

这时，大家看见卡尔背上的奇特模样，不由得爆发出一阵哄笑，黑桃皇后一急，突然想到了个最简便的方法，也不用讥笑者帮忙，就能弄掉沾在衣服上的糖浆。她冲动地跑进他们就要穿过的田地，扑地倒下去，仰面躺在草地上，先用脊背在草上平转，再用胳膊肘撑着，将身子在地上拖了一段，以便尽可能把衣服擦干净。

大家笑得更厉害了。见到卡尔这副怪相，人们笑得前俯后仰，搞得没有劲了，有的抓着栅门，有的抱着柱子，有的扶着拐杖。我们的女主角本来一直不声不响，眼下这一阵狂笑，逗得她也情不自禁地跟着笑了。

这真是不幸——从几方面来说，都是不幸。黑桃皇后从劳动者的笑声中，刚一听到苔丝那比较冷静、比较圆润的声音，早就憋在心里的那股醋劲，顿时发作起来，使她变得像疯了一样。她一跃而起，冲到了她讨厌的人跟前。

"你这个贱货，敢来笑话俺！"她大声嚷道。

"别人都在笑，我实在忍不住就笑了。"苔丝道歉说，一面还在吃吃地笑。

"哼——你眼下顶受他宠爱，就觉得比谁都强了，是不是！先别抖，姑娘，先别抖！像你这样的，两个也不顶俺一个！来吧——让俺给你点厉害瞧瞧！"

使苔丝感到震惊的是，黑桃皇后在动手脱她那连衣裙的上身——反正上身弄脏了，惹得人家笑话她，她正乐意借着这个理由，把它脱下来——脱掉以后，她那丰满的脖颈、肩膀和胳膊全都裸露出来，在月光的映衬下，就像柏拉克西特列斯①的某些雕像一样光彩夺目，优美迷人，因为她是个强健的乡下姑娘，脖颈、肩膀和胳膊是那样丰满圆润，完美无缺。她握起拳头，冲着苔丝拉开架势。

"哼，我可不想和你动手！"苔丝威严地说道，"我要是早知道你是这号人，就绝不会这么下贱，和这样一群娼妇搅在一起！"

这句话的打击面实在太宽了，其他人也冲着美丽而不幸的苔丝，劈头盖脸地乱骂一通，特别是方块皇后，她像卡尔一样，也被怀疑与德伯维尔有关系，所以就和卡尔联合起来，对付共同的敌人。还有几个女人也跟着恶狠狠地骂起来，若不是因为狂欢了一个晚上，她们中间谁也不会这么傻，显得这么凶。眼看着苔丝受欺侮，那些做丈夫和

---

① 柏拉克西特列斯，古希腊大雕刻家。作品多为大理石雕像，善于把神话传说中的人物纳入平凡的日常生活，从而做出抒情的刻画，以柔和细腻的风格，确立了公元前四世纪希腊雕刻的特征。

做情侣的觉得有失公道，便帮着苔丝说话，想把事端平息下来，不想这样一来，反倒成了火上浇油。

苔丝又恼又羞，她顾不得道路有多偏僻，时间有多晚了，她一心只想尽快离开那一帮人。她心里很清楚，这帮人中有几个较好的，她们第二天一定会后悔不该发脾气。现在，大家都来到了地里，苔丝正在慢慢地往后退，想一个人跑开，恰在这时，一个骑马的人，悄没声地从遮住大路的树篱的拐角处出现了。这是亚历克·德伯维尔，他把众人扫视了一遍。

"伙计们，你们干吗这么吵吵嚷嚷的？"他问道。

没有人马上向他解释。其实，他也用不着有人解释。他离他们还比较远的时候，就听到了他们的嚷嚷声，于是便骑着马偷偷地往前走，听了一个大概，足够使他明白是怎么一回事了。

苔丝脱离了众人，独自站在栅门旁边。德伯维尔向她俯下身去。"跳上来，坐在我后面，"他小声说道，"咱们一转眼就能甩掉这群尖声喊叫的东西！"

苔丝深感情势的危急，差一点晕过去。假使在别的时候，她一定会像前几次那样，拒不接受他的帮助，拒不跟他一起走。眼下，若是仅仅因为路途偏僻，她还不至于被迫就范。不过，他这一次是在紧急关头提出帮忙的，苔丝只要把脚一跳，就能把她对敌手的恐惧和愤慨，转化成对她们的胜利。所以她凭着一时的冲动，攀上了栅门，用脚尖登着他的脚背，爬上了他身后的马鞍子。他们两个飞驰到远处的苍茫夜色之后，那些气势汹汹的狂欢者们才明白过来发生了什么事。

黑桃皇后忘记了她衣服上的污迹，站在方块皇后和摇摇晃晃的新婚女人旁边——三个人都在直瞪瞪地望着马蹄声渐渐消失的那个方向。

"你们在看什么呀？"一个没看到这桩事的人问道。

"哈——哈——哈！"黑皮卡尔放声大笑。

"嘻——嘻——嘻！"歪歪倒倒的新娘子靠在她温情的丈夫的胳膊上，一面放声大笑。

"嘿——嘿——嘿！"黑皮卡尔的母亲也放声大笑，一面摸着嘴上的须毛，简洁地解说道，"跳出油锅又入火坑啊！"

这群在野外待惯了的儿女们，即使饮酒过量，也不至于造成长久的伤害，这时他们已经走上了田间小路。他们往前走的时候，月光照在晶莹的露珠上，映成乳白色的光圈，围着每人头部的影子，跟着他们往前移动。每个人只能看见自己的光圈，这光圈从不离开各人的头影，不管那头影如何粗俗不堪，如何摇晃不定。那光圈总是紧跟着头影，把头影装饰得很美丽，直至那头影摇晃不定的动作，仿佛成了光圈不可缺少的一部分，人们呼出的气成了夜雾的一部分，而景物的精神，月光的精神，大自然的精神，也似乎与酒的精神融会在一起。

第十一章

那两个人骑着马，一声不响地跑了一阵，苔丝紧紧抱住亚历克，由于胜利的喜悦，她心里还在怦怦直跳，但在其他方面，她却心怀疑虑。她发觉他们那匹马不是亚历克有时骑的那匹马，所以她并不为此感到惊恐。不过，尽管她紧紧抱着亚历克，她还是坐不安稳。她请求亚历克把马放慢些，像走路一样，亚历克照办了。

"干得干净利落，是不是，亲爱的苔丝？"过了一会，亚历克说道。

"是的！"苔丝说，"我想我真得感激你。"

"你真感激吗？"

苔丝没有回答。

"苔丝，你为什么总不愿意让我亲你？"

"我想——因为我不爱你。"

"你敢肯定吗？"

"我有时还生你的气哪。"

"啊，我早就担心你会生气的。"不过，亚历克觉得，她这样坦白倒也不错。他知道，什么都比冷冰冰来得好，"我惹你生气的时候，你为什么不告诉我呢？"

"你很清楚为什么。因为我在这里由不得自己。"

"我没有因为跟你讨亲近，常惹你生气吧？"

"有时候真惹我生气了。"

"有多少次？"

"你跟我一样清楚——次数太多了。"

"我每次都惹你生气了吗？"

苔丝没有吱声，马缓缓地向前走了好远。后来，整晚都飘浮在低谷里的一片发亮的薄雾，渐渐散布到漫山遍野，把他们两个包围起来了。薄雾仿佛把月光悬在半空，使之比起在清澈的空气里，更能到处弥漫。不知是由于这个缘故，还是由于心不在焉，或是由于昏昏欲睡，苔丝没有察觉他们早已走过了通往特兰岭的岔道，她的护送人却没走上那条道。

苔丝真是疲乏得难以形容。这个礼拜以来，她每天早晨都是五点起床，整天都没有停脚的时候，今天晚上来到蔡斯伯勒，又额外跑了三英里路，等邻居又等了三个钟头，因为急着催他们动身，也顾不得吃喝了，结果一口东西也没吃，一滴水也没喝。后来，在回去的路上又走了一英里，还激动地吵了一架，接着又骑着马慢慢游荡了一阵，现在都快半夜一点钟了。不过，她只有一次真的打起瞌睡来。在那失去知觉的时刻，她的脑袋耷拉下来，轻轻地靠在德伯维尔身上。

德伯维尔勒住马，把脚从马镫里抽出来，在马鞍上侧过身子，用手搂住苔丝的腰，把她扶住。

苔丝顿时醒来，采取了防御姿态，凭着她容易产生的报复冲动，轻轻推了一下德伯维尔。德伯维尔本来就坐得不稳，差一点失去平衡，滚下马来，幸好那匹马虽说很健壮，但在他所骑的马中，又是顶老实的。

"你太不知好歹了，"德伯维尔说，"我并没有恶意——只是不让你摔下去。"

苔丝满腹狐疑地琢磨了一阵,后来觉得这也许是事实,便心软下来,客客气气地说道:"请原谅,先生。"

"我绝不会原谅你,除非你做出点信任我的表示。天哪!"他突然大叫起来,"我成了什么东西了,还让你这么个丫头片子这样讨厌?都快三个月了,你一直在玩弄我的感情;躲避我,冷落我,我受不了啦!"

"我明天就离开你,先生。"

"不行,你明天不能离开我!我再问一遍,你能不能表示你信得过我,让我搂住你?来吧,现在只有我们俩,没有旁人。我们彼此非常熟悉,你知道我爱你,认为你是世界上最漂亮的姑娘,而你确实也是最漂亮的。难道我不能把你当作情人吗?"

苔丝恼悻悻地迅疾抽了一口气,表示反对,一面局促不安地扭动身体,眼睛望着远方,嘴里咕哝道:"我不知道——我但愿——我怎么能说行不行呢,既然我——"

德伯维尔按照自己的愿望,用手搂住了她的腰,她也没再表示反对,事情就这么解决了。他们就这样侧身骑在马上,缓缓地向前走去,后来苔丝忽然发觉,他们走的时间太长了——比平常从蔡斯伯勒回去走那点路花的时间长得多,即使像现在这样缓步而行,也用不了这么长时间。她还发觉,他们早就不在大道上了,而是走在一条小路上。"哎呀——我们走到什么地方啦?"她惊叫道。

"穿过一片树林。"

"一片树林——什么树林?我们一定离大路很远了吧?"

"这是狩猎林的一小部分——狩猎林是英国最古老的树林。今天晚上夜色这么美,我们为什么不骑着马多溜达一会儿呢?"

"你怎么能这样背信弃义呀!"苔丝半狡黠半惊愕地说道,一面冒着可能滚下马的危险,用手把他的手指一个一个地掰开,以便从他怀里挣脱出来,"我先前推了你一下,觉得对不起你,刚要相信你,顺着你讨你喜欢,你却跟我来这一手。请把我放下去,让我走回家。"

"亲爱的,即便是晴天,你也走不回家。跟你说实话吧,我们离特兰岭有好几英里远，现在雾越来越大，你也许会在这座树林里转上几个钟头。"

"这就不用你操心啦，"苔丝好生劝道，"放下我吧，求求你。我不在乎这是什么地方，只求你让我下去，先生。"

"那好吧，我让你下去——只是有一个条件。既然是我把你带到了这个偏僻的地方，不管你怎么想，我觉得我有责任把你平平安安送回家。你想不要别人帮忙，自己回到特兰岭，那是根本不可能的，因为实话跟你说吧，亲爱的，由于这场大雾笼罩了一切，我都拿不准我们到底是在什么地方。现在，如果你答应在马旁边等着，让我穿过林子，一直走到有大路或有房子的地方，弄清我们的确切位置，我就心甘情愿地把你放在这里。等我回来了，我会详详细细地告诉你怎么走，你若是非要走回去，那就走好了，想骑马走也行——随你的便。"

苔丝接受了这个条件，从左边溜下了马，不过，德伯维尔早已偷偷地吻了她一下。他从另一边跳下了马。

"我想我得牵着马。"苔丝说。

"哦,不用——没有必要,"亚历克一面说，一面拍拍气喘吁吁的马，"它今天晚上已经够受的了。"

他把马牵到灌木丛里，拴在一根树杈上，在厚厚的枯叶堆里，给苔丝铺了一个卧榻，或者说筑了一个窝。

"来吧，你就坐在这儿，"他说，"树叶还没发潮。对马留点神——这就足够啦。"

他走开了几步，又转回来说："顺便告诉你，苔丝，你父亲今天得到了一匹结实的短腿马。有人送给他的。"

"有人? 是你！"

德伯维尔点了点头。

"哦，你真是太好了！"苔丝大声说道，不过，偏偏在这个时候要向他道谢，她觉得又别扭又难受。

"孩子们也得到了一些玩具。"

"我还不知道——你给他们送了东西！"苔丝非常感动地嘟囔道，"我不大希望你送他们东西——是的，我不大希望！"

"为什么，亲爱的？"

"这——就把我束缚住了。"

"苔丝——难道你现在不觉得有点爱我吗？"

"我很感激你，"苔丝勉强地承认说，"不过，恐怕我不——"她猛然醒悟到，德伯维尔是因为贪恋她才这样做的，心里觉得很不是滋味，眼里慢慢滚下一颗泪珠，接着又是一颗，随即就放声大哭起来。

"别哭，亲爱的，好乖乖！就坐在这儿，等我回来。"苔丝顺从地坐在他堆起的树叶上，身子在微微地颤抖。"你冷吗？"德伯维尔问道。

"不太冷——有一点。"

德伯维尔用手指摸摸她，好像触到了软绵绵的羽绒一样。"你只穿了这么一件单薄的细纱裙子——这是怎么回事？"

"这是我夏天最好的衣服了。我出门的时候，天气还很暖和，我没想到我要骑马，还要弄到深更半夜。"

"九月里，一到晚上天就凉了。让我想个法子。"德伯维尔从身上脱下一件薄外套，轻轻地给她披到身上，"就这样——你会觉得暖和些的，"他接着说道，"好了，我的美人，你在这里歇着，我很快就会回来。"

他把披在她肩上的外衣扣好，然后走进雾气织成的罗网里。这时，那一片一片的雾气，仿佛在树木之间挂起了一层一层的纱幕。他走上附近的山坡时，苔丝能听见树枝沙沙作响的声音，后来他的动作变得像小鸟的蹦跳一样轻微，最后就听不到声音了。随着月亮渐渐下沉，惨淡的光亮也越来越弱，苔丝坐在亚历克离她而去的那堆树叶上，陷入了沉思，谁也看不见她了。

与此同时，亚历克·德伯维尔登上了山坡，以便弄清他们到底处在狩猎林的哪个部位，因为他的确转了向。实际上，他已经骑着马随意走了一个多钟头，为了延长跟苔丝做伴的时间，总是见弯就拐，只顾盯着苔丝在月光下的倩影，没去理会路旁的目标。他一心想让那疲惫的马歇息一会，没有急于去寻找地标。他翻过山岭，下到邻近的山谷，来到一条大道的栅栏跟前，认出了这里的地形，从而弄清了他们的位置。于是，德伯维尔转身往回走，不过，这时月亮已经完全落下去了，再加上雾气弥漫，虽说离天亮不远了，狩猎林却笼罩在一片漆黑之中。他只得伸着双手摸索前进，以免碰到树枝上。他发现，要找到他离开的那个地方，起先是绝对办不到的。他摸东摸西，兜来兜去，最后终于听到马在附近轻轻动弹的声音，他外套的袖子出乎意料地绊住了他的脚。

"苔丝！"德伯维尔说道。

没有回答。周围一片黑暗，什么东西也看不见，只是在他脚下有一片朦胧的灰白色，那是他留在枯叶堆上的穿着白纱裙子的身影。其余的东西全是一片黑乎乎的。德伯维尔俯下身子，听到了轻柔均匀的呼吸声。他跪下来，身子俯得更低了，苔丝喘出的气，暖烘烘地触到他脸上，霎时间，他把脸贴到她脸上了。苔丝睡得很沉，睫毛上还挂着泪珠。

黑暗和寂静笼罩着周围的一切。他们头上，耸立着狩猎林的原始紫杉和橡树，树上栖息着轻柔的小鸟，正在打最后一个盹儿。他们四周，一只只野兔在偷偷地蹦来蹦去。但是，有人也许要问：苔丝的守护天使跑到哪里去了？她虔诚信仰的神明跑到哪里去了？也许，就像好挖苦人的提斯比人所说的另一个神明那样，他在说话，或者在追猎，或者在旅行，或者睡着了，唤不醒了[①]。

这样一个美貌女子，像游丝一样敏感，像白雪一样纯洁，为什么偏要在她身上绘上粗野的图案，就像她命中注定那样，为什么粗野的人往往把高雅的人据为己有，为什么女人往往被不匹配的男人所占有，

---

① 提斯比人，系指犹太先知以利亚。这句话出自《圣经·旧约·列王纪上》第十八章第二十七节。

男人往往被不匹配的女人所占有；好几千年以来，分析哲学也没向我们讲清其中的道理。的确，人们可以承认，在目前这场灾难中，倒可能存在因果报应。毫无疑问，苔丝·德伯菲尔有些顶盔贯甲的祖宗，在作战归来时恣意行乐，曾经更加无情地糟蹋过当时的农家女儿。不过，把祖宗的罪孽报应到后代身上，虽然上天可能认为是合乎道德的，但是却为人之常情所鄙夷。因此，这对事情并无补益。

正如在那偏僻的乡村里，苔丝家里的人总是抱着宿命论的观点，彼此不厌其烦地说："这是命中注定的。"这正是事情令人可悲的地方。我们这位女主角从此以后的身份，和她刚迈出母亲的门槛，前往特兰岭养鸡场碰碰运气的姑娘相比，中间隔着一条无可测量的社会鸿沟。

第二部　失身之后

第十二章

　　篮子又沉，包裹又大，但是她带着它们走起路来，好像觉得物质的东西并不是特别累赘。她偶尔停下来，呆板地靠在栅门或柱子上，休息一会。随后，把行李向丰满浑圆的胳膊上一拉，又沉稳地往前走去。

　　这是十月下旬的一个礼拜天早晨，大约在苔丝·德贝菲尔来到特兰岭四个月之后，离狩猎林里的那次骑马夜游也有几个礼拜。天刚破晓不久，她身后天边上黄灿灿的晨曦，照亮了她面对的山脊。这是她近来客居的那个山谷的屏障，只有翻过这道屏障，才能回到她的老家。从这面往上走，坡度并不陡，土质和景色也和布莱克摩谷大不一样。就连这两地人的气质和口音，也有着细微的差别，尽管有一条绕行铁路，起到一些同化作用。因此，她的家乡离她客居的特兰岭虽说不到二十英里，却显得好像是一个遥远的地方。关闭在那里的农民，总是往北往西去做生意，往北往西去旅行，去求婚，去联姻，也往北往西去用心思。而山脊这一边的人，则主要向东向南下力气，用心思。

　　这道山坡，就是六月里那一天，德伯维尔赶着马车拉着她，发疯似的奔下去的那道山坡。苔丝不停脚地走完了后一段坡路，一登上山脊，就眺望着前方那片熟悉的绿色世界，现在叫雾气笼罩得半隐半现。从这里看去，那儿总是美丽的，而苔丝今天觉得，这地方美丽极了，因为自从她上一次望见这地方以来，她已经懂得凡是有可爱的鸟儿唱歌的地方，就有毒蛇发出嘶嘶的叫声。由于这次教训，她的人生观彻底改变了。她与以前没出家门时的那个单纯姑娘，完全判若两人，只见她心事重重，静静地站在那里，转身向后望去。一望见前面的山谷，她心里就忍受不了。

她看见一辆双轮马车，正沿着她刚才吃力地走过的白色大道，向上面驶来。车旁跟着一个人，扬起手来，向她示意。

苔丝不加猜疑地听从了那个人的示意，老老实实地等着他。过了几分钟，那人和车马就停在她旁边了。

"你怎么就这样偷偷地溜了？"德伯维尔上气不接下气地责问道，"还选了个礼拜天早晨，趁人们都没起床！我是无意中才发现的，赶着车拼命地来追你！你就看看这匹马吧！你明知谁也不想阻拦你走，为什么要这样走掉呢？你这么吃力地往回走，还带着这么重的东西，这是何苦啊！我发疯似的来追你，只想把你送到家，如果你不肯回去的话。"

"我不回去。"苔丝说。

"我想你是不肯回去的——我早就说过了嘛！那好吧，把篮子放上去，让我把你扶上车。"

苔丝无精打采地把篮子和包裹放在车上，自己也跨上去了，两人肩并肩地坐着。她现在不怕他了，而这不怕他的原因，正是她的悲伤所在。

德伯维尔习惯性地点了一支雪茄，两人一路上断断续续、不动声色地谈到了路边的平常景物。他完全忘记初夏的一天，他们坐着车在同一条路上向相反方向行驶的时候，他硬挣着要亲她。但是苔丝却没忘记，眼下她像木偶似的坐在那里，对他的话只是简短地应一声。走了几英里之后，一片树丛映入眼帘，马洛特村就坐落在树丛后面。只是在这时，她那沉静的脸上才露出一丝情感来，眼里掉下了一两滴泪珠。

"你哭什么？"德伯维尔冷冷地问道。

"我只是在想，我是在那儿出生的。"苔丝嘟囔着说。

"嗨——我们人人都得有个出生的地方呀。"

"我不该生下来——不管生在那儿，还是生在别的地方。"

"呸！你当初既然不愿意去特兰岭，为什么又去了呢？"

苔丝没有回答。

"我敢起誓，你不是为了爱我而去的。"

"那倒不假。假如我是为了爱你而去的，假如我以前真心爱过你，假如我现在还爱着你，我就不会像现在这样，因为自己软弱，而这么厌恶自己，憎恨自己！……我只是一时让你弄花了眼，就是这样。"

德伯维尔耸了耸肩。苔丝接着说道：

"等我明白了你的用意，已经太晚了。"

"每个女人都会这么说。"

"你怎么敢说这样的话！"苔丝猛地转过身，冲着他大声嚷道，这时她身上激起一股潜藏未露的凶气，两只眼睛冒着火光(有朝一日，德伯维尔还要见到这种凶气)，"天哪，我恨不得一拳把你打到车下去！难道你没想到过，别的女人只是嘴里说说，有的女人却真感到痛苦吗？"

"好吧，"德伯维尔笑笑说，"我伤害你了，对不起。我做了错事——这我承认。"接着，他变得有点激愤的样子，又说道，"不过，你也用不着老是数落我。我情愿彻底偿还这笔债。你知道，你用不着再到地里或牛奶场干活。你知道，你可以穿得阔阔气气的，用不着像近来这样，穿得又单调又寒酸，好像除了自己挣的，想多弄一根丝带都办不到似的。"

苔丝微微噘了噘嘴唇，不过像往常一样，她生性宽宏大量，容易冲动，却很少鄙视人。"我说过我不再要你的东西了，我不会再要了——我不能再要了！我要是再要下去，岂不成了你的玩物了，我绝不干！"

"瞧你这样子，人家不仅以为你是名副其实的德伯维尔家的后裔，而且还会以为你是个公主——哈，哈！……好啦，苔丝，亲爱的，我别无可说的了。我想我是个坏人——一个十足的坏人。我生下来就坏，活到现在坏到现在，大概到死还是坏。不过，苔丝，我以我这没救的灵魂向你起誓，我再也不对你坏了。如果出现了某种情况——你明白吧——你遇到哪怕一点点不便，一点点困难，就给我寄个信儿来，你马上就能得到你所需要的东西。我也许不在特兰岭——我要到伦敦去住一阵——我无法忍受那老婆子。不过，信件都会转给我的。"

苔丝说她不要他再往前送了，于是马车就在树丛下面停住了。德伯维尔下了车，把苔丝抱了下来，然后把她的东西拿下来，放在她身旁的地上。苔丝向他微微鞠了一躬，眼睛只是瞅了瞅他，接着便转身拿起行李，准备走开。

亚历克·德伯维尔把雪茄从嘴上拿开，俯身向她说道：

"你不会就这样走开吧，亲爱的？来吧！"

"随你的便吧，"苔丝冷漠地答道，"瞧你把我摆布成什么样子了！"

苔丝说罢转过身，朝他仰起了脸，就像大理石界标似的立在那里，让他在脸上吻了一下——这一吻，一半是敷衍了事，一半好像是热情还没有完全冷下去。苔丝接受亲吻的时候，两眼茫然地望着路上最远的树木，仿佛简直不知道对方在干什么。

"看在老朋友的分上，让我亲亲另一面吧。"

苔丝同样冷漠地转过脸，就像是按理发师或画像师的要求转脸一样，让他亲了亲另一面脸，他的嘴唇所触到的面颊，既潮润，又滑溜，还凉丝丝的，犹如周围田野里的蘑菇表皮一样。

"你也不用嘴回亲我。你从不自愿地亲亲我——你恐怕永远也不会爱我。"

"我早就这么说过，说过多次。确实是这样的。我从没真心实意地爱过你，我想我永远也不会爱你。"接着，她又凄怆地说道，"也许，时到如今，我在这件事上撒一句谎，倒会对我极为有利，但是，我尽管已经丢尽了人，可是还得顾点脸面，不能撒这个谎。假如我真爱你，那我也许最有理由让你知道。可是我不爱你。"

德伯维尔吃力地喘了一口气，仿佛当时的情景太沉闷了，他觉得心里压抑，或者良心不安，或者有失体面。"唉——苔丝，你这么愁眉苦脸的，真是荒谬可笑。现在，我没有必要奉承你，我可以坦率地告诉你，你用不着这样苦恼。你凭着这份姿色，可以和这一带的任何一个女人相媲美，不管她是大家闺秀，还是小家碧玉。我跟你说的全是实话，并且也是为了你好。你要是聪明一些，就向世人炫耀炫耀，不要等到香消色褪。……不过，苔丝，你回到我身边好吗？说句良心话，我真不愿意让你这样走掉！"

"绝不可能，绝不可能！我一明白过来，就打定了主意——我本该早点明白的。我不要回去。"

"那就再见吧，我这四个月的堂妹——再见！"

德伯维尔轻巧地跳上车，理好缰绳，驱车在长着红浆果的高树篱中间消失了。

苔丝没有朝他望一眼，只管顺着弯弯曲曲的篱路，慢腾腾地往前走去。天色还早，虽然太阳刚刚离开山顶，但是它那不暖不烈的光线，只是使人看着刺眼，并不使人觉得身上暖和。附近一个人影也没有。一个凄楚的十月，一个更凄楚的她，似乎只有这两者出现在这条篱路上。

但是，她往前走的时候，却听见背后有脚步声，一个男人的脚步声，越走越近。这个人走得很快，苔丝察觉他走近没多久，他就走到了她身后，向她说了一声"早晨好"。他好像是个什么工匠，手里提着个装有红漆的铁罐子。他一本正经地问苔丝，是否需要帮她提篮子，苔丝就把篮子交给了他，跟在他旁边走着。

"今天是安息日，起得早啊！"那人兴冲冲地说道。

"是的。"苔丝说。

"大多数人干了一个礼拜的活，眼下还睡着呢。"

苔丝表示是这样。

"可是我今天干的活，比一个礼拜干的都实在。"

"是吗？"

"我整个礼拜都在为人类的荣耀干活，而礼拜天却为上帝的荣耀干活。这比平日的活更实在些——是吧？我在这个篱阶上有点活要干。"那人说着，就转向路旁通往一片牧场的一个道口。"请你稍等一下，"他又说，"我用不了多久。"既然篮子在他手里，苔丝也就没法不等。于是，她就一边等，一边望着他。他放下篮子和铁罐，用刷子搅了搅罐里的油漆，然后往篱阶那三块木板的中间一块上，动手描画起方方正正的大字来，每个字后面都打上一个逗号，仿佛每念一个字都要停顿一下，好让人铭心刻骨似的：

你，的，灭，亡，也，必，速，速，来，到。

《彼得后书》第二章第三节

这几个触目的鲜红大字，衬着静谧的自然景物，惨淡枯槁的矮树林，蔚蓝色的天际，长着青苔的篱阶，显得格外刺眼。它们仿佛在大声疾呼，震得空气都在回荡。这条教义，一度曾对人类很有用处，但如今却在演出荒诞的最后一幕，因此，看到这些令人作呕的胡涂乱抹，有人会大声嚷道："唉，可怜的神学！"但是，这几个字让苔丝觉得是在指责她，不禁大为惶恐。仿佛这个人已经了解了她最近的底细似的，其实他完全是一无所知。

那人写好经文之后，便拎起苔丝的篮子，苔丝不由自主地继续走在他身旁。

"你相信你刷的那句话吗？"她低声问道。

"相信那句经文？就像我相信自己活着一样！"

"不过，"苔丝声音颤抖地说，"假如你的犯罪不是你自找的呢？"

那人摇了摇头。"我对这样一个重大问题，难以做出细小无益的区别，"他说，"今年夏天，我已经走了几百英里，把这整个地区的每一堵墙、每一扇栅门、每一道篱阶上，都刷上了这样的经文。至于什么情况下适用，就留给人们自己用心揣摩吧。"

"我觉得这些话太可怕了，"苔丝说，"真让人受不了，真能吓死人！"

"这就是它们的用意所在！"那人带着职业的口吻说道，"不过，你应该看看我刷的那些最辛辣的经文——我总是把它们刷在贫民区和码头上。看了这些话，准叫你浑身抽搐！其实，在这乡下一带，用这句经文就够好的了。……哎哟——那座仓房的墙上有好大一块空地方，白白浪费了。我得往那里刷上一句，好让像你这样危险的年轻女人引以为戒。姑娘，等等我好吗？"

"不啦。"苔丝说道。她接过篮子，往前走去。走了几步，又回过头来。那面破旧的灰色墙壁上，开始展现出像刚才刷在篱阶上一样火红的大字，看起来稀奇古怪的，好像让它做它以前从未做过的事，有些感到痛苦似的。那人刚刚刷到一半，苔丝一读就突然红了脸，因为她意识到下文是什么：

你，不，要，犯 [①]……

她那位兴冲冲的旅伴见她在观看，便停下刷子，大声嚷道："你要是想在这些重大事情上寻求教诲的话，今天就有一个非常诚实的好人，要到你去的那个教区做慈善布道。他是埃明斯特的克莱尔先生，我现在跟他不是一个教派的，不过他是个好人，讲起道来不亚于我所认识的任何一位牧师。我就是受了他的启蒙，才开始信教的。"

但是，苔丝没有回答。她继续往前走去，心里扑扑直跳，两眼盯着地上。"呸——我不相信上帝说过这种话！"她鄙夷不屑地嘟囔道，脸上的红晕消失了。

突然，从她父亲的烟囱里冒出一缕青烟，一见这一情景，她不由得心里一阵疼痛。等她走进家里，见到屋里的情景，心里痛得更厉害了。她母亲刚从楼上下来，正在炉前点那剥了皮的橡树枝，准备烧水做早饭，一见女儿回来了，便转过身来迎接她。孩子们还在楼上，父亲也没下来，因为这是礼拜天早晨，他觉得多躺半个钟头是理所当然的。

"哟！——是俺的宝贝苔丝呀！"母亲惊叫道，一面跳起来去亲女儿，"你好吗？你走到俺跟前，俺才看出你来！你是回家准备结婚

---

① 全文为"你不要犯通奸罪"，为摩西十诫之一。见《圣经·旧约·出埃及记》第二十章第十四节。

的吧？"

"不，妈妈，俺不是为这事回家的。"

"那是回来度假的？"

"是的——回来度假，度长假。"苔丝说。

"怎么，难道你堂哥不打算把喜事办掉？"

"他不是俺的堂哥，他也不打算娶俺。"

母亲仔细地打量着女儿。

"得啦，你还没有都告诉俺呢。"她说。

于是，苔丝走到母亲跟前，把脸伏在她脖子上，向她叙说了一切。

"可你还是没有叫他娶你呀！"母亲又老调重弹，"都出了那样的事，除了你，别的女人谁都会那么干的！"

"也许别的女人都会那么干，可俺却不干。"

"假使你真那样干了，现在回来可就像故事里一样风光啦！"德贝菲尔夫人接着说道，气得都快哭出来了，"俺们在这儿听到那么多关于你和他的风言风语，谁想到会落得这样一个下场！你干吗老是想着自己，就不想想给家里人做点好事？你瞧俺成天价累死累活的，你那可怜的爹，身子骨那么弱，一颗心脏就像接油盘一样，叫油脂给蒙住了。俺真巴望，你跑这一趟能落点好处！四个月以前，你们俩一道坐车走开时，看你们那一天是多么美气的一对呀！瞧他给了咱们多少东西——咱们还只当是因为咱们是他的本家。既然不是本家，那他给咱们这些东西，一准是因为爱你了。可你还没有让他娶你！"

要让亚历克·德伯维尔甘愿娶她。要他娶她！关于结婚的事，他从未提过一个字。即使提过，又怎么样呢？苔丝即便拼命想要保全面子，不得已会对他做出什么样的回答，她自己也说不上来。但是，她那位可怜的傻妈，压根儿不了解女儿眼下对那个男人的情感。也许，在那种情况下，出那种事是不寻常的，不幸的，也是莫名其妙的。不过，那件事确实发生了。照苔丝的说法，她为此而憎恨自己。她从来就没有真心真意地喜欢过他，现在更是一点也不喜欢他了。她先是害怕他，见了他就畏缩，他巧妙地利用了她的孤苦无靠，占了她的便宜；随后，她一时被他的热情态度所迷惑，又稀里糊涂地委身于他；后来，她突然鄙视他，讨厌他，便跑开了。这就是事情的全部过程。她倒说不上十分恨他，但是在她眼里，他只是尘土和灰烬，即便为自己的名声着想，她也不会愿意嫁给他。

"你既然不想叫他娶你做太太，那就该小心些才是！"

"哦，妈妈，我的好妈妈！"那痛苦不堪的姑娘大声嚷道，一面情绪激昂地转向母亲，仿佛心都要碎了，"俺怎么会知道呢？四个月以前，俺离开家的时候，还是个幼稚的孩子。你为什么不告诉俺，男人不安好心呢？你为什么不告诫俺呀？上等人家的女人都知道提防什么，因为她们都看小说，小说里讲到这些鬼把戏，可俺从来没有机会通过看书长见识，而你又不帮助俺！"

母亲叫她说服帖了。"俺是想，俺要是对你说了他的痴情，说了这片痴情会引起什么后果，那你就会跟他拉架子，失去机会，"母亲用围裙擦了擦眼睛，嘟囔说，"也罢，俺想咱们总得往好里想。说到底，这是人的本性，也是上帝的意愿。"

第十三章

苔丝·德贝菲尔从冒牌亲戚家回来了这件事，到处传扬开了，如果在一个方圆一平方英里的小地方，"到处传扬"这个字眼不算夸大其词的话。那天下午，马洛特的几个年轻姑娘登门来看她。她们都是苔丝小时候的同学和朋友，一个个把自己最好的衣服浆洗熨平之后，穿着跑来了，以便使自己作为客人，配得上那位卓越的征服者（她们是这样看待苔丝的）。她们坐在屋子里，以极其好奇的目光望着苔丝。因为爱上苔丝的那个人，是她那位隔了几十层远的堂兄德伯维尔先生，一个并非完全局限于本乡本土的上等人，他作为一个肆无忌惮、令人心碎的好色之徒，恶名已开始传扬到特兰岭的范围之外。因此，在人们看来，苔丝这种令人担忧的处境，比起没有风险的情况，具有更大的魅力。

大家对苔丝都怀着浓厚的兴趣，等她一转过身子，几个年纪较小的姑娘便悄声说道："瞧她有多漂亮——配上那件最棒的连衣裙，显得更漂亮了！那一准花了不少钱，没准是他送的。"

苔丝正伸手往墙角碗橱里拿茶具，没听见这几句话。假如她听见了，她或许会当即纠正她的朋友对这件事的误解。不过她母亲却听见了，琼纯粹出于虚荣心，觉得女儿纵使不能嫁给阔气人，哪怕能跟阔气人调调情，也算够得意的了。总的说来，她感到很满意，虽然这点有限的、转瞬即逝的胜利关系到女儿的名声。也许，女儿到头来还会嫁给他呢。做母亲的见客人们对女儿那样羡慕，心里一来劲，便请她们留下来吃茶点。

姑娘们的欢声笑语，善意的旁敲侧击，特别是她们那闪闪烁烁的艳羡，也重新唤起了苔丝的兴致。随着晚上的时光慢慢过去，她受到她们那种兴奋的感染，也渐渐变得快活起来了。她脸上那副冷若冰霜的神情消失了，走动起来有些像昔日一样步履轻盈，一副容光焕发的样子，充分显示了青春的美丽。

有时候，她尽管心事重重，却能带着一副优越的神态回答她们的提问，仿佛觉得她在情场上的经历，确实有点令人艳羡了。但是，她绝不像罗伯特·骚思①所说的那样，"热爱自己的堕落"，所以，她的幻觉如同闪电一般，转瞬就过去了。她又恢复了冷静和理智，嘲笑她那一时的软弱。她还认识到刚才那一阵高傲实在可怕，于是又变得没精打采，沉默寡言了。

到了第二天早晨，已经不再是礼拜天，而是礼拜一了，她收起了

---

① 罗伯特·骚思 (1634—1716)，英国神学家。

漂亮的衣服，欢笑的客人也都走了，只有她一个人在旧日的床上醒过来，周围是那些天真烂漫的小弟弟小妹妹，熟睡中发出轻柔的呼吸声，这时她又变得十分沮丧。她回到家里的兴奋，以及由此引起的兴趣，全都荡然无存了，她眼前所看到的，是一条漫长而坎坷的大路，她得独自往前跋涉，既得不到帮助，又得不到同情。想到这里，她感到万念俱灰，恨不能钻到坟墓里去。

一直过了好几个礼拜，苔丝才恢复了足够的活力，能在一个礼拜天早晨跑到教堂里去了。她喜欢听人吟唱——仅仅是吟唱而已——喜欢听古老的圣诗，喜欢跟着一起唱晨祷圣歌。她对歌曲的这种天生的爱好，是从爱唱民歌的母亲那里继承来的，因此，即使最简单的音乐，对她也有一种感染力，有时几乎能使她忘却自己的心事。

一来由于自身的缘故，她想尽量不要惹人注意，二来有些年轻人就爱献殷勤，她也想避开他们，所以她总是赶在还没敲钟的时候，就动身往教堂里去，在楼下后排靠近存放废旧杂物的地方找个座位。除了老头儿和老婆儿，别人是不到这里来的，因为在那些挖坑刨坟的工具之中，还竖着一副棺材架子。

做礼拜的人三三两两地走进教堂，在她前面一排一排地坐好，把前额垂下将近一分钟工夫，好像是在祈祷，其实并非如此。然后，再坐直身子，往四下张望。开始唱圣歌的时候，恰巧选了一支她最喜欢听的曲子，一支古老的"兰敦"双节圣歌①，不过她并不知道它叫什么，尽管她很想知道。她心里在想——只是没有把这种想法用语言准确地表达出来——一个作曲家怎么会有这么奇异的、犹如神明般的本领，居然能躺在坟里，还让一个像她这样的姑娘，跟着体验一下他当初独自体验过的一连串情感，而她这位姑娘以前从未听说过他的名字，也永远不会知道他的人品。

先前回头张望的人，在做礼拜的时候，又回过头来张望。后来发

———————————
① "兰敦"双节圣歌，系英国风琴家理查德·兰敦 (1730—1803) 为歌咏《圣经》第一百〇二篇诗篇而谱写的曲调。

觉是她，便互相嘀咕起来。她知道他们在嘀咕什么，心里感到不是滋味，觉得不能再到教堂里来了。

从此以后，她与几个弟弟妹妹共用的那个卧室，更成了她成天离不开的避难所了。她就在这几方码的茅草房顶下面，观看刮风，观看下雪，观看落雨，观看灿烂的夕阳，观看一次次月圆。她整天躲在家里，到后来几乎人人都以为她走掉了。

在这期间，苔丝的唯一活动是在天黑之后。就在这时候，她跑到了树林里，才好像最不感到孤单。傍晚有一段时刻，光明和黑暗恰好保持均衡，白天的压抑和夜晚的焦虑恰好互相抵消，使人在心灵上感到绝对的自由，苔丝善于毫发不爽地捕捉这一时机。只有在这一时刻，活在世上的痛苦才减少到尽可能低的限度。她并不害怕黑暗，看来她唯一的念头就是避开人类，或者说避开那个叫作世界的冷酷集体。这个集体，从整体来看非常可怕，但是从各个单元来看，却又并不可畏，甚至还很可怜。

在这寂静的山峦峡谷中，她静悄悄地独自行走，与周围的环境融会在一起。她那袅袅婷婷、隐隐约约的身影，也成了那片景物不可缺少的一部分。有时候，她的想入非非会给周围自然界的进程蒙上浓郁的感情色彩，好像这自然界的进程也是她个人身世的一部分。更确切地说，自然界的进程已成为她个人身世的一部分，因为世界只是一种心理现象，自然界的进程看起来是什么样，实际上也就是什么样。午夜的寒气和狂风，在冬枝的紧裹着的苞芽和茎皮之间呼啸，总是象征着严厉的指责。下雨天则是一个模糊的道德神灵，在对她那无可挽救的软弱表示哀伤。不过，她不能把这一神灵明确地划归为她童年时代的上帝，也不能把它理解为任何别的一类。

苔丝自己描绘的这个周围世界，建立在余风遗俗的基础上，到处都是与她格格不入的幽灵和声音。其实，这只是她幻想中的一个既可悲又荒谬的产物———群使她无缘无故感到害怕的象征着道德的幽灵。本来，与现实世界不相协调的，正是这些东西，而不是她苔丝。她走在有鸟儿宿在枝头的树篱中间的时候，或者在月光照耀下的围场望着兔子蹦跳的时候，或者站在栖息着山鸡的树枝下面的时候，她把自己看成一个罪恶的化身，闯入了一片清白的领地。但是，本来并无差别的事情，她却一直想要找出差别来。她觉得自己与周围的一切是对立的，实际上她与周围的一切是相当协调的。她被迫违背了一条人类所接受的社会法律，但是并没违背周围环境所熟悉的自然法则，她只是想象自己与周围环境格格不入罢了。

第十四章

那是八月间一个雾蒙蒙的黎明。夜里那浓重的雾气，现在让暖融融的光线一照射，渐渐分散、收缩成一个个白团，躲进低谷和树丛里，等着叫阳光晒得无影无踪。

由于雾气的缘故，太阳露出一种奇特的神情，像人一样有感觉，需要使用阳性代词，才能恰如其分地把他表现出来。他现在这副模样，加上景物中没有一个人影，顿时让我们明白了古代人为什么崇拜太阳。人们会觉得，天下的宗教信仰中，没有哪一种比崇拜太阳更合情合理了。这个发光体有着金黄色的头发，灿烂而又和煦的眼睛，犹如上帝一般，正朝气蓬勃、目不转睛地凝视着趣味横生的大地。

过了一会，他的光线穿过农舍百叶窗的缝隙，往屋里的碗柜、抽屉柜等家具上，投下了一条一条的光带，犹如一根根烧红了的捅火棍，唤醒了还没起床的收割者。

但是这天早晨，在所有红彤彤的东西里，最鲜艳的要算是两根涂着颜色的宽木条，耸立在马洛特村外一片金黄色的麦地边上。这两根木条和下面的另外两根木条一起，构成了一台收割机上转动着的马耳他式十字架。这台收割机是头天傍晚运到地里来的，准备今天使用。那四根木条本来就涂着红色，现在叫太阳一照射，显得格外浓艳，好像是在燃烧液里蘸过似的。

麦地已经"开割"了，也就是说，由人工沿麦地周围割出了一条几英尺宽的通道，好让马匹和机器开进去。

路上走来两帮人，一帮是男人和后生，一帮是女人。这时候，东边篱梢的影子恰好落在西边树篱的半腰上，因此两帮人的脑袋沐浴在朝阳里，脚还处在黎明中。他们走到最靠跟前的一道地边上的栅门（栅门两旁立着两根石柱）便离开篱路，穿过石柱间的栅门，往地里走去。

转眼间，地里发出一种像是蚱蜢做爱的格达格达声。机器已经动起来了，从栅门这边望过去，只见三匹马套在一起，拉着前面提到的那台摇摇晃晃的长机器，往前挪动。那拉套的三匹马里，有一匹驮着一位赶马的，后面那机器的座位上，坐着一个管机器的。整个机器顺着麦田的一边往前走，机器上的十字形木架跟着慢慢旋动，直至下到山那边，望不见影了。不一会工夫，它又以同样不紧不慢的速度，从麦田的另一边出现了。首先映入眼帘的，是前面那匹马的额头上的亮锃锃的铜星，从收割后的麦茬上面慢慢升起，接着见到的是那鲜艳的木架，最后才看见整个机器。

收割机每绕一圈，四周割过的麦茬地也就加宽一层；随着早晨时光的流逝，未割的麦地也就越来越小。大大小小的兔子，大大小小的耗子，还有蛇，都在向麦地深处退却，寻找避难所，殊不知这种避难只是短暂的，死亡在等待着它们，因为到了后来，它们的避难所越缩越小，简直窄到令人可怕的地步，它们不管是朋友还是敌人，全都挤作一团。到头来，最后几码直立的麦子，也被那准确无误的收割机割倒了，于是收庄稼的人们便拿起棍子和石头，把它们一个不剩地全都打死了。

收割机把割下的麦子一小堆一小堆地撂在后面，每一堆刚好能扎成一捆；一些手脚勤快的人跟在后面扎捆——大多数人是妇女，不过也有几个男人，他们上身穿着印花布衬衣，下身用皮带把裤子系在腰上，因此腰后的两颗纽扣也就用不着了，每当主人动弹一下，纽扣就在阳光下闪闪烁烁，好像每个人的腰背上长了一双眼睛似的。

　　但是，在这捆麦子的人群里，最惹人注目的还是那些女人，因为女人一旦成了户外自然界的组成部分，她们就会产生一种魅力，而不再像平时那样，只是一件普通物品摆在那里。地里的男人，只不过是地里的一个个人；而地里的女人，则是田地的一部分；她们不知怎的失去了自身的形态，吸收了四周景物的精华，与这些景物融为一体。

　　那些女人——或者不如说姑娘，因为她们大多数都很年轻——头上戴着抽花的布帽，大帽檐垂下来遮着太阳，手上戴着手套，以防被麦茬划破。她们当中，有一个穿着粉红色的上衣，另一个穿着浅黄色的紧袖长裙，还有一个穿着像收割机十字臂一样鲜红的衬裙；另外一些年纪大一点的妇女，都穿着棕色的粗布罩衫——这是下地干活的妇女沿袭已久、也最适当的装束，但是却让年轻姑娘给渐渐淘汰了。这天早晨，人们都不由自主地把目光投向那个穿粉红色布衣的姑娘，因为人群中数她身段最苗条，体态最袅娜。但是，她的帽子差不多拉到了眉头上，因此她捆麦子的时候，别人一点也看不见她的脸。不过，从她帽檐下露出来的一两绺深褐色的头发上，倒可以猜出她的脸色。也许，她之所以惹得人家不时要看看她，是因为她从不想要惹人注目，而其他女人却时常在东张西望。

　　她捆麦子的举动，就像钟表一样单调，她从刚捆好的麦捆里抽出一把麦穗，用左手掌把麦穗头拍齐，然后弯腰向前，双手把麦子拢到膝盖上，把戴手套的左手伸到麦捆底下，和从另一边伸过去的右手合拢，像情人一样把麦子抱在怀里。她把捆扎用的麦秆的两头拉到一起，跪在麦捆上把它捆好，时不时地还得把微风吹起的裙子拉下去。她的胳膊在暗黄色的皮手套和衣袖之间露出一截，时间久了，那光滑柔嫩的皮肤让麦茬划破了，流出血来。

　　她时而直起腰来歇一歇，把松了的围裙系紧，或者把帽子戴正。这时，人们可以看出，她是一个秀丽的青年女子，鸭蛋形的脸，又深又黑的眼睛，厚厚的长发显得服服帖帖的，好像不管落到什么东西上，都能紧紧地贴在上面似的。比起一般乡下姑娘来，她的面颊更白，牙齿更整齐，两片红嘴唇也更薄些。

这是苔丝·德贝菲尔，或者说苔丝·德伯维尔，多少变了点样——是同一个人，又不是同一个人。她现在住在这里，就像生活在异国他乡一样，尽管这里就是她的故土。她隐居了好久之后，便打定主意要在本村做点户外的活计，因为眼下正是庄稼人的大忙季节，她在家里不管做什么活，都比不上下地收庄稼挣钱多。

其他女人的动作，也都多少有点像苔丝。每次捆好一捆，大家都像跳方阵舞一样，聚拢到一起，每人把自己的麦捆和别人的竖着靠起来，一直靠到十捆或十二捆，构成一堆，或按本地的说法，构成一"垛"。

大家都去吃了早饭，然后又都回来，像以前一样干活。快到十一点的时候，有人要是留意苔丝的话，就会发现她总是带着渴望的目光，不时地向山坡上张望，尽管她并没中断捆麦子。就在快到点的时候，一群小孩子，年龄由六岁到十四岁，从布满麦茬的山地后面露出了脑袋。

苔丝脸上微微一红，但她还是没有停下活计。

这群向她走来的孩子中，年龄最大的是个女孩。她披着一条三角形大围巾，一直拖到麦茬上，怀里抱着一样东西，乍看像是一个洋娃娃，细看却是一个裹在褓褓里的婴孩。另一个孩子带来了午饭。收麦子的人都停下活计，接过各自的食物，靠着麦堆坐下来。他们在这里吃起饭来，男人们围着一个砂罐随意受用，把一只杯子传来传去。

苔丝·德贝菲尔是最后歇工的一个。她靠着麦堆的一头坐下，把脸掉过去一点，背对着她的伙伴。她刚坐好，一个头上戴着兔皮帽、腰带上缠着红手帕的男人，把一杯麦芽酒从麦垛顶上递过来，让她喝。但是她没接受这份殷勤。她的午饭一摆出来，她就把那个大女孩（她妹妹丽莎·露）叫过来，从她手里接过婴孩，妹妹欣幸给解除了负担，跑到旁边一个麦垛那里，跟别的孩子一起玩去了。苔丝便解开上衣，给孩子喂奶，动作隐秘得出奇，又大胆得出奇，脸上涨得更红了。

坐得离她最近的几个男人，知趣地把脸扭向田地的另一头，有的人还抽起烟来。还有一个人心不在焉地就想喝酒，怅然若失地抚摸着那个再也倒不出酒的砂罐。所有的女人，除了苔丝以外，都热烈地交谈起来，一面理着弄乱了的发结。

婴孩吃足了奶之后，年轻的母亲就把他放在腿上坐直，两眼望着远方，带着一种近乎憎恶的阴郁而冷漠的神情，逗弄着他。接着，她猛然狠劲地亲了他几十下，好像永远亲不够似的。她这一阵猛烈的举动，将疼爱和鄙夷奇异地融合在一起，把孩子吓得哭起来了。

"她可疼那孩子啦，虽说外表装作恨他，还说她巴不得这孩子和她自个都死掉算了。"那个穿红裙子的女人说道。

"她过不了几天就不说这话了，"那个穿浅黄色衣服的人应道，"天哪，日子久了，人总归会习惯这种事儿的，真了不得呀！"

"俺想，这种事儿不是说几句好话就干得成的，还得费点劲儿才行。去年有一天晚上，有人打狩猎林经过，听见里面有人在哭，要是谁走进去看看，那就要有人倒霉了。"

"唉，不管怎么说，这事儿偏偏让她遇上了，真可怜极了。不过，这种事儿总是让最俊俏的人遇上！长得不好看的人可就保险得很——对不对，詹妮？"说这话的人转向人群里的一个女人，要说这个人不好看，那还真没说错。

的确是可怜极了。苔丝坐在那里的样子，即使让仇人看见，也会觉得可怜的。她那张嘴像花朵一般，一双眼睛又大又温柔，既不黑又不蓝，既不灰又不紫，而是将所有这些色调融合在一起，你要是仔细瞧瞧她的眼虹膜，还会看见许许多多别的色调——在深不见底的瞳孔的四周，围着一层又一层色泽，一道又一道色彩；若不是从家族继承了一点不谨慎的毛病，她简直就是女人中的典范了。

她真没想到自己会有这么大的决心，在家里躲了好几个月，这个礼拜居然第一次下田干活了。她本是个涉世不深的人，在孤苦伶仃之中，总是想尽种种自悔自恨的念头，来折磨、消耗她那颗扑扑跳动的心，后来还是人情事理帮她开了窍。她觉得，她还是要再做个有用的人，不惜任何代价，重新尝尝独立自主的甜头。过去毕竟过去了；无论过去怎么样，眼前却是不存在了。过去无论导致了什么后果，时光总会淹没一切的。若干年之后，这些后果就会像是不曾有过似的，她自己也会让青草埋没，被人遗忘。与此同时，树木还像以前一样青翠，鸟儿还像以前一样歌声嘹亮，太阳还像以前一样光辉灿烂。周围那些熟悉的景物，不会因为她的忧伤而黯然无光，也不会因为她的痛苦而萎靡不振。

她以为世人都在关注她的情况，因而总是把头垂得低低的，其实她早该明白，这种想法是建立在幻想之中的。除了她自己以外，别人谁也没把她的存在、她的遭遇、她的热情、她的感觉放在心上。对于所有的人来说，苔丝只是一个转瞬即逝的念头。即使对于她的朋友来说，她也不过是个经常转瞬即逝的念头罢了。假如她整天整夜地自悲自怜，人们只会这么说："唉，她那是自寻烦恼。"假如她力图开心，忘掉一切烦恼，从阳光、鲜花和孩子身上寻求乐趣，人们只会产生这样的念头："嗨，她倒真想得开呀。"再说，假若她是孤身待在一个荒岛上，她会对自己的遭遇感到难过吗？恐怕不会很难过。还有，假若她被上帝创造出来，就发现自己未经婚配而生下一个孩子，除了是个无名的孩子的母亲之外，不懂得任何人情世故，那么这种状况会使她陷入绝望吗？不，她只会泰然处之，而且会从中找到乐趣。她的痛苦多半来自她身上的世俗观念，而不是来自她那天生固有的感觉。

不管苔丝怎么想，反正有一种力量促使她像以前一样，打扮得整整齐齐，走出家门，下地干活，因为当时非常需要人手收割庄稼。正因为这样，她才表现得很有尊严，有时也能大大方方地正眼看人，哪怕怀里抱着孩子。

收庄稼的人从麦堆上站起来，伸了伸胳膊和腿，磕灭了烟斗。马卸下套喂饱之后，又套到红彤彤的机器上。苔丝急急忙忙吃好饭，把她大妹妹叫过去，接走了孩子，然后系好衣服，又戴上黄皮手套，重新弯下腰去，从先前捆好的麦捆中抽出一把麦秸，用来捆下一堆麦子。

下午和傍晚，还像上午那样继续干活，苔丝跟众人一起，一直干到黄昏时分。然后，大家坐到一辆最大的马车上，一道回家去，一轮黯然无光的大月亮，刚从东方的地面上升起，伴随着他们，月盘就像被虫蛀过的托斯卡纳①圣像头上的金叶光轮。苔丝的女伴们唱起歌来，对她出门干活表示非常赞同，非常高兴，但是又忍不住要调皮地哼几段民谣，意思说有一个姑娘跑进一片快活的绿树林，回来时就变了样。人间的事情往往是有失有得，苔丝遭遇的那件事既使她成为众人的鉴戒，又使她在许多人眼里成为全村最稀罕的人物。他们的友好态度使她进一步从自怨自艾中解脱出来，他们的勃勃生气很有感染力，苔丝也几乎快活起来了。

但是，随着精神上的烦恼渐渐消失，从她那不懂社会法度的天性中，又生出一个新的烦恼。她一回到家里，就得知孩子下午突然得病了，心里觉得很悲伤。孩子又瘦小又脆弱，害病本是不足为奇的，但她还是觉得大为震惊。

这孩子来到世上，本是触犯社会的罪过，但那年少的母亲却已忘记了这一点。她一心渴望保住孩子的性命，把这罪过继续下去。但是，事情不久就看清楚了，这个肉体小囚徒得以解脱的时刻，眼看就要到了，她虽然也担心孩子活不长，却没料到会这么快。她一发现这一点，便陷入了极度的痛苦，因为她所难过的不仅仅是失去孩子。她的孩子还没有受过洗礼。

苔丝已经养成了一种听天由命的心态，觉得自己犯了罪，要下地狱遭火烧，那就尽管烧吧，烧完就了结了。像所有乡村姑娘一样，她把《圣经》念得滚瓜烂熟，曾经尽心地研读过阿荷拉和阿荷利巴的故事②，知道从这个故事中得出什么结论。但是，同样的问题出现在她的孩子身上时，她的看法就大为不同了。她的小宝贝眼看要死了，可

---

① 托斯卡纳，意大利地名。十四至十六世纪，该地区（特别是佛罗伦萨）以艺术品著称。
② 阿荷拉和阿荷利巴是《圣经·旧约·以西结书》第二十三章中描述的两个淫妇。故事结束时，先知预言说，他们将被乱石打死，他们的孩子将被杀死，他们的房屋将被烧毁。

是灵魂还没得到拯救呢。

差不多是睡觉的时候了，但她还是急忙跑到楼下，问问是否可以去请牧师。这当儿，恰巧是她父亲对那古老高贵的家族感受最强烈，对苔丝玷污了那贵门世家感受最敏锐的时刻，因为他去享受那一周一次的痛饮，刚从罗利弗酒店回到家。他发话说，苔丝出了那样丢人的事，眼下最需要掩盖家丑的时候，哪个牧师也不许跨进他的家门，刺探他的隐秘。他把门锁了起来，把钥匙装进了自己的口袋。

一家人都上床睡了，苔丝虽然痛苦万分，也只好睡下。她躺在床上，总是不断地醒来，到了午夜时分，发现孩子病得更重了。显然是奄奄一息了——安安静静，没有痛苦，但是毫无疑问，是在慢慢地死去。

她凄怆地躺在床上辗转反侧。钟敲了一点这个庄严的时刻。在这个时刻，想入非非超出了理智的范畴，险恶的猜测变成了坚如磐石的事实。她心想，这孩子既是私生子，又没受洗礼，两罪俱罚，一定要给打到地狱最底层的角落上。她看见大恶魔抓着一把三齿叉，就像人们烤面包时用来热烤炉的叉子一样，把孩子抛来抛去。在这想象中，她又增添了许多离奇古怪的烦琐刑罚，这都是这个基督教国家时常向年轻人灌输的内容。在这幢人人都进入梦乡的屋子里，四周一片沉寂，她头脑里冒出一幕幕阴森可怖的情景，吓得她睡衣都叫冷汗湿透了，心脏每跳一下，床也跟着震动一下。

婴儿的呼吸越来越艰难，母亲精神上越来越紧张。她就是拼命地亲吻这小东西，也无济于事了。她在床上再也躺不住了，便焦灼不安地在房里走来走去。

"哦，大慈大悲的上帝，发发慈悲，可怜可怜我的孩子吧！"她大声嚷道，"你有多少愤怒，尽管发泄到我身上来吧，我甘愿受罚。但是可怜可怜这孩子吧！"

她靠在抽屉柜上，语无伦次地哀告了好长时间，后来猛地跳了起来。"哦，也许宝宝还能得救！也许这样办也行！"她说这话的时候，不由得来了精神，仿佛她的脸在四周的昏暗中发出了亮光。

她点燃一支蜡烛，走到靠墙摆放的第二张和第三张床前面，叫醒了小弟弟小妹妹（他们全睡在一个屋子里）。她把洗脸盆拉出了一点，自己站在盆后面，从水壶里倒出一些清水，叫弟弟妹妹们竖着指头合起手掌，围在她前面跪着。这些孩子还没完全醒过来，看到姐姐那副样子，觉得畏畏怯怯的，便一直跪在那里，眼睛越睁越大。苔丝从床上抱起婴孩——一个孩子的孩子——一点也没发育好，生他的人简直没有资格称为母亲。这时，苔丝抱着婴孩，笔直地站在脸盆旁边，她的大妹妹翻开祈祷书，放在苔丝面前，就像是教堂执事把祈祷书放在牧师面前。于是，那姑娘就给自己的孩子行起洗礼来了。

她穿着白色的长睡衣站在那里，显得特别高大，特别威严，一条又粗又黑的发辫从脑后一直垂到腰间。微弱的烛光，优柔暗淡，遮掩了她身上和面部那些在日光下会暴露出来的瑕疵——手腕上让麦茬划破的痕迹，眼睛里露出的倦容——高度的精诚产生一种美化的效果，使那张坑害过她的面孔显示出白璧无瑕的美丽，带有一点差不多和王后一样的尊严。

弟弟妹妹们跪在四周，蒙眬的眼睛还在发红，一眨一眨地看着姐姐做准备，因为这是个令人昏昏欲睡的时辰，心里纵使感到十分诧异，也没能表现出来。

他们当中最受感动的一个说道：

"苔丝，你真要给他行洗礼吗？"

年纪轻轻的母亲郑重地作了肯定的回答。

"你打算给他起什么名字呢？"

苔丝还没想到这上面。但是，她继续做洗礼的时候，脑海里浮现出《创世记》里的一句话[1]，因而联想到一个名字，便说了出来：

"'苦楚'，我以圣父、圣子和圣灵的名义，给你施洗礼。"

她洒起水来，屋里一片肃静。

---

[1] 据《圣经·旧约·创世记》第三章第十六节，上帝对夏娃说："我要大大地增加你的忧伤，增加你的怀胎，让你在忧伤中生儿育女。"

"说'阿门',孩子们。"

几个细小的声音顺从地应了一声"阿——门!"

苔丝接着又说:

"我们接受这孩子。"——如此等等——"我们给他画一个十字。"

说罢,她把手在水盆里蘸了蘸,虔诚地用食指在孩子身上画了一个很大的十字,一面又念了一些行洗礼时常用的训示——要他英勇地抗击罪孽、世俗和恶魔,要他自始至终做上帝忠实的战士和仆人。接着,她又恭恭敬敬地念了主祷文,孩子们都像蚊子叫似的,含混不清地跟着念,念到最后一句时,又把嗓门提到教堂执事的响度,对着寂静的屋子,一齐喊了一声"阿——门!"

这时,他们的姐姐越发相信这场圣礼的效应了,便从心底里倾吐出随后而来的感恩祈祷,念得既豪迈又得意,声音像笛声一样清脆,她每逢直抒胸臆的时候,总是发出这种声音,这是熟悉她的人永远难忘的。这种如醉如痴的虔诚,几乎把她化成了天神,使她显得容光焕发,面颊中间生出两朵红晕,眼睛里倒映出的小烛光,像颗钻石一样地闪烁着。孩子们带着越来越恭敬的神情,抬头望着她,再也无心发问了。在他们看来,她现在不像是大姐姐了,而是一个高大伟岸、令人敬畏的人物——一个神明一般的人物,与他们毫无共同之处。

苦楚真够可怜的,他与罪孽、世俗和恶魔的抗争,注定只能发出点有限的光辉——考虑到一开始就这么苦命,这也许倒是他的幸运。在凄楚的晨色中,那位脆弱的战士和仆人喘了最后一口气,其他孩子醒来以后,一个个哭得十分伤心,央求姐姐再生一个漂亮娃娃。

苔丝给孩子行过洗礼以后,心里就平静下来了,一直到孩子死去,她还是心平气静。到了白天,她觉得自己在夜里为孩子的灵魂提心吊胆,的确有点过分。不管有没有根据,反正现在她不感到惶恐不安了,因为她觉得,如果上帝不肯认可这种非正式的洗礼仪式,不准许孩子的灵魂升入天堂,那么,不管为她还是为孩子,她都不会稀罕这样的天堂。

苦楚这个不受欢迎的人,就这样离开了人世。他是个闯进人间的生灵,是那不尊重社会法则、不知道羞耻的自然送来的一个拙劣的礼物。这个弃儿并不知道什么叫年华,什么叫世纪,在他看来,永恒的时光只是几天的事情。对他来说,农舍内部就是整个宇宙,一周的天气就是四季的气候,襁褓时期就是整个人生,吃奶的本能就是人类的知识。

苔丝对这场洗礼琢磨了很久,不知道根据教规,是否可以为孩子举行基督教教葬。除了教区里的牧师,谁也说不准这件事,而牧师又是新来的,并不认识苔丝。黄昏之后,苔丝来到牧师房前,站在栅栏门口,但却没有勇气进去。她刚想就此罢休,转身往回走,碰巧遇见牧师从外面回来了。在昏暗中,她也就直言不讳了。

"先生,我想问你一件事。"

牧师表示愿意听一听,苔丝便讲述了孩子生病和临时给他洗礼的事。

"先生,"她恳切地接着说,"现在你能否告诉我——这与你给他行洗礼,效果是不是完全一样?"

牧师天生就有一种生意人的心理,好像发觉一件本该叫他去做的差事,却叫主顾们笨手笨脚地做过了,因而很想说一声不一样。但是,姑娘的庄重态度,连同那异常柔和的语气,打动了他那比较高尚的情感,确切地说,这十年来,他实际上对宗教抱着怀疑态度,但在具体问题上又要信守教规,因而还保留了一点比较高尚的情感。人性和教士在他心中展开搏斗,结果人性获得了胜利。

"好姑娘,"他说,"效果完全一样。"

"那你能给他做基督教教葬吗?"苔丝急忙问道。

牧师觉得自己陷入了进退两难的境地。本来,他听说孩子生病时,曾在天黑之后,凭借良心跑到她家,要给孩子行洗礼,他并不知道把他拒于门外的,是苔丝的父亲,而不是苔丝自己,因而他不容许以情势所迫为借口,做出这种不合教规的事情。

"啊——那是另一回事了。"他说。

"另一回事——为什么?"苔丝有些激愤地问道。

"唉——这件事要是只关系到我们两个人，我倒很愿意那么办。可是，由于某些原因，我又不能那么办。"

"就这一回，先生！"

"我真的不能。"

"哦，先生！"苔丝说着，抓住了牧师的手。

牧师把手缩回去，摇了摇头。

"那么我就不喜欢你了！"苔丝忽然发作了，"我永远不再上你的教堂里去了！"

"说话不要这么冲动嘛。"

"即使你不肯给他做教葬，这对他是不是一样？……会一样吗？请看在上帝的分上，不要摆出圣人对罪人的架势跟我说话，而要像平常人对平常人那样——唉！"

这位牧师自以为对这类问题抱有不可通融的看法，因而他如何把自己的回答与这些看法调和起来，这是我们俗人无法领会的，虽然并非是无法原谅的。他多少有些感动，这一回又说道：

"效果完全一样。"

于是，那天夜间，那个婴儿给装在一只小松木匣子里，上面罩着一条女人用的旧披巾，送到教堂墓地，花了一个先令和一品特啤酒，雇了教堂司事，点着灯笼，把他埋在墓地荒芜的一角，凡是未受洗礼的婴儿、劣迹昭著的酒鬼、自尽的懦夫，以及其他可以想象得到的被打入地狱的人，全都埋在这个荨麻丛生的荒角里。但是，苔丝也不管这地方是否合适，便果敢地用一根绳子把两块板条绑成一个十字架，扎上鲜花，趁傍晚没人看见的时候，溜进墓地，把它竖在坟头，还把一束同样的鲜花，插在小清水瓶里养着，放在坟脚那里。虽然那瓶子外面，只要稍微一留神，就能发现写着"基尔维果酱"的字样，但那又有什么关系呢？一个慈爱的母亲，眼睛只看见崇高的东西，不会注意这类东西。

第十五章

罗杰·阿斯克姆说："只凭经验，人们要经过漫长的游荡，才能找到一条捷径。"[①] 人们往往让漫长的游荡折腾得难以继续旅行，那么经验对我们又有什么用处呢？苔丝·德贝菲尔的经验正是这种贻误前程的事。她终于学会该怎么做人了，但是她再怎么会做人，有谁会称赏她呢？

假如她没去德伯维尔家之前，就能严格遵照她和众人都熟悉的种种格言圣训行事，那她无疑是绝不会上当受骗的。不过，人们对于金石之言，只要觉得还能从中得到裨益，就难以完全领会其中的道理，苔丝办不到，别人也办不到。她苔丝，还有许许多多别的人，会学着奥古斯丁的口气，讥诮地对上帝说："你劝告人们好好做人，可是又不准许人们这样做。"[②]

冬天那几个月，她一直待在父亲家里，拔拔鸡毛，喂喂火鸡和鹅，再不就把德伯维尔送给她，而她又轻蔑地丢在一旁的华丽服装，改给弟弟妹妹穿。她是不会求德伯维尔的。但是，别人以为她在起劲干活的时候，她却常常双手抱着后脑勺出神。

她以达观的态度，记着岁月循环往复中的一个个日期：有她在特兰岭黑乎乎的狩猎林里，留下终身遗恨的那个灾难性的夜晚；有那婴孩出生的那一天，死去的那一天；还有她自己出生的那一天；以及其他一些因为发生过与她有关的事情，而变得不同寻常的日子。有一天下午，她正对着镜子欣赏自己的美貌，突然想到还有一个日子，对她来说比哪个日子都重要，那就是她死亡的日子，她的美貌完全消逝的那一天。这一天将悄然藏在一年三百六十五天中，她年复一年地度过这一天时，它总是无声无息，不露行迹，不过这一天又确实存在着。

---

① 阿斯克姆 (1515—1568)，英国学者、作家，曾任伊丽莎白一世的教师和顾问。他注重学校教育，认为比起经验来，教育是个更有效的教师。

② 引自奥古斯丁 (354—430)《忏悔录》第十卷第二十九章。

到底是哪一天呢？她每年都要遇到这个冷酷的日子，为什么从不感到寒气袭人呢？她有着杰里米·泰勒[①]那样的想法，以为有朝一日，熟悉她的人会说："今儿是——号，是可怜的苔丝·德贝菲尔死去的日子。"他们说这话的时候，心里并不觉得有什么异乎寻常的。但是，她不知道她注定阒然长逝的那一天，是在哪年哪月，哪个星期，哪个季节。

就这样，苔丝由一个头脑简单的女孩，几乎一跃而变成一个思想复杂的妇女。她脸上显出沉思的征象，话音里时常露出凄怆的语调。她的眼睛长得更大，也更动人了。她出落得可以称为一个尤物了。她外表标致，惹人注目。她那女性的灵魂，经历了这一两年的凄风苦雨，并没有万念俱灰。若不是由于世俗的偏见，她那番经历只不过是一种普通教育。

她的遭遇本来就不是尽人皆知，加上她近来一直不与外人来往，因此在马洛特村几乎被人遗忘了。不过，她心里很明白，她在这地方是永远不会真正舒心的，因为这里的人们亲眼看到她家企图与有钱的德伯维尔家"认亲"，并且通过她，来达到更亲密的结合，最后却眼见着失败了。这件事给她心头带来的巨大创伤和痛苦，至少要过许多年才能消失，那时她在这里才能觉得好受些。然而，即使现在，苔丝也感觉到，充满希望的生命仍在她心里热烈地搏动，若是在一个无人知晓她的往事的偏僻角落，她也许会快活起来。逃避过去，逃避与过去有关的一切，就是把过去一扫而光，而要做到这一点，她就非得离开老家。

她时常自问，女人的贞操真是一次失去就永远失去了吗？她若是能把过往之事遮掩起来，那就会证明这句话是欺人之谈。一切有机体都有复原的能力，这条规律绝不会单单不适用于处女的贞操。

她等了好长时间，始终没有找到重新离家的机会。一个格外明媚的春天来临了，从叶芽中几乎能听见草木萌动的声音。这一情景就像

①　杰里米·泰勒(1613—1667)，英国圣公会牧师兼作家，他有关死的观点，见于他的《神圣的死》一书。

触动了野兽一样，也触动了苔丝，使她急欲离家远去。终于，在五月初的一天，她收到一个老朋友的来信——她从未见到这个人，不过很久以前，曾写信问过她——说往南去好些英里，有一家牛奶场，需要一个熟练的挤奶女工，场主很乐意雇用苔丝一个夏天。

这地方并不像她企望的那样遥远，不过也许够远的了，因为她的活动范围和知名范围本来就很小。对于活动范围有限的人来说，一英里就像地球一度，一区就像一郡，一郡就像一省一国。

有一点，她是打定了主意：在她的新生活里，无论梦想还是行动，都不能再构筑德伯维尔那样的空中楼阁了。她苔丝只想做个挤奶女工，不想做别的。母亲虽然没和女儿谈到这个问题，但却非常了解她在这方面的心情，因此现在也从不提及骑士世家的事了。

但人往往是自相矛盾的，苔丝所以对这个新地方发生兴趣，原因之一就是这里恰巧靠近她祖宗的故土（因为虽说她母亲是个地地道道的布莱克摩人，那些祖宗们却不是）。她要去的那个牛奶场叫作塔尔勃塞，距离德伯维尔家以前的几处宅第不远，就在她的祖宗奶奶和她们的有钱有势的丈夫们落葬的大坟地附近。她也许能去看看这些坟地，还可以想一想，不但德伯维尔家像巴比伦一样败落了，就连一个卑微的后裔也无声无息地失去了个人的清白。她一直在纳闷，不知道她待在祖宗的故土上，会不会遇到什么新奇的好事。她心里自然而然地涌起一股勇气，就像嫩枝里的液汁一样。这是没有耗尽的青春，经过暂时的压抑，又重新激荡起来，并且还带来了希望，以及无法遏止的寻求欢乐的本能。

第三部　振作精神

第十六章

苔丝·德贝菲尔从特兰岭回来之后，又过了两三年工夫——这是她默默地重整旗鼓的两三年。就在五月间一个茴香发着香味、小鸟纷纷出壳的早晨，她第二次离开了家。

她把行李收拾好了，以便以后好寄给她，随即便坐上一辆雇来的小马车，启程朝斯图堡小镇进发。因为她这次出门的方向，和第一次外出冒险几乎正好相反，所以路上一定得经过这座小镇。尽管她急巴巴地就想离开家，但是走到离家最近的那座山冈顶上时，却又回过头，怅然若失地望了望马洛特村和她父亲的房舍。

她要出远门了，家里人尽管看不见她的音容笑貌了，大概还会像以前一样继续日常生活，心里不会觉得减少了多少快乐。几天之后，小弟弟小妹妹就会像以前一样快活地玩耍，不会因为姐姐走了而觉得家里缺了什么。她断然认为，她这样离开，对弟弟妹妹是有好处的。她若是待在家里不走，她的身教给他们带来的害处，大概要超过她的言教给他们带来的好处。

她经过斯图堡时，也没停留，只管往前赶，来到一条大路交叉口，好在这里等候驶往西南方向的运货车，因为在内地这一带，铁路只打旁边绕过，从不贯穿其中。不过，就在等车的时候，路上来了一个农夫，坐着一辆带弹簧轮子的马车，他要去的地方，跟苔丝要去的大致是一个方向。苔丝并不认识这个人，但是，当对方邀她上车坐在他身旁时，她虽然明知他是见她长得漂亮，才向她献殷勤的，却也顾不了这么多，便接受了他的邀请。他是驾车去韦瑟伯里的，苔丝跟他到了那里之后，剩下的路徒步就可以走到了，省得乘坐运货车取道卡斯特桥了。

　　到了韦瑟伯里，尽管坐车走了这么远，除了午间在农夫介绍的一个乡下人家，多少吃了一顿不像样的饭之外，她就没有多停留。随后，她就拎起篮子徒步上路，朝一片宽阔的石楠丛生的高地走去，这片高地把本地区和前方低谷的草场分隔开来，她今天旅行的目的地——那家牛奶场——就坐落在那个低谷中。

　　苔丝从未来过这一带，但是，这里的一草一木都使她觉得很亲切。离她左边不很远的地方，可以见到一片葱葱郁郁的景色，她料想这是金斯比尔四周的树木，向人一打听，果然不出所料。就在那个教区的教堂里，埋葬着她的祖宗的尸骨——她那些无用的祖宗的尸骨。

　　她现在可不敬仰这些祖宗了，正是他们导致了她的苦难，为此她简直有些恨他们了。他们除了一方古印和一把古匙之外，别的东西一样也没留给她。"呸——在我身上，妈妈的遗传因素绝不少于爸爸！"她说，"我的美貌全是妈妈给的，而她只不过是个挤奶女工。"

　　她途经埃格敦高地和低地时，路程只不过几英里，却比她料想的还要难走。由于拐错了几个弯，她花了两个钟头，才来到一座山顶，向下望去，可以看见她渴望已久的山谷——大牛奶场山谷。在这个山谷中，牛奶和黄油极其充裕，虽然不及她家乡生产的鲜美，产量却要高得多——这片平原被瓦尔河或称弗鲁姆河浇灌得一片青翠。

　　迄今为止，除了在特兰岭过了一段倒霉的日子之外，她唯一熟悉的地方，就是那个小牛奶场山谷，也就是布莱克摩山谷，而拿它和眼下这个地方比起来，则有本质上的不同。这里的世界是以更宏大的格局勾画出来的。这里围圈的田地不是十英亩一块，而是五十英亩一块，这里的农庄来得更加宽展，这里的牛是一大批一大批的，那里的牛只是一小群一小群的。她眼前这成千上万的牛群，从东边很远的地方，一直延伸到西边很远的地方，数目超过了她以往任何一次所见到的。绿色的牧地上布满了密密麻麻的牛群，如同范阿尔斯洛特或赛拉尔特①的油画上画满了自由民众。红色和暗褐色牛身上那浓重的色调，吸收了夕阳的光辉，而白色的牛群却把阳光反射到人的眼睛里，几乎令人眼花缭乱，即使苔丝站在远处的高地上看去，也是这样。

鸟瞰眼前的景色，也许不及她所熟悉的那一片来得葱茏绮丽，但却更加令人愉悦。它缺少与它匹敌的那个山谷里的蔚蓝的大气，黏重的土壤，浓郁的气息，它的空气清新、明净、缥缈。滋养着这些著名牛奶场上的牧草和牛群的河流，也和布莱克摩谷的河流不一样。布莱克摩谷的河流既缓慢又沉静，往往还很浑浊，河底尽是淤泥，蹚水者一不小心，就会突然陷入泥中，落个无影无踪。弗鲁姆河则像那位福音教徒看见的生命之河一样清澈纯净②，水流就像云影一样急，在满是卵石的浅水处，还整天对着蓝天淙淙欢唱。那里的水花是睡莲，这里的却是毛茛。

也许是因为空气发生了由滞重到轻渺的质变，也许是因为她觉得到了一个陌生地方，没有人再拿恶意的目光盯着她，苔丝的情绪令人惊奇地高涨起来了。她迎着柔和的南风，蹦蹦跳跳往前走的时候，她的希望和阳光融合在一起，仿佛汇成一个理想的光球，环绕在她的周围。在每一阵微风里，她都听到了悦耳的声音；在每一只鸟儿的啁啾中，似乎都潜藏着一种快乐。

近来，她的面容随着心境的变换而变换，心情快活时，就显得很秀丽，情绪低沉时，便显得很平常，就这样经常起伏不定。今天，她脸色红润，完美无瑕；明天，她又面色灰白，满脸忧戚。她脸色红润时，就不像脸色灰白时那样多愁善感。她更完美的容貌是与较为轻快的心情相协调的，而更为紧张的心情是与较为逊色的美貌相一致的。现在，她迎着南风走去，展现的就是一副姿容最佳的面孔。

寻求快乐本是一种普通的、不可抗拒的自发倾向，注入一切生命之中；到头来，这种倾向也把苔丝制伏了。即使现在，她也不过是个

① 范阿尔斯洛特(1570—1626)及赛拉尔特(1590—1659)，均为荷兰风景画家。
② 福音教徒，指圣约翰。见《圣经·新约·启示录》第二十二章第一节。

二十岁的年轻女子，在理智和情感上都没达到终止发展的地步，因而无论什么事情，都不会给她留下经久不变的印象。

就这样，她的情绪越来越高涨，心里越来越欣幸，越来越充满希望。她试着唱了好几首民谣，但都觉得不够劲，后来才想到，她还没尝到知识之果之前，经常在礼拜天早晨浏览赞美诗，于是便开口唱道："哦，你这太阳和月亮……哦，你们这些星辰……你们这些大地上的绿色植物……你们这些空中飞鸟……野兽和牲畜……黎民百姓……愿主保佑你们，永远赞美主，颂扬主吧！"

她突然停下来，嘟囔道："不过，也许我还不大了解主呢。"

这种半无意识的吟诵，大概是一种以神教为背景的拜物教式的倾诉。那些以户外大自然的形态和力量作为主要伴侣的女人们，她们心灵中所保持的，多半是她们远祖所有的异教幻想，很少是后来教给人类的系统化的宗教信仰。然而，苔丝通过这首她幼年时就口齿不清地学着唱的老《祈福颂》，至少可以把心里的感受差不多都表现出来，这样也就足够了。苔丝朝着独立生活刚刚迈出了一小步，就觉得很满足了，这也是德贝菲尔一家人的一种脾性吧。苔丝真想挺起腰杆做人，可她父亲却压根儿不肯这么干。不过，她倒像她父亲一样，容易满足于眼前的一点点成绩，却不想付出艰苦的努力，让一度有权有势、而今破落不堪的德伯维尔家，在社会地位上取得些许进展。

也许可以说，苔丝既继承了母亲娘家传给的那未曾耗尽的活力，又有本身年轻气盛所赋予的天然活力，因而在经历了那场一度把她压得抬不起头的磨难之后，她身上的活力又重新燃放出来了。说句实话，女人蒙受这般耻辱之后，一般都能挺过来，重新鼓起勇气，又带着感兴趣的目光审视着四周。只要活着就有希望，这是"吃过亏"的人并不完全陌生的信念，有些好心的理论家非要我们这样相信不可。

这时候，苔丝·德贝菲尔正兴高采烈，满怀生趣，一步一步地走下埃格敦荒野的山坡，朝着她的目的地牛奶场走去。

两个匹敌的山谷终于显示出了最明显的差别。要发现布莱克摩的奥秘,最好是从周围的山上往下俯瞰;而要真正领略眼前这片山谷的景致,就非得下到它的腹地。苔丝已经来到了山谷中间,发现自己站在一片绿草如茵的平川上;向东西两面望去,这平川一直延伸到眼睛看不见的地方。

早先,河水从高地上悄然流下,把那里的土壤一点一点地带到谷里,积成这一片平地;如今,这河已经筋疲力尽,老迈衰竭,只能在以前劫掠来的泥沙中蜿蜒而行了。

苔丝拿不准该往哪个方向去,便一动不动地站在这片四面环山的青翠平野上,就像一只苍蝇落在一张硕大无比的台球桌上,而且也像那苍蝇一样,对于周围的景物无足轻重。到眼下为止,她出现在这片平静山谷中的唯一效力,就是引起了一只孤独苍鹭的注意。这只苍鹭落到离她走的小路不远的地方,伸直脖子站在那里,直瞪瞪地盯着她。

突然,从低地的四面八方传来几声拉长的、重复的吆喝:"喔! 喔! 喔! "这吆喝声,好像受了传染似的,从尽东面传到尽西面,时而还伴随着一两声犬吠。这并不是山谷知道美丽的苔丝到来所做的表示,而是惯常地宣布挤牛奶的时间——四点半钟——已经来临,牛奶场的工人开始把牛赶进棚里。

离她最近的一群红牛和白牛,本来一直在呆呆地等候呼唤,现在都成群结队地朝后面的牛棚走去,一面走,肚子底下的大奶袋不停地晃来晃去。苔丝慢悠悠地跟在后面。牛群从一道敞开的栅门走进院里,苔丝也跟着走了进去。院子四周是一个接一个长长的草棚,斜面的棚顶上长着一层鲜绿的苔藓,棚檐都由木柱撑着;多年以来,这些木柱不知被多少大牛小牛用肚子蹭过,蹭得又光又亮,而那些大牛小牛如今早已被人彻底遗忘,简直令人不可思议。柱子中间排着一头头奶牛,这当儿,一个想入非非的人从后面看去,每头牛就像一个圆圈架在两根木柄上,中下端有一个东西像钟摆一样来回晃动。西沉的太阳照到这一溜有耐性的动物身后,把它们的影子分毫不差地投射在棚内的墙上。每天傍晚,太阳都要把这些既不显眼又不雅观的形体投射出来,而且每一个轮廓都投射得非常精细，仿佛是在宫殿的墙壁上描绘宫廷美女的侧面像；描摹得那样尽心竭力，就像古时候在大理石上临摹奥林匹斯山神，或亚历山大、恺撒和法老们的形影。

关进棚子里的牛都是不大安分的。那些老老实实的牛都在院子中央挤奶。眼下，有许多比较规矩的牛就在那里等待。这都是些上等奶牛，别说在这山谷外面很少碰到，就是在这山谷里面也不多见。在这大好季节里，这浸水草场上出产的多汁食物滋补着奶牛。那些身上有白斑的奶牛，把阳光反射得光彩夺目，牛角上光洁的铜箍也闪闪发光，好像是在炫耀武力。它们那布满青筋的乳房，就像沙袋一样沉甸甸地下垂着，乳头胀鼓鼓的，就像吉卜赛人使用的铁锅的锅脚。每头牛等待挨班挤奶的时候，牛奶便往外流，一滴一滴地落到地上。

第十七章

奶牛从草场上一回来，挤奶的男工和女工便从农舍和牛奶房里拥了出来。女工们都穿着木头套鞋，这倒不是因为天气的缘故，而是为了不让鞋子沾上场院里的烂草污泥。每一个女工都坐在一只三脚凳上，侧着脸，右腮贴在牛身上。苔丝走上前来的时候，她们都顺着牛肚子不声不响地望着她。男工们都把帽檐拉得很低，前额平靠在牛身上，眼睛瞅着地，因此没有看见苔丝。

这些男工里面，有一个体格健壮的中年人，他的白色长"围裙"比别人的多少好一些，干净一些，里面的夹克也挺像样，可以用来赶集穿了。他就是牛奶场的老板，苔丝就是来找他的。一个礼拜里，他要干六天活，既挤牛奶，又搅黄油，但是到了第七天，他就穿上亮光光的呢料衣服，坐在教堂里自家的专座上。他这双重身份也太惹人注目了，人们给他编了个顺口溜：

一礼拜，忙六天，

人称"挤奶的迪克"①；

礼拜天，好悠闲，

人称"密司特克里克"。

他见苔丝站在那里盯着他，便走到她跟前。

一到挤奶的时候，挤奶的人大多显得很烦躁，不过碰巧的是，因为眼下正是活忙的时候，克里克先生倒很想雇一个新帮手，于是便热情地欢迎她，询问起她母亲和家里其他人（其实这只是一种客套，因为他没接到那封介绍苔丝的短信之前，压根儿就不知道世上还有德贝菲尔夫人这个人）。

"哦——唉，俺小时候就很熟悉你们那地方，"他后来说道，"不过，长大以后，俺就再也没去过。以前离这儿不远，住着一个九十岁的老太太，如今早死去了。她告诉俺说，在布莱克摩谷有一户人家，跟你们一个姓，原先是从这一带搬走的。那是一家老门户，后来差不多灭种了——可是小一辈的还不知道呢。不过，天啊，老太太扯的那些闲话，俺也没留神听，没留神听呀。"

"哦，用不着——没有什么值得听的。"苔丝说。

接着，他们就转入了正题。

"姑娘，你能把奶挤干净吗？俺可不想让俺的牛在这个季节就停奶呀。"

这一点，苔丝让他尽管放心。老板把她上下打量了一番。她近来在屋里待得太多了，肌肤都变得娇嫩了。

"你管保受得了吗？在这儿，粗人倒是觉得挺舒服的，不过俺们可不是住在黄瓜暖房里。"

苔丝表示受得了，老板见她那样心甘情愿，满怀热情，也就同意

---

① 克里克名叫理查德，迪克是理查德的昵称。

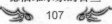

她了。

"噢，俺想你得喝碗茶，或是吃点什么吧？还不用？那就随你的便啦。不过说真的，要是俺的话，走了这么远的路，就该干得像柴草了。"

"我这就去挤奶吧，好熟悉熟悉活儿。"苔丝说。

为了提提神，她喝了一点牛奶，克里克老板为之一惊，而且还真有点瞧不起，因为他好像从没想到，牛奶还可以用来当饮料。

"哦，你要是咽得下，就尽管喝吧，"他满不在乎地说，这时有人端起了奶桶让苔丝喝，"俺有多年没碰这玩意儿了——俺可不喝它。这东西可混账啦，喝下去老留在俺肚子里，就像铅块一样。……你先试试那条母牛吧，"他接着说道，一边朝最近的一头牛点了点头，"不过，这头牛挺难挤的。跟别人家的一样，俺们这儿的牛有难挤的，也有好挤的。不过，这你很快就会闹明白的。"

苔丝摘下帽子，戴上头巾，果真坐在牛肚子下的小凳子上，牛奶从她手下哗哗地流进桶里，这时她仿佛觉得，她真为自己的将来打下了新的基础。这种信念孕育了平静，她的脉搏慢下来了，眼睛也能四下张望了。

挤奶的男工女工们，组成了一支不寻常的小队伍，男人们专挤奶头硬的牛，女人们专挤比较温和的牛。这是一个大牛奶场。克里克总共养了将近一百头奶牛，其中有六七头归老板亲手挤，除非他出门不在家，才交给别人。这都是些最难挤的奶牛，老板不肯把它们交给男工，因为那些男工都或多或少是临时雇来的，怕他们马马虎虎，挤不干净；他也不肯把它们交给女工，怕她们没有手劲，也挤不干净，这样一来，过不多久，牛就会"停奶"的，也就是说，不出奶了。马马虎虎挤奶之所以是个严重问题，倒不是说会给眼下造成什么损失，而是因为牛奶这东西，需求一减少，供应也随之减少，最后还会停止供应。

苔丝在牛身旁坐好之后，一时间场院里既没有人说话，也没有什么动静打断牛奶哗哗地流进无数的奶桶，只是偶尔听到一两声吆喝，叫牛转转身，或站稳些。唯一在活动的，是工人们的手在一上一下，还有牛尾巴在来回摆动。大家就这样干着活，四周是一片广阔平坦的草场，一直延伸到山谷两边的斜坡上——这是一幅平展的景色，融会了一些古老的景致，这些古老的景致如今早就被人遗忘了，而且与它们所构成的眼下这幅景色大不相同。

"依俺看，"老板忽然从他刚挤完奶的牛身旁站起来，一手抓着三脚凳，一手提着奶桶，边说边朝身旁另一条难挤的奶牛走去，"依俺看，今儿牛不像往常那么能出奶了。俺敢说，温克一开头就这么不畅快，到了仲夏就不用挤了。"

"这是因为咱们这儿来了个新手，"乔纳森·凯尔说，"俺以前注意到这种事儿。"

"当然，有这个可能，俺倒没想到。"

"俺听说，到这个时候，牛奶都跑到牛角里去了。"一个女工说。

"嗯——讲到牛奶跑到牛角里去，"克里克老板疑疑惑惑地答道，仿佛就连巫术也会受到生理机能的限制似的，"俺可说不准，的确说不准。不过，没角的牛和有角的牛一样挤不出奶来，你那话俺就不大敢信了。……乔纳森，你听说过有关没角牛的那个谜没有？为什么一年里没角牛没有有角牛出的奶多？"

"俺可不知道！"那个女工插嘴说，"到底为什么？"

"因为没角牛不怎么多呗，"老板说，"不过，这些畜生今儿真不肯出奶。伙计们，咱们得唱一两支歌——只有这个法子啦。"

在这一带的牛奶场，一遇到牛出奶不及平常多的时候，人们往往采取唱歌的办法，好把牛奶引出来。因此，眼下这帮挤奶工人，听老板这么一吩咐，便放声唱了起来——听调门，纯粹是为了应付差事，没有多少自发自愿的意味。照他们看来，在他们持续唱歌的时间里，情况有了明显的好转。他们唱的是一支欢畅的民歌，说的是一个杀人凶手不敢在黑暗中睡觉，因为他总是看见四周出现一道道硫黄火焰。当大家唱完第十四、五段的时候，一个挤奶男工说："弯着腰唱歌别费那么大气力就好了！先生，你该把竖琴拿来——不过最好还是小提琴。"

苔丝听了这番话，以为是对老板说的，但她想错了。一声"为什么？"的回话，像是从棚内一头黄牛肚子里发出来的。这话是坐在牛后面的一个挤奶人说的，苔丝一直没注意到他。

"哦，是的，小提琴是再好不过了，"老板说，"不过俺觉得，公牛比母牛更容易被打动——这至少是俺的经验。……以前，梅尔斯托克那儿有个老头，名叫威廉·杜威。他家里是赶大车的，常在那一带做生意，你记得吗，乔纳森？俺见了那个人就能认出来，可以说，就像能认出亲兄弟一样。有天晚上月儿好亮，这个人去给一家办喜事的拉小提琴，回来的时候想抄近路，便穿过一块叫'四十英亩'的田地，地里正好有一头公牛在吃草。公牛看见了威廉，两角冲着地，朝他扑来。威廉尽管拼命地跑，也没喝许多酒（那天是办喜事，主人家那么有钱，他喝得真不算多），不过他还是觉得没法跑到树篱那儿，跳过去，救自个儿一命。后来呀，他灵机一动，一边跑一边拿出小提琴，转身朝着公牛拉起一支快步舞曲，一面向树篱角退去。公牛顿时变温和了，站住不动了，眼睛使劲盯着威廉·杜威，听他不停地拉琴，听到后来，脸上露出了几丝微笑。可是，威廉一停止拉小提琴，刚想转身爬过树篱，公牛便立刻收住笑容，把角低下去，瞄准了威廉的裤裆。嗨，威廉没有法子，只得转过身，接着拉小提琴。那时候才是夜里三点，他知道几个钟头里不会有人路过那儿，他又怕又累，不知道该怎么办。他好不容易挨到了四点，觉得自个儿马上就要撑不住了，就自言自语地说：'俺再拉这最后一曲，就要上西天了！老天爷救救俺吧！'就在这当儿，他想起圣诞前夜，他看见一群牛半夜里跪在地上。那一天虽不是圣诞前夜，但他脑子一转，想要耍一耍这头牛。于是，他就拉起了《圣诞颂》，好像真是在圣诞节演唱圣诞颂歌似的。他这一拉，你瞧吧，那条公牛给耍糊涂了，扑通一声跪了下来，好像真到了耶稣降生的时辰。威廉见他那长角的朋友一跪下，便急忙转身，没等祈祷的公牛爬起来追他，就像猎狗一样嗖地跑开了，平安地跳过了树篱。威廉常说，他以前曾多次看见有人发傻，但是那头公牛一发现自己的虔诚受到了愚弄，而那天又不是圣诞前夜，它这时露出的傻样，他可从来没有见过。……没错，那个人是叫威廉·杜威。就是这阵儿他埋在梅尔斯托克教堂墓地的哪块地方，俺也能说得一点不差。——就在第二棵紫杉和北廊之间。"

"这是个稀奇古怪的故事，把我们带回到了中古时代。那时候，信仰还是个活生生的东西。"这句在牛奶场听来很奇特的话，是黄牛身后那个人嘟囔出来的。不过谁也不懂得这句话的意思，因此也就没有人理会他，只有讲故事的人似乎觉得，这句话也许暗含着对他的故事的怀疑。

"呃，先生，不管怎么说，俺的故事句句是真的。俺跟那个人很熟。"

"哦，是呀——我一点也不怀疑。"黄牛身后的人说。

这样，苔丝才对那个和老板讲话的人注意起来，不过他总把头贴在牛身上，苔丝只能看见他一丁点儿。她不明白，为什么连老板都称呼他"先生"。不过，她也找不出个可以解释的理由。那人在那牛肚子下面待了好久，足有挤三头牛的工夫，不时还独自叫嚷一两声，好像挤不下去似的。

"轻一点，先生，轻一点，"老板说，"干这活得靠技巧，不靠力气。"

"我也觉得是这样，"那另一个人说道。他终于站起来了，伸了伸胳膊，"不过，我想我还是把它挤完了，尽管把手指头都挤痛了。"

这时，苔丝才看得见他的全身。他系着白围裙，扎着皮裹腿，这都是牛奶场工人挤奶时的普通装束。靴子上沾满了场院的烂草污泥。不过，他身上的土气装束，也就是这几件。透过这层外表，却显现出一种教养有素、少言寡语、聪敏儒雅、郁郁不乐、与众不同的神情。

但是，苔丝发现，她以前见过这个人，因此，一时间也顾不得去仔细打量他的外貌了。自从那次相逢之后，苔丝经历了那么多沧桑，所以，一下子也想不起在哪里见过他。后来，她忽然记起，他就是参加过马洛特游行会的那个过路青年——那个她不知从何而来的陌生过客，他跟别的姑娘跳舞了，却没有跟她跳，后来理也不理地离开了她，跟他的伙伴一起赶路去了。

一想起她遇到灾难前的这件事，往事就像潮水一般涌上她的心头，使她一时惊慌起来，唯恐这人也认出她来，说不定怎么会发现她的底细。不过，看他又不像是记得她，心里的忧虑便消逝了。她渐渐看出，自他们第一次也是唯一一次相遇以来，他那张表情多变的面孔变得更加深沉了，而且养起了年轻人那种美观的八字须和络腮胡——络腮胡在脸上刚长出的地方，呈现出极淡的浅黄色，从根儿往上，渐渐变成了深棕色。他那挤奶用的亚麻布围裙里面，上身穿着深色的棉绒夹克、浆过领子的白衬衫，下身穿着灯芯绒裤子，腿上裹着绑腿。他若是没穿那套挤奶工的装束，谁也猜不出他是干什么的。他既可能是个怪里怪气的地主，又可能是个体体面面的农夫。从他挤一头牛所费的工夫上，苔丝一下就看得出来，他只是牛奶场的一名新手。

与此同时，许多挤奶女工都互相谈论起这个新来的女工，说什么"她真漂亮！"话音里带有几分真正的大度和羡慕，不过也夹杂几分希望，想让听的人来修正这句话——严格说来，他们是该修正这句话，因为只拿漂亮来形容苔丝给人的印象，本来就不确切。当天晚上的牛奶挤完之后，大家三三两两地走进屋里，老板娘克里克太太正在里面照料盛牛奶的铅桶和其他东西。她因为太讲究体面，不肯到外面挤牛奶，而且，因为挤奶女工都穿着花布衣服，她便在热天里穿着热乎乎的毛料长裙。

苔丝得知，除她以外，只有两三个女工在场里过夜，多数帮工都回自己家里睡。吃晚饭的时候，她没看见那个先前对故事发表评论的有点身份的挤奶工，也没去打听他。晚上余下的时间，她都待在寝室里，给自己安排住处。这间寝室就在牛奶房上面，屋子很大，约有三十英尺长。另外三个住场女工的床铺也放在这间屋里。她们都是些强健的年轻妇女，除了一位以外，岁数都比她大。到了睡觉的时候，苔丝已经疲惫不堪，一躺下就昏昏欲睡了。

不过，邻近床上的一个姑娘可不像苔丝这样贪睡，非要向她讲述她刚来到的这家人家的种种详情细节。这个女孩叽叽喳喳的话语和夜色融会在一起，苔丝在昏昏欲睡中听来，好像是从黑暗中发出来的，又在黑暗中飘浮。

"安琪·克莱尔先生——就是那个学挤奶、弹竖琴的人——从来不大和俺们说话。他是个牧师的儿子，光顾着想心事，不注意女孩子。他拜老板为师，学习管理农场的各种活计。他已经在别处学会了养羊，眼下又在学着养奶牛。……是呀，他是个天生的上等人。他父亲克莱尔先生在埃明斯特寺当牧师，离这儿有好些英里。"

"哦——我听人说过他，"她的新伙伴这下可醒过来了，说道，"他是个很认真的牧师，是吧？"

"是的——是这样——大家都说，在整个威塞克斯，就数他最认真。人家告诉俺，他是低教派的最后一个信徒——因为这一带的牧师都被称作高教派。他的几个儿子，除了咱们这个克莱尔先生，也都是当牧师的。"

这当儿，苔丝也不是很好奇，没再问她这位克莱尔先生为什么不像他哥哥那样去当牧师，而是慢慢地又睡着了，向她提供消息的女孩的话语，伴随着隔壁奶酪房里的奶酪气味，以及楼下奶酪压干机里乳浆有规律的滴滴答答的声音，一齐传入她的耳朵和鼻孔。

第十八章

安琪·克莱尔从过去的记忆中浮现出来，虽说他的整个模样并不十分清晰，但是一听他的声音，就知道他能善解人意，两只眼睛直勾勾的，能出神地凝视许久，一张嘴巴表情生动，只是有些太小，太精巧，跟男人不大相配，不过下唇倒时而意外地抿得很紧，让人不至于断定他优柔寡断。然而，他的眼神和举止中，总带有一种迷迷糊糊、心事重重的意味，表明他对自己未来的生计，没有明确的目标，也不怎么关心。不过，他还是个小伙子的时候，人们就说，他只要肯上进，没有干不成的事。

他父亲是本郡另一端的一个穷牧师，他是父亲的小儿子。他打算学一套经营农场的实际本领，将来可以根据情况，或是跑到殖民地，或是在国内办农场，先投奔了别处几家农场之后，现在又来到塔尔勃塞牛奶场，想在这里做半年学徒。

这个年轻人走进农民和畜牧者的行列，在他的生涯中，迈出了他自己和别人都没料到的一步。

老克莱尔先生的前妻死得早，给他撇下一个女儿，他过了大半辈子，又娶了一个后妻。没想到这位太太给他生了三个儿子，因此，小儿子安琪和他父亲老牧师之间，好像缺了一代人似的。几个儿子中，只有这个晚年所生的小儿子安琪，没有获得大学学位，不过从小时候的天分来看，也只有他最配上大学。

安琪参加马洛特那次舞会的两三年之前，就在他辍学后在家自学的某一天，当地的书店给牧师家寄来了一个包裹，上面写着詹姆斯·克莱尔牧师收。牧师打开一看，里面是一本书。他看了几页，忽地从椅子上跳起来，把书夹在胳肢窝里，径直跑到了书店。

"你们为什么把这本书寄到我家？"他举起那本书，蛮横地问道。

"是订购的，先生。"

"我幸而可以说，我没订，我家里人也没订。"

书店老板查了查订单。

"哦，是发错了，先生，"他说，"书是安琪·克莱尔先生订的，应该寄给他。"

克莱尔先生不由得往后一缩，好像挨了打似的。他脸色苍白，神情沮丧地回到家里，把安琪叫到了书房。

"你看看这本书，孩子，"他说，"你知道是怎么回事吗？"

"是我订的。"安琪简捷地说道。

"为什么？"

"看呀。"

"你怎么会想起看这种书？"

"我怎么会想起？呃——这是一本讲哲学体系的书。如今出版的作品中，没有一本比它更讲究道德，甚至更合乎宗教教规。"

"是呀——是够讲究道德的，我并不否认这一点。但是，说它合乎宗教教规！而且你这个想当福音传教士的人还这么看！"

"既然你提到这件事，父亲，"儿子脸上露出焦虑的神情，说道，"我要断然告诉你，我还是不当牧师为好。我恐怕不会竭诚地去当牧师。我爱教会，就像人们爱父母一样。我要永远对她怀有最热烈的爱。我最敬重这个机构的历史。但是，它要是不肯将思想从站不住脚的赎罪拜神论中解放出来，我实在不能像两个哥哥那样，被委任为牧师。"

这个老实淳朴的牧师从没想到，自己的亲生骨肉竟会落到这个地步！他愣住了，惊呆了。既然安琪不打算进教会，送他上剑桥还有什么用呢？在这个思想古板的人看来，上大学只能是进教会的阶梯，否则就好像序言后面没有正文。他这个人不但信教，而且还很虔诚，是个坚定的信徒——这个字眼用在他身上，并不是如今在教堂内外搞神学游戏的人们那种闪烁其词的解释，而是福音派教徒那种古老而虔诚的讲法：他这个人

真正认为
一千八百年以前
永生和神圣
的确……①

安琪的父亲又是辩驳，又是规劝，又是恳求。"不行，父亲。不

---

① 引自勃朗宁的《复活节》一诗。

说别的，就是叫我根据宣告①的要求，'按照字面和文法意义'，在第四条②下面签名，我都无法做到。因此，在目前的情况下，我是不能做牧师的，"安琪说，"在宗教问题上，我的整个本能就是要改造。还是从《希伯来书》中引一句你最喜欢的话：'受造之物中，凡是被震动的都要挪开，以使不能震动的留存下来。'"③

他父亲非常伤心，安琪看着他，心里也很难受。"如果你学了知识不肯用来为上帝增光，我和你母亲省吃俭用供你上大学又有什么用？"他父亲又一次说道。

"那就可以用来为人类增光啊，父亲。"

安琪若是坚持下去，也许能像两个哥哥那样，去上剑桥大学。但是，老牧师认为上剑桥只能作为当牧师的垫脚石，却是这个家庭的传统观念。这个观念在他头脑中已经根深蒂固，那个敏感的儿子觉得，他若是一味坚持，那就如同侵吞别人委托给自己的钱财一样，而且对那两位虔诚的家长也是一种罪过，因为正如父亲刚才所说的，为了供三个儿子念书，他们老两口过去和现在，都不得不省吃俭用。

"那我就不上剑桥啦，"安琪最后说道，"在目前的情况下，我觉得我没有权力上大学。"

这是一场决定性的争论，它的效果不久就显现出来了，他花费许多年，做了些杂乱的研究，纷乱的事情，零乱的思索。他对社会风俗和礼仪，表现得满不在乎。他越来越鄙视高位厚禄、富贵荣华。就是"名门世家"（这是借用当地一位已故名流喜欢用的字眼），他也觉得索然寡味，除非它的后人立志从善，不断创新。然而，与他这种苦行生活形成对照的，他有一阵住在伦敦，想见见世面，同时也想在那里谋个差事，或做点生意，不料让一个比他大得多的女人迷昏了头，几乎不能自拔，不过还算侥幸，他倒逃脱了，并未因此而堕落。

---

① 指英王爱德华四世于一五五三年所颁布的宣告，一五六三年后归并为三十九条，成为英国教会的准则。

② 第四条为"耶稣复活"，说"耶稣的确死而复生……"

③ 见《圣经·新约·希伯来书》第十二章第二十七节。

由于小时候过惯了乡村的僻静生活，他对现代城市生活产生了一种无法克制的、几乎不近情理的厌恶之感，而且在不能从事圣职的情况下，也不能渴求在世俗职业上飞黄腾达。但是，总得做点事情才行，他已经虚度了许多宝贵的岁月。他有一个熟人，靠在殖民地经营农业起家，日子过得倒挺红火，安琪心想，这也许能引导他走上正确的方向。从事农业，无论在殖民地，还是在美国，或是在本国——不管怎么说，通过一段认真的学徒生活，熟练掌握多种农业技艺，然后再来干这一行——也许这种职业既可以使他衣食丰足，又不至于牺牲他看得比丰衣足食更珍贵的东西——求知的自由。

于是，我们就看见安琪·克莱尔在二十六岁的时候，来到了塔尔勃塞，在这里学习养牛，由于附近租不到舒适的寓所，他就在牛奶场老板家里吃住。

他住的屋子是个很大的顶楼，和整个牛奶房一样长。这顶楼只能从奶酪房的梯子爬上去，已有好长时间关闭不用了，后来他来了，才把它选作他的安身之处。克莱尔住在这里有的是地方，晚上大家都歇息了，还能时常听见他来回踱步。屋子的一头用帷幔隔出一部分，里面放着床铺，外面那部分布置成简朴的起居室。

起初，他总是待在楼上，成天看书，要么就弹弹竖琴。那把旧竖琴，是他趁大拍卖时买下的，遇到心情不好的时候，他就说，将来也许有一天，他得在大街上靠弹琴混饭吃。可是过了不久，他却更喜欢跑到楼下观察人生，跟老板、老板娘和男工女工们一块吃饭，这些人组成了一个热闹活跃的集体，因为在场里住宿的人虽然不多，但和老板家搭伙的，却有好几个。克莱尔在这里住得越久，对这伙人也就越不那么反感，因而也就越想和他们在一起。

他万万没有想到，他居然真喜欢和他们相处了。他在这里住了几天之后，他想象中的那种世俗庄稼人的形象——报刊上所描绘的那个可怜巴巴的乡巴佬霍奇的形象——也就销声匿迹了。和他们一接近，就看不到霍奇的影子了。其实，别看他现在和这些朋友来往这么密切，想当初，刚从一个截然不同的社会脱离开来时，对那里的一切还记忆犹新，觉得这些人有些不可思议。从一开头，他觉得和牛奶场的人平起平坐，是一种有失尊严的举动。他们的见解，他们的风尚，他们的环境，好像是倒退了，毫无意义。但是，在那里一天一天地住下去，这个目光敏锐的人也就意识到，眼前的世界也有它新奇的一面。虽说客观条件没有发生一点变化，但是单调却被五花八门所取代。老板和老板娘，还有那些男工和女工，在和克莱尔相熟之后，就像起了化学变化，一个个显出了差异。他觉得帕斯卡说得对："一个人头脑越敏锐，就越能发现人人都有自己的特性，一般人则分辨不出人与人之间的差异。"①那个一成不变的典型人物霍奇已经不复存在了。他已经分解成一些形形色色的人——他们有着多种多样、迥然不同的心性：有一些是快乐的，有许多是安静的，少数人感到郁闷，个别人天资聪明，简直到了称得上天才的地步，有一些是愚蠢的，另一些是轻佻的，还有一些是严肃的；有的是默默不语的密尔顿，有的是锋芒未露的克伦威尔；他们对于别人都有自己的看法，就像对于自己的朋友那样；他们也能彼此赞扬，彼此谴责，还能观察别人的弱点和罪过，并为之感到开心或难过；他们每个人都有各自的方式，沿着重归尘土的道路走去。

没有想到他喜爱起户外生活了，这不光因为户外生活关系到他拟定的生涯，而且由于户外生活本身以及它所带来的东西，使他为之喜爱。如今，文明的人类由于不再相信仁慈的上帝，因而一直被忧郁所笼罩，而就克莱尔的处境来说，他算是奇异地摆脱了这种忧郁心情。近几年来，他第一次能按照自己的心愿读书，不必为了谋求职业而生填硬塞，因为他觉得应该掌握的几本农业手册，只占用了他很少的时间。

他和过去的亲友渐渐疏远了，在人生和人性中看到了一些新鲜的东西。此外，对于种种自然现象，诸如各种情调的季节，不同脾性的风，朝与夕，昼与夜，以及树木、水与薄雾，幽暗与寂静，和无生之物的声音，

---

① 帕斯卡 (1623—1662)，法国数学家兼哲学家，本句引自他的《思想录》一书。

所有这一切,他以前只是模模糊糊地知道一点,现在却了解得清清楚楚。

清晨,天气还很凉,在吃早饭的大屋子里生起火,大家觉得倒挺合意。安琪·克莱尔习惯于坐在壁炉旁的凹口处,克里克太太总觉得他太斯文,不能和大伙同桌吃饭,便叫人把他的杯盘和碟子,端到他肘边的一块折板上。他对面有一扇又高又宽的直棂窗户,光线就从那里射到他坐的那个角落,再加上从壁炉里射出一道清冷的蓝色光线,所以,他想看书的时候,就可以不费劲地看下去。大家吃饭的桌子,就摆在克莱尔和窗户之间,一个个嚼饭的侧影让窗玻璃映衬着,显得轮廓分明。屋子的一侧,有一道门通往牛奶房,通过这道门,能看见一溜一溜的长方形铅桶,盛满了早晨挤的牛奶。在远处的一头,可以瞧见搅乳器正在旋动,还能听到啪嗒啪嗒的响声——隔着窗户可以看见,驱动搅乳器的是一匹没有生气的马,由一个小孩赶着,在不停地转圈子。

苔丝来后的几天里,克莱尔总是坐在那里,聚精会神地看刚寄来的书、杂志或乐谱,简直没注意到她出现在饭桌上。苔丝少言寡语,而其他女工总是喋喋不休,所以,从她们的叽叽喳喳中,克莱尔听不出有一个新的声音。而且,他有一个习惯,对外界事物只注重总体印象,不理会细枝末节。然而有一天,他正在熟记一段乐谱,并且凭借想象力,在脑子里倾听这段乐曲,这时他出起神来,乐谱掉到了壁炉边。当时,早饭已经烧好了,水也烧开了,他往炉火里瞧了瞧,只见顶上还有一根火苗在垂死地旋悠着,仿佛是合着他心里的曲调而跳动。他还看着悬在钩梁下的两个挂壶的钩子,上面的灰网也好像在合着同样的曲调颤动,同时又看了看那只半空着的水壶,它也跟着咕嘟咕嘟地伴奏着。饭桌上的谈话声和他幻觉中的合奏曲融合在一起,他不由得心想:"这些女工里,有一个人的嗓子真悦耳。我想这是新来的那一个。"克莱尔回头看了看她,见她正和大伙坐在一起。

她却没有朝他那里看。说实在的,他老是沉默不语,大伙几乎忘记了屋里还有他这个人。

"我不知道有没有鬼,"她在说道,"不过我知道,我们活着的时候,倒能让灵魂离开自己的躯体。"

老板向她转过身,只见他嘴里塞满食物,两眼带着郑重其事的探询神气望着她,手里的大刀和大叉子(因为这里的早餐是名副其实的早餐)直竖在桌子上,仿佛在着手搭绞架似的。"什么? 真的吗? 这话当真吗,姑娘?"

"要感受灵魂离开躯体,"苔丝接着说,"最容易的办法,就是晚上躺在草地上,眼睛直盯着天上一颗又大又亮的星星。你要是一心一意地盯着它,马上就会发现,你已经离开你的躯体成千上万英里了,你好像压根儿不想出这种事儿。"

老板把紧盯着苔丝的目光移开,又盯住了他太太。

"喂,克里斯蒂娜,你说怪不怪? 想想看,这三十年来,俺谈情说爱,做买卖,请大夫,找护士,在满天星斗的夜晚不知走了多少路,还从没想到会有这种事,也从没觉着俺的魂儿离开过身子,连离开衬衣领子一英寸的时候都没有。"

在场的人,包括老板的徒弟在内,都把目光投向苔丝,苔丝不由得脸红起来,连忙含糊其辞地说道,那不过是一种幻觉,随即又吃起饭来。

克莱尔继续注视她。她一会就把饭吃完了,因为觉察克莱尔在瞅着她,便用食指在台布上画起虚构的图案来。她觉得很不自在,好像一头家畜知道有人在盯着它似的。

"那个挤奶女工真是个大自然的女儿,多么娇艳,多么纯洁呀!"克莱尔自言自语地说。

这时,他似乎觉得她有点面熟,把他带回到快乐无虑的昔日时光,那时他不用思虑重重,不会觉得天都发灰。他断定以前见过她,但是说不上在哪里见过。一定是在乡下游逛时偶然遇见的,他对此并不感到很好奇。但是,在当前的情况下,他若是想要仔细思量一下身边的女性，就会抛开别的漂亮女工，而选中苔丝。

第十九章

一般说来，挤奶工总是碰到哪头牛，就挤哪头牛，不讲喜好，也不挑拣。但是，有些牛却特别喜欢某些人的两只手，有时候，偏爱到了极点，除非遇到自己喜欢的人，否则就不肯老老实实地站着，若是遇到生手，就毫不客气地把奶桶踢翻。

克里克老板规定，一定要通过不断更换，来打破这种喜好和嫌恶，要不然，遇到哪个挤奶工离开牛奶场，他可就没办法了。然而，女工们都有自己的算计，与老板的规矩恰好相反，因为每个女工每天挑选八条或十条自己挤惯了的奶牛，挤起来就会十分顺手，十分省劲了。

苔丝也和伙伴们一样，不久就发现哪几头牛喜欢她挤奶的方式。近两三年来，她由于时常待在家里，手指变得娇嫩起来，因而在这方面，她倒很乐意去迎合奶牛的意愿。全场九十五头奶牛中，特别有八头——胖墩儿、花花、高高、雾雾、老美、少美、洁洁、洪亮——尽管其中个别牛的奶子犹如胡萝卜一般硬，它们特别愿意让苔丝挤，因此苔丝挤这几头牛，只要手指轻轻触摸就行。不过，她明白老板的意愿，尽量凭良心干事，除了那些最难挤的，她还应付不了之外，总是碰到哪头就挤哪头。

但是，过了不久她就发现，那些奶牛排列的次序，外表上看来好像是凑巧，却总和她的期望不谋而合，真是太蹊跷了。后来她觉得，这种排列绝不会是出于偶然的结果。最近以来，老板的徒弟总帮着把牛赶到一起，到了第五、六次，苔丝把头靠在牛肚子上，两眼含着狡黠审讯的神色，转向克莱尔。

"克莱尔先生——这些牛是你排列的！"她红着脸说道。她发出这番责怪时，上嘴唇不由自主地轻轻往上一翘，因此露出了牙齿尖儿，不过下唇还是一动也没动。

"哦——这没关系，"克莱尔说，"你要一直在这儿挤下去的。"

"你这样认为吗？我倒真希望能这样！不过也难说。"

事后，她生起自己的气来，觉得他不知道她所以喜欢这个偏僻的地方，有她重要的原因，因而会误解她的意思。她对他说话的时候，语气那么热切，好像他待在这里，在某种意义上，是她愿意待下去的一个因素。她忧虑重重，黄昏时分，挤完奶以后，她一个人在园子里走来走去，还在后悔不该向他透露她看出了他的照顾。

这是六月间一个典型的夏季黄昏，大气一片清幽平静，特别富于传感性能，那些没有生命的东西也仿佛有了感官，即便不能说有五种，至少也有两三种。远处和近处没有了区别，凡是地平线以内的东西，听起来都像近在眼前。四下寂然无声，苔丝觉得，这本身就是一个积极的实体，而并非只是声音的消失。这时，寂静忽然被琴声打破了。

以前，苔丝也听见她上面的顶楼里发出过这种乐声。不过，因为有墙阻隔，听起来又模糊，又低沉，她从没像现在觉得这样动听。乐曲在寂静的空气里荡漾，带有一种淳朴无华的音质，给人一种赤裸裸的感觉。说实话，乐器并不算好，弹得也不高明，但一切都是相对的，苔丝听着听着，就像着了迷的小鸟，待在那里走不开了。非但走不开，反而朝弹奏的人慢慢走去，不过一直躲在树篱后面，免得让他猜出她在那里。

苔丝发现自己来到了园子的边缘，这里已经多年没有整治了，如今一片潮湿，长满了杂草。有些多汁的野草，用手一碰，就腾起一团团薄雾般的花粉。还有些梗长花茂的杂草，散发出一股股刺鼻的气味，它们那红、黄、紫的颜色，构成了一幅多彩图，如同人工培植的鲜花一样绚丽。她像一只猫似的，悄悄穿过这片繁茂的杂草，裙子上沾上了沫蝉的泡沫，脚底下踩碎了蜗牛壳，两手染上了蓟汁和鼻涕虫的黏液，裸露的胳膊也抹上了黏糊糊的树霉，这玩意儿在苹果树干上虽是雪白的，但在她的皮肤上却留下红色的斑点。就这样，她走到了离克莱尔很近的地方，不过还没有让他发现。

苔丝既意识不到时间，也意识不到空间了。她以前所讲的那种由凝望星星而能随意产生的如醉如痴，现在她也没有刻意追求，却倒出现了。她在随着旧竖琴的细弱曲调激荡起伏，和谐的旋律像清风一般沁入她的心田，使她眼里滚出了泪珠。飘扬的花粉仿佛是他的乐曲演化成的有形之物，花园里的湿气好像是花园受了感动而在哭泣。虽然夜幕即将降临，那气味难闻的野花却大放异彩，仿佛矢志不肯闭合，颜色的波浪和声音的波浪融合在一起。

这时候，还在闪耀的亮光，大半是从西边云彩中的一个大窟窿里透出来的；它好像是一片白昼被偶然留存下来，因为别的地方都是暮色苍茫了。克莱尔弹完了他那支凄怆的曲子，这本是一支非常简单的乐曲，并不需要高超的技能。苔丝等待着，心想他会再弹一支。但是，克莱尔已经弹倦了，便信步绕过树篱，朝苔丝后面走来。苔丝满脸像火烧一般，偷偷摸摸地溜开了，好像压根儿就没动弹似的。

但是，安琪却看见了她那身轻薄的夏服，便开口说话了。尽管他离她还相当远，但他那低沉的声音却传到了她的耳朵里。

"苔丝，你怎么就这样躲开了？"他说，"你害怕吗？"

"哦，不，先生……我不害怕户外的东西，特别是眼下，苹果花四处飞舞，万物一片青翠。"

"那你害怕室内的东西啦？"

"嗯——是的，先生。"

"怕什么呢？"

"我也说不上来。"

"怕牛奶变酸？"

"不是。"

"怕活在世上？"

"是的，先生。"

"啊——我也是的，常常害怕。活在世上真叫人进退两难，可不是闹着玩的，你不这样觉得吗？"

"经你这么一说，我也觉得是这样。"

"不过，我真没想到，像你这么年轻的姑娘，却这么早就抱有这样的看法。你怎么会有这种看法的？"

苔丝踌躇不语。

"说吧，苔丝，相信我，给我讲讲心里话。"

苔丝以为他想问她是怎样认识事物的面目的，便羞怯地回答说："树木都长着好奇的眼睛，对吧？我是说，好像长着眼睛。河水也说：'你为什么拿你的目光来烦扰我？'你好像能看到好多好多个明天，全都排成一行，头一个最大，也最清楚，其余的离你越远，也就来得越小。但是，它们全都显得非常凶恶，非常残忍，仿佛在说：'我来啦！当心我吧！当心我吧！'……可是你，先生，能用音乐唤起梦境，驱走这种种可怕的幻觉！"

克莱尔惊奇地发现，这个年轻女人——她虽然只不过是个挤奶女工，却恰恰就有那么一点奇异的地方，可以叫她同屋的人对她妒羡不已——竟会这么多愁善感，想入非非。她是用她家乡的字眼，再加上小学六年正规教育学来的一些字眼，来表达自己的心情；这些心情，几乎可以称作时代的心情——现代主义的创痛。他本来倒还注重这一认识，但是转念一想，那些所谓的先进思想，其实大半都是些赶时髦的定义——是用"学说"、"主义"之类的字眼，更精确地表达多少世纪以来男男女女们隐约体验到的心情。一想到这里，他就不那么在意了。

但是，苔丝还这么年轻，就有了这样的看法，仍然让人感到奇怪。不仅奇怪，而且令人感动，令人关切，令人哀怜。他猜不透其中的原委，也就无从想到，经验不在年龄的大小，而在阅历的深浅。苔丝过去肉体上一时所受的蹂躏，给她带来了现在精神上的收获。

说到苔丝，她也无法理解，一个出身牧师家庭、受过良好教育、物质生活并不匮乏的人，居然会把活在世上看作一种不幸。像她这种东飘西荡的苦命人，倒还有充分理由这样看。但是，这位令人爱慕、富有诗意的男人，怎么也会陷入耻辱之谷①，怎么也会像她两三年前那样，产生了乌斯人②的那种感觉："我宁愿上吊，宁愿死去，也不愿活着。我厌恶生命，不愿永远活着。"③

不错，克莱尔目前是脱离了他的阶级。但是她知道，那就像彼得大帝下造船厂一样，只是想学点想要掌握的知识。他所以挤牛奶，并不是因为他非得要挤，而是因为他在学本领，好做一个财源茂盛、家道兴旺的牛奶场老板、地主、农业家和畜业家。他要成为美国或澳洲的亚伯拉罕，像君主一样统领他的牛群和羊群，他那些有斑点、有环纹的牛羊，以及他的男仆和女仆。④但是，有时候，苔丝觉得无法理解，这样一个明显爱读书、好音乐、有思想的青年，怎么不像他父亲和哥哥那样去当牧师，却偏要存心做庄稼人。

由此可见，这两个人都没抓住解开对方秘密的线索，所以对彼此的表现都感到困惑不解。他们也不想去探究对方的底细，只是等待进一步了解对方的性情和脾气。

每一天，每个钟头，克莱尔都会多了解一点苔丝的性情，苔丝也会多了解一点克莱尔的性情。苔丝力图过一种受压抑的生活，但她压根儿猜不透，她有多么强大的生命力。

起初，苔丝好像并不把安琪·克莱尔当作一个凡人，而是把他看成智慧的化身。她就以这样的目光，拿克莱尔和她自己比较，每逢发现他那样渊博，那样聪明，而她自己却智力平庸，和他那高不可测的安第斯般的智力相比，差距是那样大，她觉得十分沮丧，十分气馁，说什么也不想再做努力了。

① 耻辱之谷：语出班扬(1628—1688)《天路历程》第一部。
② 乌斯人，指《圣经》中的约伯。
③ 这段话引自《圣经·旧约·约伯记》第七章。
④ 亚伯拉罕，系希伯来人的始祖，虔信上帝，牛羊成群。见《圣经·旧约·创世记》第二十五章。

有一天，克莱尔无意中向她提到古希腊的田园生活，看出了她的沮丧情绪。他说话的时候，苔丝正从土坡上采集一种名叫"老爷与夫人"的花蕾①。

"你怎么一下子变得愁眉苦脸啦？"克莱尔问道。

"哦——我只是——想起了我自己，"苔丝说道，微微发出一声苦笑，同时烦躁地剥起一枝"夫人"花蕾，"只是想起我自己可能会怎么样！我的生命好像因为缺少机会，而白白地浪费掉了！我见你知道那么多东西，念过那么多书，见过那么多世面，想过那么多道理，就觉得我这个人多么微不足道！我就像《圣经》里那个可怜的示巴女王，简直是一点精神也没有！"②

"哎呀，你别为这个自寻烦恼啦！你瞧，"克莱尔颇为热心地说道，"亲爱的苔丝，我非常乐意帮助你学点历史的，或是念点你想念的任何东西……"

"又是一个'夫人'。"苔丝插嘴说，一面举起她剥开了的花蕾。

"什么？"

"我是说，我剥起这些花蕾来，总是'夫人'比'老爷'多。"

"别管什么'老爷''夫人'啦。你想不想学一门什么课，比如说历史？"

"有时候，我觉得有点历史知识就够了，我不想知道更多的了。"

"为什么？"

"因为我就是知道了我只是一长串人中的一个，发现有一本旧书里，有一个和我一样的人，我只不过要把她的角色重演一遍，这有什么用呢？只会让我难过，没有别的。最好是别去想：你的天性和你过去的所作所为，就和成千上万的人一个样；也别去想：你将来的命运和要做的事，也要和成千上万的人一个样。"

---

① "老爷与夫人"，花草名，又称斑叶阿若姆，或延龄草，其花肉穗有深色、浅色之分，深者称作"老爷"，浅者为"夫人"。

② 《圣经·旧约·列王记上》第十章上说，示巴女王想难倒所罗门，向他提了许多问题，不想所罗门全都答了上来，示巴女王诧异得"一点精神也没有"。

"什么，那你当真什么都不想学了吗？"

"我倒想知道，太阳为什么对好人和歹人一样地照耀？[①]"苔丝答道，声音有点颤抖，"不过，这是书本里学不到的。"

"苔丝，快别这样气恼啦！"当然，克莱尔是出于传统的责任感，才讲这句话的，因为他以前也不是没有过这样的疑问。他望着苔丝那柔嫩的嘴巴和嘴唇，心里在想，这么一个乡下姑娘，一定是糊里糊涂受了别人的影响，才产生这股情绪的。她仍旧剥着"老爷与夫人"花蕾，只见她垂着眼帘，波纹似的睫毛也垂在柔润的脸颊上，克莱尔打量了她一会，然后恋恋不舍地走开了。他走了以后，苔丝又站了一会，满腹心事地剥开最后一个花蕾。接着，她又从遐思中惊醒过来，很不耐烦地把这一朵以及其他的"老爷与夫人"花蕾，全都扔到了地上，对自己的愚蠢举止生起气来，同时又觉得心里春意荡漾。

克莱尔一定觉得她愚蠢极啦！她一心就想博得他的好感，便回想起她近来力图忘记的事情，就是她们家和德伯维尔骑士世家一脉相承这件事，尽管事情的后果是那样令人不快。虽说这是个毫无益处的关系，而且发现后给她带来了种种灾难，但是，克莱尔先生既然是个上等人，又是研究历史的，他要是知道金斯比尔教堂的波倍克大理石和雪花石膏塑像真正代表她的嫡系祖先，知道她不像特兰岭那些人那样，是一个集金钱和野心于一身的冒牌的德伯维尔，而是个地地道道的德伯维尔，那么，他也许就会忘记她那剥花蕾的幼稚举动，而对她肃然起敬。

但是，在贸然泄露了这一秘密之前，犹豫不决的苔丝绕了个弯子，先去询问老板：克莱尔先生是否敬重失去了钱财和地产的老门户，以便探明这件事对他可能产生的影响。

"克莱尔先生，"老板强调说，"思想怪得很，你很少见到这样心怀异志的人，一点也不像他家里的人。要是说有什么东西最叫他讨厌，那就是所谓的老门户了。他常说，老门户过去辉煌过了，如今早

---

① 《圣经·新约·马太福音》第五章第四十五节说："……他叫日头照好人，也照歹人，降雨给义人，也给不义的人。"

已伤尽了元气，这是很有道理的。以前，这儿有比列特家、德林哈德家、格雷家、圣昆丁家、哈迪家、古尔德家，这片山谷里一望多少英里长的地产，都归他们所有，可眼下你只要花一点点钱，就能把这些地全买下来。你知道吧，咱们这位小蕾蒂·普里德尔，就是帕里德尔家的后代——这可是个老门户，金斯欣托克一带的好多土地本来都是他们家的，如今都归威塞克斯伯爵了。可在从前，谁也没听说过威塞克斯伯爵那个人，也没听说过他那个家。唉，克莱尔先生知道了这件事以后，把那可怜的姑娘嘲弄了好几天。'嗨！'他对她说，'你一辈子也当不成一个称职的挤奶工！你们家的本领，不知在多少辈子以前，就在巴勒斯坦使完了，还得休整一千年，才能缓过劲来再干一番事业！'……前几天，有个小伙子来这儿找活干，说他名字叫马特，俺们问他姓什么，他说他从没听说他有什么姓，俺们问他为什么没有，他说大概是因为他们家资历不深。'啊——你就是我想要的人！'克莱尔先生忽地跳起来，拉着他的手说道，'我看你很有出息。'说罢，给了他半个克朗。唉！他压根儿容不得老门户。"

苔丝听老板滑稽地陈述了克莱尔的看法之后，倒庆幸自己没有因为一时脆弱，而透露自己的家世——虽然她们家异常古老，差不多已是周而复始，又形成了一个新的家族。此外，就门户而言，还有一个挤奶女工似乎与她不相上下。因此，她闭口不提德伯维尔家的墓穴，以及那个与她同姓、跟随征服者来到英国的骑士。了解了克莱尔的性格之后，她觉得她之所以受到他的青睐，多半是因为他以为她出身于一个并非世家的新门户。

第二十章

时光流转，又到了鸟语花香的季节。一年一度的花、叶、夜莺、画眉、燕雀，以及诸如此类的短生之物，又出现在各自的地盘上，而仅仅一年前，它们只不过是些胚芽和微小的无机体，占据那些地盘的还是另外一些东西。朝阳射出的光线，催生出一枝枝幼芽嫩蕾，使其舒展成一根根长茎，滋养起一股股液汁，无声无息地涌动着，绽开一朵朵花瓣，在无影无踪的呼吸中散发着芳香。

克里克老板的男女挤奶工们，都过得舒舒服服，平平静静，甚至快快乐乐。在社会各阶层中，他们的地位也许是最快活的，因为往下比，他们不用愁吃，也不用愁穿，往上比，他们不用因为拘泥礼仪，而抑制天然的情感，也不用因为追逐俗不可耐的时尚，而不能知足常乐。

在绿叶庇荫的时节，栽培树木仿佛是人们在户外唯一要做的事情，可是眼下，这个时节就这样过去了。苔丝和克莱尔不知不觉地相互审视着，总是在情感的边缘摇摇欲坠，却又分明不肯坠入情网。由于受到一种不可抗拒的力量的驱使，他们一直在往一起聚拢，就像一条山谷里的两道溪水一样。

近几年来，苔丝从没像现在这样快活，也许以后再也不会这么快活了。一方面，她在身体和精神上，非常适合这新的环境。她像一棵小树，在它播种的地方，把根扎在含有毒质的土壤层，现在已被移植到肥沃的土壤里。另一方面，她和克莱尔还处在喜欢和爱恋之间悬而未决的地带，还没达到情意绵绵的境界，也没引起前思后想、局促不安的盘算："这股新潮要把我带到何处？对我的未来有什么影响？对我的过去意味着什么？"

对于安琪·克莱尔来说，苔丝完全是个偶尔出现的现象——一个令人温暖的玫瑰色幻影，刚刚有了持续留在他脑际的意味。因此，他就允许她盘踞在他的心头，觉得他所以这样关注她，只不过像是一个哲学家，在注视一个极其新异、极其娇艳、极其有趣的女性。

他们不断地见面，这是情不自禁的。他们每天都在那个奇异庄严的时刻——黎明时分，相会在紫罗兰色或粉红色的晨曦之中；因为在这里，必须很早很早就起床。一大早就要挤牛奶，而在挤牛奶之前，还得撇奶油，这在清晨三点多一点就得动手。通常，挤奶工中每天要指定一个人，先被闹钟惊醒，然后唤醒大家。苔丝既然是新来的，而且大家很快发现，她这个人比较靠得住，不会像别人那样睡得连闹钟都听不见，于是，这个差事派给她的时候最多。钟刚打三点，闹钟一响，她就离开自己的屋子，先跑到老板门口，再登上梯子，来到克莱尔门前，抬高嗓门悄声地呼喊他，然后叫醒她的女伴。等苔丝穿好衣服，克莱尔已经下了楼，来到外面潮湿的空气中。其他女工和老板总要在枕头上再赖一阵，一刻钟之后才会露面。

黎明时分和黄昏时分，天都是灰蒙蒙的，尽管它们的阴暗程度可能差不多，但那半明半暗的朦胧色调却不相同。在朦胧的晨曦中，似乎光亮是活跃的，黑暗是沉寂的；而在朦胧的暮色中，黑暗却是活跃的，并在渐渐加深，光亮反而在昏昏欲睡。

他们俩往往是牛奶场里起得最早的两个人——大概并非每次都是凑巧，因此他们便觉得，他们就是全世界起得最早的人。苔丝刚到这里那些天，不撇奶油，一起床就到外面去，克莱尔总在外面等着她。空旷的草地上，弥漫着一片幽渺凄迷、半明半暗的晓光雾气，使他们产生一种孤零零的感觉，仿佛他们就是亚当和夏娃。在这一天开始的朦胧时分，克莱尔觉得，苔丝在气质和体貌上都显出一种高贵和巍峨，俨然是个女王。这也许是因为他知道，在这异乎寻常的时刻，像苔丝这样仪容娟秀的女性，谁也不会在他视野之内的露天里走动，整个英国都极其少见。在仲夏的黎明，漂亮的女人都还睡得正香呢。眼下，苔丝就在他跟前，其他的人一个也看不见。

他们就在这种明暗混合的奇特光景里，一同走向母牛卧伏的地方；这副光景，常使克莱尔想起耶稣复活的时刻。他丝毫没有想到，那个抹大拉女人会在他身边。[①]当一切景物都笼罩在一片灰蒙之中的时候，他的同伴的面庞便成了他注目的中心；这张脸升腾在一层雾气之上，仿佛抹上了一层磷光。她看上去缥缥缈缈的，仿佛只是一个四处游荡

----

① 《圣经·新约·马太福音》中说，抹大拉的马利亚在一个清晨看见耶稣复活。又历来相传，抹大拉的马利亚原是个妓女，后因信仰而归正。

的幽灵。事实上，只是东北方的清冷晨光映到了她脸上，不过表面上看不出来罢了；而克莱尔的面庞，尽管他自己毫无察觉，但在苔丝看来，也是一个模样。

先前已经说过，就在这种时候，苔丝给他的印象最深。她不再是挤奶女工了，而是一个虚幻的女性化身——是从全体女性里化炼出来的一个典型形体。他半开玩笑地叫她阿耳忒弥斯、得墨忒耳①，以及另一些奇异古怪的名字，不过苔丝并不喜欢，因为她摸不透意思。

"还是叫我苔丝吧。"苔丝不领情地说道，克莱尔也就照办了。

这时，天色更亮了，苔丝的面目纯粹成了女人的了，由赐福的女神变为求福的凡人。

在这种迥异人世的时刻，他们可以走到离水鸟很近的地方。大胆的苍鹭发出嘎嘎的高鸣，犹如一阵开门开窗的声音，从草场旁边栖身的树丛中飞了出来；或者，若是早就飞出来了，就毅然立在水中，平伸着脖子，就像是由发条驱动的玩偶一般，不动声色地缓缓转动着脑袋，看着这对情侣从旁边走过。

这时，他们能看到一层一层的稀薄的夏雾，像羊毛似的，平平展展，显然还没有床罩那么厚，一小簇一小簇地铺展在草地上。在沾满白露的草地上，留下了奶牛卧着过夜的痕迹——在露水的大海中，形成一个个由干草筑成的，和牛身一般大小的深绿色岛屿。从每一个绿岛那里，伸出一道蜿蜒曲折的踪迹，这是奶牛爬起来到别处吃草时留下来的，顺着踪迹走到尽头，就能找到一条牛。牛认出来是他们，就会从鼻孔里呼呼地喷出一股热气，在一大片薄雾中，构成一小团较浓的雾气。这时，他们或者把牛赶到场院里，或者就坐在那里挤奶，看情况而定。

有时，夏雾四处弥漫，草场就像一片白茫茫的大海，里面露出一些零零落落的树木，就像是危险的礁石。鸟儿穿过雾气，飞到上方的亮光中，悬在半空中晒太阳；要么就落在把草场隔成一块块、眼下就

---

① 阿耳忒弥斯，希腊神话中的月亮和狩猎女神；得墨忒耳，希腊神话中的谷物女神。

像玻璃棒一样闪亮的湿栏杆上。苔丝的眼睫毛上，挂满了由雾气凝成的细小水珠，头发上也挂满了像小珍珠般的水珠。等日光变得强烈而寻常起来，这些水珠便都消逝了，苔丝也就失去了那奇异超凡的美丽；她的牙齿、嘴唇、眼睛又在日光中闪烁，她又只不过是一个艳丽多姿的挤奶女工，不得不与世上别的女人奋力抗争。

　　大约这个时候，他们就会听见克里克老板的声音，责怪那些住在场外的挤奶工人来得太晚，训斥老德博拉·法因德没有洗手。

　　"看在老天爷的面上，德布，快把你的手放在水泵下面洗一洗吧！天哪，要是伦敦人晓得你，晓得你这副邋遢相，他们喝起牛奶吃起黄油来，不更加仔细才怪呢。这可了不得呀。"

　　苔丝、克莱尔以及其他人都挤起奶来，直到大家听见克里克太太在厨房里，把沉重的饭桌从靠墙的地方拉出来，这是每顿饭必不可少的前奏。饭后，桌子收拾干净，又伴随着同样刺耳的声响，把桌子推回原处。

第二十一章

　　刚吃过早饭，牛奶房里就乱哄哄地闹开了。搅乳器还在照常运转，但却搅不出黄油来。每当出现这种情况，牛奶场便瘫痪了。大圆筒里的牛奶在稀里咕噜地响，可始终没出现大家期待的那种声音。

　　克里克老板和老板娘，住在场里的女工苔丝、玛丽安、雷蒂·普里德尔、伊兹·休特，住在场外农舍里的已婚女工，还有克莱尔先生、乔纳森·凯尔、老德博拉，以及其他男工，都站在旁边，束手无策地盯着搅乳器，外面赶马的小伙计把眼睛瞪得像月亮一般圆，表明他知道事情不妙。就连那匹没精打采的马，每次绕圈走到窗户跟前时，总要带着绝望的神情，往里面窥视。

　　"俺有好些年头没上埃格敦去找特伦德尔巫师的儿子了——好些

年头啦!"老板苦楚地说道,"他比他爹可差远了。俺不知道说过多少回,俺不相信他。尽管他真的给人家看尿治病,俺还是不相信他。不过,要是他还健在,俺还非得去找他了。是啊,要是老这样下去,俺非得去找他不可!"

见老板这副焦头烂额的样子,连克莱尔先生也觉得心酸。

"俺小时候,卡斯特桥那一边有个福尔巫师,人家都管他叫'大团子',倒是个很不赖的人,"乔纳森·凯尔说道,"不过,如今早成了枯木朽株了。"

"俺爷爷过去常去找明特恩巫师,他住在猫头窟,听俺爷爷说,他这个人灵得很,"克里克先生接着说道,"不过,如今见不到这种真有本事的人了!"

克里克太太可没有离题那么远。"也许牛奶房里有人谈上恋爱了吧?"她用试探的口气说道,"俺年轻的时候听人说,碰到谈恋爱的事,就搅不出黄油来。嗨,克里克——你还记得吧,前些年咱们这儿有个姑娘,那回搅不出黄油来,就因为——"

"啊,记得,记得——不过你说的可不是真情。那回搅不出黄油来,跟谈恋爱一点也没关系。俺记得清清楚楚,那回是搅乳器坏了。"他把脸转向克莱尔,"先生,咱们这儿以前有个挤奶的伙计,名叫杰克·多洛普,真是个婊子养的,在梅尔斯托克向一个大闺女求爱,后来又骗了人家,他以前就骗过不少闺女。不过,这一回他可遇到了一个不好惹的了,可并不是闺女自个。有一天,正好是圣礼拜四①,俺们大伙都在这儿,就像眼下一样,只不过那天没搅黄油。这时候,俺看见那闺女她娘走到门口,手里抓着一把大伞,伞把是用铜镶的,能打死一头牛。她边走边叫:'杰克·多洛普在这儿干活吗?俺要找他!俺要叫他知道,俺要跟他算账!'跟杰克相好的那个闺女,就跟在她娘后面,拿手绢捂着脸,哭得好伤心哪。'天哪,这下可糟啦!'杰

---

① 圣礼拜四,在基督教中指耶稣升天(复活节后第四十天)。

克朝窗外看见了她们，说道，'她非要俺的命不可！俺可往哪儿躲——往哪儿躲呀？别告诉她俺在这儿！'说着就打开活板，钻到搅乳机里躲起来了。就在这当口，那闺女她娘闯进了牛奶房。'这个王八蛋——他躲到哪儿去啦？'她说，'只要让俺抓住他，俺非撕烂他的脸不可！'她东找西寻，嘴里把杰克骂了个狗血喷头。杰克躲在搅乳机里差一点没憋死。那个可怜的闺女——其实是个小媳妇了——就站在门口，哭得好伤心哪。俺啥时候都忘不了，永远忘不了！就是石头见了，也会软化的！不过，那老婆子不管怎么找，也找不着杰克。"

老板顿住了，听故事的人议论了一两句。

克里克老板讲故事，往往没讲完就停住了，好像完了似的，不知情的人给蒙住了，还当是真讲完了，就发出几声感叹。不过，他的老朋友们心里都有数。于是，老板又接着讲下去：

"唉，俺怎么也弄不明白，那老婆子怎么会那么精，一下子让她猜着了，发现那小子藏在搅乳机里。她一声不响地抓住摇柄（当时那机器是用手摇的），就摇了起来，杰克在里面扑通扑通地滚动。'天哪！别摇啦！放俺出去！'杰克伸出头来说道，'俺要给搅成肉酱啦！'（他是个胆小鬼，他这号人多半是胆小鬼。）'你把俺清清白白的黄花闺女糟踢了，俺不能白白饶了你！'老婆子说道。'快停下机器，你这个老妖精！'那小子尖叫着。'你叫俺老妖精，是吧，你这个骗子！'老婆子说道，'这五个月里，你早该叫俺丈母娘啦！'接着，机器又搅起来了，杰克的骨头又给碰得通通地响。俺们谁也没敢管闲事。最后，杰克只好答应娶那闺女。'真的——俺这回一定说话算数。'他说。那天就这样收场了。"

这时，听故事的人都在笑盈盈地议论着，忽然觉得身后有人在急促地走动，回头一看，只见苔丝脸色苍白，已经走到门口了。

"今天真热呀！"她说道，声音低得几乎听不见。

天气是有些热，因此，谁也没把她的走开和老板讲的故事联系起来。老板走上前去，替她打开门，亲切地打趣说："喂，姑娘，"他常常这样亲昵地称呼苔丝，却不知道这是对她的挖苦——"你是俺场里最漂亮的女工。眼下刚有点夏天的气息，你不该搞得这么疲乏，要是到了三伏天，你在这儿干不了活了,俺们可要抓瞎了,是吧,克莱尔先生？"

"我有点头晕——我——我想到外面走走就好了。"苔丝苦涩地说道，随即便走出去了。

侥幸的是，她刚一出去，旋转着的搅乳机里原先稀里咕噜的声音，这时变成明晰的啪嗒啪嗒的声音了。

"黄油出来了！"克里克太太大声嚷道，于是，大家也就不再注意苔丝了。

这位心酸的漂亮女子，表面上很快恢复了平静，但是整个下午都感到很沉闷。傍晚挤完牛奶之后，她不想和大伙在一起，便走出门去，随意逛游，自己也不知道往哪儿走。她心里很难受——哦，难受极了，因为她意识到，在她的伙伴们看来，老板只是讲了一个滑稽故事而已；除了她以外，似乎谁都不觉得有什么可悲的地方；她敢肯定，没有人知道这件事多么残酷地触动了她人生经历中的痛处。在她看来，傍晚的太阳现在也很丑陋，好像是天上一大块红肿的伤口。只有一只嗓门沙哑的芦雀，从河边的树丛里，向她叽叽咕咕地打招呼，声音又悲凉又呆板，好像是一个和她绝了交的老朋友发出来的。

在六月间昼长夜短的日子里，牛奶往往满桶满桶地出，早晨挤奶前的活计又早又累，所以，挤奶女工以及场里的绝大多数人，都是太阳一落山，甚至还没等太阳落山，就都睡觉去了。苔丝通常都和伙伴们一道上楼。可是今天晚上，她却是头一个走进了她们共同的寝室，别的姑娘进来的时候，她已经迷迷糊糊地睡着了。她看见她们在夕阳的余晖中脱掉衣服，满身洒上了橘黄色的光泽。她又睡过去了，但是她们的说话声又一次把她吵醒了。她悄悄地转过脸，瞧着她们。

她那三个伙伴还都没上床。她们穿着睡衣，光着脚丫，挤在窗口，西方夕阳红彤彤的余晖，依然烘着她们的脸膛、脖子和周围的墙壁。她们都在兴致勃勃地望着庭园里的一个人，三张脸盘紧紧地凑在一起：

一张是喜洋洋的圆脸，一张是披着黑发的苍白的脸，一张是披着赭色头发的白皙的脸。

"别挤呀——你跟俺一样，也能看得见么。"那个年纪最小、长着赭色头发的雷蒂姑娘说道，眼睛不肯离开窗口。

"雷蒂·普里德尔，你跟俺一样，爱他也是白搭，"那个年纪最大、脸上喜洋洋的玛丽安狡黠地说道，"他心里想的可不是你这样的脸蛋儿！"

雷蒂还在张望，那两个人又瞧了瞧。

"他又过来了！"脸色苍白、头发又黑又潮、嘴唇线条分明的伊兹·休特嚷道。

"你什么也不必说了，伊兹，"雷蒂答道，"俺瞧见你亲他的影子啦。"

"你瞧见她干什么来着？"玛丽安问道。

"嗯——有一回，他站在盛乳水的大桶旁边放乳水，他脸的影子落在他身后的墙上，伊兹就在跟前，站在那儿装桶。她把嘴凑到墙上，去亲他嘴巴的影子。俺看见她了，不过他可没看见。"

"哦，伊兹·休特！"玛丽安说道。

伊兹·休特的脸颊中央，立刻泛起一朵红晕。"嗨——这也没有什么不好的，"伊兹故作镇定地说道，"就算俺爱他吧，可雷蒂也爱他呀。还有你，玛丽安，你也爱他呀。"

玛丽安的圆脸本来就总是红红的，这下也不能再红到哪里去了。

"俺！"她说。"你真会瞎说呀！……啊，他又过来了！……可爱的眼睛——可爱的脸蛋——可爱的克莱尔先生！"

"瞧——你这是不打自招！"

"你也是的——咱们都不打自招啦，"玛丽安全然不管别人怎么讲，直截了当地说道，"咱们三个人还要你瞒俺，俺瞒你，那也太傻了，只要不对外人说就行了。俺巴不得明天就嫁给他！"

"俺也是啊——比你还心切。"伊兹·休特喃喃地说道。

"俺也是。"比较腼腆的雷蒂小声说道。

那位旁听者心里热腾起来。

"咱们不能都嫁给他呀。"伊兹说道。

"咱们谁也别想嫁给他，这就更糟，"年纪最大的玛丽安说，"瞧，他又过来了！"三个人悄悄地送给他一个飞吻。

"为什么？"雷蒂急忙问道。

"因为他最喜欢苔丝·德贝菲尔，"玛丽安压低声音说道，"俺每天都留神观察他，发现了这个情况。"

大家都沉思不语了。

"可苔丝并不喜欢他吧？"最后，雷蒂轻声说道。

"是呀——俺有时也是这么想的。"

"不过，咱们也都太傻了！"伊兹·休特不耐烦地说道，"他当然不会娶咱们当中的任何人，也不会娶苔丝。人家是绅士的儿子，眼看要到国外当大地主、大农场主了，哪会娶咱们这种人！要说一年给咱们几个钱，雇咱们去做工，那还差不多！"

这个叹气，那个叹气，玛丽安长得胖乎乎的，叹起气来比谁都重。就在近旁，床上有个人也在叹气。那个年纪最小、长着红头发的漂亮姑娘雷蒂·普里德尔，眼里还泪汪汪的。她可是帕里德尔家最后的一棵苗，这家人在郡志上占有重要的地位。她们又悄悄看了一会，三张脸还像先前那样挤在一块，三种头发颜色交织在一起。不过，克莱尔先生对此一无所知，他走进了屋里，她们再也看不见他了。这时，天色越来越暗了，她们只好爬上了床。过了一会，她们听见他上了梯子，往自己房里去了。

玛丽安很快就打起呼来，但是伊兹却久久不能忘怀入睡，而雷蒂·普里德尔是哭着睡着的。

即使在这时，那个比她们更加情深意浓的苔丝，还是根本无法入睡。刚才这场谈话，是她这一天不得不吞下的又一丸苦药。她心里没有一丁点妒意。说实在的，她知道自己更讨他喜欢。比起那三个人来，她身材更美，文化更高，虽说除了雷蒂就数她最小，但她比那另外两个人更有女人味，因而她知道，她只需要稍加用心，就能抓住安琪·克莱尔的那颗心，战胜她那几个耿直的伙伴。不过，有一个严重的问题：她该不该这样做？当然，就婚姻而言，她们谁都没有一丝希望；但是，若是说她们里面有一个人，或者说已经有一个人，能引起他一时的迷恋，能在他待在这里的时候，享受到他的殷勤，那倒是有可能的。这种不般配的恋爱，以前也有成为眷属的；况且她听克里克太太说过，克莱尔先生有一天笑呵呵地问她，他将来要在殖民地占有成千成万英亩的牧场，要养牛养羊，收割庄稼，那他娶一个姣丽的阔小姐，又有什么用处？对他来说，只有娶个庄稼人的女儿做太太，才比较合乎情理。不过，不管克莱尔先生说的是正经话，还是讲着玩的，既然她绝不会昧着良心让任何男人娶她了，既然她虔诚地下定决心永不嫁人了，那她干吗要趁克莱尔先生待在塔尔勃塞的时候，为了得到他的青睐，享受他一时的温存，而要把他从别的女人那里拽走呢？

第二十二章

第二天早晨，她们都打着哈欠下了楼。不过，她们还照常撇了奶油，挤了牛奶，然后进屋吃早饭。刚走进去，就见克里克老板在屋里直跺脚。原来，他接到一个主顾的一封信，说他的黄油有一股怪味。

"天哪，真有股怪味！"老板左手拿着一块木片，木片上沾着一块黄油，嘴里说道，"没错——你们自个儿来尝尝！"

有好几个人都凑到他身边。克莱尔先生尝了尝，苔丝尝了尝，其他住场的女工也尝了尝，有一两个男工也尝了尝，最后，克里克太太从备好的饭桌旁边走过来，也尝了一下。的确有一股怪味。

老板愣起神来，想仔细琢磨一下这味道，以便猜测跟哪一种毒草有关系。忽然，他大叫起来："是大蒜味！俺还以为草场上一片蒜叶都没有了哪！"

　　这时，所有的老伙计们都想起来了，最近有几条牛被放进一片旱草场，就是这片旱草场，几年前也同样把黄油弄糟了。那一回老板没琢磨出是什么味道，还以为黄油中了魔了。

　　"咱们得彻底查一查那块草场，"他接着说道，"老这样可不成！"人人都拿起一把旧尖刀，一起走了出去。这种有害的草，既然平常看不见，一定非常微小，在眼前这片丰茂的草丛里，要想把它找出来，那简直如同大海捞针。不过，由于搜查工作意义重大，大家都排成一行，全都上阵。老板和自愿来帮忙的克莱尔先生在上手，接着是苔丝、玛丽安、伊兹·休特、雷蒂，然后是比尔·卢埃尔、乔纳森，以及两个结了婚的女工——长着黑色卷发、眼珠滴溜溜转的贝克·尼布斯，长着浅黄色头发、冬天在浸水草地受了潮得了肺病的弗朗西斯——她们俩都住在自己的农舍里。

　　他们眼睛瞅着地上，脚下慢慢走着，走完了一窄溜，向一边挪一挪，再返回来，照这样做法，等他们查完了的时候，草场上没有一丁点地方，能逃出大伙的眼睛了。这是一桩让人极其腻烦的差事，整个一片草场，充其量能找到五六棵蒜苗。然而，这种东西气味太重，哪怕有一条牛咬上一口，场里一天出的牛奶就会全都变味。

　　这些人，尽管性情心态大不相同，然而全都弯着腰，形成了极其整齐的一排——动作机械，不声不响，若是有个生人从附近的路上走过，就会把他们统统称作"霍奇"，谁也不能说他没有道理。大伙把腰弯得低低的，慢慢往前走着，从毛茛花上反射出来的柔和的黄色光芒，照到他们那背光的脸上，使他们显出一副月下精灵的模样，尽管他们背上顶着正午的骄阳。

　　安琪·克莱尔虽说坚持同甘共苦的原则，事事都跟大家一起来做，但却不时地抬起头来。他和苔丝挨在一块，这当然不是偶然的。

　　"喂——怎么样？"他低声问道。

　　"很好，谢谢，先生。"苔丝一本正经地答道。

　　刚刚半个钟头以前，他们还谈论了许多个人问题，现在再用这种客套，未免有点多余。不过，这时他们也没多说什么话。他们弯着腰慢慢地走着，苔丝的裙边刚好碰到克莱尔的裹腿上，克莱尔的胳膊肘也不时地擦着苔丝的胳膊肘。最后，跟在旁边的老板再也受不住了。

"天哪，这样弯着腰，俺的腰都快折啦！"他嚷嚷说，一面痛苦不堪地伸起腰，直到身子完全伸直，"苔丝姑娘，一两天前你身体不舒服——再这么折腾下去，你的脑袋会疼得架不住的！你要是觉得头晕，就别再干了——让别人来寻好啦。"

克里克老板退出来了，苔丝落到了后面。克莱尔先生也走出队伍，东游西荡地瞎找起来。苔丝见他来到她跟前，一想起头天晚上听见伙伴们说的那些话，不由得紧张起来，于是便先开了口。

"她们好漂亮啊！"她说道。

"谁呀？"

"伊兹·休特和雷蒂。"

苔丝已经黯然认定，这些姑娘哪一个都能做一个农家的好主妇，她应该推荐她们，尽力掩盖她自己的倒霉姿色。

"漂亮？哦，是的——她们都是漂亮姑娘——看上去那么水灵。我也时常这么想。"

"不过，可怜的人儿——漂亮不能持久。"

"哦，是的，真是可惜。"

"她们都是挤奶做酪的好手。"

"是的，不过不见得比你好吧。"

"她们撇奶油可比我强。"

"是吗？"

克莱尔还在打量她们——她们也在打量他。

"她脸红了。"苔丝鼓起勇气继续说道。

"谁？"

"雷蒂·普里德尔。"

"哦——这是为什么？"

"因为你看着人家。"

虽然苔丝有心想要牺牲自己，但是她还不能更进一步，说一声："你要是真想要一个挤奶的女工，而不是要一个阔小姐，那就娶她们中的一个吧，千万别想娶我！"她跟着克里克老板走了，眼见克莱尔还待在那里，心里不知是苦是甜。

从这天起，她就硬起心肠，尽力躲避他——即使纯属偶然跟他碰到一块，她也绝不肯像以前那样，跟他待得很久。她把一切机会让给那三个姑娘。

苔丝是个吃过亏的女人，她从三个姑娘的坦白中，清楚地认识到，这些挤奶女工的贞操全都掌握在安琪·克莱尔手里。而且，她还意识到，克莱尔倒是很小心，丝毫不去损害她们任何一个人的幸福，因而，不管她看得准不准，她总觉得克莱尔显得很有自制力和责任心，便对他油然生出一股温馨的崇敬之情。她以前从未想到，哪个男人会有这种自制力和责任心，而他若是当真缺少这种品质，那么与他同场的那些单纯的女孩子里面，遗恨终生的也许就不只是一个人了。

第二十三章

七月的暑天不知不觉地来临了，平谷里的大气如同麻药一般，沉滞地笼罩在挤奶工人、奶牛和树木上面。热气腾腾的大雨三天两头地下，使奶牛放青的草场长得更加丰茂，其他草场后期制备干草的活计，只得耽搁下来。

那是个礼拜天早晨，牛奶已经挤完了，住在场外的工人都回家去了。苔丝和另外三个姑娘在屋里急急忙忙地换衣服，她们几个商定，要一起去离牛奶场三四英里远的梅尔斯托克教堂。苔丝来到塔尔勃塞已经两个月了，这是她头一次出门。

头一天下午和夜里，一直下着暴雨，哗哗地浇在草场上，把一些干草都冲进了河里。可是，今天早晨，经过大雨的冲洗，太阳更加灿烂，空气也更加柔和、清澈。

从她们的教区到梅尔斯托克，得走一条弯弯曲曲的小路，路上有一段是从地势最低的地方通过。姑娘们走到最低凹的地方时，发现齐踝深的雨水把路面淹没了大约五十码。在平日里，这也不会有多大的妨碍。她们穿着厚底木头鞋和靴子，可以满不在乎地咯嗒咯嗒地走过去。可是，今天是礼拜天，是个出风头的日子，她们表面上装着去做心灵上的事，实际上是拿着肉体去卖弄风情。这一回，她们穿着洁白的长袜，轻薄的鞋子，粉红、雪白或淡紫色的长裙，溅上一丁点泥都能看出来，因此，这片积水就成为一道不可逾越的障碍。她们离教堂差不多还有一英里，已经能听得见教堂当当的钟声了。

"谁会想到夏天河里会涨这么大的水！"玛丽安从路旁的坡顶上说道。这时，她们都爬到了那坡顶上，摇摇晃晃地站在那里，想从斜坡上慢慢走过去，绕过那一汪水。

"咱们要赶到那儿，非得从水里走过去不可，要么就绕弯走大道。不过，这样一来，咱们就去得太晚了！"雷蒂说道，无可奈何地停住了。

"要是去晚了往教堂里走，让大家都回过头来盯着俺，俺脸上非红得发烫不可，"玛丽安说道，"不到大家连续念叨'愿主保佑'的时候，就别想再平静下来。"

就在她们爬土坡的时候，忽听得从大路的拐弯处，传来泼剌泼剌的响声，转眼间就看见安琪·克莱尔蹚着水，顺着小路朝她们走来。

四颗心不约而同地扑通一跳。

克莱尔根本不像是过礼拜的打扮，一个严守教条的牧师管教出来的儿子，也许往往就是这个样子。他身上是挤奶时穿的衣裳，脚上是可以蹚水的长筒靴，帽子里衬着一片菜叶，好保持脑袋凉爽，手里拿着一把锄蓟草的小锄头，这就是他的全部装束。

"他不是上教堂去的。"玛丽安说。

"不是——我倒希望他去！"苔丝喃喃地说道。

其实，且不问是对还是错（借用含糊其辞的辩论家的稳妥字眼），安琪觉得，在这天朗气清的夏日里，与其在教堂里听布道，不如去听山石草木的启示。再说，这天早晨，他所以跑出来，是想看看洪水对干草糟蹋得是否严重。他走在路上，从老远就看见这四个姑娘了——只不过姑娘们光在为过不了水洼发愁，没有看见他就是了。他知道，那个地方一定积起了雨水，非挡住她们的去路不可。所以，他急匆匆地赶了过来，隐约有一个念头，怎么帮她们一下，特别是帮帮其中的一位。

那四个姑娘脸上红扑扑，眼睛亮晶晶的，身穿轻柔的夏装，硬撑着站在路旁的土坡上，好像鸽子待在倾斜的屋顶上，看上去非常迷人，因此，他先站住了，把她们端详了一番，然后才走上前来。她们那薄纱长裙的下摆，从草地上拂起无数青蝇和蝴蝶，圈在那透明的薄纱里，飞不出来，好像关在鸟笼里的鸟儿一样。克莱尔的目光最后落到苔丝身上，因为在这四个人里面，她站在最后。苔丝看到她们进退两难的样子，正憋着一肚子的笑，一见克莱尔在看她，不由得喜气洋洋地望着他。

克莱尔走在没有漫过长靴的水中，来到她们跟前，站在那里望着圈在长裙下摆里的青蝇和蝴蝶。

"你们想去教堂吧？"他对站在前面的玛丽安说；他这话也是对着后面两个姑娘说的，但却不包括苔丝在内。

"是的，先生。现在要迟到了，俺的脸非红得……"

"我要把你们抱过去——一个一个地都抱过去。"

四个人的脸一齐红起来，仿佛只有一颗心在她们胸口跳动。

"恐怕你抱不动的，先生。"玛丽安说。

"你们想过去,只有这个办法。站着别动。胡扯——你们都不太重！我能把你们四个人一齐抱起来。好啦，玛丽安，听好，"他接着说，"用胳膊搂住我的肩膀，就这样。好！搂紧了。这就对了。"

玛丽安按照安琪的吩咐，屈身坐在他的胳膊上，搂住了他的肩膀，安琪抱着她大步往前走去。从后面看上去，他那细长的身材，和玛丽安一对比，就像一枝纤长的花茎，托着一个大花球。他们走过拐弯的地方，就看不到人影了，只有克莱尔稀里哗啦的脚步声，以及玛丽安帽顶上的绸带，能够表明他们的行踪。过了几分钟，克莱尔又出现了。按土坡上站的次序，下一个轮到伊兹·休特。

"他过来了，"她喃喃地说。旁人听得出来，她心里一激动，嘴唇都发干了，"俺也要像玛丽安那样，搂住他的脖子，仔细瞧瞧他的脸。"

"这有什么了不得的。"苔丝急忙说道。

"凡事都有定时，"伊兹没理会苔丝的话，接着说道，"有时可以拥抱，有时不能拥抱①，这下可轮到俺拥抱了。"

"咄——这是《圣经》上的话，伊兹！"

"是呀，"伊兹说道，"俺上教堂总爱听这种优美的经文。"

对安琪·克莱尔来说，他这番举动的四分之三只是普通的帮帮忙。这时候，他走到伊兹跟前。伊兹平平静静、悠悠忽忽地躺在他怀里，安琪不慌不忙地抱着她往前走去。一听见他第二次又回来了，雷蒂那颗心怦怦直跳，几乎看得出来，全身都在跟着颤动。安琪走到这位红发姑娘跟前，就在动手抱她的时候，拿眼瞟了一下苔丝。他就是真的开口说话，也不会把心迹表露得更明白："马上就剩下你和我了！"苔丝脸上露出心领其意的神情。她也是情不自禁地显露出来的。他们两人已经情愫相通了。

可怜的小雷蒂，虽说身子最轻，抱起来却最麻烦。刚才，玛丽安就像一袋子面粉，圆滚滚沉甸甸的，克莱尔真叫她压得摇摇晃晃。伊兹倒还知趣，老老实实地让他抱着。雷蒂却是一阵歇斯底里。

不过，克莱尔还是把这不安静的姑娘抱过去了，放在干地上，又转身回来了。苔丝能从树篱顶上，老远看见她们三人集在一起，站在克莱尔把她们放下的那个高地上。现在轮到苔丝了。她局促不安地发

① 见《圣经·旧约·传道书》第三章。

现，刚才看见伙伴们一接近克莱尔先生的目光和鼻息，就感到兴奋时，她还瞧不起人家，不想现在轮到她自己时，她居然变得更加兴奋。她好像生怕泄露隐衷似的，在最后关口还推让了一番。

"也许我能顺着斜坡爬过去——我爬起坡来比她们利索。你一定很累了，克莱尔先生。"

"不累，不累，苔丝。"克莱尔连忙说道。苔丝几乎还没反应过来，就给抱到他怀里了，脸贴在他肩上。

"三个利亚，讨得一个拉结。"① 克莱尔小声说道。

"那几个姑娘比我好，"苔丝抱定原来的决心，慷慨大度地答道。

"我可不这么看。"安琪说道。

只见苔丝一听这话，不禁有些动情，克莱尔抱着她一声不响地走了几步。

"但愿我不是太重。"苔丝羞怯地说道。

"哦，不重，你该抱抱玛丽安！真是一堆肉。你就像是一片轻轻荡漾的波浪，让太阳晒得暖融融的。你身上这件细纱衣服，就是飞溅的浪花。"

"你要是觉得我真像那样，那就太好啦。"

"你知道不知道我刚才费了四分之三的力气，都是为了现在这四分之一？"

"不知道。"

"我没料到今天会遇见这种事。"

"我也没料到……水来得太突然了。"

苔丝表面上认为他指的是涨水，但她喘气的样子，却泄露了真情。克莱尔站住了脚，把脸贴向她的脸。

"哦，苔丝！"他失声嚷道。

苔丝感到了他嘴里冒出的气息，脸上给烧得火辣辣的，她心摇神荡，

---

① 据《圣经·旧约·创世记》第二十九章，雅各为了娶意中人拉结为妻，不得不先娶拉结的姐姐利亚。

不敢再盯着安琪的眼睛了。安琪一见这副情景，便觉得自己想占意外的便宜，未免有点不正当，就没有再贸然行事。直到如今，他们两人还没明明白白地说过一句情话，所以现在最好适可而止。不过，克莱尔慢腾腾地走着，好把余下的距离尽量拉长些。可是后来还是到了拐弯的地方，再往前走去，那三个人就看得一清二楚了。到了干地方了，克莱尔把苔丝放了下来。

那几个朋友把眼睛瞪得圆圆的，十分关切地望着他们俩。苔丝看得出来，她们一直在谈论她。克莱尔急忙向她们道了别，又顺着没入水中的道路，啪嗒啪嗒地走回去了。

她们四个人又像先前一样，一道往前走去。后来，还是玛丽安打破了沉默，开口说道：“不行——真的不行。咱们争不过她！”她快快不乐地看着苔丝。

“你这是什么意思？”苔丝问道。

“他最喜欢你——最最喜欢你！他抱你的时候，俺们看得出来。你只要给他一丁点鼓励，不管多么小的一丁点，他准会亲你的。”

“别瞎说，别瞎说！”苔丝说道。

她们出门时的欢乐劲头，不知怎么消失了，但是她们之间并没有怀恨，也没有结怨。她们都是些宽容大度的年轻姑娘，而且都生长在偏僻的农村，那里的人们都坚信，凡事都是命中注定的。因此，她们并不怪罪苔丝。这种选优汰劣是很自然的事。

苔丝心里很不是滋味。她无法向自己隐瞒这样一个事实：她爱安琪·克莱尔，而且，也许是因为知道那三个姑娘也倾心于他，便对他爱得更炽烈了。感情这东西是容易感染的，特别是在妇女中间。然而，正是她那颗如饥似渴的心，又对她那三位朋友寄予同情。苔丝的忠厚本性曾与这种爱抗争过，不过力量太薄弱了，产生这样的结果是很自然的。

“我绝不想妨碍你，也不想妨碍你们任何一位！”那天晚上，她在寝室里对雷蒂郑重地说道（说的时候，热泪直淌），“亲爱的，我这是不由自主呀！我看他压根儿不想结婚。不过，就是他打算向我求婚，我也会拒绝他的，就像我会拒绝任何男人一样。”

“哦！你真会吗？为什么？”雷蒂惊异地问道。

“那是不可能的。不过，我还是打开天窗说亮话吧。且不用说我吧，就是你们几个，我看他哪个也不会要。”

“俺从没这么指望过——连想都没想过！”雷蒂哀伤地说道，“唉！俺不如死了算啦！”

这可怜的孩子心都要碎了，但她自己也闹不清楚，究竟是一种什么情感，把她弄成这样。这时，那两个姑娘刚好上楼来了，她便把脸转向她们。“咱们还是跟她和好吧，”她对她们说道，“她跟咱们一样，觉得他也不会要她。”

隔阂就这样打消了，大家又亲亲热热地说起知心话了。

“俺现在做什么事都没有心思了，”玛丽安说道，她的情绪低落到了极点，“俺本来要嫁给斯蒂克福牛奶场上的一个人，他向俺求过两次了。可是——天哪——俺现在宁愿自寻短见，也不给他当老婆！……你怎么不说话呀，伊兹？”

“那俺就说实话吧，”伊兹小声说道，“今天他抱着俺的时候，俺满以为他会亲俺的，俺贴在他的胸口，盼了又盼，身子一动不动。可是，他没有亲俺。俺不想在塔尔勃塞再待下去啦！俺要回老家去。”

寝室里的空气，好像跟着姑娘们无望的痴情一起搏动。残酷的自然法则，给她们强加了一种情感——一种她们既不期待、又不渴望的情感；就在这种情感的压迫下，她们像发烧似的焦躁不安。今天这番巧遇，更加煽起了烧灼着她们内心的火焰，这种折磨简直叫她们无法忍受。她们作为个人之间的区别，都让这种情感给驱除了，每个人只是女性一体中的一分子。由于谁也没有希望，所以大家都坦诚相见，谁也不嫉妒谁。这些姑娘个个都很实在，既不拿自命不凡的幻想欺骗自己，又不否认自己的爱情，也不摆空架子，认为自己比别人强。她们十分明白，从社会地位来看，她们的痴情完全是枉费心机，从一开始就没有什么企盼，只是为爱而爱；拿文明的眼光来看，这种爱情毫无存在的理由（尽管从自然的角度来看，却是毫无欠缺的）；但在事实上，这种爱情又确实存在，使她们欣喜到销魂夺魄的地步；所有这一切，给她们带来了一种忍让，一种尊严，而她们若是抱着自私自利的动机，只想把他赢来做丈夫，那就不可能产生这样的态度。

她们都在自己的小床上辗转反侧，楼下的干酪挤压机发出滴滴答答的滴水声，单调得令人厌倦。

"你还没睡吧，苔丝？"过了半个钟头，一个姑娘悄声问道。这是伊兹·休特的声音。

苔丝回答说没睡，这时，雷蒂和玛丽安也忽地撩开被单，叹息道："俺们也睡不着！"

"听人家说，他家里给他找了一个小姐，真想知道她是个什么模样。"

"俺也想知道。"伊兹说道。

"给他找了一位小姐？"苔丝心头一惊，气喘吁吁地说道，"我从没听说过呀！"

"哦，是的——人家都是悄悄讲的。他家里给他选了一个门当户对的小姐，一个神学博士的女儿，离他父亲的埃明斯特教区不远。人家都说，他不大喜欢那位小姐。不过，他肯定要娶她的。"

她们对于这件事，只听到了这一点点消息；不过，在那夜色昏沉的屋子里，这也足以激起种种凄楚辛酸的梦幻。她们想象着一切细节，诸如他如何给说活了心，答应了这门亲事，家里如何准备婚礼；新娘如何高兴，穿的什么婚服，戴的什么面纱，小家庭如何幸福，他如何把她们以及她们的爱忘得一干二净。她们就这么谈着，心里忍着痛，眼里流着泪，直至睡魔驱走了忧愁。

苔丝听到这个消息之后，再也不去痴心妄想了，以为克莱尔对她的殷勤里会有什么严肃而审慎的意味。他那只是对她青春美貌的一时倾慕，只是为了爱情的一时欢娱——仅此而已。而且，这个可悲的念头里，还有一个让人揪心的问题：虽说克莱尔的确最喜欢她，对她怀有一种轻率的爱恋之情，虽说她也知道自己比伙伴们更富有情感，更聪明伶俐，更绰约多姿，但是，从世俗的道德观念来看，与那几个不受克莱尔青睐的平庸姑娘比起来，她苔丝更不配接受他的爱。

第二十四章

在瓦尔谷，那土壤肥得出油，暖得发酵，又赶上夏天时节，在万物滋润的嘶嘶声中，几乎可以听见液汁在涌动，在这种情况下，就连最虚无缥缈的爱情，也不可能不变得炽烈起来。本来就是有情有义的人，现在在周围景物的熏染下，更是情意绵绵了。

七月眼看过去了，接踵而来的便是"热月"①，这仿佛是大自然看到塔尔勃塞牛奶场的人们处于那种心境，在尽力与之保持一致似的。这里的空气，在春天和初夏还很清新，现在却变得沉滞不动，令人困倦。空中浓郁的气味，沉重地压迫着人们，正午时分，周围的景物仿佛都昏厥过去。牧场上较高的坡地，让埃塞俄比亚式的骄阳晒成了黄色，不过，在溪水潺潺的地方，牧草仍然是一片翠绿。这时，克莱尔不仅让外界的热气闷得透不过气来，而且心里的负担也很沉重，他对温柔娴静的苔丝爱得越来越炽烈了。

雨季已经过去，高地上一片干燥。老板坐着带弹簧的马车，从集市上往家飞奔，车轮把大路上的粉末状尘土扬了起来，车子后面拖着白色的尘带，仿佛点着了细长的火药引线。一头头母牛让牛虻叮得发疯了，场院上五道横木的栅栏门，猛地一跳就过去了。从礼拜一到礼拜六，克里克老板总是把衬衫袖子捋得高高的。光开窗不开门，屋里是透不进风来的。庭园里的黑乌和歌鸫在茶藨子丛里爬动，那样子与其说是带翅的飞鸟，不如说是四足走兽。厨房里的苍蝇也懒洋洋，闹

① 法国大革命时，改变历法，七月十九日至八月十七日被定为"热月"。

哄哄的，见了人也不怕，尽往不寻常的地方叮，在地板上、抽屉里、女工的手背上爬来爬去。人们谈起话来，话题总也离不开中暑，而搅黄油，特别是保存黄油，真是令人头痛的事。

工人们为了凉快和方便起见，也不把牛赶回场院，完全是在草场上挤奶了。白日里，一头头牛乖乖地钻在树荫底下，哪怕树再小，也随着树荫的移动而移动。到了挤奶的时候，它们叫苍蝇叮得简直站不稳了。

就在这些天的一个下午，有四五头没挤过的奶牛碰巧离开了牛群，站到了一道树篱的拐角后面，其中就有最喜欢苔丝挤奶的胖墩和老美。苔丝刚挤完一头牛，从小凳子上站起来，这时，已打量了她半天的安琪·克莱尔就问道：她接下来是否要挤树篱拐角后面的两头。苔丝默然点了点头，伸手拿起小凳子，提起牛奶桶，绕到两头牛站着的地方。不一会儿，老美的奶水就流进了桶里，哗哗的声音隔着树篱传了过来。这时，安琪也想绕到拐角那边，把一头跑到那里的难挤的牛挤好。他现在和老板一样，能够应付这最难挤的牛了。

挤奶的时候，所有的男工和某些女工都拿额头抵着牛身子，眼睛盯着奶桶。但是有几个挤奶工——多半是比较年轻的——却把脑袋侧靠在牛身上。苔丝就习惯于这种挤法。她总把太阳穴贴在牛肚子上，眼睛望着草场的尽头，静悄悄地好像在想心事。当时，她就是这样给老美挤奶的。那天的太阳正好对着挤奶的这一面，映照着她那穿着粉红色长裙的形体，她那带檐的白帽，以及她那侧面的脸蛋，在暗褐色牛身子的衬托下，就像多彩玉石浮雕一样明晰。

苔丝不知道克莱尔也跟着她绕过来了，坐在牛身底下瞧着她。惹人注目的是，她的头和面目一动不动，她也许正在恍惚出神，虽然睁着两眼，但却不在看什么东西。在这幅画面中，除了老美的尾巴和苔丝粉红色的双手以外，再也没有别的东西在活动，而苔丝那双手动得很轻柔，仿佛是受到一种反射性的刺激，而产生的有节奏的搏动，就像跳动的心房一样。

克莱尔觉得，她那张脸太招人爱了。但是，那上面没有一点点虚无缥缈的成分，全都是实在的活力，实在的温暖，实在的血肉。而在她的嘴部，她的可爱可算是达到了顶点。对于克莱尔来说，像那样深不可测，会说话似的眼睛，他以前大致也看见过；像那样妩媚艳丽的脸蛋，他以前或许也看见过；像那样弯弯有致的眉毛，工致匀称的下巴和脖颈，他以前差不多也看见过；但是，他从没看见过天底下还有哪张嘴，能比得上她那张嘴。对于一个小伙子来说，即使他的心肠再冷，只要看见她那红红的上唇中部微微往上一噘，也不由得要着迷，要中魔，要发狂。伊丽莎白的时代，有人曾拿“玫瑰含雪”来比喻红唇白齿[①]，但他以前见过的女人中，没有一个像她这样，使他不断地想起那个比喻。他若是站在情人的角度，就会不假思索地说，她这副红唇白齿真是完美无瑕。正是这种貌似完美而又有点不完美，才产生出一种甜蜜的滋味，因为有点不完美才具有人间的味道。

克莱尔把这两片嘴唇的曲线，不知道琢磨过多少次了，所以，他脑子里能轻而易举地把它们描摹出来。现在，它们又出现在他眼前了，色彩艳丽，生气勃勃，他看着看着，就觉得浑身掠过一阵战栗，就像凉风吹进神经，差一点昏厥过去。而事实上，由于一种神秘的生理作用，他却打了一个大煞风景的喷嚏。

苔丝这时才意识到，克莱尔在那里打量她；但是，她并不想通过改变姿势，表示她已有所觉察，不过，她那奇特的梦幻般的纹丝不动，却已消失了，只要仔细一看，就不难看出她脸上的红润变深了，随即又慢慢褪去，最后只剩下一点点。

克莱尔所感到的那种好像自天而降的激奋，却一点也没有消失。决心、缄默、谨慎、恐惧，全都像打了败仗的军队，纷纷退却。他忽地从小凳子上跳起来，把牛奶桶撂在那里，也不管会不会叫牛踢翻，疾步奔向他的意中人，跪倒在她身旁，把她紧紧地搂在怀里。

① 引自托马斯·坎皮恩(1567—1620)的诗《她脸上有一座花园》(有时又题为《樱桃熟了》)第二节。

苔丝感到大为惊骇，她还没有反应过来，就情不自禁地投入他的怀抱。原来，她看到走过来的不是别人，而是她的恋人，就在一阵欣喜的冲动下，张开嘴唇，发出一声近乎狂喜的叫喊，一下扑倒在他怀里。

克莱尔刚要去吻那极其诱人的嘴唇，却又觉得良心上说不过去，便克制住了自己。"请原谅，亲爱的苔丝！"克莱尔小声说道。"我应该先问一声。我——不知道自己在干什么。我并不是有意失礼。最亲爱的苔丝，我非常爱你，真心实意地爱你！"

这时候，老美回过头来望着他们，觉得莫名其妙。从它记事以来，肚子底下本该只有一个人，现在却看见两个人缩在那里，便气呼呼地抬了抬后腿。

"它生气了——它不知道我们在干什么——它会踢翻奶桶的！"苔丝大声嚷道，一面想轻轻地挣脱出来。她两眼盯着奶牛的举动，心里却更关注她自己和克莱尔。

苔丝悄悄地从凳子上站了起来，他们两人站在一起，克莱尔的胳膊还搂着她。苔丝的眼睛盯着远方，不觉流起泪来。

"你为什么哭呀，我的宝贝？"克莱尔说道。

"哦——我也不知道！"苔丝嘟哝说。

她对自己的处境看得更明确、感受得更清楚之后，便心慌意乱起来，挣扎着想要脱身。

"苔丝，我终于向你泄露了我的隐衷，"克莱尔说道，一面奇怪地发出了一声绝望的叹息，无意中表明，他的理智已经控制不住他的情感了，"我——热切而真诚地爱着你，这就不用说了。不过，我——现在不再难为你了——这事儿让你为难了——我像你一样感到震惊。你不会觉得我太鲁莽了，脑子也不想一想，趁你没有防备，就冒犯你了吧？"

"不——我说不上来。"

克莱尔让她挣脱了。一两分钟之后，他们各自挤起奶来。谁也没看见刚才这场互相吸引、合二为一的情景。过了几分钟，老板从那个枝叶隐蔽的角落转过来时，没有任何迹象表明，这两个界限分明的人，彼此有什么超出寻常熟人的地方。然而，自从克里克上一次见到他们之后，在这短短的时间里，却发生了一件事，把他们两人的宇宙中心都改变了。若是老板知道了这件事情的性质，他这样一个讲究实际的人，一定会看不起的。然而，这种事情不是建筑在一大堆可行性的基础上，而是具有更加顽强、更加不可抗拒的趋向。一层薄纱已经揭开了。在他们两人的生涯里，从此都出现了一个新天地——不管是短暂的，还是长久的。

第四部　苦果难吞

第二十五章

夜幕降临的时候，心神不定的克莱尔跑到了外面的暮色中，而把他赢到手的苔丝却回房休息去了。

夜晚像白天一样闷热。天黑以后，除了草地上，就没有凉快的地方。无论大路还是花园小径，无论房屋正面还是场院围墙，都热得像炉床一般，还把正午的热气反射到夜间游人的脸上。

克莱尔坐在场院东边的栅门上，不知道自己到底是怎么回事。这一天，情感的确战胜了理智。

自从三个钟头前的突然拥抱以来，他们两个再也没有走到一起。苔丝好像让这件事吓愣了，差一点给吓坏了，而克莱尔呢，事情居然这么新奇，这么未经思索，完全受环境支配，倒使他忐忑不安起来——他本来就是个不容易冲动、思前想后的人么。他还闹不清楚他们之间的真正关系，也不知道今后在旁人面前，相互之间应该采取什么态度。

克莱尔刚来牛奶场学徒的时候，心想他在这里的短暂生活，只不过是他一生中一段小小的插曲，很快就会过去，早早就会忘记。他来到这里，就像是躲进了一个有屏风遮掩的小洞室，可以从里面冷静地观察外面那个引人入胜的世界，并且跟沃尔特·惠特曼一起，向世界呼喊：

> 你们这一群群衣着平常的男男女女，
> 在我看来是多么奇特！——①

---

① 引自惠特基《过布鲁克林渡口》第一节第三行至第四行。

同时制定一项计划，重新投入那个世界。但是，你瞧，那引人入胜的光景已经送到这里来了。那个原先令人神往的世界，现在却变成了一出兴味索然的哑剧。然而，就在这个表面上黯然无色、毫无激情的地方，一种新奇的东西，就像火山一样喷发出来，这是他以前在别处从未经历过的。

所有的窗户都敞开着，场里人安歇发出的每一声响动，即使非常轻微，克莱尔也能隔着院子听得见。这座牛奶房那么简陋，那么不起眼，他纯粹出于不得已，才临时寄居在这里，因此，他一向都不看重这个地方，觉得这片景物上没有任何了不起的东西，值得他仔细查看。可是，这里现在又怎么样呢？那些年深日久、长满青苔的砖砌山墙轻轻地说了声"别走！"窗户都笑脸相迎，房门好言相劝，举手招呼，常青藤也因为暗中同谋，而露出了羞赧。这里面有一个人，有着深远的影响，能透进砖墙、灰壁，和悬在头顶的整个天空，让它们也充满了炽热的情感。到底是什么人，竟会拥有这么大的力量？一个挤奶女工。

生活在这座僻静的牛奶场上，对于克莱尔来说，会变成这么重大的事件，真令人惊讶。虽说这与新生的爱情有着一定的关系，但也并非完全如此。不光是克莱尔，许多人也都明白，生命的伟大与渺小，并不在于它对外界影响的大小，而在于个人的体验。与一个感觉迟钝的皇帝相比，一个敏感的农民过着更加丰富、更加充实、更加有趣的生活。拿这种眼光看来，他觉得这里的生活像别处的生活一样，也具有同样重大的意义。

克莱尔尽管思想怪异，有不少缺点和毛病，但却是个有良心的人。苔丝不是一个可以随便玩玩就丢开的小东西，而是一个女人，有着自己宝贵的生活——这种生活不管是苦是甜，她都像最显贵的人物自我感觉的那样，认为生活是极其珍贵的。对于苔丝来说，整个世界全凭她的感觉，整个人类全靠她的存在而存在。在苔丝看来，这宇宙本身也只是在她出生的那年那日，才开始存在的。

克莱尔硬来打扰的这个生命，是无情的造化赐予苔丝的唯一生存机会——是她的一切，是她仅有的机会。那他怎么能把她看得不及自己可贵呢？怎么能把她当成一个小玩意儿，喜爱一阵就厌弃呢？怎么能不真心诚意地对待她的情意呢？他知道，她的情意是他激起来的——她在竭力克制的情况下，却表现得如此热烈，如此敏感。这难道都是为了让她免遭折磨，免受损害吗？

若是像往常那样天天和她见面，那么，已经开了头的事情就会继续发展下去。两人既然待在一起，见面多了势必会陷入情网，这是血肉之躯无法抗拒的。克莱尔拿不准这场恋情会有什么结果，因此便决定，他们两人要暂时避免在一起干活。迄今为止，还没造成什么大的损害。

但是，这个不再和苔丝接近的决心，却不大容易实现，他的脉搏每跳动一次，都把他往苔丝那里推近一点。

他想要离开这里，去看看家里的人，也许能探听出他们对这件事的态度。不到五个月，他在这里的期限就要满了，再到别的农场上学习几个月，他就把农业知识学全了，可以开始独立经营了。难道庄稼人不需要一个妻子吗？庄稼人的妻子应该是客厅里的摆设，还是会做农活的女人？尽管他心里默然得到了那合意的答案，但他还是决定回家走一趟。

一天早晨，塔尔勃塞牛奶场的人们都坐下来吃早饭，有一个女工说，那天怎么没看见克莱尔先生。

"哦，是呀，"克里克老板说，"克莱尔先生回埃明斯特探望亲人去了，要在家里住几天。"

那张饭桌上，有四个情意绵绵的人，觉得早晨的太阳一下子黯然无光了，鸟儿的歌声也变得低沉了。但是，没有一个姑娘在言谈或仪态上，露出茫然若失的神情。

"他在俺这儿的期限快满了，"老板冷漠地说道，却不知道，这种冷漠就是冷酷，"所以俺想，他开始考虑到别处去的打算了。"

"他还能在这儿待多久？"伊兹·休特问道。在四个垂头丧气的姑娘中间，只有她相信自己的嗓音不沙不哑，敢于提出这个问题。

另外三个人也在等待老板回答，仿佛她们的生死就取决于这一回答。雷蒂张开嘴唇，盯着桌布；玛丽安脸上红得发烫，苔丝心里怦怦直跳，眼睛往外瞧着草场。

"俺记不准是哪一天，得看看记事本才行，"克里克仍然带着让人无法忍受的冷漠神情答道，"不过，就是这个日子也不是一点不能变。他还得在这儿见习一下干草院里下小牛的情况。俺敢说，他得拖到年底才能走。"

还有四个来月的工夫，可以和他待在一起，享受那既令人痛苦，又让人欢愉的日子——那种"痛苦与欢乐交织在一起"[1]的日子。过了这段时间，就是无法形容的昏昏长夜了。

那天早上，就在这些人还在吃早饭的当儿，安琪·克莱尔已经离开他们十英里远了，正骑着马沿着一条狭窄的篱路，朝着埃明斯特他父亲的牧师住宅走去。老板娘托他捎给他父母的，除了问好之外，还有一些黑香肠和一瓶蜂蜜酒，全都装在一只小篮子里，让他累累赘赘地带在马上。白色的篱路在他面前延伸，他两眼对着路面，但却凝望着未来，而不是路上的光景。他爱苔丝，可他该不该娶她呢？——他敢娶她吗？他母亲和哥哥们会怎么说呢？娶了她两年之后，他自己又会怎么说呢？这要看他那暂时的情感是以坚贞不渝的友情为基础，还是因为她模样长得好，只引起一种感官上的快感，而没有永久性的情意做基础。

最后，他父亲居住的那个四面环山的小镇，那个红色石头建造的都铎式教堂塔楼，以及牧师住宅附近的那片树丛，终于出现在他的下方。他骑着马朝那熟悉的栅门走去。进家之前，他往教堂那面瞥了一眼，只见主日学校教室门口站着一群小女孩，年纪在十二岁到十六之间，显然是在等什么人。转眼间，那个人出现了。她比那些女孩子大一些，

---

① 引自英国诗人斯温伯恩 (1837—1909) 的诗剧《阿塔兰忒在卡吕冬》。

头上戴着一顶宽边帽子，身上穿着一件浆得很硬挺的麻纱晨衣，手里拿着两三本书。

克莱尔很了解这个女人。他拿不准她是否看见了自己，他但愿她没有看见，这样一来，他就不用过去跟她打招呼了，尽管她是个无可指摘的姑娘。他极不愿意和她寒暄，因此就断定她没看见自己。这位年轻姑娘就是默茜·钱特小姐，是他父亲的邻居和朋友的独生女，他父母暗暗盼望儿子哪一天能娶她为妻。这位小姐对于反律法主义①和读经，都非常精通，眼下显然是去读经班。可是克莱尔的心，却飞向了瓦尔谷那些沉浸在炎夏中的热情奔放、不懂教理的姑娘们那里，她们那玫瑰色的面颊上溅了点点滴滴的牛粪；他的心特别飞向了她们当中情感最炽烈的那一位。

他这次是出于一时的冲动，才决定跑到埃明斯特的，所以事先没有写信告诉父母，不过倒打算在快吃早饭的时候，趁父母还没出门去忙教区的事务，就赶到家里。他还是晚到了一会，家里人已经坐下来吃早饭了。他一走进去，饭桌旁的那伙人都跳起来欢迎他。这里面有他父亲和母亲，有他大哥费利克斯教士——他是邻郡一个镇上的副牧师，回家来休不到两个礼拜的假——还有他二哥卡思伯特教士，他是一位古典文学学者，学院的研究员兼院长，这次是从剑桥回家过暑假的。他母亲头上戴着小帽，鼻子上架着银丝眼镜。他父亲还和往常一样，是个认真而又虔诚的人，有些消瘦，年纪大约六十五岁，由于深思坚毅的缘故，苍白的脸上满是皱纹。墙上挂着安琪姐姐的画像，她是兄弟姐妹中最大的，比安琪大十六岁，嫁给一个传教士，到非洲去了。

像老克莱尔先生这样的牧师，近二十年以来，几乎完全脱离了现代生活。他是威克利夫、胡斯、路德、加尔文②一脉相传的宗教后裔，福音教徒中的福音教徒，从事劝人信教、弃恶从善的工作，思想和生

---

① 反律法主义是一种神学教义，认为基督教徒既蒙上帝救恩，无须遵守摩西的律法。
② 威克利夫 (1324—1384)，英国宗教改革家。胡斯 (1369—1415)，波希米亚宗教改革家。马丁·路德 (1483—1546)，德国宗教改革家，基督教新教创始人。加尔文 (1509—1564)，法国宗教改革家。

活像使徒一样单纯朴素，早在毛头小伙子的时候，就对人生较为深奥的问题，一下子就彻底拿定了主意，从此再也不许对之进一步推论了。就连与他同龄同派的人，也认为他太极端了。可在另一方面，那些与他完全对立的人，也情不自禁地赞赏他那样彻底，赞赏他对原则问题毫不怀疑，而全力加以贯彻的非凡魄力。他爱塔尔苏斯的保罗，喜欢圣约翰，憎恨圣詹姆斯，只是不敢恨得太厉害，而对于提摩太、提多和腓利门，则抱着爱憎交集的情感。在他看来，《新约全书》与其说是基督颂，不如说是保罗颂——与其说是说教，不如说是蛊惑人心。他那决定论的信条差不多成了一种恶癖，从消极方面看来，简直就是弃绝一切的哲学，与叔本华和莱奥帕尔迪的哲学思想如出一辙。他瞧不起教会的法规和准则，却信仰条例，并认为自己在这方面是始终一贯的——在某种程度上，也许是这样。有一点是确定无疑的，那就是他很真诚。

安琪近来待在瓦尔谷，生活在自然之中，置身于清秀水灵的妇女群里，感受着赏心悦目之美，异教徒之乐，做父亲的对此一无所知。若是他能打听或是想象到这个情况，那他心里一定会反感至极。有一回，安琪不幸在一气之下，对父亲说，假若现代文明的宗教起源于希腊，而不是起源于巴勒斯坦，那对人类来说，结果也许会好得多。做父亲的一听这话，真是痛苦得难以形容，想象不出这种看法还会含有千分之一的真理，更不用说百分之五十或百分之百的真理了。后来，他狠狠地把安琪训斥了好些日子。不过，他心地慈善，无论对什么事情，都不会长久怀恨，所以，今天看见儿子回到家，便带着孩子般真诚甜蜜的笑容欢迎他。

安琪坐了下来，觉得这里很有家庭气息，但他又感到，他与聚在这里的家人之间，不像以前那样亲密无间了。他每次回到家里，都能意识到这种分歧。自从上次回到牧师住宅以后，他觉得这里的生活与他自己的生活越发格格不入了。他家里那种超脱尘世的愿望——仍然不知不觉地基于地球为中心的观点，认为上面是天堂，下面是地狱——

完全不同于他的愿望,那就像是住在另一个星球上的人做梦一样。近来,他看见的只是生意盎然的人生,体验的只是生命热烈的搏动,没有受到种种信条的扭曲和束缚,其实,本来就连智慧也只能稍稍加以调节的东西,却试图用信条加以制约,那岂不是徒劳无益。

家里人也发现他发生了很大的变化,和以前的安琪·克莱尔越来越判若两人了。这些家人,特别是他那两个哥哥,眼下所注意到的,主要还是他举止上的变化。他的一举一动,越来越像个庄稼汉了,他那两条腿到处乱伸乱动,面部肌肉变得更容易流露感情了,眼睛里传达出来的意思,不亚于甚至还超过嘴里说出来的话语。书生的风度差不多消失殆尽,斯文青年的风度更是看不见了。一个谈吐古板的人见了他,一定会说他缺乏教养,一个行为拘谨的人见了他,一定会说他变得粗野了。这就是他和塔尔勃塞那些乡下男女混在一起,受到感染的结果。

吃过早饭,他和两个哥哥一道出去散步。他这两个哥哥,并不是福音派教徒,都受过良好的教育,是典型的好青年,品行端正,性格谨慎,可以说是有条不紊的教育机器,年复一年地造就出来的无懈可击的楷模,两人都有点近视,等别人都兴戴带链的单片眼镜时,他们就戴上带链的单片眼镜;等别人都兴戴夹鼻双片眼镜时,他们就戴上夹鼻双片眼镜;等别人都兴戴带腿的双片眼镜时,他们又立刻戴上带腿的双片眼镜,完全跟着别人学,根本不考虑自己的眼睛有什么具体缺陷。大家都推崇华兹华斯的时候,他们就成天带着华兹华斯的袖珍诗集;大家都看不起雪莱的时候,他们就让雪莱的诗集搁在书架上积满灰尘。人们都赞赏柯勒乔①的《神圣家庭》的时候,他们也跟着赞赏柯勒乔的《神圣家庭》;等人们都诋毁柯勒乔,说他不及贝拉斯克斯②的时候,他们也孜孜不倦地跟着人云亦云,没有任何个人的异议。

如果说两个哥哥发觉安琪越来越不合世俗,安琪则发觉两个哥哥

① 柯勒乔(1494—1534),意大利文艺复兴时期画家。
② 贝拉斯克斯(1599—1660),西班牙画家。

越来越心胸狭隘了。在安琪看来，费利克斯一身教会风范，卡思伯特满是学院气派。他们两人，一个把教会会议和主教视察视为世界的主动力，另一个把剑桥视为世界的主动力。这两位哥哥都坦率地承认，在文明社会里，还有千千万万无关紧要的局外人，他们既不在大学里，也不在教会里。对于这些人，只可容忍，不能看重，不能敬佩。

他们两个都是孝顺、尽心的儿子，定期回家看望父母。在神学的变迁中，费利克斯与父亲比起来，尽管是个更贴近现代的产物，但他却不像父亲那样无私，那样富有自我牺牲精神。每当遇到反对意见，只要是对抱有意见的人有危害，他就比父亲更能宽容，但是，只要那种意见是对他的说教的一种冒犯，他就不像父亲那样肯于宽恕了。卡思伯特这个人，总的说来比较豁达，不过，尽管比哥哥更有心眼，却还不及哥哥有心肝。

他们一起走在山坡上，这时，安琪心里冒出了以前的看法：他那两个哥哥与他相比，不管具有多少优越条件，却都没见过真正的世面，也没法描绘真正的人生。也许，他们像许多人一样，观察的机会没有表现的机会多。除了他们自己一伙人所过的那种风平浪静的生活以外，他们对于其他各种复杂的势力，都没有足够的认识。他们看不出局部真理和普遍真理有什么区别；也不知道在牧师和学者的圈子里，人们在内部所说的话，与外部世界的思索大不相同。

"好兄弟，我看你现在只想种庄稼，不想干别的了，"费利克斯对小弟劝说之余，道出了这样一句话，一面带着忧郁严厉的神色，透过眼镜望着远方的田野，"既然如此，也只好这么着了。不过，我恳求你一定要努力，尽量不要脱离道德理想。当然，种庄稼是不能讲究外表的，但是，崇高的思想和简朴的生活是可以并行不悖的。"

"当然可以并行不悖啦，"安琪说道，"恕我冒昧地说一句你们的行话：这个事实不是一千九百年以前就被证明过了吗？① 费利克斯，

①　指耶稣集生活简朴和思想高尚于一身。

你为什么觉得我会抛弃崇高的思想和道德理想呢？"

"我从你写信和谈话的口气里猜想——也许这只是一种幻觉——你不知怎么在学识上荒疏了。卡思伯特，你不这样觉得吗？"

"得了，费利克斯，"安琪冷冷地说道，"你知道，我们是好兄弟，各人有各人的天地，各人走各人的路。不过，说到学识问题，我想你是个自负专横的人，最好不要管我，还是看看你自己怎么样吧。"

他们转身下山，准备回家吃饭。他们家的午饭没有固定时刻，总是他们的父母什么时候做完教区的工作，就在什么时候吃。克莱尔夫妇只顾无私地为教区工作，从不考虑下午来访的人是否方便。不过，他们的三个儿子在这件事上倒是不谋而合，都希望父母能够顺应一点现代的观念。

他们走得肚子饿了，特别是安琪，如今老在户外干活，吃惯了牛奶场的粗菜粗饭，那种丰盛的"并非买来的食物"[①]。但是，两位老人一直没有露面，后来三个儿子简直等得不耐烦了，才看见父母回到家里。原来，这克己济人的老两口跑到几户生病的教民家里去了，只顾劝说病人多吃一点饭，好把他们禁锢在肉体的牢狱里，却把自己吃饭的事忘得一干二净，这未免有些言行不一致了。

一家人坐下来吃饭了，桌上只摆了几样简朴的冷盘。安琪四下张望，寻找克里克太太送的黑香肠，他早就吩咐过，要照牛奶场上的办法，把黑香肠好好烤一烤，希望父母也像自己一样，品尝一下这东西加了佐料的独特风味。

"啊——好孩子，你在找黑香肠吧，"母亲说道，"不过，我敢肯定，你要是听我说明了原因，你就是不吃黑香肠，也不会有什么意见的，就像我敢肯定，你父亲和我绝没有意见一样。我们教区有个人，因为喝酒过多，得了酒狂症，眼下不能挣钱养家了，所以我就对你父亲说，把克里克太太送的黑香肠，转送给他的孩子们，你父亲同意了，

---

① 引自贺拉斯《颂诗》第二卷第四十八行。

说那些孩子们一定会很高兴，于是我们就送去了。"

"当然好啦。"安琪欢快地说道，一面四下寻找蜜酒。

"我发现那蜜酒劲儿太大，"母亲接着说道，"不大好当饮料来喝，不过，逢到应急的时候，倒和朗姆酒和白兰地一样有用，所以我把它放到药柜里去了。"

"按照规矩，我们在饭桌上是从来不喝烈酒的。"父亲添了一句。

"可我对牛奶场老板娘该说什么呢？"安琪说道。

"当然是说实话啦。"父亲说道。

"我倒很想对她说——我们非常喜欢她的蜜酒和黑香肠。她是个和和气气、爱说爱笑的女人，我一回去，她肯定会问我的。"

"我们既然没吃没喝，你也就不能那么说。"克莱尔先生明言直语地答道。

"哦——是不能说。不过，那蜜酒倒是挺有喝头的。"

"有什么？"费利克斯和卡思伯特一起问道。

"哦——这是塔尔勃塞那儿的说法。"安琪脸一红，答道。他觉得他父母缺乏感情虽说不对，但他们的做法还是正确的，所以也就没再说什么。

第二十六章

直到傍晚，做完家庭祈祷之后，安琪才找到机会，跟父亲谈一两件闷在心头的事情。刚才，他跟在两个哥哥后面跪在地毯上的时候，一面琢磨他们靴子后跟上的小钉子，一面就在盘算这件事。祈祷完以后，两个哥哥跟着母亲出去了，屋里只剩下了他和父亲。

小伙子首先跟父亲商谈了将来怎样在英国或殖民地做个大规模农业家的计划。这时，父亲便告诉他说，既然他没有花钱供安琪上剑桥，他就觉得他有责任每年积攒一笔钱，以备儿子买地或租地，这样也就不会觉得自己受到亏待了。"就物质财富而言,"父亲接着说道,"过不了几年,你一定会比你两个哥哥强得多。"

父亲既然这么体贴,安琪就趁机把另一件更关切的事道了出来。他对父亲说,他眼下已经二十六岁了,将来从事起农业来,脑袋后面还得有一双眼睛,才能顾得过那么多事情——他下地干活的时候,还得有一个人给他料理家务。因此,他是不是该娶个媳妇了?

父亲好像觉得,这个想法不是没有道理,于是安琪问道:"我既然要做个克勤克俭的庄稼人,你觉得我得娶个什么样的妻子才最合适呢?"

"一个真正的基督教徒,在你进进出出的时候,都能帮助你,安慰你。除此之外,别的真没有多大关系了。这样的姑娘是能找到的。说真的,我那位真心诚意的老朋友、老邻居钱特博士——"

"不过,难道她不该首先要会挤牛奶、搅黄油、做奶酪,知道怎样叫母鸡和火鸡孵蛋,怎样养小鸡,紧急的时候能领着工人下地,还能估量牛羊的价钱吗?"

"是呀,庄稼人的妻子么,当然应该这样。这再好也不过了。"显然,老克莱尔先生以前从没想到这几点。"我刚才还想补充一句,"他又说,"你要想找一个纯洁、贤惠的女人,能对你真正有好处的,当然也最合我和你母亲心意的,只有你的朋友默茜,你以前对她还有点意思呢。不错,我这位邻居钱特的女儿最近跟着周围的年轻牧师赶时髦,几次过节,都用花儿什么的装饰圣餐台——有一天,我还听见她把这说成祭坛,真让我震惊。她父亲像我一样,极不赞成这种胡闹,不过他说这毛病能改正。这只是女孩子家一时任性,我敢肯定,不会永远这样的。"

"不错,默茜既贤惠又虔诚,这我知道。不过,父亲,如果有一个年轻女人像钱特小姐一样纯洁,一样贤惠,虽然不像那位小姐那样会做教会的事,却像庄稼人一样会做庄稼活,难道你不觉得这样一个女人对我更合适得多吗?"

他父亲坚持认为,庄稼人的妻子先得对人类有保罗那样的看法,其次才是懂得庄稼活。容易冲动的安琪既要尊重父亲的感情，又要促成自己心上的事，于是便口若悬河起来。他说，现在命运或老天爷给他送来一个女人，她具备种种条件，可以做一个庄稼人的好帮手，而且性情也绝对是稳重的。他说不准她信奉的是不是他父亲的那个正统的低教会派，不过，在这一点上，她还是可以转化的；她有着单纯的信仰，能定时上教堂；为人诚实，好学上进，头脑聪明，举止极其文雅，像贞女一样纯洁，而且从长相来看，也是百里挑不出一个来。

"她是出身于你想与之结亲的那种家庭吗？简而言之，她是个大家闺秀吗？"他们谈话的当儿，他母亲悄悄地走进书房，一听他们的话吓了一跳，便连忙问道。

"照一般的说法，她还称不上大家闺秀，"安琪毫不畏忌地说道，"因为我可以骄傲地告诉你，她是个乡下姑娘。不过，在情感和天性方面，她可算得上个大家闺秀啦。"

"默茜·钱特可是出身于名门世家呀。"

"咳——那有什么用，妈妈！"安琪急忙说道，"像我这样的男人，现在要过艰苦的生活，将来也还要吃苦，娶一个大家闺秀有什么好处呢？"

"默茜可多才多艺啦。多才多艺总是招人喜爱的。"母亲透过银丝眼镜望着儿子，回答说。

"外表上招人喜爱，这对我将来要过的生活有什么用？至于说到念书，我可以教她。她准会是个聪明的学生，你们要是了解她，也会这么说的。她浑身洋溢着诗意——一举一动都是诗，我想我是可以这样说的。诗人只把诗写在纸上，她的生活本身就是诗……我敢担保，她是一个无可指摘的基督教徒；也许正是你们想要宣传的那种人，那类人。"

"哦，安琪——你是在开玩笑！"

"妈妈，对不起。不过，她真是差不多每个礼拜天早晨都要去教堂，是一个虔诚的女信徒，因此，我敢说，就看在这条优点的分上，你就不会计较她出身方面的缺陷了，觉得我要是娶别人，也许还比不上她呢。"本来，他心爱的苔丝和其他女工恪守自发形成的正统观念时，他还有些看不起，因为她们本质上是信奉大自然的，那样做显然是不实在的，他当初做梦也没想到，这个情况会给他带来这样的好处，所以他越说越起劲，越说越恳切。

克莱尔夫妇感到愁闷犯疑的是，儿子声称那个陌生的姑娘是个虔诚的基督教徒，可他有没有资格这样称呼自己呢？他们开始感到，那个姑娘的信仰至少是健康的，这是一个不可忽略的优点，特别是这两人的结合一定是秉承了上天的旨意，因为安琪这个人，本来是绝不会把信奉正教作为择偶条件的。他们最后说，最好不要仓促行事，但并不反对见见那个姑娘。

因此，安琪暂时也不叙说详情了。他总觉得，他的父母尽管心地单纯，富于自我牺牲精神，但毕竟是中产阶级的人，头脑中还存在一些偏见，需要讲点策略才能把它们克服掉。这是因为，尽管他在法律上享有行动自主权，尽管儿媳将来多半要和公婆天各一方，她的种种缺陷也不会对他们的生活发生什么实际影响，但是出于一片孝心，他希望在处理他的终身大事上，不要伤了父母的心。

他在苔丝人生的次要方面大做文章，仿佛那是些决定因素似的，自己也觉得有些自相矛盾。他所以爱苔丝，是因为他爱她这个人，为了她的心灵，她的情操，她的本质，而不是因为她会挤牛奶、搅黄油，会当他的好学生，当然更不是因为她那单纯正统的宗教信仰。她生性淳朴，喜欢野外生活，不需世俗的熏染，就能很对他的口味。他认为，家庭幸福取决于热烈的感情、强烈的冲动，而教育尚未对此产生什么影响。也许，经过许多年以后，道德教育和智能教育的体系有了改进，从而能够可观地、抑或大大地提高人类天性中不自觉的、甚至无意识的本能；但是，直到现在，据他看来，可以说文化只对受到它熏陶的人，产生了一点表皮的影响。近年他与女性的接触，已从优雅的中产阶级扩展到乡村社会，这就进一步坚定了他的这一信念，使他认识到，一个社会阶层里的聪明贤惠的女子，与另一个社会阶层里的聪明贤惠的女子相比，两者之间本质上的差别比较小，而同一个社会阶层里的聪明贤惠的女子，与愚蠢邪恶的女子之间，本质上的差别就要大得多。

到了他要离家的那天早晨。他的两个哥哥早已离开牧师住宅，往北方徒步旅行去了，旅行结束后，一个回到大学里，一个去当副牧师，安琪本来可以和他们一道去，但他更想回到塔尔勃塞，与他的心上人待在一起。要是跟着哥哥们一道去，他会觉得很别扭，因为尽管他是三人中最仁爱的人道主义者，最理想的宗教信徒，甚至是最有造诣的基督学者，但他始终认为自己是方凿对不上圆枘，总有一种格格不入的感觉。他对费利克斯和卡思伯特，都没敢贸然提起苔丝。

母亲给他做了些三明治，父亲骑着自己的骡马，送了他一小段路。父子俩一起走在树木成荫的篱路上时，安琪因为自己的事办得很顺利，便一声不响，甘愿听父亲诉说教区工作如何困难重重，他虽然对同行的牧师情同手足，但他们对他却非常冷漠，因为他对《新约全书》做了严格的解释，他们认为这种讲法是非常有害无益的加尔文主义。"有害无益！"老克莱尔先生带着温良的嘲弄口吻说道。接着他又叙说了一些经历，好证明那些人的观点有多么荒谬。他说，经过他的努力，教区里的许多坏人都转化过来了，其中不仅有穷人，而且还有富人，真令人惊叹。他也坦率地承认，还有许多人转化不过来。

说到转化不过来的人，他举了一个例子，那人姓德伯维尔，是个年轻的暴发户，住在特兰岭附近，离这里大约有四十英里。

"不会是金斯比尔等地的德伯维尔家族的人吧？"儿子问道，"那是个很奇特的名门世家，现在衰败了，还有一个四驾马车的可怕传说呢。"

"哦，不是的。原先的德伯维尔家族早在六七十年以前就灭绝了——至少我认为是这样的。这好像是个新兴的家族，袭用了德伯维尔这个姓。为了维护以前那个爵士家族的名声，我还真希望他是个冒牌货。不过，真奇怪，你居然对老门户发生兴趣了。我原以为，你比我还看不起老门户呢。”

“你误解我了，父亲，你常常误解我，”安琪有点不耐烦地说道，“从政治上看，我很怀疑年代久远的价值。就连他们中间一些有识之士，还像哈姆莱特说的那样，‘大声反对自己所继承的事业’。不过，从诗情画意，戏剧色彩，甚至历史意义上看，我还是很爱慕老门户的。”

这种区别尽管并不细微，但是老克莱尔先生却觉得太难以捉摸，于是便接着讲他刚才要讲的故事。就在那个所谓的老德伯维尔过世之后，他那年轻的儿子就变得荒淫无度，恶习累累了，尽管他有一个瞎眼的母亲，他应该为此而收敛一些才是。克莱尔老先生去那一带传道的时候，听说了他这个情况，便毫不客气地抓住机会，向这个罪人道明了他的精神状态。虽然他是个外人，来这里替别人布道，但他觉得这是他的天职，便用《路加福音》里的话做道文：“你这无知的人哪，今夜必要你的灵魂。”[①] 年轻人非常憎恶这直截了当的攻击，后来碰到克莱尔老先生时，两人争吵起来，年轻人也不顾他白发苍苍，肆无忌惮地把他当众侮辱了一番。

安琪听了很难过，脸都红了。“亲爱的父亲，”他伤心地说道，“我希望你不要招惹那些无赖，无缘无故地自寻苦恼！”

“苦恼？”父亲说道，布满皱纹的脸上放射出自我克制的光辉，“我只是为他感到苦恼，那个糊涂可怜的年轻人。你以为他骂了我，甚至打了我，能给我带来苦恼吧？‘被人咒骂，我们就祝福；被人虐待，我们就忍受；被人毁谤，我们就善劝；直到如今，我们被视为世界上的污垢，万物中的渣滓。’[②] 这段对哥林多人说的古老格言，用到现在还极其正确呢。”

“没打你吧，父亲？他没动手打你吧？”

“没有——那倒没有。不过，我叫发疯的醉汉打过。”

“不会吧！”

①　见《圣经·新约·路加福音》第十二章第二十节。
②　见《圣经·新约·哥林多前书》第四章第十二节。

"十几次了，孩子，那算得了什么？我因此而拯救了他们，使他们没有犯下杀害亲骨肉的罪行。他们后来总要感谢我，赞美上帝。"

"但愿这个年轻人也能如此！"安琪激昂地说道，"不过，从你刚才说的来看，恐怕他还没有改悔吧。"

"不过，我们还是希望他能改悔，"老克莱尔先生说，"也许我和他这辈子再也见不着了，可我还要继续为他祈祷。不过，也许终究有一天，我那些不管用的话里，哪一句会像良种一样，在他心里发出芽来，开花结果。"

现在，老克莱尔一如既往，像孩子一样乐观。做儿子的尽管无法接受父亲的褊狭的教条，却很敬佩他的身体力行，并且认识到，他外表是个虔诚的教徒，内里却是个无畏的勇士。也许，他现在比以往任何时候都更敬佩父亲的身体力行，因为在谈到娶苔丝为妻这件事时，父亲一次也没想到问问她家里有没有钱。正是父亲的淡薄钱财，才使安琪认为有必要以务农为生，大概还要使他那两位哥哥，在年富力强的时候当定了穷牧师。但是，安琪还照样敬佩这种精神。说真的，安琪尽管满脑子的异端思想，但却时常觉得，在通晓人情方面，他比两个哥哥更接近父亲。

第二十七章

安琪·克莱尔顶着正午的烈日，骑着马上山下坡，走了二十多英里，到了下午，来到塔尔勃塞以西一二英里的一个孤山上，从这里又望见了那潮湿滋润、一片青翠的瓦尔谷，或称弗鲁姆谷。他刚一离开山冈，踏上下面河水冲积的肥沃土地，空气就变得凝重了。夏天的果实、雾气、干草、野花，全都喷放出倦怠的芳香，四处弥漫，此时此刻，似乎把鸟兽、牲畜、蜜蜂和蝴蝶，熏得昏昏欲睡。这时，克莱尔已经非常熟悉眼前的景物了，那些散布在草场上的乳牛，虽然离他还很远，他却能一个个地叫出它们的名字。他颇为得意地认识到，在这里，他能从人生内部观察人生，这是他学生时代不曾有过的现象。他虽然很爱他的父母，但是在家里住了一阵之后，再回到这里，不禁觉得像是摆脱了羁绊一般。在这块地方，就连英国乡村社会对人情常有的约束都没有，因为塔尔勃塞并没有住在本地的乡绅地主。

牛奶场户外，一个人影都见不到。场里的人像往常一样，都在睡午觉，因为夏天早晨起得太早，午后必得睡上一两个钟头。门口插着一根剥了皮的带杈的死橡树枝，上面挂着许多经过无数次擦洗而变得又湿又白的木箍奶桶，好像一顶顶帽子挂在帽架上，现在全都擦洗得干干净净，准备晚上挤牛奶用。安琪走进屋，穿过静悄悄的过道，来到后面，停住脚听了一阵。车房里睡着几个男工，从里面传来持续不断的鼾声。再远一点的地方，热得难受的猪发出哼哼唧唧的叫声。大叶的大黄和卷心菜也都睡着了，宽阔发软的叶片垂在阳光下，好像一把把半开半闭的伞。

他解下马辔头，给马上好草料，又回到屋里时，钟正好打了三下。三点是下午撇奶油的时候，所以钟声一敲，就听见楼上地板咯吱咯吱地响，随后就听见有人下楼的脚步声。这是苔丝的脚步声，转眼间，她就来到了克莱尔眼前。

她没听见克莱尔走进屋，也没想到他会待在这里。她打着哈欠，克莱尔瞧见她嘴里面红赤赤的，就像蛇的嘴一样。苔丝把一只手臂高高地举到盘起的发辫上面，克莱尔看见那没让太阳晒黑的肌肤又细又嫩，像缎子一般。苔丝睡得脸上红扑扑的，眼皮也惺忪地覆在瞳仁上。她浑身焕发着青春的气息。就在这种时刻，一个女人的灵魂比任何时候更能活生生地体现出来，最空灵的美也变得有血有肉，性的魅力也有了外在的表现。

这时候，她脸上的其他部分还没完全醒过来，两只眼睛却在惺忪蒙眬中，闪闪放出光芒。她带着羞羞答答、惊喜交集的奇特神情，大声嚷道："哦，克莱尔先生——你吓了我一大跳——我——"

起初，她还没有理会到，克莱尔向她表明心迹之后，他们两人的关系已跟以前不一样了；但是，一见克莱尔脉脉含情地走到楼梯跟前，她才完全醒悟，脸上也显现出来了。

"亲爱的宝贝苔丝！"克莱尔低声说道，一面伸手搂住她，把脸贴着她那通红的面颊，"看在上天的分上，千万别再叫我'先生'啦。我这么急急忙忙地赶回来，全是为了你呀！"

苔丝那颗容易激动的心，紧贴着克莱尔的心，怦怦直跳，表示反响。他们就站在楼梯口的红砖地上，克莱尔把她紧紧地搂在怀里，阳光透过窗户斜射进来，照在克莱尔的背上，也照在苔丝低垂的脸上，照在她太阳穴的青筋上，照在她裸露的胳膊和脖颈上，同时射进她那头秀发的深处。她是穿着衣服睡觉的，所以身上暖烘烘的，就像晒过太阳的猫一样。起初，她不敢直视克莱尔，但是过了不久，她就抬起眼睛，克莱尔也用双眼探索她那深不见底、变幻莫测的瞳仁，只见从中射出一缕缕有蓝、有黑、有灰、有紫的光彩。这时，苔丝一直瞅着他，就像是夏娃第二次醒来，打量亚当一样。

"我得去撇奶油了，"她恳求道，"今天只有老德布一个人帮我。克里克太太跟着克里克先生赶集去了，雷蒂不太舒服，别人都出去了，要到挤奶的时候才能回来。"

两人走进牛奶房的时候，德博拉·法因德出现在楼梯上。

"德博拉，我回来啦，"克莱尔先生仰起脸来说道，"这样，我可以帮苔丝撇奶油了。我知道你一定很累，你就不用管了，到挤奶的时候再下来吧。"

也许，塔尔勃塞的奶油那天下午没撇干净，苔丝像在梦中一般，天天熟悉的东西，看来有光有影，还有一定的位置，可就是没有特别的轮廓。她每次把撇油勺子拿到水泵下面冲凉的时候，她的手就老是发颤。克莱尔那炽烈的情感几乎炙手可热，她似乎给烫得直畏缩，就像是烈日下的一株植物。

这时，克莱尔又把她紧紧搂在身边，她用食指抹去挂在铅盆边上的奶油，而克莱尔则用天然的办法舔净她的食指。塔尔勃塞牛奶场上无拘无束的生活方式，现在倒是很方便了。"最亲爱的，迟说不如早说，"克莱尔又很温柔地说道，"我想问你一个非常实际的问题。自从上个礼拜在草场上那一天以后，我就一直在盘算这件事。我不久就想成家了。你瞧，我既然是个庄稼人，也就需要一个懂得管理农场的女人做妻子。苔丝，你愿意做那个女人吗？"克莱尔把话说得很沉稳，免得苔丝以为他是一时冲动，他知道冲动是不理智的。

苔丝顿时满脸愁云。她天天和他接近，势必要爱上他，对于这一必然结果，她早就认可了。但是，对于这突如其来的另一必然结果，她却没有料到。说真的，克莱尔自己也没打算这么快就向她提出这个问题。苔丝既然要正大光明，就把原先不可避免地发过誓的话，又嘟囔了一番，尽管说话时的痛苦心情，绝不亚于离别人世时的悲痛。"哦，克莱尔先生——我不能做你的妻子——我不能！"苔丝宣布自己这一决定的声音，仿佛把她的心都撕裂了，她痛苦地垂下了头。

"可是，苔丝！"克莱尔听了她的回答，感到十分惊奇，急切地把她搂得更紧了，"你不答应吗？你肯定爱我吧？"

"哦，是的，是的！我倒宁愿属于你，不愿属于世界上任何其他人，"这个痛苦的姑娘，用诚挚甜蜜的声音回答道，"不过，我不能嫁给你！"

"苔丝，"克莱尔把她推开一点，伸直手臂抓着她，说道，"难道你跟别人订过婚啦！"

"没有，没有！"

"那你为什么拒绝我？"

"我不想结婚！我没想过要结婚。我不能结婚。我只想爱你。"

"可这是为什么？"

苔丝给逼到只好寻找托词的地步，便结结巴巴地说道：

"你父亲是做牧师的，你母亲也不会让你娶一个我这样的人。她要让你娶一位大家闺秀。"

"没有的话——我已经跟他们两人都说过了。我这次回家，原因之一就是为了这件事。"

"我觉得我不能嫁人——永远不能，永远不能！"苔丝重复说道。

"你是不是觉得事情来得太突然了，我的美人？"

"是的——我没有料到。"

"那就请你别挂在心上，苔丝，我会给你时间的，"克莱尔说道，"一回来就跟你讲这件事，是太突然了。我暂时不再提这件事了。"

苔丝又拿起发亮的撇油勺子，放在水泵下面，重新干起活来。但是，尽管她试了又试，却不能像往常那样，以熟练的技巧，恰好撇到奶油的底层。她时而撇到牛奶里，时而又撇个空。她几乎什么也看不见，两眼让伤心的泪水迷住了，而那件伤心事，她对她这位最好的朋友和亲爱的保护人，是永远无法解释的。

"我撇不了啦——撇不了啦！"苔丝背过脸去，说道。

克莱尔还挺体贴的，为了不再烦扰她，妨碍她干活，便与她泛泛地闲聊起来。"你完全把我父母看错了。他们都是最朴实的人，非常谦和。福音派教徒已经所剩无几了，他们就是其中的两位。苔丝，你是福音会教徒吗？"

"我不知道是不是。"

"你能按时上教堂，我还听人说，我们这儿这位牧师不是高教派的。"

苔丝虽说每个礼拜都上教堂，听那位牧师讲道，但此人究竟是属于哪一派，她却闹不清楚，似乎比一次也没听过他讲道的克莱尔还闹不清楚。"我真希望我在那儿能专心致志地听讲，可惜做不到，"苔丝笼统而稳妥地说道，"这常常使我感到难过。"

她说这番话的时候，显得非常真诚，因此克莱尔心想，纵使她闹不清自己到底是高教派，低教派，还是广教派，他父亲也不会由于宗教原因，而不赞成她。他知道，实际上，苔丝显然在孩提时代形成的这些混乱信仰，在措辞上被称作牛津运动论[1]，实质上却是泛神论。这些信仰不管混乱与否，克莱尔是绝不想再去搅和的。

> 妹妹祈祷时，你别去打扰
>> 她早年的天堂、快活的见解；
>> 也别用含混的暗示去混淆
> 她生命中乐曲般的和谐。[2]

克莱尔以前偶尔觉得，这段忠告尽管说得很动听，但并非很诚恳，不过现在他还是乐意遵奉。

他又说起他回家探亲的情况，说起他父亲的生活方式，以及他对信念的热衷。苔丝渐渐安静下来了，撇起奶油来也不那么没有准头了。她撇了一盆又一盆，克莱尔跟在她后面，帮着拔去盆上的塞子，把牛奶放出去。

"你刚进屋的时候，我觉得你有点垂头丧气的。"苔丝贸然说道，一心想使谈话不要牵扯到自己。

"是的——我父亲把他的烦恼和难处，对我讲了一大堆，这话题总叫我心里不好受。他热情太高了，碰到与他思路不同的人，老碰钉子，老受打击。他那么大年纪了，我一听说他受到这样的侮辱，心里就不是滋味，特别是想到他如此认真毫无用处时，我心里就更不好受。……他跟我讲起他最近遇到了一件很不愉快的事情。他作为一个传教会的代表，到离这儿四十英里的特兰岭附近去传道，在那儿遇见一个放荡不羁、玩世不恭的年轻人，就担起责任来，想劝说他改邪归正。他是那一带一个地主的儿子，母亲是个瞎子。我父亲直言不讳地劝导那个年轻人，不想惹了一场乱子。我认为我父亲太傻了，明明是不可救药

---

① 牛津运动是一八三三至一八四一年间在牛津大学发生的宗教运动，主张国教归向天主教。

② 引自丁尼生《悼念集》第三十二首第二节。

的一个人，他却硬要去劝说。不过，无论什么事，只要他认为是他分内的事，他就非做不可，不管适时不适时。当然，他得罪了许多人，其中，不仅有道德败坏的人，还有行为随便的人，他们都不愿意让别人来管自己。他却说，他为受辱感到光荣，他的劝导会间接带来好处。不过，他如今已经上了年纪了，我希望他不要再自找苦吃了，让那些猪猡一般的家伙尽管堕落去吧。"

苔丝脸上露出冷漠、憔悴的神色，丰润的嘴唇显现出凄楚的情态，但她一点也不颤抖了。克莱尔只顾回想父亲，没有仔细注意苔丝。他们就这样不停地撇着那一长溜长方形盆子里的奶油，直到全部撇完，并把牛奶都放出去。这时，别的女工也都回来了，提起了牛奶桶，老德布也出来了，用烫水把铅盆洗刷干净，准备盛新奶。苔丝刚要动身到草场上挤牛奶，克莱尔轻柔地问她："我问的那桩事怎么样啊，苔丝？"

"哦，不行，不行！"苔丝怀着绝望的心情，正颜厉色地答道。原来刚才听到克莱尔说起亚历克·德伯维尔的放荡行为，她不禁又想起了自己辛酸的往事，"这不可能！"

苔丝出了门，朝草场走去，一跃来到了别的女工中间，仿佛想让户外的空气驱走她心中的抑郁。女工们都朝远处母牛吃草的地方走去。这群姑娘走起路来，就像野兽一样大大咧咧，自由自在——完全是在漫无边际的大自然中生活惯了的女性，所具有的那种放浪形骸、洒脱不拘的动作——她们在大气里逍遥自在，如同游泳的人随波逐浪似的。克莱尔觉得既然苔丝又出现在眼前，他理所当然应该从无拘无束的大自然中，而不是从矫揉造作的女人国里，选择伴侣。

第二十八章

苔丝的拒绝尽管出乎意料，但是并没有使克莱尔感到气馁。他与女性打过不少交道，因而知道，她们的否定回答往往只是肯定回答的前奏。然而，他的经验也很有限，所以并不知道，目前的这个否定回答却是一次例外，完全不同于其他女人的弄乖卖俏、忸怩作态。他觉得，苔丝已经允许他向她求爱了，这是一种格外的保证，但他没有完全意识到，在田野和牧场上"叹息不会没有酬报"①，绝不能被视为枉费心机。在这里，女人往往不经过周密思考，只想体验爱情的甜蜜滋味，就接受男人的求爱，不像雄心勃勃、忧虑重重的人家那样，那种人家的姑娘只渴望找个归宿，从而葬送了那种以情感为目标的健康想法。

"苔丝，你怎么拒绝得那么坚决呀？"过了几天，克莱尔向她问道。

苔丝吃了一惊。"别问我啦。我跟你说过原因了——部分原因。我不够格——配不上你。"

"怎么配不上？因为不是大家闺秀？"

"不错——差不多是这样，"苔丝小声说道，"你家里人一定看不起我。"

"你真把他们看错了——把我父母亲都看错了。至于我哥哥，我并不在乎——"克莱尔用手紧紧扣住她的腰，不让她溜掉，"听着——亲爱的，你刚才说的不是真心话吧？我敢说一定不是！你搞得我心神不定，看不成书，玩不下去，什么也干不了。我并不着急，苔丝，不过我想知道——想从你温柔的嘴唇里得知——你有朝一日将属于我的——至于是哪一天，任你选择。不过，总有那一天吧？"

苔丝只能摇摇头，把目光从他身上移开了。

克莱尔却瞅着她，仔细查看她脸上的神情，仿佛那上面刻着象形文字似的。她的拒绝仿佛是由衷的。"那我就不该这样搂着你了——是吧？我对你是没有什么权力的——没有权力来找你，没有权力跟你游逛！……说实话，苔丝，你是不是爱上别人了？"

"你怎么问得出来呀！"苔丝继续克制自己，说道。

---

① 语出莎士比亚《哈姆莱特》第二幕第二场："情人的叹息不会没有酬报……"

"我差不多也知道你没有。可你为什么要拒绝我呢？"

"我没有拒绝你。我喜欢听你——对我说你爱我。你跟我在一块的时候，可以随时对我说这样的话——我绝不会生气！"

"可你不想要我当你丈夫吗？"

"啊——那是另一回事了——那是为你好，真的，最亲爱的！哦，请相信我的话，只是为你着想！我只要答应嫁给你，就会享受最大的幸福，可我不想得到这份幸福——因为——因为我心里很清楚，我不应该这样做。"

"可你会使我幸福的！"

"啊——你是想当然，可你并不明白！"

每逢这种时候，克莱尔总以为苔丝所以拒绝他，是因为她觉得自己在社交礼仪方面不合格，有些自卑，因此他老说，苔丝见多识广，多才多艺——此话的确不假，因为苔丝生性聪敏，对克莱尔又很倾慕，因此他说话的语调，使用的字眼，以及他那些零零碎碎的知识，都让她学去了，达到令人吃惊的地步。经过一番温和的争论，苔丝获胜以后，总要独自离开，如果是挤奶的时候，就跑到最远处的奶牛身下，如果是空闲的时候，就躲进莎草丛里，或溜进自己房里，默默地伤心，尽管不到一分钟之前，她还故作冷漠，表示拒绝。

苔丝在进行可怕的思想斗争。她的心坚决与克莱尔的心站在一边——两颗火热的心，在和一丁点可怜的良心相抗争——她竭尽全力，来增强自己的决心。她原是拿定了主意，才来到塔尔勃塞的。她无论如何也不能同意嫁人，免得让丈夫娶了她以后，又痛恨自己瞎了眼。她总认为，她在头脑清醒时凭良心做出的决定，现在可不能轻易推翻。

"为什么没有人把我的事都告诉他呢？"她说道，"那地方离这儿只不过四十英里远——那桩事怎么就没传到这儿来呢？一定有人知道！"

但是，却好像没有人知道，也没有人告诉他。

又过了两三天，谁也没有再提这件事。苔丝见同屋伙伴一个个愁眉苦脸的，便由此猜想，她们认为克莱尔不仅喜欢她，而且选中了她。不过，她们也该看得出来，苔丝并没有往他跟前凑。

苔丝以前从未体验到，她的生命之线明显地分成两股，一股是真正的快乐，一股是真正的痛苦。下一次做奶酪的时候，又剩下他们俩在一起了。老板本来也在帮忙，但他和老板娘近来似乎有点犯疑，觉得这两个人彼此有些意思。不过，他们俩总是小心翼翼的，外人只是隐约有点猜疑罢了。不管怎么说，老板还是躲开了他们。

他们把凝乳一块块地弄碎，放进桶里。这一动作，就像把大量面包弄成碎屑一样。苔丝·德贝菲尔的两只手，让洁白的凝乳一衬托，看上去宛如粉红的玫瑰。安琪正在用手一捧一捧地往桶里装凝乳，装着装着，突然停住了，用双手握住了苔丝的手。苔丝的袖子高高地卷在胳膊肘以上，他弯下身子，在她那柔润的胳膊内侧的血管上吻了一下。

九月初的天气虽然还很闷热，但是苔丝的胳膊由于浸在凝乳里，克莱尔吻上去觉得又凉又湿，就像新采的蘑菇一般，而且还有乳青的味道。不过，苔丝是个感觉敏锐的人，克莱尔的嘴唇一触到她的胳膊，她的脉搏就加快了速度，热血就冲到了指尖，原先发凉的手臂变得又红又热。这时，她心里好像在说：“现在用得着再羞羞答答吗？男人与女人之间，就像男人与男人之间一样，真情假不了。”因此，她抬起眼睛，两道目光柔情似水地射进他的眼里，上唇微微噘起，温情脉脉地嫣然一笑。

“苔丝，你知道我为什么亲你吗？”克莱尔说道。

“因为你非常爱我呗！”

“是的，同时也是再次求婚的准备。”

“别再提啦！”苔丝突然露出害怕的神色，唯恐抵挡不住自己的欲望。

“哦，苔丝！”克莱尔接着说，“我真不明白你为什么这样逗引我。你为什么让我这样失望？你几乎像一个卖弄风情的人，我敢说，你就是——一个都市里头等卖弄风骚的女人！这种人就像你一样，冷一阵热一阵，叫人捉摸不定。真没想到，在塔尔勃塞这么偏僻的地方，会碰到这种事。……不过，最亲爱的，"克莱尔发现他的话刺痛了苔丝，便急忙补充说，"我知道你是天下最诚实、最纯洁的姑娘。我怎么能把你看成是一个风骚女人呢？苔丝，如果你真像看上去那样爱我，那你为什么不愿意做我的妻子呢？"

"我从没说过我不愿意，我绝不会那么说，因为——我没有不愿意呀！"苔丝已经克制到不能承受的地步，嘴唇都颤抖起来，因此只得跑开。

克莱尔心里又难过，又纳闷，便朝苔丝追去，在过道里把她捉住了，"跟我说，跟我说！"他忘了手上满是凝乳，非常激动地把她抱住了。"你一定得跟我说，你只属于我，不属于别人！"

"我会的，我会跟你说的！"苔丝大声叫道，"你要是现在放开我，我会给你一个详尽的回答。我会把我的经历——我的一切——全都告诉你！"

"你的经历，亲爱的，当然好啦，说多少都行。"克莱尔瞧着她的脸，用爱怜的戏谑口吻表示允诺，"毫无疑问，我的苔丝经历的事情，就和今天早上在园子里头一次开放的野旋花差不多一样多。你什么都可以跟我说，就是别再使用配不上我之类的讨厌字眼。"

"我尽量——不说吧！我明天向你说明缘由——还是下个礼拜吧。"

"礼拜天好吗？"

"好的，就礼拜天吧。"

苔丝终于走开了，一直走到牛奶场尽头那丛削去树梢的柳树中间，才停住脚步，躲在这里，谁也看不见她。她一下扑倒在树下瑟瑟作响的针茅草上，如同倒在床上一般。她蜷缩着身子，满腔的悲切夹杂着一阵阵的喜悦；尽管她对将来的结局感到恐惧，但这恐惧并不能完全压抑住内心的喜悦之情。

实际上，她对克莱尔的要求已经默认了。她的每一次呼吸，血液的每一次流动，耳朵里听到的每一次心跳，都是一声呼喊，和天性联合起来，反抗她的重重顾虑。毫无顾忌地答应他，在神坛前面和他结合，什么情况也不透露，他会不会发现完全听其自然，不等痛苦临头，先痛痛快快地享乐一番，这就是爱情给她的忠告。苔丝几乎怀着一种狂喜的惊恐心理，凭直觉意识到，尽管好几个月来她独自进行自我惩罚，自我斗争，反复冥思苦索，想出种种办法，将来要过一辈子严酷的独身生活，但是，爱情的忠告必将战胜一切。

下午的时光慢慢地流逝。苔丝依然躺在柳树丛中。她听见了从橡树杈上取下牛奶桶时的哐哐的响声，也听见了往一块赶牛的噢噢的吆喝声。但她没有去挤牛奶。她若是去了，人家一定会看出她心神不定，老板准会以为这是谈恋爱引起的，非要嘻嘻哈哈地跟她打趣不可，她可受不了这种戏谑。

她的恋人一定猜出了她的紧张心理，为她不露面编了一个借口，因为当时没人问起她，也没人要找她。六点半的时候，太阳落山了，把天空辉映得好像一座大熔炉，不一会工夫，月亮从东方升起来了，宛如一只硕大无比的南瓜。那一丛秃头的柳树，由于不断遭受砍伐的缘故，都失去了自然的形态，现在叫月亮一衬托，就像一群棘头的怪物。苔丝走进屋里，摸黑上了楼。

那天是礼拜三。礼拜四来临了，克莱尔满腹心事地从远处看着她，但却从不走上前去打扰她。玛丽安和别的住场女工，似乎都在猜想事情一定有了眉目，因为她们在寝室里不再对她说东道西了。礼拜五过去了；礼拜六也快过去了。明天就是约定的日子。

"我要屈服了——我要答应了——我要嫁给他——我实在没有办法！"那天晚上，她听见另一位姑娘在睡梦中叹着气呼叫克莱尔的名字，就不免怀着妒意，把滚烫的脸贴在枕头上，气喘吁吁地说道，"我不能让别人嫁给他，只能是我！不过，这会对不起他的，他要是知道了，那会要了他的命！哦，我的心哪——哦，哦，哦！"

第二十九章

第二天早晨，克里克老板坐下吃早饭的时候，带着打哑谜的神气，望着嘴里嚼着东西的男男女女，说道："你们猜猜看，俺今儿个早上听到谁的消息啦？你们就猜猜是谁吧。"

大伙一个接一个地猜着，克里克太太却没猜，因为她早就知道了。

"得了，"老板说，"就是那个吊儿郎当的浑小子，那个婊子养的杰克·多洛普。他不久前跟一个寡妇结婚了。"

"不会是杰克·多洛普吧？他是个混蛋——想想他那个德行！"一个男工说道。

这个名字顿时钻到苔丝的脑子里去了，因为那个欺骗了自己的情人，后来又被情人的母亲在搅乳机里狠狠搅了一通的坏小子，就叫这个名字。

"他还真遵照许诺，娶了那个凶猛老太婆的女儿？"安琪·克莱尔心不在焉地问道。克里克太太看他是个体面人，平常总把他打发到一张小桌子上，眼下他就坐在这张小桌子旁边翻阅报纸。

"他才没呢，先生。他压根儿就没想娶她，"老板答道，"俺刚才说了，他娶了一个寡妇，这寡妇好像有几个钱——一年大约有五十来镑，他就是冲着这几个钱来的。他们急急忙忙地结了婚，事后寡妇对他说，她这一出嫁，就失掉了她那一年五十镑。你们想想看，那个家伙听到这个消息，心里该是什么滋味！打那时候起，他们俩成天鸡争狗斗的，简直不是人过的日子！这小子真活该。不过那个女的也倒霉，跟着吃尽了苦头。"

"那个傻婆娘早就该告诉那小子，说她头一个男人的鬼魂会来缠他的。"克里克太太说道。

"唉，唉，"老板含含糊糊地应道，"不过，你们也能看出个名堂。那女人想要有个家，所以不敢冒失，就怕失去他。姑娘们，你们不觉得是这么回事吗？”他朝那溜姑娘扫了一眼。

“她应该趁刚要去教堂的时候，把那话说给他听，叫他没法儿变卦，”玛丽安大声嚷道。

“是呀——是该这样。”伊兹赞同道。

“那女人一定早就看出了他图的是什么，根本不该答应他！”雷蒂突然进出了这么一句。

“你是怎么看的，亲爱的？”老板问苔丝。

“我觉得她应该——把实情告诉他——要么就索性不答应他——不过，我也说不清楚。”苔丝答道，一下让黄油面包噎住了。

“俺才不干那种傻事呢，”贝克·尼布斯说道，他是个成了家的男工，住在附近的农舍里，“在情场和战场上，一切手段都是正当的。要是换成俺，俺也会像那个女人一样，嫁给那个男人，俺跟头一个男人的事，不管是什么，只要俺不想说，就一点也不向他透露，他要是胆敢抱怨一声，说俺事先不告诉他，俺就拿起擀面杖，把他打倒在地上——就像他那样的小瘦猴啊！哪个女人都能把他打趴下。”

大家一听这番俏皮话，都哄堂大笑起来，苔丝为了随和起见，也跟着苦笑了一下。别人觉得可乐的，她却认为是可悲的，大家那样欢笑，她简直忍受不了。过了不久，她就离开了饭桌，心想克莱尔可能要跟着她，便顺着一条蜿蜒曲折的小路往前走去，时而走在水渠的这边，时而跨到水渠的那边，直至走到瓦尔谷的主流河畔，才站住了脚。这时候，有些工人正在河上游割水草，只见一堆一堆的水草从她面前飘过，仿佛是绿色毛茛筑成的孤洲，她简直可以站上去飘游了。河里打了许多木桩，挡住牛不要过河，这些木桩上缠着一丛一丛的水草。

是呀，事情就可悲在这里，一个女人说出自己的遭遇，这个问题对她自己是个最沉重的十字架，对别人却只不过是笑料而已。这就好像看到别人殉难，也要嘲笑似的。

“苔丝！”她身后传来一声呼唤。接着，只见克莱尔跳过小水沟，站到了她跟前，“我的太太——马上就是了！”

"不，不，我不能做你太太。我是为你着想啊，克莱尔先生。为你着想，我不能答应你。"

"苔丝！"

"我还是不能答应！"苔丝重复说道。

克莱尔没有料到会有这种事，说完话以后，就伸出手臂，轻轻地搂住了她的腰，她那下垂发辫之下的腰。（这些年轻的挤奶女工，包括苔丝在内，礼拜天吃早饭以前总是披着长发，等到吃完饭要上教堂的时候，才把头发高高地盘起来。平常挤牛奶时，要把头靠在牛身上，就不能梳这种发型了。）假如苔丝不是拒绝，而是答应了，克莱尔一定会吻她的，他显然有这个意图，可是，苔丝既然坚决不答应，像他那样谨慎多虑的人，也不敢贸然行事了。克莱尔觉得，假如他们不是住在一起，苔丝有办法躲开他，那他再甜言蜜语地对她施加压力，倒也没有什么说不过去的；可眼下他们住得这么近，不得不天天见面，他再那样逼迫她，就有些不正当了。他刚搂住她的腰，又把手臂松开了，忍住了没有去吻她。

事情就亏在这一松手上。这一次，苔丝所以拒绝他，完全是因为刚才听老板讲了那个故事，他只要再坚持一会，苔丝就顶不住了。但是，安琪却没有再说什么，他带着茫然不知所措的神情，走开了。

他们还是天天见面——只是没有以前那么频繁了。就这样，又过了两三个礼拜。快到九月底了，苔丝从他的眼神里看得出来，他也许还要向她求婚。

现在，克莱尔采取了新的行动方式——好像他已经认定，苔丝毕竟年纪轻轻，害臊怕羞，一碰到人家向她求婚这样的美事，不禁有些惊慌失措，因此便拒绝了他。每次提到这个问题，她动不动就采取一副躲躲闪闪的态度，这使他越发相信他猜想的不错。于是，他就耐着性子，变得更加温存了。尽管没有动手动脚，没有再去搂抱亲吻，但却甜言蜜语，费尽了口舌。

克莱尔就这样坚持不懈地向苔丝求爱——无论是在挤牛奶、撇奶

油、搅黄油、做奶酪的时候，还是待在孵雏的鸡群、下崽的猪群中间，他总是低声细语地向她倾叙衷肠，就像牛奶潺潺流淌一般——以前，天下的挤奶女工，谁也没有遇见这样一个男人，受过如此缠绵的追求。

苔丝心里明白，她是肯定顶不住的。从宗教意义上看，她认为前一次的结合具有一定的道德效力，从良心上讲，她觉得应该坦率地说出一切，这两方面的认识，都无法使她长久坚持下去。她热烈地爱着克莱尔，在她的心目中，克莱尔犹如神明一般。她虽然没有受过熏陶，但天性娴雅，从心里渴求他的监护、指导。因此，尽管她反复不停地对自己说："我绝不能做他的妻子。"但是说了也是白搭。其实，一个沉得住气的人，是用不着这样反复念叨的，这念叨本身恰好证明了她的软弱无力。她每次听到克莱尔旧话重提，心里不禁又惊又喜，她害怕自己改口，但是又渴望自己改口。

克莱尔抱定了这样的态度——其实，哪个男人不是抱定这样的态度？——好像无论在什么情况下，无论她有什么变化，蒙受了什么罪名，给披露了什么内情，他都会照样爱她，照样疼她，照样保护她，他这态度使苔丝感到温馨，她心中的忧郁渐渐减少了。这时候，眼看秋分时节就要到了，尽管天气还很晴朗，白天却越来越短了。牛奶场里干早活时，又要点很长时间的蜡烛。一天早晨，在三四点之间，克莱尔又一次提出求婚了。

当时，苔丝像往常一样，穿着睡衣跑到他的门口，把他叫醒，接着又回屋里穿好衣服，把别人也都叫醒。十分钟之后，她手里拿着蜡烛，走到了楼梯口。就在这当儿，克莱尔穿着衬衫，从阁楼上走下来，伸手挡住了楼梯口。

"听着，卖弄风情的小姐，你先别下楼，"克莱尔以强制的口吻说道，"我上次跟你说过之后，都过了两个礼拜了，不能再拖下去了。你非得告诉我你是什么意思，不然我就得离开这地方了。我的门刚才半开着，我看见你出来了。为了你的安全起见，我非得走不可。你是不知道啊。怎么样？你总该答应我了吧？"

"克莱尔先生，我刚起来，你就找我的岔子，未免太早了吧！"苔丝噘着嘴说道，"你不要叫我卖弄风情的小姐啦。这太刻薄了，也不准确。再等一阵吧。请再等一阵吧！在这期间，我一定把这事认认真真地想一想。让我下楼去吧！"

说罢，她把蜡烛擎在一边，勉强做出一副笑脸，试图抵消她话里的正经意味，看上去还真有点卖弄风情的样子。

"那就叫我安琪好啦，别叫克莱尔先生。"

"安琪。"

"最亲爱的安琪——为什么不这样叫？"

"那不就等于我答应你了吗？"

"那不过是等于说你爱我，尽管你不能嫁给我。你还不错，早就承认这一点了。"

"那好吧，如果非要我叫，我就叫啦。'最亲爱的安琪'。"苔丝小声说道，一边望着蜡烛，虽然心里七上八落，还是调皮地噘了噘嘴。

克莱尔早就打定主意，得不到苔丝的允诺，他就绝不去亲她。不过，眼见苔丝站在那里，挤奶服的袖子很好看地捋起来了，头发随随便便地盘在头上，准备撇好奶油、挤完牛奶以后，再从从容容地重新梳理，这时，克莱尔不知怎么啦，违背了自己的决心，把嘴唇往她脸上贴了一下。苔丝急急忙忙下了楼，既没回头看他，也没再说一句话。别的女工已经都在楼下了，他们两人没有再提这件事。除了玛丽安以外，大家都带着好奇、怀疑的神情看着他俩，这时，在屋外清冷的晨曦的映衬下，屋内那黄幽幽的烛光显得非常惨淡。

随着秋天的临近，牛奶出得少了，撇奶油的活计也一天比一天轻省了。那天撇完奶油之后，雷蒂一伙人都出去了。一对恋人也跟在她们后面。

"我们这种捉摸不定的生活和她们的大不一样，是吧？"克莱尔望着三个姑娘迎着灰暗清冷的晨光，脚步轻捷地走在前面，若有所思地对苔丝说道。

"我想差别不是很大吧。"苔丝说道。

"你为什么这样想呢？"

"女人的生活嘛，很少有不是——捉摸不定的，"苔丝回答道，说到那个生疏字眼时顿了一下，仿佛受了触动似的，"她们三个比你想的好多啦。"

"她们有什么好的？"

"她们三个，"苔丝说道，"差不多个个都能——也许都能——做一个比我强的太太。她们也许像我一样爱你——差不多一样。"

"哦，苔丝！"

尽管苔丝无畏地下定决心，要慷慨地牺牲自己，成全别人，但是，一听到这声不耐烦的惊叫，她又显得大为欣慰。既然已经慷慨过了，她也就没有能力再次做出自我牺牲了。这时，一个住在场外农舍里的男工走过来了，因此，两人也就没有再提起与他们休戚相关的那件事。不过，苔丝心里明白，事情当天就会有个定局。

下午，场里有几个长工和帮手像往常一样，跑到离牛奶场很远的草场上，有好些奶牛就在那里挤奶，不赶回家里。随着母牛肚里的牛崽越长越大，牛奶就出得越来越少了，牧草丰茂季节雇来的临时工也都打发走了。

大伙慢慢悠悠地干着活。草场上赶来了一辆大马车，车上装了许多高大的铁罐；工人们每挤满一桶奶，就倒进这些大铁罐里。挤好了奶的牛，都懒洋洋地走开了。

克里克老板也和大伙在一起干活，他那挤奶的围裙，在傍晚铅灰色天空的映衬下，显得白得出奇。他挤着挤着，突然看了看他那只大表。

"哎呀，没想到这么晚了，"他说，"天哪——咱们要是不抓紧，这些牛奶就来不及送到车站了！今儿没工夫把这些奶送回家，跟早上挤的奶掺和了再送走。只得从这儿直接送到车站。谁愿意赶车去送？"

这事本与克莱尔先生无关，可他却自告奋勇，还请苔丝陪他一道去。那天傍晚，尽管没有太阳，可在那个季节里，天气还算是比较闷热，苔丝从家里出来时，只扎着挤奶头巾，却没穿短上衣，胳膊也露在外面，这身打扮当然不适合跟车啦。因此，她瞟了一下身上的单薄衣服，算是表示回答。但是，克莱尔却在柔声细气地怂恿她。她还是同意了，就把奶桶和凳子交给了老板，托他带回家。随后，就上了马车，坐在克莱尔身旁。

第三十章

天色渐渐暗淡，他们两个坐着车，顺着平坦的大道，穿过一片一片的草场，往前驶去。这些草场伸展到灰蒙蒙的远处，直到埃格敦荒原那幽暗陡峭的山坡，才算到了尽头。山顶上，长着一丛丛、一片片的冷杉，尖尖的树梢看起来像是一个个有雉堞的塔楼，耸立在前面灰暗的魔堡上面。

他们坐在一块，只觉得彼此十分亲近，好久没有顾得说话，四周一片寂静，只听到身后高罐里的牛奶发出哐咚哐咚的声音。他们走的那条篱路非常僻静，树上的榛子全部留在枝头，等着自己从壳里脱落，黑刺莓上也挂着一大串一大串的浆果。安琪时不时地把鞭梢一挥，缠住一串黑莓，把它采下来，递给他的同伴。

过了不久，阴沉的天空落下了几个雨点，预示天要下雨了，白天停滞不动的空气，也化成了一阵微风，轻轻地吹拂着他们的脸膛。河流和池塘面上那水银般的光泽，已经完全消失了，原先清澈宽阔的明镜，现在已变成了晦暗无光的铅皮，表面像锉刀一样粗粝。但是，苔丝正满怀心思，没有注意这一景象。她的脸本来是粉红色的，经过这个季节的日晒，上面染上了一层淡淡的褐色，现在叫雨点一打，颜色显得更深了。她的头发因为靠在牛身上的缘故，扎紧的地方也给弄松弄乱了，从白布帽子的帽檐下面垂了出来，现在让雨淋得又粘又湿，简直比海草强不了多少。

"我想我不该来的。"她望着天空，嘀咕道。

"真遗憾，下起雨来了，"克莱尔说道，"不过，我真高兴，能和你在一起！"

远处的埃格敦渐渐消失在雨幕里。天色越来越暗了，路上又横跨着一道道的栅栏门，为了安全起见，只能赶着马一步一步地走。这时天气还真有几分寒意。

"你光着肩膀，露着胳膊，我真怕你着凉，"克莱尔说道，"跟我靠紧一点，也许雨就不大淋得着你了。我想这场雨反倒帮了我的忙，要不然，我就更不好受了。"

苔丝不知不觉地凑近了一些，克莱尔就拿起一块有时用来盖在牛奶罐上遮太阳的大帆布，把他们两个裹了起来。由于克莱尔腾不出手，苔丝就抓住帆布，免得从他们身上滑掉。

"现在没事啦。啊——还是不行！雨水有点往我脖子里流，流进你脖子里的一定更多。……这就好些了。苔丝，你的手臂就像湿淋淋的大理石。往帆布上擦一擦吧。好啦，你就老老实实地坐着，一滴雨也淋不到了。好啦，亲爱的——关于我提的那个问题——那个老问题，怎么样啊？"

有一阵，他能听到的只是马蹄在湿地上吧唧吧唧的走路声，以及身后铁罐里的牛奶哐咚哐咚的晃荡声。

"你还记得你说过什么话吗？"

"记得。"苔丝答道。

"回家以前得答复我，记住。"

"争取吧。"

这时，克莱尔没再吱声。他们赶着车往前走，只见查理时代一座古宅的残垣断壁，在天际的映衬下浮现在前方。又走了一会，这座宅第便落在他们身后了。

"你瞧，"为了给苔丝逗趣，克莱尔说道，"那是一个很有意思的老宅子——诺曼时代有一个姓德伯维尔的世家，以前在本郡很有势力，置了好几处宅第，这是其中之一。我每次从这些宅第附近经过，就要想起这个家族。一个有声望的人家，即使是以凶狠、专横、封建而闻名，可是一下子灭绝了，还真有些令人悲伤。"

"是的。"苔丝说道。

在前面的一片暮色之中，刚刚露出一点微弱的亮光，他们就朝着那亮光处慢慢地行驶。就在这个地点，白天能看见一道白色的雾气，在深绿色背景的映衬下，一阵阵地冒出来，表明这个僻静世界与现代生活断断续续地接触。现代生活每天有三四次把它的蒸汽触角伸到这块地方。它的触角刚触到本地人的生活，便又急忙缩回去了，仿佛触到了与它格格不入的东西。

两人来到了那微弱的亮光跟前。原来，这亮光是一个小火车站上一盏冒烟的油灯发出来的。与天上的星星比起来，这盏灯就发出那么一点点亮光，实在显得可怜，但是，对于塔尔勃塞牛奶场和人类来说，这颗地上的星星却比天上的星星更为重要。装着新鲜牛奶的大罐，都在雨地里卸下来了，苔丝钻在附近一棵冬青树下，稍微可以躲躲雨。

这时，传来了火车嘶嘶的声音。接着，它几乎不声不响地停在湿淋淋的轨道上，牛奶给一罐一罐地迅疾装到货车上了。火车头上的灯光往苔丝·德贝菲尔身上闪了一下，只见她一动不动地站在大冬青树下。这样一位质朴无华的姑娘，露着圆滚滚的手臂，脸和头发让雨打得湿淋淋的，那样子就像一头老老实实的豹子，静静地待在那里，身上穿的印花布衣服，既看不出年代，也说不清式样，头上戴的白布帽低垂在眉头上；面对着那亮锃锃的汽机曲柄和火车轮子，没有什么东西比这姑娘更显得格格不入的。

她又上了马车，坐在恋人旁边，像天生情感热烈的人有时表现的那样，默默无语，服服帖帖。他们又用帆布把自己蒙头盖脑地裹了起来，投入了当时黑沉沉的夜色之中。苔丝有着很强的感受力，刚才与高速发展的物质文明接触了一会，现在还萦绕在她的脑际。

"伦敦人明天吃早饭的时候，就能喝上这些牛奶了，是吧？"她问道，"都是些我们从没见过的人。"

"是的——我想他们能喝得上。不过，不像我们送的那么浓。总得把浓度降低一些，免得喝了头晕。"

"那都是些男女贵族——大使和千夫长[①]——太太小姐和女商人——以及从没见过奶牛的娃娃。"

"噢，是的，也许是这样，特别是千夫长。"

"他们压根儿不认识我们，也不知道牛奶是从哪儿来的，还想不到我们俩今晚赶着车，冒雨在荒野上跑了这么多路，好让他们及时喝上牛奶。"

"我们今晚赶车出来，倒并不是完全为了伦敦的那些宝贝，我们也有点为了自己——为了那件让我焦心的事情。亲爱的苔丝，我敢肯定，这一回你该让我定下心来。好啦，让我这样说吧：你知道你已经属于我的了，我指的是你的心。难道不是吗？"

"你心里和我一样清楚。哦，是的，是的！"

"既然你的心属于我了，那你为什么不肯嫁给我呢？"

"我唯一的理由是替你着想——为了一个问题。我有件心事要对你说——"

"不过，我能够认为完全是为了我的幸福，也为了有助于我事业上的发展吗？"

"哦，可以——如果真是为了你的幸福和事业上的发展。不过，我没来这儿之前的身世——我想——"

"得啦，我正是为了我的幸福和事业上的发展才想娶你的。如果我在英国或是在殖民地有一个大农庄，你嫁给我会给我带来极大的好处，比娶郡里门第最高的小姐都好。所以，求你啦，亲爱的苔丝，求你不要觉得你是我的绊脚石，快打消这种糊涂想法吧。"

"可我的身世，我要让你知道呀——你得让我告诉你——你要是

[①] 古代罗马下级军官的官衔，苔丝的时代没有这种官衔，表明苔丝对农村以外的知识所知不多。

知道了，就不会这么喜欢我了！"

"最亲爱的，你想讲就讲吧。那一定是一篇珍贵的史料。是呀，我于公元某年某月某日出生在——"

"我出生在马洛特，"苔丝接着他的话头说道，尽管他那是随意说着玩的，"我也是在那儿长大的。我上六年级时，离开了学校，人家都说我非常聪明，将来能当一个好教师，因此我就决定当教师了。但是，我家里出了些麻烦，父亲不大勤快，又爱喝点酒。"

"是啊——是啊，可怜的孩子！这没有什么新鲜的。"克莱尔把她更紧地搂在身旁。

"后来——家里出了一件很不寻常的事——出在我身上。我——我——"苔丝呼吸急促起来。

"是啊，最亲爱的。不要紧的。"

"我——我不是德贝菲尔家的后代，而是德伯维尔家的后代——我们刚才路过了那座古宅，我家祖宗跟那古宅的主人本是一家人。可如今我们都不行了！"

"德伯维尔家的后代——真有这事！就是这个麻烦事吗，亲爱的苔丝？"

"是的。"苔丝怯弱地答道。

"那我知道了这件事，怎么会不像以前那么喜欢你呢？"

"我听老板说过，你憎恶旧门户。"

克莱尔笑起来了。"不错，有那么一点。我憎恶血统高于一切的势利信条。我觉得，作为有头脑的人，我们唯一应该敬重的，就是那些知识渊博、道德高尚的人，不管他们的先世血统怎么样。不过，我对你讲的这个情况太感兴趣了——你想不到我是多么感兴趣。你是名门世家的后裔，难道你对此不感兴趣吗？"

"不。我倒觉得很凄惨——特别是来到这儿以后，得知我见到的许多山林田地过去都是我们家的，就更让人觉得凄惨了。不过，还有些山林田地以前是雷蒂家的，也许还有些是玛丽安家的，因此，我也就不大把这件事放在心上了。"

"是呀——真让人吃惊，如今有多少当佃户的，他们的祖宗以前都是当地主的，我有时候觉得纳闷，怎么没有哪一派的政治家抓住这件事做做文章。不过，他们好像不了解这个情况。……我感到奇怪，我怎么没看出你的姓和德伯维尔有些相似，没看出这里有个明显的讹误。这就是让你烦恼的秘密呀！"

苔丝没有说出真情。到了最后关头，她的勇气消失了，她怕克莱尔怪她不早说，她的坦诚还是拗不过自我保护的本能。

"当然，"不知底细的克莱尔继续说道，"我倒情愿听说你的祖宗纯粹是英格兰民族中那些长久受苦、无声无息、不见经传的平民百姓，而不是那些损人利己、谋求权势的少数贵族。不过，苔丝，我因为爱你的缘故，思想上受到了腐蚀，放弃了那样的想法（说着，大笑起来），也变得自私自利了。为了你的缘故，我很高兴你有这样的出身。整个上流社会都很势利眼，真是不可救药，我想按照自己的打算，把你培养成一个博学的女子，然后再娶你做太太，这时候，人家都知道你出身于名门世家，就会对你刮目相看了。我那可怜的母亲也会因此而更加器重你了。苔丝，从今天起，你应该把自己的姓改过来——改成德伯维尔。"

"我倒更喜欢原来那样。"

"可你一定得改过来，最亲爱的！天哪，有好多家财百万的暴发户，要是能有这个姓，真要求之不得啦！顺便说一句，还就有那么个冒牌人家——我听说他在哪儿来着？——我想就在狩猎林附近。对了，就是我跟你说过的顶撞我父亲的那个年轻人。真是太巧了！"

"安琪，我想我还是不改成那个姓为好！那个姓也许不吉利。"苔丝又心慌意乱起来。

"那好吧，苔丝·德伯维尔小姐，嫁给我吧。你要是跟我姓，就不用姓自己的姓啦！心里的秘密已经讲出来了，那你为什么还要拒绝我呢？"

"你要是娶了我真会感到幸福，而你又觉得很想娶我，非常非常想娶我——"

"最亲爱的，我当然非常想啦！"

"我是说，不管我有什么过失，只有你非常想娶我，而且离开我就活不下去，这才会使我觉得我应该答应你。"

"你答应了——我知道你这是答应我了！你要永远永远属于我了。"克莱尔紧紧地拥抱她，亲吻她。

"是的。"苔丝话音未落，就突然放声大哭起来，哭得那样悲切，仿佛肝肠断绝了似的。苔丝绝不是个歇斯底里的姑娘，所以克莱尔吃了一惊。

"最亲爱的，你干吗哭呀？"

"我也说不上来——真的！——我想到做了你的人，又能使你感到幸福，心里好高兴呀。"

"可这不大像是高兴的样子啊，苔丝。"

"我是说——我所以哭，是因为我打破了自己的誓言！我以前说过，我这辈子至死也不嫁人。"

"不过，你既然爱我，就该愿意让我做你的丈夫吧？"

"是的，是的，是的！不过，哦，有时候，我真巴不得自己当初没有来到人世！"

"好啦，亲爱的苔丝，假如我不知道你这么激动，这么没有经验，我真要说你这话可不大中听。你要是真爱我，怎么会有那种愿望呢？你真爱我吗？我希望你能用什么方式表明一下。"

"我已经表示过了，还能怎么进一步表明呢？"苔丝满怀柔情，有些发疯似的嚷道，"这样做会不会进一步表明呢？"

她一把搂住了克莱尔的脖子，克莱尔第一次领略到，一个感情炽烈的女人，亲吻她真心爱的情人（就像苔丝爱他那样），到底是一种什么滋味。"怎么样——你现在相信了吧？"苔丝满脸通红，擦了擦眼泪，问道。

"是的。我从来就没怀疑过——从来没有，从来没有！"

他们就这样钻在帆布底下，紧紧抱成一团，穿过昏沉的夜色，坐着车继续赶路，任凭马随意走着，任凭雨点往他们身上打来。苔丝已经同意了。其实，她还不如起初就答应他。天地万物都有"寻求欢乐的本能"，这是一股巨大的力量，凡是血肉之躯都要受它的摆布，就像无奈的海草要受潮水摆布一样，这是那些空谈社会道德的迂腐文章所左右不了的。

"我得写信告诉我母亲，"苔丝说道，"你不反对我这样做吧？"

"当然不反对，亲爱的孩子。我看你真像个孩子，苔丝，在这个时候，你理所当然应该给你母亲写信，我说什么也不会反对的，你连这个都不懂。你母亲住在什么地方？"

"就在我出生的地方——马洛特。在布莱克摩谷的那一头。"

"啊——那我在今年夏天以前见过你了——"

"是的，那次在草场上跳舞的时候。不过，你不肯和我跳舞。哦，但愿那不是我们俩的不祥之兆！"

第三十一章

就在第二天，苔丝给母亲写了一封最急迫、最动人的信，到了周末，便收到琼·德贝菲尔用上个世纪的字体、扭扭歪歪写来的一封信。

亲爱的苔丝：

俺给你写这封信的时候，谢天谢地，身体倒挺好，希望你接到信的时候，身体也挺好。亲爱的苔丝，听说你真的快要结婚了，俺们全家人都很高兴。不过，说到你那个问题，苔丝，俺得私下里郑重地叮嘱你：千万别把你过去的苦恼向他透露一丁点。俺以前就没把一切都告诉你父亲，因为他仗着出身高贵，就自以为了不起，你的未婚夫也许跟他一样。天下好多女人，包括一些最高贵的女人，都曾有过一点苦恼，既然人家都不声张，你要去声张什么？哪个女孩也不会这么傻，特别是事情已经过去这么久了，还压根儿不是你的过错。你就是问俺一百遍，俺还是这样回答你。另外，俺早就知道你生性天真，那么单纯，心里老藏不住话，所以，你临走的时候，俺为你的安乐着想，硬要你向俺保证，绝不在言语或行动上，把那件事透露出来，你出门的时候，还正经八百地向俺保证过了，这些你都得记住。你的那个问题，以及你要结婚这件事，俺都没跟你父亲说起，这可怜的东西头脑太简单，俺一告诉他，他又该到处张扬了。

亲爱的苔丝，打起精神来，俺们知道你们那一带出的酒不多，味道也不好，就打算在你们结婚的时候，送你们一大桶苹果酒。眼下不多写了，向你的未婚夫问好。

你慈爱的母亲琼·德贝菲尔

"哦，妈妈，妈妈！"苔丝喃喃地说。

苔丝看得出来，母亲性情开朗，别人觉得愁断肠的事，她却感到无所谓。母亲并不像她那样看待人生。她那件萦绕在心头的往事，对母亲来说，只不过是过眼云烟。但是，不管母亲动机如何，她出的主意也许还不错。显然，要想顾及她恋人的幸福，最好还是闭口不提。那就闭口不提吧。

在这个世界上，稍许有点权力左右她的行动的，只有她母亲一个人，现在母亲给她吃了一颗定心丸，她也就觉得安定些了。包袱卸掉了，心里觉得比前几个礼拜轻松些了。她答应了克莱尔以后，跟着就到了从十月份开始的晚秋时节。在这些日子里，她的心情非常快活，几乎到了欣喜若狂的地步，她长了这么大，哪个时候也没这么快活过。

她对克莱尔的爱，几乎不夹杂一丁点世俗的成分。她无比地崇拜他，认为他完美无缺，凡是导师、哲人、朋友应有的知识，他全都具备。她觉得，他的体态线条处处表现出十足的男性美，他的灵魂是圣人的灵魂，他的智慧是先知的智慧。她还觉得，她对他的爱是一种聪慧之举，因而像爱本身一样，使她变得高贵起来，好像头顶上戴着一顶王冠一样。而克莱尔对她的爱，在她看来，则是一种怜悯，因此她对他披肝沥胆，倾心相属。有时，克莱尔看见她那双满含崇拜之情的大眼睛，深得好像没底似的，就从那最深处望着他，仿佛望着一个永生的仙灵。

苔丝驱除了往事，用脚踩上去，把它扑灭，就像一个人踩灭一块闷燃着的危险煤块一样。

她以前从不知道，男人爱起女人来，会像克莱尔那样慷慨无私，疼爱护惜。其实，在这方面，安琪·克莱尔并不像她想象的那样，差距真是大得出奇。不过，说真的，他的爱主要是精神上的，而不是出于肉体的需要。他能很好地克制自己，丝毫没有粗俗的表现。他虽说不是生性冷漠，却也不是热情洋溢，而只能算是神采焕发，并不像拜伦，而倒更像雪莱。他能拼命地去爱，但是他的爱特别容易偏于想象，流于空灵。这是一种严谨细腻的情感，宁愿委屈自己，也要小心保护情人。在这之前，苔丝与男性交往的那点经历，一直使她为之寒心，这一回真使她感到惊喜万分。她一反过去对男人的愤恨之心，转而变成了对克莱尔的无限敬仰之情。

他们两个也不扭扭捏捏，不是你来找我，就是我去找你。苔丝出于一片赤诚之心，并不掩饰她想和他在一起。她在这件事情上的心态，如果清清楚楚地描述出来，大致是这样的：女人采取躲躲闪闪的态度，固然可以吸引一般男人，但是像克莱尔这样完美的男人，在倾吐了衷情之后，也许要讨厌这种态度的，因为就本质而言，这种态度具有矫揉造作的嫌疑。

照乡下的风俗，订了婚的男女可以毫不拘束地在户外相互为伴，苔丝只了解这一风俗，认为这没有什么好奇怪的。不过，克莱尔起初觉得这似乎有点太急不可待了，后来看到苔丝和其他工人都处之坦然，他也就觉得没有什么了。就这样，在这十月间一个个风和日丽的下午，他们总是在牧场上溜达，顺着淙淙的小溪，踏着蜿蜒的小径，跳过溪上的木桥，然后再跳回来。他们的耳际总是回响着水堰潺潺的声音，流水声伴着他们的喁喁低语。这时，夕阳的光线几乎和牧场平行，在大地上形成一层花粉般的光辉。虽然到处阳光灿烂，但在树荫和篱影下面，却能见到蓝色的小雾团。太阳与大地非常接近，草场又非常平坦，因此克莱尔和苔丝的影子拉得很长，在他们前面伸出去四分之一英里那么远，看上去好像两根长长的手指，遥指着绿色草场与谷边斜坡毗连的地方。

到处都有人在干活，因为这是"清理"牧场的季节，也就是说，把冬天浇地用的小沟渠疏通好，并把沟旁被牛踩塌了的坡岸修整好。一锹一锹的土壤，都像煤玉一样乌黑，本是过去河流跟这整个山谷一样宽时，就冲到这里来的，如今已成为土壤中的精华。这些从过去的原野上冲积下来的泥土，经过浸泡、分解和发酵，变得异常肥沃，因而长出丰盛的牧草，喂出肥壮的牛群。

克莱尔当着这些修沟人的面，毫无顾忌地用手搂着苔丝的腰，俨然摆出一副惯于公开调情的神态，其实他也跟苔丝一样羞怯。这时，苔丝正张着嘴，斜着眼看着那些干活的人，看上去就像一个怯生生的动物。

"你在他们面前承认我是你的人，倒不觉得丢脸呀！"她乐滋滋地说道。

"哦，当然不！"

"不过，要是这事传到埃明斯特你家里人的耳朵里，说你跟我这么东游西逛的，而我只是个挤奶女工——"

"天下最迷人的挤奶女工。"

"——他们会觉得，这有伤他们的体面。"

"我亲爱的姑娘，德伯维尔家的小姐会有伤克莱尔家的体面！你出身于这样的家庭，这是我要打出的一张王牌。我暂时保留起来，等我们结了婚，再从特林厄姆牧师那儿搞到你出身的证据，准让他们大吃一惊。除此之外，我的未来将与我家里人毫不相干——甚至无损于他们的一根毫毛。我们将要离开英国的这一带——也许还要离开英国——这儿的人们怎样看我们，又有什么关系呢？你愿意跟我走，是吧？"

苔丝听了这话，想到自己要作为他的亲人，跟着他去闯荡世界，心里不禁激动万分，嘴里说不出别的话来，只应了一声"是的"。他的激情，几乎像波涛似的灌进了她的耳朵，又涌进了她的眼睛。她把手伸到克莱尔手里，两人就这样往前走着，来到了一座桥的跟前，只见桥下的河水反射的日光，犹如金属熔液一样耀眼，尽管太阳让桥遮住了。他们在那里站住了，只见有些长着绒毛和羽毛的小脑袋，从光滑的水面上探了出来。但是，一见搅扰它们的人站住了，还没有走过去，就又缩回水里去了。他们就在河边流连，直到雾气把他们围住——在这个季节，晚上雾来得很早——雾气就像水晶一般，结在苔丝的眼睫毛上，也结在克莱尔的眉毛和头发上。

每逢礼拜天，他们逛得更晚，直到天色完全黑下来。他们订婚后的头一个礼拜天晚上，牛奶场还有几个人也出去溜达了，他们听见了苔丝那冲动的话语，高兴得只能断断续续地蹦出些片言碎语，不过，因为离得太远，也听不清她到底说些什么。他们还发现她靠在克莱尔的手臂上往前走时，说起话来一字一顿地，心口跳得厉害时，一个字还要断成几个音节。有时，她还心满意足的一声不吭，偶尔又低声发笑,这是她发自心灵的笑声——一个女人与自己心爱的男人待在一起，而这男人又是从别人那里夺过来的，这时，她发出的正是这种笑声——这是天地间任何东西都不能比拟的。他们注意到,她走起路来脚步轻快,宛如似落未落的小鸟轻轻掠过水面一般。

苔丝对克莱尔的钟情，现在已成为她人生的活力所在，它犹如一个光球，把她包围起来，照得她忘却了过去的各种苦恼，并且遏止住了那些日夜缠绕她的阴森幽灵——疑虑、恐惧、郁闷、烦恼、羞耻。她知道，那些幽灵如同饿狼一般，就待在光圈外面等候她，不过她有足够的力量制服它们，让它们忍饥挨饿去吧。

满怀的喜悦使她忘却了往事，清醒的理智又使她记起了往事，这两种情况总是同时并存。她行走在光耀之中，但她知道，背后总有些黑黢黢的东西，在向四处滋扰。它们每天不是前进一点，就是后退一点，反正非此即彼。

一天晚上，住场的工人都出去了，苔丝和克莱尔只得坐在屋里看家。两人说话的时候，苔丝满怀心事地抬起头来，望着克莱尔，触到了他那赞赏不已的目光。

"我配不上你——真配不上！"她突然嚷道，霍地从小凳子上跳了起来，好像受到他这般敬慕，自己又因此而满怀喜悦，不禁有些惊恐。

克莱尔认为她如此激动的全部原因，实际上只是其中的一小部分原因，于是说道："我不许你这样说话，亲爱的苔丝！所谓身份高贵，并不是指那些能轻而易举地运用陈规陋习的人，而是那些真实、诚恳、公正、纯洁、可爱、享有美名的人①——就像你这样的人，我的苔丝。"

苔丝极力忍住了喉头的哽咽。近几年来，她上教堂做礼拜的时候，她那颗年轻的心不知让那一串美德刺痛过多少次了，而他现在又把它们列举出来，可真奇怪。"我十六岁的时候，你怎么不留下来跟我相爱呢？当时，我和我的小弟弟小妹妹住在一起，你还在草地上跳过一回舞——哦，你怎么不留下，怎么不留下呀！"苔丝说道，猛地握紧了手。

克莱尔开始安抚她，劝慰她，心想一点不假，她真是个喜怒无常的人，等她将来把自己的幸福完全寄托在他身上的时候，他还真得小心翼翼地待她。"唉——我怎么不留下呀！"他说，"我也闹不明白。谁知道我怎么不哪！不过，你用不着这么痛悔——干吗要痛悔呢？"

苔丝具有女性爱掩饰的本能，急忙改嘴说："那我就可以多得到四年的爱了。那样一来，我就不会浪费那么多时光了——我就可以多享受四年的幸福了。"

① 语出《圣经·新约·腓立比书》第四章第八节。

她虽说心里有这般苦衷，但却不是一个做过许多风流丑事的老练女子，而是一个生活简朴的姑娘，年纪还不到二十一岁，在年幼无知的时候，曾像一只小鸟一样，落进陷阱被逮住了。为了更加彻底地平静下来，她从小凳子上站起身，往屋外走去，不想裙子把小凳带倒了。

克莱尔依然坐在壁炉旁边，薪架上横放着一捆青绿的树枝，发出一片熊熊的火光。树枝发出悦耳的噼啪声，枝端上嘶嘶地直冒白沫。苔丝回到房里时，已经完全恢复了常态。

"难道你不觉得你有点喜怒无常吗，苔丝？"克莱尔和颜悦色地说道，一面给她往凳子上放了一个垫子，让她坐好，自己也在她旁边的一把长椅子上坐了下来，"我刚想问你一件事，你就拔腿跑开了。"

"是的——也许我是有点喜怒无常，"苔丝低声说道。她突然凑到他跟前，一只手抓住他的一只手臂。"不，安琪——我并不真的那样——我是说，并不是天生那样！"为了进一步表明她并非那样，她就紧挨着克莱尔坐在长椅上，并把头靠在他的肩膀上。"你要问我什么事——我想我一定答得上来。"她恭顺地说道。

"好吧——你爱我，也答应嫁给我，因此就引出了第三个问题——'哪一天结婚？'"

"我喜欢这样过下去。"

"可我打算在新年一开始，或者稍晚一点，就动手独自开业了。我想趁我还没让新职位的种种杂务缠住身子的时候，先把媳妇弄到手。"

"不过，"苔丝怯生生地答道，"从实际的角度来讲，等先办好那些事再结婚，不是更好吗？不过，一想到你走了，把我丢在这儿，我也受不了呀！"

"你当然受不了——而且那也不是最好的办法。我开始创业的时候，需要你从多方面帮助我。到底哪一天结婚呀？两个礼拜以后不好吗？"

"不好，"苔丝顿时严肃起来，说道，"我有好多事情得先想一想。"

"可是——"克莱尔轻轻地拉了拉她，让她贴得更近些。

婚姻这个现实迫在眉睫了，真使她感到震惊。他们刚想进一步讨论这个问题，从椅子角旁转出四个人来，走到屋里火光最亮的地方，他们是克里克老板、克里克太太，还有两个女工。

苔丝像一个橡皮球，忽地从克莱尔身边跳了起来，只见她满脸通红，眼睛在火光中闪闪发亮。"我早就知道，跟他坐得这么近会招来什么！"她懊悔恨地嚷道，"我早就对自己说过，一定会有人走进来，撞见我们的！不过，我没有真坐在他的膝盖上，尽管看起来也许是这样！"

"咳——这么一点亮儿，你要是不作声，俺们肯定注意不到你们坐在屋里，"老板回答说。接着，他好像丝毫不懂男女之间的情感似的，神态冷漠地对他太太说，"听俺说，克利斯蒂娜，从这桩事上可以看出，别人没料想到的事情，咱们千万不要以为人家料到了。哦，别那样，她要是不作声，俺一点也想不到她坐在哪儿——压根儿想不到。"

"我们不久就要结婚了。"克莱尔故作镇定地说。

"啊——真的吗！俺听了这话，心里真高兴呀，先生。俺早就想到你要这么办的。她太好了，当个挤奶工可惜了——俺头一天看见她，就这么说过——哪个男人娶了她，都是福气。再说，要是哪个农场主娶她做太太，那就美极了，有她在身边，就不会再受管家的气了。"

苔丝不知怎么溜走了。本来，听了克里克那直言直语的称赞，她已经有些局促不安了，再一见到老板身后两个姑娘的神情，她越发无地自容了。

晚饭后，她回到寝室时，几个伙伴已经全在屋里了。屋里亮着灯，每个姑娘都穿着白色睡衣，坐在床上等候苔丝，犹如一排等待复仇的鬼魂。

但苔丝很快发现，她们心里并没有什么恶意。她们从来就没指望会得到什么，因而也不觉得自己有什么损失。她们抱着一种实在的、观望的态度。

"他要娶她了！"雷蒂目不转睛地盯着苔丝，嘟哝着说，"看她的神气，不是明摆着嘛！"

"你真要嫁给他吗？"玛丽安问道。

"是的。"苔丝说。

"什么时候？"

"还没定日子。"

她们觉得，她这只是托词。"是呀——要嫁给他了——一位绅士！"伊兹·休特重复说道。三个姑娘好像中了魔似的，一个接一个地从自己的床上爬下来，光着脚走过来，围着苔丝站着。雷蒂把双手搭在苔丝的肩膀上，好像在她的朋友做出这般奇迹之后，她要检验一下她是不是凡胎肉身。另外两个姑娘用手搂着她的腰，三个人都瞅着她的脸。

"看上去真像那么回事呀！简直有点出乎俺的意料！"伊兹·休特说道。

玛丽安亲了一下苔丝。"是呀。"她挪开嘴唇，咕哝了一声。

"你亲她，是因为你爱她，还是因为有人已经亲过那儿了？"伊兹·休特冷冷地对玛丽安说道。

"俺可没往那上面想，"玛丽安简慢地说道，"俺只觉得这件事太蹊跷了——要给他做太太的偏偏是她，而不是别人。俺不是说这不应该，俺们三个人谁也不会这么说，因为俺们并没想过要嫁给他——只是爱爱他罢了。不过，要嫁给他的不是别的什么人——不是哪个时髦女子，不是哪个穿绫罗绸缎的阔女人，却偏偏是和俺们一样的她。"

"你们肯定不会因为这件事而恨我吗？"苔丝低声说道。

她们都穿着白睡衣围着她，愣了一阵才回答，仿佛觉得从她脸上能找到答案似的。"俺说不上来——俺说不上来，"雷蒂·普里德尔嘟哝着说，"俺倒是想恨你，可就是恨不起来！"

"俺也是这样，"伊兹和玛丽安齐声应道，"俺没法恨她。不知怎么搞的，她让俺恨不起来！"

"他应该娶你们中间的一个。"苔丝咕哝说。

"为什么？"

"因为你们都比我好。"

"俺们比你好？"几个姑娘低声慢气地说道，"不，不，亲爱的苔丝！"

"你们是比我好！"苔丝激越地反驳道。说罢，猛地挣脱她们抱住她的手臂，伏到抽屉柜上，歇斯底里般地大哭起来，嘴里不停地念叨，"是比我好，比我好，比我好！"

既然一下哭开了，就一发而不可收拾。"他应该在你们中间选一个！"她大声嚷道，"我看，就是到了这一步，我也应该迫使他这么做！——还是你们中的一个嫁给他好些，比——我这是在说什么呀——哦，哦！"

她们走到她跟前，把她抱住，但她还在哽咽，像要把她撕裂似的。"拿点水来，"玛丽安说，"俺们把她的心搅乱了——可怜的家伙，可怜的家伙！"

她们把她轻轻地扶到床前，热烈地亲吻她。"你最配他啦，"玛丽安说道，"你比俺们更体面，更有学问，特别是他又教给你那么多知识。不过，你自己也应该感到骄傲。俺敢说，你一定感到很骄傲吧？"

"是的——我是很骄傲，"苔丝说道，"我居然忍不住哭起来了，好难为情啊！"

她们都上了床，灯也灭了，玛丽安隔着床对她小声说道："苔丝，你当了他太太以后，还要想着俺们，想着俺们怎样跟你说俺们都爱他，俺们怎样不想记恨你，俺们没有恨你，也恨不起来，因为你是他的意中人，俺们从没指望他看中俺们。"

她们并不知道，苔丝听了这番话，辛酸凄楚的泪水又唰唰地往枕头上直淌。她心痛欲裂，决定不顾母亲的告诫，把自己的身世向安琪·克莱尔和盘托出。反正她是为他而活着，他想看不起她，就看不起好啦，母亲想说她傻，就说去吧，她不想再保持沉默了，因为那将被视为对克莱尔的背信弃义，在某种意义上，也似乎对不住那几个姑娘。

第三十二章

　　苔丝抱着这种悔恨的心理，一直不肯说定结婚的日期。虽然克莱尔曾在最诱人的时刻多次问过她，但是到了十一月初，婚期仍然悬而未决。苔丝似乎愿意永远处在订婚阶段，一切都和现在一样。

　　草场上的景致正在变化。不过，下午前半晌挤奶以前，天气仍旧暖和和的，还可以在草场上闲逛一会，而且在这个时节，牛奶场里的活儿也不忙，倒有闲暇逛游。循着太阳那个方向，往潮湿的草地上望去，可以看见一些蛛丝网，在阳光下闪烁，就像海面上的月光，随着涟漪颤动。一只只小蚊虫，游游荡荡地飞进了这道亮光之中，也跟着闪闪发光，仿佛体内带着火似的，随即便飞出了亮光，一下消失不见了，这番短暂的荣耀，它们自己丝毫也不知道。面对这些景物，克莱尔总要提醒苔丝，婚期还没有说定。

　　要么，他就趁晚上陪她去办事的时候，再问问她这件事。原来，克里克太太为了给克莱尔提供机会，经常随便找些差事，吩咐苔丝去做。这些差事，多半是去谷外山坡上的农舍，打听一下送到干草院的那些快要下崽的母牛情况怎么样。因为这个季节，正是母牛世界发生巨大变化的时候。每天都有一批一批的母牛，给送到这个产科医院里，靠吃干草过日子，直到生下小牛；小牛生下以后，刚一能走路，就把母牛小牛一起赶回牛奶场。小牛没卖之前，当然不要挤多少奶，但是，等小牛一卖掉，女工们又得照常干活了。

　　有一天晚上，他们又出去了一趟，回家的路上，来到一座高耸的沙砾峭壁，俯临一片平野。他们停住了脚，静静地听着。眼下，溪里的水都涨得很高，哗哗地漫过水堰，淙淙地穿过涵洞。就连最小的水沟，也涨满了水。哪里都没有近路可抄，过路行人只得走铁路。从下面整个昏暗的山谷中，传来一片纷杂的响声，他们仿佛觉得，下面有一座大都市，这嘈杂的声音，正是城里的人在那里吵吵嚷嚷。

"听起来好像有千千万万的人，"苔丝说道，"在市场上召开市民大会，争论的，劝说的，吵闹的，哭泣的，呻吟的，祷告的，咒骂的，混成了一片。"克莱尔没有特别留神听。

"亲爱的，克里克今天有没有跟你说过，他冬天里用不着许多人手了？"

"没有。"

"奶牛很快就要不出奶了。"

"是的。昨天有六七头牛送到干草院去了，前天送走了三头，差不多有二十头待在干草院了。哦——难道老板不需要我替他照料下小牛的事啦？唉，这儿不再要我了！可我一直在卖劲地——"

"克里克并没有明说不想要你。不过，他知道我们两人的关系，便非常客气，非常恭谨地对我说，我圣诞节离开这儿的时候，想必要把你带走。我就问他，你走了他可怎么办，他只回答说，实际上，在这个时节，有个把女工就行了。我有点负罪感，因为我感到很高兴，他这么一来，就要迫使你下决心。"

"安琪，我觉得你不该感到高兴。因为，尽管这会带来方便，可是让人家不要了，心里总不是个滋味。"

"对呀，是方便了——你也承认了。"克莱尔把手指头点到她脸上。"啊！"他说。

"怎么啦？"

"你的心思让我猜透了，脸都红起来了，我都摸出来了！……不过，我干吗要开玩笑啊！我们不该开玩笑——人生太严肃了。"

"是的。也许我比你先看清这一点。"

这时，她看清了人生的严峻。她若是依照昨天晚上的情绪，说什么也不嫁给他，离开这个牛奶场，那就意味她得去一个陌生的地方，还不是一个牛奶场，因为眼下奶牛都快下崽了，哪里也不需要挤奶女工，她只能去一家垦殖场，再也见不到安琪·克莱尔这样非凡的人物。她并不愿意这么做，可她更不愿意回老家。

"所以，说正经的，最亲爱的苔丝，"克莱尔接着说道，"既然你可能到了圣诞节就得离开这儿，那么，从各方面看，最可心、最省事的办法，就是你把自己许给我，让我把你带走。再说，假如你不是一点心眼也没有的话，你总该知道，我们不能永远这样过下去。"

"但愿能永远这样。但愿永远是夏天和秋天，你永远在追求我，就像今年夏天那样，心里老是想着我！"

"我会永远那样。"

"哦，我知道你会的！"苔丝突然对他泛起一股赤诚的信赖之情，大声嚷道，"安琪，我把我永远属于你的那个日子定下来吧。"

于是，就在那天夜晚归来的路上，在前后左右无数条沟渠的淙淙流水声中，他们终于把这件大事安排好了。

他们一回到牛奶场，就立刻把这消息告诉了克里克夫妇，不过一再嘱咐他们保守秘密，因为两个情人都希望，婚事尽量不要张扬出去。老板本来考虑不久就把苔丝辞退了，现在又显得非常舍不得放她走了。他怎么撇奶油呀？谁来给他做那带装饰的黄油团子，卖给安格尔伯里和桑德伯恩的太太小姐们？克里克太太向苔丝道喜，说她总算不再犹豫了，把终身大事定下来了，还说她头一回看见苔丝，就料想她绝不会嫁给一个普普通通的庄稼汉；苔丝刚来的那天下午，从场院里走过的时候，那副样子谁也比不上；她敢肯定，她出身于高贵人家。事实上，克里克太太倒的确记得，那天她看见苔丝走来时，还真觉得她又优雅又漂亮，至于说到苔丝高贵，那也许是她后来知道了底细，凭借想象臆造出来的。

苔丝现在悠悠忽忽地打发着日子，心里再也没有了主意。话已经说出口了，婚期已经定下来了。她天生聪明伶俐，现在却跟庄稼人以及那些只注重自然现象、少与世人往来的人们一样，产生了听天由命的念头。因此，她的情人说什么，她就百依百顺地答应什么，她目前就是这样的心境。

不过，她又给母亲写了一封信，表面上是通知她结婚的日子，实际上是再次恳求她出主意。一位有身份的上等人要娶她做太太，也许母亲还没充分料到这一点。若是等到婚后再做解释，对于一个比较粗鲁的人来说，兴许还容易忍受些，但是对于克莱尔这样的人，可能就接受不了啦。不过，这封信发出之后，并没有收到德贝菲尔夫人的回信。

尽管安琪·克莱尔对自己、对苔丝一再表示，从实际考虑需要立即结婚，而且话说得似乎很有道理，但是这一举动确实带有几分轻率的成分，这到后来看得越发明显了。他很爱苔丝，但也许有些偏于理想，耽于空幻，不像苔丝对他那样热烈，那样彻底。他本来以为，他注定要过那种不大用脑的田园生活，却没有想到，他会偷偷地找到这么一个质朴而迷人的姑娘。天真淳朴，本来只是说说而已，他来到这里以后，才知道天真淳朴还真是迷人。但是，他还远远没有看清自己的前途，也许还得再过一两年，他才能觉得自己真正开始立业了。这里的奥秘在于：他总觉得，他家里人的种种偏见妨碍了他的前途，因而使他的事业和性情都蒙上了一层铤而走险的色彩。

"等你把中部的农场完全安顿好以后，再来办这件事，你不觉得更好些吗？"苔丝有一次怯生生地问道。当时，克莱尔正想在英国中部开办农场。

"实话对你说吧，苔丝，我不愿意让你离开我，没有我的保护和爱怜，你上哪儿我都不放心。"

这句话就其本身而言，倒也颇有道理。他对苔丝的影响是显而易见的，他的态度和习惯，他的言谈和话语，他的爱好和憎恶，全都使她受到了感染。要是把她丢在农场上，那就会使她逐渐退化，变得跟他不相协调了。他之所以想把她留在自己身边，还有另一个原因。他把她带到远方（不论在英国还是去殖民地）安家立业之前，他父母自然想要至少见她一面。他既然不想让父母的意见左右他的意图，便由此断定：他在寻求创业的有利时机时，先带着她在公寓里住上几个月，一定能把她训练得雍容大方一些，再领她到牧师住宅拜见婆婆时，就不会觉得是活受罪了。

　　接下来，他想去瞧一瞧面粉厂的操作过程，心想他将来也许要搞联合经营，既种小麦，又磨面粉。井桥村有一座又大又旧的水磨磨坊——从前归一家寺院所有——磨坊主曾经答应过他，说他只要愿意，随时都可以去参观磨坊里古老的操作方式，还可以动手操作几天。这座磨坊离他们只有几英里远，有一天，克莱尔到那里去了一趟，探问一下详情，晚上才回到塔尔勃塞。苔丝发现，他决定到井桥磨坊待一些日子。他为什么做出这样的决定呢？并不是因为他真要去考察磨面筛面，而是因为他无意中发现，那里有一座农庄住宅，以前没有破败的时候，曾是德伯维尔家一个支族的宅第，他可以在那里租到寓所。克莱尔总是这样，凭借与实际无关的一时情绪，去解决实际问题。他们决定，结婚以后不到城里住旅馆，而是立刻去那里，住上两个礼拜。

　　"然后我们就动身去伦敦那一边，我听说那儿有几家农场，咱们到那儿去瞧瞧，"克莱尔说道，"到三四月，我再带你去看看我父母。"

　　类似这样的打算，提了一个又一个。那个不可思议的日子，苔丝要归他所有的那个日子，已经临近了。吉期就定在十二月三十一日，除夕那一天。苔丝自言自语地说，她就要做他的妻子了。难道真会有这样的好事吗？他们两个要结合在一起，什么也不能把他们拆散，任何事情都由两人共同分担。为什么不能这样呢？然而又为什么要这样呢？

　　一个礼拜天早晨，伊兹做完礼拜回来，私下跟苔丝说道：

　　"今天早晨，没念你们的结婚公告呀。"

　　"什么？"

　　"今天该是第一次公布，"伊兹静静地看着苔丝，回答道，"你们打算在除夕那天结婚吧，亲爱的？"

　　苔丝急忙做了肯定的回答。

　　"总共要公布三次。可现在到除夕，中间只剩下两个礼拜天了。"

　　苔丝觉得自己的脸唰地白了。伊兹说得很对，当然要公布三次。也许是克莱尔搞忘了！如果真是这样，就得往后推迟一个礼拜，那可就不吉利了。她该怎样提醒她的情人呢？她本来总是畏畏缩缩的，现在却突然变得心急如焚，惊慌失措了，唯恐失去自己心爱的珍宝。

幸好出了一件合乎常情的事，打消了她的焦虑。伊兹把没有发布结婚公告的事，对克里克太太说了，克里克太太摆出一副主妇的姿态，跟克莱尔谈起了这件事。"你忘了吧，克莱尔先生？俺是指结婚公告。"

"没有，我没有忘。"克莱尔说道。

他私下里一见到苔丝，就安慰她说："别听他们瞎嘀咕结婚公告的事儿。咱们领个结婚许可证，会办得更清静一些，我没有跟你商量，就自己决定采用结婚许可证，这样一来，你礼拜天早上到了教堂里，要想听见你的名字，可就办不到了。"

"我并不想听见我的名字呀，最亲爱的。"苔丝得意地说道。

不过，苔丝得知一切都安排妥当，心里不禁如释重负。她本来还有点害怕，担心有人听了结婚公告，会端出她的底细，反对这门婚事。事态的发展对她多有利啊！

"我并不觉得很踏实，"她自言自语地说道，"现在交这样的好运，以后来一阵厄运，把好运全给冲光了。老天爷多半都是这样捉弄人的。我还不如索性采用通常的结婚公告呢！"

但是，一切都进展得很顺利。她在捉摸，她结婚的时候，克莱尔是喜欢她穿着现在这件最好的白礼服呢，还是她得去另买一件新的。好在克莱尔早有先见之明，从邮局里给她寄来几个大包裹，这个问题也就迎刃而解了。苔丝打开包裹一看，里面全是衣服，从头上戴的到脚上穿的，一应俱全，其中还有一套完美的晨服，对于他们所筹划的这种简单婚礼，这套晨服是再合适不过了。包裹送到不久，克莱尔就走进屋来，听见她正在楼上解包裹。

不一会，苔丝满脸通红，两眼含泪，走下楼来。

"你想得真周到啊！"她把脸贴在他的肩膀上，嘴里小声说道，"连手套、手绢都想到了！我亲爱的——你多细心，多周到啊！"

"哪里，哪里，苔丝。只不过向伦敦的一个女店主订购一下——

这算不了什么。"

为了不让苔丝把他抬得太高，他叫她上楼去，从从容容地试试衣服，看看是否都很合适；要是有什么不合适的，就找村里的女裁缝改一改。

苔丝果真回到楼上，把礼服穿上了。她一个人在镜子前面站了一会，端详自己穿上绸子衣服的风韵。接着，她忽然想起了母亲给她唱过的一首有关神秘长袍的民歌：

> 妻子一旦做了错事，
> 便永远穿不了这件斗篷。[①]

她小时候，母亲常给她唱这首民歌，调子非常欢畅，样子非常调皮，一面还用脚踩着摇篮，当作节拍。要是她穿的这件长袍，到时候也像昆纳芙王后穿的那件一样，改变了颜色，泄露了她的秘密，那可怎么办呀？自从她来到这家牛奶场以来，她这还是第一次想起这首民歌呢。

第三十三章

安琪很想在结婚之前，跟苔丝到别处去玩一天，作为他俩还是情侣的时候，最后陪她游玩一次。这将是富有浪漫气息的一天，这种情况以后永远不会再出现了。与此同时，那个大喜日子就近在眼前了。因此，在结婚前的一个礼拜里，他提议到最近的镇上去买些东西，两人便一起动身了。

克莱尔住在牛奶场上，几乎过着隐居的生活，跟他本阶级的人毫无来往。好几个月，他也不进一趟城，因为用不着马车，自己也从没

[①] 引自英国民歌《儿童与斗篷》。歌里讲一个男孩将一件神秘的斗篷献给亚瑟王，说斗篷可以检验女人是否忠于丈夫。昆纳芙王后穿上后，斗篷顿时变了颜色，表明她是个不贞的女子。

备一辆，遇到要骑马的时候，就租老板的矮脚马，遇到要坐车的时候，就租老板的轻便马车。那天，他们是坐着轻便马车去的。

他们两个有生以来第一次一道置办共用的东西。那天正是圣诞节前夕，店铺里摆满了冬青树和槲寄生，街上熙熙攘攘的，尽是为了过节而来自全郡各地的陌生人。苔丝挽着安琪的胳膊，在人群里走着，美丽的面孔又平添了喜气洋洋的神采，但却不断受到人们直勾勾的注视，她又觉得不大好受。

傍晚时分，他们回到了寄放车马的旅店，克莱尔去照看把车马赶到门前，苔丝站在门口等候。大客厅里满是房客，进进出出没个清静的时候。每次有人进出时，门跟着一开一关，屋里的灯光就往苔丝的脸上一照。这时，出入的人丛中有两个人，打苔丝身边走过。其中一个觉得很惊讶，把她上上下下打量了一番，苔丝料想他是特兰岭人，不过那个村庄远在好多英里以外，这里很少见到特兰岭的人。

"一个好漂亮的小姐！"另一位说道。

"不错——是够漂亮的。不过，要是俺没看错的话——"接着，就把他同伴所说的后半截话给否定了。[①]

这时，克莱尔刚好从马厩那里回来，在门口碰见了那个人，听见了他那不三不四的话，看见了苔丝那畏畏缩缩的神色。一见苔丝受到这番凌辱，他心如刀割一般，也不管三七二十一，就倾注全力，朝那人的下巴揍了一拳，打得他跟跟跄跄地退到走廊里。

那个人站稳了脚，似乎要扑过来动手，克莱尔跨出门外，摆出一副自卫的架势。不过，他的对手转念一想，又改变了主意。他从苔丝身旁走过去，又重新看了看她，对克莱尔说道："对不起，先生。都怪俺认错了人，俺还以为她是四十英里以外的另一个女人呢。"

克莱尔觉得自己太冒失了，况且这事也怪他，居然把苔丝一个人丢在旅店的走廊里，因此，他按照遇到这种情况时的惯有做法，给了

---

① 意即说苔丝已不是个姑娘了。

那个人五先令，算是弥补这一拳的过失。于是，他们相互心平气和地道了一声晚安，便分手了。克莱尔从马夫手里接过缰绳，一对情侣便赶着车动身了，那两个男子也立即朝另一方向走去。

"你真认错人了吗？"那第二个人问道。

"压根儿没认错。不过，俺不愿意伤那位先生的心罢了——俺真不想。"

这时候，那对情侣正赶着车往前走。"我们能不能把婚礼稍微往后推一推？"苔丝以干哑低沉的声音问道，"我是说，要是我们愿意的话。"

"不，亲爱的，你冷静一点。难道你想给那家伙一点时间，好以侵犯人身的罪名，叫法庭来传我？"克莱尔逗趣地问道。

"不——我的意思只是——假如婚礼得往后推一推的话。"

苔丝究竟是什么意思，并不十分清楚。克莱尔叫她不要胡思乱想了，她也尽量顺从地照办了。但她一路上显得很消沉，总是沉闷不语。后来她心想："我们得离开这儿，走得远远的，到几百英里以外的地方，那儿绝不会再发生这种事情，绝不会出现过去的阴影。"

那天晚上，他们在楼梯口情意绵绵地分了手，克莱尔登上阁楼去了。苔丝觉得剩下的日子不多了，恐怕时间不够用，便没有立刻睡觉，而在收拾一些必需的东西。她坐着收拾的时候，忽然听见楼上安琪屋里响起砰砰的捶击声，好像在打架似的。场里的人都睡着了，她心里很焦急，生怕克莱尔在闹病，便跑到楼上敲他的门，问他出了什么事。

"哦，没什么事，亲爱的，"克莱尔从屋里说道，"打扰你了，真抱歉！不过，说起来真逗人，我睡着了，梦见我又和欺侮你的那家伙打起来了，今天我拿出旅行包来装东西，你听到的是我用拳头捶击旅行包的声音。我睡觉的时候，有时会犯这种怪毛病，你去睡吧，别再想啦。"

这是左右她天平的最后一个砝码，改变了她的迟疑不决。要把过去的事亲口对他说出来，她是做不到的；不过，还有别的办法。她坐下来,把三四年前发生的那些事情,简要地写在一张叠成四页的信纸上,装进信封,写上克莱尔亲启的字样。接着,唯恐自己再软下来,她立刻光着脚上了楼,把那封信从他的门底下塞了进去。

她一夜都没睡安稳,这也是情理之中的事。她在注意听楼上头一声微弱的声音。这声音终于像往常一样发出来了。克莱尔也像往常一样下楼了。苔丝也下了楼。克莱尔在楼梯底下迎接她,亲吻了她。还真像往常一样热烈吗?

她觉得,克莱尔看上去有点疲惫不安。不过,对她披露自己的事,他却只字未提,就是两人单独在一起的时候,他也缄口不提。他会不会看到那封信呢?她觉得,除非他先开口,否则她是不便说起这件事的。就这样,一天过去了,显然,不管他心里是怎么想的,反正他是不想说出来。然而,他还像以前一样坦诚相见,情意绵绵。难道她的忧虑都是些孩子的见识?莫非他饶恕了她,他爱的就是她这样的人,并且在笑她那样心神不宁,好像在笑话一场愚蠢的噩梦一般?他真拿到她的那封信了吗?她往他屋里瞧了瞧,可看不见那封信的踪影。也许是他饶恕她了。不过,即使他没拿到那封信,她也对他产生了一股热烈的信赖感,认为他一定会饶恕她。

每天早晨,每个晚上,他都像以前一样,于是除夕来临了——结婚的日子到了。

这对情人不用在挤奶的时候起来了,他们两个住在场里的最后一个礼拜,受到的有点像是客人的待遇,苔丝一个人享有一间屋子。他们下楼吃早饭的时候,惊奇地发现,为了庆贺他们的婚事,大厨房里布置得跟以前大不一样了。原来,天还没亮,老板就吩咐人把壁炉的凹口处刷得雪白,把砖炉床也刷得通红,以前壁炉拱顶上带有黑色条纹的蓝布风帘也不见了,却换上了一个闪闪发光的黄色绸缎风帘。在一个阴沉的冬日早晨,壁炉本来就是屋子的中心,现在又给修葺一新,给整个屋子带来了一片喜气洋洋的景象。

"俺打定主意干点什么,表示庆贺,"老板说道,"俺本该按照老规矩，去请一班乐队，带着大提琴、小提琴全套家伙，红红火火地热闹热闹，不过你们不喜欢这一套，俺只能想出这个法子，搞个不吵不闹的活动。"

苔丝的亲人住得太远，即使邀请他们来参加婚礼，他们也不是轻易就能来的。实际上，压根儿就没请马洛特的什么人。至于安琪的家里人，他倒是写信把日期告诉了他们，并且表示说，如果有人愿意来参加婚礼的话，他希望他们至少能来一个人。他的两个哥哥压根儿没有回信，仿佛对他非常气愤。父母亲倒是写了一封很伤感的信，埋怨他不该这么匆匆忙忙地结婚，不过，事到如今也只能勉强认了，说是虽然从没料到会娶一个挤牛奶的女人做儿媳妇，但是儿子已经长大成人，也许他最清楚自己应该娶个什么样的女人。

家里人尽管这么冷漠，克莱尔并不觉得怎么难过，因为他手里有一张王牌，不久就会让家里人大吃一惊。他觉得，要是苔丝刚离开牛奶场，就把她带给家里人看，说她是德伯维尔家的后裔，是一位大家闺秀，未免有些鲁莽冒失。因此，他一直隐瞒着她的家世，打算花几个月工夫，带她到外面走走，教她念些书，熟悉一下人情世故，然后再带她去见他父母，表明她的家世，这时苔丝就不会有辱那名门世家，他可以扬扬得意地让她亮相了。这种想法即使没有什么大不了的，至少也是一个情人的甜蜜梦想。也许，苔丝的门第对他来说，比对世界上任何人都更有价值。

苔丝发觉，安琪对她的态度还和以前一样，没有因为她的那封信，而丝毫有所改变，因此她有些心虚，怀疑他是否真的看到信了。她没等克莱尔吃完早饭，就离开了饭桌，急急忙忙上了楼。原来她忽然想起，应该把克莱尔住了这么久的那间古怪、清冷的陋室，或者不如说是巢穴，再仔细检查一番，于是便登上梯子，见那屋子敞开着门，就站在门口观察沉思。她俯下身子，往门槛那里看去，两三天以前，她急急慌慌之中，就是从这下面把信塞进去的。屋里的地毯一直铺到门槛跟前，就在地毯的边缘下面，她看见装有她那封信的自信封，露出一点点白边。

原来，她当初急急忙忙地塞信时，不光塞到了门底下，还塞到了地毯底下，克莱尔显然没有看见这封信。

她觉得晕晕乎乎的，把信抽了出来。一瞧，信还封得好好的，跟她刚塞下的时候一模一样。那个像山一样沉重的包袱还没有卸掉。不过，现在她可不能再让他看这封信了，因为全场都在忙忙碌碌地给他们预备婚礼。她只好下了楼，回到自己房里，把信毁了。

克莱尔再见到她的时候，她脸色一片苍白，克莱尔感到非常焦急。苔丝把信塞错了地方，她欣然接受了这一事故，仿佛天意不让她坦白似的。不过，她良心上又觉得未必是这样，反正还有时间，但是，一切都是乱哄哄的，屋里人来人往，个个都要穿衣打扮，老板和老板娘都应邀要做证婚人，因此，要想沉思默想，从容交谈，那几乎是不可能的。苔丝能和克莱尔单独相见的唯一时机，就是他们俩在楼梯口相逢的那一片刻。

"我很想跟你谈一谈——我要坦白我的全部过失和错误！"她假装轻松的样子说道。

"不，不——我们不能谈什么过失——亲爱的，至少在今天，你得让人看作十全十美才行，"克莱尔嚷道，"我想，今后我们有的是机会谈论我们的过错。到时候，我也要坦白我的过失。"

"不过，我想我最好还是现在就说出来，这样你就不会说——"

"得啦，我这位不切实际的小姐，你什么也别对我说——等我们在新房里安顿下来，你再说。现在可不行。到时候，我也把我的过错告诉你。不过，咱们可别让这些过错搅坏了这个好日子。等到以后无聊的时候，倒是些解闷的好材料。"

"那你是不愿意让我现在讲啦，最亲爱的？"

"我不愿意，苔丝，实在不愿意。"

他们马上就要更衣动身了，没有工夫再谈下去了。听了克莱尔的那番话，苔丝又想了一想，似乎觉得放心了。她对克莱尔的一片赤诚，就像一股激流席卷着她，使她不知不觉地度过了随后那至关紧要的两个钟头，因而也顾不得再思前想后了。她唯一的愿望，是让自己做他的女人，称他为自己的丈夫，自己的亲人——然后，假如必要的话，就死去——这一愿望，她抵制了这么久，现在终于使她从沉闷的凝思中解脱出来。她梳妆打扮的时候，像是驾着五彩缤纷的空幻云朵，那辉煌的光彩盖住了一切不测的阴影。

教堂离得很远，特别又正是冬天，他们只得乘马车去了。他们从路旁一家客栈里，定了一辆轿式马车，这还是从前靠驿车旅行的时候，一直放在店里的老家当。车子的轮辐很粗，轮瓦很厚，车架又弯又大，缰绳和弹簧都特别粗大，车辕就像攻城的大槌。赶车的是一个六十岁的老"车童"——由于年轻时过多地经受了风吹雨打，再加上好喝烈酒，所以长期害风湿性痛风病——自从不再用他专门赶车以来，已经过了整整二十五年了，他总是无所事事地站在客栈门口，仿佛在等待昔日的时光重新来临似的。过去，他在卡斯特桥的王徽旅店当了多年的正式车夫，由于右腿外侧让那豪华马车的车辕磨得始终血淋淋的，所以那地方留下了一块总在流脓的疮口。

这一行四人——新郎、新娘以及克里克夫妇——就坐在这辆笨重的、嘎嘎吱吱的马车里，那个老朽不堪的车夫就坐在他们前面。安琪本想两个哥哥至少能来一个，给他做伴郎，他给他们写信时，也委婉地露过这个意思，但是他们都没有回信，表明他们是不肯来了。他们本来就不赞成这门婚事，当然也就不能指望他们来帮忙了。也许，他们不来反倒好些。他们并不是善于处世的年轻人，且不说他们对这门亲事有意见，就是让他们和牛奶场的人们亲善相处，像他们那样心怀偏见、故作优雅的人，也会觉得很不舒服的。

苔丝当时情绪十分高涨，仿佛腾云驾雾似的，因而对这一情况了无所知。她看不见眼前的一切，也不知道他们去教堂走的是哪条路。她只知道安琪紧靠在她身旁，其余的一切全是一片灿烂的迷雾。她有点像是一个只存在于诗歌里的天上生灵了——成了克莱尔跟她一起散步时，经常谈及的那种古典文学中的仙女了。

他们既然采取结婚许可证的方式，所以教堂里只有十来个人。即使来了上千的人，也不会对苔丝产生更深的印象。他们离她现在的世界，就像天上的星辰一样遥远。她宣誓永远忠贞于他时，觉得那样庄严，真让她心醉神迷，平常的儿女之情与之一比，可就显得过于轻浮了。仪式停顿的时候，他俩一起跪在那里，苔丝不知不觉地将身子朝他歪去，肩膀碰着了他的手臂。原来，她脑子里闪过一个念头，使她感到惊恐，因而便不由自主地做出这一动作，想让自己确信他真的待在那里，并且进一步增强自己的信心，认为他对她的忠诚能经得起一切考验。

克莱尔知道，苔丝很爱他；她浑身上下，处处都表明了这一点。但是，那时候，他还不知道她对他爱得多么深沉，多么专一，多么驯良，也不知道这其中蕴含着什么样的痛苦，什么样的真诚，什么样的折磨，什么样的坚贞。

他们走出教堂的时候，敲钟人敲起钟来，发出了三种音调和鸣的当当声——由于教区比较小，建造教堂的人觉得，有三架钟也就够教民们受用了。苔丝和丈夫一起经过钟楼，沿着小路往栅门那里走去，这时她能感觉到，那嗡嗡的钟声从装有气窗的钟楼里发出来，震荡着周围的空气，与她内心的高昂情绪正相协调。

在这样的心境中，她觉得自己被身外射来的光芒照得一片辉煌，就像圣约翰在太阳里看见的天使一般[1]；等教堂的钟声渐渐消失，婚礼引起的情绪渐渐平静下来，她的这种心境也跟着终结了。这时候，她的眼睛才能清楚地看出物体的细部来。克里克夫妇吩咐把他们自己的轻便马车套来，而把那辆大马车让给那对年轻夫妇，直到这时，苔丝才第一次注意到那辆车的构造和特征。她一声不吭地坐在那里，把这辆车端详了许久。

"我觉得你好像情绪不高，苔丝。"克莱尔说。

"是的，"苔丝用手按按额头，回答说，"有很多事情让我胆战心惊。

---

[1] 参见《圣经·新约·启示录》第十九章第十七节。

一切搞得太一本正经了，安琪。……单说这辆马车吧，我以前好像看见过，仿佛很熟悉。真奇怪——我一定是在梦里看见过。"

"哦——你听说过德伯维尔家那辆大马车的传说——你们家当年在这一带走红的时候，出了一桩迷信的事儿，全郡人人都知道。一定是这辆笨重的旧马车，让你想起了那个传说。"

"我不记得听人说过，"苔丝说道，"是什么传说——能告诉我吗？"

"呃——眼下我最好还是不要细说。大约十六世纪或十七世纪的时候，德伯维尔家有一个人在自家的大马车里犯下一件可怕的罪行。从那以后，这家人随时都会看见那辆车的模样，或是听见那辆车的动静——不过，我还是改天告诉你吧——真是阴森森的。显然，你原先隐隐约约知道一点，现在看见了这辆旧马车，心里又想起来了。"

"我不记得以前听人说过，"苔丝小声说道，"安琪，你说我们家的人看见那辆马车，那是在他们要死的时候，还是在他们犯了罪的时候？"

"别说啦，苔丝！"安琪亲了她一下，不让她说下去。

他们回到家时，苔丝感到很懊悔，总也打不起精神。不错，她已经是安琪·克莱尔太太了，可她在道义上有权力享受这一名分吗？说她是亚历克·德伯维尔太太，岂不是更确切吗？正直的人会认为保持缄默是要受责备的，难道热烈的爱情就能使这该受责备变成正当无辜的吗？她不知道，在这种情况下，一个女人应该怎么办。也没有人能给她出个主意。

不过，有那么一阵，只有她一个人待在屋里——这是她可以走进这间屋子的最后一天——她跪下来祷告。她本想向上帝祈祷，但她真正祈求的，却是她丈夫。她太崇拜这个人了，她几乎害怕这是一个不祥之兆。她想起了劳伦斯修士所表明的观点："这种狂暴的欢乐，必将产生狂暴的结果。"她崇拜得太厉害，太过分，太疯狂——太不要命了，不是人受得了的。"哦，我亲爱的，我亲爱的，我怎么这么爱你啊！"苔丝在屋里低声自语道，"因为你所爱的女人，并不是真正的我，而是一个和我长得一模一样的女人，一个我本来可以成为的女人！"

到了下午，该是他们动身的时候了，他们决定按照原先的计划，在井桥磨坊附近的旧宅里租几个房间，在那里住上几天，同时了解一下面粉加工的过程。两点钟的时候，一切准备就绪，就等着启程了。牛奶场的工人全都站在红砖门厅里，替他们送行，老板夫妇跟着他们走到门口。苔丝看见她那三位同屋的伙伴并排靠墙站着，快快不乐地低着头。她本来总在怀疑，临别时她们会不会露面，但是她们全出来了，个个都尽力克制，坚持到最后。她知道娇柔的雷蒂为什么显得那么脆弱，伊兹为什么那么悲伤，玛丽安为什么那么茫然。她只顾捉摸她们的忧伤，一时间却忘记了萦绕在她心头的阴影。

她心里一冲动，便对丈夫小声说道："你把那几个可怜的人都吻一下，算是头一次，也是最后一次，好吗？"

克莱尔丝毫也不反对这样一种告别形式——对他来说，这只不过是一种形式罢了——他从她们身边走过的时候，把她们挨个都吻了一下，嘴里一边说声"再见"。他们走到门口的时候，苔丝带着女性特有的敏感，回头望去，想看看这仁慈的亲吻产生了什么效果。她本来可以露出扬扬得意的神气，但她却没有这样做。即使她有这种神气，可一看到那几个姑娘那样动情，她那种神气也就顿时消失了。那一吻分明害了她们，激起了她们在竭力压抑的感情。

这些情况，克莱尔毫无察觉。他走到栅门那里，同克里克夫妇一一握手，对他们的关照，最后一次表示感谢。接着，大家都一声不响地看着他们动身。突然，一声鸡鸣打破了寂静。原来，那只长着蔷薇冠子的白公鸡跑过来了，飞到房前的栅栏上，离他们不到几码远，朝着他们啼叫起来，起初声音很尖，震动着他们的耳膜，后来渐渐减弱，像岩谷里的回声一般。

"啊？"克里克太太说，"下午鸡叫？"场院栅门旁站着两个工人，给他们把门开着。

"这可不吉利呀。"一个人对另一个人悄悄说道，却没想到，他这话连站在栅门口的那群人也能听见。

公鸡又叫了一声——而且直冲着克莱尔。

"嗨！"老板说道。

"我不喜欢听这公鸡叫！"苔丝对丈夫说道，"叫车夫赶车走吧。再见，再见！"

公鸡又叫了一声。

"呼唏！快滚开，你这家伙，要不俺就扭断你的脖子！"老板有些恼怒地说道，一面转过身把鸡赶走了。一起回屋的时候，他对他太太说道，"你想想今天这事儿怪不怪，俺这一年到头，还从没听见这鸡在后晌叫呢。"

"那不过是说天气要变了，"太太说道。"不会像你想的那样，不可能的！"

第三十四章

他们俩坐着车，沿着谷里的平路，往前走了几英里，便到了井桥村，然后从村里往左拐去，过了一座伊丽莎白时代的大桥，正是因为有这座桥，这个村名中才带了一个"桥"字。紧靠大桥的后面，就是他们租了房间的那座宅子。宅子的外观，凡是到过弗鲁姆谷的人，全都非常熟悉。它原先是一幢壮丽的大庄宅的一部分，属于德伯维尔家的房产和府第，但是，自从部分拆毁以后，就变成一座农舍了。

"欢迎你来到你祖上的一座宅第！"克莱尔一面说，一面把苔丝扶下车来。但他又后悔不该说这句打趣的话，这话太像是挖苦了。

他们进屋后才发现，尽管他们只租了两间屋子，可房东却利用他们计划在这里住几天的机会，给几个亲戚朋友拜年去了，只雇了附近乡舍的一个女人，来照料他们并不多的几桩需求。整座房子都归他们享用，这使他们感到很高兴。他们意识到，这是他们第一次享受独居一宅的乐趣。

但是，克莱尔发觉，他这位新娘子见了这所又老又旧的住宅，心里不禁有些抑郁。马车走了以后，那个打杂的女仆就领着他们，到楼上去洗手。走到楼梯口，苔丝站住了脚，吓了一跳。

"怎么啦？"克莱尔问道。

"这两个女人好吓人！"苔丝笑吟吟地答道，"我让她们吓了一大跳。"

克莱尔抬头一看，只见有两幅与真人一般大小的画像，嵌在墙内的镶板上。来过这座宅第的人都知道，画上画着两个中年妇女，论年份大约是二百年以前，两人的相貌只要看上一次，就永远不会淡忘。一个是长脸膛，尖下巴，眯缝眼，还要强作笑颜，露出一副阴险无情的神气；另一个鹰钩鼻子，大牙齿，瞪着大眼，显出一副盛气凌人，凶神恶煞的样子。谁见了这两副嘴脸，就是在梦中也会惊恐不安的。

"这是谁的画像？"克莱尔问那女仆。

"我听老一辈的人说，她们是这座宅子的老宅主德伯维尔家的两位夫人，"女仆说道，"两幅画像都镶在墙里头，没法撤走。"

这件事令人不快，不仅是两幅画像把苔丝吓了一跳，而且就从两个过分显著的容貌中，无疑还可以看出苔丝那眉清目秀的影子。不过，克莱尔对此却没说什么，只是后悔不该自找麻烦，选了这么一幢房子度蜜月，随即便走到隔壁屋里去了。这房子本是匆匆忙忙收拾出来的，他们两个只好在一个脸盆里洗手。克莱尔在水里摸到了苔丝的手。

"哪些手指是我的，哪些是你的？"他抬起头来问道，"都混淆不清了。"

"都是你的，"苔丝甜蜜地说道，竭力装出很快活的样子。在这种时候，她那样心事重重，克莱尔还没有感到不快。凡是敏感的女人，都会思考问题的；不过苔丝知道，她是太多虑了，所以要竭力克制。

在除夕那个短暂的下午，太阳低垂着，阳光从一个小洞射进屋里，形成一条金棒，投到苔丝的裙子上，好像颜料在上面染了一块。他们走进那间古老的客厅吃茶点，两人在这里第一次单独同桌用餐。他们一身孩子气，或者不如说，克莱尔一身孩子气，他要和苔丝共用一只黄油面包盘子，觉得这很有趣，而且还要用自己的嘴去抹掉她嘴唇上的面包屑子。他有点纳闷，他这样闹着玩，苔丝怎么却不起劲。

克莱尔闷声不响地瞅了她好半天。"她是个招人喜爱的宝贝苔丝，"他暗自想道，仿佛终于看懂了一段难读的文字，"我有没有真正经领会到，不管我的信仰和命运是好是坏，这个小小的女子已经完完全全无可改变地和我联系在一起了？我恐怕没有。我想我难以领会，除非我自己是个女人。我享福，她跟着享福，我受罪，她也跟着受罪。我落得怎么样，她也得跟着怎么样。我达不到的，她也达不到。难道我会怠慢她，伤害她，甚至不把她放在心上吗？但愿上帝不容许我犯这样的罪孽！"

他们坐在茶桌前，等候行李，因为克里克老板答应过，要在天黑以前把行李送到。但是，夜幕开始降临，行李还没有送来，而他们除了身上穿的，就什么也没有带。太阳落山以后，冬天白昼的沉静状态也改变了。屋外发出一种沙沙的响声，好像丝绸受到剧烈摩擦似的。那些在秋天里落下的枯叶，本来静静地躺在地上，现在让风一吹，全都骚动起来，不由自主地旋来旋去，噼里啪啦地打到百叶窗上。转眼间，下起雨来。

"那只公鸡早就知道要变天了。"克莱尔说道。

那个服侍他们的女人早已回家过夜去了，不过她往桌上放了几支蜡烛，现在他们就把蜡烛点着了。每支蜡烛的烛光都朝壁炉那边晃动。

"这种老房子到处透风，"克莱尔望着烛光和往下流淌的烛泪，继续说道，"不知道那行李现在在什么地方？咱们连一把刷子、一把梳子也没有。"

"我也说不上来。"苔丝心不在焉地答道。

"苔丝，今天晚上你一点也不高兴——一点也不像你平常那样。

一定是楼上嵌在墙上的那两个凶老太婆把你吓坏了。真对不起，我不该把你带到这儿。我不知道你到底是不是真的爱我。"

他明明知道苔丝爱他，因此说这话并没有什么正经的意思。但是，苔丝听了却满腹委屈，就像一只受了伤的动物，不由得畏缩了一下。虽然她想极力忍住不要流泪，可还是止不住掉下了一两滴。

"我不是有意的，"克莱尔抱歉地说道，"我知道，你因为没拿到用的东西，心里感到着急。我真不明白，老乔纳森怎么还没把东西送来。你瞧，都七点钟了。……啊，他来啦！"

有人敲门了，因为屋里没有别人去应门，克莱尔便自己出去了。他回到屋里的时候，手里拿着一个小包裹。

"结果还不是乔纳森，"克莱尔说道。

"真叫人恼火。"苔丝说道。

这个包裹是专人送来的。那人从埃明斯特牧师住宅赶到塔尔勃塞的时候，新婚夫妇刚刚离开，所以那人又跟到这里，因为主人家吩咐过，一定要把包裹当面交给本人。克莱尔把包裹拿到亮光里一看，只见它还不到一英尺长，包在帆布里，用线缝好，缝口上封着红火漆，打着他父亲的印章，包裹面上写着他父亲的亲笔字："安琪·克莱尔夫人收。"

"这是送给你的一件小小的结婚礼物，苔丝，"克莱尔一面说，一面把包裹递给了苔丝，"他们想得真周到啊！"

苔丝接过包裹时，神情有点慌张。"我想还是你来替我打开吧，最亲爱的，"她把包裹翻了个个儿，说道，"我不想拆那火漆，看起来太郑重了。请你替我打开吧！"

克莱尔打开包裹。里面是一只山羊皮制的小匣子，匣子上面放着一封短信和一把钥匙。

短信是写给克莱尔的，内容如下：

亲爱的儿子：

也许你已经忘记，在你很小的时候，你的教母皮特尼太太——

一个爱慕虚荣、心地善良的女人——临终时把她的一部分珠宝交给了我，将来等你结婚的时候，赠给你的妻子（无论你娶的是谁），以表示她对你和你妻子的一片情意。我不负所托，就把这珠宝一直存在银行里。虽说在目前情况下，我觉得这么做未免有点不合适，但是你要明白，既然这些珠宝理应归你妻子终身使用，我就有义务转交给她，所以我就立即叫人送去。我想，按照你教母的遗嘱，严格说来，这些东西就成了传家之宝了。随信附上关于此事的那条遗嘱的原文。

"我现在想起来了，"克莱尔说，"不过，我先前可全忘了。"他们打开匣子，发现里面装着一条带坠子的项链，一副手镯，一对耳环，还有一些别的小首饰。

苔丝起初好像不敢碰这副珠宝，但是，克莱尔把它们摆开以后，她的眼睛霍地一亮，就像那钻石一样晶莹。

"这都是我的吗？"她将信将疑地问道。

"当然是你的。"克莱尔说道。

他望着炉火，心里回想起，他还是个十五岁少年的时候，作为他教母的那位乡绅太太——他平生接触过的唯一的阔人——相信他一定会有出息，说他以后一定会前程似锦。既然猜测他会有这样的前程，那么，把这些珠光宝气的首饰留给他的妻子，再传给她子孙的妻子，似乎没有什么不恰当的地方。现在，这些珠宝在闪烁着，仿佛有点讥讽似的。"可又为什么呢？"克莱尔自己问自己。这自始至终只是一个虚荣心的问题。如果说他教母可以有虚荣心，那他妻子当然也可以有。他妻子是德伯维尔家的后代，难道还有谁比她更适合佩戴这些首饰吗？

突然，他热烈地说道："苔丝，快把它们戴上，快把它们戴上！"说罢，他从炉火旁转过身来，帮她往身上戴。

但是，苔丝仿佛有魔力相助似的，早已把首饰戴上了——项链、耳环、手镯，全都戴上了。

"不过，这件长裙可不大合适，苔丝，"克莱尔说道，"你应该穿一件袒胸式的长裙，才配得上这一套钻石首饰。"

"是吗？"苔丝问道。

"是的。"克莱尔说道。

他告诉她说，把上身的上边往里塞一塞，就大致可以搞成晚礼服的样式。苔丝照他说的那样做了，项链上的垂饰就按设计的戴法，单独地垂在她那白皙的胸前，克莱尔往后退了退，仔细打量她。

"天哪，"他说，"你真漂亮啊！"

人人都知道，鸟靠羽毛人靠装。一个乡下姑娘，若是装扮得朴朴素素的，就能让外人觉得颇有几分魅力，那么，她要是穿上时髦的服装，再戴上各式各样的首饰，就会变成一个绝色美人，而大放异彩。而那参加深夜聚会的美女，如果穿上农妇的外罩，碰上一个阴沉天，站在一片单调的萝卜地里，就往往不成样子了。直到现在，克莱尔还从未估量到苔丝的肢体容貌有多么绰约多姿。

"你要是出现在舞厅里该有多好！"他说，"可是，不，不，最亲爱的。我想我最喜欢你戴着遮阳软帽，穿着粗布衣衫——是的，比戴这些东西还可爱，尽管你戴上这些东西，更能显示出它们的华贵来。"

苔丝觉着自己有这么美，不禁兴奋得满脸绯红，不过，倒并不感到快活。"我还是卸下来吧，"她说，"免得让乔纳森看见。我戴着不合适，是吧？我看得把它们卖了吧。"

"再多戴一会儿。把它们卖了？不行。那岂不是违背了人家的遗嘱。"

苔丝又想了一想，便欣然从命了。她有话要对他说，戴着这些东西也许能帮点忙。她就戴着珠宝坐了下来，两人又东猜西猜，捉摸乔纳森带着行李走到了何处。他们先前给他倒了些麦芽酒，好等他来了给他喝，因为搁得太久，气都跑光了。

晚饭早已在靠墙的桌子上摆好了，过了不久，他们便开始吃起来了。还没等他们吃完，壁炉里的烟突然一抖，一股往上冒的烟一下灌到屋子里来了，仿佛有个巨人拿手往烟囱口堵了一下似的。其实，这是外面的门被打开而引起的。走廊里传来笨重的脚步声，安琪起身走了出去。

"俺怎么敲门，也没人听得见，"乔纳森·凯尔抱歉地说，这回到底是他来了，"外面在下雨，俺就自己打开门了。俺把东西送来啦，先生。"

"看到这些东西，我很高兴。可你来得太晚啦。"

"是来晚啦，先生。"乔纳森·凯尔说话的时候，语气有点压抑，白天可不是这样的。再看他的前额，除了岁月的皱纹，又添了几条焦虑的皱纹。他接着说道，"今儿后响，你和你太太(眼下得这样称呼她啦)走了以后，场里出了一件顶可怕的事儿，可把俺们大伙都吓坏啦。也许你没忘记后响鸡叫的事儿吧？"

"天哪——出什么——"

"有人说鸡叫是这样的兆头，有人说是那样的兆头。可偏偏出了这样的事儿：可怜的小雷蒂要投水自杀。"

"不会吧！真有这事？她还跟大伙一起送我们的——"

"是呀。唉，先生，你和你太太——照规矩得这样称呼她——俺是说，你们俩坐车走了以后，雷蒂和玛丽安就戴上帽子，跑出去了。今儿是年三十，没有多少事儿，大伙又都喝得稀里糊涂的，谁也没怎么留意她们俩。她们先到了刘埃弗拉德，在那儿喝了些酒，随后又去了三臂十字架，两人好像在那儿分了手，雷蒂穿过草甸子，像是要回家去，玛丽安朝前面一个村子走去，那儿也有一家酒馆。打那以后，谁也没再见到雷蒂的人影，也没听人说起她的下落,后来有个船夫回家，看到大塘旁边放着一样什么东西,原来是雷蒂的帽子和围巾,叠在一块。他在水里找到了雷蒂。他又叫来一个人，把她抬回了家，只当她死了。不过，她倒慢慢活过来了。"

安琪忽然想起，苔丝也在听这令人伤心的故事，于是就去关走廊和前室之间通往内厅的门，因为苔丝就待在内厅里。不想他妻子早已把围巾披在身上，跑到了外屋，正在听着乔纳森在那里叙说，两眼怔怔地盯着行李和行李上亮晶晶的雨滴。

"不光是这事儿，还有玛丽安呢。有人看见她躺在柳树林边上，醉得好像个死人一样。这姑娘长了这么大，除了喝一先令的麦芽酒，从没有人看见她沾过别的酒——虽说从她脸上看得出来，她一向确实饭量很大。这些女孩子好像全都发疯了！"

"伊兹呢？"苔丝问道。

"伊兹还照常待在家里。不过她说啦，她猜得出这是怎么搞的。她心里好像很不好受，可怜的孩子，这也难怪她。先生，你瞧，出这些事儿的时候，俺们正在往车上装你的行李，还有你太太的睡衣和梳洗用的东西，这一来，俺就来晚了。"

"是啦。好吧，乔纳森，你把行李送到楼上，喝一杯麦芽酒，就尽快赶回去，以防那边还有事要你做。"

苔丝已经回到内厅了，坐在壁炉旁边，忧心忡忡地望着炉火。她听见乔纳森·凯尔拖着笨重的脚步，来回上楼下楼搬东西，后来搬完了，又听见他感谢她丈夫给他麦芽酒和赏钱。随后，乔纳森的脚步声就从门口消失了，马车吱吱嘎嘎地离开了。

安琪把又大又重的橡木门闩好，然后走进屋里，来到壁炉前苔丝坐着的地方，将双手从她背后伸过去，捧住了她的双颊。他满心以为，苔丝会快活地跳起来，跑去打开她早就急着要用的梳妆用具。但是，她却一动也没动，安琪便跟她一起坐在一片火光之中，饭桌上的烛光太小太弱，争不过那熊熊的炉火。

"很遗憾，那几个姑娘的伤心事都让你听见了，"他说，"不过，你也不必难过，你也知道，雷蒂本来就有点病态心理。"

"她丝毫不应该那样，"苔丝说，"倒是有人应该那样，可是那个人又遮遮掩掩，假装没有什么。"

这件事改变了她心中的天平。她们都是天真淳朴的姑娘，但是，单相思的不幸却落到了她们头上。本来，她们应该受到命运的优待。她本该是受到亏待的，但却受到了垂爱。她没付出任何代价，就得到了一切，真是大逆不道。她要彻底加以偿还。她要在此时此地把事情讲出来。就在她两眼盯着炉火，克莱尔握着她的手的时候，她终于下定了最后的决心。

这时，炉里的残火已经没有火焰了，但却发出一片稳定的光泽，染红了壁炉里的后边和两侧，亮锃锃的柴架，和一把合不拢的旧铜火钳。壁炉台下面和最靠近壁炉的桌腿，也给炉光映得通红。苔丝的脸和脖子也同样显得暖融融的，她身上戴的每一件珠宝，也都变成了金牛星或天狼星——变成了闪烁着白光、红光、绿光的星座，随着她脉搏的每一次跳动，不断变换自己的色彩。

"今天早晨，我们都说过要讲讲各自的过错，你还记得吗？"克莱尔见她还是一动不动，便突然问道，"也许我们是随便说说的，而你很可能是说着玩的。但是，对我来说——这绝不是一句戏言。我有件事要向你坦白，亲爱的。"

这句话从他嘴里说出来，没想到会这么巧，苔丝觉得，真是天公有意成全她。"你有件事要坦白？"她急忙说道，甚至有些欣喜和轻松。

"你没有想到吧？唉——你把我看得太高了。现在你听我说。把你的头靠在这儿，因为我要你宽恕我，不要怪我以前没有告诉你，也许我早该把事情说出来。"

多奇怪呀！他仿佛是她的替身似的。她没有作声，克莱尔接着说道：

"我以前没有告诉你，因为我不敢冒着失去你的风险，亲爱的，你是我一生中得到的最高奖赏——我把你称作我的研究生奖学金。我哥哥是在大学里获得了他的奖学金的，而我是在塔尔勃塞获得我的奖学金的。我不能冒险丢掉它。一个月以前，就在你答应嫁给我的时候，我就想告诉你，可是我又不敢，我怕你听我一说，就要给吓跑了，我就把这件事搁起来了。后来我想昨天该告诉你，至少给你一个摆脱我的机会。可我也没做到。今天早上，你在楼梯口提出我们要互相坦白过错，我也没能做到——我真是个罪人！可是现在，眼看着你一本正经地坐在这儿，我一定得坦白了。我不知道你会不会宽恕我？"

"哦，会的！我敢保——"

"好吧，但愿如此。不过，你先别说，你还不知道呢。我从头说起吧。虽说我觉得我那可怜的父亲总怕我因为信仰问题，而永远堕落下去，但我当然和你一样，苔丝，相信人要讲究道德。我以前总想做一个教化人的导师，后来我发现自己不能做牧师时，还感到万分失望。我敬仰纯洁无瑕，尽管我不敢自称纯洁，我痛恨不道德，我希望我现在还是这样。不管人们怎样看待绝对灵感，都必须诚心诚意地赞同保罗说的话：'你要在言语、谈吐、仁慈、精神、虔诚和纯洁上，都做出榜样。'①对于我们这些可怜的人类，这是唯一的保障。有一位罗马诗人曾说过'清白的生活'，令人奇怪的是，他与圣保罗有着相同的观点：

一个人活得正直，找不到弱点，
便无须使用摩尔人的枪矛和弓箭。②

唉，有一去处是用善念铺成的③，我对这句话深有体会，我本来想让大家都好，可自己先堕落了，你看我有多么悔恨。"

接着，他向苔丝叙说了他刚才提到的那段人生经历。当时，由于前途渺茫，困难重重，他在伦敦荡来荡去，像是一个随波漂泊的软木塞子。后来遇到一个素不相识的女人，跟她过了四十八小时的放荡生活。

"幸好我立刻觉悟过来，认识到了自己的蠢行，"他接着说道，"我再也不理她了，回到了家里。自那以后，我再也没犯这种过错。不过，我觉得我应该对你开诚布公，推心置腹，为此就要把这件事讲出来。你宽恕我吗？"

苔丝紧紧握住他的手，算是回答。

"那么咱们说过就算了，永远不再提它了——在这个时候谈这种

---

① 引自《圣经·新约·提摩太前书》第四章第十二节。
② 罗马诗人指贺拉斯。该两行诗引自他的《歌集》第一卷第二十二首。
③ 英国有句成语："地狱是用善念铺成的。"克莱尔在新婚之际，忌讳"地狱"二字，改用"有一去处"。

事，太让人难受了——咱们说点闲话吧。"

"哦，安琪——我真有点高兴哪——因为现在你也能宽恕我了！我还没有向你坦白呢。我也有一件事要坦白——记得吧，我说过这话。"

"啊，当然记得！那你就说吧，你这个小坏蛋。"

"别看你在笑，我这件事也许和你的一样严重，说不定还更严重。"

"不会比我的更严重吧，最亲爱的。"

"不会的——哦，是的，不会！"苔丝觉得有希望了，便乐滋滋地跳了起来，"是的，当然不会更严重啦，"她大声嚷道，"是一模一样的事情！我这就告诉你。"

她又坐了下来。

他们的手仍然握在一起。炉栅下的灰，被炉火垂直地一照，像是一片酷热的荒野。炭火的红色光焰投到克莱尔的脸上和手上，也投到苔丝的脸上和手上，射进她额上蓬松的头发里，照在头发下面那细嫩的皮肤上。置身于这种红色的光焰中，让人想起来，觉得像末日审判时那样阴森可怕。她的身子映成一个巨大的黑影，投射到墙上和天花板上。她弯下身子，脖子上的每颗钻石都跟着闪烁了一下，就像癞蛤蟆不怀好意地瞪了一下眼睛。她把额头靠在安琪的太阳穴上，开始讲起了她与亚历克·德伯维尔相识的前因后果，说话时声音很低，眼皮低垂着，但却一点也不畏怯。

第五部　女人吃亏

第三十五章

苔丝叙说完了，就连反复申明和辅助解释，也都做过了。她的声调跟开头差不多，始终没有提高。她没有说什么为自己开脱罪责的话，也没有掉眼泪。

但是，在她叙说身世的过程中，就连外在的东西也似乎变了样子。壁炉里的炭火好像在恶作剧，张牙舞爪，怪模怪样，仿佛丝毫也不关心苔丝的疾苦。炉栏懒洋洋地咧着嘴，好像也是那样满不在乎。水瓶发出亮光来，仿佛只是在潜心研究色彩问题。周围的一切物体，都在令人可怕的反复申明，自己没有任何责任。然而，自从克莱尔亲吻苔丝以来，哪样东西也没发生变化，或者不如说，物质本身没有发生变化。但是，事物的实质却起了变化。

苔丝说完之后，他们先前那种卿卿我我，喁喁私语的情韵，仿佛全给挤到了脑子的角落上，在那里反复念叨，觉得先前的行为完全是盲目而愚蠢的。

克莱尔做了一个多余的举动，拨弄了一下炉火。他对苔丝讲的这件事，还没有彻底领悟过来。他拨完了火，立起身来。这时，苔丝那番话的力量才完全显示出来。他的脸变得憔悴了。为了极力集中心思，他一阵一阵地在地上噔噔走动。他不管用什么办法，思路都集中不起来，所以才这么恍恍惚惚地走来走去。他开口说话的时候，尽管苔丝早就听惯了他那富于变化的种种音调，这次用的却是一种最平淡、最有气无力的腔调。

"苔丝！"

"哎，最亲爱的。"

"难道我真得相信你这番话吗？看你那样子，我还真得相信这是真的。哦，你不可能是发疯了！你要是说疯话就好了！可你并没有疯。……我的妻子，我的苔丝——你没有什么可以证明你疯了吗？"

"我没有发疯。"苔丝说。

"可是——"克莱尔怔怔地望着她，又迷茫地说道，"你为什么不早告诉我呢？哦，对了——你本来是想告诉我的——可以这么说。但是，我没让你讲。我想起来啦！"

克莱尔说这说那，只是表面上敷衍几句，他心里还仍旧呆痴痴地。他转身走开，俯在一把椅子上。苔丝跟着他走到屋子中间，站在那里瞅着他，眼里并没有流泪。随即，她在他脚边跪了下来，接着又趴倒在地，缩成一团。"看在我们相爱的分上，宽恕我吧，"她口干舌燥地低声说道，"同样的事情，我可是宽恕你了！"克莱尔没有回答，她又说道，"你已经受到了宽恕，你也宽恕我吧。我可宽恕你了，安琪。"

"是吗——是的，你宽恕我了。"

"可你就不宽恕我吗？"

"哦，苔丝，这不是什么宽恕不宽恕的问题。你以前是一个人，现在是另一个人了。天哪——怎么能对如此荒唐的——把戏加以宽恕啊！"

他顿住了，琢磨着"把戏"这字眼，随即又突然发出可怕的笑声——就像地狱里的笑声一样做作，一样阴森。

"别——别这样！你这样真要我的命！"苔丝尖声叫道，"哦，对我发发慈悲吧——发发慈悲吧！"

克莱尔没有回答。苔丝脸色惨白，跳了起来。"安琪，安琪！你干吗这样笑？"苔丝大声嚷道，"你知道这对我意味着什么吗？"

克莱尔摇了摇头。

"我总是在期待，在盼望，在祈祷，想让你开心。我总在想，我要是能让你开心，那该有多高兴；我要是不能让你开心，那该是多不

　　称职的妻子！我就是这样想的，安琪！"

　　"这我知道。"

　　"安琪，我还以为你真爱我——爱我这个人哪！要是你真爱我，哦，你怎么能露出这副样子，跟我这样说话呢？真把我吓坏了！我既然已经爱上了你，就要永远爱你——不管遇到什么变化，不管遭到什么屈辱，因为你还是你。我不会另有所求。那么你呢，我的亲丈夫，怎么能不再爱我了呢？"

　　"我再说一遍，我爱的那个女人并不是你。"

　　"那是谁呢？"

　　"跟你一模一样的另一个女人。"

　　苔丝从这话里意识到，她以前那提心吊胆的预感，现在变成现实了。克莱尔把她看成一个骗子，一个假装纯洁的淫荡女人。她明白了这一点，苍白的脸上掠过一阵恐惧，面颊上的肌肉松弛下来，嘴巴看起来几乎像是一个小圆孔。安琪居然会这样看待她，真是太可怕了，她觉得浑身发软，摇摇晃晃地站不住了。安琪以为她要跌倒，便走上前去。

　　"坐下，坐下，"克莱尔轻声说道，"你不大舒服，这是很自然的事。"

　　苔丝倒是坐下了，却不知道自己待在哪里。她脸上仍然是一副紧张的神情，那双眼睛让安琪看了，浑身直起鸡皮疙瘩。"那我就不再属于你的了，是吗，安琪？"苔丝无奈地问道，"他说他爱的不是我，而是跟我长得一模一样的另一个女人。"一想到这里，她觉得自己受了委屈，就可怜起自己来。她又想了想自己的处境，不由得两眼泪汪汪的。她背过脸去，自哀自怜的眼泪像泉水般地涌了出来。

　　克莱尔见苔丝这一哭，心里倒觉得轻松了一些，因为刚才发生的事给苔丝带来的刺激，开始使他苦恼起来，而这份苦恼，仅仅次于这件事披露后给他带来的苦恼。他耐着性子，漠然地等着，直至苔丝那阵剧烈的悲痛渐渐平息，泪如泉涌的痛哭也变成了断断续续的抽泣。

　　"安琪，"她突然说道，语调很自然，不再是刚才那种疯狂、干巴的恐怖声音了，"安琪，是不是我太坏了，你我不能生活在一起了？"

"我还没有考虑我们该怎么办。"

"我不会要求你和我生活在一起，安琪，因为我没有这个权力。我本来说要写信给妈妈和妹妹，告诉她们我们结婚了，现在我也不写了。我本来裁好了布料，想在我们喜宴的时候缝一个针线包，现在我也不缝了。"

"不缝了？"

"是的。我什么也不做了，除非你吩咐我。要是你丢下我走了，我绝不会跟着你。要是你永远不再理我，我也不问你为什么，除非你告诉我，说我可以问。"

"如果我当真吩咐你做什么事呢？"

"我会像是你的可怜的奴隶，绝对服从你，哪怕你叫我倒地死去，我也会从命。"

"你真是很好。不过我觉得，你现在这种自我牺牲的精神，与你过去那种自我保护的态度，有些不相协调呀。"

这是他最初吐出的带有敌意的语言。不过，他对苔丝这番煞费苦心的讽刺，如同对牛弹琴。话中那些微妙的讽刺意味，她却一概不能领会，她只觉得他发出一种含有敌意的声音，表明他抑制不住心里的恼怒。苔丝闭口无言，不知道克莱尔在极力压抑对她的感情。她几乎没有看见，从他脸上慢慢滚下一颗泪珠，一颗很大的泪珠，把它经过之处的毛孔都放大了，仿佛是显微镜上的物镜一样。与此同时，他再次醒悟到，苔丝的坦白给他的生命、他的世界，带来了可怕的、翻天覆地的变化。他拼命地挣扎，要在新的处境中向前迈进。总得采取一点相应的行动，可是，采取什么行动呢？

"苔丝，"他尽量温柔地说道，"现在——我不能待在——这间屋里。我要出去走一走。"

他悄悄地走出屋子，他为吃晚饭倒好的两杯酒——一杯给苔丝，一杯给他自己——还放在桌子上，一动没动。这就是他们这席"婚宴"的下场。两三个钟头以前，吃茶点的时候，他们还那样相亲相爱，异想天开地用一个杯子喝茶。

他随手关上门，虽然动作很轻，却把苔丝从恍惚中惊醒。他已经走了，她也不能待着不动。她急忙披上斗篷，灭掉蜡烛，好像永远不想回来似的，然后打开门，跟着出去了。雨已经停了，夜色很清朗。

不一会儿，她就追上了克莱尔，因为他漫无目标，走得很慢。和苔丝那轻盈灰白的形体一比，克莱尔的身躯显得黑漆漆、阴森森的，令人望而生畏。她身上戴的那些珠宝，刚才已经使她骄傲了一阵，现在却觉得像是在讥讽她。克莱尔听见她的脚步声，便回过头来，但一看是她来了，就当作没这回事似的，只管继续往前走，从房前那座五拱大桥上过去了。

路上，牛马的蹄印里都积满了水，不过，雨下得不算大，只能把蹄印里注满水，却不能把蹄印冲没了。苔丝一路走过时，星星的影子从这些小水洼里一闪而过。宇宙间最庞大的物体居然映射在如此卑微的水洼里，不过，她若是没看见水洼里的星光，就不会知道星星在头顶上闪烁。

他们今天所到的这个地方，和塔尔勃塞坐落在同一个山谷，不过在河下游几英里处。这里四周都是一片开阔地，苔丝很容易就能望见克莱尔。从房前往外去的路，蜿蜒穿过草场，苔丝就顺着这条路，跟在克莱尔后面，既不想追上他，也不想引他注意，只想木讷无语、忠贞不贰地跟着他。

不过，她那无精打采的脚步，最终还是把她带到了克莱尔身旁，但他还是一声不吭。一个诚实的人受到了愚弄，一旦醒悟过来，就常常会觉得事情非常残酷，现在克莱尔就深有这种感触。显然，野外的空气使他清醒了，不再凭冲动行事。苔丝知道，她在他的眼中已是平淡无奇，毫无光彩了。这时，时光之神正在吟咏讥讽苔丝的颂歌。

你的真面目一旦显露，他就会对你转爱为仇；
碰到倒运的时候，你就不再眉清目秀。

你的生命如同凄风苦雨，秋叶飘零；
你的面纱就是悲伤，花冠就是哀愁。①

克莱尔还在苦苦地思索，苔丝尽管跟在他身旁，却难以打断他的思路，或者转移他的思路。在克莱尔眼里，她跟在旁边是多么无足轻重啊！她不得不先开口了。

"我做了什么——我到底做了什么啦？我说的话，没有一句表示我不爱你，也没有一句表示我爱你是假的。你不会认为这是我一手策划的吧，会吗？安琪，惹你生气的，是你心里想象的东西，并不是我。哦，并不是我呀。我可不是你想象的那种骗人的女人！"

"哼——好啦。我的妻子没有骗人，可是不一样了。是的，不一样了。不过，你不要惹我责备你。我已经发誓绝不责备你了。我要想尽一切办法，不去责备你。"

但是，苔丝由于心烦意乱，还是不停地替自己申辩，也许说了一些最好还是不说的话。"安琪，安琪，我当时还是个孩子——出那事的时候，我还是一个孩子啊！我一点也不了解男人啊。"

"与其说是你害了别人，不如说是别人害了你，②这我承认。"

"那你还不肯宽恕我吗？"

"我的确宽恕你，可是宽恕并不等于一切。"

"你还爱我吗？"

对于这个问题，克莱尔没有回答。

"哦，安琪——我妈妈说过，时常出这种事——她就知道有好几个女人，问题比我还严重，可她们的丈夫就没怎么计较——至少是想开了。再说那些女人爱她们的丈夫，都没有我爱你爱得这么深。"

"别说啦，苔丝，不要争辩啦。不同的阶层，有不同的规矩。我听了你说的话，简直想说你是个无知无识的乡下女人，对世态人情还

---

① 引自英国诗人斯温伯恩 (1837—1909) 的诗剧《阿塔兰塔在卡吕冬》。
② 语出莎士比亚悲剧《李尔王》第三幕第二场。

一点也不了解。你不知道你都说了些什么。"

"从身份上看，我是个乡下人，但是从本质上看，我并不是个乡下人！"

苔丝说这话时，突然来了一阵火，不过刚要发作，火就消了。

"所以，这对你来说就更糟糕了。我想，发现你们家世的那个牧师，当初要是闭口不言，反倒要好些。我不由得要把你们家族的衰落和这另一个事实——你的脆弱——联系起来。家庭的衰落，必然包含意志的衰退，行为的堕落。天哪，你为什么要把你的家世告诉我，给了我一个更加瞧不起你的把柄呀！我原以为你是大自然的新生女儿，没想到你竟是没落贵族的遗少！"

"还有许多人家，也跟我家一样糟呢！雷蒂家原先本是大地主，开牛奶场的比利特家也是这样。还有德比豪斯家，原先本是德巴耶的贵族，现在却成了赶大车的了。你到处都能找到像我一样的人。这是我们郡的特点，我也没有办法。"

"所以这个郡才更糟。"

苔丝只是笼统地接受这些责难，并不去琢磨细节问题。她光知道克莱尔不像以前那样爱她了，除此之外，她一概都不在乎。

他们又一声不响地往前游荡。事后大家都说，井桥有个村民夜里去请大夫，在牧场上遇见一对情人，两人不言不语，一前一后地慢慢走着，仿佛是在送殡似的。他瞅了他们一眼，觉得他们脸色不对，好像非常焦灼，非常愁闷。后来他回来的时候，又在那块草场上碰见他们，两人还跟先前一样，慢腾腾地走着，也不顾夜深天寒。他因为有事在身，家里还有病人，就没把这件蹊跷事放在心上，后来过了许久，他才又想起来了。

那个村民去而复返的期间，苔丝曾对丈夫说："我不知道怎样才能不让你为我而苦恼一辈子。那边就是河。我可以投河自尽。我并不害怕。"

"我已经做了不少蠢事了，我不想再背上杀人的罪名。"克莱尔说。

"我会留下一点证据，说明我是自杀的——因为无地自容。这样一来，别人就不会怪罪于你了。"

"别说这种蠢话了——我可不愿意听。对这种事抱着这样的想法，简直是胡闹，因为你那样做并不是一场悲剧，而是一场带有讽刺意味的笑剧。你一点也不懂得这场灾难的性质。要是人家知道了，十个人里有九个要把这件事看成一桩笑料。请你听我一句话，快回房睡觉去吧。"

"好吧。"苔丝恭顺地说道。

他们绕来绕去的那条路，通往磨坊后面那座西多会寺院的著名遗址。在过去几百年里，磨坊一直是属于那座寺院的。磨坊还在照常运转，因为食物是长年不断的需要；而寺院却坍塌了，因为信仰只是过眼云烟。人们总是看到，暂时的东西受到永久的照应，而永久的东西只受到暂时的照应。且说他们两个一直是在绕来绕去地走着，眼下离那幢房子还不是很远。苔丝听从了克莱尔的指示，只需穿过大河上的大石桥，再顺着路往前走几码，就是自己的寓所了。她回到屋里时，只见一切还和离开时一样，炉里的火还在烧着。她在楼下待了不到一分钟，就上楼进了自己的卧室，他们的行李都搬在这里了。她在床沿上坐了下来，茫然地环视了一下四周，接着就动手脱衣服。她把蜡烛移到床前的时候，烛光照到白花布帐顶上，只见有一样东西挂在下面。她便举起蜡烛，想看看是什么东西。原来是一枝槲寄生。这是安琪放在那里的，她立刻明白了。难怪有个包裹搞得神神秘秘的，既不好捆扎，又不好携带，克莱尔也不告诉她里面装着什么，只说她到时候就知道它的用场了，现在秘密终于揭开了。那是克莱尔感情热烈、心花怒放时挂在那里的。现在，那枝槲寄生显得多么呆傻，多么不顺眼呀。

看来，要让克莱尔回心转意，那是万万办不到了，因此，苔丝再也没有什么可害怕，也几乎没有什么可指望的了，便心灰意冷地躺下了。人悲哀到万念俱灰的时候，睡魔就会乘虚而入。那么多心情愉快的时刻，搅得人难以入睡，而眼下这种心情，反倒容易催人入睡。所以，没过几分钟，孤独的苔丝就在这间芳香四溢、寂静无声的屋子里，忘记了一切。也许，这间屋子曾经做过她祖宗的新房呢。

那天夜里，到了后来，克莱尔也顺着原路，回到了寓所。他轻轻地走进起居室，点好一支蜡烛，带着胸有成竹的样子，把几块小地毯垫在那张旧马鬃沙发上，铺成一个简易床铺。临睡之前，他先光着脚跑到楼上，在苔丝房门口听了听。苔丝那均匀的喘气声表明，她已经睡熟了。

"谢天谢地！"克莱尔嘟哝道。但是，他转念一想，不禁感到一阵酸楚，心如刀割一样，觉得苔丝把她人生的包袱转移到他的肩上，她自己倒可以无忧无虑地睡大觉了。他这个想法虽说不是百分之百正确，但大致是正确的。

他转身下楼，随即又有些游移不定，重新把脸转向她的房门。他这一回头，就看见德伯维尔家两位夫人中的一位，这位夫人的画像镶在苔丝卧室的门口上方。在烛光下看上去，这幅画像还不只是让人感到不快。克莱尔当时觉得，这个女人的脸上潜藏着邪恶的念头，好像一心要对异性进行报复。画像上那身查理时代的长裙领口开得很低，跟苔丝先前为了露出项链，而让他把衣服上边塞进去，看起来是一个模样。于是，他又一次凄楚地感觉到，苔丝和这个女人之间有点相似之处。

看这一下就足够了。他又转过身，下楼去了。

他的神情仍然是平静而冷漠的，他那张紧闭的小嘴表明，他有自我克制的力量，他脸上还带着苔丝坦白身世后一直未消的那副神情，冷漠得令人可怕。从这张脸上可以看出，他已经不再是激情的奴隶了，然而又没有从这样的解脱中获得好处。他只在琢磨人生那令人痛苦的种种意外，琢磨世事的变幻莫测。他对苔丝崇拜了很久，直至一个钟头以前，他都认为，世界上没有什么比她更纯真、更甜美、更贞洁的了，但是，只是毫厘之差，却造成了天壤之别！①

他对自己说，从苔丝那诚实娇嫩的脸上，看不透她的内心，他这种观点当然是不对的，但是苔丝没有辩护人来矫正他。克莱尔又在想，一双眼睛凝视的时候，那神情与嘴里说的话从来没有不相符的，但是实际上却在盯着另一个世界，这个世界与她表面上隶属的那个世界截然不同，格格不入，这种现象怎么可能呢？

他在起居室的简易床铺上躺下去，熄灭了蜡烛。夜色袭进屋里，冷漠无情地主宰了一切。这夜色早已吞噬了他的幸福，眼下正在那里懒洋洋地消化；这夜色还准备偷偷摸摸、不动声色地吞噬成千上万人的幸福。

第三十六章

克莱尔在晨曦中起来了，只觉得黎明灰暗惨淡，鬼鬼祟祟，仿佛犯了什么罪似的。看看壁炉，里面只剩下一堆残灰；摆好了的饭桌上，放着满满的两杯酒，一动也没动过，现在酒气跑光了，颜色也浑浊了；苔丝坐的椅子空着，他坐的椅子也空着；其余的家具也都带着无可奈何的神气，一个劲儿地追问该怎么办，真让人难以忍受。楼上一点动静也没有，但是过了几分钟，就听见有人敲门。克莱尔想起来了，这是附近那家村民的妻子，在他们寄寓期间，她是专门负责照料他们的。

在现在的情况下，如果家里再来个外人，那就会感到极其别扭。这时，克莱尔早已穿好了衣服，因此便打开窗户，对那女人说，那天早晨他们可以自己照应。那女人手里拿着一罐牛奶，他就吩咐她放在门口。那女人走了以后，他就在房子后面找了一些木柴，很快就生起了火。食品室里有的是鸡蛋、黄油、面包等食物，克莱尔在牛奶场上

---

① 引自勃朗宁的诗《在炉边》第三十九节。

学会了熟练地做家务活，因此很快就把早饭做好了。炉里的木柴呼呼燃烧，外面的烟囱炊烟袅袅，看上去像是雕着莲花柱头的柱子。当地人从这里经过时，看到这番情景，便会想到这对新婚夫妇，羡慕他们多么幸福。

安琪最后环视了一下四周，然后走到楼梯口，用平常的口气喊道："早饭做好了！"

他打开前门，在早晨清新的空气里走了几步。过了不一会，他又回来了，这时苔丝已经来到了起居室，在那里死板板地摆弄餐具。她已经穿得整整齐齐，而从他叫她到现在，总共不过两三分钟，可见他没有叫她的时候，她早就穿戴好了，或者差不多穿戴好了。她把头发挽成一个大圆髻盘在脑后，身上穿了一件新连衣裙———件浅蓝色的毛料衣裳，领子上镶着白色褶边。她的手和脸仿佛凉冰冰的，也许她穿着衣服在没火的屋子里坐了很久。克莱尔刚才叫她的时候，口气显然比较客气，使她一时间又激起了一线希望。但是，她一见到他时，那希望又立刻化为泡影了。

说真的，他们两个以前好像一盆烈火，现在却只是一堆灰烬了。头天晚上还是忧心如煎，现在却是一片沉闷了。看来，好像没有什么东西能再次唤起他们的激情了。

克莱尔轻声轻气地跟她说话，她同样不露声色地回答他。后来，她走到他跟前，瞅着他那张轮廓分明的脸，仿佛并不觉得，她那张面孔也是一个有形可见的目标。

"安琪！"她说了一声，又顿住了，用手指轻轻地摸了摸他，轻得就像微风一样，仿佛她不大能够相信，这就是她昔日恋人的肉体。她的眼睛还亮晶晶的，苍白的面颊还像往常一样丰润，尽管半干的泪珠在那上面留下了晶莹的痕迹，而那平常圆润的红嘴唇，也变得差不多像两颊一样苍白了。虽然她还活着，心房仍在跳动，但是，在精神痛苦的压迫下，她那生命的脉搏跳动得时断时续，再稍微施加一点压力，她就会真的病倒了，那双特有的眼睛就会呆滞无神，那副嘴唇就会消瘦干瘪。

她看上去绝对是纯洁的。大自然要弄奇异的把戏，在苔丝的容颜上印上了纯真无瑕的标记，克莱尔不由得呆呆地瞅着她。

"苔丝——快说这不是真话！不，这不是真话！"

"是真话。"

"字字都是真话？"

"字字都是真话。"

克莱尔拿哀求的目光看着她，仿佛情愿让她说一句谎话，哪怕明知是谎话，也情愿用诡辩的方法欺骗自己，把谎话当作有效的否认。不想苔丝只重复了一声："是真话。"

"他还活着吗？"安琪接着问道。

"孩子死了。"

"可那个男人呢？"

"还活着。"

克莱尔脸上显出一副极度绝望的神情。"他在英国吗？"

"是的。"

克莱尔茫然走了几步。"我的观点——是这样的，"他突然说道，"我原想——任何人都会这么想——我不娶有身份、有财产、有知识的女人，我放弃了这样的野心，以为这样一来，我不仅可以得到一个天然美丽的女人，而且可以得到一个质朴纯洁的女人。谁想到——不过，我不配责备你。"

苔丝完全明白他的观点了，他那句没说完的话也用不着说出来了。这就是事情的可悲之处。她看得出来，他的希望全落空了。

"安琪——假如我不知道你毕竟还有最后一条出路，我当初是不会答应跟你结婚的。尽管我还是希望，你永远不要——"她的嗓子嘶哑了。

"最后一条出路？"

"我是说，摆脱我。你完全可以摆脱我。"

"怎么摆脱？"

"跟我离婚呀。"

"天哪——你的头脑怎么这么简单啊！我怎么能跟你离婚呀！"

"我把什么都告诉你了，你怎么就不能呢？我还以为我这一坦白，就给你提供了离婚的理由。"

"哦，苔丝——我看你也太——太——幼稚——太没见识——太粗浅了！我真不知道说你什么好。你不懂得法律——你根本不懂！"

"什么——你不能跟我离婚？"

"当然不能。"

顿时，苔丝那满脸的凄楚，又掺进了羞惭的神色。"我原以为——我原以为——"她轻声地说道，"唉，现在我才明白，我对你来说有多么坏。相信我——相信我，我敢发誓，我从没想到你不能跟我离婚！我希望你不要那样做，不过我确确实实地相信，只要你拿定了主意，只要你根——本——不爱我了，你就可以把我甩掉！"

"你想错了。"克莱尔说。

"哦，那我早就该了结了，昨天夜里就该了结了！可我又没有那个胆量。我这个人就是这样！"

"干什么的胆量？"

苔丝没有回答，克莱尔抓住了她的手。"你想干什么？"他问道。

"自寻短见。"

"什么时候？"

克莱尔这样追问，苔丝畏缩起来。"昨天夜里。"她答道。

"在哪儿？"

"在你挂的那枝槲寄生下面。"

"天哪！用什么法子？"克莱尔正颜厉色地问道。

"你要是不生我的气，我就告诉你！"苔丝畏畏怯怯地说，"我想用捆箱子的绳子。可是到了最后一步，我又下不了手了！我怕引起流言蜚语，坏了你的名声。"

这段供词是从她嘴里逼出来的，不是她主动说出来的，她那意想不到的举动，显然使克莱尔感到震惊。但是，他仍然拉着她的手，一面把目光从她脸上移到地上，一面说道："你现在听着。你可不敢再想这种可怕的事了！你怎么能想得出来呀！我是你丈夫，你得向我保证，以后别再动这样的念头了。"

"我愿意向你保证。我早就知道这是个馊主意。"

"馊主意！你想出这个主意真是太没有出息了。"

"可是，安琪，"苔丝辩解说，一面满不在乎地瞪大眼睛，安安静静地看着他，"我这完全是为你着想——为了解放你，又不像我想的那样落个离婚的坏名声。我做梦也没想过要为自己这样做。不过，让我死在自己手里，毕竟还是太便宜我了。你是我毁掉的丈夫，应该由你下手才对。既然你没有别的办法脱身，要是你能亲手把我除掉，我想我会更加爱你，如果这有可能的话。我觉得我完全是个废物！一个大绊脚石！"

"别说啦！"

"好吧，既然你不允许，我就不那么做啦。我绝不想违背你的意愿。"

克莱尔知道这是实话。她昨天晚上绝望地折腾了一阵之后，现在一丁点劲头也没有了，不必担心她再有什么冒失的举动了。

苔丝又忙着去摆弄早餐桌，这次倒多少没有白费工夫。接着，两人便在桌子的同一边坐了下来，免得彼此的目光碰到一起。起初，他们听到彼此吃喝的声音，觉得有些别扭，不过这是没法子的事，况且两人吃得都很少。吃完饭以后，克莱尔立起身来，跟苔丝说了他什么时候回来吃午饭，便出门去磨坊了，刻板地实行学习面粉加工的计划，这是他来这里的唯一的实际目的。

他走了以后，苔丝站在窗前，转眼就看见他穿过通往磨坊的大石桥。他下了桥，穿过一条铁路，就不见人影了。随后，苔丝也没叹气，就把注意力转到屋内，动手收拾饭桌，把它清理干净。

过了不久，那个打杂的女佣就来了。有她在场，苔丝起初觉得很不对劲，不过后来又觉得可以减少烦闷。到了十二点半，苔丝把女佣一个人留在厨房里，自己回到了起居室，等候克莱尔再从石桥后面出现。

大约一点钟的时候，克莱尔终于出现了。虽然还隔着四分之一英里，苔丝却唰地红了脸。她连忙跑进厨房，吩咐他一进门就开饭。克莱尔先到他们昨天一起洗手的那间屋子去了一趟，然后等他一走进起居室，饭桌上的盘盖便揭开了，仿佛是借助他的动作揭开的。

"好准时啊。"他说。

"是的——我看见你从桥上过来了，"苔丝说。

他们吃饭的时候，只谈了一些日常琐事，说他上午在寺院磨坊做了些什么事，说了筛面的方法和老式的机器，还说现代的方法改进了，恐怕那些旧机器对他没有多大启发，有的机器似乎还是当年为邻近寺院的僧侣磨面时使用的，而那寺院如今只是一堆瓦砾了。过了一个钟头，克莱尔又出门去了，直到黄昏时分才回到家里，一晚上都在忙着整理材料。苔丝就怕碍手碍脚，等那老太婆走了以后，便跑到厨房里，在那里尽力忙活了一个多钟头。

克莱尔来到厨房门口。"你不要这样拼命干活，"他说，"你不是我的用人，而是我的太太。"

苔丝抬起眼睛，目光有些发亮。"我真可以把自己当成你的太太吗？"她带着可怜的戏谑口气，低声说道，"你说的只是名义上！唉，我也没有更高的要求了。"

"你可以把自己当成我的太太吗，苔丝？你本来就是嘛。你说这话是什么意思？"

"我也不知道，"苔丝急忙说道，话音里带着悲切，"我早就觉得我——我的意思是说，因为我不光彩……我早就告诉过你，说我觉得自己不够光彩——正因为这个，我才不想嫁给你，可是——可是你却逼着我！"她呜呜地哭了起来，就把脸背了过去。

换了任何一个男人，都会回心转意的，但是克莱尔却没有。一般说来，他还算是温柔多情的，但是在他内心深处，却隐藏着一种冷酷坚定的观念，犹如松软的泥土里埋着一层金属矿脉，无论什么东西想要穿过去，定会卷了锋刃不可。正是由于这层障碍，他不赞成教会；也正是由于这层障碍，他不能容纳苔丝。另外，他的爱与其说是炽烈的火焰，不如说是闪耀的光环，而对于女性，他一旦不再信任，也就不再追求了。在这一点上，他和许多容易动情的人恰恰相反，那种人即使在理智上鄙视一个女人，在情感上却要迷恋不舍。克莱尔在一旁等着，直到苔丝停止哭泣。

"但愿英国有一半女人像你这样光彩，"克莱尔说，突然对一般女性出言刻薄起来，"这不是光彩不光彩的问题，而是原则问题。"

他对苔丝说了一些诸如此类的话，因为他仍然被一股反感的浪潮所左右。一个生性耿直的人，一旦发现自己受到表面现象的戏弄，那就会产生强烈的反感，变得乖戾起来。当然，在这种情感的背后，还潜伏着一股怜悯的暗流，一个通达世故的女人可以由此而降服他。但是，苔丝却没有想到这一点，她把一切都看成自己应有的回报，几乎连口都不开。她对他忠贞不渝，简直达到令人可怜的地步。她虽然天生性情急躁，但是，无论克莱尔说什么，她都不会做出不得体的反应。她不计较个人的得失，不轻易发怒；克莱尔无论怎样待她，她都不会把他往坏处想。[1] 现在，她可以说是使徒时代那慈爱的化身，又回到了追逐私利的现代世界。

这一天，从傍晚到黑夜，从黑夜到早晨，都过得跟头一天一点不差。有一次，只有一次，她——就是以前那个自由、独立的苔丝——曾贸然做了点亲近的表示。那是克莱尔第三次吃完饭，动身去磨坊的时候。他离开饭桌的时候，说了一声"再见"，苔丝也回了一声"再见"，同时把自己的嘴微微凑向他的嘴。但是，克莱尔没有接受她的好意，只见他急忙转过身，说道："我准时回来。"

苔丝浑身一缩，仿佛挨了打似的。以前，克莱尔往往也是不得到

---

[1] 语出《圣经·新约·哥林多前书》第十三章第五节："不做出不得体的举动，不追求自己的益处，不轻易发怒，不往坏处想。"

她的同意，就强行和她接吻，还常常乐滋滋地说，她的嘴唇和气息，像她吃的黄油、鸡蛋、牛奶、蜂蜜一样甘美，他从上面得到了滋养，还说了一些别的诸如此类的疯话。但是现在可好，他一点也不稀罕她的嘴唇了。他眼见她那畏缩的样子，便柔和地说道："你要知道，我得想个法子。……我们非得在一起住几天不可，免得立刻分开了，让人家对你说三道四。不过你要明白，这只是为了顾全面子。"

"是的。"苔丝心不在焉地说。

克莱尔出了门，在去磨坊的路上，又站了下来，有片刻工夫，一时有点后悔，觉得刚才应该对她温柔一些，至少应该吻她一下。

就这样，他们在绝望中度过了这一两天，确实是在同一幢房子里，但是他们之间的距离，却比没做情人之前拉得还大。苔丝看得很清楚，克莱尔真像他说的那样，一心只想琢磨出一个办法，完全是在卖呆发愣中生活。苔丝惊愕地发现，他外表上那么温顺，骨子里却那么固执。他这种固执实在是太残酷了。苔丝现在不再期待宽恕了。克莱尔去磨坊的时候，她曾不止一次地想要悄悄离开他，但是，她又怕事情传出去，不仅对他没有好处，反而会给他带来更大的麻烦，使他蒙受更多的耻辱。

与此同时，克莱尔的确在琢磨。他从没停止琢磨。他琢磨得身体都快架不住了，琢磨得人都消瘦了，憔悴了。他以前喜欢的充满生机和情趣的家庭生活，也给摒弃殆尽了。他一面踱来踱去，一面自言自语："怎么办——怎么办呀！"他这话恰巧让苔丝听见了。于是，她把一直不谈将来的缄默打破了。

"我想——你不打算跟我——长久住在一起吧，安琪？"她问道，脸上显得很安静，但是，从她那往下耷拉的嘴角可以看出，这种神气完全是机械地装出来的。

"我要是跟你住在一起，"克莱尔说道，"我会瞧不起自己的，更糟糕的是，也许还会瞧不起你。当然，我是说不能按通常的意义跟你同居。现在，不管我心里是怎么想的，反正我还没有瞧不起你。不过，还是让我打开天窗说亮话吧，不然的话，你恐怕还看不清我的难处。既然那个人还活着，我们怎么能住在一起呢？你真正的丈夫是他，而不是我。假如他死了，事情也许就不一样了。……再说，难办的不光是这一点，还有一方面也得考虑——就是说，这件事不仅关系到我们两人的前途，还关系到别人的前途。你想想，过了若干年以后，我们有了孩子，这件往事传了出去——这种事肯定是要张扬出去的。我们就是住到天涯海角，也免不了人来人往的。唉，你想想看，我们可怜的亲骨肉要受到人家的耻笑，随着人一天天地长大，他们会渐渐感受到这耻笑的分量。他们明白了以后，该是什么滋味呀！他们还有什么前途啊！你考虑了这种前景之后，还能实心地叫我留在你身边吗？难道你不觉得我们还是忍受目前的折磨，而不愿投向别的苦难吗？"①

苔丝本来就愁得抬不起眼来，现在依然耷拉着眼皮。"我不能要求你留在我身边，"她回答说，"我不能。我先前还没想得这么远。"

应该承认，苔丝到底是个女人，总是执着地希望还能重归于好，所以便暗自盘算，如果能和他住在一起，时间一久，哪怕他心犹未甘，也能打破他的冷酷无情。虽然从通常意义上看，她头脑比较单纯，但她并非智力发育不全。如果她不曾本能地知道耳鬓厮磨的力量，那就只能说明她没有做女人的资格了。她知道，如果这一招也失灵了，别的办法都不顶用。她对自己说，把希望寄托在玩弄心计上，这是不对的，但是她又无法消除这种希望。克莱尔已经表明了最后的观点，照她的说法，这种观点是她以前没有想到的。她以前确实没有想得那么远，克莱尔所描绘的那幅清晰的图画，说她将来的儿女会瞧不起她，这话让一个心地诚实、充满慈爱的人听来，真觉得入情入理，心服口服。以往的经验告诉她，在某些条件下，有一种情况比好生活着还好，那就是压根儿不要活在世上。她像一切受过磨难而有了先见的人一样，用苏利·普吕多姆的话说，② 听了"你们必须出生"这句命令，就像

---

① 语出莎士比亚悲剧《哈姆莱特》第三幕第一场。
② 苏利·普吕多姆(1839—1907)，法国诗人，作品有《孤独》、《正义》、《幸福》等，获一九〇一年诺贝尔文学奖。

听了刑事判决书一样,尤其是这道命令将是向她未来的儿女发出来的。

　　然而,大自然母亲总是这般狡黠奸诈,直到现在,苔丝让她对克莱尔的爱情冲昏了头脑,竟然忘记爱情的结果会产生新的生命,从而把她自己叹为不幸的痛苦,强加到别人身上。

　　因此,她无法反驳克莱尔的那个论点。但是,克莱尔是个极为敏感的人,具有自我作对的癖性,他心里冒出一种辩驳之辞,他几乎为此感到害怕。这种辩驳是建立在苔丝那与众不同的体质上,苔丝或许可以利用这一点,来达到她的目的。况且,她还可以说:"我们要是跑到澳大利亚的高原上,或是跑到得克萨斯的平原上,谁还会知道我有什么不幸,谁还会在意我有什么不幸,谁还来指责我,指责你?"但是,她和大多数女人一样,把一时说出的看法,当成不可避免的事实。她也许是对的。女人凭着直觉,不仅了解自己的辛酸,而且了解丈夫的辛酸。那些假定的责备,即便不是由生人对他或他的家人说出来的,也会从他那苛求的脑子里传进他的耳朵里。

　　这是他们疏远的第三天。也许有人会发表这样一种奇谈怪论:如果他的兽性更强烈一些,他会是一个更高尚的人。我们可不这么说。不过,克莱尔的爱无疑过于缥缈,过于理想化了,简直到了不切实际的地步。对于具有这种特性的人来说,爱人不在眼前,有时候比待在眼前更有吸引力。爱人不在身边时,能创造出一种理想的形象,就连那实在的缺点也会一下消失。苔丝发现,她的形体并不像她料想的那样,能有力地替她说情。先前那个形象的说法倒是对的:她是另外一个女人了,不再是那个激起他爱欲的女人了。

　　"我把你说的话仔细想了想,"她对克莱尔说道,一面用一只手的食指在桌布上画来画去,用带着戒指的那只手撑着前额,那戒指仿佛在嘲笑他们,"你说的一点不错,是得那么办。你是得离开我。"

　　"可你怎么办呢?"

　　"我可以回娘家。"

　　克莱尔还没想到这一步。"你觉得行吗?"他问。

"完全行。我们应该分手，还是了结了算啦。你以前说过我容易使男人失去理智，被我所征服。我要是老跟你在一起，你也许会违背你的理智和心愿，改变自己的计划。事后，你会懊悔不已，我会痛苦不堪。"

"那你愿意回娘家啦？"克莱尔问。

"我想离开你，回娘家去。"

"那就这么办吧。"

苔丝虽然没有抬头看他，但却突然一惊。因为提出办法是一回事，允许照办又是另一回事，这一点苔丝明白得太快了。

"我早就担心会落到这一步了，"她嘀咕说，脸上驯服地不动声色，"我并不抱怨，安琪。我——我想这是最好的办法。你说的那些话，我觉得很有道理。是的，我们要是住在一起，虽说不会有别人来责怪我，但是以后日子久了，你也许会为一点点小事而生我的气，我以前的事你也知道了，也许忍不住要数落几句，说不定会让别人听见，兴许还会让我自己的孩子听见。唉，我搞成这样子，现在只不过伤心罢了，到那时就要给折磨死了！我要走——明天就走。"

"我也不待在这儿啦。虽说我不愿意先开口，可我也觉得我们还是分开为好——至少分开一段时间，直到我把事情看出个眉目来，可以给你写信。"

苔丝偷偷地看了丈夫一眼，只见他满脸苍白，甚至浑身颤抖。但是，像以前一样，苔丝仍然惊骇地看到，她所嫁的这个丈夫，表面上那么温柔，内心里却那么坚定——矢志要使高尚的情感压倒粗俗的情感，使观念战胜物质，使精神支配肉体。他想象中的这种支配力量，犹如狂飙一般，把什么本性、爱好、习惯，全都像枯叶一样卷走。

克莱尔可能察觉到了她的目光，因为他解释说："我跟人家不在一起的时候，倒更能想起他们的好处。"接着又以玩世不恭的口气，补充了一句，"天晓得，说不定我们哪一天腻烦了，就又凑到一起了。许多人都是这样的嘛！"

克莱尔当天就动手打点行装，苔丝也上楼收拾东西了。他们两个心里都很清楚，明早的分手也许是永久的别离，不过在准备分手的时候，又拿种种猜想来宽慰自己，装出后会有期的样子，因为对他们这种人来说，任何含有永别性质的分离，都让人感到非常痛苦。他们两人都知道，他们相互之间的吸引力——就苔丝而言，这种吸引力并不凭借什么才艺——在他们分手的头些日子，大概要比以往任何时候都更为强烈，，但是，时光势必要削弱这种力量。克莱尔现在从实际出发，认为不能和她住在一起，等到分手以后，关系更疏远了，头脑更冷静了，再来看这件事，也许理由就更充分了。况且，两个人一旦分离——抛弃了共同的居室和共同的环境——就会有新的东西不知不觉地萌生出来，把一个个空白之处填补起来，意外的事故阻碍了旧有的打算，昔日的计划也将被人遗忘。

第三十七章

午夜静悄悄地来临，又静悄悄地过去了，因为在弗鲁姆谷，没有什么东西来报告这一时刻。

一度是德伯维尔家宅的这座农舍，还笼罩在夜色之中。过了一点钟不久，农舍里发出一阵轻微的咯吱咯吱声。苔丝睡在楼上的卧室里，让这声音吵醒了。咯吱声是从楼梯拐角处发出来的，因为那地方像通常那样，钉得不牢靠。苔丝看见自己的房门打开了，她丈夫的身影穿过一道月光，脚步极其小心轻巧。他身上只穿着衬衣和长裤，苔丝先是一阵欢喜，后来见他眼神有些反常，只管茫然地往前直视时，她的欢喜也就立刻烟消云散了。克莱尔走到屋子中间，站住了脚，带着无法形容的凄惨语调，嘟囔着说："死了，死了，死了！"

原来，克莱尔一受到重大刺激，有时就会出现梦游现象，甚至做出奇异的举动，比如结婚前夕，他们赶集回来的那天晚上，他在自己房里又和欺侮苔丝的那个人打起架来。苔丝这下明白了，由于持续不断的内心痛苦，他如今得了梦游症。苔丝从心底里信任他，忠诚于他，不管他是醒着还是睡着，她都不会生出畏惧之心。即使他手里拿着手枪闯进来，她也不会感到心神不安，只会相信他是来保护她的。

克莱尔走到她跟前，朝她俯下身子。"死了，死了，死了！"他喃喃地说。

他仍然带着无限悲哀的神情，直瞪瞪地打量了她一会，然后将身子俯得更低，把她搂在怀里，随即拿起床单，像裹尸布似的把她裹了起来。接着，像对待死者的尸体那样，恭恭敬敬地把她从床上托起来，抱着她穿过房间，嘴里还嘟囔着："我好可怜、好可怜的苔丝，我最亲爱的心肝宝贝苔丝！多么温柔，多么善良，多么真诚啊！"

这些亲昵的话语，在他清醒的时候，他是绝对不肯吐露的，现在让她那颗凄凉而饥渴的心听来，真有说不出的甜蜜。她宁可豁出自己那条活腻了的生命，也绝不肯动弹一下，或是挣扎一下，免得破坏了她现在所处的境域。于是，她一动不动地躺在他的怀里，连气都不敢喘，也不知道他要拿她怎么办，由着他把她抱到楼梯口。"我的妻子——死了，死了！"克莱尔说。

他抱着她停了停，靠到了楼梯扶手上。他是不是要把她摔到楼下去呢？为自己担心的念头，在她心里几乎不存在了，再说她也知道，他打算明天就离开她；也许是永远离开她，所以，她就这样躺在他怀里，尽管有摔下去的危险，可她并不觉得害怕，反而感到是一种享受。假如他们能一起摔下去，都摔得粉身碎骨，那有多么称心如意，多么美满啊。

然而，克莱尔没有把她摔下去，反而利用有扶手支撑的机会，亲了一下她的嘴唇。接着，他又把她紧紧地抱起来，往楼下走去。松动的楼梯发出咯吱咯吱的响声，并没有把他吵醒，他们平安地来到了楼下。他把紧抱着她的手松开了一只，拉开门闩，走出屋去，他脚上只穿着袜子，脚趾头在门框上轻轻碰了一下。但他似乎并不在意。来到户外以后，可以有充分伸展的余地了，他就把她竖起来靠在肩膀上，以便抱着轻松些，而她身上没穿衣服，这也给他减轻了不少负担。他就这样抱着她离开房屋，朝不远处的河边走去。

他究竟有没有什么最终目的，苔丝还没有猜测出来。她发现自己像个局外人一样，在那里冷静地猜想。她已经安然自得地把自己完全交给他了，她觉得克莱尔把她视为他绝对的私有财产，想按照他的意愿进行处置，不禁感到满心欢喜。本来，明天就要分离的恐惧，一直萦绕在她心头，现在她感受到，克莱尔倒真承认她是他的妻子苔丝了，并没有把她抛弃，这是值得欣慰的，即使他认为自己有权力任意伤害她，那也没关系。

啊——她现在知道他在做什么梦了：那个礼拜天早晨，他把她和另外三个挤奶女工抱过被水淹没的道路。那三个姑娘几乎像她一样爱他，不过苔丝却认为这是不可能的。克莱尔没有把她抱过桥去，而只在河的这一边，朝着附近磨坊走了几步，最后才在河边站住了。

河水从这片草场上流过，往往分成一道道支流，漫无目标地蜿蜒行进，绕过一座座无名的小岛，时而又聚合在一起，汇成一条宽阔的河流，奔涌向前。克莱尔把苔丝抱到这里，眼前就是一个众流汇合的地方，河水比别处更宽更深。河上有一条很窄的人行桥，但是桥栏杆却叫秋天的洪水冲走了，只剩下了光秃秃的桥板，离下面湍急的水流只有几英寸，即使头脑冷静的人走在上面，也难免要发晕。白天，苔丝从窗口看见几个小伙子走在独木桥上，像是在表演平衡功夫。她丈夫或许也看见了他们的表演。不过，不管他有没有看见，反正他现在踏上了桥板，慢慢伸出一只脚，顺着桥板往前走去。

他是不是想把她淹死呢？大概是的。这个地方非常偏僻，河水又深又宽，要淹死一个人是很容易的。他想把她淹死，那就淹死好了，总要强似明天生生拆开，天各一方。

激流在他们下面奔泻，打着旋涡，把月亮映在水里的倒影，时而抛来抛去，时而弄得歪歪扭扭，时而搅得支离破碎。一团一团的泡沫顺流漂过，一丛一丛的水草被截了下来，在木桩后面起伏摇摆。如果他们现在能一起掉进水里，那他们一定会因为胳膊搂得太紧，而无法脱险。那样一来，他们就会几乎毫无痛苦地离开人世，别人就不会再指责她了，也不会指责克莱尔不该娶她了。若是真能这样，克莱尔最后和她在一起的半个钟头，是充满恩爱的半个钟头；否则，等他醒过来，他就要恢复白天对她的厌恶情绪，而这一时刻就要成为一个倏忽的梦幻。

她心里一冲动，真想转动一下，让他们俩一起栽进深水里，但是她又不敢真那么做。她是否珍惜自己的性命，先前已经证明过了；但是，克莱尔的性命——她却没有权力胡乱耍弄。于是，她就让克莱尔抱着，平安无事地走到了对岸。

他们来到了寺院的旧址，进入一片种植场。克莱尔把苔丝换了一个抱法，往前走了几步，走到寺院教堂圣坛所在的废墟那里。靠北墙放着一只空石棺，本是为一位寺院住持准备的，凡是喜欢感受阴惨滋味的游人，都要在里面躺一躺。克莱尔小心翼翼地把苔丝放进棺里。他又亲了一下她的嘴唇，随后深深地喘了一口气，仿佛了结了一个大心愿。接着，他就顺着石棺躺在地上，立刻睡着了。他太疲乏了，所以睡得很沉，躺在那里一动不动，好像一根木头。由于心里兴奋而产生的那股劲头，现在已经使完了。

苔丝在棺材里坐起来。这天夜晚，虽说在这个季节算是干爽温和的，但也冷丝丝的，克莱尔没穿多少衣服，在这里待得太久，那是很危险的。如果不去管他，他十有八九要睡到天亮，肯定会给冻死。她以前听说过，有人在梦游之后，就这样给冻死了。但是，她若是把他唤醒了，让他知道他对她干出这样的傻事，他一定会感到无地自容，在这种情况下，她怎么敢把他叫醒呢？不过，苔丝还是走出了石棺，轻轻地摇摇他，但是不使劲摇晃，是叫不醒他的。非得采取点措施不可了，因为那条床单挡不了多少寒气，她开始冷得发抖了。在刚才那几分钟的奇特经历中，她由于心里兴奋，身上倒有些觉得热热乎乎的，但是那个极乐时刻已经过去了。

她突然想到，不妨劝一劝他。于是，她拿定主意，以果断的口吻，对着他的耳朵小声说道："亲爱的，咱们往前走吧。"她一面说，一面拉拉他的胳膊，示意叫他起来。使她感到宽慰的是，他毫不抗拒，默然顺从了她。显然，听了她的话，他又重新进入了梦境，而且似乎生出另外一番情致，他仿佛觉得她是个死而复活的幽灵，正引导他升入天堂。她就这样挽着他的胳膊，走到他们寓所前面的那座石桥上，过了石桥，站在了那宅第的门口。苔丝完全光着脚，脚下的石头刺痛了她的皮肉，寒气直袭她的骨髓。不过，克莱尔却穿着毛袜子，好像并不觉得有什么不舒服。

随后就没有什么困难了。她引导他躺在他的沙发床上，给他盖得暖暖的，又给他临时生了火，以便烘干他身上的湿气。她以为这些动作的声音会把他吵醒，她也暗中盼望他能醒来。但是他早已心力交瘁了，仍然一动不动地躺着。

第二天早晨，两人一见面，苔丝就发现，克莱尔虽说可能知道自己昨天夜里睡得不踏实，但他一定不大知道，也许压根儿就不知道，她在他夜间的梦游中起了多么重要的作用。说真的，那天早晨，他是从死一般的沉睡中醒来的；刚醒来的那一会，他的大脑就像参孙活动身体一般，在试验自己的力气，这时他模模糊糊地感觉到，夜里可能发生了异乎寻常的事情。但是，没过多久，他就只顾考虑现实的问题，不再去猜测昨晚的事情了。

他以期待的心情等候着，想看看自己的内心有什么意向。他知道，他头天晚上打定的主意，如果到了早上还没有打消，那就说明，即使它是由于感情冲动引起的，它也是建立在近乎理智的基础上，因此是完全可以信赖的。就这样，在灰蒙蒙的晨光中，他验证了自己与苔丝分离的决心。这种决心，已不是一种怒火中烧的本能了，那种如灼如焚的情感早已消失了，那只是一个赤裸裸的骨架子，但却依然存在着。克莱尔不再迟疑了。

他们吃早饭的时候，以及后来收拾剩下的几件东西的时候，克莱尔显得疲惫不堪，这显然是头天晚上劳累的结果，所以苔丝差一点把昨天晚上的事全说出来。但是，她转念一想，若是让他知道，他头脑清醒时不屑表露的爱，却在梦境中本能地表现出来了，他一向要维护的尊严，却在失去理智时被欲念所损害了，那他一定要生气，要难过，要丢丑，因此她还是没有对他讲。若是真那样做，就等于嘲弄一个醒过酒来的人，笑他醉酒时的怪诞举动。

她还想到，克莱尔也许隐约记得他那温情脉脉的异常行为，但是又不愿意提起这件事，担心苔丝利用这个激发柔情的有利时机，再次要求他不要离开。

克莱尔写了一封信，向最近的小镇叫了一辆马车，吃过早饭不久，马车就来了。苔丝一见到马车，就知道这是最终结局的开始——至少是暂时的分离，因为昨夜克莱尔偶然表露的柔情，使她产生了将来还可能破镜重圆的梦想。行李给装到了车顶上，车夫赶着马启程了，磨坊主和老女仆表示有点奇怪，他们怎么突然就要离去，克莱尔则解释说，这座磨坊并不是他要考察的那种现代面粉厂。这种说法，就其本身而言，也是有道理的。除此之外，他们这样走掉，也没露出什么破绽，让人觉得他们的婚事破裂了，或是觉得他们不是一同去拜访亲友。

他们所走的路线，离几天前他们俩带着庄重的喜悦离开的那座牛奶场，相距不远。因此，克莱尔想趁机跟克里克先生把事情了结掉，与此同时，苔丝也免不了要去看望一下克里克太太，不然的话，别人就会猜疑到他们之间的不幸。

为了使这次拜访尽量不惊动别人，他们让马车停在从大路拐向牛奶场的栅门旁边，然后顺着下行的小路，肩并肩地朝场房那里走去。柳树的枝条都给砍掉了，从光秃秃的树干顶上望过去，可以看见当初克莱尔追着向她求婚的那个地点。在左面的那个院子里，苔丝曾让他的琴声迷住过。更远一点，在牛棚后面的草地上，他们头一次搂抱在一起。现在，夏天那金灿灿的景象已经变得灰蒙蒙了，五彩缤纷变成了一片阴暗，肥沃的土地满是泥泞，潺潺的河水也变得那样清冷。

老板隔着场院的栅门，看见了他们俩，连忙迎上前去，脸上露出一副嬉皮笑脸的神气，在塔尔勃塞这一带，人们看见新婚夫妇重新出现时，都觉得这样迎接比较恰当。接着，克里克太太和另外几位老朋友，也都从屋里跑了出来，不过，玛丽安和雷蒂好像不在场。

苔丝硬着头皮忍受他们的委婉戏弄，善意打趣，其实他们哪里知道，她听了这些玩笑，心里真不是滋味。他们作为夫妻，倒有一种默契，要把他们疏远的事隐瞒起来，因此，他们装得像平常夫妻一样。接着，大家把玛丽安和雷蒂的事，一五一十地讲给苔丝听了，尽管她很不愿意别人再提这些事。雷蒂已经回到父亲家里去了，玛丽安跑到别的地方找活干去了。他们担心她不会有什么好结果。

为了排遣听了这些话而引起的哀伤，苔丝走到外面，与她喜欢的奶牛告别，拿手一个一个地抚摸它们。她和克莱尔肩并肩地站着，向大家告辞的时候，好像灵和肉都合为一体了，其实，若是有人能洞察真相，他一定会觉得他们那副样子，真有点让人特别可怜。从外表上看来，他们真像一体的两肢，男的胳膊碰着女的胳膊，女的裙裾擦着男的衣裳，两人面朝同一方向，和场里那些人对望着，跟他们道别的时候，还以"我们"相称，可实际上，他们隔得像南北极那么遥远。也许，他们的姿态显得有点过于死板，过于拘束，他们假装亲密无间，但却显得有些别扭，又不像新婚夫妻的那种天然羞怯，所以他们走了以后，克里克太太便对丈夫说道："苔丝的眼神那么亮，好不自然哪，两人就像蜡人一样站在那里，说起话来恍恍惚惚的！你不觉得是这样吗？苔丝向来就有点古怪，眼下哪里像是个有钱人的新娘子，一点也看不出得意的样子。"

他们两人又上了马车，行驶在通往韦瑟伯里和斯丹福特路的大路上。到了斯丹福特的旅店后，克莱尔打发了马车和车夫。他们就在店里休息了一会，接着又雇了一辆马车，把他们拉进了谷里，朝苔丝家乡驶去。赶车的是个生人，不知道他们两人的关系。走到半路，过了纳特尔伯里，来到一个十字路口，克莱尔叫车子停下来，对苔丝说，她若是想回娘家，他要在这里和她分手了。因为当着车夫的面不便交谈，他就叫苔丝陪他顺着岔道走几步。苔丝答应了。两人就吩咐车夫等几分钟，随即便走开了。

"现在，让我们了解一下彼此的意思，"克莱尔温柔地说道，"我们之间没有什么气，不过有一个情况，我目前还忍受不了。我以后会设法忍受的。我一旦知道我该上哪儿，我会告诉你的。如果我觉得我能忍受了——如果这是值得的，办得到的话——我就会来找你。不过，我没去找你之前，你最好不要先来找我。"

苔丝听了这道严厉的命令，真是万箭钻心。她算明白他怎么看待她了。他只不过把她看成一个对他耍弄拙劣骗局的女人。但是，一个女人即使做了她做的那种事，难道就该受到这样的惩罚吗？不过她也不能再跟他辩驳了。她只把他的话重复了一遍。

"你没来找我之前，我就不能先去找你。"

"一点不错。"

"我可以给你写信吗？"

"哦，可以——如果你有个什么病，或者需要什么东西的话。不过我希望不要出现这种情况，还是我先写信给你。"

"我同意这些条件，安琪，因为你最清楚我该受什么惩罚。只不过——只不过——不要搞得让我受不了！"

苔丝对这件事，就说了这几句话。假如她使点心计，在那条偏僻的篱路上吵闹一场，晕倒一次，歇斯底里地大哭一阵，那他克莱尔再怎么吹毛求疵，再怎么冷酷无情，他大概也不至于丢下她不管。但是，苔丝长期忍耐惯了，这使克莱尔觉得事情好办一些，她自己倒成了他最好的辩护人，而且，苔丝的忍气吞声之中，还含有傲慢的成分，这也许就是德伯维尔整个家族不顾后果，听凭命运摆布的一个显著特征。本来，她只要加以恳求，就有很多有效的办法，能拨动克莱尔的心弦，但她却一概没有采用。

他们后来只谈了一些具体的事项。克莱尔递给她一个小袋子，里面装有相当多的钱，那是他从银行里特地为她取出来的。苔丝对那些珠宝的享有权，似乎只限于她在世的时候（如果他没有理解错遗嘱里的措辞的话），他劝她为安全起见，让他替她把那些东西存到银行里，苔丝也爽快地同意了。

两人把这些事谈妥之后，他就和苔丝回到马车那里，把她扶上了车，然后付了车钱，告诉车夫把苔丝送到什么地方，随即拿起自己的旅行袋和雨伞——他随身只带了这两样东西——向她道了别。于是，两人就在此时此地分手了。

马车慢慢地向山上爬去，克莱尔眼看着它往前走去，心里突然希望苔丝能往窗外看一下。但是，苔丝昏昏沉沉地躺在车里，根本想不到这一点，也绝不会贸然这么做。就这样，克莱尔瞧着她的马车越去越远，心里不由得一阵悲酸，顺口念起了一位诗人的一句诗，并且按照自己的意思做了点改动：

上帝不在天堂，人间一切遭殃！①

苔丝的马车驶过山顶之后，克莱尔才转身走上自己的路，几乎不知道自己还爱着她。

第三十八章

苔丝坐着车行驶在布莱克摩山谷里，她孩童时代就耳濡目染的景致，开始展现在她的周围。这时，她才从恍惚中醒来。她的头一个念头，是怎么有脸去见父母？

---

① 引自勃朗宁的诗剧《皮帕走过去》，原诗为："上帝待在天堂，人间一切无恙！"

马车驶到一道栅门跟前，这栅门横拦在通往马洛特村的大路上。给他们开门的是一个陌生人，而不是那个看了多年门的老头，苔丝认识那个老头，他大概是新年那天离开的，因为换人总是在这天进行的。苔丝近来一直没有得到家里的音信，所以便向那个看门的打听消息。

"哦——没什么事，姑娘，"那人回答说，"马洛特还是马洛特。不过倒添了几桩红白喜事。就在这个礼拜，约翰·德贝菲尔也嫁出了一个闺女，女婿是个体面的庄稼人。不过，你要知道，那对新人不是从约翰家送走的，而是在别的地方结的婚。那新郎很有身份，觉得约翰家不够宽裕，没有让他们参加婚礼。他好像不知道，有人发现约翰自己也出身于名门世家，是个血统高贵的人，直到如今，他家的老祖宗还埋在自家的墓穴里，只是在罗马人统治的时候，就把家当败光了。不过，约翰爵士（俺们如今都这么叫他），还尽力操办了一下喜事，把全教区的人都请到啦。约翰太太还在醇沥酒店唱歌，一直唱到十一点多钟。"

苔丝听了这番话，心里觉得非常难受，不敢坐着马车，带着行李物品公然回家去。她问那看门的人，她可不可以把东西暂时存放在他屋里，看门的没有拒绝，她就把马车打发走了，独自选了一条僻静的小路，朝村里走去。

一看到自己家里的烟囱，她就问自己：她怎么能进得了这个家？就在这座草屋里，她的父母弟妹都在坦然地设想，她一定是跟着一个比较有钱的丈夫，到远处去做蜜月旅行了，她丈夫以后还要让她过上荣华富贵的日子。可眼下却好，她独自一人，孤苦无靠，也没有个好地方可去，只能可怜巴巴地回到自己旧日的家门。

她还没走进家门，便让别人瞧见了。就在园篱旁边，她碰见了一个和她相识的姑娘——她在学校念书时，和她相好的两三个同学中的一个。姑娘想知道她怎么回来了，就问了几句话，然后也没注意到她那凄楚的面容，插嘴问道："可你的先生哪，苔丝？"

苔丝急忙解释说，他有事到别处去了，说罢就丢下那问话的姑娘，攀过园篱，往家里走去。

她走上院内小径，听见母亲在后门那里唱歌。她走上前去，只见德贝菲尔夫人正在台阶上拧床单。她并没有瞧见苔丝，拧好床单之后，就走进屋里，女儿跟在她后面。

洗衣盆还放在老地方，还放在那个旧酒桶上面。母亲把床单扔到一边，刚想把胳臂再伸到盆里。

"哟——苔丝呀——俺的孩子——俺想你结婚了吧——你这回可是千真万确地结婚了吧——俺们送去了苹果酒——"

"是的，妈妈，是真的。"

"是真要结婚了？"

"不——我已经结过婚了。"

"结过婚了？那你丈夫呢？"

"哦——他暂时走了。"

"走了！那你们是哪一天结的婚？是你跟俺说的那天吗？"

"是的，礼拜二，妈妈。"

"今儿才礼拜六，他就走了？"

"是的。他走了。"

"这是咋回事？你怎么嫁了个这样的丈夫，该死！"

"妈妈——"苔丝走到琼·德贝菲尔跟前，一头扑进母亲怀里，呜呜地哭了起来，"我真不知道怎么跟你说，妈妈！……你对我说过，还写信叮嘱过我，叫我不要告诉他。可我偏偏告诉他了——我忍不住呀——于是他就走了！"

"嗨，你这个小傻瓜——你这个小傻瓜！"德贝菲尔夫人突然嚷叫起来，冲动之中，把水溅到了苔丝和自己身上，"俺的老天爷，俺怎么能说出这种话——不过俺还是要说，你这个小傻瓜！"

苔丝哭得浑身都在颤抖，心里憋了这么多天了，现在终于发泄出来了。"这我知道——我知道——我知道！"她一面抽泣，一面气吁吁地说道，"可是，我的妈呀，我实在忍不住啊。他太好了——我觉得不把以前的事告诉他，那就太无情无义了，要是——要是——这事再来一次——我还要这么做。我不能——我不敢——那么坑害——他呀！"

"可你先嫁给他，这就够坑害他了。"

"是的，是的，这正是我可悲的地方。可我还以为，他要是坚决不肯宽容的话，还可以依法跟我离婚。哦，你哪里知道——你压根儿不知道我是多么爱他——多么想嫁给他——我又非常喜欢他，又想对得住他，心里好痛苦啊！"苔丝悲伤至极，再也说不下去了，像瘫了似的，倒在一把椅子上。

"得啦，得啦，俗话说，覆水难收啊。俺真不明白，俺养的孩子怎么比别人家的孩子都傻——都不知道这种事是抖搂不得的，到时候就是知道了，那也太晚了！"德贝菲尔夫人说到这里，不禁流下泪来，觉得她这个做母亲的实在可怜。"俺不知道你爹会怎么说，"她接着又说，"打那以后，他见天跑到罗利弗酒店和醇沥酒店唠叨你那喜事，说你这么一嫁人，他家又要重振家业了——可怜的傻瓜——这下可好，事情叫你弄得一团糟！俺的老天爷呀！"

仿佛什么都来凑热闹似的，就在这时，只听苔丝父亲的脚步声越来越近。不过，他没有立刻走进屋里，德贝菲尔夫人就叫苔丝先躲一躲，让她把这不幸的消息告诉老头子。刚才猛一听到这消息，琼还感到一阵失望，但是过了一阵之后，她就把这次不幸看得好像那头一次灾难一样，仿佛只是过节碰上下雨，或者马铃薯歉收似的；事情所以落到他们头上，似乎与功过智愚毫不相干，只是一种出乎意料的、无法避免的外来打击，并不是一种教训。

苔丝躲到了楼上，意外发现床铺都挪动了地方，重新做了布置。她原来睡的那张床改成给两个小妹妹睡了。这里已没有她的栖身之处了。

楼下的屋子没装天花板，那里的动静她多半都能听见。没过多久，她父亲就进了屋里，显然带着一只活母鸡。他不得已卖掉了第二匹马，现在只好把篮子挎在胳膊上，东走西颠做买卖了。像往常一样，今天早上他就拎着这只鸡走来走去，好让人家知道他在忙活，其实，这只鸡给绑着双腿，放在罗利弗酒店的桌子底下，待了一个多钟头了。

"俺们刚才谈起了一件事——"德贝菲尔开口说道，接着向妻子仔细讲起了大家在店里的一番议论。原来，他女儿嫁给了一个牧师人家，所以大家就谈起了牧师这个话题。"以前人家也称他们家的人'先生'，称我们家的人'爵爷'，两个称呼用的是一个字'Sir'"，他说，"可如今呢，他们的真正称呼，严格说起来，只是'牧师'罢了。"因为苔丝不愿意声张，所以他没有说起结婚的详情。他希望苔丝尽快解除这道禁令。他建议这小两口都姓苔丝的姓，那个没走样的德伯维尔。这个姓比她丈夫的强。他又问，那天苔丝有没有来信。

这时德贝菲尔夫人告诉他，苔丝倒是没有来信，但不幸的是，她人却来了。

等妻子把婚事告吹的事说明之后，德贝菲尔感到了一阵不常有的愠怒和羞辱，连刚才喝下的那杯提神的酒，也抵挡不住这一打击。但是，这次触动他那敏感神经的，与其说是事情本身的因素，不如说是他猜想别人会有什么看法。

"真想不到，落了这么一个下场！"约翰爵士说，"凭俺这样一个人，在金斯比尔教堂有那么大的祖坟，和大地主乔拉德家的大酒窖一样大，俺那些祖宗横七竖八地躺在里面，一个个都登在史鉴上，是郡里有名有实的古家。不用说，罗利弗酒店和醇沥酒店的那些家伙，一准又要笑话俺啦。他们一准要斜着眼看俺，挖苦俺，说什么：'这就是你高攀的好亲戚，你就这样光宗耀祖，回到你祖宗在诺曼王朝的好时光啊！'琼，俺觉得太倒霉了，俺想把自个儿毁了，连命带爵位都不要了——

俺可受不了啦！……不过，他要是娶了她，她还能硬让他留下她吧？"

"是啊。可她不肯那么干。"

"你看他这回真跟她结婚了吗？——还是像头一回——"

可怜的苔丝听到这里，便再也听不下去了。就连在自己父母家里，她说的话也要引起怀疑，一想到这一点，她就厌恶起这个家来，其他任何情况都不会让她这样厌恶自己的家。命运的打击来得多么突然。连她的父亲都有点怀疑她，那邻居和朋友岂不是更要怀疑她了吗？哦，她不能在家里久待。

因此，她只肯在家里住几天。这几天刚一结束，她刚好接到了克莱尔的一封短信，告诉她说，他到英国北部看一家农场去了。她一心就想显一显她真是克莱尔太太，又不想让父母看出他们的隔阂有多深，便利用这封信，作为再次离家的借口，让他们觉得她是去找丈夫的。她还怕别人怪她丈夫待她不好，就想进一步遮掩，便从克莱尔给她的五十英镑钱里，取出二十五英镑，交给了母亲，好像做了安琪·克莱尔这种人的太太，这些钱是完全给得起的，嘴里还说，前几年给父母带来了麻烦和羞辱，这不过是一点微薄的补偿。她做了这番慷慨的表示之后，就告别了父母。她走了以后，德贝菲尔家靠着苔丝给的那笔钱，倒过了一阵快活日子，她母亲便说，并且还真正相信，这小两口深感谁也离不开谁，所以别扭了一阵之后，又和好如初了。

第三十九章

克莱尔婚后三个礼拜，才从山上下来，朝他父亲那座熟悉的牧师住宅走去。他往下走的时候，只见教堂的钟楼耸立在黄昏的天空中，那样子像是询问他为什么要回来。暮色苍茫的小镇上，似乎没有什么人注意到他，更没有什么人期待他。他像幽灵一般回到这里，他觉得自己的脚步声听起来有些刺耳，总想没有这声音就好了。

对他来说，人生的景象已经改变了。在这之前，他对人生的了解只停留在理论上，现在，他觉得他已经有了实际体验了。其实，即使到了现在，他恐怕还没有真正了解人生。不过，在他的心目中，人生不再凝聚着意大利绘画中那种发人幽思的甜美滋味，而是呈现出韦尔兹美术馆里那种凝眸直视、阴惨可怕的神态，只是范·比尔斯绘画中那种冷眼旁观的眼神。①

在这头几个礼拜，他的行动散漫得难以形容。他本想按照古往今来那些伟人志士的教诲，去机械地实施他的农业计划，就像没有发生什么异常事件一样，但是，尝试失败之后，他便得出结论，认为那些伟人志士中，没有几个人亲身检验过他们的教诲是否可行。一位异教伦理学家说过："最要紧的事，就是要沉住气。"②克莱尔也抱有这样的看法，但他却沉不住气。那位拿撒勒人说："你们心里不要忧愁，也不要胆怯。"③克莱尔真诚地赞同这一观点，但他心里依然要犯愁。他真想向这两位圣者当面讨教，以同胞的资格，恳求他们把方法教给他。

他的心情变得对一切都满不在乎了，到了后来，他竟然觉得他是以局外人的冷漠态度，来看待自己的人生。

他认为就因为苔丝是德伯维尔家的后代，才引起了这一切的不幸，一想到这里，他就觉得怨愤不已。当初，他既然知道苔丝并不像他痴心梦想的那样生在新兴人家，而是出于衰败了的古老门户，那他为什么不信守自己的原则，横下心来把她放弃掉呢？这是他背叛原则的结果，他受惩罚是罪有应得。

这时，他觉得又懊丧，又焦急，而且，他那焦虑还在不断增长。他在琢磨，他是否亏待了苔丝。他吃东西的时候，也不知道是在吃东西，

---

① 比利时韦尔兹美术馆，保存着安东·韦尔兹(1806—1865)的作品。范·比尔斯(1852—1927)，也是比利时画家。
② 异教伦理学家系指罗马皇帝马可·奥勒乌斯(121—180)，这句话引自他的《沉思集》。
③ 拿撒勒人系指耶稣。这句话引自《圣经·新约·约翰福音》第十四章第二十七节。

喝什么的时候，也喝不出味道来。时光一天一天地过去，以往那些日子里的每个行动的动机，都展现在他的心头，他不禁意识到，他想把苔丝当作宝贝据为己有的念头，和他的全部计划、全部言行，多么紧密地联系在一起。

他东奔西走的时候，在一座小镇的郊外看到了一个红蓝色的广告牌，上面写着去巴西帝国种庄稼的几大好处。在那里买土地，价格特别优惠。他有点让巴西吸引住了，这倒是以前没想到的主意。苔丝最终也可以跟他去那里。巴西的风土人情与这里截然不同，在这里，照这里的风俗，他似乎就不能和苔丝一起生活，可是在那里，也许就不受这种风俗的约束。总而言之，他很想到巴西去闯一闯，尤其是又正好赶上去巴西的时节。

他就抱着这个意图，回到了埃明斯特，好向父母讲明他的计划，同时尽量编造一些借口，说明苔丝为什么没有一起来，但却不能泄露他们分离的真实原因。他走到门前的时候，新月照在他的脸上，想当初，就在那天半夜过后，他抱着妻子过了桥，走到寺院墓地的时候，那下弦月也照在他的脸上。不过，他的脸现在可消瘦多了。

克莱尔这次回家，事先没有通知父母。因此他一到家，就扰乱了牧师住宅的气氛，仿佛一只鱼狗扎进池塘，搅乱了平静的水面。他父母亲都坐在客厅里，但两个哥哥都不在家。安琪走进客厅，随手轻轻地关上了门。

"新娘子呢，亲爱的安琪？"母亲大声嚷道，"你真让我们感到意外啊！"

"她回娘家去了——暂时住一阵。我是匆匆忙忙赶回来的，因为我决定到巴西去。"

"巴西！那儿可都是罗马天主教徒啊！"

"是吗？这我倒没想到。"

克莱尔要跑到一个天主教徒的国家，老两口虽然觉得又新奇，又难过，可那并没有持续多久，他们自然还是更关心儿子的婚事。"三个礼拜以前，我们收到了你那封短信，说你要结婚了，"克莱尔太太说，"你父亲就打发人把你教母的礼物送去了，这你是知道的。当然啦，我们最好都不到场，尤其是你愿意从牛奶场而不是从她家里去教堂举行仪式，不管她家在什么地方。我们要是去了，你会感到别扭，我们心里也不会痛快。你两个哥哥情绪很大。如今事情都办完了，我们也不抱怨了，特别是你也不打算当牧师，而她对你选择的职业还挺合适。……不过，安琪，我要是能先见见她就好了，或者能多了解她一点也行。我们自己还没送她礼物呢，也不知道她最喜欢什么，不过你别以为我们不送了，只是晚几天罢了。安琪，你结下这门亲事，我和你父亲都没生你的气。不过，我们觉得最好还是等到见了你妻子以后，再对她表示喜爱。谁想你却没把她带来。这真有点奇怪。到底是怎么啦？"

克莱尔回答说，他们两人都觉得，他来这里的时候，她还是暂时回娘家为好。

"亲爱的妈妈。我不妨告诉你，"他说，"我总是在想，我得等到她能给你脸上增光的时候，再把她带到咱们家。不过，这个去巴西的主意是最近才拿定的。我要是真去的话，头一次出门就带上她，那是不明智的。她就住在她娘家，等我回来再说。"

"那你临走以前，我是见不着她啦？"

克莱尔说恐怕见不着了。他刚才说过，他本来就打算过一阵再把她带回家——免得有什么地方会伤害他父母早就抱有的成见——情感还有一些别的原因，他就越发坚持原来的计划了。他若是马上就出国，在一年之内总要回来一趟的，等到第二次出国的时候，他可能先让父母见见她，然后再带她一起走。

晚饭匆匆忙忙地准备好了，现在已经端上来了。克莱尔进一步讲了讲他的计划。母亲因为没有见到新娘子，依然觉得很失望。克莱尔上次对苔丝的热烈称赞，把她做母亲的同情心都激发起来了，她几乎觉得拿撒勒真能出好东西①——塔尔勃塞牛奶场也能出一个如花似玉的女人。儿子吃饭的时候，她总拿眼睛盯着他。

"你能不能把她形容一下？我想她一定很漂亮，安琪。"

"这是毫无疑问的！"克莱尔说，由于语气比较热烈，听不出话里有什么辛酸的意味。

"她又纯真又贞洁，这也是毫无疑问的。"

"当然，她又纯真又贞洁。"

"我能清清楚楚地想象出她的模样了。你上一次说，她的身段很苗条，长得很丰满；两片深红色的嘴唇，就像丘比特的神弓一般；黑黑的睫毛和眉毛，一条粗粗的发辫，就像一根大缆绳；一双大眼睛有点发紫，有点发蓝，又有点发黑。"

"我是这么说过，妈妈。"

"我完全清楚她的模样了。她生活在那么偏僻的地方，没见到你以前，一定很少遇见外面的年轻人啦。"

"是的。"

"你是她的头一个情人吗？"

"当然。"

"天下的女人，有不少还比不上这种又单纯、又漂亮、又强健的农村姑娘呢。当然，我本来想——得啦，我儿子既然要干农活，那他娶一个过惯了户外生活的女人，也许倒是很合适。"

做父亲的倒不像母亲这样刨根究底。但是，就在晚祷之前，按规矩总要从《圣经》里选一章来诵读，这时候，牧师便对他太太说："我想，既然安琪回来了，咱们不如把平常读的那一章换一下，改读《箴言》第三十一章，这样是不是更合适一些？"

---

① 拿撒勒为耶稣居住地。据《圣经·新约·约翰福音》第一章第四十六节："拿但业对腓力说：拿撒勒还能出什么好东西吗？"

"当然可以，"克莱尔太太说，"利慕伊勒王的话。"她也像丈夫一样，能说出哪一章哪一节。"我亲爱的孩子，你父亲决定给我们念一念《箴言》里赞美贤妻的那一章。不用说就知道，这些话可以用到那位不在场的人身上。愿上帝保佑她的一切。"

克莱尔一听这话，只觉得喉咙哽住了。仆人把轻便读经台从屋角推了出来，摆在壁炉前的正中间，两个老仆人走了进来，安琪的父亲就从第三十一章第十节念了起来：

谁能找到有才有德的妇人？她的价值远远高于珠宝。……未到黎明，她就起床，把食物分给家中的人。……她鼓起劲来，使腰臂有力。她知道她做出的东西很有价值，她的烛光彻夜不灭。她总是尽力操持家务，并不吃闲饭。她的儿女们都起来称她有福；她的丈夫也说她有福，而且还称赞她："有才有德的女子多得是，但是你超过所有的人。"

晚祷做完以后，他母亲说："我情不自禁地觉得，你那亲爱的父亲刚才念的这一章，有些地方用到你娶的那个女人身上，真是太合适了。你瞧，完美的女人应该是个勤劳的女人，不是个闲散的女人，不是个华贵的女人，而是一个能用自己的双手、自己的头脑、自己的心血，为别人做好事的女人。她的儿女们都起来称她有福，她的丈夫也说她有福，而且还称赞她：有才有德的女子多得是，但是她超过所有的人。……唉，我要是能见见她就好了，安琪。她既然又纯真又贞洁，我看她教养够好的了。"

克莱尔听了这番话，再也忍不住了。一颗颗泪珠，像一滴滴熔化了的铅液，涌满了他的双眼。他急急忙忙地向两位老人道了晚安，回自己房里去了。他深深地爱着这两位老人，他们有着两颗真挚淳朴的心灵，心里没有物质享受、肉欲和魔鬼，这些东西对他们来说，只是一种似有若无的身外之物。

他母亲跟在他后面，敲了敲他的门。克莱尔把门打开，只见母亲带着焦虑的神情，站在门外。

"安琪，"她问道，"你这么急急忙忙地要出国，是不是出什么事了？我总觉得你有些不对劲呀！"

"我是不大对劲，妈妈。"克莱尔说。

"是因为她吗？哦，儿子，我知道是那么回事——我知道是因为她。你们在这三个礼拜里吵过架吧？"

"我们倒并没有吵架，"克莱尔说，"不过，我们有点分歧——"

"安琪——她这么个年轻女人，过去的事经得起审查吗？"克莱尔太太凭着做母亲的本能，一下就猜中了惹儿子心烦意乱的症结所在。

"她是没有污点的！"安琪回答说，心想即使此时此地把他永世打入地狱，他也要说这句谎话。

"那别的方面就不必计较了。说到底，世界上的万事万物，很少有比没受玷污的乡下姑娘更纯洁。你受过比较多的教育，起初你也许看不惯她那粗里粗气的举止，不过她跟你相处久了，经过你的点拨熏陶，一定会变得斯文起来。"

这种不知底细的宽宏大量，真是可怕的嘲讽，克莱尔进而认识到，他这次婚事把他一生的事业全毁了，事情刚透露时他还没想到这一点。说实在的，他很少为自己而顾虑他的事业。但是，为了他的父母和兄长，他却很想把自己的事业至少搞得体面些。可现在，他两眼盯着蜡烛，那烛焰仿佛在向他无言地表示：烛焰本是用来照耀明智之士的，并不喜欢照在一个受人愚弄的失败者的脸上。

他的情绪平静下来以后，觉得他无可奈何地对父母撒谎，这全是他那可怜的妻子造成的，因此有时便对她生起气来。到了气头上，他几乎对她说起话来，好像她就在屋里似的。于是，在黑暗中，只听她喁喁细语，含着哀怨进行分辩，她的嘴唇温柔地拂过他的前额，他还能在空气中分辨出她那温馨的气息。

这天夜里，他所轻视贬低的那个女人，却在思忖她的丈夫多么和善，多么了不起。但是，在他们两人的上面，都笼罩着一个阴影，比克莱尔看到的阴影还要阴暗，这就是克莱尔自身的局限性。他这个青年，虽然试图以独立的见解来判断事物，虽然有着先进的思想，良好的用意，是近二十五年里所产生的一个样板，但是，一旦事出意外，他又要信从小时候所受的训诲，变成习俗和成见的奴隶。其实，就本质而言，他那年轻的妻子和其他疾恶如仇的女人一样，对于利慕伊勒的那番赞美，是当之无愧的，因为判断她的道德价值，不应该看她做了什么事，而应该看她有什么意向。不过，当时没有哪个先知向他讲明这个道理，他自己也不够先知先觉，认识不到这一点。另外，遇到这种时候，近在眼前的人总是要吃亏，因为他们的污点都要暴露无遗；而相距遥远、形体朦胧的人，却要受到敬重，因为距离把他们的污点化成了富有艺术魅力的美德。克莱尔只考虑苔丝缺少的一面，而忽略了她具备的一面，并且忘记了，有缺陷的人能胜过完美无缺的人。

第四十章

吃早饭的时候，巴西成了一家人谈论的话题。虽然有些农场工人去了巴西不到一年就回来了，带来令人扫兴的消息，但是大家对克莱尔要到那个国家去务农，却都寄予希望。吃完早饭，克莱尔去到小镇上，把他在那里的一些琐碎事务了结一下，又从当地银行里取出了他的全部存款。回家的路上，他在教堂旁边遇见了钱特·默茜小姐，她好像是从教堂的墙壁里生出来的。她抱了一抱《圣经》，正要去讲经。她的人生观与众不同，别人觉得伤心的事，她却视为一种天赐之福，不由得笑逐颜开。这是一种令人羡慕的态度，不过，在克莱尔看来，这是极不自然地牺牲人性、崇奉神秘主义的结果。

她早就听说，克莱尔就要离开英国，于是便对他说，这似乎是一个绝妙的很有希望的计划。

"是的，就赚钱而言，这无疑是个很有希望的计划，"克莱尔回答说，"不过，亲爱的默茜，那可就一下打破了生活的连续性。也许还是进修道院为好。"

"修道院！哦，安琪·克莱尔！"

"怎么啦？"

"嗨——你这个邪恶的人，进修道院就是当修道士，当修道士就是信罗马天主教了！"

"信罗马天主教就是犯罪，犯罪就得下地狱。你处于危险的境地呀，安琪·克莱尔。"

"我以信奉新教为荣。"默茜正颜厉色地说。

一个人苦恼到极点，有时会气得发狂，作践起自己真心信奉的原则，克莱尔当时就处于这种心境。他把默茜叫到他跟前，像个恶魔似的，把他所能想到的最离经叛道的话，在她耳边低声说了出来。他见到她那白脸蛋上露出惊恐的神色，不由得笑了起来，随后见她脸上又显得为他的幸福而感到痛苦和担忧时，他的笑声又立刻停止了。"亲爱的默茜，"他说，"你一定要原谅我！我恐怕要疯了！"

默茜也觉得他真要发疯了，于是两人就分了手，克莱尔又走进牧师住宅。他已经把珠宝存进了当地的银行里，等日子过好了再取出来。他还把三十镑钱交给了银行——叫他们过几个月寄给苔丝，她可能需要钱。然后给苔丝写了一封信，寄到布莱克摩谷她父母家，把他做的这些事告诉了她。他想，有了这笔钱，再加上先前给她的那一笔钱——大约五十镑——苔丝眼下足够用的了，特别是他告诉过她，如果遇到紧急关头，她可以求助于他父亲。

他觉得最好不要让父母跟她通信，所以就没把她的地址告诉他们。

他父母也不知道他们两个究竟发生了什么龃龉，因此谁也没开口向他要。就在这一天，他离开了牧师住宅，因为还有些事情要办，他想早一点办完。

他离开英国这一带之前，最后还有一件非办不可的事，就是到井桥村去一趟，因为他和苔丝新婚之后，在那里的农舍里住了三天，那点房租得付给人家，房间的钥匙也得还给人家，还有两三件东西留在那里，也得拿走。就是在这座房子里，他生平中遇到的最深暗的阴影，把他笼罩住了。然而，当他打开客厅的门，朝里面望去的时候，他首先回想起来的，是同样一个下午，他们刚刚到达这里的幸福情景，第一次同居一室的新鲜滋味，第一次同桌吃饭，以及手拉手坐在炉前亲切交谈的情景。

他来到这里的时候，房东夫妇正在地里干活，克莱尔就一个人在屋里待了一阵。他心里重新涌起一股他没有料到的情感，于是便走上楼去，进了苔丝住的那间屋子，那间他从没住过的屋子。床上依然平平整整的，还是他们离开的那天早晨，苔丝亲手铺好的样子。槲寄生仍旧挂在帐顶下面，还是他挂在那里的样子。不过，已经过了三四个礼拜了，颜色都变了，叶子和果子也干瘪了。安琪把它取下来，塞进了炉栅里。他站在那里，第一次怀疑他在那个关头采取那样的做法，不知道是否明智，更不知道是否宽宏大量。不过，他自己不也残酷地受了蒙蔽吗？他不由得百感交集，潸然泪下，跪倒在她的床前。"哦，苔丝——你要是早告诉我，我会宽恕你的！"他沉痛地说道。

这时，他听见楼下有脚步声，便站起身来，走到楼梯口。只见楼梯底下，站着一个女人。那女人一抬头，他就认出来了，原来是白脸蛋黑眼珠的伊兹·休特。

"克莱尔先生，"她说，"俺来看看你和克莱尔太太，来向你们问个好。俺猜想你们会回到这儿来的。"

这个姑娘的隐情，克莱尔早就猜到了，但是克莱尔的隐情，她却没有猜到。这是一个钟情于他的老实姑娘，她和苔丝一样，或者说差不多一样，能做一个会干农活的好主妇。

"我是一个人来的，"克莱尔说，"我们现在不在这儿住。"接着，他说明了他来这里的原因，然后问她："伊兹，你回家走哪条路？"

"俺现在不住在塔尔勃塞牛奶场了，先生。"她说。

"这是为什么？"

伊兹垂下眼睛。"那地方太凄凉了，所以俺就离开了。俺现在住在那边。"她朝相反的方向指了指，也就是克莱尔要去的方向。

"噢——你这就去那儿吗？你要是愿意的话，我可以送你一程。"

伊兹那黄褐色的脸上，变得红润起来。"谢谢你，克莱尔先生。"她说。

克莱尔很快找到了房东。由于他没住到约定日期就突然离去，所以房租和另几项账目，都要另行计算。他结算了账目之后，就回到了车上，伊兹也跳上车，坐在他旁边。

"我就要离开英国了，伊兹，"他们坐在车上往前走的时候，克莱尔说道，"到巴西去。"

"克莱尔太太喜欢到那个地方去吗？"伊兹问。

"她眼下先不去——一年左右不会去。我先去那儿瞧一瞧——看看那儿的生活怎么样。"

他们乘车往东奔跑了很长一段路程，伊兹一言未发。"她们几个怎么样？"克莱尔问道，"雷蒂怎么样啦？"

"俺上一次看见她的时候，她有点神经质，瘦得脸都瘪下去了，真像是要垮的样子。谁也不会再爱上她了。"伊兹心不在焉地说。

"玛丽安呢？"

伊兹放低了声音："玛丽安喝起酒来啦。"

"真的呀！"

"是的——牛奶场的老板把她打发走了。"

"你呢？"

"俺没喝酒，身体也没垮。可是——如今吃早饭以前，俺不大爱唱歌了！"

"那是怎么回事呢？你以前挤早班牛奶的时候，总爱唱《在爱神的花园里》和《裁缝师傅的裤子》，唱得那么好听，你还记得吗？"

"啊——记得。先生，你刚来牛奶场的时候，是那么回事。不过，过了一些日子，俺就不爱唱了。"

"为什么不爱唱了？"

伊兹抬起那双黑眼睛，朝他脸上瞥了一下，算是答复。

"伊兹！——你真没有骨气——为我这样一个人！"克莱尔说着，便陷入了沉思，"那么——假使我当时向你求婚，你会怎么样呢？"

"你要是真向俺求婚，俺是会答应你的，你就会娶到一个爱你的女人。"

"真的吗？"

"千真万确！"伊兹非常冲动地小声说道，"哦，天哪！难道你一直都没看出来呀！"

过了不久，他们走到一条通往一个村庄的岔道。"俺得下车了——俺就住在那边。"伊兹突然说道。自从刚才表露心迹之后，她还一直没有开口。

克莱尔让马慢了下来。他对命运感到气愤，对社会法规痛恨起来，因为正是这些东西，把他禁锢在一个角落里，让他找不到合法的出路。为什么不能在将来过一种放荡不羁的家庭生活，借此对社会进行报复，而却偏要做茧自缚，甘愿忍受习俗的惩罚呢？

"我准备一个人去巴西，伊兹，"他说，"我和我妻子由于个人原因，而不是要去海外的问题，已经分开了。我可能再也不会与她一起生活了。我也许很难爱上你，不过——你能不能代替她，和我一起到巴西去？"

"你真愿意让俺跟你一起去吗？"

"我真愿意。我给折腾苦了，想散散心。你至少无私地爱着我。"

"是的——俺愿意去。"伊兹顿了一下，说道。

"你愿意吗？你知道这意味着什么吗，伊兹？"

"这就是说，你在那儿的时候，俺和你住在一起——俺觉得这挺好的。"

"你要记住，你现在不能再把我看成一个正人君子了。不过，我还得提醒你，我们这样做，以文明的眼光看来，是大逆不道的——我说的是西方文明。"

"俺才不管那么多呢。一个女人遇到极端痛苦的事，又没有办法解脱，谁还管它文明不文明的。"

"那你就别下车了，就坐在这儿好啦。"

克莱尔赶着车过了十字路口，走了一英里，二英里，始终没有做出温情的表示。"你非常非常爱我吗，伊兹？"他突然问道。

"是的——俺早就说过了。咱们一起在牛奶场的时候，俺时时刻刻都在爱你。"

"比苔丝还爱我吗？"

伊兹摇摇头。"不，"她喃喃地说，"比不上她。"

"那是为什么？"

"因为谁也不会比苔丝更爱你！……她为你能把命都豁出去。俺没法超过她呀！"

像毗珥山顶上的先知①一样，伊兹本来很想趁这个时机任性地非议一番，但是，苔丝的为人对她那粗俗的天性施展了一种魔力，叫她不能不说实话。

克莱尔一声不吭。他没有想到，他居然会从一个绝对可信的人那

---

① 摩押王巴勒授命先知巴兰替他诅咒仇敌以色列人，事后将以大尊大荣相报。但巴兰不能违抗上帝的旨意，反而在毗珥山顶为以色列人祝福。故事见《圣经·旧约·民数记》第二十二章至第二十四章。

里,听到这番坦率的话语,他那颗心感动了。他喉头有一样东西噎住了,仿佛一声啜泣在那里凝固了。他的耳边反复回荡着伊兹说的话:"她为你能把命都豁出去。俺没法超过她呀!"

"伊兹,忘记我们刚才的胡说八道吧,"他说着,突然掉转马头,"我不知道我到底说了些什么!我这就把你再送到你回家的岔路口那儿。"

"这就是俺跟你说实话的下场啊!哦——俺怎么受得了呀——俺怎么——怎么受得了啊!"伊兹明白了自己刚才做的傻事,便放声大哭起来,还用手敲打脑袋。

"你刚才为那不在眼前的人做了点可怜的好事,你是不是后悔啦?哦,伊兹——你可别后悔,否则就不算好事啦!"

伊兹渐渐地平静下来。"好吧,先生。也许,俺——俺答应跟你一起走的时候,俺不知道都说了些什么。俺就想——那本来就不可能。"

"因为我已经有了一个爱我的太太了。"

"是的——是的。你已经有了。"

他们又回到了半个钟头以前经过的那个岔道口,伊兹跳下了车。"伊兹——请你千万忘掉我刚才那一时的轻浮!"克莱尔大声说道,"真是太冒昧,太轻率了!"

"忘掉?绝不可能,绝不可能!哦,对俺来说,那可不是轻浮啊!"

克莱尔觉得,一个受到伤害的人发出这样的指责,他完全是活该。他带着无法形容的歉疚,跳下车来,抓住了她的手。"不过,伊兹,不管怎么样,我们还是友好地分手吧。你不知道我近来受的什么样的罪呀!"

伊兹是个真正宽宏大量的姑娘,所以在告别的时候,没再露出怨恨之情,免得煞尽风景。"俺不怪你了,先生!"她说。

"听着,伊兹,"克莱尔对站在身旁的伊兹说道,尽管心里丝毫没有那样的感觉,却要极力摆出一副贤明的姿态,"你见到玛丽安的时候,替我告诉她,叫她做一个好姑娘,别再干傻事了。答应我这件事。

还要告诉雷蒂，就说世界上比我好的人多得是，叫她看在我的分上，学得理智一些，好好做人——记住这话——看在我的分上——学得理智一些，好好做人。我给她们这样的忠告，就像临终的人对临终的人说的话，因为我这辈子再也见不到她们了。你呢，伊兹——你为我妻子讲的那些真诚的话救了我，使我没有因为令人难以置信的一时冲动，而做出背信弃义的蠢事。女人也有坏的，但在这类事情上，女人绝对坏不过男人！就凭着这件事，我一辈子也忘不了你。你一向是个忠厚诚实的好姑娘，以后要永远像现在这样。把我看成一个不值得你爱的人，但却是一个忠实的朋友。答应我吧。"

伊兹答应了。"愿上帝保佑你，赐福给你，先生。再见！"

克莱尔赶着车往前走了。但是，伊兹刚拐进篱路，克莱尔就走不见影了，她在一阵撕心裂肺的剧痛中，一下扑倒在路边的斜坡上。那天深夜，她走进母亲家门的时候，脸绷得紧紧的，显得很不自然。至于她和克莱尔分手以后，到回家以前，究竟怎样在昏暗的夜色中熬过了那好几个钟头，谁也无从知道。

克莱尔同这姑娘告别之后，也感到心如刀绞，两唇发抖。不过，他并不是为伊兹伤心。那天晚上，他差一点就要离开去最近一家车站的那条路，转而穿过南威塞克斯的那道山脊，往他的苔丝家里奔去。可他没有那样做，这既不是因为他瞧不起苔丝的本性，也不是因为他觉得苔丝心里会怎么样。

不是这些原因。他只是觉得，尽管伊兹作了供认，证明苔丝非常爱他，但是那些事实并没改变。如果他当初是对的，那他现在也还是对的。原先有一种动力驱使他采取了这个做法，现在这一动力依然会促使他继续这样办，除非出现一种比今天下午更为强烈、更为持久的力量，才能使他改变主意。也许他不久就能回到她身边。那天晚上，他坐上火车到了伦敦，五天以后，就在轮船码头与两个哥哥握手道别了。

第四十一章

前面说过了冬天的事情，现在让我们加紧叙说，跳到克莱尔和苔丝分手八个多月以后十月的一天。我们发现，苔丝的情况完全改变了。本来该是一个新娘子，大箱小盒都由别人携带，现在只见她孤零零一个人，自己提着一只篮子、一个包裹，和以前没做新娘的时候一样。本来在这过渡期里，她丈夫为了她的舒适，给她筹备了充裕的生活费用，可现在她只剩下一个瘪瘪的钱包了。

她上次又离开家乡马洛特以后，大部分时间是在布莱克摩山谷以西的布利迪港附近度过的，那地方离她家乡和离塔尔勃塞一样远。她在那里的牛奶场上做些轻便的零活，也没有耗费多大力气，就度过了一春一夏的时光。她宁肯这样自食其力，也不愿靠克莱尔给的钱过活。她的心仍然处于一种完全停滞的状态，她干的那种机械活计，不但没有遏制这种状态，反而助长了这种状态。她能意识到的，还是从前那个牛奶场，从前那段时光，从前在那里遇到的那个温柔的情人，但是这个情人刚被她抓到手，准备据为己有的时候，却像幻影一样消失得无影无踪。

苔丝离开塔尔勃塞以后，再也没有找到固定的活计，只是给人家打些零工，所以一到牛奶出得少起来的时候，牛奶场上就没有她干的活了。不过，这时秋收季节已经开始，从牧场转到种庄稼的地方，依然可以找到许多活计，而且一直能持续到秋收结束。

克莱尔给她的五十镑钱，她已经把一半交给了父母亲，算是报答他们养育她的辛劳和开销，剩下的二十五镑，她还没有怎么花费。不过，这时遇上了一阵倒霉的雨季，她也只好动用那些金镑了。

她真舍不得花掉这些金镑。这些钱是安琪亲自交到她手里的，是他专为她从银行里取出来的，全都是崭新锃亮的。因为经过了他的手，它们就成了他留下的神圣的纪念品；它们仿佛只让他们两人触摸过，还没有别的经历；若是把它们花掉了，那就等于扔掉了纪念物。但她又没法不花钱，就这样，金币一个一个地从她手里溜走了。

她不得不时常把自己的地址告诉母亲，但却一直隐瞒着自己的处境。就在她快要把钱花光的时候，她收到了母亲的一封来信。信里说，家里的日子非常难熬，秋天的雨水把茅草屋顶都淋穿了，非得彻底翻修不可，但这事又办不成，因为上次翻修屋顶所欠的账还没还清。楼上的椽子和天花板也得更新，这笔费用，再加上以前的欠账，总共需要二十镑钱。既然她丈夫是个有钱的人，而且现在一定从别处回来了，那她能不能给他们寄去这笔钱呢？

刚收到这封信不久，克莱尔存钱的那家银行就给苔丝寄来三十镑钱。苔丝见家里境况窘迫，一收到钱就如数寄去了二十镑。从剩下的钱里，她又用了几镑买了点冬天的衣服。这样一来，尽管严冬即将来临，但她准备过冬的钱却微乎其微了。安琪曾经对她说过，她如果还需要钱，可以去找他父亲，现在她花得一个钱也没有了，还真得考虑这一着了。

但是，苔丝越琢磨这一着，越觉得不能这么办。她为了克莱尔，总是谨言慎行，自尊自重，就怕难为情(反正不管怎么说吧)，因此，有关他们夫妻长久分离的情况，她连自己的父母都没告诉；现在，出于同样的心情，她也不便去向克莱尔的父亲要钱，何况克莱尔已经给过她不少了。他父母大概早就看不起她了，她再像乞丐那样去讨钱，那就更要让人家瞧不起啦。结果，牧师的儿媳妇琢磨来琢磨去，怎么也不肯让公公知道她的处境。

她心想，随着时光的流逝，她不愿意和公婆联系的念头，也许会渐渐淡薄。但是对于她自己的父母，情况却恰好相反。她结婚后在娘家住了几天，随后又离开了家，当时父母还觉得她终于找丈夫去了。从那时到现在，他们总以为她过得舒舒服服的，在等着丈夫归来，而苔丝也不去扫他们的兴，因为她在绝望中还抱着一线希望，说不定丈夫去巴西不会待得很久，回国以后就会来接她，或者写信叫她去找他。不管怎么样，她只盼望他们不久就能团聚，使双方家人和外人都觉得，他们是一对恩爱夫妻。现在她还抱着这一希望。在她父母看来，这门光彩的亲事本可抵消上次那倒霉的认亲，现在如果让他们知道女儿只是一个弃妇，拿钱接济了他们的急需之后，全靠自己的双手谋生，这实在太让人受不了啦。

她又想起了那些珠宝。她不知道克莱尔把它们存在什么地方，不过，如果她当真只有使用权，没有变卖权，那知道不知道也无所谓。即使那些东西完全归她所有，她也只是在法律上拥有这个权力，而在实际上并没有这个权力，那她凭借法律上的权力来变卖这些东西，也就未免太卑劣了。

与此同时，她丈夫过的日子也绝不是没灾没难。就在这时候，他因为淋了几次雷雨，还受了不少别的磨难，在巴西库里蒂巴附近的黏土地带得了热病，卧床不起。同他一起遭罪的还有别的英国农民和农场工人。他们所以在这时候来到巴西，一方面是受了巴西政府甜言蜜语的哄骗，另一方面他们自己又毫无根据地断定，他们在英国高原耕田种地的时候，他们的身体既然能抵抗各种天气，那么到了巴西的平原上，自然也能同样抵抗各种天气，殊不知英国的天气是他们天生就习惯了的，而巴西平原的天气则是他们从未遇到过的。

还是言归正传。就这样，苔丝把最后一个金镑花掉以后，再也没有别的钱来补充了。同时，又由于季节的缘故，她觉得找活越来越困难了。她不知道，头脑聪明、身体健壮、精力充沛、积极肯干的人，在哪个生活领域都是难得的，所以总也不去谋求户内的工作，只知道害怕市镇，害怕大户人家，害怕有钱有势、老于世故，以及行为举止不同于乡下人的人们。最大的忧患都来自那上流社会。也许，上流社会要比她凭着那点经验所想象的要好些。但她缺乏这方面的证据，所以在目前情况下，她只好凭借本能避开上流社会。

春夏期间，她一直在布利迪港西面的几个小牛奶场上打短工，现在那里不再需要帮工了。假如她再回到塔尔勃塞，那里的老板仅仅出于同情，也会给她一个栖身之地的。但是，尽管她以前在那里过得舒舒服服，她现在却不能回去了。她这样落魄而归，真让她觉得难堪。况且，她一回去还会惹得别人指责她所崇拜的丈夫。她无法承受他们的怜悯，无法容忍他们在背后窃窃私语，议论她的奇怪处境。假如知道她底细的人，能把这些事藏在心里，不对别人声张，那么，即使那里所有的人都知道，她也差不多可以忍受。但是，人们若是相互交换起对她的看法来，她那颗敏感的心就要畏缩了。苔丝说不出怎么会有这一区别，她只知道她感觉到了这一点。

这时候，她正往本郡中部一个山区农场走去。原来，玛丽安给她写了一封信，介绍她到那里去，几经辗转才递到她手里。不知怎的，玛丽安已经得知苔丝与丈夫分离了——大概是听伊兹·休特说的——这位心地善良，而今喝上了酒的姑娘，认定苔丝陷入了困境，便急忙写信告诉这位老朋友，说她自己离开牛奶场以后，就来到了这山区一带，如果苔丝真像以前那样又干活了，那里还可以再用几个人手，她很想让她到那里去。

随着白昼日趋变短，苔丝渐渐放弃了得到丈夫饶恕的一切希望。她往前走去的时候，那副心态跟野生动物差不多，一切不假思索，只听本能支配——每往前走一步，就与多事的过去多切断一点联系，只想彻底隐姓埋名，免得让人认出来，却全然不去考虑，在某些意想不到的情况下，别人很快就能找到她的下落，虽说这对找她的那个人的幸福，不一定有多大关系，但对她自己的幸福，却是至关紧要的。

苔丝孤身一人，自然有不少难处，其中不可忽略的一点，就是她的模样总要惹人注目。她本来就具有一种天然的魅力，后来受到克莱尔的熏陶，更显得仪容出众了。起初，她还穿着为结婚时准备的衣服，别人只是偶尔对她瞟上几眼，并不使她觉得腻烦。但是，后来这些衣服都穿破了，她不得不穿上田间女工的服装，就有人不止一次地对她讲粗话。不过，直到十一月里的一个下午，还没发生什么危及人身的事情。

她本来愿意到布利特河西面的乡村去，不愿意去现在所投奔的山区农场，因为河西那地方起码离她公婆家要近一些；而且在那里来来往往，也不会有人认识她，还可以在哪天打定主意去一趟牧师住宅，这都使她感到很高兴。不过，一旦决定要到干燥的高原那里，她就转身向东，朝乔克牛顿村走去，准备在那里过夜。

那条篱路又长又单调。由于天黑得很快，不知不觉就是黄昏时分了。她来到一座山顶上，往前看去，只见下山的篱路蜿蜒曲折，时隐时现。恰在这时，她听见身后传来了脚步声。不一会工夫，有个男人赶上了她。他走到苔丝身旁，说道："你好哇，漂亮的大姑娘。"苔丝客客气气地作了回答。

这时，尽管周围的景物快昏暗下来了，但天上的余晖依然照出了苔丝的面容。那人转过脸来，直瞪瞪地瞧着她。

"哟，这一准是以前在特兰岭待过一阵的那个小妞——德伯维尔少爷的相好吧？那时候俺也住在那儿，不过眼下不在那儿了。"

苔丝认出，他就是在客店里说她坏话，叫克莱尔打倒了的那个有钱的村夫。她顿时感到一阵辛酸，没有搭理他。

"老老实实地承认吧。还有俺在那个镇里说的话，你也得承认是真的，尽管你那个情人听了大发脾气——怎么样，狡猾的妞儿？俺挨了那一拳，照理说，你该向俺赔不是。"

苔丝还是没有应答。对她这颗受逼迫的心灵来说，似乎只有一条出路。她突然拔腿就跑，像一阵疾风似的，头也不回，顺着大路飞奔，一直跑到一个栅门前面，栅门直通一片种植林。她跑了进去，钻到了树林深处，觉得不会让人找到了，才停了下来。

脚下是一片干枯的树叶，落叶树中间长着几棵冬青树，树叶稠密，可以挡住风。她把枯叶搂到一起，聚成一大堆，在中间弄了一个窝，然后钻了进去。

她这样睡法，当然是睡不安稳了。她总觉得耳边有奇怪的声音，但是又劝慰自己说，那不过是微风刮的。她想起了她丈夫，待在地球的另一面，大概是个暖暖和和的地方吧，而她自己却在这里挨冻。她不禁问自己：天底下还有像她这样可怜的人吗？她想到自己荒废了的生命，说了一声："一切都是虚空的。"①她机械地重复着这句话，后来又觉得，这种思想用于描绘当今世界，是远远不够的。两千多年以前，所罗门就想到那么远。苔丝虽然不是先驱思想家，却比所罗门想得远多了。如果一切都是虚空的，那谁还会介意呢？唉，一切比虚空还坏——不公、惩罚、苛求、死亡。安琪·克莱尔的妻子把手举到前额，摸索着眉头，透过柔嫩的皮肤，可以触到眼窝边缘，心里不禁在想，将来总有一天，这里的骨头要露出来。"但愿现在就这样。"她说。

她就这样胡思乱想的时候，听到树叶中间，又发出一种怪异的声音。这也许是风声，但当时几乎没有什么风。这声音有时像是颤动，有时像是扑打，有时像是倒抽气，有时像是汩汩冒泡。不久她就断定，这是哪种野生动物发出的声音，后来发现声音来自头顶上的树枝间，而且声音发出之后，跟着就有一样沉重的东西摔到地上，她就越发相信那是野生动物了。她若是换个境遇，在比较合意的情况下藏在那里，那她一定会胆战心惊的。但是，现在除了人以外，她是什么也不怕。

天空终于破晓了。不过，天亮了一会以后，树林里才亮起来。

一旦万物开始活跃，那令人放心的平常亮光变得强烈起来，苔丝便立刻从那堆像小丘似的树叶里爬了出来，大胆地环视了一下四周。这时她才明白，晚上是什么东西搅扰着她。原来，她栖身的这片树林，

---

① 引自《圣经·旧约·传道书》第一章第二节。

绵延到这个地方，形成一个尖角，树林在这里也到了尽头，树篱外面就是庄稼地。树底下躺着好几只野鸡，华丽的羽毛上沾着血迹。有的已经死了，有的无力地抖动着翅膀，有的对着天上直翻白眼，有的急速地颤抖，有的扭曲着身子，有的直挺挺地躺在地上——它们全都痛苦地抽搐着，只有几只比较幸运，由于无力支持，夜里便受完了折磨。

苔丝立刻猜出这是怎么回事了。原来，这些鸟是昨天让一群打猎的追到这个角落上来的。那些中了枪弹立刻就死掉的，或者在天黑之前就断了气的，都被打猎的找到捡走了，许多受了重伤的，都逃走了躲藏起来，或者飞到稠密的树枝上，在那上面勉强支撑一段时间，后来到了夜里，由于流血过多而撑不住了，才一个接一个地掉到地上，像她听到的那样。

小时候，她偶尔也瞧见过这种打猎的人。他们或是隔着树篱张望，或是透过树丛窥探，端着枪瞄来瞄去，一身怪模怪样的装束，眼里射出残忍好杀的凶光。她听人说过，这些人虽然当时看着又粗野又残暴，却并非一年到头都如此，实际上，他们平时是很有礼貌的人，只是到了秋冬的几个礼拜里，他们就像马来半岛的居民一样，变得嗜杀成性，非要杀生害命不可——这回他们杀害的是与人无害的羽毛动物，而且是专为满足他们这种嗜好，由人工繁殖出来的——这时候，他们对待自然大家庭中的弱小成员，就极不礼貌，极不仗义了。

苔丝本是个心地善良的人，觉得这些鸟的痛苦就是她自己的痛苦，于是心里马上生出一个念头，要替那些还未断气的鸟解除痛苦。为此，她把那些能找到的鸟，都一个一个地弄断了脖子，然后又放在原处，好让猎手再来寻找的时候——他们大概还会来的——能够找到它们。

"可怜的小宝贝——看见你们受这样的罪，我还能说我是天底下最痛苦的生命吗！"她一面把一只只鸟轻轻地弄死，一面泪流满面地说道，"我并没遭受肉体上的痛苦啊！我没给打得血肉模糊，也没给搞得血流不止，我还有两只手来挣饭吃，挣衣穿。"她为自己夜里那么忧闷感到惭愧，这种忧闷并没有什么实际根据，她只是觉得自己触犯了一条纯系人为的社会法则，尽管这条法则在自然界并无任何基础，她却产生了一种负罪感。

第四十二章

现在天已经大亮了，苔丝又起身了，小心翼翼地上了大路。其实她也用不着小心，附近一个人影也没有。她只管坚毅地往前走去，因为想起昨天晚上那些鸟默默忍受痛苦的情景，她就觉得痛苦都是相对而言的，她只要能超脱一些，不把别人的看法放在心上，她自己的痛苦也是可以忍受的。但是，只要克莱尔也有这样的看法，她是超脱不了的。

她走到了乔克牛顿，在一家客栈里吃早饭，那里有几个年轻人，讨厌地奉承她长得漂亮。不知怎的，她心里产生了一种希望：她丈夫是否还有可能也对她说出这样的话？由于有这样的希望，她就得小心谨慎，避开这些意外对她动心的人。为此，苔丝断然决定，不能因为容貌的关系，而再招惹麻烦了。她刚走出村子，就钻进一丛灌木中间，从篮子里拿出一件最旧的干活穿的衣服，这件衣服她只是在马洛特收割庄稼时穿过，从那以后，就是到了牛奶场，也从来没有再穿过。随即又灵机一动，从包裹里取出一条手绢，裹住帽子下面的脸，把下巴、半个脸蛋、太阳穴，全都遮了起来，好像害牙痛一样。接着又拿出一把小剪刀，对着一面小镜子，毫不顾惜地把眉毛剪掉了。这样一来，可以确保不会有好色之徒再来纠缠了，她又往那崎岖不平的路上走去。

"这妞儿怎么弄成这副怪样！"随后遇见她的一个人，对他的同伴说道。

苔丝听了这话，不由得可怜起自己来，眼眶里涌出了泪水。

"可我不在乎！"她说，"哦——我不在乎！今后，我要始终打扮成丑八怪，因为安琪不在这里，没有人保护我。他以前是我的丈夫，现在却离开我走了，永远不会再爱我了，可我还照样爱着他，憎恨所有别的男人，就想让他们全都看不起我！"

苔丝就这样往前走去，只是与周围景物融为一体的一个人形，一个淳朴的劳动妇女，一副冬天的装束：上身穿着一件灰色的哔叽斗篷，围着一条红色的羊毛围巾，下身穿着呢绒裙子，外面罩着一件灰白色的粗布外罩，手上戴着一副黄皮手套。这身旧衣裳，经过风吹、雨打、日晒，一丝一线全都褪色了，磨损了。现在从她身上，看不出一点青春激情的迹象——

这姑娘的嘴冰冷
……
她头上朴素地裹着
一层又一层。①

从外表来看，简直是毫无知觉，差不多就是一个无机体，但是在内心里，却有着生命搏动的记录，就年龄而言，可算是过早地饱经了人生的悔恨耻辱，领受了淫欲的残酷、爱情的脆弱。

第二天，尽管天气很坏，她依然步履艰难地往前走，因为大自然对人所怀的敌意，是直截了当、不遮不盖、不偏不倚的，因而她并不感到烦忧。她的目标是找到一冬的活计，一冬的栖身之地，所以一时一刻也不能耽搁。她以前打短工吃过苦头，现在决计不再干那种活了。

她朝玛丽安给她写信的那个地方走去，过了一个又一个农场。她听说那地方非常艰苦，令人望而生畏，因而便打定主意，只有在万不

---

① 引自斯温伯恩的《诗与民歌》第一辑。

得已时，才把去那里当作权宜之计。起初，她想找点轻松的活计，但是没有人雇她做这一类活计，她又去找那不大繁重的活计，可还是找不到，就这样，她从她最喜欢的挤牛奶、养鸡鸭等活计找起，最后却找到了她最不喜欢的粗重活计——下田干活。这种粗活实在又苦又累，若不是没有办法，她是绝不会诚心要干的。

第二天傍晚的时候，她走到一片起伏不平的白垩质高地或称高原上。这片高地就延伸在她出生的山谷和她恋爱的山谷之间，上面点缀着许多半球形的古冢，从远处看来，好像奶头累累的西布莉①，伸展着身子仰卧在那里。这里的空气又干燥又寒冷，雨后没过几个钟头，漫长的车路就被风吹得尘土飞扬，一片白茫茫。这里树木很少，或者可以说一棵没有，树篱中间本有几棵可以长大的树，也让佃户们狠狠地扳弯了，和树篱盘结在一起，因为这些做佃户的，本来就是树木、灌木、乔木的冤家对头。在前面不远不近的地方，她能看见布尔巴罗山和内特尔库姆图特山的山顶，看起来倒挺诱人的，并不那么险峻。从这片高原上看去，它们都很低矮，一点也显不出巍峨的样子，但她小时候从布莱克摩往这边看的时候，它们就像是高耸入云的棱堡。顺着山岭向南朝海岸方向望去，只见在许多英里之外，有一片水面，如同亮锃锃的钢板：那就是英吉利海峡，一个远远靠近法国的部位。

在她面前的一个小山坳里，是一个破破烂烂的村庄。原来，她已经走到弗林库姆阿什了，走到玛丽安干活的地方了。这似乎是没有法子的事情，她命中注定要来到这里。周围那硬邦邦的土质表明，这里要干的活，是最苦的粗活了。不过，她已经尝够了找活计的苦头，不想再漂泊了，她决定待在这里，何况这时又下起雨来。村口有一所农舍，山墙突出到大路上。她没有先去找住所，而是站在山墙下面避雨，一面看着暮色降临。

————
① 西布莉系希腊神话中的多产女神，胸部奶头甚多。

"谁会想到我就是安琪·克莱尔太太呀！"她说。

她的后背和肩膀觉得山墙很暖和，于是便发现，屋里的壁炉就修在山墙里面，暖气透过砖墙传到外面来了。墙面暖烘烘的，她把手放在上面取暖，还把脸也贴到墙上，因为她的脸叫雨淋得又红又湿。这垛墙仿佛是她唯一的朋友。她真不愿意离开这里，宁肯在这里待上一夜。

苔丝能听见屋里人的动静——他们干完了一天的活，聚集在一起，相互交谈着，吃晚饭杯盘相碰的声音也能听见。但是，在村庄的街道上，她却没见到一个人影。最后，一个女子模样的人走过来了，打破了这寂静。尽管傍晚很冷，那人身上还穿着夏天的印花布长裙，头上戴着夏天的遮阳软帽。苔丝下意识地觉得，这人也许是玛丽安。等她走近了，能在暮色中辨出面目的时候，苔丝发现果然是她。玛丽安身体比以前更壮实了，脸色比以前更红了，可是身上的衣服显然比以前更褴褛了。若是在以前，无论什么时候，苔丝也不大会在这种情况下和玛丽安重叙旧交。但她实在太寂寞了，一听到玛丽安打招呼，便立即应答起来。

玛丽安恭恭敬敬地问了一些话，但是看到苔丝现在的情形并不比以前好，她不由得又很难过，尽管她隐隐约约地听说过，苔丝和丈夫分离了。

"苔丝——克莱尔太太——那个亲爱的人的亲爱的太太！真糟到这步田地了吗，我的乖乖？你干吗把那张俊俏的脸蛋裹起来了？是不是有人打你了？不会是他吧？"

"不是，不是，不是！我这样做，只是不想让别人来胡搅蛮缠，玛丽安。"那块裹脸的手绢竟能引起那样的胡乱猜想，苔丝憎恶地把它从脸上扯了下来。

"你没戴领子呀。"（苔丝在牛奶场的时候，总是戴着个小白领子。）

"这我知道，玛丽安。"

"是在路上丢了吧？"

"没有丢——说实话，我一点也不在乎自己的外貌了，所以就没戴领子。"

"你也不戴结婚戒指吗？"

"戒指倒是戴着——不过没戴在外面。我用丝带把它挂在脖子上。我不想让人知道我是什么人的太太，或者说，我不想让人知道我结了婚。我现在过着这样的生活，要是让人知道我结了婚，那可就太难堪了。"

玛丽安踌躇了一下。"你可是一个上等人的太太，让你过这样的日子，似乎有些不大公平吧？"

"哦，公平——非常公平——虽然我很不快活。"

"得啦，得啦。……你嫁给了他，还会觉得不快活！"

"做妻子的有时候是会不快活的，这并不是她们丈夫的过错，只是她们自己的过错。"

"你没有过错，亲爱的，这我敢担保。他也没有过错。因此，不怪你们两个，一定是什么外来的原因了。"

"玛丽安——亲爱的玛丽安——求你行个好，别再问这问那了，好吗？我丈夫到国外去了，他给我的钱不知怎么让我花光了，所以我一时又得像以前那样，自己谋生了。别再叫我克莱尔太太，还像以前那样叫我苔丝吧。他们这儿需要人手吗？"

"哦，要的——什么时候都会雇人的——因为没人肯上这儿来。这是个不毛之地，只能种点小麦和瑞典萝卜。俺在这儿倒没什么，可你这样的人也跑到这儿，俺觉得太可惜了。"

"可你过去和我一样，也是个挤牛奶的好手。"

"是的。可是自从喝上酒以后，俺就不再干那活儿了。天哪，如今喝酒是俺唯一的安慰了！他们要是雇了你，你就得挖萝卜。俺就在干这个活儿，你是不会喜欢干的。"

"哦——我什么活都愿意干。你替我说说好吗？"

"你自己说更好些。"

"那好吧。不过玛丽安，你要记住，我要是找到了活，你可不要再提起他来。我不想玷污了他的名声。"

玛丽安比起苔丝来，尽管比较粗俗，但却很讲信用，对苔丝的要求，她全都答应了。"今儿晚上发工钱，"她说，"你要是跟俺一起去，你马上就会知道要不要你。你心里不快活，俺真替你难过。不过俺知道，那是因为他不在你身边。要是他在这儿，哪怕他不给你钱花，哪怕他把你当苦力使唤，你也不会感到不快活的。"

"那倒也是。那样一来，我不会不快活的！"

她们一起往前走去，不久就来到农舍跟前，只见这房子凄凉到了极点。四面八方见不到一棵树。在那个季节里，看不到一块绿草地，到处都是休耕地和萝卜——大片大片的田地，都被编得高矮一齐的树篱分隔开来。

苔丝待在农舍的门外，等到工人们都领走了工钱，玛丽安才把她带进去介绍了一下。主人好像不在家，今晚一切由他太太代办。太太听说苔丝愿意干到旧历圣母领报节①，就把她雇下了。眼下很少有女工肯来做活了，再说有些活男女一样做得来，雇女工又比较便宜，自然就更为合算了。

签好合同以后，苔丝暂且无事可做了，便去找住的地方。她在刚才从墙上取暖的那座房子里，找到了一个寄寓之处。她在这里的生活是非常简陋的，但是无论如何，总算有了个冬天的栖身之所了。

那天晚上，她写了一封信，把她的新住址告诉了父母，万一她丈夫有信寄到马洛特，也好转寄给她。不过，她没有把这里的艰苦情况告诉父母，免得他们责怪她丈夫。

---

① 圣母领报节系英国四大结账节之一，按新历为三月二十五日，按旧历为四月六日。

第四十三章

玛丽安把弗林库姆阿什农场说成不毛之地，这并非言过其实。在这片土地上，只有玛丽安长得肥肥胖胖的，而她还是外来的。英国的乡村分为三类，一类是地主经营的，一类是村民经营的，一类是地主和村民都不经营的——也就是说，第一类是地主住在乡下，雇用佃户耕种，第二类由土地的终身保有人或副本保有人自己耕种，第三类是土地的主人不住在乡下，而把地租给别人耕种——弗林库姆阿什这家农场，属于第三类。

但是，苔丝还是动手干活了。现在，在安琪·克莱尔夫人身上，耐性不再是个无足轻重的特征了。她这种耐性，是精神上的勇气和体格上的怯懦融会而成的。正是这种耐性，在支撑着她。

苔丝和同伴正在挖萝卜的那块地，足有一百多英亩，整个农场数它地势最高，那是石灰岩地层中的硅石岩脉，突出在砂石混杂的坡地上，构成无数松散的白色燧石，形状像球茎，像尖头，也像阳具。每棵萝卜露在地上的那半截，都叫牲畜吃掉了，这两位女工的任务，就是用一种带钩的称作砍刀的叉状工具，把埋在地里的那半截挖出来，好再喂牲畜。由于萝卜叶早已给吃光了，整块地里显出一片凄凉的黄褐色，好像一副没有眉目口鼻的脸，从下巴到额头，只是一大片皮肤。天空尽管颜色不同，形态却和地面差不多，好像是一张没有轮廓的空荡荡的白脸。因此，这上下两张脸整天彼此相对，白色的脸俯视着黄褐色的脸，黄褐色的脸仰望着白色的脸，两者之间没有任何东西，只有两个姑娘像苍蝇一样，在黄褐色的脸上爬动。

没有人走近她们，她们的动作显得机械呆板。两人都穿着一件粗布外罩，把身子完全裹住——这是一种带袖子的褐色围裙，背后有系带，一直系到底下，护着里面的连衣裙，免得让风吹动——那裙子只露出一点点下摆,再底下是齐踝高的靴子,手上戴着黄色羊皮防护手套。两只低垂的脑袋戴着有遮掩的风帽,使她们显出一种哀思冥想的样子,别人看上去,会想起意大利早期画家笔下的两个马利亚。①

她们一个钟头接一个钟头地干着活,既意识不到她们在这片大地上那副孤苦伶仃的光景,也不去考虑命运待她们公道不公道。即使在她们这种处境里,也有可能生活在梦幻之中。那天下午,又下起雨来。玛丽安说,她们不用再干活了。但是,不干活就得不到工钱,因此只好干下去。这块地的地势太高,雨点也不往地上落,而是让咆哮的狂风卷着横扫而过,就像玻璃碴子一般,啪啪地打在她们身上,直至把两人完全淋透。苔丝现在才明白,叫雨淋透究竟是什么滋味。其实,叫雨淋湿是有程度差异的,人们平常所说的淋得透湿,不过是湿了一点而已。但是,你若是站在地里不慌不忙地干活,觉得雨水在你身上慢慢流淌,先是在腿上和肩膀上流淌,接着在臀部和头上流淌,然后在后背、前胸和两侧流淌,一面还得继续干活,直至铅灰色的亮光渐渐暗淡下来,表明太阳已经落山;像这样的淋雨,显然需要具备一点吃苦耐劳的精神,甚至需要具备一点英勇顽强的精神。

然而,她们尽管让雨淋湿了,却并不像我们想象的那么难受。她们两个都很年轻,同时又谈论着以前在塔尔勃塞同住一间屋、同爱一个人的时光,谈论着那片令人赏心悦目的绿色大地,夏季里向人们慷慨地赐赠礼物,在物质上是人人有份,在情感上却只优待她们。苔丝本来并不愿意和玛丽安谈起她那个法律上的、而不是实际上的丈夫,但是这个话题具有不可抗拒的魅力,所以玛丽安一提起这话,她就不由自主地应对起来。这样一来,正如刚才所说,尽管那湿淋淋的帽檐噼里啪啦地打在她们脸上,尽管那粗布外罩令人厌烦地粘在她们身上,她们整个下午都沉浸在回忆之中,回忆那遍地青葱、阳光普照、充满

_____

① 两个马利亚,指耶稣的母亲马利亚和抹大拉的马利亚,她们曾戴着风帽,面带哀思的神情,来到耶稣的坟上。

浪漫气息的塔尔勃塞牛奶场。

"天好的时候，你从这儿能隐隐约约看见一座小山，离弗鲁姆谷不到几英里路。"

"啊——是吗？"苔丝说道，发觉这地方还多了这样一条好处。因此，这里也和别的地方一样，有两种力量在起作用：天生想要享乐的意志，环境反对享乐的意志。玛丽安有一个办法，来增强享乐的意志：下午慢慢地过去了，她从口袋里掏出一只塞着白布塞、一品脱容量的酒瓶，请苔丝喝酒。然而，苔丝当时并不需要酒来相助，单凭自身的想象力，就已经足以进入幻境了，所以她只呷了一口就不喝了，玛丽安接着就喝了一大口。"俺已经喝上瘾了，"她说，"现在都离不开酒了。这是俺唯一的安慰。……你瞧，俺没得到他，你得到了。你不喝酒，也许能照样过下去。"

苔丝觉得，她跟玛丽安一样一无所得，但她至少在名义上还是安琪的妻子，就凭着这种自尊，她接受了玛丽安所说的区别。苔丝就在这种环境里，早上顶着严寒，下午冒着风雨，茹苦含辛地干着活。挖完了萝卜，接着是修萝卜，就是用一把小钩刀，把萝卜上的泥土和须根削掉，然后把萝卜贮藏起来，准备将来好用。干这活的时候，若是下起雨来，她们可以靠茅草障子遮挡一下。但是，遇到天寒地冻的天气，萝卜整个都冻成了冰块，就是手上戴着厚厚的皮手套，也挡不住寒气砭入肌骨。不过，苔丝仍然抱着希望。她坚持认为，在克莱尔的性格中，宽宏大量是个主要成分，这迟早会使他回到她身边。

玛丽安喝足了酒，来了兴致，捡起前面所说的奇形怪状的燧石，忍不住尖声大笑起来，苔丝仍然板着脸，没有反应。虽然从这里看不见瓦尔（或弗鲁姆）谷，但她们却不时地朝那个方向望去，一面眼盯着那片遮断视线的灰蒙蒙的迷雾，一面回忆着她们在那里度过的旧时光。

"唉，"玛丽安说，"俺多想让咱们以前的伙伴多来一两个！那样一来，咱们天天都可以在地里扯起塔尔勃塞来，天天谈论他，谈论咱们过去的好时光，咱们过去了解的事情，好像过去的光景全都回来了！"玛丽安一想起过去的光景，目光变得柔和了，声音也变得含混了。"俺要给伊兹·休特写封信，"她又说，"俺知道，她眼下待在家里没事干，俺要告诉她咱们都在这儿，叫她也来好啦。雷蒂的病眼下说不定也好啦。"

对于这个建议，苔丝没有什么可反对的，两三天以后，她又听见玛丽安提起要把塔尔勃塞的欢乐引到这里的计划。当时，玛丽安告诉她，伊兹已经回信了，答应能来就来。

多年以来，都没见到这样的冬天了。这年冬天好像是一步一步地、蹑手蹑脚地走来的，犹如棋手走棋一样。有天早晨，那几棵孤零零的树木和树篱中的荆棘，仿佛脱去了植物的皮，换上了动物的皮。每根树枝上都盖上白绒，仿佛一夜之间，树皮上长出了毛皮，比原先厚实四倍。整丛的灌木和整棵的树木，都构成了一幅触目的素描，用白色的线条画在阴惨灰色的天空和地平线上。棚子和墙壁上本来看不见什么东西，现在在这结晶的空气里，蜘蛛网全都显现出来了，像是一个白色的绒线圈，悬在外屋、柱子和栅门的突出部位。

这潮湿的冰冻季节一过，接踵而来的便是干燥的霜冻季节。这时，各种奇怪的鸟不声不响地从北极那边飞来了，飞到了弗林库姆阿什高原上。这些鸟瘦得形同鬼怪，眼里含着凄惨的神情——就是这些眼睛，在人迹不至的北极地带，在人类无法忍受的，能让血液凝结的环境中，曾瞧见过人类无法想象的可怕的灾难性场面；就是这些眼睛曾瞧见过在北极光的闪射下，冰山崩裂，雪山滑落；那天旋地转般的特大风暴和水陆巨变，把这些眼睛弄得半明半瞎；它们还保留着饱尝这些景象所产生的神情。这些无名的鸟跑到离苔丝和玛丽安很近的地方，但是对于它们所目睹的，而人类从来看不见的那些奇景，却不肯奉告。旅行家就爱谈论自己的见闻，可这些鸟却没有这样的野心，它们全都一声不响，木然地待在那里，抛开了它们并不珍视的那些经历，只注意这片平淡的高原上眼前发生的事情——两个姑娘用砍刀刨地的细微动作，因为她们能挖出点这样那样的东西，让它们吃得津津有味。

接着有一天，这片空旷乡间的空气里，充溢着一种特异的成分。那是一种并非由雨水造成的湿气，并非由霜冻造成的寒气。这种天气使她们俩眼珠发凉，额头发痛，一直钻到肌骨里，对身体内部的影响，胜过对身体外部的影响。她们知道要下雪了，而且夜里果然下起了雪。苔丝仍然住在那个有温暖山墙的农舍里，那垛山墙总是给停在外面的孤独行人带来慰藉。夜里，苔丝醒了过来，听见草屋顶上响声大作，仿佛表明，来自四面八方的狂风把屋顶当成了它们的竞技场。第二天早晨，她点着灯要起床的时候，发现从窗户缝里刮进来许多雪，在窗户里面形成一个由纤细的粉末堆成的白色圆锥体。烟囱里边也刮进来许多雪，铺在地板上，有鞋底那么厚，她走来走去的时候，在上面留下了一道道脚印。屋子外面，风雪狂飞乱舞，吹到厨房里，引起一片雪雾，不过外面还很黑，什么也看不见。

苔丝知道，不可能再去挖萝卜了。她坐在那盏小小的孤灯旁边吃完了早饭，玛丽安跑来告诉她，她们得跟别的女工一起，到仓房里去整理麦秸，直到天气好转为止。因此，等外面的一团漆黑开始变成各种杂乱的灰色时，她们便吹灭了灯，把最厚的围裙围在身上，用毛围巾把脖子和前胸裹紧，动身朝仓房走去。这场大雪就像一根白色的云柱，跟着那些鸟从北极来到这里，根本分不清什么雪片。狂风闻起来，好像带着冰山、北极海、鲸鱼和白熊的气味，呼呼地把雪吹得贴着地面飞卷，但却堆积不下来。她们倾着身子，穿过风雪漫漫的田野，步履艰难地往前走去，尽量靠着树篱好避避风，虽说这树篱也遮挡不住风雪，只能起个过滤作用。空气让灰白的雪弥漫得一片灰暗，同时又把雪搅得东旋西转，飘忽不定，使人联想起天地无颜无色，万物一片混沌的状态。但是，两个年轻女子还是兴致勃勃，在干燥的高原上出现这样的天气，本身并不会使她们感到沮丧。

"哈——哈！这些北方的鸟真机灵，早就知道要下雪了，"玛丽安说，"俺敢肯定，它们从北极星那儿飞来，一路上刚好赶在风雪的前头。……亲爱的，俺敢说，在你丈夫那儿，眼下一定是火辣辣的天气。天哪，他现在要是能看见他这位漂亮的太太，那该有多好！这种天气没有把你冻得不好看了——实际上，倒把你冻得更漂亮了。"

"你不该跟我说起他，玛丽安。"苔丝正颜厉色地说。

"噢，不过——你肯定很爱他！对吧？"

苔丝没有回答，只是眼里噙着泪水，心里一冲动，把脸转到她想象的南美洲所在的方向，噘起嘴唇，向着风雪送去了一个热烈的飞吻。

"哦，哦——俺知道你爱他。不过，说实话，你们两口子这样过日子，真是离奇啊！好吧——俺再也不说啦！至于天气嘛，咱们待在麦仓里不会很难受的。不过，整理麦秸是一桩好吃力的活——比挖萝卜还吃力。俺还能吃得消，因为俺长得壮实，可你就比俺单薄多了。俺真不明白，主人怎么会叫你来干这种活。"

她们来到了麦仓，走了进去。仓房很长，有一头堆满了麦子，中间就是整理麦秸的地方，头天晚上，就搬来了好多捆麦秸，放在理草机上了，足够女工们整理一天了。

"哟——伊兹也来了！"玛丽安说。

还真是伊兹，只见她走上前来。她是昨天下午从母亲家里动身，赶到这里来的。她没想到路途这么遥远，一直走到天黑，不过倒是很巧，她刚一到达就下起雪来，便在酒店里过了一夜。原来，雇主和她母亲在集上谈妥了，说她若是今天能来，他就雇用她。伊兹因为来晚了，生怕惹他不高兴。

这里除了苔丝、玛丽安和伊兹，还有从附近村庄来的两个女人。两人是姐妹俩，长得彪形大汉一般，苔丝一见到她们，不由得吃了一惊，想起她们一个是黑桃皇后黑卡尔，一个是她妹妹方块皇后——当年，在特兰岭深更半夜吵架那一回，就是她俩想向苔丝动手的。她们好像没认出苔丝，也许真的不认识，因为那次吵架时，她们喝得醉醺醺的，况且她们在特兰岭，也和在这里一样，只是临时居住。她们情愿干男人干的种种活计，包括掘井、筑篱、开沟、挖坑，样样都能干，一点也不觉得累。她们也是理麦秸的好手，因此便带着几分轻蔑的神气，瞧着那三个女人。

她们全都戴上手套，在机器前站成一排，动手干起活来。机器由两根柱子竖立着，中间架着一根横梁，横梁下面放着一捆一捆的麦子，麦穗都朝着外面，横梁被柱子上的卡子固定住，随着麦捆渐渐减少，横梁也慢慢下落。

天色变得更阴沉了，从仓房门口透进来的亮光，不是从天上照耀下来的，而是从地上的雪中反射进来的。几个姑娘从机器里把麦秸一把一把地抽出来，由于有两个陌生女人在那里飞短流长，玛丽安和伊兹起初虽然很想叙叙旧，却又叙说不成。过了不久，她们听到外面传来低沉的马蹄声，随即那农夫就骑着马，来到了仓房门口。他下了马，走到苔丝跟前，一声不响地从侧面盯着她的脸。苔丝起初没有回头，但是那人一个劲地瞅着她，她就转身看了一眼，发现她的老板不是别人，正是在大路上揭她老底，吓得她拔腿就跑的那个特兰岭人。

他待在旁边，等苔丝抱着麦捆送到外面的麦堆上时，他才开口说道："原来你就是那个把俺的好心当成驴肝肺的小娘儿们啊？俺一听说新雇了一个女工，就猜想八成是你，俺要是说假话，就叫俺不得好死！哼，头一回在旅店里，你仗着你那个相好的，就以为占了俺的便宜。不过这一回嘛，俺看你是逃不出俺的掌心了。"他说罢，发出一阵狞笑。

一边是两个彪形大汉式的泼妇，一边是那虎视眈眈的农夫，苔丝夹在中间，就像一只落入网里的小鸟，只见她一声不响，不停地抽着麦秸。她也是个能察言观色的人，这时倒看得出来，她不必担心农夫向她调情，他只是因为吃了克莱尔的亏，要在她身上出出气。总的说来，她倒宁愿男人拿她出气，因而觉得很有勇气承受。

"照俺看，你那回还觉得俺爱上你了吧？有些女人就是傻，人家只要看她一眼，她就当起真来了。不过，让这种小贱妇在地里干上一个冬天，保管谁也不会那么胡思乱想了。你已经签了字，答应干到圣母领报节。你现在该向俺请求宽恕了吧？"

"我认为你应该向我请求宽恕。"

"好吧——那就随你的便。不过，咱们要瞧瞧这里是谁厉害。你今天就理了这么多麦秸吗？"

"是的，先生。"

"表现得很差劲呀。你看人家干了多少，"他用手指了指那两个又粗又壮的女人，"别的人也都比你强。"

"她们以前都干过这种活，我可没干过。再说，我想这对你也没有什么关系，反正都是计件的活，我们是干多少活拿多少钱。"

"哦，跟俺有关。俺要尽快把仓房清理出来。"

"别人两点钟收工的时候，我可以不走，干上一个下午。"

农夫悻然瞪了她一眼，便转身走开了。苔丝觉得，她不可能遇到一个比这里更糟糕的地方了。但是无论如何，都比受人调戏好。到了两点钟，那两个理麦秸的能手喝干了酒瓶里剩下的半品脱酒，放下手中的钩子，捆好最后一捆麦秸，便起身走了。玛丽安和伊兹本来也想走，但是听说苔丝因为不熟练，想留下多干些时候，把少干的补上去，她们两个也不肯丢下她。玛丽安往外望了望，外面还在下着雪，便大声嚷道："好啦，这下就剩下咱们几个人了。"于是她们终于谈起了过去在牛奶场的经历，当然也谈起了各人爱慕安琪·克莱尔的情况。

"伊兹，玛丽安，"安琪·克莱尔夫人带着尊严说道，鉴于她太不成其为夫人了，她这副尊严实在太令人心酸了。"我现在不能像从前那样，和你们一起谈论克莱尔先生了。你们知道我不能。因为他虽然暂时离开我了，可他毕竟是我丈夫。"

在钟情于克莱尔的四个姑娘中，就数伊兹生性最粗鲁，最刻薄。

"作为情人，他确实好极了，"她大声说道，"可他刚结婚就离开了你，俺看他不是个温存的丈夫。"

"他不得不走，非走不可，去看看那边的土地。"苔丝分辩说。

"那他也应该想法子让你度过这个冬天呀。"

"唉——那是为了一件小事——出了点误会。我们也没有争吵，"苔丝回答说，话音里带着啜泣。"也许可以替他辩解的话多得是。他不像有的丈夫那样，不跟我打个招呼就走了。再说，我随时都能知道他在哪儿。"

说完这番话之后，她们沉思了好久，一面沉思，一面抓住麦穗，抽出麦秸，夹在胳膊下面，然后用镰刀割下麦穗，整个仓房里，除了麦秸的沙沙声和镰刀的嚓嚓声，听不见别的声音。忽然间，苔丝身子一软，倒在脚下一堆麦穗上。

"俺早就知道你会受不住的！"玛丽安嚷道，"非得比你壮实的身体，才干得了这种活。"

恰在这时，农夫走进来了。"噢，俺一走，你就这样干活呀。"他对苔丝说道。

"不过吃亏的是我，"苔丝分辩说，"你并不吃亏。"

"俺要快点把活干完！"农夫固执地说，随即穿过仓房，从另一道门出去了。

"别去理他，这就对了，"玛丽安说，"俺以前在这儿干过活。你现在到那儿去躺一会儿，伊兹和俺替你补够数。"

"我不能让你们替我干。我个子还比你们高呢。"

但她实在支持不住了，所以就同意躺一会，靠在一个乱草堆上——这是把直麦秆理出后，剩下的乱草，扔在仓房的那一头。她所以躺倒了，一半是由于活太重，一半是由于又谈起她和丈夫的分离，使她感到心酸。她躺在那里，只有知觉，没有意志，麦秸的沙沙声和切麦穗的嚓嚓声，好像触到身上有分量似的。

她躺在那个角落，不仅能听到这些声音，还能听到她们两个在窃窃私语。她心想她们一定在继续谈论刚才那个话题，但是声音又太低，她听不出她们说的是什么。后来，苔丝越来越想知道她们在说什么，同时又自以为身体好些了，便爬起来继续干活。

接着伊兹·休特也累垮了。头天晚上，她走了十多英里路，半夜才上床睡觉，五点钟又起来了。只有玛丽安，多亏喝了一瓶酒，加上长得结实，倒还能吃得消，并不觉得腰酸背痛的。苔丝催促伊兹先走，因为她感觉好一些了，就叫伊兹不要再干下去，那天的活由她们两人来完成，扎好的捆数由她们三人平分。

伊兹很感激地接受了这一好意，就出了仓房的大门，顺着雪地里的路径，朝她的住所走去。这时，玛丽安的那个痴情劲又来了，她每天下午这个时候喝了酒以后，总要出现这种情况。

"俺真没想到他会干出这种事来——从没想到！"她带着梦幻般的语调说道，"俺当初那么爱他！他娶了你，俺一点也不吃醋。可他那样对待伊兹，就太不对了！"

苔丝一听这话，不由得吃了一惊，差一点让镰刀削掉了手指头。

"你说的是我丈夫吗？"她结结巴巴地问道。

"是呀。伊兹叫俺不要告诉你，可俺实在憋不住啊！是他要求伊兹的。……他要伊兹跟他一起去巴西。"

苔丝脸上变得像外面的雪一样煞白，面孔也耷拉下来了。"伊兹不肯去吗？"她问。

"俺不知道。反正他后来又变卦了。"

"嗨——那他并不是真心的。只是男人对女人开的玩笑罢了！"

"不，他是真心的，因为他让伊兹坐在车上，朝着车站走了好远。"

"可他还是没有把她带走呀！"

她们又默默不语地干了一会。突然间，苔丝事先也没露出任何迹象，便呜呜地放声大哭起来。

"看你！"玛丽安说，"俺真不该告诉你！"

"不，你做了一件大好事！我总是任着性子，唉声叹气地过日子，没想到这样下去会有什么结局！我应该经常给他写信才对，他只是叫我不要去找他，并没叫我不要经常给他写信呀。我不能再这样马马虎虎了。我什么事都由他去做，这太不对头，太疏忽了！"

仓房里本来就光线不足，现在变得更昏暗了，她们看不清楚，不能再干活了。那天晚上，苔丝回到家里，走进她那刷着白灰的小屋子，随着一阵冲动，拿起笔来给克莱尔写信。但是她又有些犯疑，无法把信写完。后来，她把挂在胸口的结婚戒指从丝带上解下来，把它整夜戴在手指上，仿佛这样就能坚定她的信念，觉得她确实是她的那位捉摸不定的丈夫的太太。她这位情人居然在刚离开她不久，就提出要伊兹跟他一起到国外去。她既然知道这件事了，怎么还能再写信恳求他，再表示她还爱着他呢？

第四十四章

在仓房里听到那个情况以后，苔丝的思绪又飞向了远方的埃明斯特牧师住宅——近来，她曾不止一次地想到那个地方。克莱尔曾嘱咐过她，她若是想给他写信，必须通过他父母转寄；她若是遇到什么困难，可以直接给他父母写信。可苔丝总是觉得，从道德上来讲，她没有资格向克莱尔提出任何要求，所以每次都抑制住自己的冲动，没有寄过一封信。因此，牧师住宅里的一家人，也和她娘家人一样，自她结婚以后，简直不觉得还有她这个人存在。她对婆家和娘家都这样怯生，这倒非常切合她的性格，因为她很有独立自主精神，并不渴望得到别人的恩惠和怜悯，就她的品行平心而论，她也没有资格得到这样的恩惠和怜悯。她已经打定主意，要以自己的品德，来决定自己的成败，绝不能仅仅凭借法律上的权力，去向那家人提出要求。她所以和他们结成奇怪的一家子，不过是由于他们中的一个成员，出于一时的冲动，在教堂的结婚登记簿上，把自己的名字签在了她的名字旁边，这种事是很不牢靠的。

但是，现在听到了伊兹讲的那段故事以后，她变得忐忑不安了，她那克己自制的功夫也就有了一定的限度。她丈夫为什么不给她写信呢？他分明表示过，说他至少会把他到达的地点告诉她，可他从没来信告诉他的地址。难道他真不把她放在心上了吗？不过，他是不是生病了？是不是应该由她来采取主动呢？因为放心不下，她当然可以鼓起勇气，到牧师住宅去打听一下，对他的杳无音信表示愁闷。如果克莱尔的父亲真是她以前听克莱尔讲过的那种好人，那他一定会体谅她这种望眼欲穿的境况。至于生活上的艰难困苦，她将闭口不提。

不到礼拜天歇工的日子，她是没有权力离开农场的。因此，礼拜天是她能脱身的唯一机会。弗林库姆阿什坐落在一片白垩质高地的中心，还没有铁路通到这里，她要到埃明斯特，只能走着去。来去都是十五英里的路程，她得早早起来，花上一整天的工夫，才能办成这桩事。

两个礼拜以后，风雪已经过去了，接着便是一阵天寒地冻的天气，苔丝就趁路面冻结的机会，去进行她那番尝试。那个礼拜天早晨四点钟，她就下了楼，走到了外面的星光之中。天气还是很好，脚下的路像铁砧一样，走起来咯噔咯噔作响。

玛丽安和伊兹知道，苔丝这次出门一定和她丈夫有关，所以对这件事很感兴趣。她们住在路边的一座农舍里，离苔丝的住处还有一段距离，可她们还是赶来了，帮她梳妆打扮，并且劝她穿上最漂亮的衣服，以便赢得公婆的欢心。不过苔丝知道，老克莱尔先生属于清心寡欲的加尔文派，因此她并不想讲究穿着，甚至怀疑这样做是否妥当。自从她可悲地出嫁以来，已经过去一年了。她结婚时购置的满柜子衣服，虽说现在只剩下不多的几件，但是还能把她打扮成一个淳朴天真、不趋时尚的乡下姑娘，而且还很迷人。她今天穿了一件浅灰色的毛料连衣裙，镶着白绉纱花边，衬托着她那白里泛红的面颊和脖颈，上面罩着一件黑色天鹅绒外套，头上戴着一顶黑色天鹅绒帽子。

"你丈夫眼下看不见你，这太可惜了——你看上去真是个美人儿！"伊兹·休特瞧着苔丝说道。这时，苔丝就站在门口，处于门外蓝幽幽的星光和门里黄幽幽的烛光之间。伊兹刚才是触景生情，带着宽宏大量的态度说这番话的。她在苔丝面前，是无法把她当成对头的——任何一个女人，只要一颗心长得比榛子大，都不会这么做的，因为苔丝对同性别的人有一种异乎寻常的感化力量，说来也很奇怪，竟能把女人嫉妒和仇视之类的比较卑劣的情感，统统压服下去。

她们给她这里扯一扯，按一按，那里轻轻地刷一刷，最后才放手让她走了。于是，她便消失在黎明前银灰色的晨曦中。她刚迈开脚步往前走去，她们就听见她顺着硬邦邦的大路，踩得噔噔直响。就连伊兹也希望她能如愿以偿，尽管她并不特别重视自己的贞操，但她还是庆幸自己在一时受到克莱尔诱惑的时候，并没有做出对不起朋友的事。

一年以前，只差一天，就是克莱尔与苔丝结婚的日子；只差几天，就是他和苔丝分离的日子。不过，在一个晴朗干燥的严冬早晨，迈着轻快的脚步，吸着这白垩质山脊上的稀薄空气，去完成她这样的使命，倒也并不觉得烦闷。毫无疑问，她这次出门所抱的希望，是想博得她婆婆的欢心，要把她的经历向老太太和盘托出，把她争取到自己这一边，进而把那个逃走的人拉回来。

走了一阵，来到一大片冈峦的边缘，冈下就是土质肥沃的布莱克摩谷，只见谷里雾气缭绕，曙色朦胧。下面的空气呈现出深蓝色，不像高地上那样淡白无色。下面的地都是五六英亩一小块，而不像她近来干活的那些地，都是上百英亩一大块，所以，从这高处望下去，那数不清的小块田地就像网眼一般。在这高地上，景物呈现一片浅褐色；在那下方，就像弗鲁姆谷，总是一片翠绿。但是，她的苦恼就是在那个山谷里铸成的，她不像以前那样喜爱那地方了。对苔丝来说，就像对所有深有体会的人一样，一样东西的美丽，并不在于东西本身，而在于这东西象征什么。

她顺着山谷的左侧，从容不迫地一直往西走去，翻过了欣托克山，穿过从谢顿教堂通往卡斯特桥的大路，沿着多格伯里山和海斯托伊山的边缘走去，穿过两山之间那条名叫"魔鬼厨房"的峡谷。她再顺着山路，走到"手中十字"，那根石柱孤零零、静悄悄地耸立着，标明这里出现过奇迹，或发生过凶杀，或两者兼而有之。她又往前走了三英里，前面出现一条笔直而荒凉的罗马古道，名叫朗阿什路。她立刻穿过这条古道，拐进一条岔路，往山下走去，进到一个名叫埃弗谢德的村镇。这时，她差不多走了一半路程了。她在这里停了停，又吃了一顿早饭，吃得津津有味——不是在"母猪与橡果"客店，而是在教堂旁边的一座村舍里，因为她要避开客店。

苔丝的后半段旅程取道本维尔小路，这段路程比前半段平缓一些。不过，她越接近目的地，信心也越来越小，任务也显得越来越艰险。在她心头眼底，只有她的目的显得清清楚楚，周围的景色却变得模模糊糊，因此她有时面临迷路的危险。不过，大约正午时分，她到底还是来到了一片盆地的边缘，在一道栅门前站住了脚。在那片盆地里，坐落着埃明斯特镇和牧师住宅。

她看见了那座方塔，知道牧师和教徒们这时都聚集在那里面，因而在她看来，这塔显得非常威严。她有些后悔，怎么不设法找个平常日子来。像老牧师这样的好人，绝不会明白她有些迫不得已的情况，只会因为她选择礼拜天来，而对她存有偏见。但是事到如今，她也只好硬着头皮往前走了。本来，她是穿着一双厚皮靴子走了这么远的，现在她把这双靴子脱下来，换上一双轻薄漂亮的漆皮靴子，然后把厚皮靴子塞到栅栏门柱旁边的树篱里，一个回头容易找到的地方，这才往山下走去。她慢慢走近牧师住宅的时候，刚才脸上被冷风吹出来的红晕，不禁在渐渐消退。

苔丝希望遇上一件对她有利的事，但却没出现这样的事。牧师住宅的草地上有些灌木，在凛冽的寒风中沙沙作响，令人感觉很不舒服。

虽然她今天打扮得很体面，但她无论如何发挥自己的想象力，也感觉不到这座房子里住着她的亲属。但是，无论是在天性还是在情感上，她与他们并没有什么根本的区别，他们在思想、悲喜、生死以及死后等方面，都是一模一样的。

她鼓起勇气，走进栅栏门，拉了拉门铃。已经走到这一步了，再也没法退却了。不，这一步还没走完，没有人出来应门。她还得再鼓一番勇气，再做一次努力。她又拉了拉门铃。拉铃时的焦虑不安，加上十五英里路程的劳顿，她觉得有些支持不住了，只得用手撑着后腰，用胳膊肘靠着门廊的墙，在那里等候。寒风刺骨，连常青藤的叶子都给吹得枯萎发白了，它们不停地互相扑打，搅得她心神不定。一张沾着血迹的纸，从一户买肉人家的垃圾堆上刮了起来，在栅栏门外的路上上下飘动，因为太轻，总也停不住，又因为太重，老也飞不走，还有几根干草陪着它飘动。

第二次铃声拉得更响，但还是没有人出来。于是她走出门廊，打开栅栏门，来到了外面。她虽然有些犹豫不定，回头望了望房屋前面，仿佛还想再转回去，但她关上栅栏门时，还是松了一口气。她心里浮现出一个念头：也许是公婆认出她来了（尽管她说不出是怎么认出的），便吩咐人不要放她进去。

苔丝走到了拐角那里。她把能做的事全做了，但她又打定主意，不能因为现在畏首畏尾，而造成将来追悔莫及，所以她又回过身来，在房前走了一趟，把所有的窗户看了一遍。

啊——原来他们都去教堂了，所有的人都去了。她想起她丈夫对她说过，他父亲总是坚持要求全家人，包括用人，都去教堂做礼拜晨祷，这样一来，回到家里总得吃冷饭。因此，她只要等到做完礼拜就行了。她不想站在原地惹人注目，便拔起脚来，想经过教堂，躲进篱路里。但她刚走到教堂庭院门口时，做礼拜的人正好拥了出来，苔丝一下给夹在了人群中间。

埃明斯特的教徒们都望着她，只有乡间小镇上的教徒慢悠悠地往家走，遇见一个异乎寻常的女人，察觉她是一个陌生人时，才会用那样的目光去看她。苔丝加快脚步，走上了原先的来路，想在树篱中间躲一躲，等牧师家吃完午饭，便于接待她的时候，她再进去。没过多久，她就甩开了做礼拜的人，只有两个年轻人，臂挽着臂，在她身后快步赶了上来。

那两个人越走越近，苔丝能听见他们热切交谈的声音。一个处在她这种境况的女人，耳朵自然是很灵敏的，因此她听得出来，他们的口音和她丈夫的很相似。这两个行人就是她丈夫的两个哥哥。苔丝顿时忘掉了她的全部计划，只怕自己还没准备好跟他们见面，就在慌慌张张的情况下让他们追上来。因为，虽说他们认不出她来，但她却出于本能，害怕他们仔细打量她。于是，他们走得越快，她也走得越快。显然，他们是想在回家吃饭以前，作一次短暂的快速散步，可以暖和暖和手脚，因为刚才在教堂里做了半天晨祷，把手脚冻得冰凉。

上山的路上，只有一个人走在苔丝前面，一个上等人家的姑娘，颇为惹人注目，不过也许有点古板和拘谨。苔丝快追上她的时候，那兄弟俩也差不多走到她背后了，所以他们谈话的内容，她字字都听得清清楚楚。起初，他们说的话并没有让她特别感兴趣的地方，后来，他们有一个人瞧见了前面那位小姐，于是便说："那是默茜·钱特。咱们追上去。"

苔丝知道这个名字。这就是男女双方父母要给克莱尔选做终身伴侣的那个女人，若不是苔丝半路插了进来，克莱尔说不定早跟她结婚了。苔丝即使事先没听说这些情况，她只要稍等一会，也会了解这一切的，因为有个兄弟接着说道："唉！可怜的安琪，可怜的安琪！我每次看见这位好姑娘，就越来越感到惋惜，安琪不该那么轻率，偏要娶一个挤牛奶的女工，或者诸如此类的女人。这分明是一桩怪事。我不知道她是不是和安琪在一起了，不过，几个月前我收到安琪的信时，他们还不在一起。"

"我也说不准。他现在什么也不跟我说了。他因为有些奇怪的想法，就开始和我疏远了，这回糊里糊涂地结了婚，就和我彻底疏远了。"

苔丝把脚步迈得更快，朝漫漫的山上走去。但是，她若想把他们甩在后面，就难免会引起他们的注意。所以，最后还是他们俩走得更快，因而超过了她。仍然走在前面的那位小姐听到了他们的脚步声，便转过身来。随即便是一阵问好、握手，接着三人一同往前走去。

他们很快就走到了山顶。显然，他们是想把这里作为散步的终点，于是便放慢了脚步，三人一起拐到栅栏门旁边。就在一个钟头以前，苔丝还没下山的时候，也是停在这里，打量山下的小镇。他们一起谈话的时候，那两位牧师兄弟中，有一位把伞伸到树篱里，仔细探寻了一番，拽出了一样东西。

"这儿有一双旧靴子，"他说，"我想，大概是哪个过路人扔掉的吧。"

"也许是个骗子，想光着脚到镇上去，好叫我们可怜他，"钱特小姐说，"是的，一定是这样，因为这是一双很好的走路靴子——一点也没破。这一招太拙劣了！我把靴子拿回去，送给穷人穿。"

这双靴子是卡思伯特·克莱尔发现的，他用伞柄把靴子挑起来，交给了钱特。就这样，苔丝的靴子给没收了。

苔丝听到了这一切，她脸上蒙着毛织的面纱，从他们旁边走了过去。随后又回过头来，只见那三个做完礼拜的人拿着她的靴子，离开了栅栏门，朝山下走去。

于是，我们的女主角又继续赶路了。泪水，使双眼模糊的泪水，顺着面颊往下流淌。她知道，她只是由于感情脆弱，毫无根据的多愁善感，才把刚才这件事看成是宣判她有罪。不过，她又无法消除这种心理。她这样一个无依无靠的女人，没有力量抗拒这些不祥之兆。现在要想再回牧师住宅，那是办不到了。安琪的太太几乎觉得，她就像一个令人鄙视的对象，被那两个在她看来过于文雅的牧师，赶到了这座山上。他们对苔丝的羞辱完全出于无意，但是苔丝还真有点倒霉，偏偏遇见这两个儿子，而没遇见他们的父亲。那位父亲尽管有些狭隘，但却不像两个儿子那样刻板拘谨，而且还充满仁爱之心。她又想起那双沾满尘土的靴子，几乎可怜它们无端遭受了一番嘲弄，同时又感到，对靴子的主人来说，生活真是毫无希望。

"唉，"她仍旧自怜自叹地说，"他们可不知道，我是穿着那双靴子走过那段最崎岖的道路，省得磨坏他给我买的那双漂亮靴子——不——他们根本不知道！他们也不知道，我这身漂亮的连衣裙，也是他挑的——不——他们怎么会知道呢？他们就是知道了，兴许也不会在意，因为他们对他也漠不关心，可怜的人儿！"

这时，她就替那位心上人悲伤起来。其实，正是这位心上人的世俗观念，导致了她近来的全部烦恼。她只顾往前赶路，全然没有想到，她一生中最大的不幸，就是出于女性的怯弱，拿那两个儿子来判断她的公公，从而在最后的紧要关头失去了勇气。她现在的处境，恰好可以赢得克莱尔夫妇的同情。如果说尚未陷入绝境的人们那微妙的精神苦恼，还难以引起他们的关注，但是一遇到极端情况，他们顿时就会心慈面软起来。他们只急于宽待税吏和罪人，却忘记了还要为文士和法利赛人的苦恼申辩几句。① 他们有这样的缺陷或局限，这时候倒可以让他们把自己的儿媳，看成一个难得的误入歧途的人，加以爱怜。

于是，苔丝又拖着沉重的脚步，顺着原先的来路往回走。她来的时候，并没抱很大的希望，只觉得她人生中面临一个转折点。显然，并没有发生什么转折。她也没有别的办法，只能继续待在那个贫瘠的农场上，直到她能再次鼓起勇气，去面见牧师一家。回家的路上，她还真是不甘埋没，便揭掉了面纱，仿佛要让世人知道，她至少能展现一副默茜·钱特拿不出来的面孔。但是，她一面揭面纱，一面又难过地摇了摇头。"这算不了什么——这算不了什么！"她说，"谁也不爱这张脸，谁也看不见这张脸。像我这样一个被抛弃的人，谁还在乎她的容貌！"

---

① 税吏指在古罗马时向犹太人收税的人，时而向人民勒索。文士为古犹太人的法官。法利赛人指古犹太人的法利赛教派。文士和法利赛人曾反对、批评过耶稣。据《圣经·新约·马可福音》第二章第十六节："文士和法利赛人看见耶稣跟税吏和罪人一同吃饭，就对他的门徒说：耶稣为什么跟税吏和罪人一同吃喝？"

　　苔丝的归途，与其说是往前行进，不如说是信步漂泊。她毫无生气，毫无目的，只有一个大致的方向。她顺着漫长沉闷的本维尔小路走去，渐渐觉得疲乏了，便常常往栅栏门上靠一靠，在里程碑旁边歇一歇。

　　她一直没进任何人家。等走了七八英里以后，下了又长又陡的山坡，来到埃弗谢德村镇的时候，她才走进早晨满怀期望吃过早饭的那户人家。这座村舍坐落在教堂旁边，差不多是村这头的头一家，苔丝又在里面坐了下来。女主人上厨房给她端牛奶的时候，苔丝朝街上望了望，发现村里空荡荡的。

　　"我想，村里的人都去做晚祷了吧？"她说。

　　"没哪，亲爱的，"老妇人说，"还不到做晚祷的时候，还没打钟哪。村里人都到那边的仓房里听讲道去了。一个美以美会的教徒，趁着早祷和晚祷中间的工夫，在那儿讲道呢。人家都说，他是个好棒、好狂热的基督徒。不过，天哪，俺可不去听他讲道。教堂里的讲道已经够俺听的了。"

　　过了不久，苔丝就起身朝村里走去。她的脚步声从两边房屋那里发出回声，好像那是一个死者的地盘。快到村子中间时，又有别的声音和她脚步的回声掺和在一起。她见仓房离大路不远，便猜想那一定是讲道人的声音了。

　　在寂静而清新的空气里，讲道人的声音来得非常清晰，苔丝尽管处在仓房封闭的那一头，却能一句一句地听清他讲的话。可以想得出来，这篇布道属于反律法主义最极端的那一类，主张因信称义[①]，也就是圣保罗神学的那种讲法。这位布道者满腔热忱地宣讲这一主见，慷慨陈词，完全像朗读一般，显然不懂得辩证技巧。苔丝虽然没有听到他开头的话，但却知道他布道的内容，因为他不断念叨这段话：

　　无知的加拉太人哪，耶稣基督钉死在十字架上，已经活画在你

————————————
　　① 因信称义，系基督教神学救赎论术语，指信仰是得到救赎和在上帝面前得称为义的必要条件。

们眼前，谁又迷惑了你们，使你们不服从真理吗？[①]

苔丝站在仓房后面听着，发现这位布道者所讲的教义，就是克莱尔父亲那一派的观点，不过还要激烈一些，因此她就发生了兴趣。后来，布道者开始详细讲述他是怎样信起这些观念时，苔丝的兴趣就更加浓厚了。那人说，他曾是一个罪孽深重的人。他曾嘲弄过宗教，曾肆无忌惮地和鲁莽淫荡之徒混在一起。但是，后来有一天，他终于醒悟过来了。从人的角度来看，这主要是受了一位牧师的影响而引起的。起初，他曾粗野地侮辱过这位牧师，不过牧师临走时说的几句话，却深深地印在他心里，使他念念不忘。后来，借助上帝的恩惠，这番话使他发生了这番变化，将他变成他们今天所看到的这个样子。

但是，还有比那教义更让苔丝吃惊的，这就是那个人的声音，因为简直让人难以置信，这恰巧是亚历克·德伯维尔的声音。苔丝脸上露出一副迟疑不决的痛苦之感，她绕到仓房正面，从那里走过去。在仓房这一边，冬天低低的太阳直射到那个双扇门的大门口。有一扇门敞开着，阳光一直射到深处的打麦场上，射在布道者和听众的身上，他们一个个暖暖和和地躲在仓房里，受不到北风的侵袭。听道的人全是些村民。以前，她在一个令人难忘的场合，遇见过一个提着红漆罐涂写格言的人，此人也夹在村民之中。不过她的注意力还是集中在那个中心人物身上，他正站在几袋麦子上面，脸朝着门口和听道的人。午后三点钟的太阳直照在他身上，自从刚才听清他的声音以来，苔丝就有一种奇怪的、让她发虚的感觉：站在她面前的就是诱奸她的那个人。这种感觉越来越强烈，最后终于变成了确凿的事实。

---

① 见《圣经·新约·加拉太书》第三章第一节。

第六部　回头浪子

第四十五章

自从离开特兰岭以后，一直到现在，苔丝还从未见过德伯维尔，也没得到他的音信。

这一次相遇，正是苔丝满腹忧愁的时刻。在这种时刻遇到这种事，对感情上的冲击倒可以减少到最低限度。不过，记忆是不受理智支配的，虽然德伯维尔就站在那里，分明成了一个弃恶从善的人，为自己过去的不轨行为感到悔恨，但是苔丝却感到一阵惧怕，顿时动弹不得了，既不能前进，也不能后退。

想一想她上次见到他时，他脸上流露出的是什么表情，再看一看他现在的样子。

他还和以前一样，漂亮之中有些令人生厌。不过，他已经剃掉了那深褐色的八字胡须，留起了修得整整齐齐的络腮胡子；身上的衣着一半像牧师，一半像俗人，这样一来，他的神情也跟着起了变化，叫人看不出他原先那种花花公子的面目，所以苔丝刚看见他那一刹那，还不敢相信就是他。

《圣经》上那些庄严的字句，从这种人的嘴里滔滔不绝地冒出来，苔丝刚一听起来，真觉得不伦不类，荒诞离奇，令人毛骨悚然。她太熟悉他那副腔调了，不到四年以前，她听到的还是迥然不同的语言，如今出现这种具有讽刺意味的对照，真让她感到恶心。

他与其说是改过自新，不如说是改头换面。他那张面孔以前总是色迷迷的，现在却显露出满腔的宗教激情。他那两片嘴唇以前只用来花言巧语地勾引女人，现在却用来表示祈求。他脸上的红光昨天可以解释成恣意放荡的气焰，今天却成了虔诚教徒能言善辩的光彩。以前的兽性变成了如今的宗教狂热。以前信奉异教，如今信奉保罗神学。他那双眼睛以前滴溜溜地盯着她转，肆无忌惮，光焰逼人，如今却放射出近乎凶残的拜神狂热的光芒。以前他事不如愿，遭受挫折时，他的脸总是绷得紧紧的，一片铁青，现在他脸上也有这种神情，却用来刻画那顽固不化、甘愿堕落的人。

这样的面目本身，似乎就在抱怨。它好像偏离了自己天生的功能，显露了它的本性不该显露的神情。奇怪的是，这种提高本身就是一种失算，本想提高，反倒造成虚假。

不过，果真如此吗？她不能再抱着这种尖刻的情绪了。天下的恶人，能改邪归正，拯救自己灵魂的，德伯维尔并不是头一个，这种事既然发生在他身上，她为什么就觉得不合情理呢？这只不过因为她猛听到他用不堪入耳的老调，唱出美丽动听的新词，思想一下拐不过弯来。其实，罪过越大的人，就越能成为伟大的圣徒。用不着深究基督教史，就能找到这样的例子。

以上各种印象，只是她朦朦胧胧的感觉，并没形成清晰的概念。她由于受惊而引起的麻木状态刚一过去，腿脚可以动弹了，便急忙想要躲开，不让他看见。她刚才处在背着阳光的位置，德伯维尔显然还没有察觉到她。

但是，苔丝刚一动身，他就把她认出来了。这位昔日的情人像触了电似的，他见到苔丝所受的触动，远远胜过苔丝见到他所受的触动。他那满腔热情，他那滔滔不绝、抑扬顿挫的辞令，似乎全都消失了。他话都溜到了嘴边，嘴唇在挣扎，在颤抖，但是，只要苔丝在他眼前，他就什么话也说不出来。他瞧见苔丝以后，那双眼睛在慌乱中只顾四下乱转，却不敢往苔丝那里瞧，但是每隔几秒钟，就会不顾一切地瞧她一眼。不过，他这种瞠目结舌的状态只持续了不一会工夫，因为就在他发呆的时候，苔丝却恢复了活力，急忙尽快地走过仓房，往前去了。

她刚一定下神来，心里一琢磨，觉得他们两人的地位发生了变化，不禁大为惊骇。德伯维尔本是坑害了她的人，现在竟然皈依了圣灵，而她自己却依然是罪孽深重，得不到新生。结果就像传说里的故事一样，她那塞浦路斯女神一般的形象突然出现在他的祭坛上，差一点扑灭了他这位牧师那火一般的热情。

她头也没回，一直往前走去。她的脊背——甚至她的衣服——好像对别人的目光特别敏感，她心想德伯维尔也许跑到了仓房外面，两眼紧紧地盯着她。本来，她一路走到这里，心里颓然怀着沉重的悲痛；现在，她的烦恼改变了性质。以前是渴望那久久得不到的爱情，现在却深深地感觉到，那无可挽回的过去仍在缠着她。这使她越发认识到过去的错误，简直让她心灰意冷。她本来希望能把她的过去和现在截然分开，但是这种愿望终究没有成为现实。除非她自己成为陈迹，否则她的往事绝不会完全成为陈迹。

她一面这样思忖，一面又横穿过朗阿什路的北段，立刻看见前面有一条大路，白茫茫的一直通到高原上，她剩下的路，就是顺着高原边沿往前走。这条干燥灰白的大路，由低而高向前延伸，走起来相当吃力，路上连一个人影、一辆马车、一点标记都没有，只是偶尔有些褐色的马粪，点缀在又干又冷的路面上。苔丝慢慢地往坡上爬去时，听见身后有脚步声，回头一看，只见那个面目熟悉的人，如今怪模怪样地穿着循道公会教徒的服装，跟了上来。天底下就数这个人，她这一辈子都不想和他单独相遇。

不过，没有工夫思考，也来不及躲避了。她只好极力保持镇定，让他追上了自己。她发现他很兴奋，这主要不是因为走得太急，而是因为心情激动。

"苔丝！"他说。

苔丝放慢了脚步，却没有回头。

"苔丝！"他又喊了一声，"是我呀——亚历克·德伯维尔。"

这时，苔丝才回头看了看他，他也走上前来。"我知道是你。"苔丝冷冷地答道。

"哦——就这么一句话吗？不过，我不配听到别的话！当然，"他又淡淡一笑，补充说道，"你看到我这身打扮，当然有些可笑啦。不过——你笑我，我也得忍受着。……我听说你走开了，谁也不知道上哪儿去啦。苔丝，你不明白我为什么跟着你吧？"

"是的，很不明白。我倒宁愿你别跟着我，我打心眼里不愿意。"

"是呀——你这么说也难怪，"德伯维尔哭丧着脸，这时他们一起往前走去，苔丝显出很不情愿的样子，"可你不要误会我。我所以这样求你，是因为我刚才忽然看见你，给搞得心慌意乱，我不知道你注意到没有，不过你也许看出来了，因而会误会我的意思。我那只是一时慌乱，考虑到以前你和我的关系，这本是很正常的。可我凭着毅力挺过去了——不过我说这话，你也许会以为我在骗你——我马上意识到，既然我有责任，又有愿望拯救世界上所有的人，使他们免受'将来的愤怒'[①]，那我头一个该拯救的，就是被我严重伤害的那个女人——你想嗤笑，就尽管嗤笑吧。这就是我来追你的唯一目的——没有别的意思。"

苔丝的回话中，略带一丝鄙夷的意味："你拯救了你自己吗？人家都说，行善应从自家开始。"

"我可什么也没做！"德伯维尔满不在乎地说，"我总是对听我讲道的人说，一切都是上帝做的。苔丝，你再怎么瞧不起我，也不及我那样瞧不起自己——我以前真是罪孽深重。唉，说起来真是一桩怪事，不管你信不信，反正可以跟你讲一讲我是怎么悔改的。我希望你至少能耐着性子听一听。你有没有听说过埃明斯特的那个牧师——克莱尔老先生？你一定听说过吧？他是他那一派里最虔诚的一个，也是国教

---

① 见《圣经·新约·马太福音》第三章第七节。

里仅有的几个赤诚的信徒之一。当然，和我现在所投身的这个基督教极端派相比，他还不是最赤诚的，但在国教会里，他还算是很难得的，那些年轻的国教派牧师只会诡辩，使那些真正的教义渐渐失去了价值，变得只是徒有虚名了。我与他只是在教会与国家问题上，在对'上帝说，你们要走出他们中间，与他们分离'①这句话的理解上，有些不同看法——除此以外，没有别的分歧。我坚信，他这个人作为上帝的卑微工具，在英国拯救的人比谁都多。你听说过这个人吗？"

"听说过。"苔丝说。

"两三年以前，他替一个传教会到特兰岭去讲道。我这个人真可恶，他怀着普度众生的精神，设法开导我，指引我，我却侮辱了他。他对我的行为并不记恨，只是说：总有一天，我会获得圣灵初结的果子②——那些本是来嘲骂的人，有时却留下来祈祷。他的话有一种奇怪的魔力，深深地印在我的脑子里。但是，对我触动最大的，还是我母亲的去世。我渐渐地看到了曙光。从那以后，我唯一的愿望就是要把真理传给别人，我今天就在试图这么做。不过，我只是最近才来这一带传道的。我做牧师的头几个月，是在英格兰北部素不相识的人们中间度过的，因为一开头笨嘴拙舌的，我情愿先去那里闯试一下，壮壮胆子，然后再讲给熟人听，讲给和我一起度过昏暗日子的那些人听，这是对一个人是否真诚的最严峻的考验。……苔丝，假如你能尝一尝自己打自己耳光的乐趣，我敢肯定——"

"别来这一套！"苔丝怒冲冲地嚷道，一面扭身走到路旁的一个篱阶，把身子靠在上面，"我不相信会有这种突如其来的变化。你明明知道——明明知道你怎样坑害了我，却又跟我这样说话，真叫我心里冒火！你，还有和你一样的人，专拿我这样的人开心作乐，害得我伤透了心，受够了罪，等你开够了心，做完了乐，就想改邪归正，确

---

① 见《圣经·新约·哥林多后书》第六章第十七节。
② 圣灵初结的果子，见《圣经·新约·罗马书》第八章第二十三节。

保以后再到天堂去享乐，想得多美呀！居然来这一套——我才不信你呢——我一听就来气！"

"苔丝，"德伯维尔不甘示弱地说，"不要这么说嘛！我心里就像拨开云雾见青天啊！你还不相信我呀？你不相信哪一桩？"

"你的皈依。你的信教把戏。"

"为什么？"

苔丝放低了声音："因为一个比你强的人并不相信这种事。"

"真是妇人之见！谁是那个比我强的人？"

"我不能告诉你。"

"好吧，"德伯维尔说道，话里带有一股怨恨，好像立刻就要发作，"上帝可不容我自称好人——你也知道我没有这样自称。我确实是最近才从善的。不过，有时候，后从善的人倒看得更远些。"

"不错，"苔丝心酸地答道，"不过我不相信你会脱胎换骨。亚历克，你那只是一时心血来潮，恐怕持续不了多久。"

说罢，她从靠着的篱阶上转过身来，面对着他。这时德伯维尔的目光无意中落到了他所熟悉的面容和身段上，便盯着她打量起来。他身上的劣根性倒是沉静下来了，但是确实没有根除，甚至没有完全克服。

"别这样看着我！"他粗声粗气地说道。

苔丝的举止和神态完全是不知不觉地做出来的，现在听他这么一说，急忙把那双又大又黑的眼睛挪开了，脸上一红，结结巴巴地说："请原谅！"同时心里又泛起一种以前常有的伤感，觉得自己这样一个人，真不该生得这样一副容貌，免得惹是生非。

"别，别。别请求我原谅。不过，既然你戴着面纱遮掩你的美貌，你为什么不把它放下来呢？"

苔丝放下面纱，急忙说道："这主要是用来挡风的。"

"我这样发号施令，似乎太不客气了！"德伯维尔继续说道，"不过，我最好还是不要多看你，那样有些危险。"

"住嘴！"苔丝说。

"哦，女人的脸蛋早就对我产生了巨大的魔力，我见了不可能害怕。一个福音教徒本来和女人的脸蛋毫不相干，可它总使我想起我宁愿忘掉的往事。"

说到这里，他们的谈话停了下来，只是一起往前走的时候，偶然说一两句。苔丝心里在纳闷，不知道他要跟她走多远，也不好断然把他撵走。他们遇到栅门或篱阶的时候，常常看到上面用红蓝油漆涂着《圣经》语录，她就问德伯维尔，他知道不知道，到底是谁不辞辛劳地涂写了这些语录。德伯维尔告诉她说，那个人是他和本地别的同仁雇来的，专门涂写这种警世格言，以便不遗余力地感化世上的罪人。

最后，他们走到一个名叫"手中十字"的地方。在这片荒凉惨淡的高原上，就数这个地方最凄凉。这里完全没有画家和风景爱好者所追求的那种迷人景色，而是形成了一种新的美景，一种含有悲剧色调的消极之美。这里立着一根石头柱子，上面很粗糙地刻着一只人手，所以取了这个名字。这根石柱又奇特又粗糙，不是从附近一带的采石场采来的。对于它的来历和意义，有着各种各样的说法。有些权威人士声称，这里本来就有一个用于祈祷的十字架，现在这根石柱不过是那残余的孤桩罢了。还有些人说，这里本来就只有这根石柱，竖在那里标示地界，或聚会的地点。不管这根石柱来历如何，它立在这块地方，能根据人们的不同心境，时而显得凶恶，时而显得庄严，以前是这样，现在还是这样。因此，就连感觉最迟钝的人从这里走过，也会觉得毛骨悚然的。

"我想我该离开你啦，"快走到这个地方的时候，德伯维尔说道，"今天晚上六点，我还得到阿伯茨瑟内尔去讲道，我要从这儿往右拐弯了。苔丝，你把我也搞得心神不定了——我说不上是怎么回事，也不想说是怎么回事。我得走啦，去缓缓劲儿。……你现在说起话来怎么这么流利，是谁教你学到这么标准的英语？"

“我在苦难中学到不少东西。”苔丝含糊其词地说道。

“你有什么苦难？”

苔丝对他讲了她的头一次苦难——也是与他有关的唯一一次苦难。

德伯维尔给惊呆了，顿时说不出话来。“我一直不知道有这回事呀！”后来，他喃喃地说道，“你感到要出麻烦的时候，为什么不给我写信呢？”

苔丝没有回答。德伯维尔打破沉默，接着说道：“好吧——你还会再见到我的。”

“不，”苔丝答道，“别再接近我啦！”

“我考虑考虑。不过，我们分手以前，你先到这儿来一下。”德伯维尔走到石柱跟前，“这曾经是个圣十字架。我并不相信什么圣物，但我有时非常怕你——如今你用不着害怕我了，可我却非常害怕你。为了减少我的惧怕，你把手放在这只石头手上，对天发誓说，以后绝不再来诱惑我——不拿你的姿色，也不要弄手段，来诱惑我。”

“天哪——你怎么要我做这完全没有必要的事情呀！我丝毫没有要诱惑你的意思。”

“不错——不过你要发誓。”

苔丝有些害怕，经不住他一再强求，便把手放在石柱上，起了誓。

“真遗憾，你不信教，”德伯维尔接着说，“居然让一个不信教的人左右着你，搅得你心神不定。不过，现在不说这些了。我至少可以在家里为你祈祷，一定为你祈祷。谁敢说不会出什么事呢？我走啦，再见！”

他转身走向树篱间一道狩猎用的栅栏门，也没再看苔丝一眼，便跳了过去，穿过山地，朝阿伯茨瑟内尔方向奔去。他走起路来，脚步都显出他有些心绪不宁。走着走着，好像想起了以前的一个念头，从口袋里掏出一本小册子，里面夹着一封信，弄得又脏又破，像是看过一遍又一遍了。德伯维尔把信打开。信上的日期是好几个月以前，署着克莱尔牧师的名字。

牧师在信一开头，就对德伯维尔的悔悟表示由衷的喜悦，并且感谢他的一番好意，能给他来信谈及这件事。克莱尔牧师在信中表示，他真心诚意地宽恕德伯维尔以前的所作所为，并且非常关心这位青年未来的计划。克莱尔先生本来很想让德伯维尔进入他效忠多年的教会，为了达到这一目的，还很愿意帮助他进神学院深造，但是那位青年可能怕耽误工夫，不大愿意那么做，所以他也没有坚持让他非进不可。每个人都必须尽自己应尽的力量，并且按圣灵激励的方法去尽力。

德伯维尔把这封信看了一遍又一遍，好像在嘲弄奚落自己。他还看了几段备忘录，直至脸上平静下来，苔丝的形影显然不再扰乱他的心思了。

与此同时，苔丝顺着山边她回家最近的路，往前走去。走了不到一英里，她遇见一个孤单单的牧羊人。

"我在路上遇到一根旧石头柱子，那是怎么回事？"苔丝问那牧羊人，"那以前是个圣十字架吗？"

"十字架——不，那不是十字架。姑娘，那是个不吉祥的玩意儿。老早以前，有一个犯了罪的人，给带到那儿，先把手钉在柱子上，受了一顿苦刑，后来就给绞死了。他家里人给他树了那么一块石头，把他的尸骨埋在石头底下。人家都说，他把灵魂卖给魔鬼了，他有时还出来显魂呢。"

苔丝意外听到这可怕的消息，顿时觉得毛骨悚然，赶忙丢下那孤单的牧羊人，径自朝前走了。快到弗林库姆阿什的时候，已是暮色苍茫了。在通往村口的篱路上，她碰见一个姑娘和她的情侣，不过他们倒没看见她。他们并没有说什么悄悄话，只听那年轻姑娘用轻松清晰的声音，应答着那个男子的热切话音。这时候，天地间已是一片昏暗，再没有任何东西闯入萧索的暮色，只有那对情侣的声音在凛冽的寒风中飘荡，让人觉得是唯一的慰藉。这声音使苔丝心中感到一阵愉悦，但她转念一想，他们两人的这次幽会，一定是起源于这方或那方的吸引力，而正是这种吸引力导致了她自己的巨创深痛。苔丝走上前去，那姑娘坦然地转过头，认出了她，那小伙子觉得难为情，便急忙躲开了。那姑娘原来是伊兹·休特。她一看见苔丝，就想知道她这次奔走的结果，也就顾不得自己的事了。苔丝并没有把结果说得很清楚，伊兹本是个机灵的姑娘，趁机说起了她自己的那件小小的艳事，苔丝刚才看见的，正是那桩艳事的一个插曲。

"他叫安比·西德林，就是以前常去塔尔勃塞帮忙的那个小伙子，"伊兹满不在乎地解释说，"他打听来打听去，发现俺上这儿来了，就跟着来找俺了。他说他这两年来一直爱着俺。不过俺还没有答复他呢。"

第四十六章

苔丝白跑了一趟之后，又过了好几天，她也下地干活了。干燥的寒风还在刮着，不过风眼那里支了一个干草屏障，给她把风挡住了。在那避风的一面，放着一台萝卜切片机，上面刚上过蓝色的油漆，和周围的暗淡景色一比，显得不但灿然有色，而且几乎可以说是荡然有声。机器前面，有一个长长的土堆，或者叫"坟堆"，自初冬以来，萝卜就贮藏在那里面。苔丝站在土堆开口的一端，用砍刀削去每个萝卜的根须和泥土，削好后，再把萝卜扔进切片机里。一个男工摇着机器把手，新切的萝卜片就从槽子里源源吐出。黄色的萝卜片散发出一股清新的气味。伴随着这股气味，还能听到寒风的呼呼声，机器切刀的唰唰声，以及苔丝戴着皮手套的手中那把砍刀的嚓嚓声。

萝卜挖出来以后，那一大片空地就变成一片褐色了。现在，这片褐色的大地上，又出现了一条一条的深褐色，渐渐变得像带子那样宽。顺着每条带子边，都有一个十条腿的东西在不慌不忙、不停不歇地蠕动着，从地这头一直走到地那头。原来这是一个人驾着两匹马，中间夹着一把犁，在翻耕收拾干净了的土地，准备春季播种。

几个钟头以来，这片地上就这么单调乏味，丝毫没有变化。后来，在耕地人马的那一边，才看到远处有一个小黑点。这是从树篱拐角一个空隙出现的，好像在朝坡上那两个切萝卜的工人移动。这东西起先只有一个黑点那么大，慢慢变得像九柱戏里的木柱似的，没过多久就能看出，那是一个身穿黑衣的男人，是从弗林库姆阿什方向走来的。摇切萝卜机的那个男工，眼睛本来就派不上用场，就一直盯着那走来的人，但是苔丝光顾得干活，没有察觉有人走来，直到她的伙伴告诉了她，她才发现。

来者并不是她那个严厉的工头格罗比，而是一个有些像牧师装束的人，那个以前曾经放荡不羁的亚历克·德伯维尔。因为当时并不在布道，所以身上就没有多少热情了，再加上那个摇机器的人就在眼前，他似乎有些尴尬。苔丝急得脸都白了，便把带檐的风帽往下拉了一拉。德伯维尔走上前来，轻声地说道："苔丝，我想跟你谈一谈。"

"我上回叫你不要接近我，你却不听我的。"苔丝说道。

"我是没听，不过我有充足的理由。"

"那好——你就说说吧。"

"我是为正经事来的，你恐怕想象不到。"德伯维尔环视了一下四周，看看有没有人听到他的话。他们离那摇机器的人有一段距离，加上机器正在运转，所以亚历克的话传不到别人耳朵里。德伯维尔站在那个男工和苔丝之间，背对着那个人，把苔丝遮挡住了。"是这么回事，"他忽然感到一阵内疚，接着说道，"上次遇到你的时候，我只想到你我灵魂方面的事情，忘了问问你的生活状况。你那次穿得好好的，我也就没往那上面想。不过，我现在看出来了，你过得很苦——比以前我——认识你的时候还苦，你不该受这样的苦。也许这多半是我给你造成的！"

苔丝没有回答，德伯维尔用探询的目光瞧着她，只见她低着头，脸完全让帽子遮住了，又开始削起萝卜来。她觉得只有不停地干活，才能把他拒于自己的感情之外。

"苔丝，"德伯维尔不满地叹了一口气，接着说道，"跟我有过牵连的人中，你的情况是最糟糕的了。你没跟我说以前，我一点也没想到你会落到这一步。我真是个混蛋，玷污了一个清白的人。咱们在特兰岭那些不成体统的事，全都是我的过错。你是德伯维尔家族的真正后代，我不过是个拙劣的冒牌货——哈，哈！——你也太年轻了，根本不知道会遇到什么情况！说一句真心话，如果当父母的只管把自己的女儿养育大，不让她们知道坏人可能给她们设下什么陷阱，撒下什么罗网，任凭她们处于这种危险的无知之中，那么，不管他们是出于好心，还是完全由于无所谓，反正都是不应该的。"

苔丝仍然只是听着，一面放下一个削好的萝卜，又拿起另一个来削，就像机器一样有规律，看她那副样子，只不过是个心事重重的农场女工。

"不过，我不是来跟你说这话的，"德伯维尔继续说道，"我的情况是这样的。你离开特兰岭以后，我母亲去世了，那座庄宅就归了我。不过，我打算把它卖掉，然后到非洲去传教。当然，我不是做这种事的材料，一定干得很糟糕。不过，我想问问你，你能不能给我履行职责的权力，让我为以前对你犯下的罪过做出唯一可能的补偿——换句话说，你愿不愿做我的太太，跟我一起到非洲去？……为了节省时间，我把这份珍贵的文件都搞到手了。这是我那老母的遗愿。"

他有些不好意思，在口袋里笨拙地摸了摸，掏出了一张羊皮纸来。

"这是什么？"苔丝问。

"结婚许可证。"

"哦，不，先生——不！"苔丝吓得往后一退，急忙说道。

"你不愿意吗？为什么？"德伯维尔问这句话时，脸上露出失望的神情。这种失望，并不完全由于赎罪的愿望受挫了，而是显而易见地表明，他对苔丝有点旧情复萌。这是赎罪之心和纵欲之心混合在一起了。"当然啦……"他以更冲动的语气，又开口说道，但刚说了这几个字，就回头看看那个摇机器的男工。

苔丝也觉得，他们之间的争执不会就此了结。她对那个男工说，有一个先生来看她，她想陪他走一走。说罢，她就跟德伯维尔一起，穿过了斑马纹式的那块地。他们走到新耕的那一片时，德伯维尔伸出手来，要把苔丝搀过去，但是苔丝好像没有看见他似的，踏着翻起来的土块，往前走去。

"苔丝，你不肯嫁给我，让我做个有自尊心的人吗？"两人刚走过犁过的地段，德伯维尔就又问了一声。

"我不能嫁给你。"

"为什么？"

"你知道我对你没有感情。"

"不过，你以后也许会对我产生感情的———一旦你能真正宽恕我，也许会的吧？"

"绝不可能！"

"怎么说得这么绝？"

"我爱上了另一个人。"

德伯维尔听了这话，好像大吃一惊。"真的吗？"他大声嚷道，"另一个人？……难道你就毫不顾忌道德上是否合适，是否正当吗？"

"不，不，不——别那么说啦！"

"不管怎么说，你对那个人的爱也许只是一时的冲动，你可以克服——"

"不会，不会。"

"会的，会的！为什么不会？"

"我不能告诉你。"

"你应该坦诚地告诉我！"

"那好吧……我跟他结婚了。"

"啊!"德伯维尔惊叫了一声,顿时愣住了,两眼瞪着苔丝。

"我本来不愿意说——我本来不打算说的!"苔丝分辩说,"这儿没有人知道这件事,就是知道,也是模模糊糊的,所以,你就——我请你,不要再追问我了,好吗?你要记住,我们如今是陌路人了。"

"我们是陌路人了吗?陌路人!"一时间,德伯维尔脸上又露出昔日那种讥诮的神情,不过他又尽力把它压下去了,"那个人就是你丈夫吗?"他指着那个摇机器的男工,呆板地问道。

"那个人!"苔丝骄傲地说,"我想不会吧!"

"那是谁呢?"

"既然我不愿意说,你也就别问啦。"苔丝恳求说,一面仰起脸来,闪动着让睫毛遮蔽的眼睛,央求他。

德伯维尔顿时乱了方寸。"可我是为了你好,才问你的!"他气冲冲地反驳道,"天使在上——上帝饶恕我使用这种字眼——我敢发誓,我是想到为你好,才来这儿的。苔丝——别这样瞧着我——我受不了你这样瞧着我!说真的,自古至今,从没有过这样的眼睛!……唉——我不能失去理智——我不敢。我原以为,我对你的感情已经完全消失了,现在我得承认,我一见到你,就又唤起了对你的爱。我本来觉得,要是我们结了婚,我们两个都会得到净化。'不信神的丈夫,就因为妻子而成了圣洁,不信神的妻子,就因为丈夫而成了圣洁。'① 我对自己就是这样说的。但是,我的计划一下化为泡影,我只得忍受失望的痛苦。"他眼睛瞅着地上,闷闷地沉思起来。"结婚了,结婚了!……得了,既然如此,"他十分平静地说道,一面慢慢地把结婚许可证撕成两半,放进口袋里,"既然我不能跟你结婚了,我倒想为你和你丈夫做点好事,不管他是谁。我有很多话想问问你,可你不愿意让我问,

————
① 见《圣经·新约·哥林多前书》第七章第十四节。

我当然也就不便问了。不过，我要是能认识你丈夫的话，也许就更便于帮助你和他了。他在这家农场上吗？"

"不在，"苔丝咕哝道，"他在很远的地方。"

"在很远的地方？离你很远？那他是个什么丈夫呀？"

"哦，你别说他的坏话！都是因为你。他发现了——"

"啊，果真如此！……那太惨了，苔丝！"

"是的。"

"可他居然抛下你——让你这样干活——"

"他并没让我干活！"苔丝大声嚷道，怀着满腔热情，替那远方的人辩护，"他不知道这个情况。这全是我自己安排的。"

"那他给你写信吗？"

"我——我不能告诉你。有些事只能我们自己知道。"

"你这话的意思，当然是说他不给你写信啦。我这位漂亮的苔丝，你被人抛弃了！"德伯维尔心里一冲动，突然转身去拉苔丝的手，不想苔丝手上戴着黄皮手套，他只抓到了又粗又厚的皮套指头，一点感觉不到里面那有血有肉的手。

"你不能这样，不能这样！"苔丝惊恐地叫道，一面把手从手套里抽出来，就像从口袋里抽出一样，只把空手套留在德伯维尔手里，"哦，请你走吧——看在我和我丈夫的分上——还请你看在你那基督教的分上，快走吧！"

"好吧，好吧，我走，"德伯维尔粗声粗气地说道。一面把手套塞给她，转身就走。不过，他又回过脸来，说道，"苔丝，上帝为我做证，我刚才拉你的手，绝不是什么虚情假意！"

他们两个只顾说话，没注意地里响起了嗒嗒的马蹄声，只听得这响声在他们身后停住了，马上的人对苔丝说道："你他妈的这时候不好好干活，待在这儿干什么？"

原来，农夫格罗比从远处瞧见了两个人影，便好奇地骑着马过来了，想看看他们在他地里搞什么名堂。

"你不要这样跟她说话嘛!"德伯维尔说道,心里冒起一股与基督教精神不相符的情绪,脸色变得阴沉沉的。

"是呀,先生。你们循道宗教会的牧师跟她有啥关系呀?"

"这家伙是谁?"德伯维尔转身问苔丝。

苔丝走到他跟前。"你走吧——我求你啦!"她说。

"什么!我走了,让那个混蛋欺侮你?我一看他那张脸,就知道他不是个好东西。"

"他不会伤害我的。他并没有追求我。到了圣母领报节,我就可以离开啦。"

"好吧——我想我也只能听你的。不过——好吧,再见!"

苔丝对于保护她的这个人,比对向她要威风的那个人,还要怕得厉害。等她那位保护人无可奈何地走了以后,农夫又继续责骂她,不过苔丝倒能平心静气地听下去,因为这种攻击不是性骚扰。这个农夫是一个铁石心肠的人,他若是敢下手的话,早就打了她了,但是苔丝凭以往的经验,觉得遇上这样一个主人,几乎是一种慰藉。她一声不响地向田地高处干活的地方走去,只顾一门心思琢磨刚才与德伯维尔会面的情况,连格罗比骑着马,马鼻子快碰到她肩头了,她都没有察觉。"你既然立下了合同,要为俺干到圣母领报节,那你一定得按合同办事,"农夫怒冲冲地说道,"这种女人真是混蛋——一会儿出这样的事,一会儿出那样的事!不过,俺可不想再忍耐了!"

苔丝心里很清楚,农夫所以不断地欺侮她,就是因为以前被克莱尔打倒在地,一直怀恨在心,他对场里的其他女工并不这么凶狠。因此,她一时间心里在想,假如她有这个自由,能答应有钱的亚历克,当上他的太太,那结果会怎么样呢?那样一来,她就不用再忍气吞声了,不仅现在的农夫不敢再欺侮她,就是整个世界也不会再看不起她了。"可是,不行,不行!"她气喘吁吁地说道,"我不能嫁给他,我太讨厌他了。"

就在当天晚上，她动笔给克莱尔写了一封情词恳切的信，对自己的艰难困苦只字未提，只是向他保证，她对他的爱情至死不变。但是，透过字里行间可以看出，在她那崇高爱情的背后，隐藏着一种极度的恐惧，几乎是绝望，好像有什么秘而未宣的不测。不过，她又没有吐露完自己的心思。克莱尔曾经要求伊兹同他一起去巴西，也许他心里压根儿就没有她苔丝了。她把信塞进了箱子里，心想这封信不知道能不能寄到安琪手里。

自那以后，苔丝每天都吃力地干着活，一直干到了圣烛节[1]——这一天的集市对农民具有重大的意义。在这个集市上，人们要签订圣母领报节以后一年的合同，凡是想要更换地方的雇工，都必须按时到郡城里去赶这个会。弗林库姆阿什的农工们，几乎个个都想逃离那个地方，因此一大早，大家都动身往郡城去了，那里约有十一二英里远，一路都是山道。苔丝本来也想在这个季度结账日离开这里，但她却是没去赶会的几个人中的一个，因为她抱着一种渺茫的希望，盼着会发生什么事，使她不必再下地干活了。

这是二月里一个晴和的日子，在这个时节，算是非常和煦了，几乎让人觉得，冬天已经过去了。苔丝刚吃完午饭，就看见德伯维尔的身影从窗外晃了过去。当时，她所寄寓的村舍里，只剩下她一个人。

苔丝忽地跳起来，但是她的客人已经敲起门来了。她若是想逃走，那就不合情理了。德伯维尔走到门前的姿态，敲门的方式，和苔丝上次见到他时相比，有一种无法描述的差别。他好像为这些举动感到羞愧。苔丝本想不给他开门，但是这样做也没有道理，于是她便站起来，去把门闩拉开了，随即又急忙退了回来。德伯维尔走了进来，看见了她，还没开口说话，就一屁股坐在一把椅子上。

"苔丝——我实在忍不住了，"他万般无奈地说道，一面擦了擦

---

[1] 圣烛节系教会的节日，日期为二月二日。

他那张因走路而发热，再加上由于激动而发红的脸，"我觉得，我至少得来看看你，向你问个好。我要实话告诉你，我礼拜天遇见你以前，压根儿就没有想起过你，可现在我再怎么努力，脑子里总也摆脱不掉你的影子！一个好女人不大可能坑害一个坏男人，可事实就是如此。苔丝，但愿你能为我祈祷！"

他那副深受压抑、满腹委屈的样子，几乎令人可怜，但苔丝并不可怜他。"我根本就不相信，"苔丝说，"主宰天地的神会因为我而改变安排，那我怎么能为你祈祷呢？"

"你真这样想吗？"

"是的。我本来还自以为可以不这么想，可是有人给我治好了这个毛病。"

"治好了？谁给你治好了？"

"既然非说不可，我就告诉你：是我丈夫。""啊——你丈夫——你丈夫。这似乎很奇怪呀！我记得那一天你也说过类似的话。你对这种事究竟是怎么看的，苔丝？"德伯维尔问道，"你好像不信教——也许是由于我的缘故。"

"可我信教。不过我不相信任何超自然的东西。"

德伯维尔疑惑不解地看着她。"那你认为我走的这条路完全是错误的啦？"

"多半是错误的。"

"哼——可我还觉得我走对了呢。"德伯维尔忐忑不安地说道。

"我相信山上垂训的精神①，我亲爱的丈夫也相信。……不过我不相信——"

苔丝列数了她不信的事情。"事实上，"德伯维尔冷冰冰地说，"凡是你亲爱的丈夫相信的，你就相信，凡是他不相信的，你就不相信，

---

① 山上垂训：指耶稣在山上对其门徒的训示，内容系基督教的基本教义。

一点也没有自己的探索，没有自己的主见。你们女人就是这样。你的思想完全受他支配了。"

"那是因为他什么都懂呀！"苔丝说道，她有些扬扬得意，对安琪·克莱尔坚信不疑，其实，这种信任，就连最完美的男人也不配享受，更何况她的丈夫。

"是呀，不过你不该把别人的消极见解一股脑儿全搬过来。他一定是个奇妙的人，会教给你这种怀疑主义论点。"

"他从没把自己的观点强加给我！他从不跟我争论这个问题。不过，这件事我是这样看的：他对各种道理做过深入的研究，我压根儿没研究过什么道理，因此，他的看法往往比我的可靠得多。"

"他以前都说些什么话？他一定说过什么话。"

苔丝想了想，想起安琪·克莱尔在她身边时，偶尔会一面思忖，一面自言自语，她虽然并不领会他那些话的实在意义，却能记得他的确切说法。她记得克莱尔做过一个无情的推论，便照样说了出来，连克莱尔的音调神态，都学得惟妙惟肖。

"再说一遍。"德伯维尔请求道，他一直在聚精会神地听着。

苔丝又把那论点重说了一遍，德伯维尔若有所思地跟着小声念叨。

"还说过别的话吗？"德伯维尔又立刻问道。

"还有一次，他说过这样的话。"于是，苔丝又说了一段话，上自《哲学辞典》，下至赫胥黎的《论文集》①，从这一脉相传的许多书里，都可以找到与这段话相似的观点。

"啊——哈！你怎么都记得呀？"

"我是想他相信什么，我就相信什么，可他不让我这样做，所以我就设法让他把他的一些想法告诉我。我不敢说我很理解他那个想法，但我知道那是对的。"

---

① 《哲学词典》，系法国启蒙思想家伏尔泰所作，一七六四年出版。赫胥黎的《论文集》出版于一八九二年，作者主张不可知论。

"哼。真想不到，你自己都不懂，却来教训我。"德伯维尔陷入沉思。

"我要在精神上和他保持一致，"苔丝接着又说，"我不想和他有分歧。对他有益的东西，对我也有益。"

"他知道你和他一样不信教吗？"

"不知道——即便我不信教——我也从没对他说过。"

"苔丝，你现在的境况毕竟比我好啊。你本来就不认为你应该宣传我这种教义，所以，你不宣传也不觉得良心上过不去。我本来认为我应该宣传，可是又像魔鬼一样，一面相信，一面哆嗦①，因为我突然停止了讲道，再也压抑不住对你的一片痴情。"

"怎么说呢？"

"你瞧，"德伯维尔说，"我今天跑了这么远来看你。不过，我从家里动身的时候，本是想到卡斯特桥集上的，因为我答应过，下午两点半到那儿，站在大车上讲道，那些教友们这时该等我了。瞧，这是布告。"

他从胸前口袋里掏出一张布告，上面印着集会日期、时间和地点。正像前面说的那样，他德伯维尔要在会上宣讲福音。

"可你怎么能赶到那儿呢？"苔丝看了看钟，说道。

"我去不了那儿了，我上这儿来了。"

"怎么，你真是准备要去讲道，可又——"

"我是准备去讲道的，可我不要去啦——因为我迫不及待地想来看看一个女人，一个我一度瞧不起的女人！不，说实在话，我从来没有瞧不起你。假如我以前真瞧不起你，我现在就不会爱你了。我所以没有瞧不起你，是因为不管怎么样，你是一清二白的。你一旦认清了自己的处境，就断然决定，立刻离开了我，不想再任我摆布。因此，如果世界上有一个我一点也不鄙视的女人，那就是你。不过，你现在

---

① 《圣经·新约·雅各书》第二章第十九节："你信上帝只有一位，你信得不错，魔鬼也信，却是哆嗦。"

理所当然要鄙视我了。我原以为我是在山上拜神，现在却发现我仍在林中供奉①。哈——哈！"

"哦，亚历克·德伯维尔——你这话是什么意思——我干了什么啦？"

"干了什么？"德伯维尔说道，话语中带着一种鄙夷不屑的语气，"你并没有意干什么事。但是，人们称这种事为堕落，我的堕落是由你造成的——由你无辜造成的。我问自己：我真是那种'败坏的奴仆'吗？我真是'得以脱离世上的污秽之后，又陷入其中不能自拔'——后来的景况比起初更糟？②"说着，他把手搭在苔丝的肩膀上，"苔丝，我的姑娘，我那回见到你以前，至少走上了救世的道路。"他笑了笑，一面摇晃着她，仿佛她是个孩子似的，"你为什么又来诱惑我呢？我本来已经下定了决心，不想又看见你那双眼睛，你那两片嘴唇——自从夏娃以来，还真没再出现过像你这样迷人的嘴唇。"他的声音低下去了，从他那黑眼睛里，射出一股狂热的狡黠神气，"苔丝，你这个迷人精，你这个既可爱又该死的巴比伦的女巫③——我这次一见到你，就无法抗拒你了！"

"我也没法让你别再看见我呀！"苔丝一面说，一面往后退缩。

"这我知道——我再说一遍，我不怪你。不过，事实总归是事实。那天我在地里眼看着你受人欺负，一想到没有保护你的合法权力，我都快急疯了——我是得不到这个权力，而有这个权力的人又好像完全不管你。"

"你不要说他的坏话——他不在眼前呀！"苔丝非常激动地嚷道，"你要对他敬重些——他可从没亏待过你呀！快离开他的太太吧，免

<hr />

① "在山上拜神"，指崇拜正神耶和华；"在林中供奉"，指供奉邪神。见《圣经·旧约·列王纪下》第十七章。

② 以上引文见《圣经·新约·彼得后书》第二章第十九节及第二十节。

③ "巴比伦的女巫"，系为"巴比伦的淫妇"之意。据《圣经·新约·启示录》第十七章第五节："大巴比伦，做世上的淫妇和一切可憎之物的母。"

得引起风言风语，坏了他的名声！"

"我走——我走，"德伯维尔说道，仿佛刚从一个迷人的梦里醒来，"我本来答应到集上给那些又傻又可怜的醉鬼们讲道，现在我却违约了——这是我第一次要弄这样的恶作剧。要是一个月以前出现这样的事，我可要吓坏了。我这就走开——我发誓——而且——我能吗！——不再接近你。"接着，又突然说道，"让我拥抱一下，苔丝——只拥抱一下！看在老交情的分上——"

"我可没人保护啊，亚历克！一个体面人的名声掌握在我手里——想想看——你该害臊啊！"

"呸！不过，倒也是——也是呀！"德伯维尔咬紧嘴唇，恨自己没有骨气。自从他改过自新以来，他以前那不时发作的强烈情欲，好像变成了一具具僵尸，毫无生气地伏在他脸上，现在却好像又复活了，醒过来聚集在一起。他游移不定地走出去了。

尽管德伯维尔声称，他今天的违约纯属一个信徒的重新堕落，但是苔丝从安琪·克莱尔那里学来的那些话，却给他留下了深刻的印象，他离开苔丝以后，这些话还萦绕在他的心头。他一声不吭地往前走着，仿佛浑身变得麻木无力了，他以前从没想到，他的主张居然会站不住脚。他心血来潮皈依宗教，本来跟理智毫无关系，也许只是一个心性轻浮的人，为了寻求新的感受，加上一时受到丧母的刺激，突发奇想而导致的结果。

苔丝往他那满腔热情的大海里，投下了几滴哲理之后，他那滚滚沸腾的激情顿时冷却下来，变成了停滞不动的污浊。他反复琢磨从苔丝那里听到的那几句精辟的话，一面自言自语地说："那个聪明的家伙丝毫没有想到，他跟她说了这些话，也许为我与她重温旧梦铺平了道路！"

第四十七章

在弗林库姆阿什农场，要打最后一个麦垛了。三月的黎明，天色异常混沌，就连东方的天边在那里，都看不出来。在朦胧的曙色中，耸立着麦垛那梯形的尖顶。这垛麦子孤零零地立在这里，饱尝了一个冬天的日晒雨淋。

伊兹·休特和苔丝来到打麦场的时候，只听到窸窸窣窣的声音，表明已经有人比她们先到了。随着天气渐渐放亮，她们才又发现，麦垛顶上影影绰绰有两个男人。他们正在忙着"揭"垛子，也就是说，揭掉盖在麦垛上的草顶，然后再往下扔麦捆。农夫格罗比想尽量在一天里把麦子打完，便要大家这么早就来到场上。因此，还在揭草顶的时候，伊兹、苔丝和其他女工们，都穿着浅褐色的围裙，站在那里等候，一个个冻得直打哆嗦。紧靠着垛檐底下，就是女工们前来伺候的那个红色的暴君——一个木架机械装置，带有皮带和轮子——不过当时还看不大清楚。这就是那脱粒机，它一旦开动起来，就变得毫不留情，使女工们的肌肉和神经始终处于紧张状态。

再过去一点，又有一个模模糊糊的东西。这家伙黑黢黢的，总在嘶嘶作响，表明它体内储备着巨大的能量。它那高高的烟囱耸立在一棵白蜡树旁边，一股热气从那个地点散发出来，就凭着这些，也用不着天很亮，人们便可以看出，这就是那台要在这小小世界里充当原动力的机器。机器旁边站着一个一动不动的黑东西，只见它形体高大，满身都是煤灰和污垢，好像有些昏昏沉沉，身旁放着一堆煤，他就是开机器的工人。他那特有的颜色和样子，让人觉得他仿佛来自地狱，偶然走到这片澄碧无烟的黄麦白地中间，来惊扰当地的乡下人。

他的心境也和他的外表一样。他虽然身在农村，却并不属于农村。他只与烟和火打交道，而农田上的人接触的却是庄稼、天气、霜露和阳光。他带着他这台机器，从这个农场走到那个农场，从这一郡走到那一郡，因为在威塞克斯的这一带，蒸汽脱粒机还是四处流动使用的。他说起话来带有一种古怪的北方口音，他心里只顾想他自己的心事，眼睛只是瞧着他管的那台铁机器，几乎没有察觉周围的景物，而且压根儿就不理会这些景物，只在不得已的时候，才跟当地人说上一两句话，仿佛他是命中早已注定，不得不违背自己的意愿，来这里侍奉冥王的主人似的。机器的驱动轮上有一根长长的皮带，通到麦垛下那台红色的脱粒机上，这是他与农业之间的唯一联结。

别人揭垛顶的时候，他就漠然地站在那个可以移动的力量储蓄器旁边，在这个黑色的发热体四周，凌晨的空气在微微颤动。打麦前的准备工作与他毫无关系。他只把煤火烧红了，把蒸汽压足了，只需几秒钟，就能让那根长长的皮带飞转起来。在那皮带范围以外，不管是麦子，还是麦秸，还是一片混乱，在他看来都是一样。如果当地的闲人问他是什么人，他会简洁地回答说："机师。"

天色大亮时，麦垛顶给全揭掉了。这时，男工们各就各位，女工们爬上了麦垛，大家动手干起来了。农夫格罗比——大家提到他时，只用"他"来称呼——早就来了，照他的吩咐，苔丝给安排在脱粒机的踏板上，紧挨着往机器上喂麦子的男工，而伊兹·休特则站在麦垛上，挨着苔丝，把麦子一捆一捆地递给她，苔丝的任务是把麦捆一个一个地解开，喂麦子的男工把麦子抓过去，铺在旋转的滚筒上，一眨眼工夫，麦粒就全给打出来了。

开始的时候，机器停了两下，那些讨厌机器的人心里可高兴了，但是过了不久，机器就全速运转起来了。大家急急火火地干到吃早饭，机器才停了半个钟头。吃完饭又开始干活的时候，农场上的辅助人手都投入到堆麦秸的活计，在麦垛旁边慢慢垒起一个麦秸垛。到了吃点心的时候，大家都没离开自己的位置，站在原地匆匆忙忙地吃了点东西，然后又干了两个钟头，就快到吃午饭的时候了。那无情的轮子还在不停地旋转，脱粒机发出刺耳的嗡嗡声，一直震到机器旁边那些人的骨髓里。

麦秸垛越垒越高，待在上面的老年人谈起了往日的情况。那时候，他们总是在仓房的橡木地板上，用连枷打麦子。无论什么活，即便是扬场，都是人力来干的，他们觉得，那样干虽然很慢，效果却来得好。站在麦垛上的那些人也多少交谈几句，但是围着机器干活的那些人，包括苔丝在内，一个个汗流浃背，却不能通过闲聊来减轻负担。这不间断的活计把苔丝折磨得苦不堪言，她开始后悔不该到弗林库姆阿什来。麦垛上的那些女工，尤其是玛丽安，可以不时地停一停，从壶里喝点啤酒或凉茶，还能一面擦擦脸，或者掸掉衣服上的麦秸麦糠，一面闲扯几句。但是苔丝却没有一点喘息的工夫，因为那滚筒从不停歇，往滚筒上喂麦子的工人也不能停歇，而苔丝则要解开一捆捆麦子，供给这喂麦子的人，当然也不能停歇，除非玛丽安跟她换个位置。格罗比反对玛丽安替换苔丝，说她手脚太慢，供应不及，可是玛丽安不听他的，有时就替换苔丝半个钟头。

大概是为了省钱的缘故，通常都是选择一个女工来干这件特别的活。格罗比解释说，他所以选择苔丝，是因为她解起麦捆来又有劲又麻利，而且能持之以恒，这话也许说得很对。这台机器本来就嗡嗡作响，让人无法谈话，一遇到供麦不足的时候，它就发疯似的狂叫起来。苔丝和喂麦子的男工连扭头的工夫都没有，因而苔丝并不知道，就在快吃午饭的时候，有一个人悄悄地从栅门外走进地里，站在第二堆麦垛旁边，看着眼前的情景，尤其是看着苔丝。他穿着一身式样时髦的花呢衣服，手里摆弄着一根漂亮的手杖。

"那是谁？"伊兹·休特问玛丽安。她先问了苔丝，可是苔丝没有听见。

"俺想是哪一个人的情人吧，"玛丽安直截了当地说道。

"俺敢打赌，他是来追苔丝的。"

"哦，不。最近跟在她屁股后面转的，是一个美以美会的牧师，不是这样的花花公子。"

"嗨——那是同一个人。"

"跟那牧师是同一个人？可是一点也不像呀！"

"他把黑衣服和白领巾都换下来了，把连鬓胡子也剃掉了。不过，他再怎么变换模样，也还是同一个人。"

"你敢肯定吗？那俺就告诉苔丝了。"玛丽安说。

"别啦。她马上会看见他的，算啦。"

"唉，俺看他不该一边讲道，一边去追求一个有夫之妇，尽管她丈夫待在国外，她自己就像守寡一样。"

"哦——他坑害不了她的，"伊兹满不在乎地说道，"她死心塌地地爱着一个人，别人再想去打动她的心，那比想把陷在泥潭里的马车拉出来还要难。女人家本该心眼活一些，可是天哪，不管你怎么对她献殷勤，怎么跟她讲道理，甚至是七雷轰她，她也不会动心。"

吃午饭的时间到了，脱粒机停止了旋转，苔丝也从机器上下来了。她的双膝让机器震得一个劲地颤抖，她几乎都走不了路了。"你该像俺一样，喝它一夸脱酒，"玛丽安说，"那样一来，你脸上就不会这么白了。唉，说真的，看你这张脸，好像刚做过噩梦似的！"

玛丽安为人厚道，心想苔丝累成这个样子，若是再看见这个人来找她，就一定吃不下东西了。因此，她正要劝说苔丝从麦垛另一边的梯子走下去，不想那个先生却走上前来，抬头望去。

苔丝只是又轻又短地"哦"了一声。随即，她又急忙说道："我在这儿吃啦——就在麦垛上。"

做工的人离家太远了，有时就在麦垛上吃饭。但是今天寒风凛冽，玛丽安和其他人都走下了麦垛，坐在麦秸垛下面。

那位新来的人确实是亚历克·德伯维尔。他虽然衣着外表变了样，却还是先前的那个福音派牧师。一眼就可以看出，他脸上又露出了以前那好色的神情；他又恢复了苔丝起初认识的那个情人和所谓堂哥的神气，几乎像那时一样风流倜傥，只不过大了三四岁罢了。苔丝既然决定待在麦垛上，就在麦捆中间坐了下来，也不让地面上的人看见，独自吃起饭来。吃着吃着，听到梯子上传来脚步声，转眼间，亚历克出现在麦垛上——眼下只是一个由麦捆铺成的长方形平台。他跨过麦捆，一言不发地坐在苔丝对面。

苔丝只带来一块厚煎饼，算是午饭，只管继续吃着。这时，其他人都聚在麦垛下面，松散的麦秸形成了舒适的安身之处。

"你瞧，我又来了。"德伯维尔说。

"你为什么老是来搅我呀！"苔丝大声嚷道，气得好像连指尖都冒出火来。

"我搅你？我倒想问问你，你为什么来搅我呀？"

"得啦，我可从没搅过你呀！"

"你说你没搅我？可你就是搅我啦。你总是缠住我。你的眼睛刚才还恶狠狠地瞅着我，就是这双眼睛，无论白天还是黑夜，都像刚才一样萦绕在我眼前。苔丝，我本来一心修道，过着清教徒的生活，但是，自从听到你说起我们的那个孩子之后，我的感情就像突然开了闸一般，顿时滚滚地奔向你了。于是，传教的渠道就一下干涸了，这都是由你造成的！"

苔丝一声不响地瞅着他。"怎么——你完全放弃讲道了？"她问道。她从安琪那里学到不少现代思想的怀疑态度，因此很看不起那种一时的热诚。但她毕竟是个女人，心里不免有些震惊。

德伯维尔装作正颜厉色的样子，继续说道："完全放弃了。那天下午，我本该去卡斯特桥集上给那些醉鬼讲道，可我没去，从那以后，我每次都失约。天晓得那些教友是怎么看我的。啊——哈！那些教友啊！他们当然要为我祈祷，为我哭泣，因为他们本来都是很善良的人。可我在乎什么？既然我已经不信这种事了，我怎么还能继续去干呢？

那岂不成了卑鄙透顶的假仁假义！我在他们中间，就会变得像许米乃和亚历山大一样，被交给了魔鬼，以便不再亵渎神明。①你可算是报了大仇啦！四年以前，我见你天真无知，把你骗了。四年以后，你见我是个热忱的基督徒，就来诱惑我，也许会让我被永远打入地狱。……不过，苔丝妹子(我以前就这样叫你的)，我只不过是随便说说罢了，你不必吓成这个样子。当然，你也没有做出什么错事，只不过还保留着你那张漂亮的脸蛋、袅娜的身姿。你还没看见我的时候，我就在麦垛上看见了你的美貌丽姿了——这紧身的围裙把你衬托得更迷人了，还有那顶带檐的帽子——你们这些农家姑娘想要避开危险的话，就不该戴这种帽子。"他默默地打量了她一会，然后发出一声短促的冷笑，继续说道，"我本以为我就是那位单身使徒的代表，②可我现在认为，假使那位使徒受到这样一副漂亮面孔的诱惑，他也会像我一样，为了她而放弃耕犁。③"

苔丝想要规劝几句，但是在这个节骨眼上，她却说不出话来。德伯维尔也不理她，接着说道："好啦，不管怎么说，你提供的这个乐园，也许比得上任何别的乐园。不过，苔丝，还得郑重地说几句，"德伯维尔站起来，又往前凑了凑，把身子侧依在麦捆中间，用胳膊肘撑着身子，"我上次见到你以后，就一直在琢磨你告诉我的他说的那些话。我得出这样的结论：那些陈腐的观点，似乎有些缺乏常识；我怎么会让可怜的克莱尔牧师的热情激发起来，那么疯狂地讲起道来，比牧师本人还起劲，这连我自己也搞不明白。至于你上次学着你那非凡的丈夫说的那些话——你还从没对我讲起他的尊姓大名呢——也就是那所谓的不带教义的道德体系，我想我无论如何也达不到。"

"咳，你要是接受不了你所说的那种教义，你至少可以把仁爱和

---

① 见《圣经·新约·提摩太前书》第一章第十九节。
② 单身使徒，指圣保罗。
③ 放弃耕犁，即放弃传道。《圣经·新约·路加福音》第九章第六十二节："耶稣说，手扶着耕犁往后看的，不配进上帝的国。"

纯洁作为自己的信仰。"

"哦，不。我可不是那种人！如果没有人对我说，'你这样做死后必有好处，那样做死后必然倒霉，'那我就提不起劲来。真该死，如果没有我要对之负责的人，我也就不想对自己的行为情感负责任。我要是你的话，亲爱的，我也不会觉得自己有什么责任。"

苔丝想争辩，告诉他说，在人类的原始时期，神学和道德是有着根本区别的，而他那糊涂脑筋，却把两者混淆在一起了。但是，由于安琪。克莱尔当初不肯多言，她苔丝自己全然没受过训练，加上她这个人只有情感，缺乏理智，所以她终究没能说下去。

"好啦——反正没关系，"德伯维尔又说，"亲爱的，跟以前一样，我又和你在一起啦！"

"和以前不一样——绝不会一样——完全不一样！"苔丝恳切地说，"再说，我从来就没有对你有过热情。哦，如果你是因为失去了信仰才对我这样说话，那你为什么不保留自己的信仰呀！"

"因为你把我的信仰给打消了，所以，你这漂亮的人儿就等着遭报应吧。你丈夫万万没有想到，他的教导反而报应到他头上了。哈，哈——你虽然使我离经叛道，可我还是喜不自禁。苔丝，我对你从没像现在这么着迷。我还很可怜你。虽然你遮遮盖盖，可我看得出来，你的处境很糟——那个本该爱怜你的人，却全然不管你。"

苔丝很难咽下嘴里的饭。她嘴唇发干，喉咙快给噎住了。那些工人在麦垛下面吃喝，他们说说笑笑的声音，在她听来好像来自四分之一英里以外。

"你说这话对我太残忍了！"她说，"要是你对我真有那么一点心意，你怎么——怎么能对我说这种话呢？"

"的确，的确，"德伯维尔心里微微一缩，说道，"苔丝，我到这儿来，并不是因为我做了错事而来责怪你。我来这儿，苔丝，是想对你说，我不愿意你这样干活，我是特意为你来的。你说你有个丈夫，但并不是我。嗯，也许你是有一个，可我却从没见过他，你也从没告诉过我他的姓名，他好像只是一个神话里的人物罢了。不管怎么说，即使你真有一个丈夫，我也觉得我比他对你更亲近。无论如何，我总想帮你摆脱困境，可他却不想这么做，天哪，他连面都不肯露！我以前常爱念那位严厉的预言家何西阿说的话，现在我又想起他的话来了。苔丝你知道那段话吗？'她要追随她的情人，但是却追不上他；她要寻找她的情人，但是却找不着他；于是她便说，我要回到我头一个丈夫那里，因为我那时的光景比如今还好。'①……苔丝，我的马车就在山下等着，你——我的爱人，不是他的！——你知道下面该怎么办。"

他说这番话的时候，苔丝的脸渐渐变成一片紫红，不过她没有答话。

"是你造成了我的堕落，"德伯维尔继续说道，一边伸手要去搂她的腰，"你应该甘愿和我分担这一后果，永远抛开你称作丈夫的那头骡子。"

苔丝吃煎饼的时候，摘下了一只皮手套，放在大腿上，只见她冷不防抓住手套后部，怒不可遏地朝德伯维尔脸上打去。这只手套就像斗士的手套一样，又沉又厚，恰好重重地打在他嘴上。富于想象的人也许会认为，这是她那些穿盔甲的祖先们惯用伎俩的一次重演。亚历克本来斜靠着身子，一下气势汹汹地跳了起来。就在手套击中的地方，鲜红的血渗了出来，转眼工夫，鲜血就哩哩啦啦地从他嘴上滴到麦捆上。不过，他当即控制住了自己，平平静静地从口袋里掏出手绢，擦着出血的嘴唇。

苔丝也跳了起来，但是又坐下去了。"来吧，惩罚我吧！"她说，一面仰起脸望着他，那副神气就像一只让人逮住的麻雀，眼看就要被弄死，显得既无可奈何，又无所畏惧，"你抽我，掐死我吧。你不必顾虑麦垛底下那些人。我绝不会叫喊。一次受害，永远倒霉——这就

① 语出《圣经·旧约·何西阿书》第二章第七节，此处略有变动。

是法则。"

"哦，不，不，苔丝，"德伯维尔温和地说，"这种情况，我完全可以体谅。不过，有一件事你是万万不该忘记的：要不是你搞得我无能为力，我可早就娶了你。难道我没有直截了当地要求你做我的太太吗？回答我。"

"要求过。"

"都是你不肯呀。不过，你要记住一桩事。"德伯维尔想起他当初求她时那样诚心诚意，再看她现在这样无情无义，就禁不住怒火中烧，声音也变得粗粝了。他走到她跟前，抓住了她的肩膀，抓得她直打哆嗦，"记住，夫人，我曾经是你的主人，我要再次成为你的主人。你只要做太太，就得做我的太太！"

麦垛下面，打麦子的人开始动弹了。"我们不必再争吵了，"德伯维尔说着，撒开了手，"现在我先走了，下午再来听你的回音。你还不了解我。可我了解你。"

苔丝没有再开口，像傻了似的愣在那里。德伯维尔从麦捆上退回来，走下梯子，这时，下面打麦子的人也都站起来了，伸一伸胳膊，把喝进的啤酒晃下去。接着，脱粒机又启动了，苔丝在麦秸重新发出的沙沙声中，又一次站在嗡嗡作响的滚筒旁边，仿佛在梦中一般，接连不断地解开一捆又一捆麦子。

第四十八章

到了下午，农夫告诉大家说，晚上有月亮，看得见干活，加上机器的主人第二天要把机器租给另一家农场，那垛麦子当夜必须打完。这样一来，机器的轰隆声，滚筒的嗡嗡声，以及麦秸的沙沙声，也就越发持续不断了。

苔丝只管埋头干活，直到下午三点左右快吃点心的时候，她才抬起头来，往四周看了一下。她发现亚历克·德伯维尔又回来了，站在栅门旁的树篱下面，却并不觉得怎么惊奇。德伯维尔看见她抬起了头，便很斯文地朝她挥了挥手，一面还给了她一个飞吻。他这举动表示，他们的争吵已经结束了。苔丝又低下头去，小心不再往他那个方向看去。

就这样，下午的时光慢慢地过去了。麦垛越来越低，麦秸垛越来越高，麦子给一袋一袋地拉走了。到六点钟的时候，麦垛还剩下差不多和肩膀那么高。但是，尽管那贪得无厌的机器吞下无数的麦捆，可是没有打过的麦捆还是数不胜数。那些打过的麦捆，全是由那个男工和苔丝喂到机器里，而且大部分经过了苔丝那双柔嫩的手。早晨还不见麦秸垛的踪影，现在却堆成好大一个垛子了，好像是那嚓嚓作响的红色饕餮物排出的粪便。整个白天，天上总是阴沉沉的，到了傍晚，西边的天空却射出怒火似的红光——这就是狂暴的三月所能见到的夕阳——照在打麦工人那疲惫不堪、满是汗渍的脸上，把一张张脸染上一层紫铜的光泽，同时照在女工们飘拂的衣裙上，使之变成昏暗的火焰，贴在她们身上。

打麦子的人们，个个都腰酸背痛，气喘吁吁。那个喂料的人已经筋疲力尽，苔丝可以看出，他那红彤彤的后颈上沾满了尘土和麦壳。苔丝还站在原来的位置上，她那红扑扑、汗津津的脸上，也沾满了麦壳，她那顶白帽子也让麦屑染成了棕色。女工里面，只有苔丝一个人站在机器上，随着机器的旋转，身子也在跟着振动。由于麦垛越来越低，玛丽安和伊兹就与她离得远了，她们也不能像先前那样替换她了。机器在不停地颤动，她身上的每一根神经都在跟着震颤，搞得她晕晕乎乎，就连两只手的活动，她也全然觉察不到。她简直不知道她在什么地方，伊兹在下面告诉她，说她的头发散了，她也听不见。

渐渐地，就连最有精神的工人，也变得面色苍白，眼圈发黑，犹如幽灵一般。苔丝每次抬起头来，总能看见那个越堆越高的麦秸垛，垛顶上面，衬着那北方的灰色天空，站着几个只穿衬衫的男工。麦秸垛前面，有一台长长的红色传动装置，就像雅各梦见的梯子一样。①打过的麦秸顺着传送带源源升起，犹如一条黄色的河流涌上山冈，喷洒在麦秸垛顶上。

苔丝知道，亚历克·德伯维尔仍然待在附近，在从什么地方望着她，不过究竟是从什么地方，她也说不出来。他待着不走，倒也有个理由，因为麦垛快打完的时候，麦垛底下有些耗子，总要追打一番，一些与打麦子无关的人，有时也来凑热闹——那是些形形色色喜爱寻欢作乐的人，既有带着小猎狗、抽着滑稽烟袋的上等人，又有抓着石头棍棒的粗鲁人。

但是，还得再干一个钟头，才能拆到藏着耗子的底层麦捆。这时，阿伯茨瑟内尔旁边的巨人山上的夕照已经消失了，三月里那面容苍白的月亮，已经从另一边的米德尔顿寺和肖茨福德的地平线上冉冉升起。干到最后一两个钟头，玛丽安总是在为苔丝担心，不过她又无法接近她，不能跟她说话。别的女工都能靠喝点酒提提神，只有苔丝不肯这样做，因为她小时候在家里让父母亲酗酒后的光景吓怕了，所以一向滴酒不沾。不过她仍然在坚持。如果她担当不了这份差事，她就得离开这里。若是一两个月以前发生这种情况，她倒也能处之坦然，甚至会感到如释重负，但是现在德伯维尔总在围着她转，她就非常惧怕出现这种情况。

掷麦捆的人和喂料的人，已经把麦垛弄得很低了，地上的人都能和他们交谈了。苔丝没有想到，农夫格罗比上了机器，来到她身边，对她说道，她若是想去会她的朋友，就尽管去好了，他可以打发别人接替她。苔丝知道，这个"朋友"就是德伯维尔；她还知道，农夫一定是听从了那个朋友或仇敌的请求，才做出了这样的让步。苔丝摇了摇头，只管继续苦干。

---

① 雅各梦见一个梯子立在地上，梯子的头顶着天，天使在梯子上爬上爬下。见《圣经·旧约·创世记》第二十八章第十二节。

后来，终于到了逮耗子的时候了，于是大家便动起手来。原来，随着麦垛越来越低，耗子也渐渐往下逃避，最后全都钻到麦垛底下了，而等到它们最后的避难所被人揭开的时候,它们就在旷野里四处逃窜。突然，这时已喝得半醉的玛丽安尖声大叫起来，她的同伴马上知道，有一只耗子蹿到她身上去了——别的女工唯恐出现这种情况，采取种种办法保护自己，有的把裙子撩起来，有的站到了高处。那只耗子最后总算弄出来了。这时，只听见狗在吠叫，男人在吆喝，女人在尖叫，大伙又是咒骂，又是踩脚，就在这一片混乱、一片喧器之中，苔丝解开了最后一捆麦子,脱粒机的滚筒渐渐停下来了,嗡嗡声也慢慢中止了，苔丝也从机器上走到地上了。

她的追求者本来只是站在旁边看着别人捕打耗子，这时立刻窜到了苔丝身旁。

"你到底怎么啦——连打了嘴巴都赶不走你吗？"苔丝低声弱气地说道。她已经疲乏不堪，没有气力大声说话了。

"我要是因为你说了什么话，做了什么事，而感到生气，那可真是太傻了，"德伯维尔用他以前在特兰岭时那种诱惑的口吻，说道，"瞧你这双胳膊这双腿，抖得多么厉害！你跟一头放了血的小牛一样虚弱，这你也清楚。本来嘛，自从我来了以后，你是可以什么活也不干的。你怎么能这么倔强呢！不过，我已经跟农夫说过了，他没有权力雇用女工来干蒸汽脱粒机上的活。这不是女工干的活。好一些的农场上早不这么干了，他也很清楚这一点。我送你回家去吧。"

"哦，好吧，"苔丝拖着疲惫的脚步，回答道，"你愿送就送吧！我倒注意到，你来求我嫁给你的时候，你还不知道我的情况。也许——也许你比我想象的要好一点,善良一点。凡是别人好心好意对我做的事，我都领情，不是好心好意做的事，我都记恨。……有时我真捉摸不透你的用意。"

"如果我不能使我们以前的关系合法化，那我至少可以帮助你。

我以后帮助你，一定要顾及你的情感，绝不能像以前那样。我的宗教狂热，或者不管叫什么，已经过去了。不过，我还保留着一点善性，至少我希望是这样。苔丝，看在男女之间那热烈温柔的情感的分上，相信我吧。我有足够的钱，绰绰有余的钱，让你以及你父母弟妹摆脱困境。你只要相信我，我就能让他们全都过得舒舒服服的。"

"你最近见到他们啦？"苔丝急忙问道。

"是的，他们不知道你在什么地方。我只是碰巧发现你在这儿的。"

苔丝走到她寄寓的那座小屋外面，停住了脚步，德伯维尔也在她身旁停下来。清冷的月光透过园篱的树枝，斜照在苔丝那疲惫不堪的脸上。"别提我的小弟弟小妹妹——别搞得我彻底垮下来！"苔丝说，"你要是想帮助他们——天晓得他们需要帮助——你就帮助他们好啦，不要来告诉我。可是，不，不成！"她大声嚷道，"你的东西我绝对不要，无论是给他们的，还是给我的。"

德伯维尔没陪她进去，因为她跟那家人住在一起，一进到门里，一切就都公开了。苔丝走进屋去，在洗衣盆里洗了洗，跟那家人一起吃了晚饭，紧接着，心里就琢磨起来，一面走到靠墙放着的桌子旁边，借助自己那盏小灯的灯光，情绪激昂地写起信来：

　　我的亲丈夫！——让我这样称呼你吧——我必须这样称呼你——即使让你想起我这样一个不体面的妻子会惹你生气，我也非这样称呼你不可。我在困难中必须向你呼唤——我没有别人可以求救。安琪，我受到了很大的诱惑呀！我不敢说这个人是谁，我也压根儿不想写信告诉你这件事。不过，你想象不到我是怎样忠诚于你的。难道你不能赶在还没发生什么可怕的事情以前，立刻到我身边来吗？哦，我知道你来不了，因为你离我那样遥远。如果你不能马上来，也不让我去找你，我想我只有死路一条了。你给我的惩罚是我应得的——这我很清楚——是我理所应得的——你对我发怒，也是正当的，公正的。

不过，安琪，请你，请你不要光讲公正——还要对我稍微仁慈一点，即使我不配领受你的仁慈，快到我身边来吧。你要是回来了，我就可以死在你怀里。只要你宽恕了我，我会心甘情愿地死去。

安琪，我完全是为你活着。我太爱你了，不会责怪你离开了我，我知道你必须找到一个农场。不要以为我会讲一句尖酸刻薄的话。只求你回到我身边。亲爱的，离开了你，我真孤苦伶仃，哦，多么孤苦伶仃啊！我并不在乎我得干活，只要你肯写几个字告诉我，说你就来啦，那我就会等下去，安琪，哦，高高兴兴地等下去！

自从我们结婚以后，我的准则就是，我的每一个念头，每一个神态，都要忠诚于你，即使有人冷不防对我说句奉承话，我都觉得对不起你。难道你就没有一点以前在牛奶场的那种感情吗？如果有的话，你怎么总是躲开我呢？安琪，我还是你以前爱上的那同一个女人，是的，完全一模一样！不是那个你讨厌的，但却从未见过的女人。我一遇见你以后，我的过去对我又算得了什么呢？我的过去已经完全灭亡了。我变成了另一个女人，充满了从你那里获得的新的活力。我怎么可能还是从前的那个女人呢？你怎么看不出这一点呢？亲爱的，你只要再略微自负一点，自信你有力量使我发生这番变化，你也许就会想要回来找我了，找你这可怜的妻子。

当初，我沉浸在幸福之中的时候，曾相信你会永远爱我，我那时有多傻呀！我早该知道，我这么可怜的人是不会有这种福分的。不过我很伤心，不仅为过去伤心，而且为现在伤心。你想一想，想想我总是，总是看不见你，心里该有多么痛苦！唉，我的心每天都是无时无刻不在疼痛，假如我能让你那颗亲爱的心每天只痛上短短的一分钟，你也许会可怜一下你这孤苦伶仃的妻子。

安琪，人家还都说我挺好看（他们用的是"漂亮"这个字眼，因为我想一字不差地告诉你）。也许我是像他们说的那样。但是，我并不珍视我的美貌。我所以想保留这副美貌，因为它是属于你的，

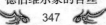

亲爱的，这样一来，我至少有一样东西值得为你所有。我这种意识非常强烈，所以，一碰到有人因为我好看，而来纠缠我，我就用布把脸裹起来，只要人家以为我用绷带裹着伤，我也就老这样扎着。哦，安琪，我告诉你这一切，并不是出于虚荣——你肯定知道并非如此——我只想让你到我身边来。

如果你真不能到我身边来，你能不能让我到你那儿去呢？我已经说过，有人来纠缠我，想逼迫我做我不肯做的事。当然，我是丝毫不会屈服的，但是我又非常害怕，担心会发生意想不到的事情，引起什么严重后果。况且，我因为有了头一次的错误，现在落得孤苦无告，对此我也不能多说了——说起来太让我痛苦了。但是，如果我跌进可怕的陷阱而堕落下去，那我这一次的状况要比上一次更糟。哦，天哪，这真叫我不敢想象！让我马上去你那儿吧，不然，你就马上到我身边来吧！

只要和你生活在一起，即使不能做你的妻子，哪怕做你的仆人，我也心满意足，而且满心欢喜。我只想待在你身边，不时地看上你几眼，觉得你是我的人。

因为你不在这儿，我觉得阳光下没有一样值得我看的东西。我也不喜欢看田野里的白嘴鸦和欧椋鸟，因为以前都是你和我一起观看它们，现在你不在了，我会想你想得好难受。不论是在天堂，还是在人间，还是在地狱，我不想别的，只想见到你，我的亲爱的。到我身边来吧，到我身边来吧，把我从威胁我的危险中救出来吧！

你的心碎的、至死不渝的

苔丝

第四十九章

苔丝这封求告信，及时地寄到了西面那座幽静的牧师住宅，放在了早餐桌上。在这个山谷中，空气柔和，土壤肥沃，与弗林库姆阿什相比，这里的耕地只要稍加管理，就能长好庄稼。另外，在苔丝看来，这里的人也似乎大为不同（其实并没有什么两样）。安琪嘱咐过她，她给安琪写信，都要经过他父亲转寄，这纯粹是为了安全起见，因为安琪怀着沉重的心情，跑到异国他乡谋生，总把自己变化不定的行踪报告父亲。

老克莱尔先生看完信封上写的字，就对太太说："安琪来信说过，他想在下月底离开里约回一趟家，他要是真打算这么办，我想这封信会催他早点动身的，因为我看这一定是他媳妇写给他的。"他一想起儿媳妇，不禁深深地叹了一口气，便赶忙在信封上重新标上地址，立即转寄给安琪。

"亲爱的孩子，我只盼他能平平安安地回到家里，"克莱尔太太嘟哝道，"我到临死那一天，都会觉得你亏待了他。本来，不管他信不信教，你都应该把他送到剑桥，让他跟两个哥哥得到同样的机会。要是上了剑桥，经过耳濡目染，他说不定会慢慢转变的，到头来兴许也当上牧师了。不管当不当牧师吧，那样总会对他公平一些。"

在儿子的问题上，克莱尔太太抱怨丈夫，惹得他心里不安的，也就是这几句话。就是这几句话，她也不是常常发泄，因为她这个人不光虔诚，而且很会体谅人，她知道丈夫心里也不好受，怀疑自己在这件事上是否有失公平。夜里，她经常发现丈夫躺在床上睡不着，只听见他一面为安琪叹息，一面又用祈祷来抑制这叹息。但是，他是个坚定不移的福音派教徒，即使到了现在，他还仍然认为，他小儿子既然不信教，他不让他像两个哥哥一样接受高等教育，还是完全有理由的。

他把宣传教义视为自己毕生的夙愿和使命，也使之成为两个当牧师的儿子的使命，如果他让小儿子也上了大学，他就会利用所学的知识，来批驳他们所宣传的教义；虽说情况并非一定如此，但又确有这个可能。他觉得，让他一手扶助两个信仰上帝的儿子，一手又以同样的方式扶助一个不信上帝的儿子，这与他的信念、他的地位、他的希望，全都是不协调的。尽管如此，他又很疼爱这个起错了名字的安琪，并且为自己亏待了他而暗暗感到难过，就像亚伯拉罕一样，一面把注定要死的以撒带到山上，一面又为他感到悲痛。[①]他这种默默自责的悔恨，比他太太那明言直语的抱怨，还要使他感到痛苦得多。

他们为儿子的不幸婚事责怪自己。如果他们不让安琪去务农，他绝不会跟一些农家姑娘混到一起。他们并不清楚儿子与儿媳分离的原因，也不知道他们分离的时间。起初，他们还以为两人彼此交恶，才闹到这一步。但是，安琪在近来的几封信中，偶尔提到要回来接媳妇的打算，从这些话里看来，他们倒希望，这番分离也许并不像他们想象的那样，永远不会重新团圆了。安琪告诉过他们，说他媳妇住在娘家，他们心里没谱，不知道怎样改善这种状况，便决定不去贸然过问这件事。

这时，苔丝写信求告的那个人，正骑着一匹骡子，两眼盯着一片茫无边际的大地，从南美大陆的腹地，向沿海地区走去。他在这个陌生国家的经历是很凄惨的。他刚到巴西不久，就害了一场重病，后来身体一直没有完全康复，便渐渐地几乎完全放弃了在那里务农的希望，不过，只要还有一点点待下去的可能性，他就不让父母知道他改变了主意。

跟在克莱尔后面来到巴西的大批农业工人，也都是让逍遥自在、独立自主的说法迷惑住了，跑到这里受苦受难，有的死去，有的衰竭。克莱尔有时看见一些从英国农场上来的妇女，她们怀里抱着婴儿，步

_____
① 见《圣经·旧约·创世记》第二十二章第一节至第十三节。

履艰难地走在路上，婴儿会突然患上热病，一命呜呼；当母亲的只好停下来，用两只空手在蓬松的地里挖一个坑，再用这同一天然工具把孩子埋起来，然后洒下一两滴眼泪，又继续往前跋涉。克莱尔起初并没有打算去巴西，而是想到英国北部或东部的一个农场。他是在一阵绝望中来到这里的，当时英国农民中掀起一股向巴西迁移的热潮，恰好迎合了他想逃避过去的愿望。

在国外的这些日子，他精神上仿佛老了十多年。他现在觉得，人生的价值并不在于它的美丽，而在于它的哀婉。本来，对于那些旧的宗教体系，他早就不相信了；现在，对于那些旧的道德观念，他也开始不相信了。他觉得那些旧观念应该加以矫正。谁是有道德的人？或者问得更切题一些，谁是有道德的女人？一个人人格的美与丑，并不在于他的成就，而在于他的目的和动机；对一个人的真实评价，不是看他做了什么事，而是看他想做什么事。

那么，苔丝怎么样呢？

一旦用这种眼光看待苔丝，克莱尔就后悔当初不该那样轻率地评判她，心里不禁难过起来。他是永远把她遗弃了，还是暂时把她甩开了？他不能再说永远把她遗弃了，既然不能这么说，那就是说，现在他在精神上已经接受她了。

克莱尔对苔丝渐渐旧情复萌的时候，苔丝正好寄居在弗林库姆阿什，不过，当时她还不敢冒昧地给克莱尔写信，叙说一下自己的境况或心情。克莱尔感到非常困惑，他不知道苔丝为什么不肯来信，也没有去探询。于是，她那温顺的沉默被他误解了。如果他当时能理解她，那么，她的沉默就能胜过千言万语！她所以要那样做，是因为她严格遵守他当初下过、后来又忘记了的命令；还因为她虽然生来就有大无畏的精神，但却并不坚持自己的权利，总认为他的评判是完全正确的，便对他俯首帖耳，甘愿受罚。

刚才提到克莱尔骑着骡子，从巴西内地往沿海走去的时候，还有一个人和他同行。克莱尔的这位旅伴也是一个英国人，他虽说来自英国的另一地区，但却抱着同样的目标来到了巴西。他们两个精神都很沮丧，便讲起了故国旧情。知心话换来了知心话。男人有一种奇怪的脾性，自己的私事从不肯向亲友吐露，却爱向陌生人诉说，尤其是远在异国他乡的时候。于是，就在两人骑着骡子往前走的时候，克莱尔便把他那起伤心的婚事，如实地告诉了他的同伴。

这位陌生的同伴到过更多的国家，见过更多的民族。他这个人见多识广，心胸开阔，这种背离社会常规的事情，没有见识的人会觉得是大逆不道，但在他看来却无关紧要，就像整个地球圆体还存在高山低谷的起伏不平。他对这件事的看法，和克莱尔截然不同。他认为，苔丝过去怎么样并不重要，重要的是她将来怎么样。他还明言直语地告诉克莱尔，他离开苔丝是错误的。

第二天，他们遇到了一场雷雨，淋得浑身透湿。克莱尔的同伴发高烧病倒了，到了那个礼拜末，就一命归天了。克莱尔等了几个钟头，把他掩埋好，然后又继续赶路。

克莱尔对这位心胸开阔的伙伴，除了他那普普通通的姓名之外，别的一概不知。但是，他匆匆说出的几句话，却因为他这一死，而变成至理名言了，对克莱尔产生的影响，比哲学家们一切深思熟虑的道德说教，来得还深刻。相比之下，他为自己的心胸狭隘感到羞愧。他那些自相矛盾的地方像潮水般地涌上他的心头。他以前执意推崇希腊异教信仰，贬抑基督教，然而在希腊文明中，不合教规的屈服并非一定不光彩。当然，由于受到神秘主义信条的影响，他也觉得失去童贞是令人憎恶的，但是，如果失去童贞是受人欺骗的结果，那么，憎恨失节的观念至少是要修正的。他不由得感到悔恨交加。伊兹对他说的那番话，本来就没有从他的记忆中消失过，现在又回到他的心头。他问伊兹爱不爱他，伊兹回答说爱他。他又问她是否比苔丝更爱他，她回答说不可能。苔丝为他能把命都豁出去，她没法超过她。

克莱尔又想起结婚那天苔丝的情形。她两眼总在盯着他，耳朵总在听着他，仿佛他的话就是上帝的话。在那个可怕的夜晚，他们坐在炉前，她那颗淳朴的心灵向他披露真情时，她那张脸在炉光的照射下，显得有多么可怜，她怎么也想不到，他竟然会翻脸无情，不再爱她，不再保护她了。

就这样，克莱尔原来是苔丝的批判者，现在却变成了她的辩护人。他曾暗自说过挖苦苔丝的气话，但是一个人不能总靠着挖苦而活在世上，所以便放弃了那种态度。他所以采取了那种错误的态度，全是因为他受到了一般原则的影响，而没有考虑具体情况。

不过，这种说法未免有些陈腐。在这之前，做情人和做丈夫的也经历过这种情况。克莱尔对苔丝有些冷酷无情，这是毫无疑问的。男人对他们心爱的女人，往往是冷酷无情的，女人对男人也是这样。但是，这种冷酷也是从天地间普遍存在的冷酷中产生出来的。所谓普遍的冷酷，包括地位对性情的冷酷，手段对目的的冷酷，今天对昨天的冷酷，将来对今天的冷酷。与这些冷酷相比，男女之间的冷酷还算是温柔。

苔丝的家族——那不可一世的德伯维尔世家——以前让克莱尔觉得气数已尽，令人生厌，现在却让他觉得古趣盎然，触人心弦。这种事情存在着政治价值与想象价值的区别，他以前为什么没有看出来呢？就想象价值而言，苔丝作为德伯维尔家的后代，具有非常重大的意义，尽管没有丝毫的经济价值，但是对于富于梦想的人，对于感叹盛衰兴亡的人，却是极其有用的素材。可怜的苔丝在血统和姓氏方面有点出众的地方，这是个很快就要被人遗忘的事实，她与金斯比尔那些大理石牌坊和铅棺材里的那些尸骨有着一脉相传的关系，这个事实也将永远被人遗忘。时间也在残忍地摧毁他自己的罗曼史。如今，他时常想起苔丝的容貌，觉得能看见她脸上闪现出她祖宗奶奶的庄严仪态。这一幻觉使他产生了一种以前体验过的像全身过电似的感觉，让他觉得快要晕倒了。

苔丝虽然过去受过玷污,但是像她这样的女人,就凭她现有的丽质,也胜过那些黄花闺女。以法莲拾取剩下的葡萄,不也强过亚比以谢所摘的新鲜葡萄吗?①

这表明旧情复萌了,恰好为苔丝写信倾诉衷情创造了有利条件。这时候,克莱尔老先生把那封信转寄给儿子,不过安琪远在内地,要过好久他才能收到。

与此同时,写信人对安琪见信后会不会回来,时而觉得希望很大,时而觉得希望很小。她所以不抱多大希望,是因为她生平中有些事实导致了他们的分离,这些事实至今没有改变,也永远不会改变。当初待在一起都没能使他回心转意,现在天各一方也就更不可能了。虽说如此,苔丝还在情意绵绵地琢磨一个问题:一旦安琪回来了,她该做些什么,才能讨得他的欢心。她唉声叹气,怨自己当初听他弹竖琴时,没有留意他都弹了些什么曲子,也没有更好奇一些,问问他在乡下姑娘唱的民谣里,他最喜欢哪几首。这时,安比·西德林跟随伊兹从塔尔勃塞来到了这里,苔丝就拐弯抹角地向他探问,碰巧他还记得,当初在牛奶场为逗奶牛下奶所唱的歌谣里,克莱尔好像最喜欢《爱神的花园》、《我有猎园,我有猎犬》以及《天刚破晓》;他好像并不喜欢《裁缝师傅的裤子》,也不喜欢《我长得这么漂亮》,尽管这是两首很好的歌谣。

她现在心血来潮,一心就想唱好这几首歌谣。她有空的时候,就暗中偷偷练习,尤其是练习那首《天刚破晓》:

起来,起来,起来,
园中百花盛开,
采一朵美丽的鲜花,

---

① 引自《圣经·旧约·士师记》第八章第二节。

献给你的所爱。
在这五月的时光里，
天色刚刚破晓，
只只斑鸠和小鸟，
在枝头筑新巢。

在这干冷的日子里，每当她离开其他姑娘单独干活的时候，她就唱着这些歌谣，听到她的歌声，就是铁石心肠也会被融化的。她一面唱一面在想，也许克莱尔终究不会回来听她唱歌了，因此不由得泪流满面，再说那简单痴情的歌词也余音袅袅，仿佛在嘲弄歌唱者那颗悲切的心，使她越发觉得痛苦。

苔丝完全沉湎于这种迷梦中，好像不觉得季节在推移，不知道白天越来越长，圣母领报节即将来临，再过不久就是旧历圣母领报节，她在这里的合约期也就结束了。

但是，还没等到那个结账日，就发生了一件事，让苔丝把心思转到截然不同的事情上了。一天晚上，她像平常一样，和那家人一起坐在寓所的楼下，忽然听见有人敲门，说是要找苔丝。苔丝朝门口望去，只见背着渐渐暗淡的光线，站着一个人影，从身材和高矮看，像是一个女人，从身材的粗细看，像是一个孩子。在黄昏的余晖中，苔丝没有认出这个又高又细、女孩子模样的人，直至听见那姑娘叫了一声"苔丝！"

"怎么——你是丽莎·露吗？"苔丝用惊异的口气问道。一年多以前，她离开家乡的时候，露还是个孩子，现在却突然长到这么高了，就连露自己也弄不明白是怎么回事。她那件连衣裙以前显得很长，现在却显得很短，连衣裙底下露着两条细腿，两只胳膊和两只手显得很不自在，这些都显示了她的年轻幼稚。

"是俺。苔丝，俺累哧哧地走了一整天了，"露用不动情感的严肃口吻说道，"就是为了找你。俺可累坏了。"

"家里出什么事儿啦？"

"妈妈病得很厉害，大夫说她不行了，爹身体也不大好，还说像他这样大户人家的人，不该累死累活地干这平常的苦力活，俺们都不知道怎么办。"

苔丝站在那里愣住了，过了半天才想起叫丽莎·露进屋里坐。等她让露进屋坐下，喝了一点茶以后，她也就打定了主意。她非得回家不可了。她的合同要到四月六日旧历圣母领报节才能期满，但是到那时也没有几天了，她决定不管那么多了，立刻动身回家。

要是当天晚上就动身，就能早十二个钟头赶到家。不过，她妹妹又太累了，不到明天是没有力气再走那么远的路。苔丝跑到玛丽安和伊兹的住处，把家里的情况告诉了她们，托付她们替她向农夫好好解释一下。回来以后，她给露做了晚饭，让她吃完了，就躺在自己的床上睡觉，然后把自己的东西尽量装了一个柳条篮子，向露交代了一声，叫她第二天早晨再走，自己便动身上路了。

第五十章

钟敲十点的时候，苔丝投入到春分时节寒气袭人的夜色里，在清冷的星光下，开始了十五英里的行程。在偏僻的地方，对于悄然无声的行人来说，黑夜不是一种危险，反而是一种保护，苔丝明白这一点，所以总是抄近路，顺着白天不大敢走的小径往前走。好在那时候路上没人抢劫，她又一心惦记着母亲，也就不害怕妖魔鬼怪了。就这样，她上坡下坡，走了一英里又一英里，终于来到了布尔巴罗山。大约半夜时分，从山上往下望去，只见前面的山谷一片混沌，一样东西也分辨不清，她就降生在山谷那边。她已经在高地上走了五英里了，现在再在低谷里走上十来英里，就到了她旅程的终点了。她顺着下山的路往下走去，在暗淡的星光下，那蜿蜒曲折的道路只能勉强分辨出来。走了不久，就踏上了一片与高地截然相反的土地，不仅脚踩上去感觉不同，就是闻起来也觉得不一样。这就是布莱克摩谷那黏重的土壤，也是谷里没有大路穿行的地方。在这种黏重的土壤上，迷信思想也流传得最久。这里以前是猎园，现在在这朦胧的夜色中，好像故意要表现当年的特征，只见远近融为一体，树木和高篱显得黑黢黢，阴森森的。从前，这里有被人追逐的獐鹿，有让人刺扎、按入水中的女巫，有闪着绿光、对行人咯咯嗤笑的小妖精。如今，人们仍然相信这里有不少这样的东西，把这里弄成了妖魔鬼怪汇集的地方。

到了纳特尔伯里，她走过村里的旅店时，旅店的招牌应着她的脚步声，发出嘎吱嘎吱的响声，除了她以外，没有一个人听见。她心目中仿佛看见，草房里的人正浑身松弛地躺在黑暗中，身上盖着用紫色方片布缝成的被子，借助睡眠来消除疲劳，以便明天一早，汉布尔登山上刚刚露出一点粉红色的晨曦，就要重新上工。

到了三点钟，她走完了迂回曲折的篱路，拐过最后一个弯，进了马洛特村。她走过以前参加过游行会的那块草地，她在这里第一次见到了安琪·克莱尔，但他却没有跟她跳舞，为此她还仍然感到很失望。在她家那个方向，她看见了一道灯光。这是从卧室的窗口射出来的，有一根树枝在窗前晃来晃去，把灯光弄得忽明忽暗，仿佛是在朝她挤眉弄眼。她刚能看清房子的轮廓——那草屋顶已用她的钱修葺一新了——昔日的旧印象全都浮现在苔丝的脑海中。这座房子仿佛是她身体和生命的一部分：天窗上的斜坡，山墙上的灰石面，烟囱顶上的破裂砖层，全都与她息息相通。在她看来，这些东西都显出一副昏昏沉沉的样子，表示她母亲正在生病。

她轻轻地推开门，没有惊动任何人。楼下屋里空无一人，但是看护她母亲的那个邻居走到了楼梯口，悄悄地对她说，她母亲还没有见好，不过这会儿却睡着了。苔丝先做点早饭吃了，然后来到母亲房里，担起看护的职责。

早晨，她打量弟弟妹妹的时候，只见他们一个个显得特别细长。虽说她离家才一年多不了几天，他们的发育却真惊人。她现在必须一心一意地照料他们，所以也顾不得自己的烦恼了。

她父亲还是害着那种说不清的什么病，像往常一样坐在椅子上。但是，苔丝回家后的第二天，他却显得异常快活。原来，他想出了一个合理的生活计划，苔丝问他是什么计划。

"俺在琢磨给英国这一带的古董收藏家每个人发一封信，"他说，"叫他们捐一笔款来养活俺。俺敢肯定，他们会觉得这件事很有浪漫色彩，很有艺术味道，而且完全合情合理。他们肯花那么多钱去保存古迹，去寻找人骨头什么的，他们要是知道有俺这样一个人，就一定会觉得活古董更有意思。最好有谁能挨门逐户地去告诉他们，说他们中间就有一个活古董，而他们却不把他当一回事！发现俺的是特林厄姆牧师，假使他还活着，俺敢肯定，他早就办好这桩事了。"

苔丝顾不得与父亲争辩这个大言不惭的计划，她得先处理一些紧急的事情，因为她尽管一次次往家里寄钱，但家里的境况并没得到什么改善。家里急迫的事缓解下来以后，她又开始张罗外面的事。眼下正是栽插和点播的季节，村民的许多园子和租地都已春耕过了，但是德贝菲尔家的园子和租地却还都荒着。她惊愕地发现，所以出现这种情况，那是因为家里把做种子用的马铃薯也吃光了——这是不顾将来的人最大的过失。她赶紧又搞了一些东西补种上了，过了几天，经她左劝右说，她父亲终于能出来照看园子了，而她自己则去料理村外二百来码远的那块租来的地。

她母亲的病情有了好转，不用她在床前伺候了，她在病人房里守了这么多天，现在能到地里干活，当然很高兴。激烈的活动可以使人心里松快一些。那块地处在一片又高又干燥的空旷围地里，像这样的地总共有四五十块，等白天的雇工收工以后，这里的活才干得最热火。通常是六点钟开始刨地，一直要干到黄昏，或者月亮出来以后。眼下，许多租地上正烧着一堆一堆的杂草和垃圾，那干燥天气正适于焚烧这些废物。

有一天，天朗气清，苔丝和丽莎·露跟一些邻居在这里干活，一直干到太阳最后的光线平射到作为地界的白色木桩上。太阳一落山，暮色刚降临，绊根草和白菜梗的火光开始一阵一阵地照亮农田，浓烟随风飘荡，农田的轮廓在烟雾下忽隐忽现。火光亮起来的时候，那一片片贴地横吹的浓烟，也被映成了暗淡的发光体，把干活的人们彼此隔绝开来。看到这般光景，就能理解白天是一堵墙、晚上是一片光的"云柱"① 是怎么回事了。

暮色越来越暗，一些在地里干活的男女已经收工回家了，但是大多数人还待在地里，想把庄稼种完，其中就有苔丝，不过她把妹妹先打发回家了。她正待在一块烧着绊根草的地里，拿着铁搭在干活，铁搭上有四根闪闪发亮的尖齿，一碰上石头和干土块就叮当作响。有时候，她完全被烟气笼罩，等烟气散开，她的身影又显露出来，让草堆上那黄铜色的火光映照着。今天晚上，她穿着得很奇怪，看起来有些显眼。她穿着一身洗过多次、已经褪成白色的长裙，上面罩着一件黑色短上衣，整个看来，好像把贺喜和送殡两种身份合而为一了。她后面那些女人都穿着白围裙，在一片昏暗中，只能看见这些白围裙，以及她们那灰白的面孔，只有火光照射在她们身上的时候，才能看清她们的全身。

朝西望去，在低垂的灰色天空衬托下，耸立着构成地界的荆棘树篱，树上的叶子都脱光了，树枝像铁丝一般。往上看去，木星像一朵盛开的水仙花悬在天上，亮晶晶的差不多能照出影子来。还有几颗叫不出名字的小星星，也在天上闪烁。远处有一只狗在汪汪直叫，干燥的大

---

① 语出《圣经·旧约·出埃及记》第十三章第二十一节。

道上，时而有车轮辘辘驶过。

铁搭还在一刻不停地叮当作响，因为时间还不算太晚。尽管空气又清新又凛冽，但却蕴含一点春天的气息，鼓舞着大家兴致勃勃地干下去。这个地方，这种时刻，这噼里啪啦的一堆堆火，这神秘奇幻的光与影，都别有一番意味，让苔丝和大伙喜欢待在这里。在寒冬里，夜色像魔鬼一样降临，在炎夏里，夜色像情人一样降临，可是在这三月天里，夜色降临却犹如一副镇静剂。

谁也没有注视自己的伙伴。大伙的眼睛都盯着地面，看着翻过来的被火光照亮的表面。就这样，苔丝一面翻弄土块，一面傻乎乎地哼着小调，心里几乎不再指望克莱尔还会听到这些歌了。过了好久，她才注意到有个人在离她很近的地方干活。这人身穿一件粗布长衫，苔丝见他拿着铁搭和她在同一块地里干活，还以为是父亲打发他来帮工的。后来他刨地的方向变了，使他靠得更近了，苔丝越发意识到他就在近前。有时浓烟把他们两个隔开，随后浓烟一散开，两人又能彼此看见，不过跟其他人还隔开着。

苔丝没跟帮她干活的人说话，那人也没跟她说话。苔丝也没有多去琢磨他，只记得他白天没在地里干活，觉得他并不是马洛特的雇工，不过她也不觉得奇怪，近些年来，她时常离开家乡，长年累月不回来。后来，那人刨到她身边了，他搭齿上反射出来的火光，跟她搭齿上反射出来的火光看得同样清楚了。苔丝用铁搭搂枯草往火堆上送的时候，只见那人在火堆那面做着同样的事。火光忽地亮起来了，她认出那是德伯维尔的脸。

苔丝见他突然出现在这里，穿着如今只有最古板的农民才肯穿的打褶粗布长衫，样子显得非常古怪，不禁觉得既可怕又可笑，一想到这里面的含义，真叫她感到心寒。德伯维尔发出一阵又低又长的笑声。

"如果我爱说笑话，我就要说：这真像乐园一样啊！"他异想天开地说，一面歪着头看着苔丝。

"你说什么？"苔丝弱声弱气地问道。

"好说笑话的人会说，这里就像乐园一样。你是夏娃，我就是那个老东西①，装扮成下等动物来引诱你。我以前搞神学的时候，就非常熟悉弥尔顿描写的那个场面。有几句是这么写的：

'皇后，路已铺好，并不算远，

　就在一排桃金娘的后面……

……如果你接受我的指引，

我能很快把你带到那边，'

'那就带路吧。'夏娃说道。②

等等。我亲爱的、亲爱的苔丝，正因为你把我想得很坏，我就把你心里想的、嘴里要说的话，先替你说出来了，尽管我并非那样。"

"我从没说过你是撒旦，也没这么想过。我压根儿没那样看待你。除了你公开冒犯我以外，我平时对你的看法还是很冷静的。……怎么，你是完全为了我才来这儿刨地的吗？"

"完全为了你。为了看看你，没有别的。这件粗布长衫，是我在路上看见挂着出卖的，才想起来买来穿上了，免得惹人注意。我是特地来阻止你，不许你再这样干活了。"

"可我喜欢这样——我是替我父亲干活。"

"你在那个地方的合同期满了吗？"

"是的。"

"你下一步打算去哪儿？去找你那亲爱的丈夫？"

他提起这件丢脸的事，真叫苔丝忍受不了。"哦——我不知道！"她辛酸地说道，"我没有丈夫！"

"一点不错——就是你说的那个意思。不过，你有一个朋友。我

① 指借蛇身来引诱夏娃的撒旦。
② 引自《失乐园》第九卷第六百二十六至六百三十一行。

已经打定主意，不管你有什么意见，我非要让你过上舒服日子。等你回到家里，你就会看到我给你送去了些什么东西。"

"哦，亚历克——我希望你不要给我任何东西！我不能要你的东西！我不愿意——这不妥当！"

"很妥当！"德伯维尔满不在乎地嚷道，"像你这样一个深受我疼爱的女人，我不能眼看着你受罪而不帮忙。"

"可我过得挺好的呀！要说我受罪，那只是因为——因为——压根儿不是因为生活问题！"

她转过脸去，又拼命地刨起土来，眼泪扑簌簌地滴到铁搭柄和土块上。

"因为那些孩子——因为你弟弟妹妹，"德伯维尔接着说，"我已经在替他们着想了。"

苔丝心里在颤抖，德伯维尔那句话击中了她的痛处。他已经猜到了她主要的焦虑。这次回到家里以后，她怀着热烈的手足之情，一心扑在那些孩子们身上。

"要是你母亲好不了，总得有人照料这些孩子，我想你父亲是不大中用的。"

"有我帮他，他能行。他不行也得行！"

"还有我帮忙呢。"

"不，先生！"

"你真是糊涂透顶！"德伯维尔大声嚷道，"嗨，你父亲还把我看成一家人，他会很愿意我帮忙的！"

"他可不这样看了，我已经把真情告诉他了。"

"那你就更糊涂了！"

德伯维尔一气之下，从她身边退到树篱那里，把他穿来掩护自己的粗布长衫扯下来，卷成一团，扔进火里，转身走开了。

在这之后，苔丝再也不能继续刨地了。她觉得心神不定。她心里纳闷，德伯维尔是不是又去她家里了。于是，她拿起铁搭朝家里走去。

走到离家还有二十来码的地方，她遇见了一个妹妹。

"哦，苔丝——你想想怎么啦！丽莎·露在哭鼻子，家里挤了一大堆人，妈妈的病好多了，可大伙都说爹爹死了！"

这孩子只知道这消息非同小可，却不知道事情多么悲惨。她站在那里，两眼瞪得圆圆的瞧着苔丝，表示事关重大，后来看到苔丝听到消息后的神情，才又说："怎么，苔丝，咱们再也不能跟爹爹说话了吗？"

"可是爹爹只是有点小病呀！"苔丝心神慌乱地说道。

丽莎·露走来了。

"爹刚才摔倒了，给妈看病的大夫说，他是没救了，因为他的心都堵住了。"

是啊，德贝菲尔夫妇算是换了个位置，濒临死亡的人脱离了危险，有点欠安的人却离开了人间。这消息听起来了不得，实际上关系还要重大。原来，他们这位父亲活在世上，除了做点事之外，还有一个好处，否则他就没有多大用处了。他们住的这座房子，只有三代人的租赁期限，德贝菲尔是最后一代，房主早就想把房子收回来，腾给他那些缺房子的长工居住。再说，终身租房的人总要摆出一副万事不求人的架势，简直就像自由保产人一样惹人讨厌，因此租期一到，房子就绝不会续租了。

德贝菲尔家原本是姓德伯维尔，他们还是本郡的名门望族的时候，一定有过许多次，把像他们如今这样无房无地的佃户，毫不客气地驱逐出门，不想这种命运，现在却落到了他们的后代身上。由此看来，在这天地之间，万物都在不断变化，时起时落，交替更迭。

第五十一章

　　旧历圣母领报节的前一天终于来到了，农业界的人们兴起一股一年中只有在这一天才能出现的流动热潮。这是个履行契约的日子，人们在圣烛节那天签订了下一年户外雇工的合同，现在就要付诸实施。凡是不愿待在老地方的劳动者——劳动者这个字眼是从外地传来的，在这之前，本地的劳动者一直把自己称作"庄稼汉"——都往新的农场上转移。

　　这种一年一度的迁移活动，在这里越来越盛行。苔丝的母亲很小的时候，马洛特一带的农工大多是一辈子待在一个农场上，而这个农场又是他们的父亲和爷爷生活的地方。可是近年来，年年迁移的愿望已经达到了高潮。对于比较年轻的人家来说，这种迁移不仅很有意思，而且还可能带来好处。农工们总觉得自己住的地方是埃及，老远看着人家住的地方是福地，等自己搬到那个福地住下以后，才发现这福地又变成埃及了。① 于是，他们就不停地迁徙。

　　然而，乡村生活中越来越明显的变化，并非完全出于农业界的动荡不定。农业人口也在不断减少。以前和农工一起住在乡村里的，还有一班很有意思，也比较有见识的人，显然比庄稼汉高出一等——苔丝的父母就属于这一类人——他们当中，有木匠、铁匠、鞋匠、小贩以及其他一些难以归类的非农场工人；这些人有的像苔丝的父亲一样，是房产的终身承租人，或副本土地保有者，偶尔也有不动产的终身保有者，因此他们的目标和职业都比较稳定。但是，他们久住的房子租期一满，就很少再租给他们这样的人居住，如果房主并不急需把房子租给雇工住，就往往把房子收回去拆掉。

---

　　① 有关以色列人从埃及逃往福地迦南的故事，见《圣经·旧约·出埃及记》第一章第一至十六节。

那些并不直接从事农业的村民，一般都不受人喜欢，他们之中一旦有人搬走了，别人的生意也受到影响，只好跟着搬走。这些人家，过去本是乡村生活的中坚力量，是乡村传统风俗的贮藏所，现在却只得逃往人口稠密的大地方，去寻找避难所了。这一变化过程，照统计学家的幽默说法，是"乡村人口流入城市的趋势"，其实是一种水受机械驱动，而往山上倒流的趋势。

马洛特的房子因为拆掉许多，数量便大大减少了，凡是剩下没拆的房子，农场主都要用来给雇工住。村里的人本来就不相信德贝菲尔家的高贵出身，自从那件事发生以后，苔丝的生命就给罩上了一道阴影，大家便暗中认定，等到租期一满，即使为了道德风化的缘故，也要让他们一家搬走。的确，这家人在节制、戒酒、贞洁方面，都不能算是光辉典范。那位父亲，甚至那位母亲，经常喝得醉醺醺的，家里几个小孩子很少上教堂做礼拜，那位大女儿还跟人有过不清不白的关系。村里的风气总得设法保持纯洁。所以，一到圣母领报节那天，可以驱赶德贝菲尔一家人了，房主就把那座宽敞的房子收回来，让给一个家里人口多的赶车人居住。琼·德贝菲尔、她女儿苔丝和丽莎·露、儿子亚伯拉罕，以及其他几个小孩子，只得到别处去了。

他们搬家的头一天傍晚，一场毛毛雨把天空搅得迷迷蒙蒙，所以天早早就黑下来了。这是他们在自己生息的村庄度过的最后一夜，因此，德贝菲尔夫人、丽莎·露以及亚伯拉罕，都出去跟几个朋友告别去了，苔丝留在家里看门，等他们回来。

苔丝跪在窗前的凳子上，脸挨着窗子，只见雨水顺着窗玻璃往下流，仿佛在外面形成了另一层玻璃。她的目光落在一个蜘蛛网上，那蜘蛛大概早已饿死了，因为它把网结错了地方，苍蝇根本不往那个角上飞，从窗缝里稍微透进一点风，蜘蛛网就颤抖起来。苔丝琢磨着家里的境况，觉得自己成了祸根。假若她这次不回家，人家也许让她母亲和弟妹按礼拜付租金，继续住下去。但是，她刚一回来，就被村里几个喜欢挑剔、颇有势力的人看见了。他们看见她在教堂墓地里闲着没事干，手里拿着一把小铲子，把一个快要毁弃的婴儿坟墓尽量修复好。这样一来，他们就发现她又住到村里来了，便责怪她母亲不该"窝藏"她。琼严词加以反驳，自动提出立刻搬走，人家就抓住她这句话，要求她兑现。因此，才闹出了这样的结果。

"我真不该回家！"苔丝辛酸地自言自语。

苔丝光顾得想心事，所以，她虽然看见一个穿白雨衣的人，骑着马从街上走来，起初却没有理会他。也许是因为她的脸离玻璃窗很近，那人却立刻看见了她，并且拍马来到房屋前面，一直走到墙跟前，马蹄差一点踩到墙根底下那一窄溜花木。那人用马鞭子敲了敲窗户，苔丝这才看到他。雨差不多已经停了，苔丝遵照他的手势，打开了窗户。

"你没看见我吗？"德伯维尔问道。

"我没留意，"苔丝说道，"我想我听见你来了，不过我还以为是来了一辆马车。我像是在做梦。"

"啊——你也许是听到了德伯维尔家的马车。我想你听说过那个传说吧？"

"没有听说。我的——有个人有一次想告诉我，可是没讲出来。"

"如果你真是德伯维尔家的后代，我想我也不该讲给你听。至于我么，不过是个冒牌的，没有关系。这传说还真够吓人的。据说有一辆谁也看不见的马车，只有德伯维尔家族的人才能听见它的声音，而且不管谁听到这声音，都被认为是一种不祥之兆。这关系到一起凶杀案，是德伯维尔家族的一个人几百年前犯下的。"

"你既然说开了头，那就索性说完吧。"

"好吧。据说德伯维尔家的一个人抢了一个美貌的女人，押上马车要带走，那女人想要逃跑，两人便打了起来，也不知道是男的把女的杀了，还是女的把男的杀了，反正我记不清了。这是故事的一种说法。……我见你们把洗衣盆和水桶都收拾起来了。你们要搬走吧？"

"是的，明天——旧历圣母领报节。"

"我听说你们要搬，但是不怎么相信，好像太突然了。怎么回事？"

"我父亲是这座房子的最后一代租户，父亲这一死，我们就没有权力再住下去了。不过，要不是因为我的话，我们也许可以按礼拜付租金继续住下去。"

"你怎么啦？"

"我不是——不是个正经女人。"

德伯维尔脸上唰地红了。"真他妈的不要脸！可怜的势利小人！但愿他们的肮脏灵魂都给烧成灰烬！"他用讥讽的憎恶口吻嚷道，"你们是因为这个才要搬家的，是吧，是让人撵走的！"

"也不全是让人撵走的。不过，既然人家说我们得快点搬走，最好还是趁大家都在搬迁的时候，我们也跟着搬走，这样机会好一些。"

"你们要到哪儿去？"

"金斯比尔。我们在那儿定下了房子。母亲对父亲的老祖宗非常痴心，就想到那儿去。"

"不过你母亲带那么一大家子，跑到那么一个小镇上租房子住，太不合适了。你们为什么不去特兰岭，住在我园子的房子里？我母亲去世以后，已经不养什么鸡了，不过那座房子还跟你在的时候一样，园子也没变。那房子一天就能粉刷好，你母亲可以舒舒服服地住在里面，我还要把你的弟弟妹妹送进一所好学校。我真该帮你点忙！"

"可我们已经在金斯比尔找好房子了！"苔丝说道，"我们可以在那儿等——"

"等——等什么？无疑是等你那位体贴的丈夫啦。你听我说，苔丝，我了解男人的脾气。我还记得你们两个分离的原因，我敢肯定，他是绝不会和你重新和好的。我以前虽然是你的冤家，现在可是你的朋友了，不管你信不信。到我那座小屋里去住吧。我们办一个正规的家禽场，让你母亲好好饲养。你弟弟妹妹可以去念书。"

苔丝的呼吸越来越急促，最后她终于说道："我怎么知道你能完全这么办呢？你会变卦的——那样一来——我们就——我母亲就会——再次无家可归了。"

"哦，不会，不会。如果有必要，我可以立个字据给你，保证不会变卦。你考虑一下吧。"

苔丝摇了摇头。但是德伯维尔一再坚持，苔丝以前很少见他这样坚决，绝不容许她不答应。"请告诉你母亲，"他加重语气说道，"这件事应该由她来决定——不是由你。我要让人明天早上就把房子打扫干净，粉刷一新，再把火生起来，到晚上屋子就干了，你们可以直接去那里。记住，我等着你们。"

苔丝又摇了摇头，心头涌起一股复杂的情感。她都不能抬头看德伯维尔了。

"你知道，我过去有愧于你，"德伯维尔接着说，"而且你又治好了我那一阵宗教狂。所以，我很高兴——"

"我倒宁愿你还是个宗教狂，那样你就会带着那股狂热继续去传教！"

"我很高兴能有这个机会对你做点补偿。明天，我等着听见给你母亲卸行李的声音。……那就击掌表示一言为定吧——亲爱的美丽的苔丝！"

德伯维尔说到最后一句话时，声音降到了喃喃细语，还把手伸到半开半掩的玻璃窗里。苔丝眼里露出狂暴的神情，急忙拉动窗栓，一下把德伯维尔的胳膊夹在窗扇和石头直棂之间。

"该死的——你太狠心了！"德伯维尔赶忙把胳膊抽出来，说道，"不，不！——我知道你不是有意的。好啦，我期待你去，至少你母亲和你弟妹能去。"

"我是不会去的——我有的是钱！"苔丝嚷道。

"在哪儿呢？"

"在我公公那里，只要我跟他要，他会给我的。"

"只要你跟他要。可你不会跟他要的，苔丝。我是了解你的，你宁愿自己饿死，也绝不会向别人要钱！"

说完这话，他就骑着马走开了。刚走到街角，他遇见了那个提油漆桶的人，那人问他是不是抛弃了教友。

"去你妈的吧！"德伯维尔说。

苔丝待在原来的地方愣了半天，后来心里突然感到一阵悲愤，觉得自己所受的待遇太不公正了，不由得眼眶里涌起了热辣辣的泪水。她丈夫安琪·克莱尔也像别人一样，待她太狠心了，的确太狠心了！她以前从不容许自己抱有这样的想法，但他确实待她太狠心了！她可以从心底里发誓，她长了这么大，还从没有意去做坏事，然而她却遭到了如此严厉的惩罚。不管她犯了什么罪，反正都不是有意的，而是出于无心，既然如此，她为什么总要没完没了地遭受惩罚呢？

她在激愤之中，随手抓过一张纸，草草地写道：

> 哦，安琪，你为什么待我这么残忍呀！我不该受到这样的待遇。我把这件事仔仔细细地琢磨了一番，我永远、永远也不能宽恕你！你分明知道我并非有意伤害你——你为什么要这样伤害我呀？你太狠心了，真是太狠心了！我要设法把你忘掉，我在你手里没得到一丁点公道！
>
> 苔丝

她留心等着，看到邮差从门前走过时，便跑出去把信交给了他，然后又回到屋里，木然坐在窗前。

不管是这样写法，还是情意绵绵的写法，反正都一样。哀求怎么能打动他的心呢？事实没有改变，并没发生什么新情况，使他改变自己的看法。

天色越来越暗，炉里的火光映照着室内。两个岁数较大的孩子跟着母亲出去了，家里还有四个小的，年龄从三岁半到十一岁，全都穿着黑衣服，围在壁炉房，喋喋不休地讲些孩子的话题。后来苔丝也跟他们凑在一起，却没有点蜡烛。

"宝贝们，我们在自己出生的屋子里，只能睡这最后一个晚上了，"她急切地说道，"我们应该好好想一想，对吧？"

孩子们全都默默无语。他们在这小小年纪，本来情绪很容易受感染，虽然一想到要搬到个新地方，他们整整高兴了一天，但是一听见苔丝说出这种永离家乡的伤心话，一个个都要失声痛哭了。苔丝连忙换了话头。"宝贝们，唱支歌给我听吧。"她说。

"唱什么呢？"

"会唱什么就唱什么，随便。"

大家停顿了一下。接着，先是听到一个细小的声音，试着唱起来，随即又一个声音跟着帮腔，然后是第三个、第四个声音跟着一道唱了起来，歌词都是在主日学校里学来的：

我们在世上受苦受难，

　　刚刚相见又得分离；

　　到了天堂，我们永不离散。

四个孩子一直往下唱着，个个都露出冷漠迟钝的神情，只有早已认清这个问题的人，觉得不会有什么差错，不需要再加考虑的时候，才会流露出这副神情。他们把脸绷得紧紧的，尽力咬准一个个音节，一面盯着闪闪烁烁的炉火，最小的孩子唱得不合拍，拖到了别人后面。

苔丝离开他们，又走到窗前。外面已是一片黑暗，但她却把脸贴在玻璃窗上，仿佛要窥探夜色似的。其实，她在掩饰自己的眼泪。要是她能相信孩子们在歌里唱的那些话，要是她能确信真是那样，那么一切该是多么不同，她可以多么放心地把他们托付给上帝，托付给未来的天国！但是，既然这是不可能的，她就得替他们想想办法，做他们的上帝了。对于苔丝来说，也像对于千百万别的人一样，那位诗人的诗句里含有可怕的讽刺意味：

> 我们不是赤身裸体，
> 而是拖着光辉的云彩来到尘世 [①]。

在苔丝以及她那样的人看来，降生人世只是一种强加于你的受人欺凌的苦难历程，它是那样多此一举，从结果来看，似乎也没有道理可言，充其量掩饰一下那种多余。

过了不久，她看见母亲带着高个儿的丽莎·露和亚伯拉罕，在茫茫夜色中，顺着湿漉漉的大路走来。德贝菲尔夫人穿着木套鞋，咯噔咯噔地走到门口，苔丝打开了门。

"俺看到窗外有马蹄印儿，"琼说，"有人来过咱家吗？"

"没有。"苔丝说。

炉边的几个孩子一本正经地看着苔丝，有一个还嘟哝说："咋啦，苔丝——来过一个骑马的先生呀！"

"他不是来咱们家的，"苔丝说，"他只是打这儿路过，跟我说了几句话。"

"那人是谁？"母亲问道，"是你丈夫吗？"

"不是。他这辈子再也不会来了。"苔丝带着冷漠的绝望神情答道。

"那是谁呢？"

"哦——你不用问啦。你以前见过他——我也见过。"

"啊——他对你说什么啦？"琼好奇地问道。

---

① 引自华兹华斯的诗《永生的启示》第五节。

"等明天我们在金斯比尔的住所安置好了，我再告诉你——一字不漏地告诉你。"她刚才说过，那个人不是她丈夫。然而她又意识到，从肉体的意义上讲，只有他才算是她的丈夫，这个念头越来越沉重地压在她的心头。

第五十二章

第二天凌晨，天还黑沉沉的，住在大路附近的人总觉得有一种隆隆的响声，时断时续，一直闹腾到天亮，搅得他们睡不安稳。这种声音总是出现在每年这个月份的头一个礼拜，正如杜鹃的啼声总是出现在这个月份的第三个礼拜一样。这是大搬迁的前奏，是打发空车去拉搬迁人家的行李物品，因为在这一带，农场主需要雇用工人时，总要派车去把雇工接到目的地。为了确保在一天内搬迁完毕，从半夜三更起，大车就开始隆隆作响了，车夫们就想在六点钟赶到搬迁人家的门口，以便把他们那些可以搬动的家具物品，马上动手往车上装。

但是，却没有哪个农场主急于派车来接苔丝和她母亲一家人。她们不过是女人家罢了，并不是正经合格的劳动力，哪里也不会特别需要她们。因此，她们只得自己出钱雇车，没有捞到免费搬运的好处。

那天早晨，天气阴沉，刮着大风，但是苔丝往窗外一看，只见并没下雨，大车已经来了，不由得放下心来。搬迁的人家最怕圣母领报节那天下雨，那番情景真让搬迁的人家终生难忘：家具淋湿了，被褥淋湿了，衣服也淋湿了，搞得一家人接二连三地害病。

她母亲、丽莎·露和亚伯拉罕也都醒了，不过还让那几个小的继续睡着。母亲和三个大孩子在微弱的亮光里吃了早饭，然后就动手"搬家"了。

几个人干得倒挺高兴的，还有一两个要好的邻居也来帮忙。大件家具装好以后，又把床和被褥围成一个圆窝，好让琼·德贝菲尔和几个小孩子在路上坐。装好车以后，又等了好久才把马牵来，因为装车的时候，马具全都卸下去了。但是，大约两点钟的时候，人马终于全都上路了，饭锅挂在车轴上来回晃荡，德贝菲尔夫人和孩子们坐在车顶上，她把那只钟抱在膝上，生怕把零件震坏了，大车每次使劲一颠，钟就打一下或一下半，听起来像受了伤似的。苔丝和她大妹妹跟在大车旁边走着，出了村子才坐上车。

　　昨天晚上和今天早晨，他们到几个邻居家告过别，有几个邻居来给他们送行，一个个都祝他们好运，不过他们心里却在暗暗思忖，像这样一家人，是不会有什么运气的。其实，德贝菲尔家只会自己吃亏，从来害不了别人。走了不久，车子就开始爬坡了，随着地势增高，土质变硬，风也刮得更加凛冽了。

　　那天恰好是四月六号，德贝菲尔家乘坐的马车在路上遇见了许多别的马车，车上装着家什物品，家什物品上坐着一家人。大家的装车方式，都遵循一种几乎一成不变的格式，这大概是乡民特有的格式，就像六角形蜂窝为蜜蜂所特有一样。安置在显要位置的家具，总是那个碗橱，上面带有发亮的拉手、斑驳的指印和厚厚的油垢，按照自然的摆法，高高地竖在车前，紧挨着辕马的尾巴，就像是一只约柜①似的，非得恭恭敬敬地搬走不可。

　　这些搬迁的人家，有的兴高采烈，有的垂头丧气，还有的停在路旁客店的门口。到了适当的时候，德贝菲尔一家也在客店门口停下车子，给马上点料，让人歇一歇。

　　停车歇息的时候，苔丝忽然发现，在离同一家客店不远的地方，也停着一辆搬迁的马车，坐在车上的女人和车下的人，来回传递着一个容量为三品脱的蓝色酒罐子。有一次，酒罐子往上传递的时候，她

_____
　　① 据《圣经》所言，约柜是一种木头柜子，内置刻有十诫的两块石板，藏于古犹太圣殿内的圣所内。

顺着罐子往上看去，只见伸手接罐子的人，居然是她的一个熟人。苔丝朝那辆马车走去。

"玛丽安，伊兹！"她对那两个姑娘大声喊道，因为正是她们俩坐在车上，跟着她们寄居的那家人一道搬迁，"你们跟大伙一样，今天也搬家吗？"

她们说是的。弗林库姆阿什的日子过得太苦了，她们跟格罗比几乎连招呼都没打，就离开了那里，他要是想告发，就让他告发去吧。她们把自己的目的地告诉了苔丝，苔丝也把自己的目的地告诉了她们。

玛丽安俯身靠在家具上，压低声音说道："老跟着你的那位先生——你猜得着俺说的是谁——在你走了以后，还跑到弗林库姆阿什找你呢，这你知道吗？俺们知道你不愿意见他，就没告诉他你去哪儿了。"

"唉——可我还是见到他了，"苔丝嘟哝道，"他找着我了。"

"他知道——你要搬到哪儿去吗？"

"我想知道的。"

"你丈夫回来了没有？"

"没有。"

这时，两辆马车的车夫都从客店里走出来了，苔丝便向朋友告了别，两辆马车又上路了，朝相反的方向驶去。玛丽安、伊兹以及她们跟随的那户庄稼人家乘坐的马车，漆刷得亮锃锃的，由三匹身强力壮的马拉着，马具上镶着光彩夺目的铜饰；而德贝菲尔夫人一家乘坐的马车，却只是一个吱吱嘎嘎的破架子，上面装着那么些重东西，简直有些支撑不住了，大概自从造好以来，就从没上过油漆，而且只用两匹马拉着。两者一对照，就能充分显示出，让家道兴旺的农场主派车来接，和自己搬到没人雇用的地方，真有天壤之别。

路途很远，一天走完可真够受的，把两匹马累得筋疲力尽。他们尽管很早就动身了，但是直到下午很晚的时候，才来到了属于青山高地的一个山侧。趁着马停下来撒尿喘气的工夫，苔丝朝四下望去。他们前面的山下，就是他们要去的那个死气沉沉的小镇金斯比尔，这里埋着苔丝的父亲夸耀赞颂得令人厌烦的祖先。如果说天底下有什么地方可以算做德伯维尔家族的故土，那就是这金斯比尔，因为他们在这里住了整整五百年。

这时，只见有一个人从镇子外面朝他们走来。那人看出车上装着什么样的货物以后，便连忙加快了脚步。

"俺估摸着你就是德贝菲尔太太吧？"他对苔丝的母亲说道，这时，苔丝的母亲已经下了车，打算走完剩下的路。

她点了点头。"不过，要是俺珍重俺的权力的话，俺该是那新去世的没落贵族约翰·德伯维尔爵士的寡妇，这下可回到了他祖宗的老家。"

"哦？这个俺可一点也不知道。不过，你要是就是德贝菲尔太太的话，主人打发俺来告诉你，你要的屋子已经租出去了。俺们不知道你要来，今儿早上才接到你的信——可惜太晚了。不过，你一准能在别的地方租到房子。"

那人注意到了苔丝的面孔，只见她听到这个消息以后，脸上变得煞白。她母亲也露出一副百般无奈的神气。"咱们这可怎么办呀，苔丝？"她悲戚地说道，"咱们回到你祖宗的故土，就受到这样的欢迎啊！不过，咱们再想想法子吧。"

马车拉到镇上，母亲带着丽莎·露，不遗余力地去打听有没有房子，苔丝就留在马车那里，照看弟弟妹妹。一个钟头以后，琼最后一次回到马车那里，找房子的事还是毫无结果。这时马车夫说，必须把东西卸下来，因为马已经累坏了，再说路途那么远，他当晚至少得往回走一段。

"好吧，就卸在这儿吧，"琼也不在乎了，说道，"反正俺能找到遮身的地方。"

他们的马车停在教堂墓地的墙脚下，待在一个隐蔽的地方，马车夫听说叫他把东西卸在那里，正对他的心思，便连忙动手，不久就把那些破烂家具卸下来了。卸完以后，德贝菲尔夫人付了车钱，这样一来，她几乎是身无分文了。马车夫赶着车离开了他们，心里不禁乐滋滋的，觉得不必再与这样的人家打交道了。那天晚上天气比较干燥，他料想他们也不会挨雨淋。

苔丝绝望地看着那一堆家具。春天夕阳的清冷光辉，不怀好意地射到瓦罐和水壶上，射到一把把迎风颤抖的干草药上，射到碗橱的铜拉手上，射到他们全都睡过的藤摇篮上，射到磨得发亮的钟壳上，这些家具全都露出责怪的神气，觉得它们本是摆在屋内的东西，现在却给抛在露天之下，任凭风吹日晒。朝四周望去，以前用作猎园的冈峦山坡，现在全都分割成一块一块的小牧场了，从前坐落着德伯维尔家府第的地方，现在只剩下一片绿色的地基了，就连埃格敦荒原外围的大片旷野，以前也是德伯维尔家的地产。就在近前，有一条教堂走廊，叫作德伯维尔侧廊，在冷漠地旁观着。

"难道咱们家的坟地也不能算是咱们家的地产吗？"苔丝的母亲在教堂和教堂墓地转了一圈，回来以后说道，"这当然是咱们家的地方啦。孩子们，咱们先在这儿住下来，等你们祖宗的故里给咱们找到房子再说。来，苔丝、丽莎、亚伯拉罕，你们来帮帮俺。咱们给这些孩子搭个窝，再出去转转看。"

苔丝无精打采地帮着忙活，一刻钟之后，才把那张旧四柱床从家具堆里搬出来，支在教堂的南墙下面，也就是人称德伯维尔侧廊的那块地方，下面就是那大墓穴。床架的天盖上方，有一个镶着美丽花纹窗顶的玻璃窗，窗子由好多格子组成，是十五世纪的产物。人们都把它叫作德伯维尔之窗，窗户上方可以看出家徽来，和德贝菲尔的古印和古匙上的家徽一样。

琼拿帐子把床围起来，做成一个绝妙的帐篷，然后把几个小孩子放进去。"到了真没有办法的时候，咱们也能在这儿睡上一夜，"她说，"不过，咱们还是再试试看，给几个小乖乖搞点东西吃。唉，苔丝，你就爱玩那嫁给有钱人的把戏，可如今咱们都落到了这步田地，你那把戏还有什么用呢？"

于是，她让丽莎·露和儿子陪着，又登上了那条把教堂和小镇隔开的小路。他们刚走到街上，就看见一个人骑在马上东张西望。"啊——我在找你们哪！"他说着，就骑着马走了过来，"这倒真是一个有历史意义的地点搞家族聚会啊！"此人正是亚历克·德伯维尔。"苔丝在哪儿？"他问。

琼本人对亚历克没有好感。她只是随便朝教堂方向指了指，就又往前走去，德伯维尔对她说，他刚才听说他们没有找到房子，过一会还找不到的话，他还会再去看他们的。他们三个走了以后，德伯维尔骑着马回了客店，过了不久又步行着走了出来。

这时候，留下来照管孩子的苔丝，在床上跟弟弟妹妹们说了一会话，后来觉得他们都安顿好了，眼下没有什么事情可做了，便起身在教堂墓地走来走去。那时暮色已经降临，教堂墓地渐渐暗了下来。教堂的门没有闩住，她平生第一次走进了这座教堂。

他们床铺上方的那个窗户里面，就是德伯维尔家几百年间落葬的地方。一座座坟墓都遮着华盖，呈祭坛形状，样子很朴素；上面的雕刻已经残缺不全，模糊不清了；那铜纪念牌也从框子里脱落了，上面只剩下一些钉眼，就像沙石悬崖上的沙燕窝。在苔丝看来，所有使她感到她们家族已经没落的迹象中，没有什么东西比这残破的景象给她的印象更深了。

她走到一块黑石头跟前，只见上面用拉丁文刻着：

德伯维尔世家之墓门

苔丝不像红衣主教那样精通教堂拉丁文，但是她知道，这是她祖坟的墓门,墓门里面埋着她父亲喝酒时所赞颂的那些高大魁梧的爵士。

她在默默沉思,转身离开的时候,从一个最古的祭坛式坟墓旁边走过,只见上面躺着一个人形。在一片昏暗中,她先前没有注意到它,若不是她起了一种奇怪的幻想,觉得那个人形仿佛在动弹,她现在也不见得会注意到它。她一走到那个人形跟前,便立即看出那是一个活人。她这才意识到,她并非一个人待在这里,不由得惊骇万分,眼看着身子往下倒,差一点昏过去。不过,她还是认出那个人就是亚历克·德伯维尔。

德伯维尔急忙从坟上跳下来,把她扶住了。"我看见你进来了,"他笑盈盈地说道,"我不想打断你的思绪,就跑到那上面去了。这是跟地下那些老祖宗的一次家庭聚会,难道不是吗?你听着。"他用脚跟使劲往地上跺,只听从地下发出一阵咚咚的回响。

"我敢说,他们这下可要受点震动了!"他接着说,"你刚才还以为我只是他们中的一个石像。这可不对。老的一套不行了。①如今我这个冒牌的德伯维尔就是伸出一根小拇指,也比地下那个正牌的德伯维尔王朝对你们更有用处。现在,就请吩咐我吧。要我怎么办呢?"

"你给我走开!"苔丝嘟哝道。

"我走——我去找你母亲,"德伯维尔平静地说道。但他从苔丝身边走过时,又低声说道,"记住我这话:你有朝一日会对我客气起来的!"

德伯维尔走了以后,苔丝就伏在墓地的入口,说道:"我为什么偏偏待在门外面,而不躺在门里面哪!"

与此同时,玛丽安和伊兹·休特随着那个农夫的家什,继续朝她们的福地迦南进发,其实她们的这个福地,只不过是那天早上另一户人家刚刚离开的埃及。不过,她们并没多去考虑她们要去的地方。她们在谈论安琪·克莱尔和苔丝,谈论苔丝那个百折不挠的恋人,她们

---

① 引自丁尼生《亚瑟王之死》第二百三十九行。

一方面是听人说,一方面是自己揣测,早已知道他以前与苔丝的关系了。

"看来苔丝倒不像是过去不认识他的样子了,"玛丽安说道,"苔丝以前上过他一次当,这可是了不得的事情。要是苔丝再上他一次当,那真是万分可怜了。伊兹,克莱尔这辈子是不会把咱们放在心上的,咱们干吗不去成全他们,使他们俩重归于好呢?他只要知道苔丝处于什么样的困境,受到什么样的诱惑,他就会回来保护自己的亲人的。"

"咱们能不能告诉他呢?"

她们一路上都在琢磨这件事,但是到了目的地以后,她们光顾得忙忙碌碌地安置新家,没有工夫考虑别的事了。不过,一个月之后,她们终于安置好了,虽然没有听到苔丝的消息,但却听说克莱尔快要回来了。一听到这个消息,她们心里重新勾起了对克莱尔的旧情,然而又能用光明磊落的态度对待苔丝,于是,玛丽安打开她们花一便士买来的共用的墨水瓶,两人合凑着写了一封信。

尊敬的先生:

如果你真像你太太爱你那样爱她,那就快去照看她吧。因为她正被一个伪装成朋友的敌人逼得伤透脑筋。先生,那个人本该离她远远的,却总在她身边转来转去。一个女人的力量本来就承受不了太大的压力,再说不断的滴水能穿透石头——甚至能穿透钻石。

两个好心人

她们把信寄往埃明斯特牧师住宅,因为与安琪·克莱尔有关的地址,她们只知道这一个。信寄走以后,她们还在为自己的慷慨行为感到扬扬得意,并在得意之余,歇斯底里般地一会儿唱歌,一会儿哭泣。

第七部　功成愿满

第五十三章

　　埃明斯特牧师住宅，正是傍晚的时候。牧师的书房里，照例有两支蜡烛，在绿色的烛罩下燃烧，但是牧师却没坐在书房里。春日渐渐转暖，屋里生一点火就足够了，牧师只是偶尔进来拨拨火，然后又出去了。有时，他到前门口站一会，再往客厅里转一趟，随后又回到前门口。

　　前门是朝西开的，虽然屋内已是一片昏暗，外面倒还有些亮光，眼下可以看得清清楚楚。克莱尔太太本来一直坐在客厅里，现在也跟着丈夫来到了门口。

　　"还早着呢，"牧师说道，"就是火车不误点，他也得在六点钟才能到达乔克牛顿，然后还有十英里的乡间道路，其中五英里得走克里默克罗克篱路，就凭着咱们那匹老马，走起来快不了。"

　　"可是，亲爱的，那匹马拉我们的时候，那点路它一个钟头就走下来了。"

　　"那是多年以前的事了。"

　　他们就这样争论了一会，两人都分明知道，这只是白费口舌，最要紧的就是老老实实地等待。

　　后来，篱路上传来了轻微的响声，栅栏外面果真出现了那辆旧的单马双轮轻便马车。他们看见从车上下来了一个人，便装出认识他的样子，其实，假如他们这时候不是在等一个人，而且这个人不是从他们的马车上走下来，而是在街上和他们相遇，那他们真会失之交臂，认不出他来。

克莱尔太太穿过黑暗的过道，一直冲到门口，她丈夫跟在她后面，走得比较慢些。

新来的人刚要进门，就在门口看见了他们那焦灼的面孔，看见了他们的眼镜上映照出来的亮光，因为他们两个正面对着夕阳的余晖，这时他们只能看到他那背对霞光的身影。

"哦，我的孩子，我的孩子——你终于回来了！"克莱尔太太嚷道。虽说儿子是由于离经叛道的原因，才离别了这么久，但是做母亲的对他这方面的污点，就像对他衣服上的尘土一样，丝毫也不在意。说实在的，世界上的女人中，即使最服膺真理的信徒，谁会相信经文上有关福祸赏罚的话，就像相信自己的子女一样呢？将神学和子女的幸福权衡起来，谁还会把神学放在心上呢？一走进点着蜡烛的屋子，克莱尔太太就打量起儿子的脸。

"哦，这哪儿是安琪——哪儿是我的儿子——哪儿是离家时的安琪呀！"她心里一阵难过，就用反话大声嚷道，一面转过身去。

那位做父亲的见了儿子，也大为惊愕。他这个儿子当初受到家庭变故的愚弄，在一阵厌恶之下，贸然跑到国外，在那里经受了烦恼和恶劣气候的折磨，已经瘦得不成样子，和以前完全判若两人。我们所看到的，与其说是一个人，不如说是一副骨头架子，与其说是一副骨头架子，不如说是快成了一个鬼魂。他简直比得上克里维利[①]画中那死去的基督。他那深深下陷的眼睛露出一副病态，眼睛中也没有一丝光泽。他那些年迈的祖宗那干瘪枯瘦、布满皱纹的面容，已经提早二十年在他脸上出现了。

"你们知道，我在那边病了一场，"他说，"现在病好了。"

然而，仿佛要证明他在撒谎似的，他的两条腿有些发软，他急忙坐了下来，才没有倒在地上。其实，他只是由于那天路上劳顿，加上

---

① 克里维利，意大利十五世纪画家，他所画的《圣母怜子图》，藏于伦敦国立名画馆。

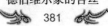
到家后心情激动，便微微觉得有点发晕。

"近来有我的信吗？"他问道，"你们最后转给我的那封信，我险些没收到，因为我待在内地，耽搁了很久，才转到我手里。要不然，我也许会早点回来。"

"那大概是你妻子写给你的信吧？"

"是的。"

最近只寄来过一封信。他们知道儿子就要动身回家，也就没有转寄给他。

那封信一拿出来，克莱尔便急忙拆开了，看到苔丝最后一次用潦草的字迹，急匆匆地向他表示的那番情绪，心里很是忐忑不安。

哦，安琪，你为什么待我这么残忍呀！我不该受到这样的待遇。我把这件事仔仔细细地琢磨了一番，我永远、永远也不能宽恕你！你分明知道我并非有意伤害你——你为什么要这样伤害我呀？你太狠心了，真是太狠心了！我要设法把你忘掉，我在你手里没得到一丁点公道！

苔

"确实如此呀！"安琪放下信，说道，"也许她永远也不会跟我和好了！"

"安琪，别为一个乡下的土孩子难过啦！"他母亲说道。

"乡下的土孩子！我们全都是乡下的土孩子。我倒希望她真是你说的那种乡下的土孩子。不过，有些情况我以前从没对你透露过，现在就跟你说一说吧：她父亲是最古老的诺曼世家的嫡系后裔，像我们这一带的许许多多村民一样，过着默默无闻的农家生活，被人称作'乡下的土孩子'。"

过了不久，安琪就上床安歇了。第二天早晨，他觉得身上很不舒服，就待在房里想心事。当初，他丢下了苔丝，使她陷入那样的境况，当他还待在赤道的南面，刚收到她那封情真意切的信时，他觉得他一旦想要宽恕她，马上就可以赶回来扑进她的怀抱，这是天底下再容易不过的事情了，但是他现在回来了，事情却不像他想象的那么容易了。苔丝是个感情容易冲动的女人，她眼下这封信又表明，由于他迟迟不归，她对他的看法已经改变了——他伤心地承认，这种改变完全是正当的——在这种情况下，他不由得问自己：他事先也不打个招呼，就当着她父母的面去见她，这是不是明智。如果说在他们分离的最后几个礼拜里，她对他的爱恋当真变成了憎恶，那他们突然一见面，也许会说出些刻薄的话来。

因此，克莱尔觉得最好往马洛特村发一封信，告诉苔丝和她娘家的人，说他已经回来了，希望苔丝像他出国时安排的那样，仍然住在娘家，这样可以让他们有个准备。他当天就把信发出去了，那个礼拜还没过去，他就收到了德贝菲尔夫人寄来的一封短短的回信。这封信并没有打消他的局促不安，因为信上没有标明地址，而且使他惊讶的是，这封信不是从马洛特村写来的。

> 先生：
>
> 俺写这封短信告诉你，俺女儿眼下不在俺身边，俺也拿不准她什么时候会回来，不过她一回来，俺就会告诉你的。至于她斩（暂）时住在什么地方，俺觉得不能随意告诉你。俺只能说，俺和俺的孩子们离开马洛特村，已经有些日子了。
>
> 琼·德贝菲尔

从信上可以看出，苔丝至少是安然无恙的，克莱尔也就觉得放心了，德贝菲尔夫人没把苔丝的行踪告诉他，并没有使他难过多久。显然，他们一家人都在生他的气。他只好等着德贝菲尔夫人把苔丝回来的消息告诉他，从信里的意思来看，苔丝好像不久就会回来的。他不配受到更好的待遇。他的爱也是"一发现变故便要转舵"①。他出国期间，有过一些奇特的经历，曾在名义上是科内利亚的人身上，看到了实际上的福斯蒂纳，曾在肉体上是芙琳的人身上，看到了精神上的卢克丽霞②；曾想到那个被人捉住、放在众人当中、该用石头砸死的女人③，还想到那个当上王后的乌利亚之妻④。他曾责问自己，他评判苔丝时，为什么不从发展的眼光去看，而只看过去的历史，为什么不看意愿，而只看行为？

他在父亲家里又待了一两天，等候琼·德贝菲尔答应的第二封信，同时也好借此恢复一下体力。体力倒是有些恢复了，琼的回信却不见踪影。于是，他把苔丝从弗林库姆阿什写给他的，由他家里给他转寄到巴西的那封信，又找了出来，重新看了一遍。信上的字句还像他第一次阅读的时候一样，深深地触动着他。

我在困难中必须向你呼唤——我没有别人可以求救。……如果你不能马上就来，也不让我去找你，我想我只有死路一条了。……请你，请你不要光讲公正——还要对我稍微仁慈一点。……你要是回来了，我就可以死在你怀里。只要你宽恕了我，我会心甘情愿地死去。……只要你肯写几个字告诉我，说你就来啦，那我就会等下去，安琪，哦，高高兴兴地等下去！……想想我总是，总是看不见你，心里该有多么痛苦！唉，我的心每天都是无时无刻不在疼痛，假如

---

① 引自莎士比亚十四行诗第一百一十六首。
② 科内利亚是古罗马庞培大将的妻子，以贞洁而闻名；福斯蒂纳为古罗马王后，以淫荡而闻名；芙琳系古希腊有名的娼妓；卢克丽霞是罗马故事中的贤妻，被塔奎尼乌斯奸污后，自杀身亡。
③ 据《圣经·新约·约翰福音》第八章第一节至第十一节：文士和法利赛人带来一个行淫时被拿的妇人，想用石头砸死，但耶稣却宽恕了她，教她改邪归正。
④ 据《圣经·旧约·撒母耳记下》第十一章：乌利亚的妻子拔示巴与大卫王同房怀孕，大卫王杀死乌利亚之后，娶拔示巴为妻。

我能让你那颗亲爱的心每天只痛上短短的一分钟，你也许会可怜一下你这孤苦伶仃的妻子。……只要和你生活在一起，即使不能做你的妻子，哪怕做你的仆人，我也心满意足，而且满心欢喜。我只想待在你身边，不时地看上你几眼，觉得你是我的人。……不论是在天堂，还是在人间，还是在地狱，我不想别的，只想见到你，我的亲爱的。到我身边来吧，到我身边来吧，把我从威胁我的危险中救出来吧！

　　克莱尔决定，不必相信她最近对他那种比较严厉的态度，而要立刻动身去找她。他问他父亲，他离家期间，苔丝是否向他要过钱。父亲回答说没要过，这时安琪才第一次想到，苔丝是碍于面子不肯求人，她一定受尽了贫困的折磨。现在，牧师夫妇已从儿子的口中，得知了他们小两口分离的真正原因。老两口身为虔诚的基督教徒，既然把拯救堕落的人作为自己特别关心的事，那么，尽管苔丝的血统、单纯、甚至贫穷都不曾激起他们的恻隐之心，现在她的罪孽却立刻博得了他们的怜悯。

　　安琪匆匆忙忙整理行装准备上路的时候，看到了一封也是最近才收到的简短的信——也就是玛丽安和伊兹寄来的那封。信的开头写道：

　　尊敬的先生：
　　如果你真像你太太爱你那样爱她，那就快去照看她吧。
　　信的落款是：

两个好心人。

第五十四章

一刻钟之后，克莱尔就走出了牧师住宅，他母亲眼望着他那消瘦的身影，消失在街上。他不肯借用父亲的老马，因为他知道，家里也离不开那匹马。他跑到客栈，雇了一辆轻便马车，心里急火火的，连套马都等不及。不到几分钟，他就坐着马车，往镇外那条山道上驶去。三四个月以前，也就是顺着这条山道，苔丝满怀希望地下了山，后来希望破灭了，又心灰意冷地上了山。

不久，本维尔路就展现在他面前，路旁的树篱和树木含着苞芽，一片紫红。但是克莱尔心里想着别的事情，偶尔瞥一眼周围的景物，只是为了确保不要走错了路。不到一个半钟头，他就绕过金斯欣托克庄园的南端，来到了那个凄凉晦气的手中十字。正是在这个可怕的孤石跟前，亚历克·德伯维尔一时心血来潮，想要改过自新，便逼着苔丝奇怪地对天起誓，以后永远不再成心诱惑他。坡堤上，去年的荨麻留下了灰白光秃的枯茎，今春的嫩绿新枝又从老根上发了出来。

他从这里，顺着俯视金斯欣托克庄园的那片高地的边沿，向前走了一阵，然后往右一拐，进入了空气清新、石灰地质的弗林库姆阿什。苔丝给他写的那些信里，有一封上就标着这个地址，因而克莱尔认为，这就是她母亲所说的她暂时居住的地方。当然，他在这里并没找到苔丝，使他更加沮丧的是，他发现这里的村民，还有那个农夫，虽然对苔丝这个名字还记忆犹新，但却从没听说有个"克莱尔太太"。显而易见，他们分离期间，苔丝从没用过他的姓。她觉得他们已经彻底脱离了关系，为了自尊起见，她不仅不再姓克莱尔的姓，还宁愿自己历尽艰辛（克莱尔现在才头一次得知这个情况），也不肯去找他父亲要钱。

大伙告诉他，苔丝也没正式辞工，就离开了这里，回到布莱克摩谷那边她父母家里去了，因此他得去找德贝菲尔夫人。德贝菲尔夫人告诉他说，她现在不住在马洛特了，但是说来奇怪，又不肯把真实地址告诉他，所以唯一的办法，就是到马洛特去打听了。那个农夫本来对苔丝很凶狠，现在对克莱尔却客客气气，把车马借给了他，还打发车夫，把他送到马洛特，因为克莱尔雇的那匹马，已经走够了一天的路程，那马车便转回埃明斯特去了。

克莱尔坐着农夫的马车走到布莱克摩谷的外沿，就打发车夫赶着马车回去了，他自己在一家客店里住了一夜。第二天，他步行着走进了他亲爱的苔丝的出生之地。当时节气还早，园子里和树枝上还没冒出多少青绿的颜色，所谓的春天，只不过是披着一层薄绿的冬天罢了。这和他预想的是一致的。

苔丝小时候居住的房子，现在却住着与苔丝素不相识的另一家人。这新来的一家人正待在园子里，兴致勃勃地干着自己的事情，好像这座住宅以前从没住过别的人家，从没与别人家的历史发生过关系，其实，与以往人家的历史比起来，这家人家的历史只不过是一个痴人说的故事。[1] 他们在园子的小径上走来走去，一心只想着自己的事情，他们的一举一动，时时刻刻都与以前那些形影模糊的人相抵触。他们说起话来，好像苔丝住在这里的时候，也完全像现在这样平淡无奇。就连春天的鸟儿也在他们头上啾鸣，好像并不觉得有什么人离去了似的。

这家人真是些十足的傻瓜，连他们以前的住户姓甚名谁都记不清楚，克莱尔向他们一打听，才知道约翰·德贝菲尔已经死去，他的遗孀和遗孤都搬出马洛特了，先说要到金斯比尔去住，后来又没去那里，却到另一个地方去了，他们还把这另一个地方的名字，也告诉了克莱尔。现在，苔丝已经不住在这里了，克莱尔就憎恨起这座房子，于是便急忙走开，也没回头望一眼。

他路过他头一次看见苔丝跳舞的那块草地时，只觉得那块地方像

---

① "一个痴人说的故事"，见莎士比亚《麦克白》第五幕第五场。

那座房子一样可憎，甚至更加可憎。他再往前穿过教堂墓地，只见许多新立的墓碑中间，有一块式样比较考究，上面刻着这样的碑文：

约翰·德贝菲尔，实属显赫一时的德伯维尔家族之直系后裔，其祖先自征服者之武士佩根·德伯维尔爵士起，英杰辈出。卒于一八××年三月十日。谨立此碑以资纪念。

英雄豪杰何竟灭亡。

有一个人，看样子大概是教堂司事，瞧见克莱尔站在那里，便走了过来。"啊，先生，这个人本不愿意埋在这儿，却想埋到金斯比尔去，因为他的祖坟在那儿。"

"那他家里人为什么不尊重他的意愿呢？"

"哦——没有钱呗。唉，先生，这话俺可不愿意到处乱讲，不过——就连这块墓碑，刻得这么讲究，还没有付钱呢。"

"啊——是谁立的？"

这人就把村里一个石匠的名字告诉了克莱尔，克莱尔一离开教堂墓地，就跑到那个石匠家里去了。他发现那人说得果然不错，就把钱付给了石匠。办完这件事以后，他就转身朝苔丝一家新搬的方向走去。

路途那么远，要走着去是办不到的，但是克莱尔就想一个人图个清静，所以起初既没有雇马车，也没去火车站，其实，只要乘上火车绕个弯，就可以到达那里。可是走到沙斯顿，他就觉得非雇车不可了，但是路不好走，晚上大约七点钟的时候，他才赶到琼的住处，从马洛特到这里，总共走了二十多英里。

村子不大，克莱尔没费劲就找到了德贝菲尔夫人的住处。那座房子坐落在一个有围墙的园子里，离大路比较远，德贝菲尔夫人把她那些笨重的家具，也都尽力放置好了。克莱尔看得出来，由于某种原因，德贝菲尔夫人并不愿意他来拜访，因此他觉得，他这次拜访未免有些莽撞。德贝菲尔夫人亲自来到门前，夕阳的余晖照在她的脸上。

这是克莱尔头一次见到她，不过克莱尔正满腹心事，顾不得仔细打量她，只见她还是个风韵犹存的女人，穿着一身体面的孀妇服装。克莱尔只得解释说，他是苔丝的丈夫，并且说明了他来这里的目的，不过说得很笨拙。"我要立刻见到她，"他接着说道，"你说你会再给我写信的，可你却一直没有写。"

"因为她一直没回家。"琼说道。

"你知道她现在好吗？"

"俺不知道。可你该知道呀，先生。"琼说。

"这我承认。她现在待在什么地方？"

从一开始见面，琼就显得有些尴尬，总是用手捂着脸腮。"俺——说不准她待在什么地方？"她回答道，"她原先——不过——"

"她在哪儿？"

"呃，她眼下不待在那儿了。"

琼支支吾吾地说到这里又顿住了，几个小孩子这时也溜到了门口，最小的一个扯了扯母亲的衣襟，低声说道："这就是要跟苔丝结婚的先生吗？"

"他跟苔丝结过婚了，"琼轻声说道，"回屋去。"

克莱尔看出她执意不肯吐露消息，便问："依你看，苔丝愿意我去找她吗？她要是不愿意的话，当然——"

"俺想她不愿意。"

"你敢肯定吗？"

"俺敢肯定她不愿意。"

克莱尔转身想走，随即又想起苔丝那封情意绵绵的信来。"我敢肯定她愿意！"他激烈地反驳说，"我比你更了解她。"

"八成是吧，先生，俺从没摸准她的脾气。"

"德贝菲尔太太，请你可怜可怜我这个孤苦伶仃的人，把她的地址告诉我吧。"

苔丝的母亲又心神不定地用手直上直下地摸着脸，后来见克莱尔真的很难过，终于低声说道："她在桑德伯恩。"

"啊——在桑德伯恩什么地方？人家都说，桑德伯恩已经变成一个大地方了。"

"俺只说得上她在桑德伯恩，细情俺就不晓得了。俺也从没去过那地方。"

克莱尔看得出来，琼说的是实话，因此他就没再追问她。

"你缺不缺什么东西？"他温和地问道。

"不缺什么，先生，"琼答道，"俺们的日子过得不错。"

克莱尔也没进屋，就转身走了。前面三英里处，有一个火车站，他拿钱把马车夫打发了，自己走到了车站。过了不久，开往桑德伯恩的最后一班车启动了，车上的乘客就有克莱尔。

第五十五章

那天晚上，克莱尔来到桑德伯恩，在一家旅馆找到了一个床位，立刻打电报把地址告诉了父亲，这时已是夜里十一点了，但他还是走到了街上。时间已经太晚了，没法去拜访求见任何人了，他无可奈何，只得挨到第二天早晨再说。但他还是无心回屋安歇。

这是一个时髦的海滨胜地，东西各有一个火车站，还有几个码头，一片片的松树林，一条条的人行道，一座座花木成荫的花园，在克莱尔看来，犹如一个仙境，神杖一指就突然出现了，然后又让它稍稍蒙上了一层沙尘。广阔的埃格敦荒原东端的边沿地带就在跟前，然而就在这片古老的黄褐色的荒原边上，却出现了这样一座新奇而光彩夺目的游乐城市。离城郊不到一英里的地方，每一块高低不平的土地都是史前的残迹，每一道溪沟都是依然如故的不列颠古道，自从恺撒大帝以来，这里的草地没有一块被人耕种过。然而，那奇异的景物，就像先知的葫芦一样，[1] 在这里生长起来，并把苔丝引到了这里。

克莱尔置身于一个旧世界的这个新天地里，借助半夜路灯的亮光，沿着弯弯曲曲的道路来回溜达，只见这里建有无数奇特的宅第，宅第那巍然耸立的屋顶、烟囱、观景台、塔楼，掩映在树木之间，星光之下。这是一个由一座座独家大宅构成的城市，是英吉利海峡之滨的一个地中海游憩地，现在在夜间看来，似乎比实际上还要巍峨壮观。

大海就在眼前，但却没有发出扰人的喧噪，海水只在轻声荡漾，克莱尔还以为是松涛瑟瑟；松林瑟瑟作响，与海水的声音毫无二致，克莱尔又以为是海水在轻声荡漾。

他的年轻妻子苔丝，本是一个乡下姑娘，在这样一个富丽时髦的地方，她又可能待在什么地方呢？他越琢磨，越感到迷惑不解。难道这里有牛奶可挤吗？毫无疑问，这里是无地可耕的。她很可能是让哪个大宅子雇来做事的。于是，他一面往前走，一面望着那些宅第窗户，只见窗里的灯光一个接一个地熄灭了。他心里纳闷，不知道苔丝待在哪一家。

猜测是毫无用处的。刚过十二点，他就回到了旅馆，上床躺下了。熄灯之前，他把苔丝那封言辞热烈的信重又看了一遍。然而他却无法入睡了——离她这么近，却又这么遥远——他不断地拉起百叶窗，直朝对面那些房子的背后打量，心想不知道苔丝眼下在哪个窗户里面安歇。

他跟坐一夜差不多，简直没怎么合眼。早晨七点他就起床了，过了不久就出了旅馆，朝着邮政总局走去。到了邮局门口，他遇到一个

①　据《圣经·旧约·约拿书》第四章第六节和第七节，耶和华让一棵葫芦在一夜之间长得高出人头，第二天又使其枯死。

很机灵的邮差，从邮局里走出来，拿着早班的信件，准备去分发。

"你知道一位克莱尔太太的地址吗？"安琪问道。

邮差摇了摇头。这时，克莱尔忽然想起，苔丝可能还在用她娘家的姓，于是便说："或者说德贝菲尔小姐呢？"

"德贝菲尔？"这个姓对邮差来说也是陌生的。"你知道，先生，这儿天天都是人来人往的，"他说，"要是不知道住址，就没法找到人。"

正在这时，又有一个邮差从邮局里面匆匆走了出来，克莱尔又向他问了一遍。

"我没听说有姓德贝菲尔的，不过有个姓德伯维尔的，住在苍鹭。"第二个邮差说道。

"这正是我要找的，"克莱尔嚷道。他以为苔丝改用她祖上的真姓了，心里一阵高兴，"苍鹭是个什么地方？"

"一家时髦的公寓。唉，这里到处都是公寓。"

他们告诉了克莱尔去那家公寓怎么走法，克莱尔就急急忙忙地赶去了，等他找到了地方，一个送牛奶的也到了那里。苍鹭虽然是座普通的别墅，但是却坐落在自己的庭园里，从外表看来，非常像是私人宅第，谁也想不到它竟会是一座公寓。克莱尔心想，可怜的苔丝恐怕是在这里当用人，如果真是那样的话，她就会去后门迎接那个送奶的，因此他也想去后门那里。然而，他也拿不准，所以还是转到了前门，拉了拉门铃。

因为时间还早，女房东亲自出来开了门。克莱尔说他想找苔丝·德伯维尔，或者苔丝·德贝菲尔。

"是德伯维尔太太吗？"

"是的。"

这样看来，苔丝是以已婚妇女的身份出现了，虽然没用克莱尔的姓，克莱尔也觉得很高兴。"请你告诉她，就说有一个亲戚急着要见她。"

"时间还很早。先生，你贵姓？"

"安琪。"

"安琪先生吗？"

"不，就是安琪。这是我的名字。她会明白的。"

"我去看看她醒了没有。"

克莱尔被领到用作饭厅的前屋，这里的窗户都挂着装有弹簧的窗帘，透过窗帘往外看去，只见外面有一小片草地，上面有杜鹃和别的灌木。显然，苔丝的处境并不像他担心的那样糟糕。他心想，她一定是用什么法子，把那些珠宝要出来变卖了，才达到了这般境况。他丝毫也没有责怪苔丝。过了不久，他那竖起的耳朵听到了楼梯上的脚步声，他的心顿时扑通扑通地乱跳起来，使他觉得非常难受，人都险些站不稳了。"天哪——她会怎样看我呀—我都变成这副样子啦！"他自言自语地说，这时门打开了。

苔丝出现在门口———点也不像他料想的那样——而且与他料想的截然相反，真让他大惑不解。她那天生的花容月貌，让她穿的衣服一衬托，即使不能说又平添了几分姿色，却也显得越发艳丽。她身上披着一件宽松的浅灰色开司米羊毛晨衣，上面绣着半丧服的素色花样，脚上穿着一双同样花色的拖鞋。她的颈子周围镶着细绒花边，她那根让人记忆犹新的深棕色发辫，一半挽在背后，一半披在肩头——显然是匆忙的结果。

克莱尔伸出了双臂，但是又垂下来了，因为苔丝并没迎上前来，仍然站在门口。克莱尔现在只是一具蜡黄的骷髅，他感到他们两人差异太大，觉得她一定会厌恶他这副模样。

"苔丝！"他嗓子嘶哑地说道，"你能宽恕我撇下你走掉了吗？你难道——不肯接近我吗？你怎么会变成——现在这样？"

"太晚了。"苔丝说道，她的声音传遍整个房间，听起来十分冷酷，她眼里也闪射出不自然的光辉。

"我以前没正确地看待你——没有按你的真实面目来看你，"克莱尔继续申辩说，"现在我懂了，我最亲爱的苔丝！"

"太晚了，太晚了！"苔丝说道，一面摇摇手，那副焦灼难忍的样子，就像一个身受重刑的人，每挨过一瞬间，就如同一个钟头一样难熬，"别靠近我，安琪！别——你不能靠近我。离我远点。"

"我亲爱的妻子，你是不是因为我病成这副样子，就不爱我了？你不是那种三心二意的人——我是特意来找你的——我父母亲现在都很欢迎你。"

"好哇——哦，好哇，好哇！可是我说，我说太晚了。"苔丝仿佛觉得像是梦中的逃亡者，只想跑开，却又动弹不得，"难道你不知道这一切——难道你不知道吗？可你要是不知道，你又是怎么找到这儿来的？"

"我到处打听，才找到这儿来的。"

"我一直等你，等了又等，"苔丝接着说，她的声音突然又像以前一样柔和凄婉，"可你就是不回来。我写信给你，你还是不回来。他总说你再也不会回来了，还说我是个傻女人。他待我很好，待我母亲也很好，我父亲死后，他待我们全家都很好。他——"

"我不明白你是什么意思呀？"

"他又把我弄到手了。"

克莱尔死劲地盯着她，随即明白了她的意思，就像染上瘟疫似的，浑身发软，目光也垂了下来，落到她的手上，只见原来红润的手，现在变得更白更嫩了。

苔丝接着说道："他在楼上。我现在恨死他了，因为他对我撒谎——说你再也不会回来了。可你还是回来了！这身衣服都是他给我穿上的，我也不在乎，随他怎么摆布！不过——安琪，请你走开吧，永远不要再来了，好吗？"

两人直愣愣地站在那里，心里的茫然不知所措透过眼睛流露出来，而那凄怆忧伤的眼神，看起来真让人觉得可怜。两人似乎都想找个藏身的地方，避开现实。

"唉——这都是我的过错！"克莱尔说。

但他说不下去了。其实，说不说话都一样无用。不过，他隐隐约约地意识到一个情况，尽管他到后来才对这一情况有了清楚的认识：他原来的那个苔丝，在精神上已经不再承认他面前的这个肉体是她自己的了——而是让它像河上的浮尸一样随波逐流，向着与它活着时的意愿无关的方向漂去。

过了一会，克莱尔发现苔丝已经走了。他站在那里，一心想着这一瞬间的情景，脸上变得更加冷峻，更加消瘦。又过了一会，他发现自己来到了街上，漫无目的地茫然走着。

第五十六章

布鲁克斯太太作为苍鹭公寓的女房东，又拥有那么多华丽的家具，倒不是一个特别好管闲事的女人。她这个人说起来真可怜，一向太看重物质利益了，成天价算计赚钱赔钱的事，琢磨怎样招徕更多的房客，把他们口袋里的钱挣过来，并没有闲心去管别的事了。但是，安琪·克莱尔前来拜访她那两位肯付优厚房租的房客（她所认为的德伯维尔夫妇），在时间和方式上都有些异乎寻常，不由得重新激起了她那女性固有的好奇心。本来，她一直压抑着这好奇心，觉得除非与租房生意有关系，否则这种好奇心是毫无益处的。

苔丝是站在门口同她丈夫说话的，并没走进饭厅。布鲁克斯太太站在过道后面她自己的起居室里，门半开半掩着，所以，那一对伤心人之间的交谈——如果可以称作交谈的话——她能听到一些片言只语。她听见苔丝又回到楼上，听见克莱尔起身离去，顺手关上了前门。接着，楼上房间的门关上了，布鲁克斯太太知道，苔丝进到了自己的房里。

既然这位年轻的太太还没有穿戴整齐，布鲁克斯太太心想，她一时半刻不会再出来了。

于是，布鲁克斯太太轻手轻脚地上了楼，站在前屋的门口。前屋是客厅，后面是卧室，中间有两扇普通的折门连通。这二楼上有布鲁克斯太太的最好套间，现在由德伯维尔夫妇按礼拜租用。这时候，后屋里静悄悄的，但从前屋里却传来了声音。

起初，她只能辨出一个音节，是连续不断地低声呻吟发出来的，就像绑在伊克西翁车轮上的鬼魂发出的呻吟[①]：

"哦——哦——哦！"

接着是一阵沉默，随后是一声沉重的叹息，然后又是：

"哦——哦——哦！"

女房东从钥匙孔里望进去。虽然只能看见屋内的一小块空间，但是早餐桌的一角，还有桌旁的一把椅子，却出现在那一小块空间里，只见桌上早就摆好了早餐。苔丝跪在椅子前面，把脸伏在椅座上，两手抱着头，黑衣的下摆和睡衣的花边全拖在身后的地板上，一双脚伸在地毯上，脚上没穿袜子，拖鞋也脱落了。那无法形容的绝望的呻吟，就是从她嘴里发出来的。

接着，从隔壁卧室里传来一个男人的声音："你怎么啦？"

苔丝没有回答，只是继续念叨，听那语气，与其说是叫嚷，不如说是自语，与其说是自语，不如说是哀鸣。布鲁克斯太太只能听清一部分：

"……我那亲爱的、亲爱的丈夫回来找我了……可我却不知道……你用心险恶、花言巧语地劝我说……总是不肯罢休……是的……总是不肯罢休！我的小妹妹、小弟弟，我妈妈缺这缺那……你就利用这些东西来打动我……你说我丈夫再也不会回来了……绝不会回来了。你

---

① 伊克西翁是希腊神话中的拉庇泰王，因觊觎天后赫拉的美色，而被天神宙斯缚在永远旋转的车轮上受罚。

还讥笑我,说我还盼他回来,真是个傻瓜……最后我终于听信了你的话,不再等他啦!……后来他却回来了!现在又走了,又走了!第二次走了,这回我是永远失去他了……今后他对我不会有一丝一毫的爱了……他只会恨我……唉,是啊,这回我又失去他了——又是因为——你!"

她的头本来伏在椅子上,在痛苦的扭动中,脸就转得对着门口了。布鲁克斯太太看见她脸上痛苦万状,嘴唇都被牙齿咬出血来了,眼睛紧闭着,长长的睫毛湿成一绺一绺的,贴在脸上。她继续说道,"他活不长了——他看样子活不长了……我的罪孽会要了他的命,我自己却死不了!……哦,我这一辈子全让你毁了……我曾经哀求过你,让你可怜可怜我,千万不要再毁了我,可你还是把我毁了!……我自己的亲丈夫永远不能,永远不能——哦,天哪——我受不了啦!受不了啦!"

那个男人说了几句更难听的话。接着,突然听到一阵窸窸窣窣的声音。原来,苔丝已经一跃而起。布鲁克斯太太以为她要冲出门来,便急忙退到楼下去了。

其实,她是不必跑开的,因为客厅的门并没有打开。但是布鲁克斯太太觉得,再到楼上去偷看,毕竟是不大稳妥的,所以就走进了楼下她自己的起居室。

她尽管在楼下侧耳细听,但却听不见楼上有什么动静,于是就走进厨房,把没吃完的早饭吃完。随后她又回到一楼的前屋,拿起针线活计,等候房客拉铃叫人收拾餐桌,她打算亲自去收拾,以便看看究竟出了什么事。她坐在那里,可以听见上面的楼板发出轻微的嘎吱嘎吱声,好像有人在走动似的。过了不一会,就知道这动作是怎么回事了,因为她听见了衣裙沙沙擦过楼梯栏杆的声音,接着听见前门打开又关上的声音,然后就看见苔丝奔向栅栏院门,朝街上走去。她现在已经穿戴整齐,跟刚来的时候一样,穿着阔家少妇的旅行服装,所不同的是,帽子和黑羽上添了一块面纱。

布鲁克斯太太并没听见那两位房客在楼上门口说过什么暂别或久

别的道别话。也许他们刚刚吵过嘴，要么就是德伯维尔先生睡着了，他不是个爱早起的人。

布鲁克斯太太走进主要供她起居的后室，在那里继续做针线活。那位女房客还没回来，那位先生也没拉铃。布鲁克斯太太在寻思，他们怎么迟迟没有动静，今天一大早就来拜访的那个人，与楼上这对夫妇究竟有什么关系。她一面寻思，身子不由得靠在椅背上。

她这么往后一靠，目光无意中落到了天花板上，只见在白色的天花板中间，出现了一个斑点，这是她以前从未见到过的。她刚一发现的时候，那个斑点就跟一块薄脆饼一般大小，但是迅速扩大到跟她的手掌一样大。随后她又察觉到，那块东西是红色的。这个长方形的白色天花板上，中间添了这样一块红斑，看起来好像一张巨大的红桃爱司。

布鲁克斯太太不知怎么办，心里生出一阵阵的疑虑。她爬到桌子上，用手指摸了摸天花板上的那块地方，只觉得湿乎乎的，好像是血迹。

她下了桌子，出了起居室，上了二楼，打算走进客厅后面的那间卧室。但是，尽管她现在并不慌张，但却不敢去扭动那个门把。她仔细听了听。屋里一片沉寂，只听到一种均匀的嘀嗒声。

嘀嗒，嘀嗒，嘀嗒。

布鲁克斯太太急忙奔下楼，打开前门，跑到街上。邻近别墅里她认识的一个工人恰好打街上走过，她就求他进来，跟她一起上楼，她担心她的客房出了什么事。那个工人答应了，跟着她上了楼梯口。

她打开了客厅的门，往后一退，让那个工人先进去，自己才跟了进去。屋里并没有人，桌上的早餐——一顿丰盛的早餐，其中有咖啡、鸡蛋和冷火腿——还摆在那里一动没动，跟她先前摆的时候一样，只是切肉的刀子不见了。她叫那个工人穿过折门，到隔壁房里去看看。

那工人打开门，刚往里走了一两步，就神色紧张地缩了回来。"天哪，床上那位先生死了！大概是让刀子扎死的——地板上淌了一大摊血！"

他们马上报了警，这所本来安安静静的房子里，顿时响起了许多杂沓的脚步声，其中就有一个外科医生。伤口虽然很小，但是刀尖扎进了死者的心脏，只见他仰面躺着，面色灰白，直挺挺地断了气，好像被刺中后就没怎么动弹过。一刻钟之后，本镇一位旅客在床上被杀的消息，就传遍了这个时髦的海滨胜地的每一条街道，每一座别墅。

第五十七章

与此同时，安琪·克莱尔木然地顺着来的路往回走着，进了旅馆以后，坐到了摆着早餐的桌子跟前，呆呆地瞪着两只眼。他毫无知觉地吃着喝着，后来突然要求结账。结过账以后，他就提起他随身所带的唯一行囊——一只装梳洗用具的旅行袋，走出了旅馆。他正要离开的时候，一封电报递到了他手中。一看是他母亲打来的，上面只有寥寥几句话，说是很高兴知道了他的地址，还告诉他说，他哥哥卡思伯特已向默茜·钱特求婚，对方也已同意。

克莱尔把电报揉成一团，一路朝车站走去。到了车站才知道，要等一个多钟头才有火车开出。他只好坐下来等车，等了一刻钟之后，又觉得不能在那里再等下去了。他已经肝肠寸断，心灰意冷，也没有什么急着要干的事了，但他在这里遭遇了这番经历，只想尽快离开这座城市，因此便转身朝前面一个车站走去，好在那里乘火车。

他走的那条大路空旷开阔，往前不远，就通到一个山谷里，而且可以看出，从山谷这一边伸展到山谷那一边。他在这山谷里走了大半路程，正在顺着西边山坡往上爬，这时他停下来喘口气，不知不觉地回头望去。他为什么要回头，他也说不出来。不过，好像有什么东西逼着他这样做。这条大路就像条带子似的，在他身后越来越细，一直延伸到他望不见的地方。就在他回头张望的时候，只见有一个小斑点，闯入了这条空荡灰白的大路，在往前移动。

　　这是一个正在跑动的人影。克莱尔就站着等候，模模糊糊地觉得，这个人想要追上他。

　　这个跑下山谷斜坡的人，看样子是个女人，但是克莱尔万万没有想到他妻子会来追他，因此，即便苔丝走到离他很近时，他也没有认出她来，因为他现在见到的她，所穿的衣服跟以前完全不一样了。直到她走到他跟前时，他才敢相信这是苔丝。

　　"我就看见你——离开火车站的——我晚到了一步——就一路上跟着你追来了！"

　　苔丝脸色煞白，呼吸急促，浑身都在颤抖，所以克莱尔一句话也没问她，只是抓住她的手，拉到自己的胳膊底下，领着她往前走去。为了避免遇见其他行人，他带着她离开了大路，拐向了几棵枞树遮掩下的一条僻静的小路。他们深入到呜咽低吟的树枝下面时，克莱尔停了下来，用探询的目光望着苔丝。

　　"安琪，"苔丝好像就在等待他这一目光，说道，"你知道我为什么这样一路追赶你吗？为的是告诉你，我已经把他杀了！"她说这话的时候，脸上浮起一种令人痛怜的惨笑。

　　"什么！"安琪说道，见她神态反常，以为她有些精神错乱。

　　"我把他干掉了——我也不知道是怎么干掉的，"苔丝接着说道，"不过，安琪，为了你，也为了我自己，我应该这么干。很久以前，我曾经拿皮手套打过他的嘴，当时我就担心，有朝一日我会把他干掉，因为他利用我年少无知，设下圈套坑害了我，还通过我坑害了你。他离间我们两个人，把我们给毁了，现在他再也干不成这种勾当了。安琪，我那么爱你，可我压根儿就没爱过他。这你也知道，是吧？你相信吗？你不肯回到我身边，我只好又跟着他了。当初我那么爱你，你为什么撇下我——为什么呀？我真不明白你这是为什么。但我并不怪你，不过，安琪，既然我已经把他杀了，你能宽恕我对你犯下的罪过吗？我一路追你的时候，心里就在想：既然我把他干掉了，你一定会宽恕我的。当时我心里豁然一亮，觉得可以用这种办法重新得到你。失去了你，真叫我没法再忍受了——你不知道我得不到你的爱，心里压根儿受不了这种痛苦。现在说你爱我吧，亲爱、亲爱的丈夫。既然我已经杀了他，说你爱我吧！"

"我的确爱你，苔丝——哦，我的确爱你——我的爱完全复苏了！"安琪说道，一面怀着炽烈的感情，用胳膊紧紧地搂着她，"不过，你说什么——你把他给杀了？"

"我是说我把他杀了。"苔丝神思恍惚地嘟哝道。

"什么，把人杀啦？他死了吗？"

"是的，他听见我在为你哭诉，就恶狠狠地挖苦我，还用脏话骂你，因此我就把他杀了。我心里真忍不下去。他以前也老拿你挖苦我。我一杀了他，就穿戴好了，跑出来找你。"

克莱尔渐渐地才肯相信，苔丝即使没有真的杀人，至少也动过这个念头。这时，他一方面对她的冲动感到惊恐，另一方面又觉得她对他一片深情，而且她的爱有着如此奇特的力量，居然驱使她完全丧失了道德观念，不禁大为惊异。苔丝自己没能看出这一行为的严重性，似乎终于遂心如意了。克莱尔瞧着她伏在他的肩头上，快活得哭了起来，心里不由得纳闷，德伯维尔家的血统中究竟有什么令人难解的特性，导致了这种心理失常——如果真可算是心理失常的话。他心里顿时掠过一个念头：德伯维尔家族所以会出现那个在马车里杀人的传说，也许人家知道这个家族的人常干这种事。克莱尔在心绪混乱、情绪激动的情况下，只能这样断定：苔丝在她刚才所说的悲痛若狂的时刻，一定失去了心理的平衡，陷入了这样的深渊。

这件事如果确实如此，那就太可怕了，如果只是一时的幻觉，那也太悲惨了。然而，不管怎么说，那个被他遗弃的妻子，那个感情热烈的女人，现在就在他跟前，紧紧地靠着他，丝毫也不怀疑，觉得他就是她的保护者。克莱尔看得出来，在她的心目中，他是不可能不做她的保护者的。最后，他心里完全化作一片柔情。他用他那苍白的嘴唇，没完没了地亲吻她，同时握着她的手，说道："我永远不会抛下你！我最亲爱的，不管你做了什么，也不管你没做什么，我都会竭尽全力保护你！"

这时，他们又在树下往前走，苔丝不时地掉过头来望望他。他现在虽然又憔悴又难看，但苔丝显然看不出他外貌上有什么丝毫不足的地方。在她看来，他还是像过去一样，无论在形体还是心灵上，都是完美无瑕的。他仍然是她的安提诺斯，甚至是她的阿波罗。① 今天，在她充满深情的眼光中，他那副病容跟她头一次见到他时一样，就像晨光一般美丽，因为在这天地之间，只有这张脸的主人，才纯洁地爱着她，也相信她是纯洁的。

克莱尔出于以防不测的本能，没像原先打算的那样赶到城外头一个车站，而是深入到了杉树林子里，因为这里方圆多少英里，到处都是冷杉树。他们相互搂着腰，走在一层干枯的冷杉针叶上，心里恍恍惚惚，如痴如醉，觉得两个人终于在一起了，没有任何人夹在他们中间了，同时也把死尸的事抛到了脑后。他们就这样走了好几英里，后来苔丝突然如梦初醒，往四周一看，怯生生地说："我们这是要去什么地方吗？"

"我也不知道，最亲爱的，怎么啦？"

"我也不知道。"

"也罢——我们索性再往前走上几英里，到了晚上随便在哪儿找个地方住一宿——也许在一所偏僻的农舍里。你还能走吗，苔丝？"

"哦，能走！只要你搂着我，我就能一直走下去！"

整个来说，这似乎是个好办法。因此，他们加快了脚步，避开大路，顺着大致向北的偏僻小路走去。但是，他们这一整天的行动都是不切

---

① 安提诺斯是古罗马的美男子。阿波罗是希腊神话中的太阳神，以年轻英俊著称。

实际，糊里糊涂的，诸如有效逃脱、乔装打扮或长久隐藏之类的问题，他们好像谁也没有考虑。他们完全是想起什么就是什么，丝毫没有防范的打算，就像两个孩子做盘算一样。

正午时分，他们来到了路边的一家客店附近，苔丝本想和克莱尔一道进去吃点东西，但是克莱尔却劝她不要去，就待在这个半林半荒地带的树木和灌木之间，等着他回来。苔丝的衣服是些最新款式的，就是她那把象牙把阳伞，在他们现在来到的这个偏僻的地方，也是从来没人见过的。她这些衣物的式样，难免会引起坐在客店长椅上的那些人的注意。克莱尔很快就回来了，拿着足够五六个人吃的食物，还有两瓶酒——如果出现什么紧急情况，也足够他们维持一两天的。

他们坐在几根枯树枝上，一道吃起饭来。大约在一两点钟之间，他们把吃剩的东西包装好，又往前走去。

"我觉得来劲了，多远的路都走得动。"苔丝说。

"我想我们还是大致朝内地走吧，在内地可以躲一些日子，受到搜捕的可能性比沿海一带来得少，"克莱尔说，"事后，等风声过去了，咱们再到港口去。"

苔丝没有回答他这话，只是把他搂得更紧了，于是两人直朝内地走去。尽管当时还是英国的五月时节，可天气却是又清朗又恬静，到了下午还很暖和。后来，他们顺着一条小径走了几英里，来到了新苑的深处。快到黄昏的时候，他们拐过一条篱路，看见一条小溪和一座小桥，桥后面竖着一块大木牌，上面用白漆写着："佳屋出租，家具齐全。"下面还作了详细介绍，并说明了如何与伦敦代理人接洽。他们穿过一道栅门，就看到了那幢住宅。这是一座旧砖房，式样规范，屋舍宽敞。

"我知道这幢住宅，"克莱尔说，"这是布拉姆舍斯特大宅。你可以看出，房子关闭着，车道上长着草呢。"

"有几扇窗子还开着。"苔丝说。

"我想只是通通气罢了。"

"这些房间全都空着，而我们俩却没有个栖身的地方！"

"你走累了，我的苔丝！"克莱尔说，"我们快要歇息了。"他亲了亲她那凄苦的嘴唇，又领着她往前走去。

克莱尔也渐渐地累了，因为他们已经走了十四五英里路，现在必须考虑怎么歇息了。他们从远处看着那些孤零零的农舍和小客栈，很想住到一家小客栈里，但是心里又发怯，只好避开了。最后，脚下越走越沉，两人便站住了。

"我们能在树底下睡觉吗？"苔丝问。

克莱尔觉得时节还早了些。"我在琢磨我们刚路过的那幢空宅子，"他说，"我们再回到那儿吧。"

他们顺原路往回走，但走了半个钟头，才回到原先路过的栅门外面。克莱尔叫苔丝先在门口等候，他去看看里面有没有人。

苔丝在栅门内的灌木丛中坐下来，克莱尔蹑手蹑脚地朝宅子走去。他去了好久才回来，可把苔丝急坏了，不是为她自己着急，而是为克莱尔着急。克莱尔从一个男孩那里打听到，那座宅子只有一个老太太负责看管，她住在附近的村庄里，只在天晴时过来开关窗户。她要在太阳落山的时候来关窗。"现在，我们可以从楼下的窗户爬进去，到里面去休息。"他说。

在克莱尔的护送下，苔丝拖拖沓沓地朝宅子正面走去，只见窗户全都被窗板遮住了，宛如一只只失明的眼珠，表明里面不会有人往外观望。再往前走几步，就来到了门前，旁边有一个窗户正开着。克莱尔爬到里面，随即又把苔丝拉了进去。

除了门厅以外，所有的房间都是黑洞洞的，他们便上了楼。楼上的窗板也都紧紧地关闭着，给房里通气只是敷衍了事，至少那一天是这样的，仅仅打开了门厅前面的一个窗户和楼上后面的一个窗户。克莱尔拉开了一间大卧室的门闩，摸索着走进去，把窗板扳开了两三英寸宽。顿时，一道耀眼的阳光射进了屋里，映出了屋内笨重的老式家具，深红色的花缎帷幔，以及一张四柱大床，床头上刻着奔跑的人物，显然是阿塔兰特赛跑的故事。①

"终于歇下来啦！"克莱尔说道，一面放下旅行袋和那包食物。

他们静悄悄地待在屋里，等着照管房子的来关窗户。为了谨慎起见，他们像先前那样把窗板关严了，两人完全待在黑暗之中，以防那个女人出于什么偶然的缘故，打开他们这间屋子的门。在六七点之间，那个女人来了，不过没到他们待的那一边。他们听见她把窗户关上插好，又听见她把门锁上，走掉了。这时，克莱尔又把窗板微微扳开，透进一点亮光。他们一起又吃了一顿饭，然后渐渐地被夜幕所笼罩，因为他们没有蜡烛来驱散黑暗。

第五十八章

那天夜里异常地静穆。凌晨时分，苔丝喃喃细语，把克莱尔那次梦游的事一五一十地告诉了他，说他怎样冒着两人性命的危险，抱着她走过了弗鲁姆河，把她放进了残寺的石棺里。克莱尔这才知道这件事。

"你怎么第二天不告诉我呢？"克莱尔说，"你要是告诉了我，也许会避免不少误会和苦恼。"

"别去想过去的事啦！"苔丝说，"我现在除了眼前，什么也不去想了。干吗要想那么多呀？谁知道明天会怎么样呢？"

但是，第二天显然没遇到麻烦。早晨下着雨，又有雾。克莱尔已经得到确切消息，那个看房子的人只在晴天才来开窗户，所以他就让苔丝在屋里睡着，自己却大胆地溜出屋去，把整个宅子探索了一番。

---

① 阿塔兰特，希腊神话中捷足善跑的美貌猎女，向她求婚的人必须与她赛跑，失败者将被处死，只有获胜者才能娶她为妻。

宅子里没有食物，但却有水，克莱尔趁着雾气走出了宅子，来到二英里以外的一个小地方，从店铺里买了一些茶叶、面包和黄油，还买了一把小锡壶和一盏酒精灯，这样就可以点火不冒烟了。克莱尔进屋时，把苔丝惊醒了，两人便吃起了他买来的东西。

他们不想到外面去，只在屋里待着。白天过去了，又过了晚上，接着过了一天又一天。就这样，他们几乎不知不觉地度过了五个与世隔绝的日子，没有一个人影或人声来搅扰他们的平静。天气的变化是他们唯一关心的事情，新苑里的鸟儿是他们唯一的伴侣。他们两人心照不宣，对于婚后的事，几乎一次也没提起。那一段悲伤的分居时光好像沉入了一片混沌之中，现在的恩爱与婚前的甜蜜连接在一起，仿佛从没间断过。每当克莱尔提议离开这个隐蔽所，跑到南安普敦或伦敦时，苔丝总是很奇怪地不愿意动弹。"我们为什么要结束这种甜甜蜜蜜的时光啊！"她表示反对说，"该出什么事，你也没法避免。"说着，从窗板缝隙里往外看了看，"外面一点也不安生，待在屋里才觉得称心。"

克莱尔也往外看了看。这话一点不假。屋里是情意绵绵，水乳交融，前嫌冰释，屋外却是冷酷无情。

"再说——再说，"苔丝说道，一面把自己的脸紧贴在克莱尔的脸上，"我担心你对我的这份情义不会长久。我不愿意活到眼看着你变心。我可不想那样。我宁愿趁你还没嫌弃我的时候，就先死去，埋进土里，这样就永远不会知道你嫌弃我了。"

"我永远也不会嫌弃你。"

"我也希望这样。但是，就凭我这一生的经历，我看哪个男人迟早都难免会嫌弃我的。……我真是个可恶的疯女人！可在以前，我连一只苍蝇、一条虫子都不忍心伤害，就是见到一只鸟儿关在笼子里，也时常让我流泪。"

他们又待了一天。到了晚上，阴沉的天空终于放晴了，因此看房子的老妇人早早地就醒来了。灿烂的朝阳使她变得异常地轻快，她决定趁这大好天气，立刻把那座大宅子的窗户全都打开，让宅子彻底通通气。于是，还没到六点，她就赶来了，打开了楼下房间的窗户，然后又跑到楼上的卧室，刚想扭动他们俩睡觉的那间屋子的门把，忽然觉得屋里有人呼吸的声音。她穿的是拖鞋，年纪也大了，所以走起路来一点声音也没有，抽身就想往回走。随即，又怕自己听错了，就再次回到门口，轻轻去拧门的把手。门锁已经坏了，但是门里却有一件家具把门顶住了，因此她只把门推开一两英寸，就再也推不动了。从窗板的缝隙里射进来一道晨光，照在一对男女的脸上。两人正在酣然沉睡，苔丝那张着的嘴唇，贴在克莱尔的脸边，就像一朵半开的鲜花。看房子的老妇人起先还以为他们是肆无忌惮的游民，不由得心头火起。但是，一看见他们的样子那样天真，看见苔丝搭在椅子上的长裙，旁边的长筒袜，那把漂亮的小阳伞，以及她随身穿来的另几件衣服（因为她只有这几件），样样都那样华丽别致，老妇人又觉得他们像是一对携手私奔的体面恋人，所以心里不免生起一股怜悯之情。她关上了门，像来时一样轻悄悄地走了，去跟邻居们商量一下，如何处理这稀奇的发现。

老妇人走了不到一分钟，苔丝就醒来了，随即克莱尔也醒来了，两人都觉得有什么东西搅扰了他们，但又说不清究竟是什么，因此心里产生的不安情绪，也就越来越强烈。克莱尔刚一穿好衣服，就透过窗板那两三英寸的缝隙，仔细地察看着外面的草地。

"我想我们要马上离开，"他说，"今天是个晴天。我总觉得宅子里来人了。不管怎么说，那个女人今天肯定要来。"

苔丝也没说什么，就同意了。两人把屋子收拾了一下，提起了他们的几件东西，便不声不响地离开了。走进新苑以后，苔丝回过头来，把宅子最后看了一眼。"啊，快活的宅子——再见吧！"她说，"我只能再活几个礼拜啦。我们为什么不待在那儿呢？"

"别这么说，苔丝！我们很快就会离开这一带。我们就按照一开始的打算，一直朝北走。谁也不会想到去那儿搜捕我们。要是有人搜捕我们，那一定是在威塞克斯的港口。我们到了北方，就找个港口逃走。"

克莱尔就这样说服了苔丝，两人按照计划，径直朝北走去。他们在大宅里休息了这么多天，现在也有劲走路了。快到中午的时候，他们来到了梅尔切斯特跟前，这座尖塔耸立的城市恰好挡住了他们的去路。克莱尔决定让苔丝在树丛里休息一下午，等到晚上再趁黑往前走。到了黄昏时分，克莱尔照旧买了些食物，然后就开始了他们的夜行，大约八点钟的时候，就穿过了上威塞克斯和中威塞克斯的边界。

在乡野里行走，不管路好路坏，对苔丝来说并不是新鲜事，她走起来像往日一样轻捷。那个拦住去路的古城梅尔切斯特，是他们必须穿过的地方，因为有一条大河挡在前面，非得从城里的桥上过去不可。大约半夜的时候，他们走在空寂无人的街道上，只有几盏路灯忽明忽暗地照射着，他们避而不走人行道，免得脚步发出声音。一座座宏伟壮丽的大教堂，影影绰绰地耸立在他们左边，但是他们却无心去留意。出了城以后，他们就顺着大路走去，走了几英里之后，大路进入一片旷野，从中一直穿过去。

起先，天上虽然阴云密布，但是残缺的月亮射出散光来，倒给他们带来了一点帮助。不过现在月亮落下去了，乌云仿佛就压在他们的头顶上，夜色就像黑洞一样昏暗。尽管如此，他们还是尽力往前走，为了使脚下不出声，尽量往草地上下脚，这样走倒不费劲，因为这一带没有树篱栅栏之类。周围只是一片空旷的孤寂，一团漆黑的僻静，一股劲风吹拂而过。

他们就这样摸索着又走了两三英里，忽然间，克莱尔发觉前面有一个庞大的建筑物，巍然屹立在草地上。他们两个差一点撞到上面。

"这是个什么怪地方？"安琪问。

"还嗡嗡响哪，"苔丝说，"你听！"

克莱尔侧耳听去。那个庞大的建筑物上有风吹拂，发出嗡嗡的声音，好像一个硕大的单弦竖琴弹出的曲子。除此之外，听不到别的声音。克莱尔扬起手往前走了一两步，摸到了建筑物那垂直的平面。它好像是块完整的石头，没有接缝，也没有装饰线条。他把手指往上摸去，发觉他触到的是一个巨大的长方形石柱。他又伸出左手，发现旁边也有一根类似的石柱。在头顶很高的地方有一样东西，把本来就很昏暗的天空遮得越发昏暗，那东西像是一根巨大的横梁，平伸在上空，把两根石柱连接起来。他们小心翼翼地进到立柱之间，横梁底下。他们嚓嚓的脚步声，都从石柱石梁上发出了回响。但是，他们似乎还待在户外。这地方没有屋顶。苔丝吓得喘起粗气来，安琪困惑不解地说道："这会是什么东西呢？"

他们往旁边摸去，又碰到一个高塔一般的石柱，像头一个一样又方又硬。再往外摸，又摸着一个又一个。原来，这地方全是石门和石柱，有的上面还架着横梁。

"这真是个风神庙了。"安琪说。

下一根石柱孤零零的。有的构成了巨石牌坊，还有的倒在地上，宽得都能走开马车。过了不久，他们就明白了原来在这杂草丛生的旷野上，有一片林立的独石柱。他们两个又往前走去，一直走到这个夜间亭阁的中间。

"这就是斯通享奇①呀！"克莱尔说。

"你是说，这就是那个异教神殿吗？"

"是的。这玩意儿古老得很，比德伯维尔家还古老！好啦，亲爱的，我们怎么办呢？再往前走，我们就可以找到地方过夜了。"

但是苔丝这时实在太累了，一下躺倒在跟前的一块长方形石板上，旁边有一根石柱把风遮住了。这块石头白天让太阳晒了一天，眼下倒

---

① 斯通享奇，英国南部索尔兹伯里附近的一处史前巨石建筑遗址。

是又温和又干燥，与周围又粗又凉的野草比起来，当然舒服极了，那野草把她的衣服下摆和鞋子都弄湿了。"我不想再往前走了，安琪，"她说道，一面伸出手来，去握克莱尔的手，"我们不能待在这儿吗？"

"恐怕不行。这个地方呀，白天几英里以外都看得见，尽管现在觉不出来。"

"这下我想起来了，我母亲娘家有一个人就在这一带放羊。以前在塔尔勃塞的时候，你常说我是个异教徒。所以说，我现在算是回到家了。"

苔丝直挺挺地躺着，克莱尔跪在她身旁，把嘴唇贴在她的嘴唇上。"你困了吧，亲爱的？我觉得你是躺在圣坛上。"

"我就想待在这儿，"苔丝喃喃说道，"我享受了巨大的幸福之后，现在躺在这里，只有苍天在上，这有多么庄严，多么静穆。世界上仿佛只有你和我，再也没有别人了。我倒真希望没有别人了——除了丽莎·露以外。"

克莱尔心想，不如就让她在这里歇着，等到天稍亮些再走，于是他把自己的外套盖在她身上，自己坐在她身边。

"安琪，我要是有个好歹，你能看在我的分上，照看丽莎·露吗？"他们听了半天石柱中间的风声之后，苔丝问道。

"我会的。"

"她真是个好姑娘，又天真，又纯洁。哦，安琪——你很快就要失去我了，到那时候，我希望你能娶她。哦，你要是能那样，该有多好啊！"

"我要是失去了你，就失去了一切！再说她是我的小姨子呀！"

"这没关系，最亲爱的。在马洛特一带，时常有人跟小姨子结婚的。再说丽沙·露又那么温柔，那么可爱，而且越长越漂亮。哦，等我们都做了鬼魂，我甘愿跟她一起与你相伴！你要是能训练她，教育她，把她培养成你自己的人，那该有多好！……我身上的优点，她一样也不缺，我身上的缺点，她一点也没有。如果她真能成为你的人，那么我就是死了，也好像死神没把我们拆散一样。……好啦，我已经把话说出来了。我不会再说第二遍啦。"

苔丝顿住不说了，克莱尔陷入了沉思。从石柱间望去，在遥远的东北面天边上，可以见到一道平射的白光。原来弥漫天空的乌云，就像一个大锅盖，整个地往上揭起，使天边露出了新一天的曙色，在这曙色的映衬下，巍然屹立的独石柱和石牌坊，显出黑乎乎的轮廓来。

"人们以前在这儿给上帝献祭吗？"苔丝问。

"不是给上帝。"克莱尔说。

"那是给谁？"

"我想是给太阳。那根巍峨的石柱，孤零零地立在一边，就是冲着太阳方向，太阳马上就会从石柱后面升起来。"

"亲爱的，这使我想起一桩事来，"苔丝说，"我们结婚以前，你从不干涉我的信仰，你还记得吗？不过，我还照样知道你的心思，而且你怎么想，我也怎么想——这倒不是我有什么主意，而是因为你有那样的想法。安琪，现在你告诉我，你认为我们死后还能再相逢吗？我很想知道。"

克莱尔亲了亲她，免得在这种时候回答她。

"哦，安琪——我担心你的意思是说不能相逢呀！"苔丝说，一面抑制着哽咽，"我真想跟你再相逢呀——太想了，太想了！怎么——安琪，就像我们俩如此相亲相爱的人，死后都不能重逢吗？"

安琪像一个比他自己更了不起的人物①，在这至关紧要的时刻，对这至关紧要的问题，不予回答。于是，两人又默默不语了。一两分钟以后，苔丝呼吸得更匀和了，她抓着克莱尔的那只手也松开了，原来她睡着了。东方地平线上那道银灰色的光带，使得大平原上那遥远

---

① 指耶稣，曾在受审问时，不予回答。

的地方也显得黑沉沉的，仿佛就在跟前，而整个广阔无垠的景物，却露出一副矜持不语、沉吟不决的神态，这是黎明前常有的现象。东面的石柱和横梁，它们外面的火焰形太阳石，以及处在中间的祭石，全都背着亮光，黑乎乎地矗立着。过了不久，夜间的风就停下来了，石块上杯形石窝里颤动的小水潭也都静下来了。就在这时，东面斜坡的边缘上，好像有个东西——一个小黑点，在慢慢蠕动。原来那是一个人，只露着个头，从太阳石外的低地上，朝他们走来。克莱尔后悔他们没有往前走，但是到了这步田地，也只得硬着头皮保持安静。那个人朝着他们待的那群石柱直奔而来。

克莱尔听见背后也有声音，嚓嚓的脚步声。他回头一看，只见倒在地上的石柱外面，也走来一个人。他还没回过神来，右边的牌坊底下也出现了一个人，接着左边又出现了一个。曙光照射到西面那个人的身上，克莱尔由此可以看出，他身材高大，走起路来好像受过训练。显然，他们是有目的地围拢来的。看来，苔丝先前说的是实话！克莱尔忽地跳起来，向四下寻找武器，寻找石头，寻找脱身的手段，应急的办法。这时，离他最近的那个人已经来到他跟前了。

"这没有用，先生，"那个人说，"这块平原上有我们十六个人，而且整个地区都动员起来了。"

"让她睡完觉吧！"克莱尔见那些人从四面围拢过来，便轻声恳求说。

那些人一直没看见苔丝待在什么地方，现在看见她躺在那里，就没对克莱尔的恳求表示反对，只是站在那里守候，就像周围的石柱一样一动不动。克莱尔走到石板旁边，俯身守着她，握住了她一只可怜的小手。这时，她的呼吸又短促又轻微，就像一个比女人还弱小的动物。所有的人都在越来越亮的曙光里等候，他们的手和脸仿佛涂上了一层银白色，他们身上的其余部分还是黑乎乎的，周围的石柱闪烁着绿灰色的光泽，大平原依然一片昏暗。过了不久，亮光强烈起来，一道光线射到苔丝那没有知觉的身上，透过她的眼皮，把她唤醒了。

"怎么回事，安琪？"苔丝忽地坐起来，说道，"他们来抓我了吗？"

"是的，最亲爱的，"克莱尔说，"他们来了。"

"这是理所当然的事，"苔丝咕哝着说，"安琪，我几乎感到高兴——是的，感到高兴呀！这样的幸福本来就不会长久。这份幸福太过分了。我已经享够了。现在，我不会眼看着你嫌弃我了！"

她站起来，抖了抖身子，往前走去，那些人却一个也没动弹。"我准备好了。"她平静地说道。

第五十九章

温顿塞斯特城——那座曾经做过威塞克斯王国首府的优美古城——就坐落在一片起伏不平的丘陵地带，眼下正沐浴在七月清晨的光明和温煦之中。那些砌着山墙的砖瓦砂石房子，由于季节的缘故，外面的那层苔藓差不多都晒干脱净了，草场上沟渠里的水都落得很浅了，在那条有坡度的大街上，从西门口到中古十字口，从中古十字口到大桥，人们正在慢慢悠悠地进行清扫工作，这通常是为了迎接旧式集日。

每一个温顿塞斯特人都知道，从上面提到的那个西门起，马路就爬上一个又长又齐整的坡道，不多不少恰好一英里，把城里的房屋渐渐地摞在后面。就在这条大路上，有两个从城里出来的人，正疾步往上走来，好像不觉得爬坡费力似的——他们所以不觉得费力，倒不是因为心情轻松，而是因为心里有事。在下面不远的地方，有一堵高墙，高墙中间有一道狭窄的栅栏门，他们就是从这道小门出来，走上了这条大路。他们好像急着要躲开那些房屋之类，而这条大路似乎给他们提供了最迅捷的途径。他们虽然都很年轻，但是走起路来却低着头，太阳光毫不怜悯地含着笑容，瞧着他们那悲伤的走路姿势。

这两个人中，一个是安琪·克莱尔，另一个是一位身材颀长、含苞待放的女郎，半是少女，半是少妇——长得活像苔丝，比苔丝瘦一些，但却长着同样美丽的眼睛——她就是克莱尔的小姨子丽莎·露。他们两人的苍白面孔，仿佛瘦得只剩下了原来的一半。他们手拉手地往前走着，始终一言不发，那低着头的样子，就像乔托所画的《两个使徒》①一样。

他们快走到大西山山顶的时候，城里的钟敲了八下。他们听到这钟声，都为之一惊。两人又往前走了几步，遇到了头一个里程碑，只见它苍白的立在绿色草地的边缘，后面就是丘陵地带，在这里和大路连在一起。他们走到了草地上，有一种力量似乎控制了他们的意志，迫使他们突然停住脚步，转过身来，站在石碑旁边，瘫痪了似的等候着。

从这山顶上看下去，四周的景物差不多一望无际。下面的山谷里，坐落着他们刚刚离开的那座城市，那些比较宏伟的建筑物就像等角图一样显眼——其中有大教堂的钟楼及其诺曼式的窗户、长廊、中殿，有圣托马斯教堂的尖顶，有学院的尖塔，再往右还有古老救济院的楼阁和山墙，直到现在，朝圣的人还能从那里领到一份面包和麦芽酒。城市后面，隆起的圣凯瑟琳山延伸而去；再往远处看，景物一片连着一片，直至天边，悬在上空的太阳一片辉煌，使人看不见那地平线。

在这片绵延远景的衬托下，一幢红砖大楼耸立在其他建筑物的前面。楼上修着灰色的平屋顶，一排排带铁栅的小窗户，表明那是囚禁犯人的地方，它那拘泥刻板的样式，与周围错落有致的哥特式建筑，形成巨大的反差。从它前面的路上经过时，由于有紫杉和橡树遮掩，倒还有些看不见，但是从这高处看下去，却看得清清楚楚。这两个人刚才走出来的那道小栅门，就开在这幢红楼的墙上。在大楼的正中间，

① 乔托 (1267—1337)，意大利画家。不少评论家认为，《两个使徒》并不是乔托的作品，而为另一意大利画家阿雷蒂诺所作。

背着东方的地平线，矗立着一个丑陋的平顶八角高阁，从山顶望去，正背着亮光，只能看到它的背阴面，因此，它就像是全城美景中唯一的污点。然而，这两个人所注目的，却正是这个污点，而不是那整个美景。

高阁的檐口上，竖着一根高杆。他们都目不转睛地盯着那里。钟声敲过之后，又过了几分钟，高杆上慢慢升起一样东西，在风里飘展。这是一面黑旗。

"正义"得到了伸张，埃斯库罗斯所说的众神的主宰 ①，结束了对苔丝的戏弄。德伯维尔家族的那些武士和夫人们，却长眠在墓中，对此一无所知。那两个默默注视的人，把身子俯在地上，好像祈祷似的，一动不动地待了许久，那面黑旗仍在无声地招展。他们刚缓过劲，就站起身来，又手拉手地往前走去。

---

① 埃斯库罗斯（前525－前456），古希腊大悲剧家。"众神的主宰"一语，见于他的悲剧《被缚的普罗米修斯》。普罗米修斯在剧中大力抨击众神的主宰——宙斯的残暴。